Sara Douglass

Die Göttin des Sternentanzes

Zu diesem Buch

Das dramatische Finale des Bestseller-Zyklus »Unter dem Weltenbaum«: Axis, der Sternenmann, setzt alles daran, die uralte Prophezeiung zu erfüllen und die Völker seiner Welt zu vereinen. Adamon, der ikarische Sternengott, hat Aschure indessen offenbart, daß das Zepter des Regenbogens die einzige Waffe ist, mit der Axis seinen finsteren Halbbruder Gorgrael bezwingen kann. Dabei ist Axis jedoch auf Faradays Hilfe angewiesen: Nur sie kann die Awaren überzeugen, den Sternenmann zu Gorgraels Eisfestung zu führen. Dort gerät Faraday in eine verhängnisvolle Falle und wird von dem grausamen Timozel entführt. Axis muß sich ihm und Gorgrael stellen. Doch dessen dunkle Magie ist übermächtig, und die letzte Schlacht wird in der Feuernacht geschlagen werden …

Sara Douglass wurde 1957 in Penola im Süden Australiens geboren und promovierte in Historischen Wissenschaften. Inzwischen lebt sie als freie Schriftstellerin in einem viktorianischen Cottage in Bendigo – unter einem Dach mit ihrem Hausgeist Hanna Wolstencroft. Seit ihrem Zyklus »Unter dem Weltenbaum« und dem Roman »Der Herr des Traumreichs« gehört sie zu den international erfolgreichsten Fantasy-Autorinnen.
Weiteres zur Autorin: www.saradouglass.com

Sara Douglass

DIE GÖTTIN DES STERNENTANZES

UNTER DEM WELTENBAUM 6

Aus dem australischen Englisch von
Marcel Bieger

Piper München Zürich

Von Sara Douglass liegen in der Serie Piper vor:
Der Zyklus »Unter dem Weltenbaum«:
Die Sternenbraut (6523)
Sternenströmers Lied (6524)
Tanz der Sterne (6525)
Der Sternenhüter (6526)
Das Vermächtnis der Sternenbraut (6527)
Die Göttin des Sternentanzes (6528)

Die Glaszauberin. Die Macht der Pyramide 1 (6560)

FSC

Dieses Taschenbuch wurde auf FSC-zertifiziertem Papier gedruckt. FSC (Forest Stewardship Council) ist eine nichtstaatliche, gemeinnützige Organisation, die sich für eine ökologische und sozialverantwortliche Nutzung der Wälder unserer Erde einsetzt (vgl. Logo auf der Umschlagrückseite).

Ungekürzte Taschenbuchausgabe
November 2005

Titel der australischen Originalausgabe:
»Starman. Book Three of The Axis Trilogy«
(Zweiter Teil), Harper Collins Publishers, Sydney 1996

Umschlagkonzept: Büro Hamburg
Umschlaggestaltung: Nele Schütz Design, München
Umschlagabbildung: Zero-Artwork
Autorenfoto: Stephen Malone
Satz: Satz für Satz, Barbara Reischmann, Leutkirch
Papier: Munken Print von Arctic Paper Munkedals AB, Schweden
Druck und Bindung: Clausen & Bosse, Leck
Printed in Germany
ISBN-13: 978-3-492-26528-7
ISBN-10: 3-492-26528-6

www.piper.de

Auch diesen Band des Zyklus *Unter dem Weltenbaum* widme ich Lynn, Tim und Frances. Ein Lächeln und ein Gruß seien dabei Johann Pachelbel zugedacht, dessen sehnsuchtsvoller Kanon in D-Dur mich beim Schreiben begleitete.

Dieser Roman ist der Angelpunkt, und er soll an Elinor erinnern, die zu einer Zeit starb, als sie und ich noch viel zu jung waren.

Courage my Soul, now learn to wield
The weight of thine immortal Shield.
Close on thy Head thy Helmet bright.
Ballance thy Sword against the Fight.
See where an Army, strong as fair,
With silken Banners spreads the air.
Now, if thou bee'st that thing Divine,
In this day's Combat let it shine:
And shew that Nature wants an Art
To conquer one resolved Heart.

Andrew Marvell,
A Dialogue Between The Resolved Soul,
and Created Pleasure

Was bisher geschah

In einem fernen Land lebten einst vier Völker friedlich nebeneinander – bis sich die Menschen zu alleinigen Herren der Welt aufschwangen und die drei nichtmenschlichen Rassen nahezu ausrotteten.

Eine uralte Weissagung besagt jedoch, daß ein Sternenmann als Erlöser erscheinen wird und die entzweiten Völker wieder vereint. Axis, königlicher Bastard und Anführer der legendären Axtschwinger, ist dieser Ausersehene. Schrittweise erkennt er seine wahre Bestimmung und nimmt die schwere Bürde der Vorsehung auf seine Schultern.

In tiefer Feindseligkeit stehen sich Axis und sein Halbbruder Bornheld gegenüber; zu unterschiedlich sind sie, der eine nach einer gerechteren Weltordnung strebend, der andere, ein Thronräuber und Mörder, von blanker Machtgier getrieben. Doch nicht nur das: Bornhelds Gemahlin Faraday und Axis wären ein Paar geworden, hätte das Schicksal sie nicht zu höheren Aufgaben bestimmt. Aschure, eine geheimnisvolle Bogenschützin, wird schließlich die Geliebte des Axtherrn und gebiert ihm den ersten Sohn. Faraday erfährt von der geheimen Verbindung und zieht sich großmütig zurück.

Einmal noch kommen Axis und Bornheld zusammen, als es gilt, den Zerstörer der Prophezeiung niederzuringen. Doch Bornheld befürchtet, seine Macht könnte schwinden und Axis über ihn triumphieren. Und so läßt er Dörfer dem Erdboden gleichmachen und die Bauern gnadenlos niedermetzeln, wenn sie sich als Anhänger des Sternenmannes bekennen.

Verrat und Treuebruch aus den eigenen Reihen treiben Axis in die eisige Umklammerung Gorgraels des Zerstörers. Wer überlebt, den erwarten die mörderischen Fänge mystischer Greifen. Verzweifelt setzt der Axtherr als letztes Mittel seine magische Kraft ein. Wird es ihm gelingen, die Seinen zu retten?

Auf dem Tempelberg indessen erlebt Aschure, Axis' schöne Gespielin, die Einführung in die Mysterien des Sternentempels und erfährt endlich das Geheimnis ihrer Herkunft. In einer rauschhaften Zeremonie fühlt sie sich davongetragen vom magischen Spiel der Farben und Klänge. Wird sie Wolfstern dem Verworfenen folgen, der sie mit Versprechungen lockt, oder in Treue zu Axis halten?

Schließlich erfährt auch Faraday, die große Liebende, ihre wahre Bestimmung. Nur mit ihrer Unterstützung kann der Sternenmann seine Männer heimführen. Wird sie den Leidenschaften endgültig entsagen und dem Ruf des Schicksals folgen?

Die Prophezeiung des Zerstörers

Es werden erblicken das Licht der Welt
Zwei Knaben, blutsverbunden.
Der eine, im Zeichen von Flügel und Horn,
Wird hassen den Sternenmann.
Im Norden erhebt der Zerstörer sich,
Treibt südwärts die Geisterschar.
Ohnmächtig liegen Mensch und Flur
In Gorgraels eisigem Griff.
Um der Bedrohung zu widersteh'n,
Löst das Lügengespinst um den Sternenmann,
Erweckt Tencendor und laßt endlich ab
Von dem alten, unseligen Krieg.
Denn wenn es Pflug, Flügel und Horn nicht gelingt,
Die Brücke zum Verstehen zu finden,
Wird Gorgrael, folgend seinem Ruf,
Zerstörung über euch bringen.

Sternenmann, hör mir gut zu!
Deine Macht wird dich töten,
Solltest du sie im Kampf einsetzen,
Eh' sich erfüllt, was geweissagt ist:
Die Wächter werden auf Erden wandeln,
Bis Macht ihre Herzen verdirbt.
Abwenden wird sich ein Mädchen voll Gram
Und entdecken die Alten Künste.
Ein Weib wird selig umfangen des Nachts
Den Mann, der den Gatten erschlug.

Uralte Seelen, längst schlummernd im Grab,
Im Land der Sterblichen werden sie singen.
Die erweckten Toten gehen schwanger
Und werden das Grauen gebären.
Eine dunklere Macht wird sich erweisen
Als Bringer des Heils.
Und strahlende Augen von jenseits des Wassers
Erschaffen das Zepter des Regenbogens.

Sternenmann, hör zu, denn ich weiß,
Mit diesem Zepter vermagst du
Gorgrael in die Knie zu zwingen,
Sein Eis zu zerbrechen.
Aber selbst mit der Macht in Händen
Wird dein Weg niemals gefahrlos sein.
Ein Verräter des eigenen Lagers
Wird sich wider dich verschwören.
Verdränge den Schmerz der Liebsten,
Nur so entgehst du dem Tod.
Haß heißt die Waffe des Zerstörers.
Doch hüte dich, es ihm gleichzutun.
Denn Vergebung ist der einzige Weg,
Tencendors Seele zu retten.

1 Der Rhythmus des Sternentanzes

Prinz Belial saß am Feuer und blickte zum Zelt des Sternenmannes hinüber. Vor zehn Tagen hatten sie diesen Ort erreicht und seitdem vermochte die Armee sich nicht mehr von der Stelle zu rühren. Axis' schlechter gesundheitlicher Zustand ließ eine Fortsetzung des Marsches nicht mehr zu. Außerdem hatte Aschures ikarischer Bote ihnen in ihrem Namen ausgerichtet: »Ich komme. Unternehmt nichts, bis ich bei Euch bin.«

Wo bleibt Ihr, Zauberin? dachte Belial müde. Und was wollt Ihr schon bewirken, auch nachdem Ihr hier eingetroffen seid? Was der Bote sonst noch mitzuteilen hatte, hatte die Stimmung des Leutnants etwas heben können: Aschure habe die Zwillinge zur Welt gebracht, und es gehe ihr gut. Sie wolle unbedingt zu ihrem Gemahl, und wahrscheinlich könne sie ihm helfen.

Hat die Herrin denn mittlerweile gelernt, ihre magischen Kräfte zu gebrauchen? hatte Belial von dem Ikarier erfahren wollen.

Der hatte lange nachdenken müssen. Nun, sie habe sich verändert ... Mehr wußte der Vogelmann nicht zu sagen, und damit mußte der Offizier sich zufriedengeben.

Plötzlich flog eine Zeltklappe auf. Der Leutnant zuckte zusammen.

Arne trat heraus. Eingefallene Wangen und eine sorgenzerfurchte Stirn zeichneten sein Gesicht.

»Irgendwelche Veränderungen?« krächzte Belial heiser.

»Nein«, antwortete der Kampfgefährte. »Ich bin nur herausgekommen, um frisches Wasser zu holen.«

Ein Eimer voll geschmolzenen Schnees stand neben dem Feuer. Arne goß etwas davon in den Topf, den er mitgebracht hatte. Der Krieger verlangte seit einiger Zeit immerzu nach Wasser, so daß der Leutnant sich fragte, ob Axis' innere Organe ebenso verbrannt waren wie seine Haut. Und Hunderte von Malen hatte er die Götter angefleht, seinen Freund von seinen Qualen zu erlösen. Laßt ihn doch endlich sterben!

Der Zustand des Sternenmanns hatte sich während des Marsches immer weiter verschlechtert, sein Körper verfiel von Tag zu Tag mehr. Selbst wenn Aschure ihnen nicht durch ihren Boten aufgetragen hätte, auf sie zu warten, hätte Belial über kurz oder lang anhalten lassen müssen, weil sein Freund am Ende seiner Kräfte angelangt war.

Axis hatte selbst angeordnet, daß die Armee sich nach Osten begebe, und darauf bestanden, auf seinem Streitroß Belaguez zu reiten. Doch mittlerweile konnte er sich selbst mit Hilfe von Decken und Seilen nicht mehr im Sattel aufrechthalten. An dem Tag, an dem der Bote sie erreicht hatte, war der General zweimal vom Pferd gerutscht. Die Stricke, die eigentlich zu seiner Sicherheit angebracht waren, wären ihm, als er am Hengst hängend mitgeschleift wurde, beinahe zum Verhängnis geworden.

Seit zehn Tagen lag der Krieger nun eingewickelt in Decken in seinem abgedunkelten Zelt. Manchmal wimmerte und schrie er im Fieberwahn. Arne blieb die meiste Zeit bei ihm, und Belial löste den Getreuen ab, wenn er schlafen mußte.

Der Leutnant saß dann Stunde um Stunde bei Axis, stumm vor Entsetzen über die grausamen Verstümmelungen seines Freundes und machtlos. Er hätte nie für möglich gehalten, einmal hilflos mit ansehen zu müssen, wie sein bester Freund auf solch schreckliche Weise dahinsiechte.

Warum ließen die Götter ihn nicht sterben? Warum nicht?

Tiefste, schwärzeste Nacht herrschte. Die dichten Wolken verbargen die silberne Scheibe des Mondes, der hoch oben über den Himmel zog. Im Lager war längst Ruhe eingekehrt. Gelegentlich stampfte ein Pferd. Hier und da unterhielten sich leise die letzten Unentwegten. Wächter lachten miteinander, und irgendwo klirrte Eisen an Eisen.

Dann war es ruhig und Belial konnte kaum noch die Augen offenhalten. Plötzlich schnaubte ein Roß und wieherte. Der Leutnant wollte schon aufspringen, als es wieder still wurde. Draußen setzte leichter Schneefall ein, und der Offizier wickelte sich fester in seinen Umhang. Jetzt das Zelt zu verlassen und sich eine Decke zu besorgen, dazu fühlte er sich viel zu müde.

Im Zelt herrschte ebenfalls Ruhe. Belial hoffte, daß es Axis irgendwie gelungen sein würde, seinem Leiden durch Schlaf oder Ohnmacht zu entfliehen.

Er wurde wieder aus seinem Schlummer geweckt, als etwas Weiches über seine Hand strich.

Der Leutnant schüttelte sie schlaftrunken, aber das Weiche berührte sie weiter, und so öffnete er unwillig die Augen.

Auf seinem Handrücken lag eine Mondwildblume, festgehalten von einer Schneeflocke.

Belial blinzelte, weil er glaubte, noch zu träumen, aber die Blüte verschwand nicht. Verwirrt nahm er sie in die Hand und sog ihren Duft ein. Die Blume besaß einen eigenartigen Duft, und in seinem Kopf drehte sich alles.

Draußen bellte ein Hund, beruhigte sich aber bald wieder.

Einen Moment später richtete sich der Leutnant auf. Sie hielten im Lager keine Hunde. Hatte etwa ein Streuner seinen Weg zu ihnen gefunden, ein bedauernswertes Wesen, das das Eis von Aldeni irgendwie überlebt hatte? Er schaute aus dem Zelt und fragte sich, ob er nachsehen solle ... und eine rauhe Zunge leckte über seine Wange.

»Was zum ...« entfuhr es ihm, und schon fiel er auf den Rücken, weil der Riesenhund ihn einfach umwarf und ihm dann freudig mit seiner Zunge über das ganze Gesicht fuhr.

Sicarius!

»Bei der Mutter!« rief der Leutnant, und vor Erleichterung kamen ihm die Tränen. »Aschure!«

»Gut geraten«, lachte die junge Frau, und der Offizier sprang auf seine Füße. Die Zauberin stand auf der anderen Seite des

Feuers, hatte die Hände in die Hüften gestemmt und ihre Gesichtszüge wurden weich, als sie ihn betrachtete.

Belial blickte sie gebannt an. Er hatte die junge Frau immer für außerordentlich schön gehalten, doch nun erschien sie ihm noch bezaubernder als je zuvor. Der Offizier erinnerte sich daran, wie sie in Sigholt eingetroffen war und er ihr vom Pferd geholfen hatte. Damals schon hatte er sie als starke Persönlichkeit empfunden. Doch heute ging eine Aura von reiner Macht und Größe von ihr aus.

Ohne sich lange zu besinnen, kam Belial aus dem Zelt, lief um das Feuer herum und nahm sie in die Arme.

Aschure erwiderte seine Umarmung, spürte seinen tiefen Kummer und erinnerte sich, wie es ihr bei früheren Gelegenheiten geholfen hatte, von ihm festgehalten und getröstet zu werden. »Ganz ruhig«, murmelte darum die junge Frau und strich ihm wie einem Kind über das Haar und küßte ihn auf die Wange. »Jetzt bin ich ja hier. Alles kommt wieder in Ordnung.«

»Ach, Aschure«, stammelte er. »Aschure …« Und konnte seinen Tränen keinen Einhalt gebieten.

Lange standen sie so da. Die Zauberergöttin wiegte ihn in den Armen, damit er sich wieder faßte. Bald kamen auch ihr die Tränen, denn wenn der Leutnant schon so furchtbar verzweifelt war, wagte sie sich gar nicht vorzustellen, wie schlimm es um ihren Liebsten stehen mußte.

Schließlich sah sie ihn an. »Berichtet mir alles.«

Und langsam, aber stetig brach alles aus ihm heraus. Aschure hielt ihn die ganze Zeit über fest. Auch wenn ihre Augen und ihre Miene nach außen hin ruhig blieben, spürte er doch am festen Druck ihrer Hände, wie sehr sein Bericht sie entsetzte. Als er alles gesagt hatte, drückte sie ihn wieder an sich, streichelte zart seine Wange und starrte auf einen Lichtschimmer in der Ferne.

»Ich danke Euch, Belial«, flüsterte sie, »für alles, was Ihr für ihn getan habt.«

»Aschure, könnt Ihr ihm helfen, den Tod zu finden? Liebt Ihr ihn genug, um das für ihn zu tun?«

»Ich liebe ihn noch viel mehr. Und ich werde tun, was ich tun muß.«

Axis lag reglos in seiner immerwährenden Nacht und wunderte sich darüber, daß der Schmerz ihm ein so stetiger und treuer Gefährte geworden war. Nur so konnte er sich bei klarem Verstand halten: Wenn er sich an den Schmerzen festklammerte, dann zog sich die Verzweiflung so weit zurück, daß sie nur noch als dunkler Schatten am Rand seines Bewußtseins lauerte.

Schmerz und Durst. Letzterer hatte eine unfaßbare Eigenständigkeit entwickelt und legte es darauf an, ihn immerfort zu plagen. Verwehrte ihm den Schlaf, forderte beständig seine Aufmerksamkeit und gierte hemmungslos danach, gestillt zu werden.

Der Krieger drehte den Kopf und wollte gerade Arne bitten, ihm noch einen Schluck Wasser zu reichen, als er hörte, wie die Zeltklappe aufgerissen und dann wieder geschlossen wurde. So schwieg der Sternenmann, denn wahrscheinlich war Belial gekommen, um Arne abzulösen. Der Leutnant war sein bester Freund, und doch bereitete es Axis Unbehagen, ihn bei sich sitzen zu haben. Denn er spürte zu deutlich den Schrecken und das Mitleid des Offiziers, wenn dieser ihn ansah. Und Belial betrachtete ihn immerzu.

Arnes Stimme ertönte und klang überrascht. Dann öffnete und schloß sich die Zeltklappe erneut. Danach trat Stille ein.

Axis hatte all seine Sinne geschärft und lauschte. »Belial?«

Doch als Antwort hörte er nur leise Schritte. So sachte bewegte der Leutnant sich nicht. Also mußte jemand anders gekommen sein. Vielleicht konnte Belial es einfach nicht mehr ertragen, den verkohlten Körper seines Generals anzuschauen, und hatte einen anderen Offizier geschickt, Arne abzulösen. Der Krieger konnte ihm daraus keinen Vorwurf machen. Selbst die beste Freundschaft hatte ihre Grenzen.

Ein Streichholz wurde entzündet.

»Nein«, krächzte Axis, »kein Licht.« Er hatte schon vor Tagen verboten, in seiner Gegenwart Lampen anzuzünden; denn er wollte nicht länger das entsetzte Luftholen hören, wenn jemand einen Blick auf seinen entstellten Leib warf. Aber jetzt mußte er doch vernehmen, wie das Glas einer Lampe leise klirrend angehoben und einen Moment später wieder aufgesetzt wurde. Fast glaubte er, die Wärme des Lichts zu spüren, als jemand an sein Lager trat und die Lampe hochhielt. War seine Armee schon so am Ende, daß niemand mehr seinen Befehlen gehorchen wollte?

Der Krieger wollte sich abwenden, aber sein nutzloser Körper war zu gar nichts mehr zu gebrauchen, und so mußte er die lautlose Prüfung in Lähmung über sich ergehen lassen. »Ausmachen!« krächzte er. »Löscht das Licht.«

Dann drang ihm der Geruch eines bestimmten Menschen in die Nase. Warm und duftend. Was von seinen Fingern noch übrig war, zuckte, als fühlten sie die Haut dieser Person unter sich.

»Aschure«, flüsterte er heiser. »Bitte … geht. Geht fort von mir … bitte. Ihr dürft mich nicht so sehen. Bitte …!«

Belial vernahm das Krächzen des Kriegers, das immer lauter wurde, und wollte ins Zelt.

Aber da legte sich eine Hand auf seine Schulter. »Nein, guter Belial, laßt sie allein.«

Der Leutnant drehte sich um. Ein unglaublich schöner Mann stand hinter ihm, dem das dunkle lockige Haar bis auf die Schultern fiel. Er trug nur die leichteste Kleidung, so als befände er sich in der Sommerfrische. »Wer seid Ihr?« fragte der Offizier.

Der Fremde löste seltsamerweise bei ihm weder Furcht noch Unmut aus.

Der Mann nickte in Richtung des Feuers. »Sollen wir uns nicht dorthin zurückziehen? Ich fürchte, uns steht eine lange Nacht bevor.«

»Meinetwegen.« Doch kaum hatten sie sich vor dem Feuer niedergelassen, als Belial den Mann wieder verwundert ansah. »Wer seid Ihr?«

»Mein Name spielt keine Rolle.«

»Seid Ihr denn ein Freund von Axis?«

Der Blick des Fremden wanderte in Richtung Zelt. »Ja, das bin ich. Ein Freund. Sowohl von Axis als auch von Aschure.«

Immer noch sprach sie nicht.

Er hörte, wie sie die Lampe auf einen Hocker neben seinem Lager stellte, und zu seinem großen Entsetzen griff sie nach den Decken und zog sie von ihm.

»Nein!« wollte der Krieger schreien. Doch nur ein Flüstern kam über seine Lippen. Er fing an zu weinen. Seine Arme zuckten vergeblich, als sie versuchen wollten, seinen entstellten Leib zu bedecken. Warum mußte Aschure ihn unbedingt so sehen? Aus welchem Grund? Verdammt, Belial! Warum hatte er nur nach ihr geschickt.

Nun vernahm er das leise Rascheln eines sehr feinen Gewebes, und das Zucken seiner Arme ließ nach. Was trieb die junge Frau da? Und wieso redete sie nicht mit ihm? Warum verlieh sie ihrem Entsetzen keinen Ausdruck? Und ihrem Angewidertsein?

Dann spürte er einen Lufthauch neben sich und das leise Rascheln von zartem Stoffgewebe.

Aschure beugte sich über ihn. »Axis«, sagte sie so leise, daß er es kaum verstehen konnte, aber aus ihrer Stimme klangen weder Schrecken noch Abscheu, sondern nur Liebe. Und noch einmal: »Axis.« Damit legte die junge Frau sich neben ihn und bedeckte ihn mit ihrem warmen, weichen Leib.

Der Krieger glaubte, die Folter kaum noch ertragen zu können, als seine Haut sich überall dort spannte und zerriß, wo die ihre sie berührte. Er bog den Rücken durch und öffnete den Mund zu einem Schrei. Warum? Warum? Dann ließen ihre Bewegungen nach, und sie lag warm und schwer neben ihm. Als hätten sie sich gerade leidenschaftlich geliebt. Ihre Haut peinigte ihn nun nicht mehr, sondern verschaffte ihm Linderung.

Zum ersten Mal seit einer schier endlosen Zeit, spürte er, daß Wärme seinen Körper durchströmte.

Aschure hob ihren Kopf zu seinem und küßte das, was von seiner Wange, seiner Nase und seinem Mund übriggeblieben war.

»Helft mir zu sterben«, flüsterte er. »Bitte ...«

Eine freundliche Dame, mindestens ebenso schön wie der Fremde, gesellte sich zu ihnen. Ihr hauchdünnes Gewand, das mehr enthüllte als verdeckte, ließ Belial heftig erröten. Sie war jedoch vornehm genug, so zu tun, als würde sie es nicht bemerken, und reichte ihm ihre Hand zum Kuß.

»Mein Gemahl ist also bereits eingetroffen, und ich komme zu spät«, bemerkte sie. »Aber so verhält es sich ja leider immer.«

Sie wandte sich an den Mann. »Sind beide im Zelt?« Der Leutnant bemerkte die Anspannung in ihrer Stimme.

Ihr Gemahl nickte.

Damit lächelte sie wieder Belial an. »Dann bleibt uns wohl nichts anderes übrig, als zu warten. Vielleicht könnten wir uns ja die Zeit mit ein wenig Konversation vertreiben. Wisset, Belial, daß wir Euch kennen.«

Das war merkwürdig genug, denn er hatte sie noch nie gesehen und konnte sie jetzt doch nur anstarren.

Die Schöne lächelte noch mehr, und der Leutnant entdeckte in ihren Augen etwas, war es Macht, war es Wildheit, das ihm schon bei Aschure aufgefallen war. Das verwirrte ihn noch mehr. Wer waren diese beiden?

Der Fremde antwortete ihm, als habe er die Frage laut ausgesprochen: »Wir sind Freunde, Belial, alles andere ist zu dieser Zeit unwichtig.«

Seine Gemahlin legte dem Leutnant eine Hand auf den Arm. »Lieber Freund, was immer sich heute nacht auch ereignen mag, Ihr sollt Euch nicht fürchten. Wollt Ihr das nach Kräften beherzigen?«

Er nickte. »Edle Dame, während der beiden zurückliegenden Jahre habe ich zu viele merkwürdige Dinge gesehen, um mich jetzt noch wie ein Kind vor Schatten zu fürchten.«

»Ihr seid wie ein Fels in der Brandung, Belial.«

»Aschure«, flüsterte der Krieger und wich ihren Lippen aus, »was tut Ihr hier?«

Er spürte, wie sie ihn ansah und langsam lächelte – wie konnte sie nur seinen Anblick ertragen?

»Wie kann man seine angetraute Gemahlin nur so etwas Dummes fragen, mein Liebster? Schließlich ist es doch ihr Recht, zu ihrem Mann unter die Decke zu schlüpfen und ihn mit ihren Küssen zu verwöhnen.«

Axis versuchte, den Kopf und schließlich seinen ganzen Körper von ihr wegzudrehen. Aber sein Bett war so schmal und sein Körper so matt, daß er ihrem Drängen nicht entkommen konnte.

»Aschure«, bat er sie wieder, »helft mir zu sterben!«

»Nein.«

»Warum sollte ich in diesem Zustand weiterleben?« krächzte er laut genug, daß sie erschrocken vor ihm zurückfuhr.

»Axis«, begann sie leise und sanft, »ich will Euch stattdessen den Weg zeigen.«

»Zum Tod?«

»Die Torwächterin hat Euch bereits den Zutritt verweigert, mein Liebster. Für immer, haben wir uns bei der Trauung geschworen, und so bleiben wir auf immer zusammen.«

Der Krieger lag reglos da und versuchte nachzudenken, ohne sich von ihrer angenehmen Wärme ablenken zu lassen. Er hatte Aschure gegenüber nie etwas von der Torwächterin erwähnt. »Woher wißt Ihr das?« fragte er vorsichtig nach. Hatte dieser Frau seine Verzweiflung solches Vergnügen bereitet, daß sie in die Oberwelt gereist war, um es dann mit seiner Gemahlin zu teilen? Und die Götter mochten wissen, mit wem noch?

Aschure strich leicht über seinen Kopf und versuchte sich daran zu erinnern, wie weich sich sein Haar angefühlt hatte. »Wir sind uns begegnet, Lieber, draußen auf der Insel des Nebels und der Erinnerung.«

Er schwieg wieder und spürte Verbitterung. Warum war Aschure gekommen? Was konnte sie hier schon ausrichten?

»Der Sternentanz hat Euch das angetan.«

Sie spürte, wie seine Anspannung unter ihren Händen etwas nachließ.

»Ja, meine Liebste, aber es gab keine andere Möglichkeit. Die Greifen … die Greifen … sie verdunkelten den Himmel und raubten mir mit ihren Krallen Mann um Mann aus der Armee.«

»Ruhig, ruhig, Axis, das weiß ich doch längst. Belial hat mir berichtet, was Ihr vollbracht habt.«

»Aschure, ich habe keinen Zugriff mehr zu meinen Zauberfähigkeiten! Ich hätte nie gedacht, daß das Leben so öde und leer sein könnte ... Nun bin ich zu nichts mehr zu gebrauchen.«

»Axis!«

»Liebste, fleht die Götter an, niemals das spüren zu müssen, was mir an jenem Tag zustieß. Die gesamte Macht des Sternentanzes kann so furchtbar sein ... so ungeheuerlich ...« Seine Stimme erstarb, und sie küßte ihn wieder auf den Mund.

»Ja, die Sternenmacht kann sich in etwas Schreckliches verwandeln. Vor allem, wenn man sie falsch gebraucht.«

Das versetzte ihn in Zorn. »Und was hättet Ihr an meiner Stelle getan? Wie hättet Ihr gehandelt, wenn Ihr meine Männer in solchen Nöten gesehen hättet?«

»Ich hätte wohl mit angesehen, wie meine Soldaten rings um mich herum den Tod fänden, denn es hätte mir an dem Mut gefehlt, das zu tun, was Ihr getan habt. Und nun, mein Liebster«, fuhr sie mit forscher Stimme fort, »wollen wir sehen, ob wir diese Schäden nicht beheben können.«

»Ach ja? Verratet Ihr mir auch, wie Ihr das bewerkstelligen wollt?«

»Indem wir beide zulassen, mein Liebster, daß die gesamte Macht des Sternentanzes uns verschlingt.«

»Nein!«

Aschure mußte ihn mit beiden Armen umfangen, weil er sonst vor Entsetzen aus dem Bett gefallen wäre.

»Ah, da seid Ihr ja.«

Belial blinzelte, als die Schöne sich erhob und fünf weitere Fremde am Feuer willkommen hieß. Zwei Frauen und drei Männer traten zu ihnen. Alle sahen unbeschreiblich wunderbar aus, und jeder von ihnen trug dieses Nichts von einem Gewand.

Sie alle küßten ihn auf den Mund, sogar die Männer – welch ungeheure Freiheiten sie sich herausnehmen, dachte er betäubt, als auch der letzte ihn begrüßt hatte –, dann wandten sie sich dem Ehepaar zu und ließen sich endlich am Feuer nieder. Nun erschienen auch die Alaunt aus den Schatten und legten sich neben und hinter die Fremden. Die sieben lächelten, tätschelten die Hunde und nannten leise ihre Namen.

Belial setzte sich ebenfalls wieder hin, und einer der Männer, offenbar jünger als der erste und mit flammendem Haar ausgestattet, legte ihm sacht eine Hand auf den Arm. »Verzeiht uns bitte, lieber Freund, wenn wir Euch hier stören, nur …«

»Wir sind gekommen, um zu bezeugen«, verkündete die Frau, deren Antlitz wie das blühende Leben selbst wirkte, »und wir möchten gern, daß Ihr mit uns Zeuge werdet.«

»Danke«, entgegnete der Leutnant, obwohl ihm nicht klar war, warum er das sagte. »Es wird mir eine Ehre sein, mit Euch zu bezeugen.«

»Nein«, widersprach der erste ruhig, »die Ehre ist ganz auf unserer Seite. Schließlich dürfen wir uns Euch anschließen.«

Und da schrie Axis, und aller Augen richteten sich auf das Zelt.

»NEIN!«

»Axis …«

»Nein, Aschure, Ihr wißt nicht, was Ihr da verlangt!«

»Doch«, erwiderte sie, »das weiß ich sehr wohl.«

Er wünschte, er könnte ihr entkommen, ihren Berührungen und vor allem ihrem Vorschlag. »Das würde mich umbringen.«

»Ich dachte, Ihr wolltet sterben«, gab sie schnippisch zurück.

»Nein, das will ich nicht«, flüsterte der Krieger, und in diesem Moment wurde ihm bewußt, daß er wirklich weiterzuleben wünschte. Aschure war zu ihm gekommen, und alles in ihm drängte verzweifelt danach, ihr zu glauben, daß sie ihn heilen könne.

»Seid Ihr Euch da auch ganz sicher?« fragte sie jetzt sanft.

»Ja.«

Aschure atmete tief ein. »Liebt Ihr mich?«

»Ja.« Seine Stimme brach beinahe bei diesem kleinen Wort.

»Dann vertraut mir.«

»Ich liebe Euch … und ich vertraue Euch.«

»Mein Herz«, flüsterte die junge Frau, nahm seinen Kopf zwischen ihre Hände und drückte ihn sanft an ihren Busen. Lange lagen sie so da, bis sie spürte, daß sein ganzer Körper ruhiger wurde.

»Spürt Ihr meinen Herzschlag?« fragte Aschure.

Es pochte an seiner Wange. Die Lebenskraft ihres Herzens vermochte selbst seine Schmerzen zu dämpfen, und er glaubte, nie zuvor einen so wunderbaren Rhythmus vernommen zu haben. Der Krieger konnte sich noch weiter fallen lassen. Ihr Herzschlag machte ihn schläfrig.

»Axis?«

»Hm.«

»Lauscht meinem Herzen. Hört seinen Rhythmus.«

»Ja.«

»Vernehmt ihn … hört ihm zu.«

Der Krieger, der sich dem Schlaf so nahe fühlte, glaubte, einen Wandel in ihrem Herzschlag wahrzunehmen. Es pochte … langsamer … ja, ganz recht, sein Takt wurde ruhiger …

… langsamer und ruhiger. Der Sternenmann atmete tief und mühelos ein und sog damit ihre Kraft und ihren Geruch in sich hinein.

»Paßt Euren Herzschlag dem meinen an«, flüsterte sie ihm wie aus großer Höhe zu, und er lächelte in ihre Haut. »Beide müssen im Gleichklang schlagen.«

Axis dachte darüber nach. Eigentlich hörte sich das ja nicht schwierig an, aber er hatte noch nie versucht, seinen Herzschlag zu beeinflussen. War das denn möglich?

Doch da merkte er, daß der Rhythmus sich änderte.

Ihr Herz arbeitete nun so langsam, daß er zwischen zwei Schlägen einatmen konnte.

»Noch langsamer«, flüsterte sie. Der Krieger war mittlerweile so schläfrig, daß er sich gegen nichts mehr wehren konnte. Sein eigenes Herz wurde ebenfalls ruhiger. Er wußte kaum noch, was er tat, und deswegen empfand er auch keinerlei Furcht mehr.

Axis wollte sein Gesicht tiefer zwischen ihren Brüsten vergraben, um so ihrem Herzen noch näher zu sein, und spürte, wie er liebevoll dazu ermutigt wurde.

Und hörte ihr Herz schlagen.

Sein Herzschlag näherte sich ihrem Rhythmus an.

Noch einmal tief eingeatmet …

Er spürte ihn genau, diesen unglaublichen Moment, in dem sich ihre beiden Herzen im Einklang befanden.

…

»Lauscht«, forderte sie ihn aus unfaßbarer Ferne auf, und der Krieger gehorchte.

…

»Fühlt Ihr es?«

»Ja«, flüsterte er, obwohl es ihm die größte Mühe bereitete, dieses kleine Wort zu äußern; aber noch schwerer fiel es ihm, ihr zu widerstehen.

…

Der Widerhall ihrer Herzen, die wie eines schlugen, erschütterte ihn. Axis stöhnte, aber er spürte weder Schmerz noch Angst.

»Vertraut mir.«

»Ja.«

…

»Ihr hört unsere Herzen im Gleichklang, im Takt mit dem Sternentanz.«

Der Krieger hatte sich bisher nicht vorstellen können, einem anderen Menschen einmal so nahe zu sein. Den Herzschlag des anderen zu teilen … konnte es eine tiefere und wahrere Verständigung geben?

…

»Teilt den Sternentanz mit mir, Axis.«

Fast hätte er sie nicht gehört, aber als die Bedeutung ihrer Worte langsam in sein Bewußtsein vordrang, hatte er gar keine Möglichkeit, sich zu fürchten; denn ihr Herz war nun so eng mit dem seinen verbunden, daß es sich von dem ihren immer tiefer und weiter führen ließ, bis …

…

… sie sich mit dem Sternentanz vereinten und ihre Herzen in vollkommener Harmonie mit der Musik der Sterne schlugen.

»Vernehmt Ihr sie, mein Liebster?«

Seine Augen wurden feucht. »Ja.«

...

»Vertraut mir, Axis. Ergebt Euch dem Sternentanz. Werdet eins mit ihm. Laßt Euch in meinen Armen treiben.«

»Aber ich fürchte mich.«

»Mein Liebster, wenn Ihr eins mit dem Sternentanz werdet, wird er Euch kein Leid zufügen. Nur wenn Ihr versucht, seine Macht falsch einzusetzen, schlägt sie auf Euch selbst zurück.«

...

»Jauchzt im Sternentanz! Ergebt Euch ihm ganz. Jetzt, Axis.«

Und der Krieger vertraute ihr auch jetzt, ließ sich fallen und vom Sternentanz aufnehmen.

...

Adamons Kopf fuhr hoch, und er tauschte rasch mit seinen Gefährten Blicke aus. »Ja!« flüsterte der oberste Gott.

»Hört Ihr es?«

»Was ist denn?« fragte Belial. Er spürte ein Pochen, konnte aber damit nichts anfangen. Doch dann legte er die flache Hand auf den Boden, und ...

...

... spürte etwas. Als sei es etwas Lebendiges. »Was ist das?«

»Still, Belial!« gebot Xanon ihm. »Nun wird alles gut. Ihr vernehmt den Rhythmus des Lebens selbst. Er pocht durch Eure Hand und durch Euren Körper. Versucht, ihn in Euch zu spüren.«

Silton atmete erleichtert auf. »Sie hat es vollbracht.«

»Ja«, bestätigte Pors, »das hat sie. Er wurde wieder neugeschaffen.«

Belial betrachtete die Personen, die sich in dieser sonderbaren Nacht zu ihm gesellt hatten, der Reihe nach. Alle wirkten gelöst und fröhlich. Erst jetzt wurde ihm bewußt, wie angespannt sie die ganze Zeit dagesessen hatten.

Der Mann, der als erster aus dem Dunkel zu ihm getreten war, ergriff nun die Hand des Leutnants. »Man nennt mich Adamon, und dies hier ist meine Gemahlin Xanon.«

Die Göttin nickte ihm zu, und dann stellten sich auch die anderen vor.

Belial fragte sich, warum die Namen ihm irgendwie bekannt vorkamen. Doch ehe er noch eine Antwort fand, küßte ihn Xanon auf die Wange und erhob sich.

»Wir verlassen Euch nun, mein Lieber. Vielleicht begegnen wir uns irgendwann wieder, vielleicht aber auch nicht.«

Adamon stand bereits hinter ihr und hatte einen Arm um sie gelegt. »Stört die beiden nicht, Belial, ganz gleich, was Ihr zu hören oder zu sehen bekommt. Oder was Euch Euer Gefühl sagt. Wartet, bis sie herauskommen.«

Der Leutnant stand nun ebenfalls auf, und der oberste Gott strich ihm sanft über die Wange. »Wir sind Euch dankbar, Belial, überaus dankbar. Behaltet diese Nacht stets in Erinnerung. Und wenn Ihr eines Tages ein Greis seid und Eure Enkel auf Euren Knien sitzen, müßt Ihr ihnen die Geschichte von den Stunden erzählen, die Ihr zusammen mit den Sternengöttern an einem Lagerfeuer verbracht habt.«

Damit zogen sie sich wieder ins Dunkel zurück. Belial blieben nur noch die Alaunt zur Gesellschaft, und er starrte den Sternengöttern noch lange hinterher.

Für Axis war es eine Offenbarung der reinen Freude, und seine Gemahlin teilte sie mit ihm. Sie schwebten durch die Sterne, ließen sich von der Macht des Sternentanzes tragen, und während die Kraft der Sterne durch den Krieger strömte, verstand und erkannte er viele Dinge.

Er begriff jetzt, warum der Sternentanz ihm Schaden zugefügt hatte. In Wahrheit hatte die Macht der Sterne nie beabsichtigt, ihm ein Leid anzutun oder ihn gar zu verkrüppeln – sie hatte sich nur gewehrt, weil Axis sie dazu angewendet hatte, Leben zu vernichten, selbst wenn es sich in diesem Fall um das Leben von solch finsteren Kreaturen wie Greifen handelte.

Und deswegen hatte diese Macht ihm so übel mitgespielt.

Nie hatte es ein Lied des Krieges gegeben. Und wenn man doch einmal ein solches gekannt haben sollte, dann mußte es sich aus einer anderen Kraft gespeist haben, nicht aber aus dem Sternentanz. Ein Lied des Krieges? Nichts weiter als ein Gerücht, ein Ammenmärchen, eine Sage.

Aschure, die an seiner Seite lag, lächelte.

Der Krieger würde sich einer anderen Macht bedienen müssen, um die Skrälinge zu vernichten …

»Axis, mein Liebster«, sprach sie, und er lächelte sie an. »Die Geisterkreaturen werden von einer Macht besiegt werden, aber weder von der Euren noch von der meinen.«

»Von den Bäumen.«

»Ja. Faraday wird das bewirken, im Verein mit der Kraft der Mutter.«

»Die Macht Tencendors setzte sich aus viel mehr Quellen als nur dem Sternentanz zusammen.«

»Gewiß, doch darüber können wir uns später noch ausführlich unterhalten. Jetzt sollt Ihr nur lauschen … genießen … und Euch von der Kraft der Sterne durchströmen lassen …«

Und so schwebten sie weiter, und ihre Herzen waren nicht nur miteinander, sondern auch mit dem Sternentanz eins. Sie gingen ganz in seinem Rhythmus auf.

Irgendwann flüsterte sie ihm ins Ohr: »Sternenmann, ich will Euch ein Geheimnis verraten.«

»Was denn für eins?« lächelte er.

»Ein heiliges Geheimnis.«

Er lachte. »Dann ist es wohl nur für den Sternenmann bestimmt?«

»Ihr seid der Sternentanz …«

Das bin ich? Axis spürte Aschures Liebe und gleichzeitig die des Sternentanzes. »Oh.«

Sie war ihm nahe wie nie zuvor. »Und ich bin der Mond. Alle unsere Tage und Nächte sind so miteinander verbunden, daß sie eins sind. Ihr singt nur für mich, und mein Tanz ist allein zu Eurem Vergnügen komponiert und besteht allein zur Begleitung des Rhythmus Eurer Musik.«

»Oh.« Nichts von alledem kam ihm hier, im Treiben zwischen den Sternen, unglaublich oder sonderbar vor.

»Sternenmann«, sagte sie, und er lachte, denn selbst hier, inmitten der Gestirne, fühlte er die lockenden Berührungen ihrer Hände an seinem Körper. »Wißt Ihr, daß Ihr mir so, wie Ihr früher wart, besser gefallen habt?«

»Damals war ich ja auch noch hübscher.« Doch hier, umgeben von soviel Schönheit und Liebe, scherte es ihn nicht mehr, wie sein verbrannter und angeschlagener Leib nachher im Bett aussehen mochte. Dann erinnerte der Krieger sich seiner Scham, die er empfunden hatte, als Aschure die Decken von seinem Körper zog. »Aber was kann ich tun? Wie kann das wiedererstehen, was zerstört wurde?«

»Ach, Sternenmann!« Ihre Freude hallte wie Silber von den Sternen wider. »Ich erinnere mich noch an Euren Vater Sternenströmer, als er voller Stolz und Liebe dem versammelten Ikariervolk in der Großen Halle im Krallenturm verkündete, daß Ihr als Ungeborenes in Rivkahs Bauch Euch selbst das Lied der Schöpfung gesungen habt. Er fuhr fort, daß sein Samen Euch gezeugt und Rivkahs Mutterleib Euch genährt habe, aber zu dem, was Ihr geworden wärt, hättet Ihr Euch selbst gemacht.«

»Möchtet Ihr mich als weiteren Säugling haben, den Ihr in Euren Armen halten und dem Ihr Wiegenlieder vorsingen könnt?«

»Oh nein«, entgegnete sie, »ich will meinen Gemahl zurückhaben. Und wenn ich ihn dann in meinen Armen halte, werde ich ihm gewiß keine Wiegenlieder ins Ohr flüstern.«

Er lachte, erinnerte sich an das Lied und sang es.

Und als dies geendet hatte, schwebten sie immer noch zwischen den Sternen und vollzogen endlich ihre Ehe, nach so langer Zeit der Widerstände.

Ihre Herzen schlugen immer noch im Gleichklang, doch diesmal nicht im Rhythmus des Sternentanzes, sondern im Takt befriedigter Lust. Aschure seufzte, schmiegte sich in seine Arme, genoß das Gefühl seiner Haut an der ihren und freute sich daran, wie sein Atem unter ihren Bewegungen schneller ging. »Haben wir uns wirklich zwischen den Sternen geliebt – oder doch nur hier auf diesem schmalen, lausigen Feldbett? Ich schwöre, ich kann es nicht mehr sagen.«

»Spielt das denn eine Rolle? Aber ich danke Euch von ganzem Herzen, meine Liebste.«

»Oh, eigentlich müßte ich mich bei Euch bedanken«, entgegnete Aschure, »denn nie habe ich mich so gefühlt …«

»Nein.« Er legte ihr einen Finger auf die Lippen, um ihren Redefluß aufzuhalten. »Ich danke Euch vielmehr für nichts geringeres als mein Leben.«

Die junge Frau betrachtete ihn schweigend. Seine Haut sah bleich aus, weil sie noch von keiner Sonne berührt worden war, aber sonst wirkte er wieder ganz so wie damals, als sie ihn in Smyrdon hatte einreiten sehen. »Ohne Euch hätte ich nicht weiterleben mögen.«

Axis strich ihr über das Haar und vergrub seine Finger darin. »Wer seid Ihr?«

»Wie bitte?« lachte sie halb verwirrt und halb erschrocken. »Wie meint Ihr das?«

Er küßte sie sanft. »Was habt Ihr auf der Insel des Nebels und der Erinnerung gelernt, daß es Euch möglich war, mich auf diese Reise zu den Sternen mitzunehmen?«

Die junge Frau schwieg. Erinnerte er sich noch an das, was sie ihm mitteilte, als sie sich eingehüllt im Sternentanz aneinandergeschmiegt hatten?

»Ich entsinne mich an jedes einzelne Wort. Und nun erzählt mir alles.«

Aschure holte tief Luft und berichtete ihm dann von ihrer Begegnung mit den Sternengöttern in der Gruft des Mondes.

Er nahm seine Bestimmung als Gott des Liedes rascher und umfassender an, als sie es getan hatte bei ihrer Erhebung zur Göttin des Mondes. Aber er hatte ja auch viel mehr als sie durchlitten, und die Erfahrungen der letzten Stunden mochten ihn auf eine solche Entwicklung vorbereitet haben.

»Lied und Mond«, sagte der Krieger, sah ihr in die Augen und lächelte sie an. »Kein Wunder, daß wir in jener Beltidennacht gar nicht anders konnten, als einander zu erkennen, mein Herz.«

Seine Hand wanderte an ihrem Leib entlang, und sie erbebte wieder, aber im Moment wollte er nur ihren flachen Bauch streicheln. »Und was ist mit diesen Zwillingen?«

»Mit diesen Zwillingen«, ahmte sie seinen Tonfall nach. »Sie warten in Karlon, Liebster, zusammen mit Caelum ...« Aschure schwieg einen Moment, ehe sie hinzufügte: »Sternenströmer hat ihnen Namen gegeben: Drachenstern und Flußstern.«

Seine Hand hielt sofort inne. »Was für machtvolle Namen. Besonders für den Knaben. Haben sie Euch bei der Geburt Ungemach bereitet?«

Sie zögerte und mied seinen Blick – und mehr Antwort benötigte der Krieger nicht. Seine Züge verhärteten sich. »Jeder muß sich für seine Handlungen verantworten, Aschure, und eines Tages wird das auch bei ihnen der Fall sein.«

»Doch jetzt sind sie nur zwei kleine Säuglinge und brauchen gewiß Liebe und Zuwendung.«

Axis lachte trocken und rollte sich von ihr weg. »Das glaubt Ihr doch noch weniger als ich. Leugnet es nicht, ich spüre es. Wir können einander nichts mehr vorspielen.« Seine Züge wurden wieder weicher, und er nahm sie in den Arm. »Und jetzt möchte ich wissen, was Ihr sonst noch erfahren habt.«

Sie erzählte ihm von ihren Erlebnissen auf der Insel. Von der Ersten Priesterin, von dem Brief, den ihre Mutter, Niah vor so langer Zeit geschrieben hatte, von den Wundern des Tempelbergs und daß Sternenströmer das Heiligtum wiedererleuchtet hatte. Und schließlich berichtete Aschure ihm auch von dunkleren Dingen.

»Artor wandelt über diese Welt«, sagte sie leise und spürte, wie er erbebte.

»Bei den Sternen! Was haben wir getan, um jetzt auch noch Ihn ertragen zu müssen?«

Sie lächelte spöttisch: »Wir wandeln über die Erde, und Er tut nichts anderes. Adamon hat mir gesagt, daß Faraday und ich uns Ihm stellen müssen.«

»Nein, Aschure, ich werde Euch ...«

»Niemals«, beschied sie ihn und legte ihm, wie er vorher ihr, einen Finger auf den Mund. »Diese Arbeit müssen allein Faraday und ich erledigen.«

Er beherrschte sich zwar, zitterte aber immer noch. »Ihr habt mir noch nicht alles erzählt.«

»Ja, ganz richtig: Gorgrael besitzt noch viel mehr Greifen.«

»Was?« Der Krieger fuhr entsetzt auf und stützte sich dann auf den Ellenbogen ab.

Sie teilte ihm mit, was sie von Wolfstern erfahren hatte.

Nun zitterte Axis am ganzen Leib, und sie erkannte, wie groß seine Enttäuschung sein mußte. Allein der Gedanke, Tencendor von dieser Himmelspest befreit zu haben, hatte ihm die Kraft gegeben, die furchtbaren körperlichen Schmerzen zu ertragen. »Aschure ... Aschure ... ich kann unmöglich noch einmal ... und ganz gewiß nicht gegen eine solch riesige Anzahl ... Der Sternentanz hat mich schon einmal ... Ich vermag das nicht ...«

»Ganz ruhig, Liebster, ich werde mich um die Greifen kümmern. Mit dem Wolfen in der Hand und den Hunden an meiner Seite werde ich sie alle zur Strecke bringen – für Euch, mein Gemahl.«

Er starrte sie mit großen Augen an, schwieg aber und meinte schließlich: »Ihr seid wahrlich gewachsen und gereift, nicht wahr?«

Die junge Frau strich ihm über die Wange: »Wir beide gehören zusammen, und alles, was wir tun, tun wir füreinander. Und ebenso gehört Faraday zu uns. Vereint werden wir den Zerstörer und jeden anderen besiegen, der sich uns in den Weg stellt.«

»Aber am Ende muß ich doch ganz allein Gorgrael gegenübertreten.«

»Ja«, gab sie zu und fügte nach einem Moment noch an: »Adamon sendet Euch eine Botschaft: Ihr müßt in diesem Sommer an der Feuernacht im Erdbaumhain teilnehmen.«

»Bis dahin sind es noch sechs Monate.«

»Was wißt Ihr über die Feuernacht?«

»Nicht viel.« Er schüttelte den Kopf. »Nur daß der Seneschall den Bauern streng verbat, daran teilzunehmen.«

»Die Awaren spielen eine wichtige Rolle bei der Erschaffung des Regenbogenzepters, und das läßt sich nur in der Feuernacht im Erdbaumhain herstellen. In diese Waffe fließen die Macht und die Kraft der uralten Götter ein, die in der ersten Feuernacht vom Himmel stürzten und verbrannten.«

»Aschure«, begann der Krieger, »die dritte Strophe der Prophezeiung warnt mich, daß nur der Schmerz meiner Liebsten mich ausreichend stark abzulenken vermag, damit Gorgrael mich bezwingen kann. Seid bitte auf der Hut, mein Herz. Ich will nicht, daß der Zerstörer Euch zu diesem Zweck in seine Gewalt bringt.«

Sie lachte schallend. »Gorgrael sollte mich in seine Gewalt bringen? Das möchte ich sehen!« Die Heiterkeit verging ihr aber, als sie seine immer noch besorgte Miene bemerkte. »Na ja, wenigstens müssen wir uns jetzt nicht mehr den Kopf darüber zerbrechen, bei wem es sich um den geweissagten Verräter handelt. Denn der hat sich ja inzwischen zu erkennen gegeben.«

»Oh, Ihr sprecht von Timozel.«

Die Erinnerung an den Jüngling ließ ihn für einen Moment nachdenklich werden und schweigen. »Ich habe ihn als Jungen sehr geliebt, aber er veränderte sich auf seinem Weg zum Mann. Ich wünschte, ich wüßte, was ihn letztlich dazu bewogen hat, in Gorgraels Dienste zu treten.«

»Das werden wir wohl nie erfahren, Axis. Freut Euch lieber darüber, daß Ihr nicht mehr hinter jedem Schatten einen Verräter vermuten müßt.«

Er lächelte ein wenig schief: »Damit wollt Ihr wohl sagen, daß ich nicht mehr meine Freunde und Liebsten traktieren muß, weil der Schurke endlich gefunden ist. Ja, Ihr habt recht, die Sorge ist mir genommen; der Verräter ist jetzt offen aufgetreten.« Axis hob ihr Kinn an. »Jetzt muß ich nur noch dafür sorgen, daß Gorgrael Euch nicht in seine Klauen bekommt.«

Sie küßte ihn zart. »Mein Lieber, da wäre noch eine Kleinigkeit, die ich Euch mitteilen muß, und die betrifft Eure Mutter.«

Magariz, Ho'Demi, Arne, Dornfeder und einige andere Offiziere und Befehlshaber fanden sich im Lauf der Nacht bei Belial am Feuer ein und wachten mit ihm bis in den nächsten Tag hinein.

»Und Ihr seid Euch auch wirklich ganz sicher, daß mit Aschure alles in Ordnung war?« fragte der Geschwaderführer zum wiederholten Mal und erntete dafür vom Leutnant einen ärgerlichen Blick.

»Aber was ist mit diesen merkwürdigen Besuchern«, murrte jetzt auch Arne, »die Euch auftrugen, den Krieger und die Herrin unter gar keinen Umständen zu stören? Kann man diesen Fremden überhaupt trauen? Wenn die beiden nun drinnen im Zelt mit irgendeinem für uns unsichtbaren Feind zu ringen haben und verzweifelt auf unsere Hilfe warten?«

»Freund, Eure Einbildungskraft geht mit Euch durch«, beschied ihn Belial, obwohl er diese Möglichkeit auch schon mehrere Male in Gedanken durchgespielt hatte. Nur der seltsame Herzrhythmus, den er immer noch in sich spürte, bewahrte ihn davor, aufzustehen und nachsehen zu wollen.

»Na ja«, meinte Magariz, »wenigstens scheint sich das Wetter zu bessern.«

Über Nacht hatten sich die Wolken etwas verzogen. Die Luft war zwar immer noch kühl, aber die Sonne zeigte sich am Himmel, und zu den Füßen der Männer schmolz der Schnee zu Pfützen. Der Häuptling betrachtete mißmutig seine Stiefel. Sie waren bis zu den Knöcheln durchnäßt, und er sehnte sich nach den trockenen Eisflächen seiner Heimat.

»Ich muß meine ikarischen Kämpfer in spätestens einer Stunde in die Luft schicken«, murrte Dornfeder. »Wenn wir nämlich noch lange in dieser Erdenfeuchte herumhocken, holen wir uns noch die Gefiederfäule.«

»Nein, Geschwaderführer, wartet damit noch etwas. Wenn bis heute abend niemand aus dem Zelt getreten ist, gebe ich den Befehl, morgen das Lager abzubrechen. Dann reiten wir weiter nach Sigholt. Mir wäre Schneefall auch lieber als dieses klamme Tauwetter.«

»Und was wollt Ihr beim Aufbruch mit mir anfangen, Freund?« fragte der Krieger fröhlich und steckte den Kopf zum Zelt heraus. »Mich in diese Planen hier einwickeln und Belaguez über den Rücken legen?«

»Axis!« schrie der Leutnant, und mit ihm erhoben sich alle, als der Sternenmann nun herauskam.

Der Krieger stellte sich vor sie, damit sie ihn ansehen konnten, und grinste dann Belial an: »Ich habe eine Weile auf meinem Feldbett gelegen und bin nun aufgestanden. Jetzt würde ich es begrüßen, wenn Ihr mir verraten würdet, wo Ihr meine Kleider versteckt habt.«

Belial brauchte noch einen Moment, ehe er daran denken konnte, den offenen Mund wieder zu schließen. Aber dann brach er in erleichtertes lautes Gelächter aus, trat zu dem nackten Mann und umarmte ihn.

Wieder flog die Zeltklappe auf, und jetzt erschien Aschure und strich ihren nachtblauen Anzug glatt. »Ich dachte mir, so gefiele er Euch besser als tot«, lächelte die junge Frau, und jetzt schloß der Leutnant auch sie in die Arme.

Die anderen drängten nun ebenfalls heran. Alle lachten und schrien durcheinander – dazu bellten die Hunde, und die Sonne strahlte mit neuer Kraft vom Himmel –, und binnen Augenblicken wußte im gesamten Lager jeder Bescheid.

Endlich ließ Belial seine Freunde los, schämte sich nicht der Tränen auf seinen Wangen und sprach: »Mein Freund, Ihr sollt Euren Oberbefehl zurückhaben – ebenso wie Eure Kleidung. Ich glaube, alle werden sich freuen, Euch wieder an der Spitze zu sehen.« Und das war nicht übertrieben, denn überall riefen bereits die Soldaten den Namen ihres Anführers im Chor.

Der Krieger stieß einen Pfiff aus. Belaguez, der bei den anderen Pferden stand, stellte sich auf die Hinterbeine, zerriß seine Halteleine und galoppierte zu seinem Herrn.

Axis, nun wieder bekleidet, bekam die Leine zu fassen, die der Hengst hinter sich her zog, schwang sich auf den Rücken seines getreuen Rosses und zeigte sich seiner Armee.

»Wohin soll es gehen?« rief er seinen Männern zu.

Und wie aus einer Kehle antworteten sie ihm: »Wohin Ihr uns führt, Sternenmann!«

Belaguez stieg aus Begeisterung darüber, seinen Herrn wieder als Reiter zu spüren, und Axis lachte aus schierer Freude. »Wohin soll es gehen, Aschure?«

»Ich glaube, es ist allmählich an der Zeit, nach Hause zu gehen«, lächelte sie.

»Dann auf nach Sigholt!« rief der Krieger und gab seinem Hengst die Sporen. Das Pferd setzte über die ersten Reihen der Soldaten hinweg. »Es geht nach Sigholt! Und wie weiter? Dann halten wir auf Gorgraels Eisfestung zu! Denn wer vermag uns jetzt noch aufzuhalten?«

2 Der Farnbruchsee

Sie kamen nur sehr langsam voran. Ogden und Veremund hatten sich nie in der guten körperlichen Verfassung der jungen Yr befunden, und seit die uralte Macht sich in ihrem Innern ausbreitete, fühlten sie sich täglich schwächer und matter. Alle hundert Schritte mußten die beiden eine Rast einlegen. Rote Flecken zeigten sich auf ihren bleichen Gesichtern, sie atmeten schnaufend und rasselnd, und ihre Hände zitterten unentwegt und waren zu nichts mehr zu gebrauchen. Die Katzenfrau aber, die schon seit vier Monaten die fremde Macht in sich trug, erlebte Tage, an denen sie überhaupt nicht aufzustehen vermochte. Dann setzten sich die Wächter schweigend und ernst im Kreis um sie und beteten im Stillen darum, daß sich der Zustand ihrer Gefährtin nicht noch weiter verschlimmere.

Jack und Zecherach waren mit ihren Kräften am Ende, als die Gesellschaft sich endlich dem Farnbruchsee näherte. Keiner von ihnen hatte erwartet, daß die Reise hierher so beschwerlich und mühsam verlaufen würde. Dabei waren sie noch längst nicht an ihrem Ziel angekommen. Die längste Reise stand ihnen erst noch bevor.

Nach der heutigen Nacht, in der auch ihr Gemahl sich verwandeln würde, bliebe es Zecherach ganz allein überlassen, sich um die anderen vier zu kümmern.

»Ich hätte nicht gedacht, daß es so furchtbar werden würde«, bemerkte der Schweinehirt, während sie am Rand des Kraters, in dem sich das Gewässer befand, auf die anderen drei warteten. Ogden und die Katzenfrau hingen aneinander, und es war nicht zu erkennen, wer gerade wen stützte. Hinter ihnen schleppte sich Veremund dahin und wirkte mehr tot als lebendig.

Zecherach klammerte sich an ihren Gemahl. Ihr blieben nur noch wenige Stunden, in denen sie ihn berühren konnte. »Nicht mehr als fünf Monate bis zur Feuernacht«, sagte sie. »So wenig Zeit.«

»Wir schaffen es schon.« Jack wandte den Blick von den anderen Wächtern ab, sah seiner Frau in die Augen, erkannte darin ihren Schmerz und teilte ihn mit ihr.

»Uns bleibt auch gar nichts anderes übrig«, entgegnete sie und blinzelte, um die Tränen zurückzuhalten.

Die Reise durch die Farnberge wurde ihnen zusätzlich durch die Hundertschaften von Ikariern erschwert, die sich ständig über den Höhen aufhielten. So sehr die Wächter die Gesellschaft der Vogelmenschen auch genossen hätten, sie durften nicht zulassen, von ihnen gesehen und erkannt zu werden. Jeder Ikarier, der den Gefährten zu nahe käme, würde sich der Ansteckungsgefahr der Strahlen aussetzen, die ihre Körper aussandten. Das wollten die Wächter unbedingt verhindern; und außerdem hätten solche Begegnungen sie nur zusätzlich Zeit gekostet.

Wenigstens konnten sie sich hier im Schutz der neuen Bäume bewegen und brauchten nicht mehr so stark zu befürchten, von vom Himmel schauenden Augen entdeckt zu werden. Hier trafen sie übrigens zum ersten Mal auf Faradays Bardenmeer; sie hatten sich vom Wald der Schweigenden Frau auf direktem Weg nach Norden begeben und waren somit der Edlen auf ihrem Marsch nach Osten nicht begegnet. Jedem der fünf tat das sanfte Summen des Waldes gut, und in den kalten Frostnächten gewährten die Bäume ihnen Schutz und Mitgefühl. Was für ein Glück, dachten die Wächter, daß Faraday unverdrossen weiter Schößlinge einsetzt. Möge der Prophet dafür sorgen, daß sie unbeschadet Awarinheim erreicht.

Yr und Ogden hatten jetzt endlich das wartende Paar eingeholt. Kurz darauf kam auch Veremund bei ihnen an. Jack und Zecherach gewährten den dreien eine halbe Stunde zum Ausruhen und betraten dann den Weg die Kraterhänge zum See hinunter.

Die Abenddämmerung kündigte sich bereits an, und so würde es wohl Nacht werden, bis sie vor dem Gewässer standen.

Zecherach entging nicht, daß ihr Gemahl zitterte. Sie drückte sanft seinen Arm, zum einen, um ihn zu beruhigen, und zum anderen, um ihn noch einmal berühren zu können.

Die Awaren und Faraday waren schon vor Wochen weitergezogen, und so hatten die fünf den See ganz für sich. Nach dem anstrengenden Abstieg gönnten sie sich am Ufer eine Stunde Rast, dann zog Jack sich an seinem Hirtenstab hoch.

»Möchtet Ihr, daß ich den Stab nehme, sobald Ihr … wenn Ihr …« Zecherach konnte den Satz nicht zu Ende sprechen.

»Nein, ich werde ihn weiter benutzen. So lange hat er mich zuverlässig begleitet … und wenn ich auf dem Grund des Sees gewesen bin, kann ich seine Stütze sicher gut gebrauchen.«

Seine Gemahlin konnte die Tränen nicht länger zurückhalten. »Ich hätte nicht geglaubt, daß es so schwer werden würde«, schluchzte sie. Der Schweinehirt strich ihr zärtlich über die Wange. Sie umschloß seine Hand mit ihren Händen und küßte sie. Jack kämpfte mit seiner Rührung.

Yr, Ogden und Veremund, die längst in ihrem eigenen Elend gefangen waren, konnten nur hilflos danebenstehen und zusehen. An diesem Abschied vermochten sie nicht teilzunehmen.

»Jack«, sprach ihn schließlich eine Stimme an, und er drehte sich um. Durch das Gras kam der Prophet heran, silbern und machtvoll anzuschauen, und sein kupferfarbenes Haar glänzte in der untergehenden Sonne.

Er legte eine Hand auf Zecherachs Haupt. Da atmete sie tief ein, schluckte ihre Tränen hinunter und versuchte, ihn anzulächeln. Der Schweinehirt stand groß und aufrecht vor dem Propheten, fest entschlossen, sich nichts anmerken zu lassen.

Aber diesem konnte man nichts vormachen, und er verstand nur zu gut, was in dem Wächter vorging. »Alles wird gut werden«, erklärte er und warf Yr und den beiden Mönchen einen liebevollen Blick zu. »Die Weissagung nähert sich ihrem Höhepunkt, und Axis und Aschure haben sich ihrer Bestimmung gestellt.«

»Welcher Bestimmung?« fragte die Katzenfrau.

»Wir ahnten ja, daß Axis der Sternenmann sei«, bemerkte Veremund, »aber Aschure ...«

»Sie sind die Fehlenden der Neun«, verriet ihnen der Prophet, und alle Wächter schwiegen vor Verwunderung. So also war das.

Jack seufzte und blickte zum See. »Die Zeit ist gekommen, mich den Fluten anzuvertrauen. Prophet, wollt Ihr während meiner Abwesenheit den Stab halten?«

Dieser schloß seine Rechte um Jacks Hand am Stab. »Für das Opfer, das Ihr nun bringt, wird man Euch für alle Zeiten lieben.« Damit beugte er sich vor und küßte den Schweinehirten auf den Mund. »Ein Platz in meinem Herzen ist Euch sicher. Ihr habt Euch als wertvoller erwiesen, als ich je erhoffen durfte.«

Jack blinzelte und wandte sich dann an seine Gemahlin. »Geliebte, es gab Zeiten, in denen ich wünschte, Ihr hättet mich niemals auf dieser Reise vor vielen tausend Jahren den Nordra hinunter begleitet. Wenn Ihr statt dessen in der Sicherheit der Unterwelt geblieben wärt, müßtet Ihr Euch nicht dem schrecklichen Schicksal stellen, das Euch nun erwartet.«

»Und damit hätte ich Euch nur noch früher verloren«, entgegnete sie tapfer und hob den Kopf, um sich von ihm küssen zu lassen. »Geht in Frieden, Jack ... und begleitet von meiner Liebe.«

Der Prophet nahm den Stab, entfernte sich ein Stück weit von der Gruppe und nickte Jack leise zu. Der Schweinehirt entledigte sich seiner Kleider und stand dann fröstelnd in der kalten Nacht.

»Ich gehe nicht ohne Bedauern«, gestand der Wächter, und seine Gefährten betrachteten ihn voller Mitgefühl, »denn nie hätte ich erwartet, das Leben eines Tages so sehr zu vermissen.«

Noch einmal traf sein Blick den seiner Gemahlin, und dann verschwand er in den Fluten.

Die Wächter und der Prophet warteten viele Stunden, und erst kurz vor dem Morgengrauen tauchte Jack wieder auf. In seinen Augen funkelte die Macht, doch die Fäulnis ihrer Kraft fraß bereits an seinem Herzen.

Zecherach biß die Zähne zusammen und senkte den Kopf, weil

sie glaubte, seinen Anblick nicht ertragen zu können. Aber dann riß sie sich zusammen, richtete sich gerade auf und brachte ein Lächeln zustande. Yr, Ogden und Veremund begrüßten den Schweinehirten und hießen ihn in ihrer Gemeinschaft der Schmerzen willkommen.

Anders als bei den früheren Gelegenheiten hielt sich der Prophet jetzt immer noch bei ihnen auf. Er gab Jack den Stab zurück und legte ihm eine Hand auf die Schulter. Dann betrachtete er die drei anderen leidenden Wächter. Ihre Körper waren von der unheimlichen Krankheit gezeichnet, sie waren beinahe kraftlos. An mehreren Stellen hing ihnen die Haut in Streifen herab, und ihre Augen drückten ebensoviel Macht wie Schmerz aus. Ihr befallenes Fleisch strahlte Hitze aus. Ogden und Veremund verloren ihr Haar büschelweise, und die Katzenfrau war bereits fast kahl.

»Dieses Schicksal ist sehr hart zu ertragen«, sagte der Prophet, »das ist mir durchaus bewußt. Vielleicht vermag ich ja etwas zu bewirken, um Euch die weitere Reise etwas weniger beschwerlich werden zu lassen.«

Er drehte sich um und trat ins Wasser, bis das Naß seine Füße umspülte. Dort blieb der Propeht stehen, denn er wußte nicht, ob sein Vorhaben auch gelingen würde.

Er breitete die Arme aus. »Mutter!« rief er. »Hört mich an! Ich bedarf Eurer Hilfe für meine armen Diener, die genauso auch für Euch tätig wurden. Haben nicht Jack und Yr die Baumfreundin zu Euch geführt? Hat die Katzenfrau nicht Faraday während ihrer schwärzesten Stunden beigestanden und Trost gespendet? Und haben nicht alle fünf für Eure Befreiung wie auch die der Sternengötter gewirkt? Deswegen öffnet mir Euer Ohr, Mutter, und helft ihnen, ihre letzte Aufgabe zu erfüllen. Verlangt nicht ihr Blut, denn davon haben sie bereits reichlich gegeben.«

Als die Mutter antwortete, konnte nur der Prophet ihre Stimme vernehmen.

Blut, Wolfstern? Wie könnt ausgerechnet Ihr zu mir von einem Blutopfer sprechen? Mußte nicht meine Tochter das größtmögliche aller Opfer …

Mutter, ich flehe Euch an, laßt nicht Euren gerechten Zorn über meine Taten an den Wächtern aus. Sie haben soviel für Euch und Faraday vollbracht wie für mich und jeden anderen.

»Ich bitte Euch, helft ihnen«, sagte er noch einmal und brach dann in ehrliche Tränen aus.

Sein Kummer erweichte der Mutter das Herz. Sie hatte sich in ihrer Zuflucht am Grund des Farnbruchsees nicht um den Lauf der Welt gekümmert und auch nicht darum, daß Jack so viele Jahre über ihr Gewässer gewacht hatte. Doch jetzt mußte die Naturgöttin feststellen, daß die Tränen des Propheten sie nicht unberührt ließen.

Wie so viele andere hatte auch sie stets geglaubt, Schmerzen und Liebe scherten ihn nicht.

Im nächsten Moment entflammte das Gewässer in strahlendem, smaragdgrünem Licht, das die Gesichter derjenigen, welche am Ufer standen, überflutete. Der Prophet drehte sich nun zu den Wächtern um, und die Spuren der Tränen waren noch deutlich auf seinen Wangen zu erkennen. Die Gefährten bewegte sein Kummer mindestens ebenso sehr wie das Licht der Mutter.

»Badet darin«, forderte Wolfstern sie auf. »Legt Euch in das Lichtwasser, und die Mutter wird Euch halten, lieben und Euch mit ihrer Macht stärken, damit Ihr die Kraft und den Mut findet, Euren Weg fortzusetzen. Kommt auch Ihr in den See, Zecherach, denn Euch obliegt die Last, Eure Gefährten während der nächsten Monate zu versorgen und mit Liebe und Ausdauer zu versehen.«

Und so stolperten die Wächter erschöpft und voller Schmerzen in die Arme der Mutter.

3 Der Tod und der Erbe

Sie marschierten durch eine Welt, die sich in einem Zustand der Genesung befand. Der Wolfmond neigte sich dem Ende zu, und so herrschte im Lande noch die kalte Jahreszeit. Aber bei ihr handelte es sich um normalen Winter, denn Gorgraels eisige Umklammerung konnte weite Teile Mitteltencendors nicht mehr halten.

Der Sternenmann und die Zauberin führten ihre Armee an. Ihnen zur Seite ritten Belial, Magariz und Ho'Demi, die höchsten Offiziere. Und alle Soldaten, die ihnen folgten, waren der festen Überzeugung, daß der Sieg nur noch einen, höchstens zwei Monate entfernt liegen konnte.

Axis wandte sich an seinen Leutnant und den Fürsten zu seiner Linken. »Seht Ihr, meine Freunde? Die Macht des Zerstörers erlahmt! Bald schon wird der Großteil dieses Landes von seinem Haß befreit sein.«

Magariz beugte sich vor. »Krieger, wann wenden wir uns denn nach Norden, um den abtrünnigen Timozel und sein Heer zur Schlacht zu zwingen?«

»Ihr könnt es wohl kaum erwarten, Euer versprochenes Land zurückzuerobern, Prinz von Ichtar? Nun, daraus darf man einem braven Mann keinen Vorwurf machen. Ich bin genauso begierig darauf, das Skrälingsgeschmeiß aus Tencendor zu fegen wie Ihr … und mich endlich meinem zweiten Bruder zu stellen«, fügte er leise hinzu. »Und wann wir dieses Werk beginnen?« Axis suchte den Himmel ab. »Im Frühling, würde ich meinen, oder im Frühsommer. Mir steht jedenfalls nicht der Sinn nach einem weiteren Winterfeldzug.«

»Haltet Ihr es denn für klug, noch so lange zu warten?« warf Ho'Demi ein. Der Krieger drehte sich zu ihm um und verstand, was der Häuptling meinte. Mehr noch als Magariz konnte der Rabenbunder es kaum erwarten, sein Land wiederzugewinnen ... und sein Volk zu befreien, falls überhaupt jemand davon überlebt hatte.

»Wir alle brauchen eine Weile, um wieder zu Kräften zu kommen«, entgegnete der Sternenmann. »Gewiß sind unsere Soldaten von neuem, frischem Kampfgeist erfüllt, aber sie müssen erst wieder zu ihrer alten Stärke finden. Sigholt bietet uns ausreichend Schutz, uns in aller Ruhe zu erholen. Und, Ho'Demi, schaut Euch nur in dieser Gegend hier um«, er wies mit ausgestrecktem Arm auf den schmelzenden Schnee und das wiedererwachende Grün. »Während der nächsten Monate wird dieses Schauspiel sich immer weiter nach Norden ausbreiten. Je nach dem, wie Faraday mit ihrer Bepflanzung vorankommt. Ich kann die Geisterkreaturen erst schlagen, wenn die Edle alle Schößlinge eingesetzt hat. Und vorher möchte ich auch gar nicht gegen sie marschieren. Erst wenn das große Tauen die Eisdachalpen erreicht hat, reite ich nach Norden. Dann befinden die Skrälinge sich im Nachteil, während alle Vorteile auf unserer Seite sind. Verdammt, Freunde, diesmal will ich siegen!«

Er lachte, und seine gute Laune wirkte ansteckend. Die Befehlshaber lachten mit ihm; nur Belial wandte sich schon kurz darauf ab. Mutter, gebt, daß er recht behalten wird, betete er in Gedanken. Helft uns, daß die Schönheit und die Hoffnung diesmal gewinnen und ewig währen. Der Leutnant hob den Kopf wieder und lächelte seinem Freund zu. Hoffentlich erwartet unsere Sache die Wahrheit und keine neue Lüge.

Oberhalb von Jervois verschlechterte sich das Wetter zunehmend. Sie ritten durch frostigen Nordwind, der Schnee und Eis mit sich führte. Doch obwohl Gorgraels Macht hier in Ichtar noch ungebrochen zu sein schien, mehrten sich auch in dieser Region die Zeichen für das bald einsetzende Tauwetter. Als die Armee dann in die Urqharthügel gelangte, ließ der Sturmwind endlich nach, und auf den Höhen selbst fand sich kaum noch Schnee.

Nach wenigen Tagen erkannten sie schon den blauen Nebel, der Sigholt und den Lebenssee schützend umgab. Nur noch wenige Stunden Ritt, bis sie Geborgenheit und Ruhe erwarteten.

»Und Eure Gemahlinnen«, lächelte Aschure Belial und Magariz an, während sie am Nachmittag über einen schmalen Paß zogen. »Ihr beide werdet von Eurem sorglosen Junggesellenleben Abschied nehmen und Euch wieder in die ehelichen Pflichten fügen müssen. Vermutlich hattet Ihr es deswegen neulich so eilig, nach Norden zu reiten und Gorgraels Eisfestung zu erstürmen.«

Belial zwinkerte dem Fürsten zu und lachte. »Ich kann es gar nicht abwarten, Kassna wiederzusehen. Wir alle drei«, er nickte in Richtung von Axis und Magariz, »sahen uns gezwungen, unsere Gemahlinnen wenige Wochen nach der Vermählung zu verlassen, um nach Norden zu reiten. Nur dem Sternenmann winkte ein gnädiges Schicksal, durfte er die Lasten eines Ehemanns doch ein wenig eher wieder auf seine Schultern nehmen als wir anderen.«

Alle lachten, doch währenddessen suchte der Krieger Aschures Blick: *Habt Ihr den Fürsten schon eingeweiht?*

Nein, dieses Recht und Vergnügen steht allein seiner Gemahlin Rivkah zu.

Axis wandte sich ab, und die Zauberin betrachtete ihn mit einem besorgten Blick. Er hatte alles andere als freudig die Nachricht von der Schwangerschaft seiner Mutter zur Kenntnis genommen.

Die Späher, die vorausritten, stießen am Spätnachmittag auf die blaue Dunstwand. Axis lächelte Aschure zu und wandte sich an seine Befehlshaber: »Nun, meine Freunde, was meint Ihr: Verbringen wir noch eine Nacht im Freien und reiten morgen früh ein, oder ...«

»Wir begeben uns sofort nach Sigholt!« ließ der Fürst ihn gar nicht erst ausreden. Sein Gesicht strahlte vor Vorfreude. »Ein warmes Bett käme mir heute nacht gerade recht!«

Euch wird es noch heißer, als Ihr Euch das jetzt vorstellen könnt, dachte der Krieger und sah dann die beiden anderen fragend an.

Belial lachte über Magariz' Eifer, bemühte sich dann aber gar nicht erst zu verbergen, wieviel ihm selbst auch an einer raschen Ankunft in der Festung lag: »Würdet Ihr etwa eine Nacht unter freiem Himmel verbringen wollen, Axis, wenn Aschure nur wenige Meilen entfernt in einer festen Unterkunft wartete? Ich glaube nicht. Deswegen sage ich, wir reiten weiter.«

Der Häuptling nickte ebenfalls. »Sa'Kuja hat mir von dieser magischen Burg berichtet, Sternenmann. Ich freue mich schon auf ihre Brücke, habe ich ihr doch viel zu sagen.«

»Dann erwartet uns ein Nachtritt und eine Begrüßung unter dem Sternenhimmel. Arne, begebt Euch zu den Einheiten, und teilt ihnen mit, daß wir den Marsch fortsetzen und uns an seinem Ende Wärme, eine tüchtige Mahlzeit und Schutz vor den Winden erwarten.«

Kaum befanden sie sich innerhalb der Nebelkuppel, hörten Böen und Kälte auf. Nicht lange danach hatte die ganze Armee das verzauberte Land erreicht. Der Krieger trieb seinen Hengst an, ritt den anderen ein Stück voraus und genoß die Berührung der Magie an seiner Haut.

»Axis!« rief Aschure und lenkte ihr Roß neben das seine. »Wollt Ihr nun, da wir heimgekehrt sind, Sigholt von seinem Dunstzauber befreien?«

»Nun, da wir heimgekehrt sind ...« wiederholte er geistesabwesend, ehe er seine Liebste anlächelte. Der blaue Nebel schmiegte sich an ihren Körper, und sie wirkte wie eine Zauberin, die aus einer Sage heranschwebte, um ihn in Versuchung zu führen.

Eigentlich hatte er durchaus vorgehabt, Sigholt bei seiner Rückkehr von allen Schutzzaubern zu befreien. Aber als er jetzt Aschure von Dunst eingehüllt sah, änderte er seine Meinung und antwortete: »Nein, die Festung soll ihr blaues Gewand noch ein Weilchen länger tragen. Denn draußen lauern immer noch Gefahren.«

Die Jägerin lächelte. Ihr gefiel die Vorstellung, daß dieses Zauberland noch einige Zeit verborgen bleiben würde. Sie wollte gerade etwas in diesem Sinne äußern, als eine laute, überglückliche Stimme sie nicht zu Wort kommen ließ.

»Sternenmann, willkommen! Willkommen daheim!«

»Die Brücke«, lächelte Axis und gab Belaguez die Sporen.

Im Wohnturm und auf dem Burghof flammten immer mehr Lichter auf, je mehr Menschen aus ihren Betten sprangen, sich rasch etwas überwarfen und nach unten eilten, um die ersten Reiter zu begrüßen, die gerade über die Brücke ritten.

Vor der Festung kam der steinerne Steg überhaupt nicht mehr zur Ruhe, galt es doch, Freunde willkommen zu heißen und Fremden die gefürchtete Frage zu stellen. Diejenigen, die hinübergelangten, sahen sich dann sofort von einer lärmenden Schar umringt, die vor Begeisterung keine Ruhe geben wollte.

Das ganze Gebiet war in hellstes Mondlicht getaucht, und hier und da trieb eine Mondwildblume an einem Mondstrahl herab und landete in irgend jemandes Haar.

»Wo ist er? Wo bleibt er?« schrie Kassna. Das lose schwarze Haar umwehte sie, und während sie die Gesichter der Neuankömmlinge prüfend anschaute, krallte sie eine ihrer Hände in Rivkahs Arm. »Ist er denn nicht mitgekommen?«

Die ältere wollte ihr gerade etwas Beruhigendes sagen, obwohl sie doch ebenso hoffnungsvoll wie aufgeregt nach Magariz Ausschau hielt, als ein Reiter heranpreschte, vor ihnen anhielt und die junge Nor zu sich auf den Sattel zog.

»Belial!« flüsterte Kassna und erhielt dann keine Gelegenheit mehr zum Sprechen – wozu eigentlich auch kein Anlaß bestand.

Rivkah betrachtete das Paar eine Weile und rang mit sich, ob sie die beiden unterbrechen durfte, um sich nach Magariz zu erkundigen. Nach einer Weile entschied sie sich dagegen. Die jungen Leute würden sie vermutlich nicht einmal hören. So drehte sie sich von ihnen fort und sah sich ihrem Sohn gegenüber.

»Axis ...«

Er war abgestiegen und hielt Belaguez' Zügel lose in der Hand. Wie eine Insel der Ruhe inmitten eines Meeres der Aufregung stand der Krieger da und sah seine Mutter an.

»Axis«, wiederholte sie und bewegte sich langsam und mit ausgestreckter Hand auf ihn zu. Der Krieger zögerte einen Moment, ehe er sie ergriff und schließlich seine Mutter in die Arme nahm. Rivkah war im fünften Monat schwanger, und als ihr vorgewölbter Bauch gegen ihn drängte, mußte er sehr an sich halten. Wie falsch und verkehrt es ihm vorkam, daß eine Frau in ihrem Alter noch ein Kind in sich trug.

Und dazu noch einen Bruder, das spürte er genau.

Seine Mutter löste sich von ihm, als sie die Berührung seiner Zaubermacht fühlte. »Es tut mir leid, mein Sohn«, sagte sie leise und verwünschte sich sogleich innerlich dafür, sich bei ihm zu entschuldigen.

»Rivkah!« drang Magariz' Stimme zwischen sie. Der Fürst schob den Sternenmann einfach beiseite, um seine Gemahlin umarmen zu können.

Er nahm ihren Zustand ganz anders auf als Axis. »Rivkah!« bekam der Fürst nur hervor, während seine Augen immer größer wurden. »Ich ... ich ...«

»Fünfunddreißig Jahre zu spät«, sagte sie leise, »aber jetzt endlich ist er da, der Erbe. Ich hoffe, Eure Arthritis hindert Euch nicht daran, ihn Euch aufs Knie zu setzen.«

Der Krieger wandte sich mit starrer Miene ab. Er warf einem Stallknecht die Zügel seines Rosses zu und machte sich auf die Suche nach Aschure.

Axis fand sie am Eingang zum Wohnturm, wo sie mit Caelum auf dem Arm auf ihn wartete.

»Vater!« schrie der Kleine entzückt, und der Krieger hob seinen Sohn hoch in die Luft, um ihn dann fest an sich zu drücken. Die junge Frau trat zu ihnen und umarmte sie beide.

»Endlich wieder eine Familie«, bemerkte sie, und Axis küßte sie herzlich.

»Wie steht es um Roland?« fragte er dann.

»Er hütet das Bett, das er allem Anschein nach seit drei Wochen nicht mehr verlassen hat.«

Die Freude in der Miene des Kriegers erlosch. Nachdem er vor kurzem noch selbst lange mit dem Tod gerungen hatte, glaubte er nicht, so rasch danach das Sterben eines anderen ertragen zu können. Axis nickte nur und hielt dann in der immer noch größer werdenden Menge nach seinem Leutnant Ausschau.

»Belial!« rief er schließlich, als er ihn Arm in Arm mit Kassna entdeckte, und wartete ungeduldig, bis die beiden zu ihm geschlendert waren.

»Kassna«, begann er und zwang sich dazu, sie freundlich anzulächeln, »ich fürchte, ich muß Euch Euren wiedergewonnenen Gemahl gleich wieder fortnehmen.« Enttäuschung breitete sich auf ihren Zügen aus, aber als tapfere Soldatenfrau zuckte sie ergeben die Schultern. »Belial, befehlt den Offizieren, mit ihren Einheiten auf den Wiesen zwischen der Burg und der Stadt Seeblick das Lager aufzuschlagen. Danach begebt Ihr Euch in Rolands Gemach. Der Fürst liegt im Sterben.«

»Jawohl, Sternenmann.« Der Leutnant küßte Kassna rasch und verschwand dann, Befehle rufend, im Gewimmel.

Axis nahm Aschures Hand. »Kommt, wir wollen Roland unsere Aufwartung machen.«

Roland stellte die letzte Verbindung zu Axis' früherem Leben dar, das ihm bereits wie eine ferne Erinnerung vorkam. Der Krieger blieb eine Zeitlang am Bett des Herzogs stehen und betrachtete ihn. Dann ließ er sich auf der Bettkante nieder und nahm die Hand des Sterbenden.

»Endlich«, lächelte Roland, als verstünde er Axis' Gedanken. »Mir wird die Gnade zuteil, mit der alten Ordnung zu sterben, damit ich nicht beim Aufbau der neuen nur im Weg stehe.«

»Ihr steht uns nie im Weg«, widersprach ihm der Krieger. Aschure sank auf einen Stuhl. Sie hielt immer noch Caelum in den Armen. Auf dem Weg zur Kammer hatte Axis seine Liebste gefragt, ob sie es für klug hielte, den Kleinen mitzunehmen. Aber der Knabe hatte ihm entgegnet, daß er jeden Tag viel Zeit mit dem alten Mann verbracht habe. Aschure hatte ihren Gemahl daraufhin ins Gesicht gesehen: *Wir müssen ihn nicht vor dem Erlebnis des Todes abschirmen.*

Rolands Lächeln verblaßte jetzt. Seine Gesicht wirkte wie das eines Totenschädels, und seine Haut hatte eine ungesunde Graufärbung angenommen. Dem Krieger war dieser Anblick nur zu vertraut: Der Körper mochte bereits tot sein, aber der Geist leistete Widerstand und klammerte sich immer noch an das Leben. »Ihr habt große Schlachten geschlagen, mein Sohn, wie man mir berichtete.«

Der Krieger zuckte die Achseln: »Ja, einige Schlachten, aber ob sie groß waren, darüber muß die Geschichte entscheiden. Und noch schwierigere stehen uns bevor.«

Ein Schatten senkte sich über die Züge des Herzogs. »Aschure sagte mir, Jorge sei tot.«

Axis nickte. »Er wurde von einem Verräter ermordet. Von Timozel, dem Sohn der Herrin von Tare.«

Rolands Haut schien noch mehr über den Knochen einzufallen. »Nein, bitte das nicht. Ich habe den Jungen immer gemocht.«

»Das haben wir alle«, entgegnete der Krieger, »so wie wir alle Fehler machen.« Er tippte auf die Klinge an seiner Seite. »Ich trage Jorges Schwert, Roland, derselbe Stahl, mit dem Timozel ihn durchbohrte, und ich habe beim Tod dieses Mannes geschworen, diese Klinge eines Tages in den Leib seines Mörders zu stoßen.«

Der Herzog drehte den Kopf zur Seite. »Vielleicht bin ich nicht einmal allzu traurig darüber, diese Welt zu verlassen. Denn gewiß erwartet Jorge mich schon im Nachleben, und wenn ich komme, wird er mich ausschelten, weil ich ihn so lange habe warten lassen.«

Axis traten Tränen in die Augen. »Euren Kindern und Kindeskindern geht es gut, Herzog, und Euer Herzogtum Aldeni erwacht gerade aus seinem Todesschlaf.«

Roland nickte, doch nur matt, so als beträfe ihn das nicht mehr. Seine Gedanken waren allein bei Jorge. Nicht mehr lange, dann würde er seinen alten Freund wiedersehen.

Aschure erhob sich, beugte sich über den Mann und küßte ihn auf den Mund. »Wir werden Euch sehr vermissen, Herzog. Euren Humor ebenso wie Eure Weisheit.« Sie hob Caelum zu ihm, damit er sich von seinem großväterlichen Freund verabschieden konnte.

Die Tür öffnete sich, und Belial trat ein. Er tauschte einen raschen Blick mit dem General aus und setzte sich dann auf die andere Seite des Bettes.

Roland sah den Leutnant an. »Die Zauberin behauptet gerade, ich sei weise. Aber sicher habe ich zu lange gezögert, als ich Bornheld folgte. Was meint Ihr dazu?«

»Ich glaube, Bornheld wußte Eure Weisheit ebenfalls zu schätzen«, versuchte Belial sich an einem Scherz, »doch hat er sie nie ganz begriffen.«

Der Herzog lachte rauh. »Für einen Mann, der so lange mit dem Schwert durch die Welt gezogen ist, besitzt Ihr erstaunliche höfische Art.«

Sein Lachen verging ebenso rasch, wie es gekommen war. »Ich habe Angst, junger Freund, und ich fürchte, Ihr seid der einzige in diesem Raum, der das verstehen kann.«

Danach trat Schweigen ein. Axis öffnete zwar den Mund, um etwas zu sagen, mußte dann aber feststellen, daß ihm nichts Rechtes einfiel. Aschures Kinn ruhte auf Caelums Kopf, und sie ließ den Herzog nicht aus aus den Augen. Der Leutnant nahm eine Hand Rolands und hielt sie die ganze Zeit.

»Ich habe Angst«, sagte der alte Mann noch einmal, dann starb er.

Lange stand Axis nur da und starrte auf den Dahingegangenen. Dann riß er sich aus seiner Betäubung und wandte sich an seinen Leutnant, der noch immer mit gesenktem Haupt auf der anderen Bettseite saß. »Belial?«

Der Offizier hob langsam den Kopf, und wie der Krieger schon vermutet hatte, waren seine Augen gerötet. »Mein Freund«, sprach Axis leise, »Roland fürchtet sich nun nicht mehr.«

Der Mann richtete seinen Blick auf Aschure, die ihn ruhig ansah: »Ich werde die Diener rufen und mich dann um alles Wesentliche für die Bestattung kümmern. Ihr müßt nicht bleiben, Belial, Kassna erwartet Euch sicher schon ungeduldig.«

Aber der Leutnant antwortete darauf mit einem entschiedenen Nein. »Ich habe den Herzog immer geliebt und bewundert. Ihm würde es sicher gefallen, wenn ich mich an seiner Herrichtung beteilige und bis zum Morgen an seinem Bett die Totenwache halte.«

Die junge Frau erhob sich, und Axis nahm ihr Caelum ab. »Wo sind die anderen?« fragte er bemüht gelassen.

Der Krieger nahm den Knaben mit, weil er die Nähe seines Erstgeborenen brauchte, wenn er den Zwillingen gegenübertrat. Außerdem hoffte Axis, daß die beiden ihn freundlicher aufnehmen würden, wenn er in Begleitung ihres Bruders erschiene.

Doch darin sollte er sich irren.

Axis blieb einen Moment vor der Tür zu ihren Räumlichkeiten stehen. Dann legte er die Hand auf den Knauf, drehte ihn rasch und kräftig, ehe ihn der Mut wieder verließ, und trat ein. Ihn drängte nicht sehr danach, den feindseligen Zwillingen zu begegnen, aber dieser Pflicht mußte er sich früher oder später ohnehin stellen.

Caelum drehte den Kopf in Richtung einer Tür, die zu den kleineren Gemächern hinter den Haupträumen seiner Eltern führte. Langsam bewegte Axis sich dorthin. Licht drang unter der Tür hervor, und als er sie öffnete, fand er Imibe vor, die sich gerade über die beiden Wiegen im ersten Raum beugte.

Der Krieger spürte, wie ihm ein Schauder den Rücken hinunterlief. Er tadelte sich in Gedanken sofort dafür, denn schließlich war er der Vater dieser beiden Kinder. Und als großer Feldherr durfte er sich schließlich nicht vor zwei Säuglingen fürchten.

Die Kinderfrau richtete sich sogleich auf, als Axis ins Zimmer hineinschaute. Sie grüßte ihn wortlos mit einem Knicks und zog sich durch die nächste Tür zurück.

Und so, wie Aschure es zwei Monate zuvor getan hatte, trat der Krieger nun langsam zu den beiden Wiegen, um seinen jüngsten Nachwuchs willkommen zu heißen. Gleich seiner Gemahlin erreichte auch er als erstes die Wiege seiner Tochter. Ein Mädchen, dachte Axis und versuchte, bei diesem Gedanken Freude zu empfinden. Zugegeben, sie war wirklich ein hübsches Kind, aber sie lag nur da und betrachtete ihn so unbeteiligt, daß bei dem Krieger einfach keine frohen Gefühle aufkommen wollten.

Er streckte eine Hand aus und streichelte ihr die Wange. Warum konnte das Mädchen ihn nicht lieben? Und warum war ihm das ebenso unmöglich? Zwischen ihnen beiden bestand nichts als Gleichgültigkeit.

»Willkommen, Flußstern Sonnenflieger, im Haus der Sterne. Ich heiße Axis und bin Euer Vater.« Als wenn das für Euch irgendeine Bedeutung hätte, dachte er, und ihr kalter, teilnahmsloser Blick bereitete ihm Übelkeit. »Möget Ihr beizeiten Herzenswärme und Duldsamkeit erlernen«, fügte der Krieger aus einer Eingebung hinzu, »denn ohne diese Eigenschaften wird Euch Eure Schönheit gar nichts nutzen.«

Damit setzte er Caelum ab, hob seine Tochter aus der Wiege, hielt sie an sein Gesicht und küßte sie auf die Stirn. »Ich möchte lernen, Euch zu lieben, Flußstern«, flüsterte er dazu. »Bitte, macht es mir möglich.«

Aber das Mädchen drehte den Kopf weg, und Axis legte es mit eisiger Miene in sein Bettchen zurück. Er nahm Caelum wieder auf und sagte ihm: »Nun zu Eurem Bruder.«

Als er die zweite Wiege erreichte und einen ersten Blick hineinwarf, prallte er entsetzt zurück. Hatte er von seiner Tochter nur Gleichgültigkeit empfangen, so erwartete ihn bei Drachenstern blanker Haß.

»Bei den Sternen!« stöhnte der Krieger, und Caelum hielt sich wimmernd an ihm fest. »Was habe ich verbrochen, um mit soviel Abscheu empfangen zu werden?«

Der kleine Junge drehte sich in seiner Wiege um und bedachte seinen Vater und seinen älteren Bruder mit wütenden Blicken. Zornig ballte er die kleinen Händchen zu Fäusten, denn er hatte gehofft, sein Vater würde niemals, niemals, niemals heimkehren.

»Warum?« fragte Axis und beugte sich noch einmal über die Wiege. »Nennt mir einen Grund.«

Dessentwegen, was Ihr meiner Mutter angetan habt.

»Nein, da muß noch mehr dahinterstecken!« entgegnete der Krieger und mußte an sich halten, um nicht die Beherrschung zu verlieren. Wenn nur das zwischen ihnen stand, wieso hegte der Kleine dann die gleichen feindseligen Empfindungen für Aschure?

Aber Drachenstern schwieg und reckte nur die Fäuste. Axis erkannte in diesem Moment, daß der Knabe, wäre er schon ausgewachsen, sich sofort auf ihn gestürzt hätte. Doch auch jetzt gebot der Säugling schon über eine Macht, die seinen Vater fassungslos machte.

Ich hätte der Erste sein müssen, teilte der Kleine ihm jetzt mit. *Ich müßte Euer Erbe sein. Mit meiner Macht und meinen Fähigkeiten verdiene ich es einfach, Eure Nachfolge anzutreten. Erklärt mich zu Eurem Erben, dann werde ich Euch auch lieben.*

Einen Augenblick lang war der Krieger sprachlos, und Caelum wurde ganz blaß. »Niemand kann sich aussuchen, wann oder als wievielter er geboren wird«, entgegnete er dann so ruhig, wie nur möglich, und wiederholte dann die Worte, die er schon zu seiner Tochter gesprochen hatte: »Ich möchte lernen, Euch zu lieben. Bitte, macht es mir möglich.«

Drachenstern verengte die Augen zu schmalen Schlitzen. *Ich will Euer Nachfolger werden! Ich bin der wahre Sternensohn, und nicht dieser Jammerlappen, den Ihr da auf dem Arm haltet! Welches verdrehte Schicksal bewirkte es, daß mein Same erst als ZWEITER in Aschures nutzlosen, alten Mutterleib eingepflanzt wurde?*

Nun konnte Axis nicht länger an sich halten: *Wie könnt Ihr es wagen, mir Vorhaltungen darüber zu machen, wie ich Aschure behandelte, während Ihr sie doch in Eurem Bemühen, so rasch wie möglich auf die Welt zu kommen, beinahe von innen zerrissen habt? Eine solche Mutter habt Ihr überhaupt nicht verdient, und ich bin jetzt sogar froh darüber, Euch nicht zum Erstgeborenen zu haben! Alles spräche nämlich dagegen, Drachenstern, Euch zu meinem Erben einzusetzen. Und ich werde Euch nicht im Hause der Sonnenflieger willkommen heißen, solange Ihr nicht Demut und Anstand gelernt habt!*

Der Krieger atmete tief durch, was den Zorn in ihm aber kaum dämpfte, machte auf dem Absatz kehrt und marschierte aus dem Raum.

Drachenstern schaute seinem Vater durch die Korbstäbe seiner Wiege hinterher, bis er ihn nicht mehr sehen konnte. Er haßte ihn und seinen älteren Bruder, der sich an die Brust des Sternenmanns klammerte.

Ich werde Euer Erbe, schwor der Kleine sich mit einem Haß, den niemand bei einem Säugling vermuten würde, *denn ich verdiene das mehr als er.*

Axis hatte sich wieder halbwegs in der Gewalt, als er Aschure und Belial im leisen Gespräch vor Rolands Tür antraf. Die junge Frau hob den Blick, als er erschien, und erbleichte angesichts seiner Miene.

»Ich möchte, daß Drachenstern aus unseren Gemächern entfernt wird«, erklärte er gepreßt, »und er soll sich nicht in der Nähe von Caelum oder unserer Tochter aufhalten. Wenn sie sich uns gegenüber gleichgültig aufführt, dann liegt das nur am verderblichen Einfluß ihres Zwillingsbruders.«

Belial starrte ihn entsetzt an: »Aber er ist doch noch ein winziges Kind! Wie könnt Ihr da anordnen ...«

Der Krieger stellte sich vor ihn, und sein Zorn brach wieder aus: »Winzig? Er hat soviel Haß in sich wie eine ganze Abteilung Skrälinge! Dem will ich nicht auf Schritt und Tritt begegnen, und ich lasse auch nicht zu, daß meine anderen Kinder einem solchen Wüterich ausgeliefert sind!«

Aschure legte ihm eine Hand auf den Arm. Der Krieger drehte sich zu ihr um und teilte ihr in Gedanken mit, was er bei den Zwillingen erlebt hatte.

»Axis!«

Belial sah die beiden an und wünschte, er könne an ihrem Gedankenaustausch teilhaben. »General«, sagte er dann, »laßt diese Begegnung nicht Eure Beziehung zu Eurem Sohn verdüstern.« Ein neuer Einfall kam ihm: »Wenn es Euch nichts ausmacht, würden Kassna und ich gern den Kleinen übernehmen. So erhaltet Ihr Gelegenheit, in Ruhe über alles nachzudenken. Ich glaube, meine Gemahlin wäre entzückt, sich um einen Säugling kümmern zu können.«

»Dann solltet Ihr Eurer Kassna bald selbst eins schenken!« gab der Krieger barsch zurück, besann sich dann aber eines Besseren. »Ganz wie Ihr wünscht. Ihr dürft den Kleinen haben. Aber haltet ihn von mir fern.«

Damit setzte Axis sich wieder in Bewegung, und Aschure eilte ihm hinterher.

4 Wahlmöglichkeiten

Am nächsten Tag erwiesen sie in der Abenddämmerung Roland die letzte Ehre, verbrannten ihn auf einem großen Scheiterhaufen am Ufer des Sees und entließen ihn ins Nachleben. Fast alle Burg- und Stadtbewohner nahmen an der Bestattung teil, denn Roland war allseits beliebt und geachtet gewesen. Selbst die Ikarier der Luftarmada fanden sich ein und bildeten die Ehrengarde, als derLeichnam feierlich aus der Festung zum Seeufer getragen wurde.

Die Brücke weinte, als Roland seinen letzten Gang über sie antrat, denn die beiden hatten so manche Stunde damit verbracht, sich zu unterhalten und sich dabei schätzen gelernt.

Kassna fand sich auch unter den Trauernden und hielt Drachenstern auf dem Arm. Die Nor konnte es noch immer nicht recht fassen, so unverhofft zu Mutterfreuden gekommen zu sein. Doch sie gab sich die größte Mühe, strahlte den Kleinen unentwegt an, schmuste mit ihm und ließ sich nicht im mindestens davon beeindrucken, daß der Knabe unentwegt wilden Haß gegen seine Eltern und seinen älteren Bruder aussandte.

Nach der Feuerbestattung winkte der Krieger Dornfeder zu sich und Aschure.

Der Ikarier salutierte vor den beiden.

»Geschwaderführer«, begann Axis, »Ihr seht uns besorgt.«

»Nur wenige Vogelmenschen haben den Weg hierher gefunden«, erklärte die Zauberin, »oder sollten wir uns da irren.«

»Nein, Herrin«, antwortete Dornfeder. »Als wir hier eintrafen, fanden wir einige aus meinem Volk vor, aber sie waren schon hier gewesen, bevor der Sternenmann Sigholt mit seinem Zauber umgab. Ich nehme an, die Ikarier, die später vom Krallenturm kamen, fanden nicht ihren Weg durch die Nebelwand.«

»Habt Ihr denn von irgendwelchen Bewegungen in den Süden gehört?«

»Zauberin, Ihr wißt doch selbst, wie isoliert Sigholt liegt. Wenn Ikarier vom Krallenturm nach Süden wollen, fliegen sie nach Awarinheim und von dort über den Nordra weiter.«

Aschure und Axis sahen sich ratlos an. »Dornfeder, ich weiß nicht, ob Euch das bekannt ist, aber vor zwei Monaten habe ich einen Boten mit der Aufforderung zu Rabenhorst geschickt, alle Ikarier aus dem Krallenturm hierherzuführen. Ich befürchte nämlich einen Angriff der Greifen auf Euer Heim. Gorgrael verfügt noch über eine gewaltige Anzahl der Himmelsbestien, und der Krallenturm läßt sich nur schlecht verteidigen.«

Die Miene des Geschwaderführers verfinsterte sich. »Wenn ich sofort mit der Luftarmada aufbreche, könnten wir in ...«

»Nein«, widersprach der Krieger und hob eine Hand. »Viel zu gefährlich. Nach unseren Erkenntnissen stehen dem Zerstörer gut siebentausend Greifen zur Verfügung.«

Der Ikarier sah aus, als würde er jeden Moment in Ohnmacht fallen.

»Und ich dulde nicht, daß Ihr oder sonst jemand sich zu der Vorstellung versteigt, mit den Resten der Luftarmada ließe sich eine wirkungsvolle Verteidigung des Krallenturms aufbauen.«

»Wir haben daran gedacht, Euch mit einer Staffel in den Norden zu schicken«, ergänzte Aschure und sah ihn ernst an. »Genauer gesagt zum Krallenturm, damit Ihr herausfindet, was sich dort tut.«

Die Zauberin hätte sich selbst dorthin begeben können, doch nur sehr ungern. Faraday würde innerhalb der nächsten sechs bis sieben Wochen ihre Hilfe benötigen, und sie glaubte nicht, es bis dahin hin und zurück geschafft und sich auch noch ausgiebig in der Ikarierstadt umgetan zu haben. Aschures Zauberkräfte waren nicht der Art, im Nu von einem Ort zum anderen zu reisen, wie das zum Beispiel Axis vermochte.

Natürlich hätte die Jägerin sich gern den Greifen gestellt, um mit dieser Gefahr aufzuräumen; doch eine besondere Eingebung warnte sie, daß das nur furchtbar für sie enden könnte. Um die Himmelsbestien zu besiegen, mußten ihre Kräfte noch weiter zunehmen.

Und letztlich wollte die junge Frau Axis nicht schon wieder verlassen, nachdem sie ihn gerade erst wiedergefunden hatte. Oder Caelum.

»Ich stelle es mir schwierig, wenn nicht gar unmöglich vor«, entgegnete Dornfeder, »alle aus dem Krallenturm hinauszuführen. Schließlich dürfen wir die Alten und die Kleinkinder nicht vergessen ...«

»Ich habe Rabenhorst durch den Boten geraten«, erklärte ihm die Zauberin, »die Gebrechlichen, die Kinder und alle anderen, die nicht fliegen können, zu den unterirdischen Kanälen zu schicken. Orr wird sich vielleicht erst etwas bitten lassen, ihnen am Ende aber wohl kaum die Fahrt verweigern.«

Der Ikarierbefehlshaber sah seinen General unbehaglich an. Er war dem Charoniten vor zwei Jahren begegnet und hatte den Eindruck gewonnen, daß der launische Fährmann zu allem erst lange überredet werden mußte. Außerdem hatte er damals auch erfahren, daß Orr keine allzu hohe Meinung von den Vogelmenschen hatte. Wenn Rabenhorst sich persönlich zu ihm hinunter bemühte und in seiner herrischen Art von dem Fährmann verlangte, die Kinder und die Alten zu befördern ... Dornfeder schüttelte sich bei der Vorstellung, und das entging weder Axis noch Aschure.

»Geschwaderführer«, wandte sich der Krieger an ihn, »wir müssen einfach in Erfahrung bringen, ob die Ikarier sich zur Reise rüsten. Sorgt dafür, daß sie nach Awarinheim fliegen, oder besser noch, in den Süden Tencendors. Stellt auf alle Fälle sicher, daß sie ihr Heim verlassen.«

Der Vogelmann nickte kurz, salutierte dann und entfernte sich bedrückt.

Am nächsten Morgen brach Dornfeder mit einer Staffel auf und flog so lange und so schnell, wie seine Kräfte es zuließen. Zur Nacht rasteten sie jeweils sechs oder sieben Stunden in Awarinheim, und wenn sie Glück hatten, trafen sie einen Awarenklan an, der sie bei sich aufnahm. Die Waldläufer berichteten ihnen, seit Jultide keine größeren Ikarierbewegungen bemerkt zu haben.

Ein Klanhäuptling erklärte den Luftkämpfern achselzuckend: »In den Wochen vor dem Fest trafen täglich einige Hundert von ihnen bei uns ein. Aber seitdem nur noch kleinere Gruppen von höchstens zwanzig Ikariern.«

Bei den Sternen! fluchte der Geschwaderführer. Zehntausende aus seinem Volk mußten sich immer noch im Krallenturm aufhalten! In dieser Nacht gönnte er seiner Staffel nur vier Stunden Schlaf, ehe er sich mit ihnen wieder in die Lüfte erhob.

Als die Kämpfer endlich am Krallenturm eintrafen, wimmelte es dort noch, wie gewohnt, vor Ikariern. Diese Entdeckung löste in Dornfeder so große Niedergeschlagenheit aus, wie er sie seit der Vernichtung der Luftarmada am Azle nicht mehr erlebt hatte.

Allerdings war der Anflug der Staffel nicht unbemerkt geblieben, und Rabenhorst erschien persönlich auf dem höchsten Absprungbalkon der Bergstadt, um Dornfeder zu begrüßen.

»Krallenfürst!« rief der Geschwaderführer, breitete die Flügel aus und verbeugte sich vor seinem Herrn.

Rabenhorsts Mund verzog sich zu einem spöttischen Grinsen: »Nach den Rangabzeichen zu schließen, habt Ihr es inzwischen zum Geschwaderführer gebracht. Als nächstes werdet Ihr mir wohl noch erzählen, Ihr führtet die Luftarmada selbst an.«

Dornfeder richtete sich wieder auf, und in seinen dunklen Augen stand soviel Trauer zu lesen, daß der Krallenfürst entsetzt einen Schritt zurücktrat. »Nein«, flüsterte er, »das darf nicht sein ...«

»Fürst«, begann der Vogeljüngling, aber Rabenhorst hörte ihn nicht.

»Ich habe bereits vernommen«, murmelte der Fürst, »daß die

Luftarmada durch die Greifen eine empfindliche Niederlage erfuhr, aber sie können doch nicht alle gefallen sein … Weitsicht, Suchauge und all die anderen …«

Er sah den Jüngling wieder an, entdeckte immer noch die Trauer in dessen Augen, und stöhnte schwer.

»Ich hatte ja keine Vorstellung, daß es so schlimm um unsere Streitkräfte stehen könnte … Sagt mir, Dornfeder, sieht unsere Lage wirklich so verzweifelt aus?«

Der Geschwaderführer schüttelte den Kopf und wünschte, der Fürst würde ihn hineinbitten, damit er endlich aus dem Wind kam, »Nein, Herr, so schlimm nicht. Ich glaube sogar, daß wir immer noch Hoffnung hegen dürfen. Doch dazu müßt Ihr sofort veranlassen, daß unser Volk den Berg verläßt. Niemand kann ihn verteidigen.«

Rabenhorst führte ihn nun endlich in den Krallenturm. »Beurlaubt Eure Staffel, damit sie sich erfrischen kann, und wir beide unterhalten uns.«

»Herr«, drängte der junge Vogelmann, »wir haben die vergangene Nacht bei den Awaren verbracht und fühlen uns durchaus noch bei Kräften. Meine Flieger können dabei Hilfe leisten, die Ikarier von hier fortzuführen. Bei den Sternen, Fürst!« platzte es dann aus ihm heraus. »Warum halten sich noch alle im Krallenturm auf?«

»Ihr nehmt Euch Rechte heraus, die Euch nicht zustehen«, entgegnete Rabenhorst ungnädig, richtete sich zur vollen Größe auf und beäugte den Geschwaderführer unter den buschigen Augenbrauen.

Aber Dornfeder ließ sich davon nicht einschüchtern. »Herr, ich nehme mir überhaupt nichts heraus, sondern frage nur, warum Ihr die Maßnahmen zur Rettung unseres Volkes so nachlässig angeht.«

Alle, die in Hörweite standen, fuhren zusammen, und Rabenhorst holte tief Luft. »Geschwaderführer, ich werde Euch in Eure Unterkunft bringen. Jetzt. Und was Eure Staffel angeht, so soll sie Eure, vielmehr meine, Befehle im Vorzimmer erwarten.«

Dornfeder hörte sehr wohl den warnenden Unterton heraus,

doch die Wichtigkeit seiner Aufgabe verlieh ihm den Mut, dem Fürsten auch jetzt noch zu widersprechen: »Herr, ich bin auf Befehl des Sternenmanns und der Zauberin hier erschienen. Die beiden befürchten aus gutem Grund, daß dem Krallenturm große Gefahr droht. Sie haben mir aufgetragen, den Auszug der Ikarier nach Kräften zu beschleunigen.«

Wenn Rabenhorst sich bislang falsche Vorstellungen über seinen Platz in der neuen Ordnung gemacht haben sollte, so wurde er durch diese Worte eines Besseren belehrt. »Verstehe, Geschwaderführer«, entgegnete er leise. »Ich würde es trotzdem vorziehen, wenn wir unsere Unterhaltung in meinem Gemach fortsetzten.«

Dornfeder nickte. »Wie Ihr wünscht, Krallenfürst. Aber mich erwartet hier allem Anschein nach sehr viel Arbeit, und da bleibt mir wenig Zeit für einen längeren Gedankenaustausch.«

Der Ältere starrte ihn einen Moment lang an, kehrte ihm dann den Rücken zu, marschierte zum nächsten Schacht und ließ sich dort hinab. Vor Empörung bewegten sich seine Flügel starr und ruckhaft.

»Herr«, erklärte Dornfeder ihm später versöhnlicher, »es lag bestimmt nicht in meiner Absicht, Euch zu beleidigen. Aber die Zeit rinnt uns durch die Finger.«

»Junger Mann«, seufzte der Fürst, »ich bin mir der Gefahr, die uns droht, durchaus bewußt. Doch leider stößt unser Auszug auf eine Reihe von Schwierigkeiten.«

Dornfeder lief ungeduldig auf und ab, aber davon ließ sich Rabenhorst nicht irre machen. »Ich mußte erst den Rat der Ältesten einberufen und dann auch noch eine große Versammlung abhalten.«

Bei den Himmeln! dachte der junge Ikarier, muß denn wirklich für alles erst eine Versammlung aller Vogelmenschen stattfinden? Hätte die Dringlichkeit nicht geboten, daß Ihr einfach den Befehl zum Abmarsch erteilt?

»Die Versammlung führte zu keiner eindeutigen Beschlußfassung. Viele Ikarier wollten nicht von hier fort ...«

»Dann ist ihnen der Tod gewiß!« unterbrach ihn Dornfeder und hoffte, den Fürsten durch solche Worte endlich zur Tat zu bewegen.

»Ich kann ihnen diese Haltung nicht verübeln!« erwiderte Rabenhorst mit blitzenden violetten Augen. »Seit über tausend Jahren leben wir hier in Sicherheit und Geborgenheit, und wir wissen nicht, was uns im Süden erwartet.«

»Das Leben erwartet Euch im Süden!« rief der junge Mann. »Verdammt noch mal! Wofür hat die Luftarmada denn gekämpft, wofür ist sie gestorben, wenn nicht für das Ziel, den Ikariern ihre alte Heimat im Süden zurückzugewinnen! Die alten Städte erwachen wieder zum Leben, die geheiligten Stätten stehen uns wieder offen, und der Wald breitet sich wieder aus. Das, werter Fürst, erwartet die Ikarier im Süden!«

Er atmete tief ein, um sich zu beruhigen. Vor Erregung sah man die Adern an seinem Hals pulsieren. »Wer aber hierbleibt, den erwartet der Tod. Und er kommt gewiß über den Krallenturm, sei es in Augenblicken, in Stunden oder erst in Wochen. Die genaue Angriffszeit vermag niemand zu nennen, aber das gibt Euch noch lange nicht das Recht, das Leben unseres Volkes aufs Spiel zu setzen, Fürst!«

»Er trägt mannigfaltige Verantwortung auf seinen Schultern«, ertönte eine weibliche Stimme hinter dem Geschwaderführer, und er drehte sich um. Hellefeder, die Gemahlin des Fürsten, war durch eine Nebentür hereingekommen und trat nun zu den beiden. »Und Rabenhorst mußte miterleben, wie die Welt, die er kannte, rings um ihn zusammenbrach. Der Fürst und ich«, sie stellte sich neben ihren Gemahl und nahm dessen Hand, »gehören nun selbst zu den Ältesten, und wir haben große Mühe, uns mit einer so plötzlichen, so drastischen Veränderung zurechtzufinden.«

»Dann wäre Euch ein plötzlicher, drastischer Tod wohl lieber?«

Rabenhorst rieb sich die Augen. »Wenn ich den Befehl erteile, Geschwaderführer, wohin wird unser Volk dann ziehen?«

Dornfeder konnte seine Ungeduld nur schlecht verbergen:

»Zu den Städten in den Minarettbergen. Nach Awarinheim, nach Sigholt und sogar nach Karlon. Vielleicht auch auf die Insel des Nebels und der Erinnerung.«

»Junger Mann, mehrere zehntausend Vogelmenschen bevölkern den Krallenturm. Sie finden sicher nicht alle Unterkunft in den Städten der Minarettberge. Und unsere Freunde in Awarinheim besitzen kaum genug Vorräte, um sich selbst zu ernähren; da kämen ihnen Scharen von hungrigen Ikariern sicher nicht gelegen. Als Fürst darf ich mein Volk nicht ins Ungewisse schicken.«

»Wir finden schon Platz und Nahrung für alle Ikarier!«

Der Fürst wehrte mit einer abschätzigen Geste ab.

»Wenn Ihr nichts unternehmt, seid Ihr noch schlimmer als Wolfstern«, erklärte Dornfeder ihm mit eisiger Stimme. »Denn dann hättet Ihr Euch mit dem Blut Zehntausender, wenn nicht sogar dem unseres ganzen Volkes befleckt. Wolfstern hingegen hat sich nur für den Tod von zweihundert Kindern zu verantworten!«

Rabenhorst und Hellefeder starrten ihn an. Nicht empört, sondern eher erschrocken.

»Das könnt Ihr unmöglich so meinen …« begann der Fürst.

»Jedes Wort war ernst gemeint!«

Der Herrscher und seine Gemahlin starrten ihn wieder an, jetzt verwundert. Vor ihnen stand nicht der Dornfeder von früher.

»Bringt den Mut auf, Euer Volk von hier fortzuführen, in Sicherheit«, erklärte der junge Mann ihnen ruhig, aber entschieden, »sonst muß ich diese Aufgabe übernehmen.«

»Aber wo sollen wir denn hin?« fragte die Vogelfrau erregt und mit weit aufgerissenen Augen. »Und was müssen wir alles mitnehmen? Also ich glaube wirklich, diese Entscheidung ist etwas zu übereilt getroffen worden. Wenn es nach mir ginge, würde ich …«

»Ich habe leider keine Zeit, mir Eure Beschwerden anzuhören, gnädige Frau«, brachte Dornfeder sie zum Schweigen. »Wenn

Ihr bitte den Schächten folgen wollt, die hinauf aufs Dach zu den Aufstiegsbalkonen führen, dann könnt Ihr schon losfliegen. Auf Gepäck muß leider verzichtet werden. Aber ich glaube«, er nickte in Richtung eines Heranwachsenden, »Euer Leben und das Eures Sohnes sollte Euch viel wichtiger sein.« Der Knabe, von größerer Abenteuerlust als seine Mutter, zwinkerte dem Geschwaderführer zu und schob sie in Richtung des nächsten Schachts.

Rabenhorst hatte endlich eingewilligt. Ausgestattet mit dem Einverständnis des Krallenfürsten und, wichtiger noch, mit dessen Herrschaftsgewalt hatte Dornfeder sich gleich an die Arbeit gemacht. Jede weitere Minute konnte das Leben Unzähliger bedeuten. Jede Stunde, die noch bis zum Auszug verstrich, könnte eine Katastrophe heraufbeschwören.

Viele Vogelmenschen waren durchaus bereit, den Krallenturm zu verlassen. Bei diesen handelte es sich um diejenigen, die ohnehin vorhatten, den Süden zu besuchen. In den fünf Stunden, die vergangen waren, seit der Geschwaderführer das Gemach des Fürsten im Laufschritt verlassen hatte, waren mehr als achttausend Ikarier gestartet. Zuerst nach Awarinheim, wo sich alle sammeln sollten. Und dort würde man weitersehen, wie viele von ihnen die Waldläufer aufnehmen konnten und wie viele weiterfliegen mußten.

Dornfeder konnte nur hoffen, daß Axis und Aschure die Achariten ausreichend darauf vorbereitet hatten, den plötzlichen Massenansturm der Vogelmenschen klaglos über sich ergehen zu lassen.

Die jüngeren und mittleren Altersgruppen der Ikarier mochten sich ja durchaus willig zum Fortgang zeigen, aber die Älteren zauderten und zögerten zum Federnraufen. Die meisten von ihnen konnten sich einfach nicht entschließen. Zuviel schien für sie auf dem Spiel zu stehen, zu viel Gewohntes und Liebgewonnenes mußten sie zurücklassen, und zu viele Unwägbarkeiten erwarteten sie. Was würde überhaupt aus dem Krallenturm, wenn sie ihn einmal verlassen hatten? Und hatte denn jemand wirklich nachgezählt, ob solche gewaltigen Mengen von Greifen bereitstanden?

Auf all diese Fragen konnte Dornfeder kaum Antwort geben. Er erklärte den Alten, er glaube der Zauberin und nehme ihre Warnung durchaus ernst. Doch etlichen Ikariern reichte diese Auskunft nicht. Schließlich verlegte der Geschwaderführer sich darauf, die Störrischen zu bedrohen und einzuschüchtern. Von nun an hatte er keine Geduld mehr mit ihnen. Der junge Mann hatte Kameraden sterben sehen und selbst die Krallen der Greifen gespürt. Und nur wenn er brüllte, hörten die Vogelmenschen ihm zu. Dornfeder hatte sich einmal an der Schwelle des Todes befunden, und diese Erfahrung verlieh ihm jetzt eine Aura, die im Verein mit seinem Zorn alle weiteren Einwände zum Schweigen brachte und die Zauderer überzeugte.

Mögen die Sterne ihnen beistehen, betete der Geschwaderführer, als er auf dem Dach des Krallenturms stand und eine weitere Gruppe Ikarier losschickte. Hoffentlich lauern die Greifen nicht schon am Himmel auf sie. Die Aufwinde waren schwarz vor Schwingen. Wenn überhaupt, würde die große Anzahl ihren besten Schutz darstellen. Sobald sie dann in den Bereich gelangten, in dem das Lied des Erdbaums erklang, würden sie in Sicherheit sein.

Der junge Ikarier kehrte in den Turm zurück und trat beiseite, um der nächsten Gruppe Platz zu machen. Die Mitglieder seiner Staffel bewirkten wahre Wunder und scheuchten immer neue Ikarier nach draußen. Er hoffte, ihre Namen würden in den Sagen der Vogelmenschen fortleben; denn ohne Zweifel retteten sie heute ihr Volk.

Doch ihm stand noch eine Aufgabe bevor, die er nur selbst erledigen konnte.

Die Kinder. Diejenigen Ikarier, denen noch keine Flügel gewachsen oder deren Flugmuskeln sich noch nicht so weit entwickelt hatten, um Awarinheim erreichen zu können. Säuglinge wurden von ihren Müttern in Tragetüchern mit auf die Reise genommen. Aber die Kleinkinder und die größeren Kinder würden laufen müssen – und danach, wenn möglich, in einem Kahn reisen.

Zu Dornfeders Freude hielt sich die Schar der Gebrechlichen, derjenigen Erwachsenen, die für einen Flug zu krank oder zu alt waren, sehr in Grenzen.

Der Geschwaderführer hieß die Flugunfähigen, sich in einer der untersten Kammern des Krallenturms zu sammeln. Sobald oben alles geregelt wäre, würde er sich selbst zu ihnen begeben und sie hinunter zu den Wasserwegen führen. Er sagte sich nämlich, daß der Fährmann am ehesten auf jemanden hörte, der schon einmal mit ihm gefahren war.

Aber welchen Preis würde Orr für seine Dienste verlangen?

Der Ikarier zuckte die Achseln. Damit konnte er sich immer noch befassen, wenn es so weit war. Und das würde noch einige Zeit dauern. Die Kinder und die Gebrechlichen kämen die vielen Stufen bestimmt wesentlich langsamer hinunter als gesunde und erwachsene Vogelmenschen. Doch dann mußte er feststellen, daß er die Begeisterung der Kleinen offensichtlich unterschätzt hatte.

Schließlich ließ er sich durch die Schächte bis in die untere Kammer hinab, wo sich die Kinder und die Kranken unter der Führung von zwei Staffelmitgliedern eingefunden hatten. Dort angelangt, blieb ihm erst einmal der Mund offenstehen. Er hatte mit einigen Dutzend Personen gerechnet, die er zum Fährmann geleiten mußte. Doch erwarteten ihn hier sechshundert aufgeregte Kinder, die sich auf das große Abenteuer zu freuen schienen. Selbst die wenigen Gebrechlichen hatten sich von der guten Laune der Kleinen anstecken lassen.

Dornfeder landete sanft auf dem Boden und rief Feinauge zu sich, eine der Luftkämpferinnen. Sie bemerkte seine Überraschung und zuckte die Achseln. »Mir erging es vorhin ebenso, Geschwaderführer. Wer hätte gedacht, daß der Krallenturm so viele Kinder beherbergte?«

Der junge Mann betrachtete die große Schar. »Bei den Sternen, was wird der Fährmann wohl dazu sagen?«

Aber ihm blieb nichts anderes übrig, als sie nach unten zu führen. Er schickte die beiden Luftkämpfer zurück nach oben, um die Erwachsenen aus dem Berg zu geleiten, und gegebenenfalls nachzuhelfen, und wandte sich dann an seine Schützlinge.

Während er sich räusperte, wurde ihm klar, daß er nicht wußte, was er ihnen sagen sollte. Dornfeder besaß nicht sehr viel Erfahrung im Umgang mit Kindern.

»Äh«, begann er wenig überzeugend, »Ihr habt Euch sicher schon gefragt ...« Nein, das war nun wirklich zu blöd.

»Ähem, wir werden bald ein bemerkenswertes Abenteuer antreten ...« Bei den Sternen! Das war noch schlimmer.

»Hört mir mal zu«, sagte er schließlich mit normaler Stimme und ohne väterlich strengen Unterton, »dem Krallenturm droht eine große Gefahr.«

»Die Greifen!« rief sofort ein Kind in der ersten Reihe mit heller Stimme.

»Ganz recht, die Greifen. Gorgrael, der Zerstörer, von dem habt Ihr doch sicher schon gehört?«

Hunderte Köpfe nickten.

»Also, dieser Gorgrael hat Tausende von Greifen beisammen, und viele befürchten, daß er mit ihnen den Krallenturm angreifen will.«

»Wir würden alle umkommen, wenn wir hierblieben«, bemerkte ein rothaariges Mädchen nüchtern, und Dornfeder betrachtete sie.

»Ja, wir alle würden hier den Tod finden. Deswegen will ich jeden Ikarier in Sicherheit bringen. Und weil es viel zu gefährlich wäre, Euch hier über die Eisflächen zum Nordra zu führen, will ich etwas ganz anderes versuchen.«

»Feinauge hat gesagt«, rief ein besonders aufgeregtes Kind, »daß wir zu den unterirdischen Kanälen aufbrechen! Was sind eigentlich Kanäle? Wo liegen sie? Und wie kommen wir alle dorthin?«

Zehn Minuten lang erklärte der Offizier ihnen nun so kindgerecht, wie ihm das möglich war, was es mit der Unterwelt und den Charoniten auf sich habe. Er berichtete ihnen auch, wie er selbst vor zwei Jahren in Begleitung von Rivkah, der Zauberin und Sternenströmer über die Wasserwege gefahren sei. Und die Reise sei rasch und ohne irgendwelche Schwierigkeiten verlaufen.

»Also«, schloß er dann, »glaubt Ihr, daß Ihr eine Fahrt auf den Kanälen versuchen wollt?«

Ein Chor von lauten und hellen Stimmen versicherte ihm, daß sie es wagen wollten. Dornfeder entdeckte kein einziges Kind, das vor dieser Reise zurückschreckte. Die Gebrechlichen lächelten freundlich, weil er alles den Kindern so schön dargelegt hatte. Der Geschwaderführer forderte nun die Größeren auf, jeweils ein kleines Kind an die Hand zu nehmen, und versammelte sie dann am Eingang zum ersten Tunnel.

Der junge Mann führte die Schar an, denn er allein kannte den Weg nach unten. Er mußte sich eben darauf verlassen, daß alle Kinder ihm gehorsam folgten. Was, wenn eines falsch abbog und Dutzende ihm brav hinterherliefen? Und wenn sie dann in Panik gerieten? Oder wenn eines der Kleinkinder es unterwegs mit der Angst zu tun bekam und nicht mehr weiterwollte? Aber er machte sich umsonst Sorgen, denn die Alten und Schwachen bildeten das Ende des fröhlichen Zuges und sorgten dafür, daß kein Kind in die Irre lief.

Und so folgten sie Dornfeder in die Tiefe, und niemand bekam Angst oder fand sich nicht mehr zurecht. Nach ungefähr zehn Minuten stimmten einige Kinder sogar ein Lied an, in das rasch alle anderen einfielen. Das wärmte dem Geschwaderführer das Herz und schenkte ihm Zuversicht. Komme, was da wolle, für sein Volk würde es eine Zukunft geben.

Sie brauchten anderthalb Stunden, um den Eingang zur Unterwelt zu erreichen.

Viele Kinder staunten sehr über den riesigen Brunnenschacht, der tief in die Erde hinabführte, und bewunderten auch die eingemeißelten Tänzer an den Wänden. Einige fuhren sogar mit den Fingerspitzen deren Formen nach. Kein einziges weigerte sich dann, die leuchtenden Marmorstufen zu betreten, die in den Schacht gehauen waren.

Und so stiegen die jüngsten Ikarier mit Gesang und munterem Sinn hinab in die Unterwelt.

Damals, vor zwei Jahren, hatte Sternenströmer etliche verwundete Vogelmenschen dabeigehabt und war, wie Dornfeder sich erinnerte, nur langsam vorangekommen. Mit den Kindern ging es jetzt doch etwas schneller. Wenn die Gebrechlichen nicht gewesen wären, hätten sie sicher noch rascher ihr Ziel erreicht. Anscheinend brauchte niemand eine Rast.

Jedesmal, wenn der junge Mann stehenblieb, um nach oben zu schauen und festzustellen, ob alle mitkamen, sah er die lange Reihe der Kinder, die zu zweien oder dreien, sich an den Händen haltend und singend, die Treppe herabkamen.

»Wenn das Leben nichts Großes mehr für mich bereithalten sollte«, murmelte er bei einer solchen Gelegenheit, »so will ich es doch als erfüllt bezeichnen, allein wegen dieses wunderbaren Anblicks. Mögen die Götter mir beistehen, daß ich die Kinder nicht in den Untergang führe.«

Nach einigen Stunden erreichten sie die graue Kammer am Grund des Brunnenschachts. Dornfeder achtete darauf, daß kein Kind sich zu nah an den Kanalrand stellte. Sie schwiegen jetzt, doch nicht aus Erschöpfung, sondern vor Verwunderung über die Atmosphäre in dieser Halle und über die Sterne, die inmitten des Wassers trieben.

Als das letzte unten angekommen war, holte Dornfeder zur Beruhigung tief Luft und trat dann zu dem goldenen Gestell, an dem die Glocke hing. Nach einem Moment des Zögerns schlug er sie an.

Dreimal ertönte ihr Klang, und einigen der Kinder wurde es jetzt doch etwas unheimlich.

»Alles in Ordnung«, versicherte ihnen der junge Mann und stellte sich vor sie. »Der Fährmann braucht sicher eine Weile, ehe er hier ein ...«

Er unterbrach sich, als ihm auffiel, daß die Kleinen gar nicht zu ihm schauten, sondern zu dem Tunnel, aus dem das Wasser strömte.

In einiger Entfernung hüpfte dort ein Licht.

Wie rasch Orr sich näherte. Dornfeder ballte die Fäuste, und vor Aufregung stellten sich seine roten Nackenfedern auf.

Ein großer, flacher Kahn schob sich in die Halle, und eine in einen weiten Mantel gehüllte Gestalt saß mit zusammengefalteten Händen im Heck. Ihr von einer Kapuze verborgenes Haupt war gebeugt. Als das Boot auf der Höhe Dornfeder anhielt, hob Orr den Kopf.

»Wer ruft den Fährmann?« fragte der Charonite mit knurriger Stimme. »Wer hat die Glocke geläutet?«

Der junge Mann trat vor ihn und verbeugte sich so tief, daß er sich fast mit den Händen aufstützen mußte. Dazu breitete er die Schwingen zu ihrer vollen Breite aus, und die Federspitzen schabten über den Boden.

»Das war ich, Fährmann«, antwortete er mit gesenktem Blick, »Geschwaderführer Dornfeder von der ikarischen Luftarmada.«

»Wie nur Ihr?« Orr klang überrascht. »Nur Ihr, Dornfeder – und glaubt nicht, daß ich mich nicht mehr an Euch erinnern könnte – und keine naseweisen Zauberer, die mir mit ihren eingebildeten Bemerkungen und selbstgerechten Fragen die Galle schwellen lassen?«

Der junge Mann wagte es jetzt, ihn anzusehen. »Nein, Fährmann, nur ich, die unschuldigen Kinder meines Volkes und ein paar Alte und Gebrechliche, die nicht mehr fliegen können.«

Der Charonite lachte laut, zog die Kapuze vom Kopf und zeigte sein totenschädelartiges Gesicht, in dem wie zum Widerspruch die jungen violetten Augen leuchteten. »Kein Kind ist unschuldig, Dornfeder, denn vom ersten Atemzug an nimmt es das Leben mit all seinen Höhen und Tiefen in sich auf. Nun erhebt Euch wieder, Vogelmann, und erzählt mir, was Euch hierher geführt hat.«

Dornfeder richtete sich auf. »Fährmann, ich bin gekommen, einen Gefallen von Euch zu erbitten.«

»Einen Gefallen? Junger Mann, da müßt Ihr mir aber schon mehr verraten.«

Der Geschwaderführer leckte sich über die trockenen Lippen. »Gorgrael bedroht den Krallenturm mit seinen Greifen, und deshalb mußten wir ihn so rasch wie möglich verlassen. Diese Kinder hier können noch nicht fliegen, und wir wollen sie nicht den Eiswüsten bis zum Nordra aussetzen. Deswegen, Fährmann …«

»Nein.«

»Aber Ihr habt meine Bitte doch noch gar nicht vernommen!« rief der Ikarier, trat einen Schritt auf Orr zu und streckte flehend die Hände aus.

Der Charonite sah ihn ungerührt an. »Ihr erbittet doch von mir, diese Kinder in Sicherheit zu bringen, nicht wahr?«

»Ja, natürlich ...«

»Nein.«

»Und warum nicht?«

»Weil ich Kinder nicht besonders mag. Erst recht nicht, wenn sie in solchen Haufen auftauchen.«

»Sie sind wohlerzogen und sehr höflich, Fährmann«, entgegnete Dornfeder leicht ungehalten. »Und sie haben es verdient, weiterzuleben.«

Aber Orr schüttelte nur den Kopf und zog sich langsam die Kapuze wieder übers Haupt.

»Axis hat mich zu Euch geschickt!« rief der junge Mann jetzt erregt.

»Ich habe meine Schuld bei dem Sternenmann beglichen.«

»Auch bei Aschure?«

Die Hand des Charoniten hielt inne, doch nach einem Moment des Zögerns zog er sich die Kapuze endgültig übers Gesicht, um es erneut zu verhüllen. »Nein.«

»Ich bin bereit, den Preis dafür zu entrichten!« rief Dornfeder in höchster Not.

Das eingefallene Gesicht Orrs lugte unter der Kapuze hervor. »Wovon redet Ihr?«

»Vom größten Mysterium überhaupt, Fährmann, dem Leben!«

Orr starrte Dornfeder an. Der Vogelmann stand aufrecht und entschlossen da, seine Miene wirkte ruhig, von ihm gingen Würde und Stolz aus, und die roten Schwingen standen nur ein kleines Stück vom Körper ab.

»Wessen Leben?«

Der junge Mann hielt seinem Blick stand. »Meines.«

Kein Laut ließ sich in der Halle vernehmen. Alle Kinder starrten ihren Führer mit großen Augen an.

»Ihr seid bereit, für diese Kleinen Euer Leben zu opfern, Geschwaderführer Dornfeder?«

»Ein geringer Preis für so viele Leben.«

»Aber Ihr seid noch jung, voller Kraft und Saft …«

Der Ikarier schwieg, ohne den Blick von dem Charoniten zu wenden.

»Also gut«, erklärte Orr, »ich bin einverstanden. Euer Leben für die Beförderung dieser Kinder und Gebrechlichen.« Er beäugte den Ikarier weiterhin.

Dornfeder atmete erleichtert auf. »Vielen Dank, Fährmann. Ich fühle mich geehrt, daß Ihr mich als Preis für würdig genug erachtet.«

Nein, die Ehre ist ganz auf meiner Seite, flüsterte der Charonite in Gedanken, *denn nur wenige hätten sich in einer solchen Lage selbst angeboten. Als ich damals Sternenströmer den gleichen Preis vorschlug, ließ er den Blick über die Gruppe schweifen, die ihn begleitete. Nicht einmal kam es ihm in den Sinn, sich selbst zu opfern. Deswegen fühle ich mich geehrt, einem Mann wie Euch begegnet zu sein.*

»Gut, und wohin wünscht Ihr, soll ich die Kinder bringen?«

Dornfeder öffnete den Mund, schwieg aber noch. An alles hatte er während des Auszugs gedacht, nur nicht daran, wohin er die Kinder und die Alten eigentlich bringen wollte. »Äh … nach Sigholt?«

»Das läßt sich leicht bewerkstelligen, Ikarier, denn diese Wasser münden in den Lebenssee. Dann laßt die jungen Herrschaften an Bord kommen.« Er winkte ungeduldig die erste Reihe der Kleinen heran.

»Aber diese große Schar paßt doch niemals auf Euren Kahn!« wandte Dornfeder ein. Orr lächelte nur nachsichtig und deutete hinter sich.

»Vermutlich sind Euch die dort noch gar nicht aufgefallen.« Hinter dem Kahn schloß sich ein Dutzend weiterer Boote an, jedes mit einer eigenen Lampe versehen und durch Seile miteinander verbunden.

Der Geschwaderführer nickte und trieb seine Schützlinge an.

Langsam, dann aber mit wachsender Selbstsicherheit bestiegen die jungen Ikarier die Boote. Der Fährmann stieg derweil aus, wartete, bis alle Kähne gefüllt waren, jeder Reisende einen Sitzplatz gefunden hatte und wandte sich dann an Dornfeder.

»Euer Leben, Geschwaderführer«, verlangte er und legte dem jungen Mann eine Hand aufs Gesicht.

Alles in Dornfeder spannte sich an, aber er verspürte keine Angst; denn er glaubte nicht, daß der Charonite ihm einen schmerzhaften Tod bereiten würde. Mit angehaltenem Atem wartete der Ikarier auf sein Ende ... aber nichts geschah.

Nach einer Weile wagte er es, Luft zu holen und öffnete schließlich die Augen. Zwischen den gespreizten Fingern des Fährmanns sah er dessen grinsendes uraltes Gesicht.

»Was habt Ihr erwartet?« fragte Orr spöttisch. »Daß ich Euch hier mit einer verborgenen Keule den Schädel einschlüge?«

Er ließ die Hand sinken und lächelte Dornfeder an. »Ein Leben, lautet die Abmachung, Geschwaderführer. Dachtet Ihr etwa, ich wollte Euch das Leben nehmen?«

»Nun ja, ich habe mich doch angeboten, und Ihr habt eingewilligt!« rief der Ikarier empört. Er hatte sich mit ganzer Kraft darauf vorbereitet, in Würde zu sterben, und da gefiel es ihm wenig, dafür von dem Charoniten ausgelacht zu werden.

Das war wirklich nicht recht von mir, Dornfeder. Vergebt mir.

Mit ernster Miene legte der Fährmann die Hand wieder auf das Gesicht des jungen Mannes. »Dornfeder, mir geht es mehr darum, Euer Leben zu nutzen. Das Leben ist ein unbezahlbares Gut, aber nur so lange, wie es sich bewegt und atmet. Ein ausgelöschtes Leben besitzt hingegen überhaupt keinen Wert. Versteht Ihr?«

Der Ikarier nickte langsam unter den Fingern Orrs. »Dann wollt Ihr also von meinem Leben Gebrauch machen.«

»Ja, ganz recht. Doch seid versichert, daß Euer Leben Euch größtenteils weiterhin bleibt. Ich möchte es dazu nutzen, den Charoniten zu helfen. Wir sind in mir vereint, die wenigen, die es von uns noch gibt, und wir können diese Wasserstraßen nicht verlassen. Doch wir besitzen wahre Schätze an Wissen, von denen vieles nicht verlorengehen darf. Ich denke, es ist an der Zeit, dieses Wissen weiterzugeben. Ihr seid noch so jung, Vogelmann. In einigen Jahren werde ich Euch in die Unterwelt zurückrufen. Und dann sollt Ihr alles erfahren, unser Wissen übernehmen. Seid Ihr damit einverstanden?«

Als Dornfeder nickte, ließ der Fährmann die Hand wieder sinken. »Ich bin einverstanden. Aber habt Ihr nicht bereits Axis alles beigebracht?« fragte der Geschwaderführer verwirrt.

»Er erfuhr von mir viel, doch im wesentlichen nur Dinge, die er für seine Aufgabe wissen mußte. Ganz gewiß habe ich ihm nicht alles beigebracht. Das will ich Euch dann zur verabredeten Zeit lehren, Ikarier.«

Tränen traten dem jungen Mann in die Augen. »Seid für mein Leben bedankt, Charonite.«

Nein, ich habe zu danken. Für Euer Leben.

Damit stieg Orr ins erste Boot und wickelte sich in seinen langen Umhang.

»Seid Ihr bereit?« rief er den Kindern zu, und sie nickten zögernd, weil der Charonite ihnen doch ein wenig Angst einflößte.

»Dann also los!« Die Kähne setzten sich aus eigenem Antrieb in Bewegung und steuerten auf den Ausgang an der gegenüberliegenden Wand zu. Als sie den Tunnel erreichten, warf der Fährmann einen Blick über die Schulter. Dornfeder glaubte, unter der Kapuze ein Lächeln zu erkennen.

Als die Boote im Ausgang verschwanden, hörte der Ikarier, wie eines der Kinder eine Frage stellte.

»Fährmann, macht es Euch etwas aus, wenn wir singen?«

»Im Gegenteil, das wäre mir eine große Freude«, antwortete Orr, und für Dornfeder hörte es sich so an, als sei es ihm durchaus ernst damit.

Er stieg höher und höher und mußte nicht übermäßig die Flügel bewegen. Der warme Aufwind, der aus aus den Tiefen der Welt strömte, trug ihn immer weiter den Krallenturm hinauf. Nachdem Dornfeder die unteren Ebenen der Bergstadt hinter sich gebracht hatte, brauchte er nur noch eine knappe Stunde, bis er in der Großen Versammlungshalle eintraf.

Hier fand er achtzehnhundert Vogelmenschen vor, die in aller Ruhe und Gefaßtheit dasaßen. Mitglieder der Staffel teilten ihm mit, daß es sich bei ihnen um diejenigen Ikarier handele, die sich immer noch weigerten, ihr Heim zu verlassen. Sonst hielte sich im Krallenturm niemand mehr auf.

Dornfeder stellte sich auf den Rednerplatz und bewunderte, vielleicht zum letzten Mal, die goldene Marmorfläche mit den violetten Einschlüssen. Die Vorstellung, daß diese fast zweitausend Ikarier lieber sterben wollten, als die Bergstadt zu verlassen, bestürzte ihn sehr. Sein Blick wanderte über die hier Versammelten. Wie viele dieser Gesichter waren ihm vertraut! Bei einem Antlitz hielt sein Blick an.

Rabenhorst Sonnenflieger, der Krallenfürst aller Ikarier, erhob sich langsam. Er trug seine königlichen violetten Gewänder und hatte auch den edelsteinbesetzten Halsring, das Zeichen seiner Amtswürde, angelegt. Neben ihm saß Hellefeder. Auch sie zeigte sich in ihrer königlichen Tracht.

»Wir haben beschlossen, hier zu sterben«, erklärte Rabenhorst, »denn wir sind die Ältesten und haben unser ganzes langes Leben hier verbracht. Deswegen sollen wir auch hier unser Ende finden.«

»Rabenhorst ...« begann Dornfeder und kam nicht weiter, weil der Fürst eine Hand hob.

»Wir werden nicht fliehen. Nicht vor dem Leben, das wir kennen. Da draußen entstehen eine neue Welt und eine neue Ordnung, und wir glauben nicht, daß wir daran Anteil haben wollen. Vielleicht suchen die Greifen ja den Krallenturm heim, vielleicht aber auch nicht ... Gleich wie, wir bleiben.«

»Rabenhorst, dazu besteht wirklich kein Anlaß. Ihr alle könnt Euch immer noch in Sicherheit bringen. Folgt mir bitte ...«

»Nein«, beschied der Fürst ihn, griff sich an den Nacken und löste den Halsreif. »Ich glaube, Axis wird Freierfall sein Erbe zurückgeben. Überreicht dies meinem Sohn. Er soll von nun an der Krallenfürst sein, und ich bin mir sicher, daß aus ihm ein großer Führer unseres Volkes werden wird. Ich wünschte, ich könnte ihn noch einmal sehen, aber das Schicksal hat wohl anders entschieden.«

»Mögen die Sterne Euch strafen!« schrie Dornfeder und weigerte sich, den Reifen entgegenzunehmen. »So weit muß es doch nun wirklich nicht kommen!«

»Wir wünschen aber, daß es so kommt«, entgegnete Hellefeder ruhig von ihrem Platz. »Hat nicht jeder das Recht, selbst zu bestimmen, was aus seinem Leben werden soll? Wenn wir beschlossen haben zu sterben, wie könnt Ihr Euch dann hier hinstellen und uns vorwerfen, das sei falsch?«

Dornfeder fing an zu schluchzen und verwünschte ihre Halsstarrigkeit. Aber er durfte ihnen wirklich keinen Vorwurf machen. Nicht, nachdem er selbst dem Fährmann sein Leben angeboten hatte. »Bitte«, flehte der junge Mann, fiel vor ihnen auf die Knie und breitete die roten Schwingen aus, »tut es nicht!«

Rabenhorst trat zu ihm, kniete sich vor ihm hin und nahm Dornfeders Gesicht in seine Hände. »Geht, Geschwaderführer. Nehmt Eure Staffel und verlaßt uns. Und nehmt das hier mit.« Er schob ihm das Zeichen seiner Würde in die Hände. »Haltet es in Ehren, bis Ihr Freierfall antrefft. Gebt ihm von mir einen Kuß und auch Abendlied. Und scheltet die beiden, wenn sie bis jetzt noch nicht geheiratet haben! Dornfeder, versprecht mir dies: Wenn alle Schlachten geschlagen sind und der Krieg vorüber ist, wenn es mit dem Töten endlich ein Ende hat, dann sollen die Ikarier hierher zurückkehren und zu unserem Angedenken Scheiterhaufen anzünden. Sie sollen auch das Blut von den Wänden waschen und diesen Ort in seiner ganzen Schönheit wiederherstellen. Im Namen der Sternengötter und auch im Namen derjenigen, die hier gelebt haben, die hier gestorben sind und die hier glücklich waren.«

Dornfeder warf den Kopf in den Nacken und schrie. Aber der Fürst übertönte ihn.

»Versprecht mir das, Geschwaderführer. Gebt mir Euer Wort darauf, daß Euch nichts wichtiger sein wird, als diesen wundersamen Ort, der uns genährt und geliebt hat, Morgenstern zu widmen, meiner Mutter, denn mehr als alle anderen war sie schön und wurde verehrt.«

Axis und Aschure badeten im warmen Wasser des Lebenssees und lachten fröhlich im Licht des Mondes, als plötzliche Geräusche sie verblüfft innehalten und herumfahren ließen.

Auf dem Gewässer trieben dreizehn Kähne voller singender Kinder.

Doch vom Fährmann war nichts zu sehen.

5

Die Befreiung Ichtars

Die sechshundert kleinen Ikarier wurden auf die Familien in Seeblick verteilt. Die meisten nahmen gern einen oder zwei bei sich auf, und man achtete darauf, daß Geschwister zusammenblieben. Mittlerweile besuchten die ikarischen Kinder morgens gemeinsam mit den acharitischen die Schule. Einige Verwirrung war entstanden, für alle neuen Schüler Stühle und Pulte zu besorgen. Nachmittags streiften sie durch die duftenden Hügel rings um das Gewässer. Die Vogelkinder schienen ihre Eltern nicht übermäßig zu vermissen; jedenfalls klagten sie nie.

Als Dornfeder in Sigholt eintraf, unterhielt er sich mit vielen der Kinder. Später teilte er dann dem Krieger mit, daß die Kleinen sich seiner Ansicht nach während der Fahrt auf den Kanälen verändert hätten.

Axis fragte sich, was Orr ihnen wohl erzählt haben mochte … oder ihnen beigebracht hatte. Aber wenn er die Kinder darauf ansprach, sahen sie ihn nur verwirrt an. Irgendwann hörte der Krieger auf, sich um sie Sorgen zu machen und sagte ihnen lieber, sie sollten spielen gehen.

Was der Geschwaderführer sonst noch zu berichten hatte, erschreckte Axis zwar, konnte ihn aber nicht besonders überraschen. Rabenhorst hatte sich eigentlich nie mit den Veränderungen abgefunden, die der Krieger bei den Ikariern eingeführt hatte. Genausowenig schien es ihm zu behagen, daß zu seinen Lebzeiten die Prophezeiung einsetzen und sich erfüllen sollte. Jetzt betrachtete er nachdenklich den Halsring, den der junge Ikarier ihm gereicht hatte.

»Vielleicht breche ich selbst nach Norden auf«, sagte jetzt Aschure, »und versuche, sie zum Mitkommen zu bewegen.«

»Nein«, widersprach Axis, »ich brauche Euch hier dringender. Bedenkt nur, wie lange die Reise hin und zurück dauern würde.«

»Nun, ich könnte doch vom Lebenssee aus in die Unterwelt hinabsteigen, dann ginge es rascher«, entgegnete sie, obwohl sie in ihrem Innersten wußte, daß er recht hatte.

»Und wo glaubt Ihr, findet sich hier der Eingang dorthin?« Der Krieger deutete auf die Weite des Sees. »Nicht einmal ich habe eine Ahnung, und ich weiß doch mehr über die Wasserstraßen der Charoniten als jeder andere hier. Dornfeder?«

»Ja, Sternenmann?«

»Ich darf doch wohl davon ausgehen, daß Ihr nach Kräften versucht habt, Rabenhorst zum Mitkommen zu bewegen.«

Aber der junge Mann schwieg. Wie hätte er sein erregtes Flehen in Worte fassen können? »Ja, ich habe es versucht«, antwortete er schließlich, und Axis nickte, als er den Schmerz in den Augen des Ikariers erkannte.

»Aschure, Ihr habt Rabenhorst nie besonders nahegestanden. Wenn Dornfeder ihn schon nicht überreden konnte, dann dürfte Euch das erst recht nicht gelingen. Er hat seine Entscheidung getroffen. Ebenso wie die, welche sich ihm angeschlossen haben.«

Seufzend reichte er dem Geschwaderführer den Halsring zurück. »Der Fürst hat Euch dieses Zeichen seiner Macht anvertraut. Bewahrt es in Ehren auf, bis zu dem Tag, an dem es benötigt wird. Falls er jemals kommen sollte ... Ich lasse nach Freierfall schicken. Er wird sich von der Insel des Nebels und der Erinnerung losreißen müssen, um sich seinen fürstlichen Pflichten zu stellen. Für den Krallenturm können wir nichts mehr tun. Wir haben die Ikarier gewarnt, und Dornfeder hat die Mehrheit seines Volkes zu retten vermocht. Mehr ist uns leider nicht möglich.«

In Gedanken fragte er seine Gemahlin, ob sie schon irgend etwas gegen die Greifen unternehmen könne, aber sie schüttelte nur den Kopf und wandte den Blick ab. Aschure würde schon wissen, wann der rechte Moment gekommen wäre, Jagd auf die

Himmelsbestien zu machen. Noch war es nicht so weit. Die Zurückgebliebenen in der Bergstadt würden sich selbst helfen müssen.

Falls der Krallenturm angegriffen würde.

Davon abgesehen, wünschte die junge Frau auch zur jetzigen Zeit noch nicht, sich in den Norden zu begeben. Ein unbestimmtes Gefühl sagte ihr nämlich, daß sie in einem, längstens zwei Monaten viel dringender im Osten benötigt würde. Wegen einer anderen Gefahr als der der Greifen.

Um Faraday beizustehen.

Artor lauerte noch im Osten. Das vermutliche, nein, wahrscheinliche Ende von Rabenhorst, Hellefeder und den anderen Ältesten zerriß ihr zwar das Herz, aber wenn Artor sich wirklich daranmachte, die Baumfreundin aufzuhalten, würde das eine Katastrophe bedeuten. So schwieg Aschure lieber zu dem Drama im Krallenturm. Außerdem gab es auch in Ichtar noch sehr viel zu tun.

Mit dem Ende des Rabenmondes widmete sich Axis seiner nächsten Aufgabe, der Rückeroberung Ichtars. Er schickte immer wieder Kundschafter aus, und diese bestätigten ihm, daß das Heer der Skrälinge sich tatsächlich in den hohen Norden zurückgezogen hatte.

Nachdem darüber Gewißheit bestand, gab der General Befehl, daß das alte Herzogtum von allen verbliebenen Geisternestern zu befreien sei. Er schickte mehrere Abteilungen von jeweils tausend Mann nach Ichtar, die diese Nester ausfindig machen sollten. Diese wurden von Spähern begleitet, die im Falle eines Fundes zurückkehrten und diesen dem General meldeten.

Bis zur Mitte des Hungermondes erhielt Axis die Meldung, daß mehrere kleinere Nester entdeckt und unter geringen eigenen Verlusten zerstört worden seien. Hsingard war wohl die Hauptbrutstätte der Skrälinge gewesen, und der hatte bereits Aschure den Garaus gemacht.

Nun, in der zweiten Woche des Hungermondes, traf die Nachricht ein, daß eine der Abteilungen auf eine ganze Reihe von Nestern gestoßen sei, in denen sich so viele Kreaturen herumtrieben, daß sie unmöglich mit den tausend Mann besiegt werden konnten.

»Wo liegen diese Nester?« fragte der Krieger den ikarischen Kundschafter.

»In den nördlichen Urqharthügeln.«

»Wohl in den Stollen«, bemerkte Rivkah. Sie stand am Fenster des Kartenraums und drehte sich jetzt um. Axis richtete den Blick nur auf ihr Gesicht, weil er sich nicht davon ablenken lassen wollte, wie sehr ihr Leib mittlerweile angeschwollen war. Seit einem Monat hielt er sich nun hier auf, und in der ganzen Zeit hatten sie kein einziges Mal über ihre Schwangerschaft gesprochen.

»Die dortigen Bergwerke gehören zu den ausgedehntesten und reichsten in den gesamten Urqharthügeln.« Rivkah ließ sich am Tisch nieder, und der Krieger mußte sich nicht mehr bemühen, überall hin, nur nicht auf ihren Bauch zu starren. »Searlas teilte mir einmal voller Stolz mit, daß die Schächte zwei Meilen und mehr in den Erdboden reichten. Und die Tunnelanlage erstrecke sich über viele Meilen unter den Hügeln.«

»Zehntausende Skrälinge könnten sich dort aufhalten«, murmelte Aschure und betrachtete die Hunde zu ihren Füßen. »Die Abteilung da draußen kann ihnen wenig anhaben. Wenn die Männer in die Stollen eindringen würden, wäre das rasch ihr Ende.«

Axis zwinkerte ihr zu: »Liebste, mir ist neulich klar geworden, daß wir hier schon lange sicher und im Warmen hocken, eingehüllt in die liebevollen Nebel Sigholts. Derweil stellen sich Belial und Magariz den unterschiedlichsten Gefahren und heimsen den ganzen Ruhm der Jagd auf die Skrälinge ein. Bald wird man an den Lagerfeuern nur noch von ihren Heldentaten singen und uns dann längst vergessen haben.«

Sie lächelte. »Mir ist auch aufgefallen, daß wir vom Nichtstun fett und träge werden.«

»Sollen wir auf die Jagd gehen?« flüsterte der Krieger, und Aschure rauschte das Blut in den Adern. Die Urqharthügel lagen nur einige wenige Tagesritte entfernt, und für die Jagd selbst würden sie kaum länger als eine Nacht benötigen. In weniger als einer Woche könnten sie wieder zurück sein.

Rivkah, die ihren Sohn und ihre Schwiegertochter beobachtete, mußte feststellen, daß die beiden jeden anderen im Raum vergessen zu haben schienen.

»Ja, wir gehen auf die Jagd«, erklärte Aschure mit festem Blick, und Axis lächelte. »Nun denn, worauf warten wir noch?«

Sie lehnte sich im Sattel zurück, spürte bei jedem Schaukeln auf Venators Rücken den Rhythmus des Sternentanzes und warf Axis einen liebevollen Blick zu. Er wirkte gelöst und heiter, trug sein hellbraunes Langhemd und eine dazu passende Hose, und der blutrote Umhang wehte von seinen Schultern. Auf seiner Brust prangte die rote Sonne. Aschure glaubte, sie habe ihn nicht mehr so selbstbewußt erlebt, seit sie damals von Skarabost nach Süden auf Karlon angeritten waren.

Bis auf die Alaunt begleitete sie niemand.

Seit zwei Tagen waren sie nun schon unterwegs, und am nördlichen Horizont ragten bereits die Urqharthügel auf. Am Abend würden sie dort ankommen.

Schlamm bedeckte die Bäuche und Beine der Rösser, und eigentlich ließ sich auf diesem feuchten Grund nachts schlecht schlafen. Dennoch genossen die beiden die Rast im Matsch, bedeutete es doch, daß Gorgraels Zugriff auf dieses Land erlahmt war und der Winter sich immer weiter nach Norden zurückzog.

Die Hunde liefen ihnen voraus, ihre Nasen stets dicht am Boden.

»Aschure, noch zwei Stunden«, rief Axis. »Ho'Demi teilt mir gerade mit, daß sie uns am ersten Paß erwarten.«

Der Häuptling führte eine der Abteilungen, und wenn er sich schon nicht gewillt zeigte, sich in die Schächte zu begeben, mußte die Gefahr dort wirklich groß sein.

Die junge Frau nickte. Sie hatte zwar nicht Ho'Demis genauen Wortlaut vernommen, aber Bruchstücke ihres Gedankenaustausches mitbekommen. »Hat er Männer verloren?«

»Fünf oder sechs. Offensichtlich gehörten sie zu der ersten Gruppe, die in die Stollen eindrang. Aschure, seid Ihr Euch auch sicher, daß Ihr es schaffen werdet?«

Der Krieger wirkte besorgt, und das nicht ohne Grund. Nach den wenigen Berichten, die bei ihnen eingetroffen waren, mußte vermutet werden, daß sich in den Nestern unter den Urqharthügeln noch weit mehr Skrälinge aufhielten als damals in Hsingard. Und Aschure hatte ihm damals nicht verschwiegen, wie erschöpft sie sich nach der Jagd in dieser Stadt gefühlt habe.

Jetzt lächelte sie vor sich hin. »Mir wird schon nichts geschehen, Liebster. Denn wir sind beide im letzten Monat gereift und gewachsen.« Sie warf den Kopf zurück und lachte, weil der Wind so wunderbar ihr Haar zauste. »Außerdem kämpfen wir beide zum ersten Mal seit Monaten wieder Seite an Seite!«

Die beiden waren so sehr miteinander beschäftigt, daß keiner von ihnen den dunklen Fleck bemerkte, der hoch am Himmel über ihnen kreiste.

Ho'Demi sprang auf, als er Hufgetrappel vernahm. »Sternenmann! Zauberin!« Er eilte zu ihr, um ihr beim Absteigen zu helfen, aber sie sprang schon aus dem Sattel, noch ehe er sie erreicht hatte.

»Häuptling.« Die junge Frau schüttelte ihm kurz die Hand und trat beiseite, damit Axis ihn ebenfalls begrüßen konnte. Dann blickte der Rabenbunder über die Schultern der beiden und sah nur die Alaunt.

»Wo steckt denn Eure Streitmacht?« fragte er. »Wir brauchen mindestens fünftausend Mann, um die Minen auszuräuchern.«

Der Krieger nickte seiner Gemahlin zu und klopfte dem Häuptling auf die Schulter. »Fünftausend, mein Freund ... oder lediglich Aschure und mich.«

Ho'Demi riß vor Schreck die Augen weit auf: »Sternenmann, Ihr könnt doch nicht ernstlich annehmen ...«

Axis sah ihn in gespieltem Ernst streng an: »Zweifelt Ihr etwa an uns, Häuptling?«

»Nein, nein, natürlich nicht, Sternenmann. Ich wollte auch gar nicht …«

»Ho'Demi«, Aschure legte ihm eine Hand auf den Arm, »berichtet uns alles, was Ihr über die Bergwerke in Erfahrung gebracht habt. Habt Ihr auch die Opalgeister eingesetzt, und konnten sie etwas herausfinden? Hausen womöglich Vettern von ihnen dort unten, die uns helfen könnten?«

Sie ließen sich am Feuer des Rabenbunders nieder auf einem Boden, der hier in den Hügeln einigermaßen fest und trocken war. Um sie herum saßen die Soldaten an ihren eigenen Feuern, aber sie schauten immer wieder nach dem Sternenmann und der Zauberin. Rasch breitete sich unter ihnen die Nachricht aus, daß diese beiden ganz allein die Minen von den Skrälingen befreien wollten.

»Ich fürchte, Herrin, daß die Opalgeister uns bislang keine große Hilfe gewesen sind. Sie haben mir verraten, daß hier Smaragde und Diamanten geschürft werden – die seien bekanntermaßen tot und hätten keine Seele. Ob sie uns trotzdem helfen würden, habe ich gefragt, doch ihre Antwort war nein. Unsere Abmachung lautete nur, daß sie uns in den Trübbergen beistünden. Jetzt wollen die Opale endlich in die neue Heimat, die ich ihnen versprochen habe. Nein, von ihnen haben wir hier nichts zu erwarten.«

»Macht nichts«, entgegnete Aschure und ließ die Finger über ihren Wolfen wandern.

»Dann berichtet uns, wie es unten in der Erde aussieht«, forderte der Krieger den Häuptling auf. Ho'Demi zeichnete eine grobe Skizze der Bergwerksanlage auf den Boden.

»Die Schächte stoßen nicht senkrecht in die Erde vor, sondern verlaufen einige hundert Meter weit schräg nach unten, ehe sie sich in mehrere Stollen verzweigen. Wir haben es hier mit fünf Minen zu tun. Jede besitzt ihren Hauptschacht, aber unter der Erde sind sie alle durch eine ausgedehnte Tunnelanlage miteinander verbunden.«

»Also fünf Eingänge …« murmelte Axis und sah dann seine Gemahlin an: »Was haltet Ihr davon?«

Aschure wandte sich an den Häuptling: »Habt Ihr herausfinden können, wo die Skrälinge sich vornehmlich aufhalten?«

»Ja, Zauberin: Hier, hier und hier.« Er zeigte auf die drei mittleren Schächte. »Die oberen Tunnel sind frei, aber in den unteren, fünfzehnhundert Längen und tiefer, trifft man überall auf Eier und eben geschlüpfte Junge.«

»Und wie stark werden sie bewacht?«

»Oh, außerordentlich stark. Ich vermute, bei diesen Bergwerken haben wir es mit einem ihrer Hauptnachwuchshorste zu tun.«

Axis lehnte sich zurück: »Könnt Ihr die Anzahl der erwachsenen Skrälinge schätzen?«

»Schwer zu sagen, Sternenmann, denn keiner meiner Männer hielt sich lange genug dort unten auf, um eine Volkszählung durchzuführen. Ich würde annehmen, daß sich dort acht- bis zehntausend Erwachsene aufhalten, und sicher dreißigmal so viele Junge in unterschiedlichen Wachstumsphasen.«

Der Krieger wandte sich wieder an die junge Frau: »Auf wie viele seid Ihr in Hsingard gestoßen?«

»Auf acht- oder neuntausend, Erwachsene und Junge.«

»Dann ist das hier viel zu gefährlich für Euch.«

»Ich möchte aber auf die Jagd gehen.«

»Aber bedenkt doch ...«

Ho'Demi sah die beiden voller Eifer an: »Laßt mich Euch helfen, Zauberin. Ich habe hier tausend Soldaten, größtenteils Bogenschützen. Wir alle wollen sie jagen. Nehmt uns mit!«

»Was meint Ihr, Aschure?« fragte auch Axis.

Nach kurzem zögern setzte sie ein Lächeln auf und breitete zum Zeichen, daß sie sich überstimmt fühlte, die Arme aus. »Da muß ich mich wohl geschlagen geben, Ihr Herren. Einverstanden, Ho'Demi, ich nehme Eure Männer mit und danke Euch dafür.« Damit blickte sie aufmerksam auf die Karte und erklärte forsch: »Hört zu, denn so werden wir vorgehen.«

Aschure und Axis eilten im Laufschritt den schrägen Schacht der östlichsten Mine hinab, bis sie einen Tunnel erreichten, der nach links abbog.

»Hier muß es sein«, sagte der Krieger leise und griff in der Dunkelheit nach der Hand der Jägerin. Sie führten keine Fackeln mit, und Axis wollte noch nicht die Macht des Sternentanzes bemühen, um wie damals in Hsingard eine Leuchtkugel zu erschaffen. Schließlich sollten die Skrälinge nicht vorzeitig gewarnt werden. So hatten sie sich ganz auf ihre Geschicklichkeit verlassen, sich im Schacht zurechtzufinden, und bislang waren sie nicht einmal gestolpert.

Sicarius, der sich an Aschures Seite befand, heulte leise, und sie strich ihm über den Kopf. Der Alaunt zitterte vor Jagdfieber. Aber noch hielt die junge Frau ihn und die beiden anderen Riesenhunde zurück.

»Axis?«

»Einen Augenblick noch«, flüsterte er.

Ho'Demi, seid Ihr bereit?

Ja, Sternenmann, wir warten nur auf das Zeichen zum Losschlagen.

Der Krieger lächelte, und das spürte seine Gefährtin. »Dann nichts wie los!« rief sie, und ihre Stimme hallte durch den Gang. »Jagt!«

Aschure schickte die drei Alaunt mit einer Handbewegung los, und sie sausten wie von der Sehne geschnellt davon. Schon nach wenigen Minuten war das Trappeln ihrer weichen Pfoten nicht mehr zu hören. Musik hing jetzt in der Luft, und in Axis' Hand lag eine leuchtende Kugel.

Die junge Frau blinzelte mehrmals angesichts der plötzlichen Helligkeit.

»Ich weiß, ich weiß«, sagte der Krieger. »Nur dieses Licht und ein Schutzzauber, mehr nicht.« Aschure befürchtete nämlich, daß ihr Gemahl in der Hitze der Jagd zuviel Zauberkraft einsetzen könnte und sich damit wieder selbst schaden würde. Kurz überlegte sie, ob sie ihn noch einmal ermahnen sollte, sich nur ja nicht zu übernehmen.

»Ich weiß!« entgegnete er ungehalten, und sie lächelte in sich hinein.

»Tut mir leid, Axis. Kommt, wir wollen weiter.« Die Jägerin

ging weiter in den Tunnel hinein, zog im Gehen einen Pfeil aus dem Köcher und legte ihn auf die Sehne des Wolfen.

Ho'Demi und seine Soldaten hatten den Eingang zum westlichsten Schacht mit Steinen und Geröll so vollkommen abgeriegelt, daß keine Kreatur daraus entkommen konnte. Wenn alles nach Plan verlaufen war, würde der Häuptling inzwischen seine Streitmacht in drei Gruppen aufgeteilt haben, die jede durch einen der mittleren Eingänge einstieg. Sie trugen brennende Fackeln und wurden jeweils von vier Alaunt verstärkt.

Aschures Plan sah vor, die Skrälinge allesamt in die natürliche Höhle zu treiben, die sich unweit der Stelle befand, zu der die Jägerin und der Sternenmann hinabstiegen. Und dort, hatte sie den Häuptling angelächelt, könnten sie so viel Beute machen wie sie nur wünschten.

Und so sollte es auch kommen.

Der Lärm, das Licht, die Riesenhunde und die Soldatenscharen, die durch die drei mittleren Schächte eindrangen, verschreckten die Geister sehr. Sie liefen wild durcheinander, wußten nicht, wohin sie sich wenden sollten, rannten sich gegenseitig um und krabbelten übereinander hinweg. In diesem chaotischen Gewimmel ließ schon so mancher Skräling durch die Zähne und Klauen eines Nachbarn sein Leben, noch ehe die Angreifer überhaupt nahe genug herangerückt waren. Die zwölf Hunde der Soldaten rannten zwischen sie und richteten zusätzliche Verwirrung und Verheerung an. Die Hunde knurrten, bissen und kläfften, was die Kreaturen so ängstigte, daß sie wie von Sinnen nach Osten liefen, die bewußte Höhle erreichten und aus der wieder hinausquollen, um den letzten Schacht zu erreichen, wo die Jägerin bereits auf sie wartete.

Die Masse der Flüchtenden traf zuerst auf Sicarius und seine beiden Gefährten. Die Hunde lagen im Tunnel auf der Lauer und hatten sich auf dem Boden so klein wie möglich gemacht. Als die Skrälinge über sie hinweg liefen, bissen die Alaunt zu. Jedesmal, wenn ihre Kiefer zuschnappten, kostete das einem Jungen das Leben. Entweder hatten die Hunde ihnen das Rückgrat zermalmt oder ihnen den Kopf von den Schultern gerissen.

Die Erwachsenen kümmerten sich nicht darum. In ihrer Panik drängten sie immer weiter vor und wollten nur noch dem Licht, den Hunden und dem Lärm entkommen, bis ... bis die ersten Skrälinge entsetzt anhielten, kreischend die Hände vors Gesicht schlugen und erfolglos versuchten, die Nachdrängenden aufzuhalten.

Durch den Tunnel kam der erste Pfeil angeflogen. Die Geister konnten ihn nicht sehen, dafür aber um so deutlicher spüren. Ein langes und gerades Geschoß mit blauen Federn, das todbringend Funken sprühte und genau auf sie zuraste.

Nach einer Schrecksekunde vermochten die Skrälinge den Pfeil auch zu sehen. Er flog durch die letzte Biegung des Tunnels heran und hielt sich die ganze Zeit genau in der Mitte des Ganges. Seine metallene Spitze leuchtete so hell wie die Sonne, und die blauen Federn kreischten im Fahrtwind.

Sicarius und die beiden Hunde, die ihn begleiteten und bislang nach Bäuchen und Füßen geschnappt hatten, legten sich wieder so flach wie möglich auf den Boden.

Der Pfeil explodierte in dem Moment, in dem er die erste Reihe der Skrälinge erreichte. Die kehrten ihm den Rücken zu, weil sie immer noch versuchten, die Masse der anderen durch den Tunnel zurückzudrängen. Eine Flamme stieg von dem Geschoß auf und brannte erst golden, dann orangefarben und endlich dunkelblau. Dieses Licht raste durch die Masse der Kreaturen und fraß sich durch ihre Leiber, bis es die Höhle erreichte.

Jeder Skräling, der im Tunnel von diesem Leuchten erfaßt wurde, zerfiel zu grauer Asche, und als diese zu Boden sank, verwandelte sie sich in Violett. Und landete als Mondwildblume auf dem Grund.

Bald schien jemand einen wunderschönen Teppich in dem Gang ausgerollt zu haben.

Und der Tunnel selbst erstrahlte in einem sanften blauen Licht.

Aschure lachte, als sie über den Blütenteppich schritt, bückte sich an einer Stelle und nahm den Pfeil wieder an sich.

Die Hunde lösten sich aus diesem Teppich – nach allen Seiten regnete es Blumen – und rannten los, um die Jagd fortzusetzen. Axis folgte der Zauberin, löschte die Kugel in seiner Hand, und in seiner Miene mischten sich verwundertes Staunen und großer Stolz.

Doch dann bemerkte er, wie seine Liebste ins Stolpern geriet, und eilte sofort an ihre Seite.

Die Skrälinge waren mittlerweile in der Höhle gefangen. Sie kreischten und wisperten, während von vorn, von oben und von hinten Pfeile auf sie herabregneten. Das Licht und die Hunde hätten schon ausgereicht, aber die Jägerin mit ihren todbringenden Geschossen gab ihnen den Rest. So starben die Geister heulend und um sich schlagend zu Scharen.

Irgendwann ließen die Soldaten ihre Bögen sinken und starrten voller Ehrfurcht auf die Jägerin am anderen Ende der Höhle, die in rasender Folge Geschoß um Geschoß von ihrem Wolfen in die wimmelnde Masse der Skrälinge schnellen ließ. Fassungslos verfolgten die Männer, wie für jeden tödlich getroffenen Skräling eine Blume von irgendwo weit oben herabsegelte und in dem Blutbad landete, bis der Boden zur Gänze mit Blut, Blüten und den sich auflösenden Leibern der Kreaturen bedeckt war.

Als die letzte Blume herabschwebte, legte Axis einen Arm um die Hüfte Aschures, um sie zu stützen. Der Bogen rutschte ihr fast aus den Händen, und sie lehnte sich schwer an den Krieger.

»Ihr habt zuviel geleistet«, sagte er. Spürte das Zittern ihrer Muskeln, hörte, wie sie um Atem rang, und wußte, daß die ungeheure Menge an Zauberkraft sie überanstrengt hatte.

»Mir wird es schon wieder besser gehen, wenn ich mich erst einmal ausgeruht habe«, murmelte sie kaum hörbar und wehrte sich nicht dagegen, als er sie auf seine Arme hob.

»Sternenmann?« rief Ho'Demi vom anderen Ende der Höhle, und man sah ihm an, wie sehr in seinem Inneren immer noch das arbeitete, was er hier gerade gesehen hatte. »Ist mit der Zauberin alles in Ordnung?«

»Sie braucht nur Ruhe. Führt Eure Männer wieder nach oben. Wir folgen Euch, so rasch wir können.« Der Krieger zeigte auf die rote und violette Masse am Boden. »Niemand vermag dies zu durchqueren. Deswegen sind wir gezwungen, durch die Schächte hinauf an die Oberfläche zu steigen, durch die wir gekommen sind.«

Als der Häuptling sich zum Gehen wandte, rief Axis ihn mit seiner Gedankenstimme: *Seid bedankt, mein Freund.*

Ho'Demi warf ihm einen langen Blick über die Schulter zu: *Paßt gut auf sie auf, Sternenmann.*

Mit Sicarius und den beiden anderen Alaunt, die ihm dicht auf den Fersen folgten, schritt Axis durch den Tunnel zurück. Nun, da die Aufregung der Jagd verging, spürte er ebenfalls Müdigkeit. Er glaubte, daß er für den Aufstieg zwei, wenn nicht sogar drei Stunden brauchen würde.

Doch plötzlich blieb der Krieger unruhig stehen. Vor ihm machte der Gang eine Biegung. In dieser vollständigen Dunkelheit hätte er sie eigentlich nur spüren können … aber niemals sehen.

Doch mattes Licht bedeckte hier die Wände und ließ alte Spitzhackenspuren erkennen. Axis bettete Aschure vorsichtig auf den Boden. Wer oder was hielt sich dort vor ihm auf?

Liebste, Ihr werdet Euch für einen Moment allein behelfen müssen. Da vorn ist etwas, das ich –

Er konnte den Gedanken nicht zu Ende sprechen, weil Sicarius sich an ihm vorbeischob und, gefolgt von den beiden anderen Hunden, losrannte, um rasch hinter der Biegung zu verschwinden.

»Axis?« Die Zauberin blinzelte mehrmals, weil sie vor Erschöpfung kaum einen klaren Gedanken fassen konnte.

Der Krieger öffnete den Mund zur Antwort, erstarrte dann aber. Leise Schritte näherten sich über den Staub auf dem Boden, und ein Schatten wuchs an der Wand gegenüber der Biegung an. Axis' Rechte fuhr sofort an seinen Gürtel, als ihm einfiel, daß er sein Schwert oben gelassen hatte. Dann schaute er sich nach dem Wolfen um, verwarf diesen Gedanken aber rasch wieder. Selbst wenn es ihm möglich gewesen wäre, Aschures Zauberbogen überhaupt zu spannen, hätte er damit auf fünf Schritt niemanden treffen können. Mochte der Krieger auch die unterschiedlichsten Waffen meisterlich beherrschen, mit dem Bogen hatte er sich nie hervorgetan.

Eine gebeugte und zerlumpte Gestalt kam jetzt um die Biegung geschlurft – ein Greis in der schmutzigen und zerschlissenen Kleidung eines Bergmanns.

»Lieber Herr!« rief der Alte. »Edler Herr, wollt Ihr Euch für ein Weilchen zu uns setzen? Wir haben frisches Wasser und Rosinenkuchen, und die Dame dort sieht aus, als würde sie dringend einer Stärkung bedürfen.«

Damit drehte der Hauer sich um und mühte sich den Weg zurück, den er gekommen war.

Axis starrte ihm hinterher und fühlte dann, wie Aschure, die sich inwischen erhoben hatte, sich wieder schwer an ihn lehnte.

»Bei den Sternen«, murmelte der Krieger, »ich kann nur hoffen, daß Ihr wirklich Bergmann seid und meine Augen mir nichts vorgegaukelt haben.« Er hob seine Gemahlin wieder auf die Arme und setzte sich vorsichtig in Bewegung. Nur der Umstand, daß die Alaunt keine Gefahr zu wittern schienen und noch nicht zurückgekehrt waren, hielt Axis davon ab, sich zur Höhle zu wenden und nach einem Weg zu suchen, die rotviolette Masse anderswo zu umgehen.

Tatsächlich erwartete ihn auf der anderen Seite ein Feuer, das mitten auf dem Tunnelboden brannte. Darum herum saßen vier Männer und drei Frauen, alle in Bergmannskleidung und in reichlich fortgeschrittenem Alter.

Der Greis, der ihn eingeladen hatte, winkte ihm zu: »Hierher, setzt Euch.«

Der Krieger ließ sich vorsichtig am Feuer nieder und behielt Aschure dicht bei sich. Sie erwachte aus ihrem Schlummer, als sie statt Axis' Armen den harten Boden unter sich spürte. »Was ...« begann sie und bekam von einer der Alten eine Flasche in die Hand gedrückt.

»Trinkt das, edle Dame, es wird Euch erfrischen.«

Die junge Frau gehorchte, und wirklich, die Flüssigkeit belebte sie. Sie gab die Flasche danach an Axis weiter, und er trank ebenfalls. Der Inhalt rann ihm warm wie Branntwein die Kehle hinunter und breitete sich im Magen aus. Ohne ein Wort gab er seiner Gemahlin die Flasche zurück und ließ dabei die sieben am Feuer nicht aus den Augen.

»Wer seid Ihr?«

»Ein Rosinenküchlein?« Ein Mann auf der anderen Seite des Feuers beugte sich vor und hielt ihm einen gefüllten Teller hin. »Sie sind frisch gebacken, lieber Herr, und immer noch warm.«

Der Krieger zögerte, aber Aschure murmelte etwas, und so nahm er den Teller. Neun Küchlein befanden sich darauf.

»Nehmt einen«, flüsterte die Zauberin und griff selbst schon zu. »Und dann reicht den Teller weiter.«

Sie schien schon wieder einigermaßen zu Kräften gekommen zu sein. Zumindest konnte sie aufrecht sitzen, ohne sich an ihn lehnen zu müssen. Axis betrachtete Aschure für kurze Zeit von der Seite, nahm sich dann ein Stück und gab seinem Nachbarn den Teller. Jeder der Bergleute bediente sich.

Die junge Frau biß ein Stück von ihrem Küchlein ab, und sofort wurde ihr Rücken gerade. Sogar ihre Augen leuchteten wieder. Sie aß ihren Kuchen, und Krümel klebten in ihren Mundwinkeln, als sie ihn auffordert: »Nun eßt doch.«

Mit fahrigen Blicken nach links und nach rechts führte Axis sein Küchlein zum Mund. Kaum hatte er hineingebissen, durchströmte auch ihn neue Stärke von solcher Macht, daß er beinahe zusammengezuckt wäre. Nur mit einiger Anstrengung vermochte er, den Mund geschlossen zu halten und zu kauen.

»Willkommen, Axis.« Eine der Frauen reichte ihm ihre Hand, und der Krieger drückte sie, ohne darüber nachzudenken. Denn noch immer beherrschte seinen Geist dieser merkwürdige kraftspendende Rosinenkuchen.

»Ich heiße Xanon«, stellte sie sich vor. Axis konnte sie nur anstarren, und der Bissen blieb ihm beinahe im Halse stecken.

Die zerlumpte Bergmannstracht fiel von ihr ab. Die Hand, die Axis hielt, hatte sich eben noch hart und schwielig angefühlt, schmiegte sich jetzt warm und weich in die seine. Xanons Lächeln verbreiterte sich, die Falten in ihrem Antlitz glätteten sich, und schon blickte der Krieger in das Gesicht einer der schönsten Frauen, die er je gesehen hatte.

Er schluckte, und die Dame lächelte. Sie erhob sich ein Stück, beugte sich vor und küßte ihn.

Axis zitterte, und Aschure warf ihr einen finsteren Blick zu. Aber nun richteten sich auch die anderen auf, nahmen Axis bei der Hand, küßten ihn ebenfalls auf den Mund und hießen ihn in ihrer Runde willkommen. Von allen fiel nun die zerlumpte Kleidung ab, ein jeder verlor seine Runzeln, und schon zeigten sich die sieben frisch und gesund.

Als der letzte von ihnen sich wieder hingesetzt hatte, erstrahlte der Sternenkreis an Aschures Ring in solcher Helligkeit, daß sie ihre Augen abwenden mußte.

»Wir sind neun«, erklärte Adamon. »Endlich sind wir die Neun.«

Endlos lange saßen die Neun beisammen, lachten und tauschten Geschichten aus, bis Adamon sich schließlich erhob und Axis eine Hand reichte, um ihm aufzuhelfen. Wieder vollständig bei Kräften, stellte sich Aschure neben ihn und nahm seine Hand, sobald der oberste Sternengott sie freigegeben hatte.

»Womöglich erhalte ich keine Gelegenheit mehr, mit Euch zu sprechen, bevor Ihr gegen Gorgrael zieht«, erklärte der Himmelsgott freundlich. »Wisset, daß wir Euch im Auge behalten und mit Euch hoffen. Mögen die Sterne jetzt und immerdar über Euch leuchten.«

Der Krieger nickte und brachte kein Wort über die Lippen. Er hatte, während er mit den Göttern am Feuer saß, das Gefühl gewonnen, nach Hause gekommen zu sein. So stark war dieses Gefühl gewesen, daß es ihn zu überwältigen drohte. Aschure drückte seine Hand fester.

»Wenn Ihr dem Zerstörer gegenübersteht, vermag keiner von uns, Euch zu helfen«, bemerkte nun Zest und trat zu ihnen. »Weder Adamon noch Xanon, weder Aschure noch ich. Ihr allein und sonst niemand müßt ihn bezwingen.«

Narkis lachte und legte kurz den Kopf an seine Schulter. »Und sorgt dafür, daß Ihr siegt. Euer Platz unter uns ist Euch nur sicher, wenn Ihr triumphiert. Andernfalls ...«

»Anderfalls wird Gorgrael in unserer Mitte weilen«, ergänzte Xanon den Satz. »Und ich kann mir kaum vorstellen, daß Aschure gern hier stehen und die Hand des Zerstörers halten möchte.«

»Ich habe nicht vor, meine Gemahlin zu verlassen, Xanon. Deswegen seid gewiß, daß ich obsiegen werde.«

Die Göttin lächelte. »Seid auf der Hut, Axis. Wir alle haben unsere Grenzen. Ihr habt heute selbst mitansehen müssen, wie sehr der Gebrauch der Zauberkraft die Jägerin erschöpft hat.« Ihr Lächeln erlosch. »Und Ihr selbst habt diese Erfahrung ebenfalls machen müssen und wißt daher, wie es jemandem ergeht, der die Magie nicht richtig einschätzt. Seid also vorsichtig, und denkt nach, bevor Ihr handelt. Das ist alles, was ich Euch sagen möchte.«

Der Krieger nickte ernst und wollte etwas entgegnen, als die sieben mit einem Mal verschwanden. Bis auf ihn, Aschure und die Alaunt war der Tunnel wieder leer.

Die beiden sahen sich an, lachten und machten sich dann mit frischen Kräften an den Aufstieg.

Als sie die Erdoberfläche erreichten, war die Nacht längst gewichen, und die Sonne stand schon hoch am Himmel. Nur sein Gefühl, daß es den beiden an nichts fehle, hatte Ho'Demi davor bewahrt, Suchtrupps in die Stollen zu schicken und nach dem Sternenmann und der Zauberin Ausschau zu halten.

Hoch über ihnen ließ sich der dunkle Fleck, der sie seit gestern beobachtete, vom Wind davontragen.

6 Gorgrael muss umdenken

Gorgrael lehnte sich in seinem Sessel zurück, streckte die Füße zum Kaminfeuer hin aus und dachte nach. Stunde um Stunde war er im Geist des Greifen mitgeflogen und hatte mit dessen Augen gesehen und mit dessen Ohren gehört.

Und was er dort wahrgenommen hatte, hatte bei ihm die Frage ausgelöst, ob er seine Pläne nicht umändern sollte. Die rohe Gewalt, mit der er bislang vorgegangen war, schien nicht der richtige Weg zu sein. Wäre er nicht mit List und Tücke viel weiter gekommen? Schon möglich, aber dafür war es jetzt wohl zu spät.

Und so saß er in seinem Sessel und grübelte.

Am meisten beschäftigte ihn diese Frau mit dem pechschwarzen Haar, die zusammen mit Axis gekämpft hatte. Der Greif, den er zum Kundschaften ausgesandt hatte, gehörte zu den beiden ersten, die er erschaffen hatte. Er hatte die Bestie ungern dieser Gefahr ausgesetzt und hätte das sicher auch unterlassen, wenn er nicht so dringend Lageberichte benötigt hätte. Die große Schar der Greifen in den Gängen und Fluren seiner Eisfestung würde bald niederkommen und war deswegen zur Zeit für solche Einsätze nicht zu gebrauchen. Und Timozel hatte sich so weit in den hohen Norden zurückgezogen, daß von ihm keine Neuigkeiten zu erwarten waren. Und wenn er doch eine Botschaft sandte, erwies sie sich oft genug als so nutzlos, daß er sie genauso gut hätte für sich behalten können.

Was hatte der Krieger vor?

Wo steckte er gerade?

Welche Kräfte standen ihm zur Verfügung?

Und wie lange mußte die Hexe noch ihre Schößlinge einsetzen, ehe sich ihr verabscheuungswürdiger Wald mit dem elenden Awarinheim vereint hatte?

Diese und andere Fragen beschäftigten den Zerstörer, und er mußte unbedingt Antwort auf sie erhalten. Seine Macht über den Winter wurde von Tag zu Tag schwächer, und unterhalb des Gorkenpasses schmolzen Schnee und Eis zusehends. Doch selbst das spielte keine Rolle mehr, wenn er nur das, was er an Erkenntnissen gewonnen hatte, zur Vernichtung Axis' einzusetzen vermochte.

Der Aufklärungsflug mit dem Greifen hatte im großen und ganzen nicht viele Neuigkeiten gebracht – er hatte gesehen, daß ein großes Nest zerstört und eine riesige Schar Ausgeschlüpfter niedergemetzelt wurde –, aber womöglich ließ sich aus dem etwas machen, was er sonst noch durch die Bestie erfahren hatte …

Wer war diese dunkelhaarige Frau gewesen?

Wer, wer, wer?

Und warum hatte der Krieger sie mit soviel Liebe und Zuneigung angesehen, wenn sein Herz doch eigentlich Faraday gehörte?

Was hatte es mit dem Bogen auf sich, den die Fremde über der Schulter trug? Und welche Macht wohnte diesem Rudel Köter inne, das sie auf Schritt und Tritt begleitete?

Wer … wer … wer …

Genau, das war's!

Der Zerstörer sprang aufgeregt aus seinem Sessel. Zu hastig, denn er wäre beinahe auf dem Boden ausgeglitten. Nur die Krallen an seinen Flügelspitzen, die sich gerade noch rechtzeitig am Kaminsims festklammerten, bewahrten ihn vor einer höchst unrühmlichen Rutschpartie.

Aber das störte ihn augenblicklich wenig, denn eine halbvergrabene Erinnerung war an die Oberfläche gelangt … Ein Ereignis, das der Zerstörer damals als unbedeutend abgetan hatte, weil sich gerade scheinbar wesentlich wichtigere Dinge ereigneten.

Dabei konnte es sich bei dieser eher unwichtigen Nebensächlichkeit in Wahrheit um das bedeutendste Ereignis überhaupt handeln.

Nachdem Axis damals diesem Obertrottel Bornheld die Hauptstadt Karlon abgenommen hatte, hatte Gorgrael einen Greifen zum Gralsee geschickt, um dort Ausschau zu halten. Die Himmelsbestie hatte gute Arbeit geleistet und etliche neue Erkenntnisse an ihren Herrn übermittelt. Aber dann hatte das dumme Ding einen nicht wiedergutzumachenden Fehler begangen. Die alte Greifin war durchaus klug gewesen, aber während der Kämpfe um die Gräben von Jervois hatte sie Geschmack an Menschenfleisch entwickelt. Als sie dann die Frau und das kleine Kind ganz allein oben auf dem weißen Turm gesehen hatte, war ihr das Wasser im Schnabel zusammengelaufen. Ohne gründlich nachzudenken, hatte der Greif die beiden angegriffen, und alles, was die Bestie bis zum Moment ihres Todes gesehen hatte, hatte sie mit Gorgrael geteilt.

Der Zerstörer stand jetzt mitten in seinem Gemach und bebte vor Aufregung. Er rief sich alles ins Gedächtnis zurück, was der Greif ihm damals mitgeteilt hatte. Das Tier war mitten aus der Sonne hinabgestoßen. Eine ausgezeichnete Taktik, denn die Frau auf dem Turm hatte die Bestie erst im letzten Moment bemerkt. Und dann geschah das Merkwürdige: Statt Mutter und Kind in Fetzen zu reißen, wurde die Greifin Opfer einer übermächtigen Kraft und wurde von dieser in ihre Bestandteile zerlegt … Besser konnte Gorgrael das Gedankenerlebnis nicht beschreiben. Jemand hatte die Zauber, aus denen der Zerstörer die Himmelsbestie gewoben hatte, Stück für Stück auseinandergenommen, bis der Greif zerfallen war. Und bei diesem jemand konnte es sich nur um die Schwarzhaarige gehandelt haben, die Frau, die jetzt an Axis' Seite ritt.

Gorgrael beschäftigte sich jetzt in Gedanken ausschließlich mit der Mutter und dem Kind. Norblut floß in ihren Adern, und von den Frauen der Nor war bekannt, daß sie gern als Marketenderinnen im Troß von Armeen mitzogen. Ihnen schien es zu genügen oder sogar Freude zu machen, Soldaten für eine Mahlzeit oder die nächtliche Wärme einer Schlafstatt ihre Gunst anzubieten … Eigentlich wenig überraschend, die Schwarzhaarige im Gefolge einer siegreichen Armee wie der von Axis anzutreffen. Und was daraus geworden war, hatte man ja oben auf dem weißen Turm sehen können.

Der Zerstörer rief sich das Bild des erschrockenen kleinen Kindes ins Gedächtnis zurück. Es besaß die Hautfarbe der Mutter, wies aber auch unzweifelhaft ikarische Züge auf.

Vermutlich hatte diese Nor es mit einem dieser geflügelten Ungeheuer getrieben.

Früher hätte er sich mit diesen Schlußfolgerungen zufriedengegeben. Aber nicht heute. Nicht, nachdem er sie zusammen mit Axis erlebt hatte.

Nicht, nachdem er die innigen, liebevollen Blicke des Kriegers gesehen hatte.

Moment, Moment … besaß der Kleine womöglich auch Ähnlichkeit mit Axis?

Ja! Eindeutig ja!

Gorgrael brüllte vor Begeisterung, bis sein Lärmen viele Meilen weit über die Tundra schallte. Aufgeregt rannte er durch den Raum, öffnete und schloß die Hände und spreizte die Schwingen. Seine Krallen hinterließen tiefe Kratzer in den Möbeln.

Die Frau –

Das Kind –

Der Zerstörer blieb wie vom Schlag getroffen stehen, und die Augen traten ihm fast aus den Höhlen, als ihm plötzlich einfiel, was in dem Augenblick geschehen war, nachdem die Nor seinen Greifen zerstört hatte … Lieber Mann war wie aus dem Nichts aufgetaucht … so wütend, daß er sich kaum wieder beruhigen ließ.

Bei allen Sternen des Universums! Was habt Ihr da wieder angerichtet?

Ja, wirklich, so aufgebracht hatte Gorgrael den Dunklen noch nie erlebt.

Und das nur wegen einer Menschenfrau und ihres Bankerts?

Offenbar …

Der Zerstörer ließ sich in seinen Sessel fallen und versuchte, seine Gedanken zu ordnen. Das bedeutete doch etwas ... aber was nur?

Irgendeine Verbindung bestand zwischen Lieber Mann und der Frau. Oder zwischen Lieber Mann und dem Kind ... Nein, nein, er war nicht wegen des Kindes so wütend gewesen ... sondern wegen der Frau.

Warum?

Der Dunkle hatte seinem Lehrling von Anfang an die drei Strophen der Weissagung eingebläut. Vor allem die dritte Strophe hatte Lieber Mann ihm wieder und wieder vorgetragen; denn in ihr steckten die wichtigsten Aussagen. Die Liebste, von deren Schmerz der Sternenmann sich nicht ablenken lassen durfte, weil Gorgrael dann zum tödlichen Schlag ausholen könnte ...

Aber wenn der Dunkle – aus welchen Gründen auch immer – in Wahrheit versucht hatte, seinen Schüler in die Irre zu führen? Wenn die besondere Verbindung zu dieser Schwarzhaarigen ihn dazu getrieben hatte?

Wenn Lieber Mann ihn nun in all den Jahren belogen hatte?

Der Zerstörer kreischte vor Wut und zerriß den kleinen Teppich vor der Feuerstelle.

Welche Frau war Axis' Liebste?

Faraday oder diese schwarzhaarige Marketenderin, die man öfter an Axis' Seite sah als die Edle?

Welche von beiden könnte er dazu benutzen, den Krieger erfolgreich abzulenken?

Und bei welcher von beiden brauchte er sich diese Mühe gar nicht erst zu machen?

»Hat der Dunkle mich mein Leben lang belogen und betrogen?« fragte sich der Zerstörer, während er vor dem Kamin saß.

Faraday ... oder die andere?

Gorgrael knurrte und warf die Teppichfetzen ins Feuer. Sie verbrannten mit einem unangenehmen Gestank, der sich in der ganzen Kammer festsetzte. Er atmete tief durch, um sich zur Ruhe zu zwingen. Wenn er sich zu sehr aufregte, konnte er nicht mehr klar denken.

»Ihr seid ganz schön gerissen«, lobte der Zerstörer sich schließlich grinsend selbst. »Warum nicht beide ergreifen? Eine von beiden muß es ja sein. Und wenn ich beide umbringe, kann ich mich nicht irren.«

Doch die gute Laune verließ ihn rasch wieder. Warum ging das nicht? Weil er die Aura der Macht gespürt hatte, die von der Schwarzhaarigen ausging. Greifen und Skrälinge waren durch ihre Hand gestorben. Diese Nor stellte eine Gefahr dar. Wenn er sie nun in seine Gewalt brachte und sie dann nicht zu unterwerfen vermochte? Zu dumm, zu dumm ...

Und wenn Lieber Mann sie nun genauso ausgebildet hatte wie ihn? Immerhin hatte die Frau die Macht der Dunklen Musik angezapft, um den Greifen zu zerstückeln.

Gorgrael wimmerte und rollte sich vor dem Feuer zu einer Kugel zusammen.

Der Sohn ...

Zuerst nahm er den Gedanken gar nicht bewußt wahr, der sich am Rand seines Bewußtseins entwickelte.

Der Erbe ...

Gorgrael blinzelte und richtete sich wieder auf.

Der Sohn – die Schwachstelle. Für wen empfand ein Mann mehr, für seine Liebste oder für seinen Erben? Der Säugling hatte sicher einiges von den Fähigkeiten seines Vaters geerbt, aber gewiß konnte er sich dieser Macht noch nicht in dem Maße bedienen, um dem Zerstörer gefährlich zu werden. Nein, ganz gewiß nicht.

Und erst recht dann nicht, wenn er von seinen Eltern getrennt würde.

In absehbarer Zeit würde der Krieger von Sigholt in den Norden aufbrechen. Und zweifellos würde die Schwarzhaarige ihn auf diesem Feldzug begleiten.

Und bei einem solchen Unternehmen nahm man doch ganz sicher kein kleines Kind mit?

Nein.

Natürlich nicht.

7 Feste Gorken

Timozel hockte inmitten der Trümmer in der Großen Halle der Burg von Gorken und ließ sich von seinen Erinnerungen hinwegtragen.

Er dachte an die großen Pläne, die er hier mit Bornheld geschmiedet hatte, weil er noch der Meinung gewesen war, der Herzog von Ichtar und baldige König des Reiches sei sein wahrer Herr und Meister, für den er gewaltige Siege erringen wollte.

Heute wußte der Jüngling es besser. Inzwischen diente er Gorgrael, und dieser hatte ihn mit bedeutend mehr Macht ausgestattet, als es Bornheld je möglich gewesen wäre.

Aber war der Zerstörer wirklich ein so großmächtiger und gewaltiger Herr, wie Timozel zuerst geglaubt hatte?

Wochenlang hatte der junge Feldherr sich nach Norden zurückgezogen, und seitdem waren noch mehr Wochen vergangen, in denen er untätig hier am Fuße des Gorkenpasses ausharrte und auf neue Befehle wartete. Warum hatte Gorgrael ihn nicht gleich zurück in seine Eisfestung beordert? Vermutlich, weil er glaubte, daß sein Heer hier oben, wo die Sturmwinde immer noch brüllten und der Schnee sich am Boden binnen kürzester Zeit in Eis verwandelte, sich ausreichend in Sicherheit befände.

Timozel schnaufte verdrossen. Früher oder später mußte er doch einfach gegen die letzten Männer von Axis' Armee ziehen – und das würde sicher keine große Schlacht, sondern eher ein Massaker –, und da half es wenig, wenn er hier in den Ruinen von Gorken Däumchen drehte.

Außerdem war mittlerweile eine neue Schwierigkeit aufgetaucht.

Seine Späher hatten ihm berichtet, daß zwanzig bis dreißig Meilen unterhalb von Gorken Tauwetter eingesetzt habe. Gorgraels eisiger Griff verlor offenbar immer mehr an Kraft. Verlor er vielleicht sogar seine Macht?

Die Skrälinge, die mittlerweile feste Körper besaßen, vermochten in wärmeren Temperaturen ebenso gut zu kämpfen wie inmitten eines Schneesturms. Aber ohne Winterkälte verloren sie einen ihrer wesentlichen Vorteile. Ihre bisherigen Erfolge hatten die Geister vor allem dem Umstand zu verdanken gehabt, daß der Zerstörer vorher lähmende Kälte ins Land geschickt hatte, welche die Kampfkraft des Gegners regelmäßig einschränkte.

»Verdammt sollt Ihr sein, Gorgrael!« murrte der Jüngling. »Laßt mich doch endlich das Werk vollenden, das ich so erfolgreich begonnen habe!«

Timozel!

Der Feldherr schreckte so heftig zusammen, daß er sich eine Hand an einem scharfkantigen Stein aufriß.

Ja, Herr?

Ich habe wichtige Neuigkeiten für Euch.

Welche denn, großmächtiger Fürst?

Axis ist nicht schwerverwundet und am Ende, wie wir bislang vermutet haben. Im Gegenteil, er zieht gerade über die Ebene von Ichtar, erfreut sich bester Gesundheit und strotzt nur so vor Selbstbewußtsein.

Der Jüngling fluchte lange und ausgiebig. Warum hatte man es ihm verwehrt, dem Feind am Azle den Rest zu geben?

Timozel?

Ja, Herr?

Ich verlange, daß Ihr den Krieger am Gorkenpaß aufhaltet.

Der Feldherr mußte sich mit aller Gewalt zwingen, ruhig zu bleiben.

Natürlich, großmächtiger Fürst.

Natürlich, natürlich. Meine kleinen Lieblinge werden bald zu Euch stoßen. Sie liegen hier in den Fluren und Gängen und sind so dick geworden, daß sie sich kaum noch rühren können. Ich höre sie bereits stöhnen und grunzen. Bald werden sie sich ihrer Last entledigt haben und können sich dann in den Kampf stürzen.

Wenigstens eine gute Nachricht.

Timozel, ich sorge mich um Euch. So ganz allein in der Feste Gorken, mit niemand anderem zur Gesellschaft als Skrälingen und Skräbolden, da muß Euch doch die Decke auf den Kopf fallen ...

Oh nein, Herr! beeilte sich der Jüngling zu entgegnen, während ihm der kalte Schweiß ausbrach. *Nein, mir geht es hier ausgezeichnet, und ich bin bester Dinge!*

Dann sorgt dafür, daß es auch so bleibt. Nun hört gut zu: Siebentausend Greifen schicke ich Euch. Faßt Mut und denkt immer daran, was der Krieger sich selbst angetan hat, als er nur neunhundert von ihnen vernichtete.

Ja, eine kluge Überlegung. Der Feldherr beruhigte sich so weit, daß er wieder lächeln konnte. Siebentausend Himmelsbestien würden bald bei ihm eintreffen, und mit denen konnte er alles überwinden, was Axis ihm entgegenwerfen würde.

Timozel, da wäre noch etwas, das ich Euch unbedingt fragen muß. Kennt Ihr eine Frau mit rabenschwarzem Haar, die an Axis' Seite reitet?

Der Jüngling dachte nach.

Nein, großmächtiger Fürst.

Wußtet Ihr denn, daß der Krieger einen Sohn hat?

Der Feldherr hätte beinahe laut gelacht. *Einen Sohn? Ohne Zweifel kann er über einen Mangel an Gelegenheiten nicht klagen, aber daß er Nachwuchs in die Welt gesetzt hat, davon habe ich noch nie gehört.*

Und wie stand es mit Faraday? Als Ihr Karlon verlassen habt, wie verhielten sich da Axis und Faraday zueinander?

Sie trieben es auf dem Boden, Herr. Die Leidenschaft hatte sie so gepackt, daß sie es nicht einmal bis zum Bett schafften.

Waren die beiden denn da verheiratet?

Nein, aber die Vermählung sollte in Kürze erfolgen.

Das brachte den Zerstörer wieder zum Grübeln. Timozel hatte den Krieger schon so lange nicht mehr gesehen, daß seine Aussagen nicht sehr viel Wert besaßen. Warum kannte der Jüngling die andere Frau nicht? Immerhin mußte sie doch lange vor dem Einzug in Karlon Axis' Lager geteilt haben.

Aber wenn der Krieger statt Faraday die schwarzhaarige Hexe geheiratet hatte, hatte er sich vielleicht Faraday als Geliebte genommen?

Doch das spielte jetzt keine Rolle, denn Grograel hatte ja schon einen viel raffinierteren Plan geschmiedet.

Ihr habt gute Arbeit geleistet, Timozel. Ich bin sehr zufrieden mit Euch.

Vielen Dank, großmächtiger Fürst.

Siebentausend Greifen. Mit einer solch gewaltigen Anzahl würde Axis niemals fertigwerden. Der Feldherr lehnte sich in den Trümmern der Großen Halle zurück und lachte. »Nur Mut, alter Freund. Kommt, und holt mich. Führt Eure Armee gegen mich, auf daß ich Euch alle packen kann!«

8 Sigholt

»Wo hält er sich auf?« entfuhr es dem Krieger.

»In Gorken«, wiederholte Ho'Demi. »Timozel sitzt in der Festung, und sein Heer lagert davor.« Wie schon in Aldeni hatte Axis wieder die Rabenbunder damit beauftragt, den Norden Ichtars zu erkunden, wo immer noch reichlich Schnee fiel.

»Seid Ihr Euch auch ganz sicher, daß Eure Späher richtig hingesehen haben?«

Der Häuptling versuchte, sich seine Empörung nicht anmerken zu lassen. Er hatte natürlich von der Schlacht um Gorken gehört und wußte jetzt, warum sich Sorgenfalten auf der Miene des Sternenmanns bildeten. So nickte Ho'Demi nur und faltete die Hände vor sich auf dem Tisch.

Der Krieger und seine Befehlshaber saßen zur Abendbesprechung in der Großen Halle von Sigholt zusammen. In einer Stunde würde das Essen aufgetragen werden. Axis wandte sich an seinen Leutnant. »Was haltet Ihr davon?«

Belial dachte kurz nach und sah seinen General dann mitfühlend an. »Ein ausgezeichneter Platz.«

»Für wen?« fragte der Krieger hart.

»Für ihn natürlich«, antwortete Belial. »Er weiß, welche Erinnerungen dieser Ort bei Euch weckt. Die Geister und so weiter.«

»Und im Notfall kann er sich leicht zum Gorkenpaß zurückziehen«, fügte Magariz hinzu. »Oder um Euch zu zwingen, ihm dorthin zu folgen. Wenn der Jüngling alles gut vorbereitet, könnte der Paß für uns zur Todesfalle werden ... ganz besonders, wenn er seine Greifen dort versammelt, damit sie sich auf uns stürzen.« Man merkte dem Fürsten deutlich an, daß es ihn nicht danach drängte, eine neue Schlacht um Gorken zu schlagen.

»Ich will nichts mehr davon hören«, beschied Axis seine Offiziere. Doch er klang jetzt nicht mehr so barsch wie vorhin. Ausgerechnet Gorken, verdammt noch mal!

Alle schwiegen gehorsam.

Aschure wartete einige Minuten, ehe sie das Wort ergriff. Bis dahin regten sich die anderen schon unruhig auf ihren Sitzen.

»Was habt Ihr denn erwartet, Axis, wohin er sich wenden würde? Wir wußten, daß Timozel nach Norden zog, und wenn man zu den Nordküsten will, muß man zwangsläufig über den Gorkenpaß. Einen anderen Weg gibt es nicht. Es sei denn, Timozel wollte mit seinem Riesenheer durch die Eisdachalpen ... und für so dumm darf man ihn wirklich nicht halten. Also dürfte seine Wahl uns nicht im mindesten überraschen.«

Der Krieger sah sie finster an, aber sie wich seinem Blick nicht aus. Er hatte gehofft, Timozel würde sich mit seinen Scharen noch weiter zurückziehen, bis zur Eisfestung irgendwo in der nördlichen Eisödnis. Aber Axis hätte es besser wissen müssen. Ihm war klar, daß er sich seinem ehemaligen Freund eines Tages würde stellen müssen. Und da konnte ihm Gorken oder der Paß genauso recht sein wie jeder andere Ort. Und schließlich hatten sie dort auch schon Skrälinge erledigt.

»Dornfeder, sind Eure Kundschafter schon von ihren Flügen über Ichtar zurück?«

Der Geschwaderführer bewegte leicht die Schwingen, sichtbares Zeichen dafür, wie erleichtert er sich fühlte, daß der Sternenmann wieder zu seiner Sachlichkeit gefunden hatte. »Ja, Herr. Im ganzen Land herrscht Ruhe, und von den Grenzbergen bis zum Fluß Azle finden sich keine Skrälinge. Vermutlich halten sich auch weiter nördlich keine auf, aber so weit sind meine Kundschafter nicht gekommen. Wir dürfen also davon ausgehen, daß wir vom Nordra bis zu den Eisdachalpen keinen Feind zu fürchten haben.«

Der Krieger wandte sich an Magariz: »Damit könnt Ihr Euer Land endlich in Besitz nehmen, Prinz von Ichtar.«

Der Fürst verneigte sich. »Danke, Sternenmann.«

Dafür solltet Ihr besser Faraday danken, dachte Axis, denn sie hat mit ihren neuen Bäumen Gorgraels Eis verbannt.

»Die Feuernacht!« rief Aschure. »Nur noch neun Wochen bis dahin.«

Axis' Verdrossenheit kehrte sofort zurück, und er lachte bitter. »Habt Ihr das vernommen, meine Freunde? Nur noch neun Wochen bis zur Feuernacht. Bis zur dritten Woche des Rosenmondes muß ich das Land von den Geisterkreaturen befreit haben, damit ich mich mit den Awaren in ihren Hainen treffen kann.«

Belial sah ihn ebenso wie die anderen Befehlshaber verwirrt und fragend an.

»Der Sternenmann muß sich zur Feuernacht in Awarinheim einfinden«, erklärte Aschure mit Blick auf ihren Gemahl, »um dort das Regenbogenzepter entgegenzunehmen. Die einzige Waffe, mit der Gorgrael sich schlagen läßt. Und nur die Waldläufer vermögen, das Zepter herzustellen.«

»Damit bleibt uns ja wirklich nicht mehr viel Zeit«, bemerkte Belial und wünschte im selben Moment, er hätte den Mund gehalten.

Doch der Krieger explodierte nicht, sondern winkte nur müde ab. »Dann sollten wir auch keine mehr verlieren. Leutnant, wie weit sind unsere Truppen?«

Belial führte ausführlich aus, in welcher Verfassung sich die Armee befand, erläuterte auf Anfrage die eine oder andere Einzelheit und besprach noch Unklares mit dem General. In den Wochen, die die Soldaten am Lebenssee lagerten, waren die Verwundeten genesen und hatte sich die Moral gefestigt. Man hatte Waffen und Ausrüstung wieder instandgesetzt, Rekruten angeworben und sich auch sonst in Form gebracht.

»Wann können wir also aufbrechen?« wollte Axis wissen.

»In zwei Tagen ... sofern die Witterungsverhältnisse es zulassen«, antwortete der Leutnant und sah Dornfeder fragend an.

»Überall in Ichtar herrscht Tauwetter ...« antwortete der Geschwaderführer sofort.

»Aber ist das Land auch trocken genug?« bohrte Belial nach.

»Ja, weitgehend. Zwar trifft man immer noch größere Schlamm- und Matschflächen an, aber die Truppen dürften sie leicht umgehen können.«

Der Krieger lehnte sich zurück und streckte die Beine aus. »Wie steht es mit der Luftarmada, Dornfeder? Soll ich sie mitnehmen?«

»Wäre es Euch denn lieber, Sternenmann, wir würden hierbleiben und die Kinder hüten?«

»Wenn siebentausend Greifen über uns herfallen, ehe Aschure es mit ihnen aufnehmen kann, wird von der Luftarmada wohl nicht viel übrigbleiben.«

»Wir wollen aber kämpfen«, erklärte der Ikarier. »Wenn wir dabei zugrunde gehen, dann hat es eben so sein sollen.«

Axis betrachtete ihn aufmerksam. Die Luftarmada hatte ebenfalls neue Kämpfer angeworben und verfügte heute wieder über knapp zwei Drittel ihrer ursprünglichen Stärke. Ihr Befehlshaber Dornfeder war allerdings noch jung und besaß wenig Erfahrung. Durfte er dieses Wagnis eingehen?

Die Vogelmenschen müssen mitkämpfen. Habt Ihr sie nicht genau für diese Entscheidungsschlacht im Krallenturm ausgebildet? Wollt Ihr sie jetzt, da sie ein paar Verluste erlitten haben, einfach wieder nach Hause schicken? Ihr habt den Ikariern ihren Stolz zurückgegeben, und den möchtet Ihr ihnen doch jetzt nicht wieder nehmen!

Die Luftarmada hat mehr als nur ein paar Verluste erlitten, Aschure … Aber der Krieger verstand sehr gut, was seine Liebste ihm sagen wollte. »Einverstanden, Dornfeder. Ihr sendet Eure Kundschafter nach Gorken aus. Aber sie sollen auf der Hut sein.«

»Und wir dürfen auch mitkämpfen?«

»Ja, das sollt Ihr sogar. Haltet die Luftarmada bereit. Ihr fliegt los, vier Tage, nachdem die Bodentruppen ausgerückt sind. Zunächst besteht Eure Aufgabe darin, den Troß zu schützen.«

Der Geschwaderführer atmete erleichtert auf. »Gut.«

»Dornfeder, habt Ihr irgend etwas vom Krallenturm gehört?« fragte Aschure.

Er schüttelte voller Bedauern den Kopf. »Tut mir leid, Zauberin. Ich weiß nur, daß die Mehrheit der Ikarier sicher in Awarinheim eingetroffen ist. Einige aus meinem Volk sind bei den Waldläufern geblieben, aber die meisten ziehen zur Zeit nach Süden, zu den Minarettbergen, weiter. Andere wollen nach Nor oder nach Karlon, und einige zieht es sogar zur Insel des Nebels und der Erinnerung.«

Die junge Frau nickte. Sie fühlte sich verantwortlich dafür, daß Rabenhorst es vorgezogen hatte, in der Bergstadt zu bleiben. Aber schließlich war das seine Entscheidung, und ihm allein oblag es, was er mit seinem Leben machte. Wenigstens hatte der Großteil der Vogelmenschen entkommen können. Und wer weiß, vielleicht dachte der Zerstörer gar nicht daran, seine Greifen über den Krallenturm herfallen zu lassen.

Doch Aschure spürte schon seit einiger Zeit die schwarze Welle der Himmelsbestien, ihrer siebentausend an der Zahl. Wie eine Woge der Zerstörung rollte sie gegen Tencendor an. Und ihre Jungen wuchsen bereits zur noch größeren, noch gefährlicheren Flut heran. Noch warteten sie, aber schon regte sich in ihnen das Verlangen zu vernichten.

»Gut, dann ist es also beschlossen«, erklärte der Krieger in gezwungener Gelassenheit. »In zwei Tagen reiten wir der Entscheidungsschlacht entgegen.« Er suchte und fand die Hand seiner Gemahlin. »Den Sternen sei Dank, daß Ihr diesmal mit mir reitet.«

Sie lächelte ihn grimmig an.

»Ich kann nicht mit Euch kommen, Axis.«

Die beiden befanden sich allein in ihrem Schlafgemach.

»Wie bitte?« Er drehte sich zu ihr um.

»Bitte versteht doch, es geht einfach nicht.«

Der Krieger packte sie an den Schultern, weil er nicht glauben wollte, was er da gerade zu hören bekommen hatte. »Aber ich brauche Euch, Aschure!«

Sie verzog schmerzlich das Gesicht, weil seine Hände so fest zudrückten – doch weil seine Augen so traurig dreinblickten, sagte sie mit sanfter Stimme: »Axis, zur Schlacht werde ich rechtzeitig wieder bei Euch sein. Nur werde ich im Moment woanders gebraucht. Ich stoße zu Euch, sobald mir das möglich ist.«

»Was soll das heißen, Ihr werdet woanders gebraucht?« Er lachte ungläubig. »Als wenn ich mit meiner Armee nur einen Spaziergang unternehmen würde! Muß Flußstern ihr Bäuerchen machen? Oder bekommt Caelum einen Zahn? Verdammt noch mal, Aschure, Ihr müßt niemandem mehr beweisen, daß Ihr eine gute Mutter seid!«

»Es geht um Faraday.«

»Faraday?«

Die junge Frau hielt den Atem an. Wie sollte sie ihrem Gemahl die Sache erklären, ohne ihm Dinge zu verraten, von denen Faraday nicht wollte, daß er sie erfuhr? »Die Edle kommt Smyrdon immer näher. Sie ist müde und erschöpft und muß sich dennoch in ein oder zwei Wochen der allergrößten Gefahr aussetzen.«

»Kann sie etwa die letzten Bäumchen nicht mehr selbst einsetzen?«

»Artor lauert in Smyrdon auf sie. Deswegen braucht Faraday mich, und ich sie auch. Keine von uns beiden kann es allein mit ihm aufnehmen, und Ihr wißt selbst, daß wir diese Bedrohung nicht außer acht lassen dürfen.«

»Ich brauche Euch, Aschure«, flüsterte er.

»Das weiß ich doch.«

»Wie sollte ich es ohne Euch mit den Greifen jemals aufnehmen können?«

»Ganz ruhig, Liebster, ich werde schon rechtzeitig wieder bei Euch sein.«

»Ohne Euch muß ich scheitern.«

»Axis …«

Er zog sie an sich. »Aschure, ohne Euch kann ich den Krieg unmöglich gewinnen!«

»Und ohne Faraday verlieren wir beide«, gab sie grimmig zurück, damit er endlich begriff. »Ich werde wohl mit den Himmelsbestien fertig, aber wie steht es mit den unermeßlichen

Scharen der Skrälinge? Wie wollt Ihr in Gorken weiter gegen sie vorgehen?«

»Ich habe sie schon am Azle zu nehmen gewußt.«

»Falsch«, widersprach sie unerbittlich, »dort habt Ihr nicht mehr vollbracht, als ein paar Stunden zu gewinnen, damit Ihr Euch zurückziehen konntet. Wollt Ihr denn diesmal nicht vorstürmen und vordringen? Rabenbund für Ho'Demi befreien, so wie Ihr Ichtar für Magariz befreit habt?«

Axis schwieg und wandte das Gesicht ab. Seine Hände lösten sich von ihr, und er ließ sie herabhängen.

Dafür umschlang Aschure ihn jetzt mit ihren Armen und drückte ihn so fest wie möglich an sich, um ihm ganz nahe zu sein. »Die Bäume werden uns beistehen, Liebster, aber nur dann, wenn sie sich mit Awarinheim zu vereinen vermögen. Wo das Lied des Erdbaums sie erreicht.«

»Was können die Bäume denn schon tun?« fragte er heiser. »Ihre Wurzeln aus der Erde ziehen und gegen den Feind anrennen? Kann ich mich denn auf sie verlassen, daß sie sich rechtzeitig mit Awarinheim verbinden?«

Aschure drückte ihr Gesicht an seine Brust. »Die Bäume werden uns helfen, Axis. Das hat Faraday versprochen.«

Der Krieger schwieg einen Augenblick lang. »Die Edle hat allen Grund mich zu hassen ... sogar, mich zu belügen.«

»Sie haßt Euch aber nicht, und es würde ihr nie einfallen, Euch die Unwahrheit zu sagen.«

»Ich habe sie belogen.«

Die junge Frau schwieg.

»Ich habe ihr nicht die Wahrheit gesagt«, flüsterte Axis. »Ich wünsche bei jedem Stern am Firmament, daß ich damals den Mut gehabt hätte, sie so zu behandeln, wie sie es verdiente.«

Aschure hob den Kopf und sah ihn an: »Dann sorgt dafür, ihr das zu sagen, sobald sich Euch eine Gelegenheit dazu bietet.«

Sie hielten sich eine Weile umschlungen, und jeder hing seinen eigenen Gedanken nach. »Wann müßt Ihr fort?« fragte der Krieger schließlich.

»Schon morgen. Seit einigen Tagen plagt mich ein Drang,

mich endlich zu Faraday zu begeben ... Heute nachmittag konnte ich ihn fast kaum noch ertragen. Deswegen will ich morgen in aller Frühe aufbrechen.«

»Aschure ...«

»Ich werde für Euch da sein«, versicherte sie ihm, »und zwar rechtzeitig.«

Imibe stand auf dem höchsten Turm von Sigholt und hielt das kleine Mädchen auf dem Arm. Sie schaute zu, wie eine der Kinderschwestern mit Caelum Ball spielte. Imibe brachte die Kleinen gern jeden Morgen und jeden Nachmittag hier herauf, damit sie den Sonnenschein genießen und die sanfte Luft, die vom See kam, einatmen konnten.

Die Tür des Treppenhaus öffnete sich, und der Sternenmann trat mit seiner Gemahlin zu ihnen heraus. Imibe drehte sich sofort zu ihnen um. Die Zauberin hatte ihr mitgeteilt, daß sie für eine Woche oder länger fort müsse. Axis lächelte ihr wie üblich zu, aber um seine Augen hatten sich Sorgenfalten eingegraben.

Aschure nahm der Kinderfrau das Mädchen ab. Schon mit ihren dreieinhalb Monaten versprach Flußstern, sich zu einer wirklichen Schönheit zu entwickeln. Ihr helles Haar dunkelte bereits zu einem korngoldenen Blond, und ihre Augen wiesen eine so dunkelviolette Farbe auf, daß man sie fast für schwarz halten konnte.

»Flußstern«, sagte ihre Mutter leise. Seit man die Zwillinge voneinander getrennt hatte, spürte Aschure, wie zumindest bei dem Mädchen die Feindseligkeit von Tag zu Tag mehr nachließ. Obwohl die Kleine ihr noch immer kaum Wärme entgegenbrachte, hoffte die junge Frau doch sehr, daß sie beide eines Tages lernen würden, einander zu lieben und zu vertrauen. Aschure spürte den Krieger an ihrer Seite und drehte sich lächelnd zu ihm um.

»Ist sie nicht wunderhübsch? Sie zeigt schon deutlich die Tönung der Sonnenflieger.«

Axis berührte Flußstern sanft an der Wange. Er hatte in der letzten Zeit viele Stunden mit seiner Tochter verbracht. Als sie noch im Mutterleib war, hatte er sie nicht ausbilden können. Aber jetzt schien die Kleine nichts mehr dagegen zu haben, von ihm unterrichtet zu werden.

Caelum kam auf wackligen Beinen zu seinem Vater und hielt sich an seinem Oberschenkel fest. Lächelnd bückte sich der Krieger, um ihn hochzunehmen. »Und wie gefällt Euch Eure Schwester, junger Mann?«

Der Knabe betrachtete Flußstern mit gemischten Gefühlen und antwortete: »Vermutlich viel besser, wenn sie erst laufen und mit mir spielen kann.«

Axis grinste breit, und die Sorgenfältchen um seine Augen verschwanden. »Neugeborene geben schlechte Spielkameraden ab, was, mein Sohn? Ich fürchte aber jetzt schon, daß ich, sobald Ihr beide ein wenig älter geworden seid, mehr als genug Anlaß finden werde, Euch wegen Eurer Streiche zu ermahnen.«

Noch jemand erschien auf dem Turm, und alle drehten sich um. Kassna zeigte sich in der Tür und wurde rot, als sie Axis und Aschure erkannt hatte.

Denn sie hatte Drachenstern mitgebracht.

Caelum drehte den Kopf von seinem Brüderchen weg und klammerte sich an die Brust seine Vaters. Man hätte annehmen können, Drachenstern habe ihm vor kurzem übel mitgespielt.

»Ich habe doch angeordnet, daß dieser Junge von den anderen Kindern ferngehalten wird!« rief der Krieger unwirsch, und Kassnas Gesichtsfarbe verwandelte sich in Dunkelrot. Rasch drehte sie sich um und reichte den Jungen der Kinderschwester, die mit ihr gekommen war. Dabei flüsterte sie der Magd hastig etwas zu, und diese verschwand mit Drachenstern im Treppenhaus.

Belials junge Gemahlin näherte sich dem Sternenmann und der Zauberin. »Verzeiht bitte, Axis«, entschuldigte sie sich, »aber woher sollte ich denn wissen, daß Ihr oder Eure anderen Kinder sich gerade zu dieser Stunde hier oben aufhalten würden?«

Warum zählt Ihr Drachenstern eigentlich nicht zu Euren Kindern? fügte die Nor in Gedanken hinzu. Kassna und Belial hatten gehofft, daß Axis' Zorn auf den zweiten Sohn sich im Lauf der Zeit legen und er ihn dann nicht mehr ablehnen würde. Aber so, wie Kassna ihn jetzt erlebte, mußte sie erkennen, daß sich an den Gefühlen des Kriegers nichts geändert hatte. Bei ihr verhielt Drago – wie sie ihn nannte; denn wer konnte ein so niedliches kleines Bübchen anschauen und dabei an solche Dinge wie »Drachenstern« denken – sich stets wie ein liebes Kind und machte nicht die geringsten Schwierigkeiten. Der Junge hatte schon früh lachen gelernt, und Kassna war geradezu süchtig nach seinem Glucksen, wenn sie ihn aus der Wiege hob.

Warum konnten Axis und Aschure ihn nicht ebenso liebhaben? Ihr Gemahl wollte Drago natürlich so rasch wie möglich seinen eigenen Eltern zurückgeben, aber Kassna ertappte sich oft bei dem Gedanken, daß es doch sehr schön sei, wenn der Kleine noch möglichst lange, wenn nicht sogar für immer bei ihr blieb. Die Nor rechnete natürlich damit, über kurz oder lang eigene Kinder zu bekommen. Und sie war sich sicher, daß Drago seine Geschwisterchen nicht nur annehmen, sondern sie auch ebenso glücklich und fröhlich im Familienkreis aufnehmen würde.

Und was Axis' Befehl anging, seinen zweiten Sohn von seinen anderen Kindern fernzuhalten, nun, darum scherte die Nor sich nur wenig; denn sie hielt eine solche Anordnung für ungerecht.

»Ich möchte nicht, daß er in die Nähe von Flußstern oder Caelum kommt, Kassna. Haben wir uns verstanden?«

»Natürlich, Axis. Aber es besteht doch nun wirklich keine Veranlassung, mir das immer wieder zu sagen. Und auch noch so unfreundlich.«

Aschure warf einen besorgten Blick auf ihren Gemahl. Seine Züge waren nach der Antwort der Nor hart geworden.

»Wenn Ihr Euch nicht an meine Anweisungen halten wollt, Kassna, dann muß ich Euch auffordern, Sigholt zu verlassen!«

»Axis!« Die Zauberin gab Imibe rasch Flußstern zurück und legte ihm eine Hand auf den Arm. Sie warf einen raschen Blick auf Kassna. Diese hatte sich schon wieder verfärbt, doch diesmal nicht aus Verlegenheit, sondern vor Wut. »Axis, es war doch nur ein Mißverständnis. Laßt gut sein, ich bitte Euch.«

Der Krieger holte tief Luft, und es war ihm deutlich anzumerken, wie sehr er sich bemühte, sich zu beherrschen. »Kassna, ich bin Euch und Eurem Gemahl durchaus dankbar für das, was Ihr für uns getan habt. Nicht viele frischverheiratete Paare würden so großzügig sein, das Kind anderer Eltern bei sich aufzunehmen. Dennoch ...« Er zögerte, weil er nicht so recht wußte, wie er ihr das Folgende sagen sollte. »Kassna, Ihr könnt Drachenstern nicht auf Dauer behalten. Erst recht dann nicht, wenn sich eigene Kinder bei Euch einstellen.« Wie sollte Axis ihr begreiflich machen, daß von dem kleinen Kerl Gefahr ausging? Daß dieser Satansbraten, den Kassna für ein liebes, hübsches Kindchen hielt, ihren eigenen Kindern schaden würde, wenn er sie als Bedrohung ansähe?

Die Nor wirkte zwar äußerlich wieder ruhiger, doch der harte Blick in ihren Augen kündete vom Gegenteil. Axis spürte, daß sie ihn nicht verstand, ja, ihn gar nicht verstehen wollte. Ein furchtbarer Gedanke tauchte in ihm auf: Sollte es Drachenstern möglich sein, Kassnas Gedanken und Gefühle zu beeinflussen, ohne daß sie etwas davon bemerkte?

Aschure, wenn wir von unseren Zügen gegen die Skrälinge zurückkehren, müssen wir uns Drachensterns wegen eingehende Gedanken machen.

Er spürte, daß sie ihm zustimmte. *Im Moment kann der Kleine nicht allzu viel anstellen. Sobald er erst einmal entwöhnt ist, könnten wir ihn doch in die Obhut Sternenströmers geben. Allem Anschein nach mag er Euren Vater.*

Das gefiel dem Krieger, und seine Miene war wieder völlig ruhig. Kassna hingegen betrachtete ihn voller Mißtrauen. Was ging hier vor? Belial hatte ihr einmal verraten, daß Axis und Aschure sich, wie es Art der ikarischen Zauberer war, unhörbar für andere in Gedanken miteinander verständigen konnten. Als die Nor jetzt das wechselnde Mienenspiel der beiden verfolgte, glaubte sie zum ersten Mal, daß ihr Gemahl ihr damit keinen Bären aufgebunden habe.

»Ja, das wäre sicher das beste«, meinte der Sternenmann. »Kassna, verzeiht bitte meine harten Worte, aber versteht bitte auch, daß wir Drachenstern in einer viel tieferen Weise verstehen, zu der Ihr keinen Zugang besitzt. Und beachtet in Zukunft bitte unsere Wünsche, die den Kleinen betreffen.«

Die Nor lächelte höflich und nickte.

Axis stand unter dem befestigten Tor Sigholts und schaute seiner Gemahlin nach, die über die Brücke davonritt. Die Alaunt hatten ihre Herrin schon weit hinter sich gelassen und jagten auf den Sperrpaß zu.

Sie will zurück nach Smyrdon, dachte er, ausgerechnet an den wenig erfreulichen Ort ihrer Kindheit. *Was werden die Dorfbewohner wohl denken, wenn Ihr so angetan und mit dem allerwildesten Ausdruck in den Augen in ihre Gemeinde einreitet?*

Die junge Frau drehte sich im Sattel um, winkte ihm zu und sandte ihm in Gedanken ihre Liebe. Der Krieger lächelte.

»Sie kann sehr gut auf sich selbst aufpassen, mein Sohn.«

Rivkah war an seine Seite getreten. Als er sich zu ihr umdrehte, wurde ihm unbehaglich zumute. Seine Mutter befand sich bereits im siebten Monat.

»Ihr solltet Euch lieber schonen.«

»Bin ich vielleicht eine zarte Kirschblüte, die beim leisesten Windhauch vergeht?« gab sie unfreundlich zurück, fuhr dann aber sanfter fort: »Axis, wir beide müssen uns aussprechen. Über dieses Kind.«

»Was gibt es da denn zu bereden? Das Kind ist ganz allein Eure und Magariz' Angelegenheit.«

»Und auch Euer Bruder!« fuhr sie ihn an.

»Ich wünschte, dem wäre nicht so«, entgegnete er hart. »Wenn ich gewußt hätte, daß Ihr immer noch in der Lage wärt, Kinder in die Welt zu setzen, hätte ich bestimmt ...«

»Hättet Ihr was, Axis?«

Er zögerte, und an seiner Wange zuckte ein Muskel. »Was habt Ihr mit der Krone und dem Ring angefangen, den Insignien des Königs von Achar?«

»Seht Ihr denn in jedem Schatten Verrat und Falschheit lauern? Könnt Ihr denn mein Kind nur als Bedrohung begreifen?«

Ohne ein weiteres Wort ließ Rivkah ihn stehen und rauschte mit ärgerlich raschelnden Röcken davon. Axis lehnte sich an den warmen Stein der Burgmauer und fragte sich, ob Faraday ihm das angetan hatte, um sich an ihm zu rächen. Denn ohne diese hätte seine Mutter niemals mehr schwanger werden können.

Oben auf dem Turm hielt Imibe Caelum im Arm, damit er einen letzten Blick auf seine davonreitende Mutter werden konnte.

»Was für ein glücklicher kleiner Junge«, flüsterte sie ihm ins Ohr, »der eine so zauberische Mutter hat.«

Der Knabe lächelte zustimmend und schickte Aschure in Gedanken den Gruß zu, daß er sie sehr liebhabe. Trotz der Entfernung empfing sie diese Worte klar und deutlich und schickte ihm ihre Antwort: *Ich bin bald wieder zu Hause, Caelum. Wartet auf mich.*

Tiefer in der Burg, in den Gemächern von Belial und Kassna, lächelte Drachenstern. Bald würden seine beiden Eltern Sigholt verlassen haben, und dann konnte ihn nichts und niemand mehr aufhalten.

Er würde der Erbe werden. Ja, er wäre bald der Erbe des Sternenmannes!

9 Der Lebenssee

Sie saßen auf der Kuppe eines niedrigen Hügels, Nebel und Magie verbargen sie vor den Blicken Neugieriger, und sie verfolgten den Ausritt von Axis' Armee. Der Tag neigte sich bereits, als die letzte Einheit die Burg verließ.

»Er sah gut aus«, bemerkte Yr heiser. Das milde Abendlicht verdeckte die schlimmsten ihrer schwärenden Wunden.

»So wie sie alle«, bestätigte Jack. Er hatte beide Hände um den Stab geklammert, so fest, daß die Knöchel weiß hervortraten. »Der See hat ihnen gut getan.«

Zecherach konnte den Blick nicht von dem Gewässer wenden. So schön hatte sie es seit über zweitausend Jahren nicht mehr gesehen. »Wir sollten weitergehen«, erklärte sie.

»Wird uns jemand bemerken können?« fragte Veremund. Deutlich hörte man die Schmerzen, die er erlitt, aus seiner Stimme heraus. Das Opfer war die beiden alten Brüder am schwersten angekommen; die Linderung, die sie am Farnbruchsee von der Mutter erhalten hatten, war längst verflogen.

Zecherach schüttelte den Kopf. »Nein. Seht nur, das Südufer des Wassers liegt verlassen da. Dort laßt es uns angehen.« Sie erhob sich und wartete, bis die vier anderen sich mühselig aufgerappelt hatten. Ihr Blick blieb schließlich an Jack hängen. Wie stolz und voller Lebenskraft er früher immer gewesen war. Wie stark seine Schultern, auf die er alle Nöte der Wächter hatte laden können. Doch heute zitterte ihr Gemahl und litt an Kurzatmigkeit. Zecherach wäre zu gern zu ihm gelaufen und hätte ihn gestützt. Aber das durfte sie nicht, und so blieb sie stehen. Die Katzenfrau half Jack.

Langsam wanderten die fünf im dämmrigen Abendlicht zum Lebenssee. Zecherach an der Spitze und mehrere Schritte voraus; die anderen mühten sich nach Kräften, mitzukommen. Sie alle achteten darauf, nicht zu straucheln. Ein gebrochenes Bein oder ein umgeknickter Fuß hätten jetzt das Ende der Prophezeiung bedeuten können.

Die Nacht war schon ein gutes Stück fortgeschritten, als sie ihr Ziel erreichten und die Finsternis wie eine schwere Last auf ihnen lag. Sie blieben am Ufer des Lebenssees stehen, wo das rote Wasser sanft schwappte, und starrten unruhig auf die Burg von Sigholt.

»Irgend etwas stimmt nicht«, bemerkte Ogden und klammerte sich haltsuchend an die Kutte seines Bruders.

»Ja, das ist wahr«, bestätigte der Hagere.

Selbst Zecherach widerstand dem sanften Locken des Wassers und beäugte ebenfalls mißtrauisch die Burg. »Ein sonderbares Gefühl schwebt von dort heran …« begann sie und runzelte angestrengt die Stirn. »… als würden dort finstere Ränke geschmiedet.«

»Finstere Ränke?« fragte der Schweinehirt, weil er sich nicht sicher war, ob er richtig verstanden hatte.

Seine Gemahlin rang um Worte. Wie sollte sie das den anderen verständlich machen, was sie selbst nur vage empfand? »Als die Herzöge von Ichtar auf der Burg Sigholt saßen, ging von dem Gemäuer auch schon eine Aura der Ungerechtigkeit aus, aber die hatte nichts … nichts Leises, nichts Verborgenes an sich, sondern war eindeutig und klar erkennbar … Was heute von der Burg ausgeht … stellt sich ganz anders dar … viel flüchtiger … unterschwelliger …« Die Wächterin fuhr sich fahrig über die Lippen. »Irgendwie hinterhältig … im Dunklen bohrend …«

»Kommt das von der Burg, schöne Frau, oder von einem ihrer Bewohner?«

Zecherach fuhr erschrocken herum. Nur ein paar Schritte hinter ihr stand der Prophet in all seiner silbernen Pracht. Aber er lächelte nicht gütig wie sonst, sondern betrachtete sorgenvoll Sigholt. Verängstigt starrte die Wächterin ebenfalls wieder dorthin.

»Nein, das entspringt nicht der alten Festung«, antwortete sie, »nein, überhaupt nicht. Die Burg selbst strahlt wie eh und je Gesundheit und Glück aus. Sie weiß nicht einmal von der Falschheit in ihr … nimmt sie gar nicht wahr.«

Der Prophet seufzte und legte seiner getreuen Wächterin eine Hand auf die Schulter. »Also ist einer ihrer Bewohner dafür verantwortlich.«

Zecherach nickte. »Ja.«

Wer mag das sein? fragte sich der Prophet. Er begriff diese merkwürdige Aura nicht, und das besorgte ihn sehr, denn wie sollte er dann etwas gegen sie unternehmen? Vielleicht wenn er sich in die Burg begab und dort alle Sinne öffnete … Aber er durfte nicht das Wagnis eingehen, von der Brücke lauthals und freudig mit Namen begrüßt zu werden. Die Zeit war noch nicht gekommen, zu der er seine Tarnung aufgeben durfte.

Caelum!

Der Erbe des Sternenmanns hielt sich in der Festung auf, erkannte er jetzt, und das erschreckte ihn im ersten Moment, stand doch zu befürchten, daß der Kleine ihn ebenfalls wiedererkennen würde. Aber wenn die unbekannte Gefahr sich nun gegen seinen Enkel richtete? *Seid auf der Hut, Caelum.*

»Wir sollten uns jetzt nicht damit belasten«, verkündete der Prophet, dessen Hand immer noch auf Zecherachs Schulter ruhte. »Schließlich sind wir heute nacht hier zusammengekommen, um Zeuge der letzten Umwandlung zu sein. Morgen werdet Ihr alle wiedervereint sein.«

»Wiedervereint in Krankheit und Verfall«, bemerkte die Katzenfrau.

»Reut es Euch bereits, Euch freiwillig gemeldet zu haben?« fragte sie der Prophet streng.

»Ich habe mich aus freien Stücken dafür entschieden«, entgegnete sie und hielt dem Blick des Propheten stand.

Er senkte als erster die Lider. Er hatte nie für möglich gehalten, daß ihm die Pein seiner Wächter so nahe gehen könnte. Vor dreitausend Jahren war ihnen das alles wie ein großes Abenteuer vorgekommen – selbst ihm. Aber heute …

»Ich leide mit Euch, Yr.« Er hob den Kopf wieder und sah, wie sie ihn gleichmütig anschaute.

Aber Ihr werdet dadurch weiterleben! flüsterte die Katzenfrau in seinen Gedanken, und er zuckte zusammen. Doch rasch gewann der Prophet seine Fassung zurück. Er beugte sich über die letzte gesunde Wächterin und küßte sie auf den Mund.

»Zecherach, Ihr werdet auf ewig für das Opfer verehrt werden, das Ihr jetzt zu bringen im Begriff steht. Und ein fester Platz in meinem Herzen soll Euch ebenfalls gewiß sein. Ich hätte mir keine treuere Wächterin als Euch wünschen können.«

Starke Worte, Prophet.

Die Wächterin nickte, und ihre Augen füllten sich mit Tränen: »Wie Yr, Ogden, Veremund und mein geliebter Jack scheide auch ich mit dem Herzen voller Bedauern. Doch am meisten hadere ich damit …« Sie mußte erst schlucken, ehe sie weitersprechen konnte, »so lange in dem Rubin festgesessen und damit so viele Jahre verloren zu haben. Das erscheint mir wahrhaft ungerecht.«

Wahrhaft ungerecht, Prophet.

Zecherach ließ ihr Gewand von den Schultern gleiten und trat ganz nach ans Wasser heran. Sie zögerte kurz, als die kleinen Wellen ihre Zehen überspülten. Doch dann schritt die Frau mutig tiefer hinein und war bald zur Gänze in den Fluten verschwunden.

Wahrlich, Prophet, es ist ungerecht, daß wir soviel leiden müssen. Gab es denn keinen anderen Weg?

Nein, dies war und ist der einzige, Yr. Wollt Ihr Euren weiteren Weg mit Haß im Herzen gehen?

Ich hege keinen Haß, Prophet, nur Bedauern. Aber das liegt mir so schwer auf der Seele, daß ich schon befürchte, nie wieder lachen zu können.

Dagegen vermochte der Prophet ihr keinen Trost zu gewähren und schwieg.

Als Zecherach am frühen Morgen aus dem See stieg, funkelte die Kraft auch aus ihren Augen, und die anderen vier stürmten zu ihr, um sie, die letzte, endlich bei sich willkommen heißen zu können.

Als seine Getreuen so beisammen standen, sprach der Prophet die Worte der Macht: »Nun seid Ihr wieder die fünf. Vereint in Eurer Unvollständigkeit. Geeint in dem Verderben, das Euch von innen auffrißt. Eure einzige Pflicht besteht noch in der Feuernacht. Begebt Euch raschen Fußes dorthin.«

Jack senkte den Kopf und umklammerte seinen Stab. Der schwere Metallknauf an seinem oberen Ende hatte sich im Lauf der Jahre schwarz verfärbt, aber der Prophet konnte immer noch die feinen eingravierten Linien im Silberbeschlag erkennen.

Bald ...

»Begebt Euch nun dorthin«, forderte er sie noch einmal auf und verschwand.

»Wenn wir im See baden«, sagte Zecherach, »verleiht er uns ausreichend Kräfte für unsere letzte Reise.«

10 In der Bethalle

Hinter Faraday wogte und sang das Bardenmeer in einem über vierhundert Meilen weiten Bogen, der sich vom Wald der Schweigenden Frau durch das westliche Arkness bis nach Skarabost erstreckte. Nur noch wenige Schößlinge mußten im Verbotenen Tal eingesetzt werden, dann wäre die Vereinigung des neuen Waldes mit Awarinheim vollbracht.

Sobald dieses Tal Teil des großen Waldes von Tencendor geworden ist, sagte sich Faraday, während sie das letzte verbliebene Hindernis in Augenschein nahm, wird man es wohl umbenennen müssen.

Zwischen ihr und dem Verbotenen Tal befand sich Smyrdon. Die Sonne leuchtete vom Himmel herab, aber der nur zweihundert Meter entfernte Ort lag düster und grau da. Niemand hielt sich auf den sorgfältig gepflegten Feldern auf, und auch die Dorfstraßen waren menschenleer. Warum wirkte dort alles so unansehnlich: trübe die Gartenzäune, die einst in schönstem Weiß geleuchtet hatten, ebenso die früher regelmäßig gekalkten Hauswände und auch die strohgedeckten Dächer, die üppig auf den Balken ruhten. Faraday zitterte bei diesem Anblick, und Bäuerin Renkin legte ihren Arm um sie.

»Schatten«, flüsterte Faraday mit der Stimme der Mutter. »Irgendwo dort liegt Artor im Hinterhalt.«

Die Edle bekam es immer mehr mit der Angst zu tun. Schon wünschte sie sich, sie könne um Smyrdon herum pflanzen, es umgehen.

»Das darf leider nicht sein«, sagte Frau Renkin bedauernd.

»Denn damit würdet Ihr mitten im Herz des neuen Waldes ein faulendes Geschwür hinterlassen.«

Also dann mitten durch das Dorf. Bislang hatte Faraday stets Dörfer oder Städte ausgespart und nicht eine Bauernfamilie zum Wegzug gezwungen. Zuerst hatte Axis und etwas später Aschure in ihrer Eigenschaft als Mittlerin und Hüterin des Ostens dafür gesorgt, daß der Osten Tencendors für Faradays Bardenmeer freigemacht wurde.

Nur Smyrdon bildete eine große Ausnahme.

Aschure! dachte die Edle verzweifelt. Wo bleibt Ihr? Seit Wochen schon rief sie die Freundin in Gedanken, und mit jedem neuen Tag wurde ihr Flehen dringlicher. Warum hatte die Zauberin sich noch nicht zu ihr gesellt? Und war es ihr gelungen, Axis aus seiner schweren Not zu befreien?

Würde Aschure rechtzeitig hier eintreffen?

»Seid nur fest im Glauben«, riet ihr die Bäuerin. Faraday brachte ein zitterndes Lächeln zustande und wurde doch gleich wieder verzagt. Sie fühlte sich schon seit längerem nicht wohl. Ihre Beine und der Rücken schmerzten, und jeder Schritt bereitete ihr Mühe.

Warum mußte sie in einem solchen Zustand noch weiterpflanzen? Verdammter Axis, schimpfte sie bitter, weil er natürlich die Schuld daran trug, daß es ihr so schlecht ging.

Zum wiederholten Mal legte sie eine Hand auf ihren Leib, und Frau Renkin und Barsarbe sahen sich besorgt an. In den vier Monaten seit Jultide hatten sich die Spannungen zwischen Faraday und der Magierin weitgehend gelegt. Das mochte daran liegen, daß die Arbeit ihnen kaum Zeit für neue Auseinandersetzungen ließ, aber wohl auch daran, daß beide weitgehend Gespräche über Axis oder Aschure mieden.

Dabei genoß Faraday durchaus die Anwesenheit der Awarinnen. Diese Frauen munterten sie auf, und abends am Lagerfeuer ließ sie sich durch ihre Geschichten unterhalten oder erzählte Schra allerlei Begebenheiten aus ihrer Zeit als Königin.

Das Waldläufermädchen wuchs der Edlen auch noch in anderer Hinsicht ans Herz. Frau Renkin entging nicht, daß in den meisten Nächten nicht Barsarbe, sondern Schra Faraday zum Heiligen Hain begleitete, um dort neue Schößlinge zu holen.

Na ja, dachte die Bäuerin, damit hat es ja jetzt ein Ende. Urs Waldgarten war leergeräumt, und die letzten Bäumchen warteten in einer Kiste auf dem blauen Wagen darauf, in den Boden eingesetzt zu werden.

Die Aufregung des Waldes hinter ihnen ließ sich geradezu mit Händen greifen. Heute sollte das Bardenmeer endlich mit Awarinheim vereinigt werden und mit dem Erdbaum. Wenn dies nicht geschah, wäre damit die letzte Möglichkeit vertan, und der Pflug würde das Land wieder zurückerobern, das ihm in den letzten Monaten entrissen worden war.

Irgendwo dort vorn zwischen den grauen Häusern und leeren Straßen lauerte Artor, der Herr des Pfluges.

Auf mit Euch, Herrin, murmelte Frau Renkin halblaut vor sich hin, nun auch noch frisch den letzten Schritt getan.

Das Dorf hatte sich sehr verändert. Schon immer hatte die Kirche Smyrdon als eines ihrer Bollwerke angesehen. Das mochte auf den ersten Blick verwundern, vor allem wenn man die große Entfernung zwischen diesem Ort und dem ehemaligen Turm des Seneschalls in Betracht zog. Doch hatten sich hier oben stets die treuesten Anhänger der Lehre vom Pflug gefunden. Vor vielen Generationen, als die Axtkriege noch in weiter Ferne lagen, hatte Artor hier Seine ersten Anhänger gewonnen. In Smyrdon hatte Er Seine Lehre, den Weg des Pfluges, verbreitet, und hier hatte Artor auch den Menschen Seinen Pflug geschenkt, die bislang sammelnd und jagend über die Seegrasebenen gezogen waren.

»Dieses Werkzeug wird Euch in die Lage versetzen«, hatte Er den Seinen verkündet, »den Boden zu bebauen, Felder anzulegen und diese zu bestellen. Mit dem Pflug vermögt Ihr, die Erde und damit auch Euch zu zähmen und zivilisieren. Auf unbebautem Land kann nichts gedeihen, erst recht keine Kultur. Boden, der keine Früchte trägt, ist nicht nur nutzlos, sondern auch gefährlich. Und vom ungebändigten Wald geht das Böse aus. Deswegen rodet den Wald und pflügt den Boden um, damit Ihr reiche Früchte erntet.«

Das hatten Seine Anhänger dann auch getan. Jahrhundertelang wuchs und gedieh die Kultur der Menschen in dem Maße, wie sie sich mit dem Pflug ausbreitete. Sie erkannten rasch, wie viele Annehmlichkeiten und Genüsse Artors Geschenk ihnen bescherte – und wieviel Sicherheit sie durch die bäuerliche Gemeinschaft und das gerodete Land erhielten. Zunächst gingen sie nur vorsichtig zu Werk: Hier und da schlugen sie einen Baum um; bald schufen sie auch kleinere Lichtungen; und die Spannungen zwischen ihnen und dem Volk des Horns und dem des Flügels, die sich später in den Axtkriegen entladen sollten, hatten hier ihren Ursprung.

Artor erwählte Smyrdon auch als den Ort, an dem er Seinem Volk das Buch von Feld und Furche überreichte. In späteren Generationen geriet im Land bald in Vergessenheit, welche herausragende Rolle das Dorf beim Aufstieg der Lehre vom Pflug gespielt hatte, aber im Ort selbst gedachte man dieser besonderen Bedeutung wohl.

Nun, da Artor wieder unter ihnen wandelte, erwachte Smyrdon aus seinem langen Dämmerschlaf.

Und seine Einwohner hatten sich geändert.

Die Bewohner Smyrdons hörten natürlich von den großen Veränderungen im Süden. Und sie konnten auch mit eigenen Augen sehen, daß immer neue Scharen dieser geflügelten Ungeheuer über ihnen hinwegflogen. Auch hatten sie die Wiedergeburt des alten Tencendor miterleben müssen. Und sie klagten einander ihr Leid darüber, daß die meisten Menschen diese fürchterlichen Neuerungen genauso bereitwillig annahmen, wie sie den Glauben an den Seneschall und den Weg des Pfluges abgelegt hatten.

»Wir werden auf eine Probe gestellt«, erklärte Bauer Hordley, der Dorfälteste, seinen Brüdern. »Artor will auf diese Weise feststellen, wie stark wir im Glauben sind.«

Die anderen stimmten ihm zu. Das ganze Unheil hatte mit der heimtückischen Ermordung ihres Priesters Hagen begonnen.

Man stelle sich nur vor, seine eigene Tochter hatte diese schaurige Untat begangen! Niemand im Ort hatte Aschure je sonderlich gemocht, genausowenig wie ihre Mutter, und eigentlich hätte man sich ja denken können, wozu ein so mißratenes Mädchen in der Lage war.

Von da an war es mit dem wahren Glauben nur noch bergab gegangen. Die beiden im Dorf gefangenen Unaussprechlichen hatten mit Hilfe der durch und durch verdorbenen Aschure entkommen können, und der dreimal verfluchte Axtherr hatte sich nicht in der Lage gezeigt – oder das vielleicht auch gar nicht gewollt –, die Flüchtigen wieder einzufangen.

Während der nächsten zwei Jahre war es im Norden, Westen und Süden zu großen Schlachten gekommen, um den Einfall der Unaussprechlichen aufzuhalten. Aber am Ende hatte nicht der Seneschall triumphiert, statt dessen war die wahre Kirche beinahe vollkommen untergegangen.

Die leidgeprüften Dorfbewohner hatten sich mittlerweile an schlechte Nachrichten gewöhnt.

Aber sie hatten sich auch noch an andere Dinge gewöhnt. Nach dem Tod Hagens hatte man ihnen keinen neuen Pflughüter mehr geschickt, aber sie versammelten sich weiterhin an jedem siebenten Tag in der Bethalle, um Artor zu verehren. Dort saßen sie dann ruhig zusammen und murmelten leise die Gebete, die ihnen vom Gottesdienst noch vertraut waren. Bei jeder Gelegenheit schlugen sie das Zeichen des Pfluges und fanden im Abbild des Gottes Trost, das über dem Altar in der Bethalle hing.

Doch dann, vor etwa fünf Monaten, hatte das Abbild begonnen, zu ihnen zu sprechen. Zuerst glaubten die braven Bürger, sie unterlägen einer Sinnestäuschung und behielten dieses Erlebnis lieber für sich. Bis dann ein jeder bemerkte, welcher neue Glaubenseifer in seinem Nachbarn glühte; und sie frohlockten, denn genau so war ja auch ihr eigener Glaube gestärkt worden. So redeten die Menschen wieder mehr miteinander, tauschten die Worte Artors untereinander aus … und planten.

Schmiedeten Pläne, wie sie die Hexe empfangen wollten, von der sie genau wußten, daß sie von Süden heranzog.

Um ihre Bäume einzupflanzen.

Um auf diese Weise Schatten und das Böse zu verbreiten.

Um unter den verdrehten Wurzeln ihres Waldes die geraden und geordneten Furchen zu begraben.

Um alle, die dem Wald zu nahe kamen, mit der Saat des Übels anzustecken.

Seit einiger Zeit erschien Artor Seinen Gläubigen auch in ihren Träumen. In den letzten vier Nächten hatte keiner von ihnen wirklich Ruhe gefunden und oft im Schlaf um sich geschlagen; denn Artor zeigte Seinem Volk in schrecklichen Einzelheiten, welch ungeheuerlichen Gefahren drohten. Die Dorfbewohner träumten davon, durch finsteren Wald zu irren, wo sie aus den Schatten von tückischen Augen beobachtet wurden und eine uralte Hexe mit einem blutroten Umhang sie mit Flüchen und Bannsprüchen belegte.

Und eine weitere Frau war durch den Wald geschritten und hatte in jeder Hand einen der Sämlinge des Untergangs getragen.

Dann hatte Artor ihnen Seine Botschaft eingeflüstert:

Sie ist es. Sie müßt Ihr vernichten. Wenn sie erst tot ist, können wir mit der mühseligen Arbeit beginnen, dem Land seine Reinheit zurückzugeben. Vielleicht vergeht bis dahin sehr viel Zeit, aber das Ende dieser Hexe wird das Ende alles Bösen sein, welches dieses wunderbare Land besudelt.

Die Menschen lauschten Seinen Worten, glaubten Ihm und schmiedeten ihre Pläne.

Sie wußten jetzt, daß die Frau auf ihr Dorf zustrebte. Seit Tagen beobachteten sie schon, wie der Wald immer näher aus der südlichen Ebene heranrückte. Nun erwarteten die Gläubigen sie, und ihre Augen glühten beinahe so irrsinnig wie die der beiden gewaltigen roten Ochsen, die Artors Pflug zogen.

Und welches Schicksal sie sich in Gedanken für die Frau ausmalten, übertraf an Schrecklichkeit noch die Drohung in ihren Augen.

»Smyrdon muß dem Bardenmeer weichen«, seufzte Faraday und richtete sich ächzend auf. »Nun, dann bleibt uns wohl nichts anderes übrig, als den Ort zu betreten. Barsarbe, vielleicht solltet Ihr mit Schra das Dorf besser umgehen. Kein Grund, Euch auch in …«

»Nein!« schnitt die Magierin ihr das Wort ab, und die Kleine an ihrer Seite sah die Edle herausfordernd an, so als wolle sie ihr ganz und gar nicht gehorchen. »Schra, ich und alle, die mit uns gekommen sind, werden Euch begleiten. Entweder gehen wir alle oder keiner.«

Die Edle nickte und freute sich über soviel Unterstützung. Aber sie machte sich um Schra Sorgen. Die Dorfbewohner hatten das Awarenmädchen schon einmal mißhandelt und gefoltert. Da würden sie sicher nicht davor zurückschrecken, es ein zweites Mal zu tun. Und diesmal durften sie wohl nicht darauf hoffen, daß Axis unvermittelt auftauchte und sie rettete.

So setzten die Frauen sich langsam in Bewegung. Mit jedem Schritt, den sie Smyrdon näher kamen, spürten sie deutlicher die unnatürliche Kälte, die dieser Ort ausstrahlte.

Nichts rührte sich in dem Dorf. Selbst das Korn auf den Feldern weigerte sich, sich in der Brise zu wiegen. Dafür hingen dicke und schwere Schatten über den Häusern, obwohl sich an diesem sonnigen Frühlingstag keine einzige Wolke am Himmel zeigte.

Faraday hörte hinter sich das Summen des Bardenmeers, das sie antrieb, nun auch noch den letzten Schritt zu tun und die Wiedervereinigung herbeizuführen.

Niemals würde sie es über ihr Herz bringen, die Bäume zu enttäuschen.

Die Edle bewegte sich an der Spitze, gefolgt von Frau Renkin und den Awarinnen. Alle bewegten sich in feierlicher Ruhe und erhobenen Hauptes. Stolz strahlte ihnen aus den Augen. Auf dem blauen Wagen zitterten die letzten Schößlinge vor Aufregung und konnten es gar nicht erwarten, ihre feinen Wurzeln in den Boden zu strecken. Doch ein wenig fürchteten sie sich auch, denn dieses Erdreich hier schien sie nicht unbedingt zu erwarten.

Düster rückte Smyrdon näher.

Nichts regte sich auf den Straßen, als sie an den ersten Häusern vorbeikamen. Kein Mensch und kein Tier. Weder Blumen noch Gemüse zeigten sich in den Gärten, dafür frisch umgegrabene schwarze Erde in sauberen Furchen. Erde, die auf etwas zu warten schien.

Alle Türen waren verschlossen, sämtliche Läden vor den Fenstern verrammelt. Schweigen lag über allem und verbarg die finsteren Absichten der Dorfbewohner.

Faraday fühlte sich elend. Sie suchte nach der Kraft der Mutter, um sich zu stärken, doch das Böse, das hier lauerte, versperrte ihr den Zugang. Als die Edle sie endlich berühren konnte, erwies sie sich als zu kraftlos. Faraday schluckte. Wie sollte sie hier sich und ihren Wald verteidigen, wenn ihr nicht einmal die Macht der Mutter, die Macht der reinen Natur, zur Seite stand?

Artor.

Mochte der Baumfreundin auch keine Annäherung zur Mutter möglich sein, so spürte sie doch die Anwesenheit des schrecklichen Gottes. Für sie stellte Er keine unbekannte Macht dar, denn in den ersten achtzehn Jahren ihres Lebens hatte Faraday voller Inbrunst an den Weg des Pfluges geglaubt. Doch da hatte sie noch nicht durch das Sternentor geschaut oder sich in den Armen der Mutter wohlgefühlt. Und in ihren jungen Jahren hatte sie auch nie die jetzt übelkeiterregende und klebrig anhaftende Gegenwart Artors so gespürt wie hier.

»Achtet auf die Schatten«, mahnte die Bäuerin, und Faraday zuckte leicht zusammen. Welche Schatten? Wie sich davor schützen? Und was sollte sie tun, wenn Artor aus einem dieser Schatten hervortrat?

Aschure, wo bleibt Ihr? schrie sie in Gedanken.

Ein graugesichtiger Mann trat hinter der Ecke eines Hauses hervor, blieb schweigend stehen und betrachtete den Zug der Frauen.

Die Edle zögerte. Sollte sie ihn anrufen? Aber nein, er starrte sie so feindselig an. Vermutlich würde er ihr nicht antworten. Sie mußte ihren ganzen Mut zusammennehmen, um ihren Weg fortzusetzen.

Nun tauchte eine Frau auf – die Edle hatte nicht bemerkt, von wo sie erschienen war – und zog ein siebenjähriges Kind an der Hand mit sich. Ihre Augen blickten ebenso feindselig drein wie die des Mannes. Auch sie blieben wortlos stehen und schauten.

Immer mehr Menschen kamen jetzt aus ihren Häusern heraus, die schweigend, grau und unbewegt die ganze Hauptstraße säumten. Männer, Frauen und Kinder, alle gleich.

Faraday und ihre Gefährtinnen hielten nicht inne. Nur die Esel, die hinter ihnen den Wagen zogen, wurden unruhig, als sie der Haß der Dorfbewohner zu beiden Seiten des Wegs traf.

Wenn die Edle mit den Awarinnen vorbeigezogen war, lösten sich die Menschen von ihrem Platz, folgten ihnen nach und füllten die Straße, um den Unerwünschten den Rückweg abzuschneiden.

Faraday schritt weiter aus, obwohl sie deutlich spürte, wie die Männer, Frauen und Kinder sich hinter ihr zusammenrotteten.

Wie hatte Aschure es hier nur so lange ausgehalten?

Auf dem Dorfplatz hatte sich bereits eine Gruppe Dorfbewohner eingefunden. Vier Männer und zwei Frauen standen dort beisammen. Auch sie grau und schweigend. Haß und Glaubenseifer in ihrem Blick.

Die Edle blieb einige Schritte vor ihnen stehen. »Ich heiße Faraday, und ich bin gekommen, um hier anzupflanzen.«

»Hexe«, zischte einer der Männer.

»Hure!« spuckte eine Frau mit anzüglichem Blick auf ihren hohen Leib vor ihr aus.

»Das ist Faraday«, sagte Bäuerin Renkin, die sich rechts neben sie stellte, »die Tochter eines Grafen und Eure ehemalige und jetzt verwitwete Königin. Götter wie Menschen lieben sie gleichermaßen; denn sie hat einen Auftrag auszuführen.«

Hordley betrachtete die Bäuerin abfällig. »Ihr habt Euch in die Irre leiten lassen, gute Frau«, entgegnete er, getrieben von Artors Macht. »Geht in Euch, und kehrt auf den Weg der Wahrheit zurück, auf daß Artor Euch vergebe.«

Aber Frau Renkin lachte nur fröhlich, und das verlieh Faraday neuen Mut. »Zu Artor zurückkehren?« entgegnete die Bäuerin.

»Ich habe auf den rechten Weg gefunden, aber es ist nicht der Weg Artors. Spürte Ihr denn nicht die Gegenwart der Mutter, Dorfältester?«

Die Edle fröstelte, als sie spürte, daß die Menschen immer näher heranrückten.

Frau Renkin hatte mutig gesprochen, aber Faraday fühlte, daß sie genauso wenig Kraft der Mutter in sich vereinigt hatte wie sie selbst. Sie würden nicht mehr von hier entkommen können.

»Ich muß ...« begann die Edle, aber die Rechte des Dorfältesten schnellte vor und packte sie hart und grob am Handgelenk.

»Artor erwartet Euch bereits, Hexe!« zischte er. Nun kamen die Leute von allen Seiten und ergriffen Faradays Gefährtinnen. Sie hörte Schra kreischen und einen der Esel ängstlich schreien. Aber als sie sich von Hordley befreien wollte, packte er nur noch fester zu und schnarrte: »Seid Ihr bereit, Eure Sünden zu beichten?«

Die Gläubigen schleppten und zerrten sie in die Bethalle, die man genau über der Stelle erbaut hatte, an der Artor erstmals den umherziehenden Menschen erschienen war. Man band die Esel draußen an und schob und stieß die Gefangenen in das Gebäude.

Diese Halle ähnelte in ihrer Anlage und Einrichtung ziemlich genau derjenigen, welche Faraday in ihrer Jugend regelmäßig besucht hatte. Und dennoch unterschied sie sich grundlegend von ihr.

Über der großen Steinhalle spannten sich metallene Deckenträger, die in den Eisenschmieden im Süden des Reichs hergestellt worden waren. Die Mauern waren ungeheuer dick, und die hochliegenden kleinen Fenster ließen nur wenig Tageslicht herein.

Bänke oder Sitzreihen gab es in solchen Versammlungsstätten nicht. Wenn die Gläubigen zum Gottesdienst zusammenkamen, standen sie in ordentlichen Reihen da, falteten die Hände zum Gebet und hielten demütig den Blick gesenkt. Die einzige Ausnahme bildete der Altar des Pfluges an der Ostwand, eine massive und übergroße Nachbildung des heiligen Werkzeugs. Junge

Paare, die heiraten wollten, knieten davor nieder; Kinder durften an den Altar, damit sie die Gnade der göttlichen Gabe spüren konnten, und Tote wurden hier aufgebahrt, damit die Gemeinde sich mit Gebeten von ihnen verabschieden konnte. An der Wand hinter dem Altar hing das Bildnis des gewaltigen Gottes, aber hier nur in Eisen ausgeführt. Kein Vergleich zu den kostbaren Gold- und Silberarbeiten, wie sie früher die Wände des Turms des Seneschalls schmückten und die Bethallen der reicheren Gemeinden.

Was diesen Saal aber so deutlich von allen anderen Bethallen unterschied, erkannte Faraday gleich beim Eintreten. Nicht allein die Ausstrahlung kalter, übergroßer Macht fiel ihr auf, sondern auch das Blut, das zerrissene Fleisch und die Federn, die den Boden zwischen Altar und Bildnis bedeckten. Ein widerlicher und süßlicher Fäulnisgeruch hing in der Luft, der die Edle würgen ließ.

Wainwald Paul, der Sohn des Dorfmüllers, betrachtete die Edle kalt. Frauen, was für ein schwaches Geschlecht! Jeder Versuchung gaben sie gleich bereitwillig nach. Heute sollten sie am Beispiel der Hexe erfahren, was solche Schwachheiten ihnen einbrachten.

»Sehet!« rief er. »Sehet, wie es denen ergeht, die sich weigern, das Licht Artors in ihrem Leben anzuerkennen.«

»Ikarier!« keuchte die Edle.

»Fliegendes Gewürm!« widersprach eine der Dorffrauen. »Geschmeiß, das den Fehler beging, vor sechs Tagen hier zu landen und vorzugeben, Schutz vor einem Unwetter zu suchen.«

»Wir haben sie Artor geweiht«, teilte Hordley den Gefangenen in einem Tonfall mit, als erkläre er ihnen die Sehenswürdigkeiten des Ortes. Nun zog er ein langes Messer aus dem Gürtel am Rücken, und seine Stimme nahm eine drohendere Färbung an: »Genau so, wie wir Ihm jetzt auch Euch weihen werden!«

Die Männer und Frauen, die die Gefangenen festhielten, drängten diese nun vor den Altar. Man band sie mit groben Stricken an dessen eisernen, kalten Rahmen. Faraday entdeckte Schra neben sich. Blankes Entsetzen zeigte sich in den Augen des kleinen Mädchens, und obwohl sie am ganzen Leib zitterte, kam doch kein Laut der Klage über ihre Lippen.

Arme Schra, dachte die Edle. Zweimal von denselben Menschen gefangengenommen. Zu ihrer anderen Seite lag die Bäuerin angebunden. Sie schwieg ebenfalls, aber in ihren Augen kochte die Wut.

Die Edle versuchte sich zu drehen, um ihre ärgsten Qualen zu lindern, aber dabei glitten ihre Füße auf dem Blut und den Federn am Boden aus, und sie schrie vor Schmerzen, als die Fesseln tief in ihr Fleisch schnitten. Wo blieb die Macht der Mutter? Warum bekam sie zu ihr keine Verbindung?

Mutter!

»In Artor erkennt die Hexe eine größere Macht als die eigene«, betete der Gemahlin des Dorfältesten, ging vor Faraday in die Hocke, riß ihr den Kopf an den Haaren zurück und entblößte so den Hals der Edlen. »Mann! Das Opfer ist bereit!«

»Blut, um Artor für Seinen Kampf gegen das Böse zu stärken, das dieses Land beschmutzt«, rief Hordley in einer Art Singsang, und Waindwald Paul schrie verzückt:

»Blut für Artors Kampf!«

»Blut für Artors Kampf!« sang nun die Gemeinde, und die Augen der Menschen leuchteten so rot wie das Blut, nach dem sie verlangten. Und in wilder Extase zerrissen die Rasenden ihre Kleider.

»Blut für Artors Kampf!«

Faraday schloß die Augen, spürte den kalten Stahl an ihrem Hals und wußte, daß alles verloren war.

»Hört, Hordley, ist das Hagens Messer, das Ihr da so fachkundig ansetzt?«

Faraday riß die Augen weit auf, konnte jedoch nicht erkennen, was vor sich ging, weil die Frau des Dorfältesten immer noch ihren Kopf nach hinten bog. Aber sie spürte, wie Hordley verblüfft zurückfuhr und ihr Gewand sich mit dem Blut der geopferten Ikarier vollsog.

In der Tür stand, angestrahlt vom Tageslicht, Aschure. Sie

stand lässig dort, ohne Furcht, und Faraday spürte mehr als sie es sah, das hochmütige Lächeln auf Aschures Gesicht.

Aschure schüttelte ihren Kopf, warf das Haar nach hinten und trat in die Bethalle ein. Den Wolfen trug sie in der Hand, hatte aber noch keinen Pfeil aufgelegt.

Hinter ihr schlüpften die Alaunt herein und verzogen sich unsichtbar für die Anwesenden, die nur Augen für die junge Frau hatten, in die Schatten der Halle. Den Hunden standen die Nackenhaare hoch, und wer genau hinhörte, konnte ihr leises, tiefes Knurren vernehmen.

Aschure lachte laut und genoß das Gefühl der Macht, die sie in sich fühlte, und erfreute sich an den fassungslosen Gesichtern.

»Ich bin heimgekehrt«, verkündete sie der Gemeinde und schritt unbehelligt durch die Halle, denn die Dorfbewohner wichen vor ihr zurück. Zwei Schritte vor dem Altar blieb die Zauberin stehen, warf Faraday einen kurzen Blick zu und packte dann das Handgelenk von Hordleys Rechter, die mit dem Dolch an der Kehle der Edlen lag. Die Schneide hatte die Haut der Gefangenen bereits geritzt, und ein dünner roter Faden rann dort herab.

»Aber das ist ja wirklich Hagens Messer«, sagte Aschure und starrte den Dorfältesten an. »Wie gut ich es doch zu meiner Zeit gekannt habe.« Ihre zauberisch verstärkten Finger schlossen sich immer enger um Hordleys Handgelenk, und der Mann schnaufte vor Schmerz. Aber er vermochte nicht, den Blick von den Augen der Frau zu wenden.

Was waren das auch für merkwürdige Augen. In einem Moment so blau wie der Himmel bei Nacht und im nächsten so grau wie die wogende See, die der Dorfälteste einmal bei einem Besuch der Ostküste gesehen hatte.

Aschure öffnete die Lippen zu einem leisen Lächeln und ließ alle Macht ihrer wahren Natur in den Augen aufblitzen.

Hordley riß den Mund zu einem Entsetzensschrei auf, der sich aber nie aus seiner Kehle löste, denn die Zauberin verdrehte ihm mit einer raschen Bewegung den Arm und stieß ihm den Dolch, den seine Hand noch umschloß, in den Bauch.

»Dieser Stahl liebt es, Bauchfleisch zu durchbohren, Dorfältester«, flüsterte Aschure dazu. »Spürt Ihr, wie sanft und glatt die Klinge eindringt?«

Als sich ein Seufzen von Hordley vernehmen ließ, denn er spürte tatsächlich, daß der Stahl widerstandslos eindrang, explodierte die Bethalle.

»Mörderin!« zischte seine Frau, die immer noch Faraday am Haar hielt. »Aber darin habt Ihr ja Erfahrung!«

Die Edle versuchte, sich von ihr loszureißen, aber die Fesseln ließen keine Bewegung zu. Dann spürte sie Zähne an ihrer Haut, und im nächsten Moment lockerten sich die Seile.

Alle stürmten nun auf Aschure los und streckten die Hände nach ihr aus. Haß verzerrte ihre Mienen, und ihre Augen leuchteten unter Artors Macht in fiebrigem Rot.

Hordley sank mit völlig überraschtem Gesichtsausdruck zu Boden, und seine Rechte hielt weiterhin den Griff des Messers in seinem Bauch umschlossen. Aber noch war er nicht tot.

Seine Frau schlug blindlings nach Aschure, traf aber nur ins Leere. Die Jägerin kniete derweil längst vor Faraday und küßte sie auf den Mund.

Die Edle spürte die Lippen der Freundin auf den ihren, und die Zähne an ihren Handgelenken durchbissen endlich die Fesseln. Faraday konnte sich wieder bewegen. Im selben Moment regte sich auch die Bäuerin an ihrer Seite.

»Brave Hundchen«, flüsterte Frau Renkin den Alaunt zu, die sich hinter den Altar geschlichen hatten, um die Gefangenen zu befreien. Die Bäuerin legte der Edlen eine Hand auf die Schulter, und sofort zerbarst die Barriere, die ihr den Zugang zur Kraft der Mutter verwehrt hatte. Sie wurde von ihr durchströmt, und ihre Augen funkelten smaragdgrün.

Über ihr packte Aschure die Frau des Dorfältesten am Kinn und verdrehte ihr den Kopf, bis sie dort auf dem Blut und Matsch ausrutschte, wo Faraday eben noch gefesselt war.

Sicarius, treibt sie zusammen, befahl die Jägerin.

Beißend, schnappend und knurrend umringten die Hunde die Dorfbewohner, bis sie vor Aschure, Faraday, Frau Renkin und den Awarinnen zurückwichen. Die Alaunt drängten sie zum rückwärtigen Teil der Bethalle, wo die Tür zum Keller einladend offenstand.

Die Jägerin lächelte die Menschen an, die wütend und hilflos auf die Riesenhunde starrten. Einer nach dem anderen wichen die Geschlagenen über die Treppe nach unten.

Aschure drehte sich zu Hordley um …

… und erstarrte vor Schreck.

11 Die Jagd

»Bei den barmherzigen Himmeln«, stöhnte Aschure, packte Faraday am Arm und stieß sie hinter sich. Rings herum bewegten sich die Awarinnen auf allen vieren vorwärts, um nur möglichst rasch fortzukommen. Hordleys Frau kauerte neben dem, was einmal ihr Mann gewesen war, und gab Laute von sich, die der Jägerin wie Jauchzen und Frohlocken erschienen.

Denn der Dorfvorsteher hatte nichts mehr von einem Menschen an sich.

Die Kleider waren von Hordley abgefallen, und er trug nur noch ein Lendentuch und einen Umhang um die Schultern. Seine Haut, eben noch blaß und bleich, dunkelte rasch wie bei jemandem, der sein Leben unter einer brennenden Sonne verbracht hatte. Muskelpakete bildeten sich überall an seinem Körper, Narben zeigten sich hier und dort, und sein Gesicht wuchs in die Breite. Der Mann krümmte sich, und als er sich wieder aufrichtete, hatte er beträchtlich an Größe gewonnen. Wieder und wieder krümmte er sich und nahm danach jedesmal an Höhe und Breite zu.

Aschure hörte das Knirschen und Mahlen seiner Knochen, als sie von der Macht, die den Dorfältesten erfaßt hatte, in seinem Körper verschoben wurden.

Das Wesen stöhnte, ächzte und zuckte. Schweiß rann ihm in Bächen herab. Dann hob es langsam einen Arm und riß sich das Messer aus dem Bauch.

Der Ränder der Wunde bewegten sich aufeinander zu und schlossen sich.

Der neue Hordley blinzelte, schloß die Finger fest um den Messergriff, sah sich um und entdeckte …

»Hexe!« brüllte Artor, sprang aus dem Stand hoch und warf sich auf die Jägerin.

Einer Seiner gewaltigen, sandalenbewehrten Füße traf im Flug Frau Hordley, als sie versuchte, von Ihm fortzukommen, und Aschure vernahm, wie deren Rückgrat knackend zerbrach.

Der Gott kümmerte sich nicht darum. Eine Hand streckte sich nach Aschures Kehle aus, während die andere durch die Luft herabsauste, um ihren Bauch zu treffen und Hagens Tod zu rächen.

Faraday wollte ihrer Freundin zu Hilfe eilen, aber Barsarbe hielt sie am Arm zurück. »Laßt sie!« zischte die Magierin und zerrte sie zu sich heran. »Er will nur sie! Laßt sie das allein ausmachen!«

Aschure wich hastig zurück, und der Stahl verfehlte sie um Haaresbreite. Dabei geriet sie aus dem Gleichgewicht und wäre beinahe gestürzt. Artor wirbelte sofort herum, sah sie in ihrer Not und wußte, daß sie Ihm jetzt nicht mehr entkommen konnte. Aber da legte sich eine kleine Hand an Sein Fußgelenk und schien tatsächlich zu beabsichtigen, Ihn zu Fall zu bringen.

Schra bemühte sich mit ihren schwachen Kräften, Aschure zu helfen, weil sie ihr auch einmal das Leben gerettet hatte.

»Was?« donnerte der Gott, hob den Fuß und trat das kleine Mädchen wie ein lästiges Insekt fort. Sie flog durch den Raum und prallte gegen eine Wand. Im selben Moment fuhr Faraday herum und schlug Barsarbe so hart, daß diese sie losließ und auf die Knie fiel.

Schras kurzes, erfolgloses Eingreifen verschaffte Aschure jedoch die Zeit, die sie benötigte, um wieder sicher zu stehen, mit zu allem entschlossener Miene gegen Artor vorzustürmen und dessen Handgelenk mit dem Messer zu ergreifen.

Der Gott brüllte wieder, ballte die andere Hand zur Faust und riß sie hoch, um sie auf das Gesicht der Jägerin krachen zu lassen … Doch gelang Ihm das nicht ganz, denn zierliche Hände, denen die Kraft der Mutter innewohnte, hielten Seine Faust fest.

Rings um die drei Kämpfenden herum sprangen, hüpften und schnappten die Alaunt. Sie wagten nicht, in das Ringen einzugreifen, denn dafür standen die beiden Frauen und der Gott zu nahe beieinander.

»Spürt die Macht der Mutter!« schrie die Edle Artor ins Ohr und roch Seinen fauligen Atem, als Er den Kopf in ihre Richtung drehte.

»Und auch die Stärke der Neun!« drohte Aschure. Ihr Gesicht war vor Anstrengung gerötet, ihre Miene aber gelassen. Ihre blaugrauen Augen trafen kurz den Blick der Edlen.

»Erbebt unter der Kraft der Erde!« sprach Faraday mit machtvoller Stimme.

»Und unter der der Sterne!« fügte Aschure gefährlich leise hinzu, und ihre Worte wären beinahe im Heulen der Riesenhunde untergegangen. An ihrem Ring entflammte der Sternenkreis, und in ihm erstrahlte die Macht der Neun.

Die Mondgöttin sandte diese Macht gegen Artor, und ebenso ließ die Baumfreundin die Kraft des Smagragdfeuers frei und schickte sie durch den Leib ihres Feindes. So viele Jahre lang hatte die Natur tatenlos zusehen müssen, wie ihre Wälder dem Pflug zum Opfer fielen, und jetzt rächte sie sich gnadenlos dafür bei Artor. Der Gott wand sich und schrie, bewegte sich so ruckhaft, daß Aschure und Faraday Mühe hatten, auf den Füßen zu bleiben. Aber sie ließen nicht in ihren Anstrengungen nach und umklammerten unerbittlich die Handgelenke des Feindes; denn sie wußten nur zu gut, daß der Sieg Ihm gehören würde, wenn Er sie erst einmal abgeschüttelt hätte.

Voller Grimm über die stechenden Schmerzen, mit denen Ihn die Mächte der Erde und des Himmels bedrängten, und furchtbar geblendet vom Strahlen des Ringes, das sich in seine Augen brannte, hielt Artor Seine eigene Macht nicht länger zurück und ließ sie nach links und rechts gegen die beiden Frauen wüten. Die Awarinnen und die Bäuerin kreischten, sanken sich windend zu Boden und hielten sich die Ohren zu. Die Alaunt gebärdeten sich wie rasend. Sie sprangen umher, und ihre Schnauzen schnellten hierhin und dorthin, um eine Stelle zu finden, durch die sie an den Gott, den sie so sehr haßten, herankommen und ihn packen konnten.

Aschure spürte, wie Seine Macht ihr Fleisch malträtierte, und es kostete sie alle Kraft, um nicht loszulassen. Die Sterne allein mochten wissen, wie Faraday das aushielt. Die Jägerin wagte einen raschen Blick auf ihre Gefährtin. Alle Farbe war aus dem Gesicht der Edlen gewichen, und ihre Unterlippe blutete, weil sie sich in ihrem Ringen mehrfach daraufgebissen hatte. Aber ihre Augen blickten immer noch weit und klar, aus ihnen drang unentwegt die Macht der Mutter, und jetzt öffnete sie wieder den Mund.

»Packt Euch, Artor!« Zuerst ließen sich ihre Worte kaum verstehen, doch dann gewannen sie immer mehr an Kraft, bis sie schließlich von den Wänden des Raum widerhallten.

»Wir wollen Euch hier nicht, Artor!« fügte Aschure hinzu. Die Stimmen der beiden Frauen vereinten sich, stützten sich gegenseitig und rasten bald gemeinsam und wie aus eigener Kraft durch die Bethalle.

Der Gott warf den Kopf in den Nacken und brüllte mit solcher Gewalt, daß sich Risse in den dicken Wänden des Raumes bildeten. Jeder Muskel in seinem Körper spannte sich jetzt an, und die Frauen mußten Ihn immer wieder neu packen, weil ihre Hände an Seiner verschwitzten Haut abzugleiten drohten.

»Geht!« flüsterte die Edle.

»Verschwindet!« murmelte Aschure, und ihrer beider Worte bahnten sich ihren Weg durch den Widerhall von Artors dröhnendem Gebrüll.

Ein Sturm von Worten und Lauten toste durch die Bethalle, obwohl sich nicht das leiseste Lüftchen regte.

Frau Renkin kroch zu Schra hinüber und zog das bewußtlose Mädchen mit sich fort. Als sie an den Awarinnen vorbeikam, die immer noch zuckend am Boden lagen, zupfte sie Kriah am Ärmel. »Raus mit Euch!« rief die Bäuerin. »Ehe es zu spät ist!«

Die Waldläuferin nickte benommen, während ihr Tränen der Todesangst über das Gesicht liefen. Aber sie stieß ihre Nachbarin an und nickte in Richtung Ausgang. Nicht lange danach waren alle Awarinnen durch die Tür verschwunden.

Die drei Kämpfenden bemerkten nichts von der Flucht der Frauen.

Gegen die Macht der Sternengötter und der Erdmutter mußte Artor alle Seine Kräfte aufbieten. Neue Kräfte kamen Ihm heulend durch die leeren Weiten des Alls zu Hilfe und prallten gegen die vereinte Macht der Neun und der Natur. Doch die Gewalten waren furchtbar und rüttelten an den Frauen. Diesen sank aber nicht der Mut, denn zu groß war ihre Entschlossenheit, und sie verliehen sich gegenseitig Stärke und Ausdauer.

Artor hingegen verfügte längst nicht mehr über Seine alte Kraft. Vor tausend Jahren hatte Er noch unfaßbare Macht besessen, aber damals hatten unzählige Gläubige und der Seneschall in all seiner Stärke hinter Ihm gestanden. Nun gab es den Seneschall nicht mehr, er lag zerschmettert am Boden, wie der Glaube an Artor selbst.

Wo einst Ackerfurchen das Land durchzogen hatten, wuchsen nun wieder Wälder zusammen.

Wo einst Fremdenfeindlichkeit und Vorurteile geherrscht hatten, lachten nun Ikarier und Menschen wieder zusammen, teilten Freud und Leid miteinander und verliebten sich sogar heftig ineinander.

Und heute standen auch Erde und Himmel vereint gegen ihren Feind. Vor tausend Jahren waren sie leider noch nicht so weit gewesen.

Und heute hatte sich der Kreis der Sternengötter geschlossen.

Der Gott brüllte und wand sich, donnerte und verrenkte sich, um zu entkommen, aber die beiden Frauen ließen nicht von Ihm ab und hämmerten mit ihren geflüsterten Worten auf Ihn ein.

»Geht!«

»Trollt Euch!«

»Verschwindet!«

»Wir wollen Euch hier nicht!«

Aschure gelang es schließlich mit all ihrer Zaubermacht, Artor den Arm hinter den Rücken zu drehen. Nun schmiegte sie sich wie im Liebesspiel an ihn.

»Die Jagd beginnt«, flüsterte sie und küßte sanft Sein Ohr.

Artor floh, wie die Jägerin es erhofft hatte. Er entglitt den Händen, die Ihn hielten, und floh in die Finsternis, die ausgebreitet über Smyrdon lag.

Faraday taumelte erschöpft zurück, aber die Mondgöttin pfiff ihre Hunde und ihr Roß zu sich. Sie bestieg Venator, schickte das Rudel los, trieb den Hengst an, zog einen Pfeil aus dem Köcher und legte ihn auf.

»Die Jagd beginnt!« schrie sie.

Jägerin und Meute durchkämmten das Dorf.

Sie drangen tief in die Finsternis ein, die sich wie ein dicker Vorhang ihnen zu widersetzen versuchte. Aber das Gebell der Hunde durchdrang alles, und das schallende Gelächter der Mondgöttin prasselte wie Peitschenhiebe um die Ohren ihrer Beute.

Er trieb Seine Ochsen hart und rasch an, beugte sich über den Pflug, um ihn zusätzlich mit Seinem Oberkörper vorwärtszubringen, und die Angst verlieh Ihm dreifache Kräfte. Seine Furcht übertrug sich auf die roten und wie von Sinnen ziehenden Tiere, bis ihnen ihr Atem heiß und blutfarben aus ihren Nüstern dampfte. Sie stießen die Schädel hin und her, bis ihre gewaltigen gebogenen Hörner glitzernde Bögen durch die Luft zogen.

Hinter ihnen preschte die Jagd näher und näher heran. Aschure trieb Roß und Meute unbarmherzig an, bis die Tiere die Angst vor ihnen witterten. Dies verdoppelte ihren Jagdeifer, und ihre Beine flogen nur so.

Das Scharren der Pflugschar und das Donnern der Hufe hallten alles übertönend durch die Finsternis.

»Jagd!« flüsterte die Mondgöttin.

»Pflügt!« brüllte Artor und wendete den Pflug mitsamt den Ochsen, um sich der Bedrohung zu stellen.

»Haltet ein!« befahl Aschure ihren Alaunt, als diese den Riesentieren an die Kehle springen wollten. Sie selbst lehnte sich im Sattel ihres tänzelnden Rosses zurück, hob den Wolfen und zielte über die Länge des Pfeils.

Seufzend ließ die Jägerin das Geschoß von der Sehne schnellen, denn sie spürte den Verlust des Pfeils tief in sich; so wie den Verlust der Wärme des Geliebten nach einer Liebesnacht.

Das Geschoß fuhr, angetrieben von der Rache für all diejenigen, die in Artors Namen ihr Leben hatten lassen müssen, durch die Finsternis und bohrte sich tief in das Auge eines der dampfenden und stampfenden Ochsen.

Das Zugtier krachte schwer zu Boden, und sofort waren die Hunde über seinem zuckenden Leib. Sie rissen das weiche Fleisch von Schenkeln und Bauch, bis das Tier sich, eingespannt in seinem Geschirr, nicht mehr regte.

Die Jägerin lächelte und legte den nächsten Pfeil auf.

Der andere Ochse brüllte nun, und als das Geschoß auf sein Auge zu raste, übertönte er sogar das Geschrei des Gottes. Der Pfeil bohrte sich bis ins Gehirn hinein, und sofort zerrissen die Hunde auch ihm den Bauch.

Einen Herzschlag lang stand Artor hinter Seinem nutzlos gewordenen Pflug und starrte die Jägerin an.

Ihr Lächeln vertiefte sich, und sie griff nach dem dritten Pfeil.

Wie ein Mann hoben die Hunde ihre blutverschmierten Schnauzen aus den zerfetzten Leibern der Ochsen, richteten den Blick auf den Gott, gingen sprungbereit in die Hocke und zogen die Lefzen über den Reißzähnen zurück.

»Jagd!« befahl ihre Herrin, und sie sprangen.

Aber Artor stand nicht mehr hinter dem Pflug; denn Er war längst in die Dunkelheit entflohen.

Die Alaunt stürmten Ihm hinterher und kläfften wie wild. Sein Angstschweiß wies ihren Nasen nur allzu gut die Fährte, und hinter ihnen lachte die Mondgöttin.

Sie jagten Ihn eine ganze Weile, folgten jeder Seiner Bewegungen und bellten sich die Seele aus dem Leib.

Und schließlich stellten sie Ihn, als Seine Kräfte Ihn verließen und Er vor lauter Angst über Seine eigenen Füße stolperte.

Sicarius erreichte Ihn als erster, und seine Zähne durchbissen die Sehnen an der rechten Ferse Artors, so daß Er fiel. Der nächste Hund versenkte seine Zähne in die Sehnen der Kniekehlen des Gottes. Artor zuckte hilflos und schlug kraftlos um sich. Noch während Er dies tat, landete der dritte Alaunt auf ihm und biß in das weiche Fleisch seiner linken Achselhöhle. Artor schrie vor Schmerzen.

»Brave Hunde«, lobte die Jägerin, brachte Venator zum Stehen, glitt aus dem Sattel und betrachtete den gefallenen Gott.

»Artor«, sprach Aschure, während sie sich vor Ihn hinkniete und mit einer Hand auf Seiner Schulter abstützte, »hat es Euch erheitert, als Hagen mit seinem Messer an meinem Rücken herumschnitt? Habt Ihr gelacht, als Niah immer tiefer in das Herdfeuer geschoben wurde und darin verbrannte? Habt Ihr Euch am Schmerz all derer ergötzt, die in Eurem Namen gejagt, hingerichtet und ermordet wurden?«

Die Mondgöttin griff hinter sich, ließ die Hand jedoch einen Moment dort. Dann zog sie sie wieder zurück, langsam, qualvoll langsam, und zeigte dem Gott, was sie noch in ihrem Köcher befördert hatte.

Hagens Messer mit dem Beingriff.

Artor kreischte. Die Alaunt, die Ihn umringten, hoben die Köpfe zum Himmel und stimmten ein Wolfsgeheul an.

Aschure fuhr probeweise mit dem Zeigefinger über die Schneide der Klinge.

»Für alle die, welche in Eurem Namen sterben mußten, Artor«, sprach sie unbewegt und stieß die Spitze sorgfältig unter die sechste Rippe der linken Seite Seiner Brust. Nachdem das Messer einen Fingerbreit tief eingedrungen war, hielt sie inne, um zu überprüfen, ob sie im richtigen Winkel zustach, drückte die Spitze dann nach oben und bohrte sie von unten in Artors Herz.

Als sie die Klinge wieder herauszog, schoß aus der Wunde ein Schwall heißen Blutes.

Die Mondgöttin erhob sich. »Freßt«, befahl sie, und schon drängten sich die Hunde um den Leib des Gottes.

»Freßt Ihn auf!«

12 Niahs Hain

Die Bäuerin kehrte in die Bethalle zurück, um nach der Edlen zu sehen, und fürchtete schon, der Pfluggott habe sie erschlagen. Aber als Frau Renkin hereinkam, saß Faraday dort völlig erschöpft auf dem Boden. Von der Frau mit dem pechschwarzen Haar, die Faraday zu Hilfe gekommen war, war jedoch nichts zu sehen.

»Herrin«, keuchte die Bäuerin, nahm Faraday an der Hand und zog sie hoch. »Geht es Euch gut?«

Die Edle hustete und wurde noch einmal von einem Zucken des Abscheus erfaßt, danach aber konnte sie für ihre Freundin ein Lächeln aufsetzen: »Geht so.«

»Aber wo steckt denn …« begann die Bäuerin und sah sich besorgt um. Doch noch bevor sie die Frage beenden konnte, tauchte die Fremde schon vor ihr auf.

Faraday legte Aschure drängend beide Hände auf den Arm. »Ist Er …«

»Er ist nicht mehr«, antwortete die Jägerin. Dann umarmte sie die Edle und lachte aus vollem Herzen. »Wir haben es vollbracht! Nun mögt Ihr in Frieden Euren Wald zu Ende pflanzen!«

Faraday lächelte und drückte die Freundin so fest es ging an sich. »Ich danke Euch so sehr, Aschure. Ihr habt mir das Leben gerettet.«

Die Jägerin blickte nun ein wenig ernster drein, um dann zu sagen: »Das war doch nichts im Vergleich zu all dem, was Ihr für mich getan habt.« Sie wandte sich an Frau Renkin. »Bäuerin, nehmt Faraday mit nach draußen, und setzt sie auf diesen klapprigen Wagen. Und dann verlaßt mit Euren Gefährtinnen so rasch wie möglich Smyrdon. Ich habe hier nämlich noch einiges zu erledigen.«

»Zweifellos wollt Ihr noch mehr Morde begehen«, erklärte Barsarbe, die unbemerkt hinter ihnen aufgetaucht war. Faraday befreite sich empört aus Aschures Armen.

»Wenn ich auf Euch gehört hätte, Magierin«, fuhr sie die Waldläuferin mit harter Stimme an, »dann lägen wir jetzt alle hier in unserem Blut und Artor hätte triumphiert!«

Aber die Magierin beachtete sie gar nicht, sondern starrte unentwegt auf die Jägerin. Sie konnte einfach nicht fassen, daß diese Frau schon wieder in ihr Leben getreten war. Und natürlich verdankten sie alle Aschure ihr Leben, wieder einmal, und das verbitterte Barsarbe noch mehr. Wieviel Blutvergießen wollte diese Ebenenläuferin noch über sie bringen? Ohne ein weiteres Wort drehte sie sich um und ging zornig hinaus.

Aber alle Bedrückung, die Barsarbes Worte hinterließen, verging, als Schra, immer noch etwas wacklig auf den Beinen, in die Bethalle kam und sich zu Aschure begab.

Die Jägerin schrie vor Freude und hob das kleine Mädchen zu sich hoch. »Bei den Göttern, Ihr seid aber gewachsen, Schra!«

Die Kleine berührte Aschure kurz an der Stirn. »Und Ihr erst.«

Die Jägerin lächelte, weil sie wußte, was das Awarenmädchen ihr damit sagen wollte, und setze es wieder auf den Boden. »Später mehr, Schra. Jetzt nehmt bitte Faraday an die Hand, und helft der Bäuerin dabei, sie aus dem Dorf zu bekommen.«

»Die Baumfreundin muß ihre Schößlinge aber mitten im Ort einsetzen«, wandte Frau Renkin ein, und in ihrer Stimme schwangen wieder einmal fremde Macht und Wirkkraft mit.

Aschure sah sie an, denn sie erkannte die Stimme und die dazugehörige Quelle. »Faraday kann nicht einpflanzen, solange diese Gemeinde noch so besteht, Mutter. Laßt mich diesen Ort von dem reinigen, was von Artor übriggeblieben ist.«

Die Bäuerin nickte und zog die Edle dann sanft am Arm. »Kommt mit, mein Kind. Ihr dürft Euch vor den letzten Bäumchen etwas ausruhen.«

Aber noch war Faraday nicht so weit. »Wie geht es Axis?« fragte sie Aschure besorgt.

Die Jägerin schluckte, als sie den Ausdruck in den Augen der Edlen sah. »Ihm geht es wieder gut«, antwortete sie. »Er hat sich erholt.«

Faraday verbeugte sich vor ihr und ließ sich dann von Frau Renkin aus der Bethalle hinausführen.

Aschure befand sich an der Kellertür und gab sich ihren Erinnerungen hin. Hier hatte sie gestanden, als der Axtherr die Zelle betrat, in der Ramu und Schra festgehalten wurden. Damals hatte sie noch nicht im entferntesten ahnen können, daß sie sich in ihn verlieben würde.

Hier hatte sie auch wenig später gestanden und gezögert, bevor sie die Stufen hinunterstieg, um Belial hinterrücks niederzuschlagen und Ramu und Schra zu befreien. Sie waren zu dritt aus dem Dorf nach Awarinheim geflohen, und so hatte die wundersame Reise begonnen, die Aschure so weit geführt und schließlich hierher zurückgebracht hatte.

Und heute stand die junge Frau wieder an der Kellertür; diesmal, um sich mit den Dorfbewohnern zu befassen. Nur eines wollte sie von ihnen erfahren.

Aschure öffnete bedächtig die Tür und lief dann leichtfüßig die Stufen hinunter.

Die Alaunt hatten ganze Arbeit geleistet und sämtliche Dorfbewohner mit Schnappen, Knurren und Beißen bis hinter ein Eisengitter am äußeren Ende des Kellers getrieben. Dort standen sie nun so dicht aneinandergedrängt, daß so mancher von ihnen in Atemnot geriet. Die Jägerin empfand kein Mitgefühl für diese Menschen. Immer noch starrten ihre grauen Gesichter sie mit geiferndem Fanatismus an. Nein, für diese Männer und Frauen gab es keine Hoffnung mehr. Langsam durchschritt sie den Raum, blieb vor dem Gitter stehen und betrachtete die Gesichter der Menschen, bei denen sie aufgewachsen war; der Menschen, die mit Hagen gemeinsame Sache gemacht hatten, um sie zu quälen und zu mißhandeln.

Ein Mann griff durch die Eisenstäbe nach ihrer Brust. Aschure fuhr zurück und erinnerte sich daran, daß dieser Wainwald zu den hartnäckigsten der Jünglinge gehört hatte, die sie mit lüsternen Blicken verfolgt und betatscht hatten.

»Hure«, knurrte er jetzt. »Mit solchem Aufzug bettelt Ihr geradezu darum, genommen zu werden. Nun kommt schon her!«

Ein weiterer Mann streckte nun gierig eine Hand nach ihr aus. Aschure entfernte sich zwei Schritte von ihnen. Früher hatten sie sich schon schlimm aufgeführt, aber heute gebärdeten sie sich wie Tiere.

Die Jägerin schritt das Gitter ab, bis sie auf die Bäuerin Garland stieß. Die Frau war über sechzig Jahre alt, und gewiß konnte sie sich noch erinnern, wo ...

»Wo befindet sich das Grab meiner Mutter?« fragte sie und trat nahe genug heran, um ihre Finger in das Frauenwams der Bäuerin zu versenken und daran zu ziehen. »Wo hat Hagen sie beerdigt?«

Frau Garland verzog erst angewidert das Gesicht, erstarrte dann aber vor Schrecken, als Aschures Macht wie mit eisigen Fingern in ihren Geist drang.

Wo? Wo? Wo?

Die Bäuerin wimmerte, und ihre Miene verzerrte sich vor Schmerz.

Wo? Wo? Wo?

»Er hat das Luder unter dem Boden im Hühnerstall verscharrt«, kam es gepreßt aus Frau Garland heraus, und schon vermochte sie wieder gehässig zu grinsen. »Stellt Euch das nur vor, Eure Mutter liegt unter der Hühnerscheiße von vierundzwanzig Jahren begraben. Hätte sie eine passendere letzte Ruhestätte finden können?«

Aschure ließ sie los und trat mit unbewegtem Gesicht zurück. Die Bäuerin hatte die Wahrheit gesprochen, das spürte sie, und mehr als die Wahrheit hatte sie auch gar nicht von ihr verlangt. Die Beleidigungen trafen sie nicht.

Jetzt nicht mehr.

Die Jägerin nickte, und ihr Blick wanderte über die Versammlung der Dorfbewohner. Die Frauen hielten mit ihrer Verachtung nicht hinter dem Berg, während die Männer sie am liebsten gleich besprungen hätten. Selbst die Kinder starrten sie mordlüstern an.

»Ich wünsche Euch allen viel Glück im Nachleben«, erklärte Aschure, »denn das könnt Ihr sicher gut gebrauchen.«

Damit wandte sie sich ab und verließ den Keller.

Sie schickte die Hunde und den Hengst fort zu Faraday und ihren Gefährtinnen, und wanderte ganz allein durch den Ort. Sie band die Tiere los, auf die sie stieß, öffnete Stalltüren und Verschläge, damit auch alle entkommen konnten. Bei den Sternen am Himmel, dachte die Jägerin, sie haben sich ihre Freiheit wirklich verdient.

Schließlich erreichte sie den Hühnerstall. Eine ziemliche Strecke vom Haus des Pflughüters hinter der Bethalle bis zu dieser Stelle. Hagen mußte sich ganz schön damit abgeplagt haben, Niah bis zu diesem Stall zu schleppen. Aber vielleicht hatte er ja Hilfe gehabt. Gut möglich auch, daß ihn die Sorge vor dem Gestank von der verrottenden Leiche seiner Frau mit neuer Kraft erfüllt hatte. Genau das hätte ihm ähnlich gesehen.

Aschure blieb lange vor dem Hühnerstall stehen und betrachtete ihn.

Erst als der Wind ihr über das Gesicht wehte, wurde ihr bewußt, daß sie weinte.

Weiche Arme umschlossen sie – Faraday.

»Ganz ruhig«, sprach sie sanft und wiegte die schluchzende Freundin. »Ganz ruhig. Liegt hier Eure Mutter? Weint nur, Aschure, wenn Euch das gut tut. Und wenn die Tränen versiegt sind, werden wir gemeinsam diesen Schuppen in eine Stätte verwandeln, die Eurer Mutter würdig ist.«

»Ach, Faraday«, weinte die Jägerin fassungslos, »so etwas hat sie doch nicht verdient!«

»Niemand von uns hat all das verdient, was uns widerfährt, aber manche Mütter ruhen ungeliebt von ihren Angehörigen in der Erde und diese hier wurde geliebt. Von Euch.« Die Edle strich der jungen Frau über das Haar. »Kommt, trocknet Eure Tränen. Was habt Ihr mit Smyrdon vor?«

»Ich will es zerstören«, antwortete Aschure rauh und wischte sich über die Augen. »Aber warum seid Ihr denn noch einmal zurückgekehrt? Hatte ich Euch nicht aufgetragen, vor dem Ort zu warten?«

»Ihr habt mich gebraucht, Aschure. Sollen wir jetzt zu den anderen gehen?«

Die Jägerin nickte, und Hand in Hand liefen die beiden Frauen durch das Dorf.

»Dies ist der Ort Eurer Kindheit, und Ihr wollt ihn zerstören«, bemerkte Faraday, kurz bevor sie die Awarinnen und Frau Renkin draußen vor dem Dorf erreichten. »Seid Ihr Euch ganz sicher, das wirklich tun zu wollen?«

»Ich habe nie etwas mehr gewollt.«

Kaum hatten sie das letzte Haus hinter sich gelassen, da drehte die Jägerin sich um und legte einen Pfeil auf die Sehne. »Aschures Rache«, flüsterte sie und feuerte ihn ab.

Das Geschoß stieg hoch in den Himmel, erreichte die Mittagssonne und fiel dann wieder zu Boden. Alle, die dastanden und zusahen, erkannten, daß die Spitze Feuer gefangen hatte. Der Pfeil sauste so rasch herab, daß man ihn trotz der Entfernung rauschen hören konnte.

Er flog unbeirrbar auf die Bethalle zu.

»Gut«, sagte Schra, als sie erkannte, welches Ziel das Geschoß sich erwählt hatte. Aschure lächelte dem Kind kurz zu. Dieser Pfeil war ebenso für Ramu und Schra wie für Niah und Aschure.

»Ja, gut«, bestätigte die Jägerin. »Vortrefflich.«

Der Pfeil bohrte sich in das Dach der Kirche.

Explosionsartig breiteten sich die Flammen aus, und im nächsten Augenblick flog das ganze Gebäude in die Luft. Steine flogen umher, und wo immer sie auftrafen, brachen Häuser krachend auseinander oder wurden Gärten aufgewühlt. Heißer Wind wehte den Frauen entgegen, und Faraday mußte sich an Aschure festhalten, um nicht von dem Sturm gepackt und umgeworfen zu werden.

Der Wind trug den Geruch von Fäulnis und Krankheit heran, und die Edle fragte sich, welches Böse unter den Fundamenten Smyrdons gehaust haben mochte.

»Alles ist fort«, sprach die Jägerin. »Alles ist vergangen.«

Und damit hatte sie nicht übertrieben; denn als Wind und Rauch sich legten, war von dem Dorf nichts mehr übriggeblieben. Nicht einmal Trümmer oder Ruinen. Alles in Smyrdon, sogar die Steine, hatte sich vollständig aufgelöst.

Nur in der Mitte der verbrannten Erde, die einst das Dorf gewesen war, ragte ein Pfeil mit der Spitze voran aus dem Boden.

»Meint Ihr, Ihr könnt überhaupt noch das Grab Eurer Mutter finden?« fragte Faraday.

»Darüber mache ich mir keine Sorgen«, versicherte Aschure ihr. »Doch nun auf, Baumfreundin, Pflanzarbeit für einen ganzen Nachmittag erwartet Euch.«

Faraday und die Bäuerin riefen die Esel herbei und begaben sich zurück zum letzten Schößling, den sie am Morgen eingesetzt hatten. Als Barsarbe sich ihnen anschließen wollte, erklärte die Edle ihr, sie solle zurückbleiben. Schra und die anderen Awarinnen setzten sich derweil auf den Boden und warteten.

Und damit begann Faraday behutsam und voller Ehrfurcht, die letzten Bäumchen anzupflanzen.

Nach ein oder zwei Stunden bemerkte sie, daß Aschure neben ihr stand.

»Hier«, flüsterte ihre Freundin, und die Edle blickte nach unten ... um dann überrascht Luft zu holen.

Aschure stand vor einem kleinen Kreis von Pflanzen, die sich eben erst aus der Erde geschoben hatten. Noch während die Edle hinsah, bildete eine von ihnen eine Knospe, die sich bald zur Blüte öffnete. Die winzigen violetten Blütenblätter waren so durchsichtig, daß sie fast keinen Schatten warfen.

Mondwildblumen.

Faraday hatte noch nie eine davon gesehen, nur von ihnen gehört und sie für Pflanzen aus dem Reich der Fabeln gehalten. Aber jetzt erkannte sie sofort, was sie da vor sich erblickte.

Sie sah ihre Freundin neugierig an. Bleich, mit leuchtenden

Zügen und weit aufgerissenen Augen stand Aschure da. Faraday befürchtete schon, die junge Frau fiele jeden Moment in Ohnmacht, bis ihr bewußt wurde, daß die Zauberin ungeheuer viel Macht um sich gewoben hatte. So erschien sie ihr jetzt wahrhaftig als Mondgöttin.

Die Edle streckte vorsichtig eine Hand aus und verschränkte ihre Finger mit denen Aschures. »Ich werde hier an dieser Stelle eine Grabstätte errichten, die alle Liebe und allen Mut Eurer Mutter wiedergeben soll«, flüsterte Faraday, führte ihre Freundin fort von den Mondwildblumen und übergab sie Frau Renkin.

Faraday setzte neun Schößlinge in einem Kreis um Niahs letzte Ruhestätte ein. Als sie damit fertig war und sich erschöpft den Schmutz von der Kleidung wischte, wirkte sie genauso blaß wie Aschure.

»Neun Bäume für die Neun Götter, denen sie als Priesterin diente«, erklärte Faraday. »Die Neun werden nun auf ewig das Grab der Ersten Priesterin hüten, die um ihrer Namen willen ihr Leben verlor. Dieser Ort wird als Niahs Hain bekanntwerden, Aschure.«

»Eine Stätte«, fügte die Bäuerin hinzu, während sie die junge Frau festhielt, »an der sich die Neun versammeln werden, um Eure Mutter zu ehren und zu ihrem wie zum Segen anderer zu tanzen.«

Aschure senkte das Haupt und weinte.

13 Oben auf dem Turm

Kassna nahm den Säugling auf und summte ihm ein Wiegenlied vor. Das Kindermädchen hatte ihn gefüttert und umgezogen, und jetzt lag er gesättigt in den Armen seiner Pflegemutter und lächelte sie an.

»Drago«, flüsterte die Nor, drückte den Kleinen an sich und wünschte sich, einmal ein ebenso schönes Kind zu bekommen. Die Götter mochten wissen, warum Aschure sich so widerspruchslos von Axis vorschreiben ließ, daß sie eines ihrer Kinder wegzugeben habe. Kassna würde sich von Belial niemals gefallen lassen ... sie blinzelte verwirrt ... *einen ihrer Söhne zu enterben.*

Armer kleiner Drachenstern, armer kleiner Junge. Sie wiegte ihn, lächelte ihn an und sang ihm noch ein Lied. Armer Drago. Wenn Axis und Aschure sich weigerten, ihr eigenes Kind zu lieben, würde sie ihm ausreichend Zuneigung und Aufmerksamkeit schenken, um es wieder gutzumachen.

Der Turm.

Kassna summte und wiegte ihn.

Der Turm.

Sie lächelte selig, doch plötzlich fragte sie sich, wie sie die Stunde bis zum Abendbrot ausfüllen konnte. Seit Belial vor einigen Tagen mit dem Sternenmann und dessen Armee aufgebrochen war, stand der jungen Nor mehr Zeit als genug zur Verfügung.

Der Turm.

»Vielleicht sollte ich mit Euch einen kleinen Spaziergang unternehmen, mein Herzensjunge«, sagte sie und küßte ihn auf die samtweiche Stirn.

Auf den Turm, dumme Schlampe! Jetzt! Sofort!

»Aber wo sollen wir nur hin? Auf den Burghof? Nein, dort ist es jetzt schon viel zu schattig, und außerdem wäre es da viel zu kühl für Eure empfindliche Haut.«

Auf den Turm! Wie oft muß ich das denn noch sagen?

»Wir könnten in die Große Halle gehen. Hm, besser nicht. Dort laufen die Diener gerade hin und her, um das Silberbesteck und die Leinendecken aufzulegen. Da würden wir nur stören ...«

Hört Ihr schwer, dummer Trampel?

»Ah ja! Wir steigen hinauf auf den Turm.«

Ein Wunder ...

Kassna wollte sich eben auf den Weg machen, als ihr Axis' ernste Mahnung einfiel. Ach was, Imibe würde sich bestimmt nicht ausgerechnet jetzt mit Flußstern und Caelum dort oben aufhalten. Und selbst wenn, der Krieger war weit fort, und wer sollte es ihm schon verraten?

»Also, dann los!« lachte die Nor und wirbelte den lieben kleinen Drago durch die Luft. »Wir spazieren über die Wehrgänge, schauen uns von oben das Treiben in Sigholt an, und dann zeige ich Euch, wie sich der blaue Dunst am Rand des Lebenssees in dunkelrosafarbenen Nebel verwandelt.«

Das interessiert mich einen feuchten Kehrricht, Ihr verblödete Kuh. Bringt mich nur nach oben auf den Turm. Dort sehen wir dann weiter ...

»Aber erst packen wir Euch schön warm in einen Schal ein, Drago«, strahlte Kassna.

... denn dort werde ich erlangen, was mir rechtmäßig zusteht!

Die Zeit für einen Ausfall war gekommen. Gorgrael war sich ganz sicher, denn eine leise Stimme hatte es ihm eben mitgeteilt. Die Eltern des Kleinen waren fort. Wohin sie sich gewendet hatten, scherte ihn wenig, denn für seinen süßen Sieg benötigte er nicht mehr, als daß Axis und die Hexe mit dem pechschwarzen Haar Sigholt verließen.

Dem Zerstörer war nicht ganz wohl in seiner Haut. Zum einen schlug ihm das bevorstehende Abenteuer auf den Magen, zum zweiten verließ er seine Eisfestung nur höchst ungern, und zum dritten hatte sich um die alte Burg eine Menge ihm feindlich gesonnener Magie angesammelt.

Aber Gorgrael wußte auch, daß Timozel in der letzten Zeit zunehmend Zweifel am Mut seines Herrn hatte. Das wurmte den Zerstörer sehr und verleitete ihn dazu, vorzeitig zuzuschlagen. Schließlich hatte die dünne Stimme ihm auch noch zugeflüstert, daß es ein Leichtes sei, den Zauber, der um Sigholt gewoben war, zu überlisten.

Der Herr des Eises wußte nicht so genau, wie weit er dieser sonderbaren Stimme trauen durfte. Aber er spürte deutlich die Macht, die in ihr steckte, und noch mehr den Haß, der ihm aus ihr entgegenschlug. Also sagte er sich, daß die Stimme wohl die Wahrheit sprach. Und damit wurde es höchste Zeit, die Unternehmung zu beginnen.

Was konnte ihm auch schon widerfahren? Schlimmstenfalls würde Sigholt ihn nicht einlassen. Dann müßte er sich auf seine Eisfestung zurücktrollen, brauchte dafür aber nie mehr auf die matte Stimme zu hören.

Und irgendein Gefühl sagte ihm, daß ihm heute nachmittag kein schmählicher Rückzug drohte.

»Mein Täubchen«, umgurrte er seine Greifin, die allererste und die allerschönste. Sie watschelte zu ihm, während ihr Bauch über den Boden schabte. »Wollen wir einen kleinen Ausritt machen?«

Zu dumm, verzog Kassna betroffen das Gesicht, Imibe war tatsächlich mit Caelum und Flußstern hinauf auf den Turm gestiegen, um die beiden hier oben spielen zu lassen. Die Rabenbunderin empfing Kassna mit einem Blick, als wolle sie die Nor auffordern, zusammen mit Drachenstern auf der Stelle kehrtzumachen und nach unten zu verschwinden.

Was bildete sich diese Kindsmagd eigentlich ein? Kassna warf trotzig den Kopf in den Nacken. Wer war denn hier die Prinzessin, und wer die Dienerin?

Also bedachte sie die andere mit einem herablassend giftigen Blick und stolzierte in die entgegengesetzte Ecke.

Imibe schaute der Nor finster hinterdrein – sie mußte sich doch noch an den Zorn und die heftig tadelnden Worte des Sternenmanns erinnern können – und schaute dann rasch nach den beiden ihr Anvertrauten. Flußstern strampelte auf ihrer Decke, und Caelum … Der Knabe starrte Kassna an, als würde die Frau jeden Moment in Flammen aufgehen. Aus seinem Gesicht war alle Farbe gewichen, und in seinen Augen stand die nackte Angst. Die Rabenbunderin begab sich sofort zu dem Kleinen, nahm ihn auf und herzte und beruhigte ihn.

Vielleicht wäre es das beste, wenn sie auch noch das Mädchen nähme und sich mit den beiden entfernte.

Drachenstern drehte den Kopf so weit nach hinten, wie es ihm nur möglich war, damit er feststellen konnte, was Imibe nun unternahm. Aha, Caelum hatte sie also schon hochgehoben. Aber was nun? Wollte sie etwa mit ihm den Turm verlassen?

Der Kleine kochte vor Zorn und wand sich so heftig in Kassnas Armen, daß sie besorgt nach ihm schaute.

Eingehüllt und verborgen in seinen Umhang der Dunklen Magie überflog Gorgrael auf seinem Greifen den blauen Dunst, der Sigholt wie eine Dunstglocke umschloß.

Verwünscht sei mein elender Bruder für diesen Nebel, fluchte er in Gedanken. Aber trotz des Schutzzaubers nahm er die Gedanken und Empfindungen der Bewohner von Sigholt wahr … und er stieß auch auf den Geist des Verräters.

Ich bin es. Ist alles bereit?

Drago beruhigte sich wieder, und die Nor lächelte erleichtert.

Sputet Euch!

Aber die Brücke …

Laßt Euch ihretwegen keine grauen Haare wachsen. Den Steg kann man leicht übertölpeln.

Und der Zerstörer lächelte.

Imibe setzte Caelum ab, damit sie Flußstern in ihre Decke einwickeln konnte. Wenigstens hielt die Nor mit dem bösen kleinen Buben Abstand. Langsam beruhigte sich die Rabenbunderin. Sie verfügte natürlich längst nicht über die Fähigkeiten und Talente der Zauberin – und nicht einmal über die ihres Häuptlings –, aber sie spürte das Böse selbst auf große Entferung. Und von diesem kleinen Burschen dort ging etwas wahrhaft Teuflisches aus, das ihr gar nicht gefallen wollte.

Die Nor legte Flußstern, die mit einem Mal merkwürdig verkrampft wirkte, in ihr Körbchen und drehte sich zu Caelum um.

Gorgraels Mund öffnete sich zu einem unhörbaren Schrei, als er durch Wolken und Nebel nach unten stieß.

Seid Ihr reinen Herzens? stellte die Brücke ihm sogleich ihre berühmte Frage.

Ich ... ich ... Was verstand dieser Steinbogen denn unter »rein«?

Brücke? Ich bin es, Drachenstern, der Sohn des Axis und der Aschure. Vor Euch steht mein Freund. Er ist ganz reinen Herzens, bestimmt. Vertraut mir, und laßt ihn hinüber.

Darüber mußte der Steg erst einmal nachdenken. Warum konnte der Fremde nicht für sich selbst antworten? Jawohl, so etwas war doch nicht vorgesehen.

Vertraut mir, flüsterte Drachenstern in ihre Gedanken, und die Brücke dachte daran, welch reinen Herzens doch die Eltern des Knaben waren ... wie sehr die beiden sie immer achteten ... wie sie ihr sogar Freundschaft entgegenbrachten ...

Vertraut mir.

Die Brücke überlegte, ob sie dem Fremden noch einmal die Frage stellen sollte ...

Vertraut mir!

... entschied sich dann aber dagegen. Schließlich würde es doch keinem Feind gelingen, seinen Weg durch den blauen Dunst zu finden, nicht wahr?

Gorgrael flog weiter und folgte dem Gedanken, den der Verräter ihm wie einen Strahl schickte. Wieviel Macht sein seltsamer Verbündeter doch besaß, sagte er sich, kam dann aber nicht mehr dazu, den Gedanken weiterzuverfolgen – denn schon lichtete sich der vermaledeite Nebel, und dort ... Ja, da lag die zauberische Burg Sigholt ... und oben auf ihrem höchsten Turm ... der Knabe!

Caelum schrie schon, noch bevor der Greif mit seinem gräßlichen Reiter durch die Wolken brach. Er spürte, daß das Böse von oben heransauste, er sah, wie sein Bruder vor Freude außer sich geriet, und er verstand.

Drachenstern wollte ihn opfern, um seinem eigenen Ziel näher zukommen. Auf diese Weise hoffte der böse Knabe, seinen Vater in die Knie zu zwingen.

Und weil Caelum jetzt alles so deutlich erkannte, schrie er aus Leibeskräften.

Kassna war vor Schrecken außer sich. In solcher Angst hatte sie Caelum noch nie erlebt, und noch weniger wollte ihr das Lachen und Glucksen von dem Kind gefallen, das sie gerade auf dem Arm hielt.

Imibe hielt sich nicht lange mit Nachdenken auf. Sie sprang zu dem Knaben und warf dabei Flußsterns Körbchen um. Das Mädchen fiel heraus und rollte in den Schatten der Brüstung.

Und während alles gleichzeitig geschah, stürzte etwas Unfaßbares aus dem Himmel.

Von allen Anwesenden auf dem Turm bekam Kassna den Zerstörer als erste zu sehen. Ihr Herz drohte stehenzubleiben und sich dann in einen Eisklumpen zu verwandeln. Es dauerte eine Weile, bis sie sich so weit wieder gefaßt hatte, daß sie wenigstens einen klaren Gedanken denken konnte. Die Nor preßte sich an die Brüstung, so weit wie möglich fort von dem herabsausenden Schatten.

Kassna hatte genug über die heimtückischen Himmelsbestien gehört, um zu ahnen, daß hier ein Greif heranflog. Aber was für ein Wesen hockte da auf seinem Rücken? Sollte sie auch dieses erkennen? »Belial!« flüsterte sie, weil sie wußte, daß ihr letztes Stündlein geschlagen hatte.

Aber Gorgrael nahm sie gar nicht wahr. Er hielt mit seiner Greifin auf die Rabenbunderin zu, die ein Kleinkind an sich preßte.

Da! Da! Ja, das war der Knabe!

Der Zerstörer sprang vom Rücken der Himmelsbestie, als sie nurmehr in niedriger Höhe über das Turmdach hinwegschoß, und hüpfte in seinem seltsam verdrehten Gang und mit ausgebreiteten Schwingen auf die Rabenbunderin zu. Seine Augen und Zähne glitzerten um die Wette, und schäumender Speichel troff von seiner überlangen Zunge und platschte auf die Steinplatten am Boden.

Gorgrael blieb einen Schritt vor dem Kindermädchen stehen und stieß sein furchtbarstes Kreischen aus.

Doch Imibe ließ sich nicht so leicht einschüchtern. Sie hielt den Knaben nur noch fester an sich gepreßt und wich seinem Blick nicht aus. Das erstaunte den Zerstörer sehr. Eigentlich müßte sie doch Todesängste ausstehen.

»Närrin!« knurrte Gorgrael, holte mit einer Hand aus und zerkratzte ihr mit den langen Krallen das Gesicht.

Aber immer noch ließ sie nicht von dem Kleinen. Sie wandte sich sogar zur Seite, um ihn mit ihrem Körper zu schützen. Der Zerstörer schlug nun rasend vor Wut zu. Zerfetzte binnen Sekunden ihren Rücken und ihre Seite. Als Imibe sterbend zusammenbrach, packte er Caelum an einem seiner Ärmchen und zerrte ihn aus ihrem Griff.

Danach fuhr Gorgrael rasch herum – Caelum schlenkerte an seiner Hand wie eine Stoffpuppe hin und her – und starrte auf die andere Frau, die ebenfalls einen kleinen Jungen im Arm hielt.

Von tief unten erscholl das Geschrei der Brücke: »Weh uns! Verrat! Weh uns!«

Aber Gorgrael wußte, daß er noch einen Augenblick Zeit hatte. Er genoß seinen Triumph so sehr, daß er daran dachte, ihn jetzt vollkommen zu machen. Schon hüpfte der Zerstörer auf die andere Frau zu, die kreischend zu Boden sank und sich über das Kind warf. Gorgrael grinste breit. Was für ein sinnloser Versuch. Er hob die blutgerötete Klauenhand wieder und …

Haltet ein, mein Freund. Die Närrin ist mir noch zu Diensten.

Der Zerstörer hielt verblüfft inne und vergaß die Hand, die immer noch in der Luft hing, um todbringend hinabzufahren.

Und gewiß käme es Euch doch gelegen, wenn eine Zeugin von Eurer kühnen Tat künden könnte, nicht wahr?

»Ja, ja«, flüsterte Gorgrael. »Vortrefflich! Jemand muß es Axis ja schließlich ausführlich berichten. Gut. Sehr gut.«

»Weh, weh und dreimal weh! Oben auf dem Turm! Nicht ruht, schändlichster Verrat sich tut!«

»Elende Hexe«, knurrte der Zerstörer nur, rief seine Greifin herbei und schwang ein Bein über deren Rücken. Als er sie fest und stark unter seinem Gesäß spürte, fiel ihm ein, nach dem Kind zu schauen, das er immer noch an seinem Ärmchen gepackt hatte. Eine Kralle hatte den Arm aufgerissen, und der Knabe selbst hatte das Bewußtsein verloren. Gorgrael aber schrie bei diesem Anblick seinen Sieg über ganz Sigholt hinaus.

»Weh und Ach! Weh und Ach!« klagte die Brücke.

Aber für eine Rettung war es bereits viel zu spät. Als die ersten Ikarier oben auf dem Turm landeten, hatte sich der Zerstörer längst auf seinem Greifen in den blauen Nebel verzogen.

Die Vogelmenschen entdeckten den zerrissenen Körper der Rabenbunderin Imibe, fanden die Nor Kassna, die wie von Sinnen war und in einer Ecke kauerte, hörten das Geschrei der beiden alleingelassenen Zwillinge und vernahmen den Nachhall von Caelums Entsetzen, das sich noch tagelang oben auf dem Turm halten sollte.

14 Bardenmeer

Aschure befiel ein starkes Zittern, und ihr Magen verkrampfte sich. Aber dieser Moment verging ebenso rasch, wie er gekommen war. Und so schaute sie wieder zu Faraday hinüber.

Die Edle kniete fünfzig Meter vor dem Eingang zum Verbotenen Tal auf dem weichen Boden. Vor ihr toste und donnerte der Nordra durch die Schlucht. Hinter ihnen erstreckte sich zweieinhalb Meilen weit die Ebene bis hin zum Waldrand. Schößlinge schwankten fröhlich zwischen dem Forst und der Baumfreundin. Diese aber betrachtete den Setzling, den sie gerade in die Erde gelassen hatte, und wünschte ihm alles gute.

Aschure begab sich zu ihrer Freundin und kniete sich neben sie hin. Sie war sehr in Sorge. Die Edle fühlte sich offensichtlich alles andere als wohl. Immer wieder hielt sie sich die Seite oder den Rücken, so als plagten sie dort Schmerzen.

»Faraday«, fragte die junge Frau erschrocken, »was ist mit Euch?«

»Mir geht es gut, keine Sorge«, lächelte diese fröhlich. Nein, dieses Lächeln war ihr viel zu rasch auf die Lippen gekommen und wirkte auch übertrieben. Das wollte Aschure überhaupt nicht gefallen. »Seht nur«, fuhr die Edle aber bereits fort, »wir haben das Verbotene Tal erreicht. Mein Werk ist bald getan.«

Aber auf ihre Freude erhielt sie nur Schweigen zur Antwort. Aschure wußte nicht so recht, was sie darauf entgegenen sollte, und suchte schließlich hilfesuchend den Blick der Bäuerin. Hinter Frau Renkin stand Schra und hielt sich an deren Schürze fest. Beide, die alte Bäuerin wie auch das kleine Mädchen, hatten einen merkwürdigen Ausdruck im Gesicht. Die anderen Awarinnen befanden sich ein gutes Stück entfernt, denn Faraday hatte sich nur von Aschure, Frau Renkin und Schra begleiten lassen wollen.

»Noch ein Bäumchen«, flüsterte die Edle, kam mühsam hoch und schwankte bedenklich, als sie wieder auf ihren Füßen war. Aschure wollte sie stützen, aber Faraday wehrte sie ab. »Bitte, den letzten Setzling schaffe ich auch noch.«

Sie nahm den Schößling aus der Hand der Bäuerin. »Mirbolt«, bemerkte sie dazu, »die letzte Magierin, die von den Awaren ging. Und damit auch die letzte, die in den Boden kommt.«

Aschure starrte auf das Pflänzchen. Sie hatte die Magierin noch kennengelernt; denn diese war bei dem Angriff der Skrälinge auf den Hain des Erdbaums ums Leben gekommen. Mirbolt war auch diejenige ihres Volkes gewesen, die die Beratung darüber eröffnet hatte, ob die junge Ebenenläuferin bei ihnen aufgenommen werden solle. Die Awaren hatten sich damals dagegen ausgesprochen, aber Aschure trug Mirbolt das nicht nach. Sie war eine stolze und schöne Magierin gewesen, die es nicht verdient hatte, auf solche Weise den Tod zu finden.

»Mit erscheint es passend, daß Mirbolt diejenige sein wird«, bemerkte die Zauberin, »die den neuen Wald mit Awarinheim verbindet.«

Das entlockte Faraday ein leises Lächeln. »Ihr wißt so viel, meine Liebe. Ja wirklich, dieses Recht steht allein Mirbolt zu.«

»Wo wollt Ihr sie einsetzen?« fragte die junge Frau und blickte ins Tal. Steil ragten dort die Felswände auf und ließen nur wenig Platz zwischen sich. Der einzige Pfad über den wilden Strom führte über die Klippen und schien sehr schmal zu sein.

Die Edle betastete den Setzling vorsichtig, und ihre Augen verschleierten sich. »Am Taleingang, meine Liebe. Mehr bedarf es nicht.« Ihre Miene hellte sich auf, als sie den Ausdruck auf Aschures Gesicht sah. »Wartet's nur ab, dann werdet Ihr es schon sehen.«

Faraday machte sich auf den Weg, kam jedoch nur mühsam und unbeholfen voran und mußte alle sieben oder acht Schritte innehalten.

»Bäuerin!« rief Aschure dringlich. »Sie wird noch ...«

»Die Baumfreundin tut nur das, was sie tun muß«, entgegnete Frau Renkin, »und wir dürfen nicht eingreifen. Jetzt noch nicht.«

»Aber bald«, erwiderte die Zauberin unwillig.

»Gewiß«, bestätigte die Bäuerin. »Bald.« Dann raffte sie ihre Röcke zusammen, als wolle sie Faraday hinterhereilen, aber sie stellte sich nur neben das gerade eben eingepflanzte Bäumchen. Ihm summte sie nun ihr Wiegenlied, beugte sich hinab, um es zu streicheln, und richtete sich schließlich wieder auf, um der Edlen in einigem Abstand zu folgen.

Aschure hielt Schra die Hand hin und eilte dann der Bäuerin hinterher.

Ein letztes Mal kniete Faraday sich auf den weichen Boden, und wurde rasch vom schäumenden Nordra durchnäßt. Die Edle hielt inne, und ein Tränenschleier legte sich vor ihre Augen. Hier war sie am Ziel, hier endete ihre große Aufgabe. Ein letztes Mal noch einen Schößling einsetzen ... dann erwartete sie die letzte Reise. Nur noch ein Bäumchen, dann wäre die Arbeit der Baumfreundin getan.

»Mirbolt«, flüsterte sie, und das Donnern des Stroms übertönte ihre Worte, so daß die drei, die zu ihr getreten waren, sie nicht verstehen konnten. »Nehmt die letzte Kraft, die mir noch geblieben ist, und nutzt sie, um bis in den Himmel hinaufzuwachsen. Frohlocket, denn Eure Zeit ist gekommen, und Ihr sollt diejenige sein, die alt und neu verbindet. Euch fällt die Ehre zu, als erste das Lied von der Mutter aller Bäume zu hören.«

Leise singend grub Faraday mit den Fingern ein Loch in den Boden. Dann hielt sie das letzte Körbchen ein wenig schräg und ließ das Bäumchen hineinrutschen. »Mirbolt, Ihr seid die letzte, und deshalb sollt Ihr meine Botschaft empfangen. Hinter Euch erstrecken sich Eure Schwestern bis zum Kesselsee. Ihre Stimmen halten sich bereit, sich mit der Euren zu vermählen. Vor Euch liegt Awarinheim und mit ihm das Lied des Erdbaums. Mirbolt, wenn es eines Tages so weit ist, möchte ich nicht, daß Ihr, Eure Schwestern oder gar die Mutter auch nur einen Augenblick zögern. Axis, der Sternenmann, braucht Euch. Und auch seine Gemahlin, liebe Mirbolt, bedarf Eurer.«

Sie drehte leicht den Kopf zur Seite und nickte Aschure zu, sich zu ihr zu bemühen. Als die junge Frau mit ratloser Miene neben ihr kniete, nahm Faraday ihre Hand und legte sie leicht auf die winzige Krone des Bäumchens.

»Mirbolt, dies ist Aschure. Ihr kennt sie ja bereits. Aschure ist mir ans Herz gewachsen und wird von den Gehörnten und vom Sternenmann geliebt. Nehmt sie an.« Faraday hob den Kopf. »Meine Liebe, vermögt Ihr es zu fühlen?«

Aschure nickte leicht, und grenzenloses Staunen breitete sich auf ihren Zügen aus. »Ja, ich spüre es, sie nimmt mich an.«

»Ganz recht, sie nimmt Euch an.« Faraday senkte den Blick wieder auf den Schößling: »Mirbolt, wenn Aschure Euch ruft, helft ihr mit allem, was Euch zur Verfügung steht. Denn damit unterstützt Ihr nicht nur den Sternenmann, sondern auch mich. Und nun«, fügte sie hinzu und umschloß die Hand ihrer Freundin, »werden Aschure und ich gemeinsam Euren Halt sichern.«

Mit geschickten Bewegungen klopften beide Frauen nun im Gleichtakt die Erde rings um den Setzling fest.

»Es ist vollbracht«, verkündete die Edle dann, und als Aschure ihr ins Gesicht sah, erblickte sie entsetzt schiere Verzweiflung.

»Faraday?«

Die Bäuerin tauchte hinter den beiden Frauen auf und legte jeder eine Hand auf die Schulter. »Schweigt, denn ich muß Mirbolt singen.«

Frau Renkin summte ihr Wiegenlied zum letzten Mal, doch Aschure vernahm nichts davon. Sie konnte nur unentwegt in Faradays Augen blicken und betroffen Schmerz, Angst und Pein darin erkennen.

Was mochte sie nur so plagen? Was sah sie vor ihrem inneren Auge, das niemand sonst erblicken konnte?

Aber als die Bäuerin ihr Lied gesungen hatte, blinzelte die Edle, und alles Ungemach war aus ihren Augen verschwunden. Jetzt wirkten sie nur noch müde, und wenn sich dort immer noch

Schmerz feststellen ließ, dann höchstens der, welchen ununterbrochene anstrengende Arbeit verursachte.

»Stellt Euch zu mir«, forderte Frau Renkin sie auf und streckte beide Hände aus. »Steht, und schaut.«

Aschure ergriff die eine Hand der Bäuerin und half mit der anderen Faraday auf. Dann blickte sie in die Richtung, in die Frau Renkin schaute.

Auf der Ebene hinter ihnen reckten sich all die Schößlinge, die Faraday an diesem Tag eingesetzt hatte, bereits bis zum Himmel. Weder Aschure noch die Edle hatten das je zuvor mit eigenen Augen verfolgen dürfen. Früher waren die Bäumchen erst in der Nacht gewachsen und hatten dann schließlich ihre volle Höhe erreicht. Aber nun schienen sie es kaum noch erwarten zu können.

»Faraday«, flüsterte die junge Frau und schämte sich nicht der Tränen ihrer Ergriffenheit.

Aber diese hörte sie nicht, denn in höchster Verzückung verfolgte sie das Schauspiel, das sich ihr bot.

Die Schößlinge reckten und schoben sich himmelwärts – anders vermochte Faraday den Vorgang nicht zu beschreiben, der sich auf der Ebene abspielte. Fast hätte man meinen können, daß der fertige Baum bereits in dem Setzling geschlummert hatte und nun, erwacht, plötzlich und unaufhaltsam in die Höhe schoß.

Die einige Meter entfernt wartenden Awarinnen fielen vor Erstaunen auf die Knie und schlugen sich die Hand vor den Mund.

Aschure umarmte Faraday. »Liebste Freundin«, flüsterte sie ihr ins Ohr, »schaut nur, was Ihr vollbracht habt.«

Noch während sie sprach, erreichten die Bäume schon ihre volle Höhe und strebten nach den ersten Sternen, die sich im Dämmerlicht zeigten. Ihre Äste streckten sich zueinander aus, bis sie den ganzen Boden mit sanft schaukelnden Schatten bedeckten.

Und nun erinnerte nichts mehr an Smyrdon. An seiner Stelle erhob sich das mächtige Bardenmeer.

Plötzlich schrie Faraday auf und warf sich in Aschures Arme.

Alle drei Frauen und das Awarenmädchen mußten nun der ehemaligen Mirbolt Platz machen; denn jetzt schoß auch sie als Baum in den Himmel, und die Luft rings herum summte vor Kraft, Macht und Glück.

Die Edle klatschte in die Hände.

»Seht nur, Aschure!« rief sie. »Mirbolt lebt wieder!«

»Herrin«, warf Frau Renkin ein, »die Zeit naht, da ich Euch leider verlassen muß.«

»Mich verlassen?« entfuhr es der Edlen, »aber liebe Freundin, Ihr könnt doch jetzt nicht von mir gehen! Ich brauche Euch ... bald ...«

»Ganz ruhig, liebliche Herrin.« Frau Renkin nahm sie in die Arme. »Ganz ruhig, Eure Schwester ist doch bei Euch. Aschure steht Euch zur Seite. Sie besitzt genug Erfahrung und bringt genug Liebe für Euch auf, um Euch durch alle Fährnisse zu führen. Der Weg, den Ihr von nun an beschreitet, ist nicht mehr der meine ... und die Pflanzarbeit ist getan.«

Faraday fing an zu weinen. »Bäuerin Renkin ...«

»Aber, aber, mein Kind«, tröstete diese sie. »Ich habe doch eine Familie, zu der ich zurückkehren muß.« Frau Renkin schwieg kurz und betrachtete den Wald. »Vielleicht wandere ich auch für einige Zeit durch die Wälder. Sammle Kräuter und erinnere mich wieder an die Geschichten, die meine Großmutter mir erzählt hat. Ja, ich glaube, das werde ich tun.«

Auf ihrem Gesicht erschien ein Lächeln, jedoch nur kurz, und dann drückte sie die Edle an ihren Busen. »Zweifelt nicht daran, daß wir uns wiedersehen werden, mein Kind. Auf diesen Waldpfaden, auf denen wir nun frei und ungebunden herumwandern dürfen.«

Faraday schluckte ihre Tränen hinunter und nickte; denn sie verstand. Ja, sie würde ungebunden und frei sein.

»Braves Mädchen«, lobte die Bäuerin und küßte sie auf die Wange. »Vergeßt auch nie die Worte der Hoffnung, welche die Mutter Euch gelehrt hat.«

Die Edle schluchzte noch einmal auf und wischte sich die Tränen aus den Augen.

»Scheint alles rettungslos verloren,
Dann sei getrost, verzage nicht!
Die Mutter, die dich einst geboren,
Geleitet dich ins ferne Licht.«

Die Bäuerin seufzte erleichtert. »Bewahrt diese Worte stets in Eurem Herzen, Tochter. Immer. Ruft meinen Namen, und ich werde kommen.«

Sie wandte sich zum Gehen, entdeckte dann aber Schra, die schweigend abseits stand. »Kleines Mädchen«, sagte sie, und die Awarentochter kam zu ihr.

»Meine Kleine, Ihr müßt lernen, den Mund aufzumachen und zu sprechen. Bei all der Weisheit in Euch schweigt Ihr mir zu oft.«

»Ja, Mutter.«

Die Bäuerin lächelte, und tiefe Liebe breitete sich über ihre Züge aus. »›Ja, Mutter‹, ist alles, was dieses Gör hervorbringt. Aber das muß für den Augenblick reichen.« Sie strich Schra über die Wange.

Damit setzte Frau Renkin sich in Bewegung und schritt rüstig in Richtung Wald aus. Unterwegs winkte sie noch einmal und rief auch den Awarinnen ihren Gruß zu.

»Sie war die Mutter, nicht wahr, Faraday?« fragte das Waldläufermädchen leise.

Die Edle nickte, ohne den Blick von der Bäuerin zu wenden, die eben zwischen den Bäumen verschwand. »Manchmal war die gute Frau Renkin die Mutter, aber manchmal auch nur eine Bäuerin ... und meine Freundin.«

Aschure legte der Edlen einen Arm um die Hüften, als ihr auffiel, wie sehr sie schwankte. »Schwester, wie geht es jetzt weiter? Ihr habt den letzten Schößling eingesetzt ... Eigentlich hätte ich gedacht, daß ...« Sie sprach den Satz nicht zu Ende.

Faraday schüttelte den Kopf. »Ich weiß es nicht ...« Sie versuchte ein Lächeln, aber als Aschure sie ansah, bemerkte sie die Anstrengung, die es sie kostete, und sorgte sich sehr um sie.

Aber Faraday atmete tief durch und richtete sich wieder halbwegs gerade auf. »Ich weiß es wirklich nicht. Vielleicht darf ich mir ja endlich selbst etwas aussuchen.«

»Vor allem braucht Ihr erst einmal Ruhe und unsere Pflege«, erklärte Barsarbe, als sie sich den dreien näherte, die unter Mirbolts schattenspendendem Laub standen. Dabei warf die Magierin Aschure einen bitterbösen Blick zu.

Die Edle seufzte vernehmlich. »Ich benötige nur …« begann sie, aber da zupfte Schra an ihrem Kleid.

»Seht doch!« rief das kleine Mädchen und zeigte aufgeregt hinüber ins Verbotene Tal.

Die Frauen folgten ihrer Hand mit den Augen und spähten in das rasch vergehende Licht. Nach kurzer Zeit bemerkte Aschure eine leichte Bewegung. Offenbar ein Vogel, der über den Nordra dahinzog … und aus Awarinheim gekommen sein mußte!

»Eine Eule«, bemerkte Schra scheu und ehrfürchtig. »Die graue Hütereule.«

»Sie jagt in den Wipfeln von Awarinheim«, erklärte Aschure Faraday. Pease hatte ihr damals viel über die Tiere des Waldes beigebracht. »Einen solchen Vogel bekommt man nur selten zu Gesicht, aber es heißt, er bewache den ganzen Wald. Und in der Nacht sollen seine leisen Schreie die Träume der Schlafenden heimsuchen.«

Barsarbe aber erstarrte. Über jedes Wort dieser Frau ärgerte sie sich. Aber bevor sie ihr eine scharfe Antwort geben konnte, flog die Eule heran und ließ sich in Mirbolts Krone nieder.

Und damit öffneten sich die Tore.

Das Wasser des Stroms brauste und tobte noch gewaltiger, doch wunderbarerweise wurde das schaumige Weiß der Gischt zu einem hellen, durchsichtigen Nebel, der das ganze Tal durchzog. An manchen Stellen dehnte er sich wie ein Netz aus, so als säßen merkwürdige Wesen darin gefangen, und der ganze Dunst erbebte unter dem Nachhall von etwas, das viel gewaltiger war als das Donnern des Stromes. Tausende verborgene Augen starrten die Frauen aus dem Nebel an. Merkwürdig klingende Stimmen riefen Faradays Namen, und große Kraft umströmte die Gruppe. Doch niemand verspürte die geringste Angst. Faraday und Aschure, die die Ursache für all dies erkannt hatten, lächelten froh.

Eine Form verfestigte sich im Dunst, glühte hell und entpuppte sich als großer weißer Hirsch, der jetzt aus Gischt und Nebel heraussprang.

»Ramu!« rief die Edle und breitete die Arme aus. Das Tier trabte heran und blieb vor ihr stehen. Jeder Muskel an seinem schönen Leib zitterte, und es rollte leicht die großen Augen. Die Baumfreundin streckte eine Hand aus und berührte sanft die Nase des verwandelten Magiers. Dann setzte der Hirsch sich unvermittelt wieder in Bewegung, stürmte los, riß Barsarbe halb um und verschwand flugs im Wald.

»Ramu?« murmelte Barsarbe noch etwas benommen. »Das war Ramu?«

»Er wurde aufs höchste gesegnet«, sprach die Edle leise und starrte verzückt auf die zwei Bäume, zwischen denen er hindurchgesprungen war.

»Faraday!« rief Aschure und lachte, daß ihr die Tränen über die Wangen liefen. »Schaut nur!«

Hunderte, ja, Tausende Wesen schwärmten nun aus dem Schaumnebel – die Bewohner des Zauberwalds hinter dem Heiligen Hain. Vögel, andere Tiere und unbeschreibbare Kreaturen näherten sich ihnen als riesige Welle vollendeter Schönheit und Freude.

»Baumfreundin!« rief Barsarbe entsetzt und versuchte, sie beiseite zu ziehen.

Aber die Edle widerstand ihr und hielt sich an Aschure fest. »Nein, Magierin. Diese Geschöpfe fügen uns kein Leid zu. Und jetzt gebt Ruhe.«

Barsarbe wollte jedoch nicht auf sie hören. Noch einen schrecklichen Moment starrte sie auf die wogende Flut, auf diese Symphonie von anmutiger Bewegung und überbordendem Glück, dann sprang sie hinter Mirbolt und preßte sich die Hände an die Ohren. Die anderen Awarinnen taten es ihr gleich und brachten sich ebenfalls hinter Bäumen in Sicherheit.

Nur Faraday, Aschure und Schra blieben furchtlos stehen, während die Flut sich vor ihnen teilte und um sie herum lief. Sie lachten beglückt, wenn eines der Wesen sie im Lauf berührte;

oder wenn ein Vogel sich kurz in ihrem Haar verfing und sich dann rasch wie ein kurzer Lufthauch wieder befreite.

»Ohhh«, machte die Edle, als der rasende Zug vorüber war und sie sich umdrehten, um zuzusehen, wie der neue und wiedervereinte Wald alle Geschöpfe aufnahm.

»Sie hören bestimmt nicht auf, bis sie den Süden erreicht haben«, sagte die Jägerin.

»Die Wesen des Zauberwalds betreten ihr neues Heim …« sagte Faraday selig, bis sie plötzlich ernst wurde. »Aschure? Schra? Hört Ihr das auch?«

»Ich vernehme nichts bis auf die Geräusche der Nacht, die rings um uns herum erwachen«, antwortete die Jägerin.

Faraday starrte mit gerunzelter Stirn erst in das Verbotene Tal und dann auf den neuen Wald südlich von ihr. »Bardenmeer und Awarinheim sind miteinander vereint«, sagte sie langsam. »Das Lied des Erdbaums müßte doch mittlerweile auch den neuen Wald erreichen … Er wird nicht wahrhaft erwachen, solange das Lied ihn nicht berührt … Habe ich irgend etwas falsch gemacht?«

Nun blickte auch Aschure in das Tal, das sie von nun an nie mehr das Verbotene nennen würde. Der Nebel hatte sich verzogen, und nur noch die Gischt des Nordra hing in der Luft. Weiches Mondlicht beleuchtete das Land, und die Göttin blickte nach oben und nickte ihrem Himmelskörper zu. Awarinheim ließ sich von hier deutlich erkennen … als ein Eichhörnchen über den Pfad am Fluß sprang, mußte Aschure die schmerzliche Erinnerung an Axis unterdrücken, als er vor Zeiten dort über Ramu gestanden und ihm das Schwert an den Hals gesetzt hatte.

Ja, wo blieb das Lied des Erdbaums? Ohne dieses besäße der neue Wald zwar immer noch sein Leben, aber nur wenig Zaubermacht. Gorgrael könnte es dann gelingen, erneut zum Angriff überzugehen … und noch einmal den Winter über das Land zu schicken … Alles hing jetzt vom Lied des Erdbaums ab.

Die Jägerin spürte, wie die Edle immer stärker zitterte. »Faraday …« flüsterte sie und suchte nach irgendeinem tröstlichen Wort, und sei es auch noch so abgedroschen, als Schra mit einem Mal aufgeregt auf und ab hüpfte.

»Hört Ihr das?« schrie das kleine Mädchen. »Da kommt es! Ich kann das Lied schon hören!«

Faraday und Aschure erstarrten und lauschten. Barsarbe, welche beide schon halb vergessen hatten, trat wieder hinter dem Baum hervor und näherte sich ihnen langsam. Die Awarin war bleich geworden. In all ihren Jahren als Magierin hatte sie nie eine solche Fülle von unglaublichen Dingen geschaut oder sich von soviel Macht umgeben gesehen wie an diesem Abend.

Aber diese Aschure stand weiterhin neben der Baumfreundin, als sei dies alles vollkommen natürlich. Man hätte meinen können, Aschure sei tatsächlich Faradays Schwester. Doch Barsarbe wußte es besser: Dieses böse Weib hatte die Baumfreundin belogen und betrogen und ihr den versprochenen Mann weggenommen.

Schra fiel ihr ins Auge. Das kleine Mädchen stand völlig verzaubert da, so als seien auch ihr von Aschures bösartiger Zaubermacht die Sinne vernebelt.

Nicht auch noch das Kind, dachte Barsarbe und schritt entschlossen zu der Gruppe. Sie war festen Willens, jetzt ein für alle Mal mit Aschure abzurechnen. Diese böse Frau hatte mehr als genug Unglück gebracht.

Doch auf halbem Weg blieb sie plötzlich stehen.

Da kam etwas aus Awarinheim heran.

Die Magierin konnte es nicht sehen noch hören, aber dafür um so deutlicher fühlen.

Faraday trat einen Schritt vor und griff dann hinter sich, um Aschures Hand zu ergreifen und sie mit sich zu ziehen. »So hört doch!«

Noch ließ sich nichts vernehmen, aber wie Barsarbe, Aschure und Schra spürte sie den Erdbaum, der sich durch Awarinheim dem neuen Wald näherte. Aber die Jägerin fühlte auch eine Gefahr: »Faraday, Schra«, drängte sie. »Aus dem Weg! Jetzt sofort!«

Die Edle schrie empört, als Aschure sie fortziehen wollte. Doch Schra schien begriffen zu haben und half der Göttin, Faraday hinter Mirbolt zu ziehen.

Die Magierin stand unentschlossen da, schaute zu den dreien hinüber und nach Awarinheim und zog sich dann ebenfalls zurück.

»Barsarbe«, rief Aschure, »wir finden alle unter Mirbolt Platz.«

Aber die Awarin bedachte sie nur mit einem unwirschen Blick und sah dann in eine andere Richtung.

Faraday hielt sich am mächtigen Stamm des letzten Baums fest, und die Macht, die über die Pfade Awarinheims herandrängte, ja, heranstürmte, ängstigte sie nicht im mindesten.

»Fühlt Ihr sein Glück?« rief die Edle, und Aschure konnte sich nicht erklären, wen sie damit meinte. Den neuen Wald? Den Baum Mirbolt? Aber sie spürte das, wovon Faraday sprach. Fremde Kräfte durchströmten ihren Körper, von einer ungewohnten und nicht eben angenehmen Art.

Und dann tauchten sie selbst auf, um sich ins Tal zu ergießen.

Dies war tatsächlich das Lied des Erdbaums, gesungen mit solcher Macht und Innigkeit, daß Aschure es nicht nur spüren konnte, sondern geradezu zu sehen glaubte.

Alles, was diesen Kräften im Weg stand, würde fortgerissen und in den Nordra geschleudert. Das enge Tal mit seinen steilen Felswänden verstärkte das Lied tausendfach, wirkte wie ein gewaltiges Echo, in dem sich ein Geräusch verfängt und hin und her geworfen wird. Bald ließ sich die Wucht dieses Gesanges nicht mehr ertragen, und alle, sogar Faraday, hielten sich die Ohren zu und schlossen fest die Augen, während das Lied des Erdbaums an ihren vorbeirauschte und in den neuen Wald jagte.

Danach trat Stille ein.

Törichterweise öffneten die Frauen wieder Augen und Ohren.

Noch einen Herzschlag lang herrschte Stille.

Dann fiel das gesamte Bardenmeer unbändig laut und glücklich in den Gesang ein. Es war wie ein Orkan.

Faraday fiel gegen Aschure, und diese legte die Arme schützend um sie. Mit ihrer eigenen Zaubermacht schuf sie einen Schutz gegen die Allgewalt des singenden Walds.

Ganz Tencendor erbebte. Menschen wie Ikarier schrien erschrocken und klammerten sich an Möbel oder aneinander, während das Lied über sie hinwegfegte. Aber keine Schmerzen oder Leiden blieben zurück. Der unerwartete machtvolle Ansturm versetzte die Bewohner Tencendors nur kurze Zeit in Angst, die danach rasch wieder verging.

Der erste Ausbruch des Liedes beruhigte sich bald wieder und wurde zu einem reinen Gefühl und dann zu der reinsten Form von Macht. Nur die, die sich im Schutze des Waldes befanden, konnten diese Macht spüren, die durch die Baumkronen fuhr und die Blätter zum Erzittern brachte.

Nur die, die selbst fremde Macht besaßen, konnten das Lied des Waldes hören.

Tief in der Eisfestung warf Gorgrael den Kopf in den Nacken und kreischte, bis sein Geschrei durch die Eiswände hallte und allen Bewohnern durch Mark und Bein fuhr.

»Hexen! Hexen! Hexen! Ihr beide seid nichts als elende Hexen!«

Zu seinen Füßen lag das kleine Menschenkind, wand sich und schrie ebenfalls. Doch nicht aus ohnmächtiger Wut wie der Riese über ihm, sondern aus nackter Angst.

Kratzer, Striemen und blaue Flecken bedeckten seinen geschundenen Körper.

Aschure blinzelte. Was war geschehen? Warum hatte sie plötzlich das Gefühl, eine Katastrophe bahne sich an? Lag das nur daran, daß das Lied plötzlich nicht mehr zu hören war? Die junge Frau öffnete den Mund, kam aber nicht dazu, etwas zu sagen.

Faraday schloß gerade die Augen und lehnte sich mit der Stirn an den Stamm Mirbolts. »Dank sei Euch, Mutter. Seid zutiefst bedankt.«

Nun nahm sie die Hand der Zauberin und legte sie an die Rinde, so wie Jack das vor so langer Zeit mit der ihren im Wald der Schweigenden Frau getan hatte. »Aschure und Mirbolt«, erklärte sie mit einer Stimme voll mächtigster Kraft, »lernt einander kennen und vertraut einander.«

Die Edle drehte sich zu ihr um.

Aschure starrte sie mit großen Augen an und nickte kurz, denn sie fühlte, wie sie von Mirbolt angenommen wurde.

Faraday seufzte. »Bewahrt dies in Eurem Herzen: Wenn Aschure Euch ruft, müßt Ihr ihr unbedingt beistehen. Am besten zusammen mit Euren Schwestern. Und Ihr, Aschure, hört: Wenn Axis nach den Bäumen ruft, obliegt es Euch, sie zu rufen.«

»Ich bezeuge dies«, erklärte Schra mit klarer und deutlicher Stimme und legte ihre Hand auf die der beiden Frauen.

»Nein, nein, so geht das doch nicht!« rief Aschure. »Ihr seid die Baumfreundin, nicht ich ... Denn ... denn ich habe bereits zuviel von Euch genommen, da kann ich nicht auch noch das ... Bitte, zwingt mich nicht dazu.«

Aber die Edle lächelte: »Ich habe meine Aufgabe als Baumfreundin erfüllt. Meine Arbeit bestand darin, die Bäumchen anzupflanzen ...«

»Und den Wald dann an Axis' Seite zu führen«, wandte Aschure ein. Bei den Sternen! Sie wollte ihr Gewissen nicht auch noch damit belasten!

»Das könnt Ihr genauso gut erledigen wie ich, Aschure. Außerdem wartet auf mich noch die Aufgabe, dem Sternenmann die Awaren zuzuführen. Denn ohne die Waldläufer wäre alles verloren.« Sie warf einen Seitenblick auf Barsarbe und seufzte wieder. »Doch für den Augenblick, bis zur Feuernacht, werde ich nur für mich leben und für ...«

Ein jämmerliches Schreien unterbrach sie.

»Bei der Mutter! Ich habe die Esel ja ganz vergessen!« rief Faraday.

Sie ließ die Freundin und das kleine Mädchen stehen und lief ein Stück weit in den Wald. Und da kamen die beiden Esel auch schon herangetrottet. Der eine schleppte immer noch die Satteltaschen, und der andere zog brav den Wagen hinter sich her.

»Ach, Ihr armen Grautiere«, murmelte die Edle sanft, streichelte sie und zog sie an den weichen Ohren. »Ihr habt mir so treulich gedient, mich nie im Stich gelassen, und ich vergesse Euch ganz. Wartet ...«

Sie hielt sich am Zaumzeug des ersten Esels fest, holte tief Luft und bückte sich, um ihm den Lastgurt unter dem Bauch zu lösen.

»Bei den gütigen Himmeln!« schimpfte Aschure, schob die Edle beiseite und befreite die beiden Tiere dann mit ein paar raschen Handgriffen von ihrem Geschirr. »In Eurem Zustand steht es Euch wirklich schlecht an, hier den Stallburschen zu spielen.«

Faraday versuchte zu lächeln und streichelte einem der Esel über die Nase. »Um die beiden hier kümmert Ihr Euch ja ganz vortrefflich, aber Euren prächtigen Hengst und die Geisterhunde scheint Ihr darüber ganz vergessen zu haben.«

»Sterne noch mal!« entfuhr es der Jägerin, und sie erbleichte.

»Keine Bange!« lachte die Edle. »Da kommt die ganze Schar nämlich schon angetrabt.«

Tatsächlich zeigten sich nun auch Aschures ständige Begleiter. Roß wie Hunde wirkten nach all dem, was in der letzten Stunde über sie gekommen war, noch etwas verwirrt, doch schienen sie keine Schäden davongetragen zu haben. Mit einem Seufzer der Erleichterung strich die Jägerin ihrem Roß über die Nüstern. Dann ging sie vor Sicarius in die Hocke und flüsterte ihm eine Begrüßung zu.

»Wenigstens seid Ihr nicht auf die Idee verfallen, mein braver Hund, dem weißen Hirschen nachzustellen. Alles, was in diesem Wald kreucht und fleucht, ist für Euch und Euer Rudel tabu. In der Ebene dürft Ihr jagen, was immer Ihr wollt, aber nicht im Wald. Verstanden?«

Der Leithund bellte einmal zum Zeichen, daß er begriffen habe, stieß Faraday mit der Nase an und wedelte mit dem Schwanz, als Schra zu ihm kam.

Die Edle lächelte darüber und versetzte ihrem Esel dann einen Klaps aufs Hinterteil. »Geht!« befahl sie ihm strenger als gemeint; denn es ging ihr nahe, sich von ihnen verabschieden zu müssen. Aber wie hätte sie die beiden mitnehmen können? »Zieht von hinnen. Lauft mit Euren zauberischen Brüdern durch den Wald. Na los doch!«

Aber das Grautier hob nur den Kopf und kam seiner Herrin noch näher. »Geht endlich!« rief Faraday mit erstickter Stimme. »Hurtig!« Aschure trat besorgt zu ihr.

Da setzten die Esel sich tatsächlich in Bewegung und trabten rasch davon. Den Kopf bogen sie aber oft zur Seite und guckten auch zurück, damit sie die Edle noch möglichst lange sehen konnten.

»Verschwindet«, flüsterte Faraday, als die beiden im Halbdunkel des Waldes nicht mehr zu erkennen waren. »Lauft weit weg.«

Aschure kamen die Tränen. Sie kannte die beiden Esel, die schon mit Ogden und Veremund übers Land gezogen waren. Sie begriff rasch, daß ihre Freundin sich nicht nur von den Eseln verabschiedet hatte; sie wollte damit auch ganz andere Dinge aus ihrem Leben verabschieden.

»Geht«, murmelte Faraday ein letztes Mal, ehe sie einen schrillen Schrei ausstieß, sich krümmte, strauchelte und langsam zu Boden sank.

»Faraday!« Die Jägerin war im nu bei ihr. »Was ...?«

Ein Blick in die weit aufgerissenen und schmerzerfüllten Augen der Edlen waren ihr Antwort genug.

Doch noch ehe sie etwas unternehmen konnte, legten sich ärgerlich zupackende Hände auf ihre Schultern und stießen sie grob beiseite.

»Wir sind jetzt hier, uns um sie zu kümmern!« fauchte Barsarbe mit wutverzerrter Miene. »Wir werden alles für sie tun!«

Faraday aber streckte eine Hand aus und bekam die Magierin am Gewand zu fassen: »Nein, ich befinde mich in Aschures Obhut, Awarin! Ich habe Euch bereits gesagt: Sobald ich alle Schößlinge eingesetzt habe, wird mein ganzes Streben und Tun nur noch von meiner Liebe zu Axis und Aschure bestimmt! Barsarbe, Ihr seid auf diesen Pfaden nicht mehr willkommen!«

Die Magierin taumelte entsetzt zurück. »Aber, Faraday ...«

»Kehrt zurück zu Eurem Volk, Awarin. Ich werde mich in der Feuernacht in den Hainen zu Euch gesellen.«

»Baumfreundin, es tut mir leid ... ich hatte gewiß nicht vor ...«

Aber die Edle wandte sich von ihr ab und an das kleine Mädchen: *Schra, ich werde zurückkehren, denn so ist es mir vorherbestimmt. Wollt Ihr bis dahin auf mich warten, kleine Freundin?*

Ja.

Schra, Barsarbe bereitet mir Sorge. Ich hätte sie nicht so anfahren dürfen, doch …

Ja, ich weiß, und ich verstehe Euch.

Mich treibt die Furcht um, daß sie die Awaren gegen Axis aufwiegeln könnte.

Sorgt Euch nicht, sondern widmet Euch jetzt nur Eurem eigenen Kampf. Wir sehen uns in der Feuernacht wieder … und dann werden die Awaren darauf vorbereitet sein, sich hinter dem Sternenmann einzureihen … um ihm beizustehen.

Schra, ich wünsche Euch und den Euren das Allerbeste.

Und ich Euch, Faraday. Geht nun. Aschure wird sich um Euch kümmern.

Aber die Edle war noch nicht fertig. *Kleine Freundin, es macht mich sehr glücklich, daß Ihr Aschure mögt. Daß Ihr sie angenommen habt.*

Aber das war mir eine Ehre, Faraday. Doch nun säumt nicht länger.

Faraday umklammerte Aschures Hand so fest, als wolle sie sie nie mehr loslassen. Noch immer war die Farbe nicht in ihr Gesicht zurückgekehrt.

»Vertraut mir«, sagte die Jägerin bemüht, sich nicht zuviel von ihrer Sorge anmerken zu lassen, »ich weiß Bescheid.«

Und damit ließen sie die entsetzt dreinblickende Magierin und das verständnisvolle Kind stehen und wanderten davon.

»Wir brauchen Platz und Ruhe«, erklärte Aschure dem Silberpelz, als dieser auf sie zuschritt.

»Ich weiß«, entgegnete der uralte Heilige. »Doch vorher muß ich Euch etwas mitteilen, Zauberin.«

»Kann das denn nicht warten? Ihr seht doch …«

»Ja, ja!« brachte er sie zum Schweigen, und als die beiden Frauen die Dringlichkeit in seiner Stimme hörten, sahen sie ihn erwartungsvoll an.

»Zauberin, der Zerstörer hat Euren Sohn ergriffen und verschleppt.«

»*WAS?*«

Der Gehörnte legte ihr seine Hände auf die Schultern: »Gorgrael hat Caelum.«

»Nein«, flüsterte Aschure, »nein.« Sie erinnerte sich jetzt wieder ihres unbestimmten Gefühls, daß etwas Furchtbares geschehen war. Das war gewesen, als Faraday das letzte Bäumchen eingesetzt hatte. Und dann noch einmal hatte sie Schreckliches geahnt, als das Lied des Erdbaums in die Schlucht gelangt war. Hatte vielleicht Caelum in just dieser Zeit voller Not nach ihr gerufen? Schrie er gerade wieder nach seiner Mutter und fragte sich, warum sie ihm nicht helfe? O Ihr Sterne!

Die Edle versetzte ihr einen leichten Stoß. »Geht schon.«

Aber Aschure ließ sich nicht so leicht verscheuchen wie die zwei Esel. »Und wer wird Euch versorgen, Faraday? Etwa die Gehörnten?«

»Die Mutter wird ...«

»Nein!« unterbrach die Jägerin sie hart. Niemals! Sie schuldete Faraday viel zu viel, um sie jetzt einfach im Stich zu lassen ... Aber Caelum in Not ... Was hatte Gorgrael mit ihm vor, was tat er ihm an? Erst nach einiger Zeit bemerkte sie, daß sie leise wimmerte.

Nun war es an Faraday, sie in die Arme zu nehmen und zu trösten. »Aschure, Ihr müßt zu Eurem Sohn.«

»Nein.« Die Jägerin hatte sich jetzt nach außen hin wieder vollkommen im Griff. »Wer weiß, ob es sich dabei nicht um eine Falle handelt, um Axis oder mich zu fassen zu bekommen ... Je länger ich darüber nachdenke, desto wahrscheinlicher kommt mir das vor. Deswegen keine Widerrede mehr, Faraday, ich bleibe bei Euch.«

»Aschure«, wandte sich nun auch der Silberpelz an sie, »er hat ...«

»Ich will kein Wort mehr darüber hören!« brach es aus der jungen Frau hervor. »Seht Ihr denn nicht, wie sehr Faraday mich braucht? Wie sollte ich sie da allein lassen können?«

Der Gehörnte überlegte kurz, sah die Edle dann fragend an, wandte sich wieder an die Zauberin und verbeugte sich vor ihr. »Wenn dies hier überstanden ist, dann macht Euch sofort auf den Weg. Zurück nach Sigholt, um von dort Euren Sohn zu retten!«

15

Am Lagerfeuer

Axis wendete Belaguez und zügelte ihn. Hinter ihm zog sich die Marschkolonne seiner Armee über zwei Meilen lang funkelnd und glänzend in der Spätnachmittagssonne dahin. Am Himmel kreisten zwei Geschwader der wiederaufgebauten ikarischen Luftarmada. Kundschafter flogen der Streitmacht voraus, um rechtzeitig eine Falle oder einen Hinterhalt zu entdecken. Etwas weiter im Westen wartete der Rest der Luftkämpfer an dem Ort, den sie für das Nachtlager ausgesucht hatten.

Vor zehn Tagen hatten sie Sigholt verlassen und waren seitdem gut vorangekommen. Weder Schnee noch Eis behinderten sie auf dem Marsch. Das Tauwetter hatte feuchten, mitunter sogar schlammigen Boden hinterlassen, aber die Späher fanden jeden Morgen für die Soldaten die beste Route. So kamen Männer und Pferde verhältnismäßig gut voran. Es gab nur Beschwerden über den eisigen Nordwind, der nachts Frost unter die Decken kriechen ließ. Der Himmel zeigte sich zwar immer noch öfters bewölkt, aber Schneewolken trieben nicht mehr heran. Heute würde die Armee am westlichen Rand der Urqharthügel lagern, und morgen ging es dann geradewegs nach Norden, auf die Feste Gorken zu.

Gorken … bei dem Gedanken daran verzog der Krieger das Gesicht. Dort würde die endgültige Entscheidung im Kampf gegen die Skrälinge fallen müssen. Axis würde kein neues Heer ausheben können. Aber er rechnete fest damit, daß diesmal eine Seite den endgültigen Sieg davontragen würde. Und so wie es aussah, sprach alles für Gorgrael.

Gut und gerne dreihunderttausend Geisterkreaturen standen Axis gegenüber. Vermutlich sogar noch viel mehr, wenn sie in den Monaten nach der Schlacht am Azle neuen Nachwuchs in die Welt gesetzt hatten. Der Gorkenpaß und die Festung lagen gewißlich noch unter dem Eis und Schnee des Zerstörers begraben. Ein großer Vorteil für die Skrälinge und eine ernstzunehmende Behinderung für die Streitkräfte des Kriegers. Außerdem standen Timozel mindestens siebentausend Greifen zur Verfügung – eher noch eine bedeutend größere Anzahl.

Axis schüttelte sich.

Diesem Riesenheer konnte er nur sechsundzwanzigtausend Soldaten entgegenhalten. Und die Luftarmada. Und Aschure.

Falls sie rechzeitig dort eintraf.

Verdammtes Frauenzimmer, fluchte der Krieger in Gedanken, warum seid Ihr nicht hier bei mir? Warum braucht Faraday Euch dringender als ich? Hätten wir Artor nicht noch ein paar Wochen mit seinem Pflug die Gegend um Smyrdon unsicher machen lassen können?

Seine sechsundzwanzigtausend Soldaten würden untergehen, wenn die Jägerin nicht erschien. Die Armee war gut und schlachterprobt, aber solch ein Gegner würde sie in einer halben Stunde überrennen und niedermachen.

»Göttin Mond«, flüsterte er, als er zwischen zwei Wolken den gerade aufgehenden Himmelskörper entdeckte, »seid für mich zur Stelle!«

Wenn Aschure Smyrdon jetzt noch nicht verlassen hätte, würde sie doch wohl kaum noch rechtzeitig im Norden ankommen können. Selbst mit ihren besonderen Gaben vermochte sie wohl kaum, die große Entfernung zu überwinden, um ihm beizustehen …

Und wie stand es mit den Bäumen? Ohne die Hilfe des vereinten Awarinheim-Zauberwaldes würde nichts und niemand die Skrälingscharen aufhalten können. Von den Greifen ganz zu schweigen. Die Jägerin mochte vielleicht mit den Himmelsbestien fertigwerden können, aber gegen dreihunderttausend

Geisterkreaturen kam auch sie nicht an. Für diesen Kampf war Axis dringend auf die Bäume und die Baumfreundin angewiesen.

Verdammtes Weibsvolk! schimpfte der Krieger in Gedanken. Was trieben sie gerade? Wo steckten sie?

»Axis?«

Belial kam auf ihn zugeritten. Der Krieger gab sich alle Mühe, sich nichts von seinen schweren Sorgen anmerken zu lassen. »Was gibt es, mein Freund?«

Der Leutnant zügelte sein Roß neben Belaguez. »Herr, die halbe Armee ist an Euch vorbeigeritten, während Ihr dasitzt und Löcher in die Luft starrt.«

»Ich habe keine ...«

Aber Belial lachte und erstickte damit seinen Widerspruch. »Wollt Ihr mir etwa weismachen, Ihr hättet Euch nicht gerade über etwas den Kopf zerbrochen? Freund, ich kenne Euch zu lange, um Euch nicht zu durchschauen.«

Der Krieger seufzte. »Ich habe an Gorken gedacht. Und mir gewünscht, Aschure wäre schon wieder bei mir ... bei uns.«

Belial zuckte die Achseln. »Entweder siegen wir bei Gorken, oder wir gehen unter. Und sich nur hier in Grübeleien zu verlieren, ändert daran rein gar nichts, weder für unsere noch für die gegnerische Seite.«

Axis legte ihm eine Hand auf die Schulter. »Aus Euch spricht die Erkenntnis eines Philosophen, mein Freund.«

»Oh, nein«, grinste sein Leutnant. »Ich versuche nur, Euch aus Euren schweren Gedanken zu reißen, damit Ihr endlich den Befehl gebt, dort drüben das Lager aufzuschlagen. Zu viele Stunden sind seit unserem hastigen Mittagsmahl vergangen. Mein Magen beschwert sich schon heftig.«

Belial saß am Lagerfeuer und starrte in die Flammen. Sie hatten gut und reichlich gegessen, und in dieser Nacht erwarteten ihn keine anderen Aufgaben mehr, als sich in seine Decken zu wickeln und mit angenehmen Gedanken einzuschlafen. Magariz war für die Wachen verantwortlich. Arne kümmerte sich um alles, was für den morgigen Marsch noch getan werden mußte. Ho'Demi hatte sich früh mit seiner Gemahlin zurückgezogen, der Glückliche. Und Dornfeder hatte sich zu seinen Ikariern gesellt. So bestand die Runde am Lagerfeuer nur aus dem Sternenmann und seinem Leutnant.

Belial fragte sich, ob er seinen Freund wohl dazu verleiten könne, die Harfe aus der Satteltasche zu holen und ein paar Lieder zu spielen, bevor auch sie sich zurückzogen. Er beugte sich vor und wollte seine Bitte äußern …

… aber dazu kam er nie. Denn in diesem Moment schien die ganze Welt aus den Fugen zu geraten.

Ein gewaltiges Tosen stürmte über die Ebene und hüllte alles Leben ein. Ein Lied, so schön wie machtvoll, das alles vor sich niederzwang. Belial schlang sich die Arme um den Kopf, als das Brausen über ihn hinwegfegte; und trotzdem vernahm er das Schreien von Menschen und Pferden. Das Lied gewann an Macht und Eindringlichkeit, bis der Leutnant glaubte, es hämmere durch seinen ganzen Körper … und dann änderte die Weise mit einem Mal ihre Art: Sie wurde schwächer und schien sich zu verziehen, obwohl Belial immer noch ihr Pochen in seinem Körper spürte und der Boden weiterbebte.

»Was …« murmelte er benommen, als er sich aufrichtete. Rings herum rappelte sich das halbe Lager hoch. Die Männer sahen einander verwundert an. Andere machten sich sogleich daran, die Rösser zu beruhigen. Sie redeten auf die Tiere ein, klopften ihnen an den Hals und streichelten sie.

»Faraday«, sagte der Krieger nur, und Belial drehte sich rasch zu ihm um.

»Was?«

»Die Baumfreundin«, entgegnete Axis. »Sie hat alle Bäumchen angepflanzt, und jetzt hat sich ihr neuer Wald mit Awarinheim vereint. Was Ihr gerade gehört und gespürt habt, war der Freudenausbruch des Erdbaumliedes und des Bardenmeers, die nun gemeinsam singen dürfen.«

»Doch warum haben sie dann jetzt aufgehört?«

»Aber sie singen doch noch. Nur bewegt sich ihr Lied mittlerweile in solchen Sphären, daß die Ohren der Sterblichen es nicht mehr wahrnehmen können.« Der Sternenmann wirkte sichtlich erleichtert. »Den Himmeln sei Dank. Jetzt kann Aschure sich endlich auf den Weg zu uns machen.«

Er wandte sich einigen Offizieren zu, die gerade auf dem Weg zu ihm waren. Axis versicherte ihnen, daß nichts Schlimmes geschehen sei, und trug den Männern auf, ihre Abteilungen zu beruhigen. »Wir haben lediglich das Baumlied vernommen, und das bringt uns zusätzliche Stärke. Sorgt Euch nicht, sondern freuet Euch.«

Es sei denn, der neue und der alte Wald hörten nicht auf Faraday und weigerten sich, ihm beizustehen.

Der Leutnant war schon viel ruhiger geworden, als Axis sich wieder am Feuer niederließ. Die Nachricht vom Lied des Erdbaums verbreitete sich rasch im Lager, und überall redeten die Soldaten aufgeregt darüber. Belial hörte sogar hie und da freudiges Lachen.

»Endlich einmal etwas Gutes, nicht wahr, mein Freund?«

Der Krieger nickte. »Ja. Gorgrael muß das Lied ebenfalls gehört haben. Damit dürfte seine Macht über das Wetter gebrochen sein.«

»Und statt unsereiner macht sich nun er große Sorgen.«

Axis lachte. »Mit diesem erfreulichen Gedanken werde ich heute nacht bestimmt gut schlafen. Und sicher auch wunderbar träumen.«

Für eine Weile saßen die beiden schweigend da. Bis Belial wieder einfiel, daß er den Freund vorhin hatte bitten wollen, die Harfe hervorzuholen. Doch wieder kam ihm etwas dazwischen – eine sanfte Hand legte sich auf seine Schulter –, und er mußte sich an die Vorstellung gewöhnen, daß das Schicksal ihm heute nacht keinen Gesang gönnte.

»Belial«, sagte eine tönende weibliche Stimme, »wie sehr es mich freut, Euch wiederzusehen.«

Die wunderschöne Frau, die sich in der Nacht zu ihm ans Feuer gesetzt hatte, in der Aschure Axis heilte, war zurückgekehrt und lächelte ihn an. Wieder errötete er angesichts ihres durchsichtigen, dünnen Gewandes, was ein belustigtes Lächeln in ihren Augen hervorrief.

»Ich bin gekommen, um mit dem Sternenmann zu reden, aber Ihr dürft gern bleiben. Denn das, was ich zu sagen habe, soll Euer Freund nicht allein auf seinen Schultern tragen müssen.«

Also schlechte Neuigkeiten, sagte sich der Leutnant. Die geheimnisvolle Frau trat zu dem Krieger und ließ sich graziös neben ihm nieder. Ihre Hüften berührten sich, und sie legte auch ihm eine Hand auf die Schulter. »Axis.«

Der Sternenmann atmete tief ein, weil ihre Stimme und Berührung ihn vollkommen überraschten. »Xanon?«

Sie beugte sich vor, überwand den letzten Abstand zwischen ihnen und küßte ihn auf den Mund. Belial fiel dabei wieder ein, wie überaus ungezwungen und frei sie und ihresgleichen in jener Nacht miteinander umgegangen waren. Aber hatten sie sich nicht beim Abschied von ihm selbst Sternengötter genannt? Der Leutnant sagte sich, daß ihn wohl nichts mehr zu erschüttern vermochte; nicht nach all dem, was er in den vergangenen zwei Jahren gesehen und erlebt hatte. Vielleicht handelte es sich bei diesen Wesen ja wirklich um Sternengötter, doch viel wichtiger erschien ihm, daß sie Freunde von Axis und Aschure waren und ihnen beistehen wollten.

Als Xanon sich langsam von seinem Freund löste und dabei zauberhaft lächelte, konnte Belial nur hoffen, daß Aschure nichts dagegen einzuwenden hatte, wie freimütig diese Göttin mit ihrem Gemahl umging.

»Axis, ich bringe Neuigkeiten.«

»Der Wald singt, ja, das weiß ich schon.«

»Gewiß, die Bäume singen. Aber Aschure und Faraday haben noch viel mehr bewirkt, als nur die Wälder zu vereinen.« Ihr ganzes Gesicht erstrahlte vor Freude: »Artor ist vernichtet!«

»Und Aschure?« fragte er sofort.

»Ihr geht es gut. Ach, Axis, wie sehr sie doch zu kämpfen versteht! Eure Gemahlin hat Artor mit ihrer Meute durch dieselben Ödlande gejagt, in denen Er uns gefangenhielt. Schließlich wandte Er sich zum Kampf, aber gegen die vereinte Macht der

Mutter und der Sternengötter kam er nicht an. Aschure setzte Ihm das Messer hier an«, sie legte Axis eine Hand auf die Brust, »und stieß es Ihm von unten ins Herz. Artor ist nicht mehr, und wir müssen Ihn nie mehr fürchten.«

Der Krieger seufzte und schloß die Augen. »Ja, Artor ist nicht mehr.«

Belial konnte die beiden nur anstarren. Aschure hatte Artor zur Strecke gebracht? Bei der Mutter, was schlummerte noch alles in dieser Frau?

Axis öffnete die Augen wieder, lächelte der Göttin zu und nahm sanft ihre Hand von seiner Brust. »Und inzwischen ist die Jägerin losgeritten, um hierher zu kommen?«

Aber Xanon erstarrte und wandte den Blick von ihm ab.

»Was stimmt nicht? Sagt es mir, sofort!«

»Axis.« Sie fuhr sich mit der Zungenspitze über die Lippen. »Mein Lieber, Gorgrael hat Euren Sohn Caelum verschleppt!«

Caelum?

Belial konnte natürlich nicht die Gedanken seines Freundes lesen, aber er erkannte auf dessen Miene den gleichen Schrecken, den er selbst nun auch verspürte. Bei der Mutter! Der Leutnant konnte seinen Freund nicht länger ansehen, weil er seine Schmerzen nicht ertrug.

Axis wollte aufspringen, aber die Göttin schlang die Arme um ihn und hielt ihn zurück.

»Caelum«, flüsterte der Krieger unhörbar.

»Wir wissen nicht«, fuhr Xanon fort, »wie es ihm gelingen konnte, den Knaben aus Sigholt zu entführen.«

»Ich muß sofort zu ihm!«

»Nein!« widersprach die Göttin heftig, und ihre Hände hielten ihn an seinen Oberarmen fest. »Nein, Axis, das dürft Ihr nicht.«

»Und wieso nicht?« brüllte er und versuchte, sich aus ihrem Griff zu befreien. »Wer seid Ihr, daß Ihr glaubt, mir Befehle geben zu können?«

»Ich bin die Stimme der Vernunft«, entgegnete sie entschieden. »Jetzt hört mir gut zu, Axis. Warum wird der Zerstörer sich wohl Eures Erstgeborenen bemächtigt haben? Um Euch in eine Falle zu locken!«

»Da hat sie recht«, stimmte Belial zu, und der Krieger warf ihm einen vernichtenden Blick zu.

»Hört mich an«, fuhr Xanon fort. »Ihr sollt zuhören, bei allen Sternenblitzen! Gorgrael spürt, wie ihm die Macht aus den Händen gleitet. Deswegen kann er nur noch zu verzweifelten Maßnahmen greifen. Die Sterne allein wissen, welche Wagnisse der Zerstörer einging, um sich nach Sigholt zu begeben und dort den kleinen Jungen an sich zu bringen. Vermutlich hofft er, Euch mit der Hilfe Caelums von Gorken fortlocken zu können. Euch womöglich dazu zu verleiten, unbesonnen und ohne das Zepter des Regenbogens sofort zur Eisfestung zu eilen. Axis, solange Ihr dieses Wahrzeichen nicht in Händen haltet, vermögt Ihr den Zerstörer nicht zu besiegen!«

»Caelum«, murmelte der Krieger nur, so als habe er der Göttin gar nicht zugehört. »Hat Gorgrael ihn bereits ermordet?«

»Ihr hättet es bestimmt gespürt, wenn Euer Sohn gestorben wäre«, entgegnete Xanon voller Mitgefühl.

»Dann wird der Zerstörer ihn nur am Leben lassen, um ihn ausgiebig zu foltern«, erklärte Axis voller Bitternis. »Womöglich wäre der Tod für Caelum gnädiger als ein solches Los.« Er hob den Kopf, starrte sie an und fragte langsam: »Xanon, was können wir nur tun?«

Die Göttin zögerte kurz und strich ihm dann über die Wange: »Ihr werdet Euch ganz auf Aschure verlassen müssen.«

»Auf meine Gemahlin?« Nun gelang es dem Krieger, sich von ihr zu befreien. »Warum denn auf sie?«

»Weil die Mondgöttin die einzige ist, die Caelum jetzt helfen kann.«

»Ihr wollt wohl sagen«, ereiferte sich Axis, »daß sie die einzige sei, die zur Zeit geopfert werden kann!«

»Auf keinen Fall dürft Ihr selber gehen, mein Lieber; denn genau das will der Zerstörer ja. Ihr sollt Euch ihm ohne Zepter des Regenbogens stellen – denn dann kann er Euch mit Leichtigkeit besiegen.«

Der Krieger ließ in seiner Hilflosigkeit zu, daß die Göttin ihn erneut umarmte. Für eine Weile schwiegen sie.

»Wird Aschure in Gefahr geraten?« fragte er schließlich.

»Ja, Axis, ich fürchte, das wird sie. Aber Adamon wird ihr mit allem helfen, was uns zur Verfügung steht.«

»Immerhin hat Aschure ja bereits Artor besiegt«, bemerkte der Krieger, vor allem um sich selbst Mut zu machen.

»Ja, das hat sie vollbracht«, bestätigte Xanon. »Aber sie besitzt nicht die Macht, den Zerstörer ebenfalls zu töten. Seine Kräfte unterscheiden sich nämlich von denen unseres alten Feindes. Außerdem war Artor nach dem Zusammenbruch Seines Seneschalls nur noch ein Schatten Seiner selbst. Daß die Menschen nicht mehr an Ihn glauben wollten, hat Ihm eine tödliche Wunde beigebracht. Und nicht zu vergessen, daß Aschure die Macht der Neun und dazu noch die Kräfte der Mutter gegen Ihn einsetzen konnte. Bei Gorgrael dürfte ihr das nicht so leichtfallen.«

»Aschure kann ihre vielfältigen Kräfte nicht gegen den Zerstörer gebrauchen? Wieso, der ist doch inzwischen auch geschwächt!«

»Axis«, begann die Göttin sanft, aber bestimmt, »Gorgraels Leben ist ebenso wie das Eure an die Prophezeiung geschmiedet. Keiner von Euch beiden kann sterben, es sei denn durch die Hand des anderen. Gorgraels Macht hat gelitten, zugegeben, aber nur darin, daß er dem Wetter nicht mehr gebieten kann. In allen anderen Bereichen ist er stark und lebendig wie eh und je.«

»Dann mögen die Sterne meiner Gemahlin beistehen«, flüsterte Axis, »denn ohne sie werden wir vor Gorken untergehen … werde ich untergehen.«

Gorgrael legte den Kopf schief und knurrte das schreiende Balg an. Wieder hob er die krallenbewehrte Hand, doch er schlug nicht zu.

Ein toter Caelum nutzte ihm überhaupt nichts.

Aber wenn der Zerstörer vorher gewußt hätte, wieviel Geschrei und Gezappel so ein Wurm veranstaltete, hätte er sich die ganze Sache sicher noch einmal gut überlegt.

»Schweigt endlich!« zischte Gorgrael. Das Kind schluckte und stellte zum ersten Mal seit Stunden sein Gejammer ein. Statt dessen starrte er den Zerstörer mit großen Augen an.

Mutter?

»Eure Mutter kann Euch hier nicht helfen, dummes Ding.« Gorgrael ließ die erhobene Hand nun endgültig sinken und betrachtete den Kleinen mit kalten Augen. Der Umstand, daß es sich bei Caelum um seinen Neffen handelte, war ihm noch gar nicht in den Sinn gekommen – selbst dann hätte er ihm nichts bedeutet. Der Zerstörer verstand noch nicht einmal, was dieser kraftlose, immerzu schreiende Zwerg eigentlich an sich hatte, daß Axis und seine Gemahlin mit dem pechschwarzen Haar ihn so sehr liebten.

Vielleicht irrte er sich ja. Womöglich war der Krieger überhaupt nicht bereit, wegen dieses Wesens alles aufs Spiel zu setzen.

Nun, das würde er sicher bald erfahren. Wenn Axis der kleine Junge wirklich so sehr am Herzen lag, dann würde er rasch zu seiner Rettung aufbrechen. Denn schließlich wußte ja niemand, was der böse Zerstörer mit dem kleinen hilflosen Kind vorhatte.

Gorgrael lächelte und quälte Caelum damit, ihn mit einer seiner langen Krallen überall am Körper zu pieken.

Der Junge schrie wieder, obwohl er sich doch bis eben noch so tapfer bemüht hatte, still zu sein. Der Zerstörer verzerrte das Gesicht. So ein ungezogenes kleines Ding! Er bohrte die Kralle jetzt tiefer in die zarte Haut des Kindes, um es zum Schweigen zu zwingen. Caelum schloß beide Augen und öffnete den Mund.

Aber kein Laut kam ihm über die Lippen. Er stieß einen stummen Schrei aus.

»Braves Kind«, lobte Gorgrael und patschte dem Ding auf den Kopf. »Artiger Junge.«

Vielleicht ließ sich dieses schreiende Geschöpf ja doch zu etwas Nützlichem erziehen.

16 DER TRAUM

Vom Saum des großen neuen Waldes flog Aschure nach Nordwesten über den Nordra und dann über den Sperrpaß. Sie flog im wahrsten Sinn des Wortes, denn sie hatte sich und ihren Hengst mit soviel Zaubermacht umhüllt, daß sie die Strecke, für die sie normalerweise acht bis zehn Tage benötigt hätte, in deren drei zurücklegte. Hinter ihr fluchten die Alaunt, aber nur in Gedanken, denn sie mußten sich den Atem für das Laufen aufheben.

Die Jägerin hielt unterwegs nicht einmal an, und doch zeigte sich Venator, als sie schließlich vor der Brücke von Sigholt anhielt, noch genauso frisch wie zu Anfang der Reise. Nur die Hunde waren völlig überdreht.

»Nun?« fragte Aschure gebieterisch, als ihr Pferd die Brücke betrat.

»Er ist fort«, jammerte der Steg, »und wir wissen nicht, wohin er verschleppt wurde. Ich muß ...«

Die Brücke wollte gerade ihre eigene Schuld an der Entführung Caelums eingestehen, aber dafür hatte die Jägerin jetzt keine Zeit. Schon hatte sie den Burghof erreicht, sprang von Venator und rannte zum Wohnturm.

Rivkah saß nach dem Abendessen zerknirscht mit Kassna in der großen Halle. Als die Tür unvermittelt aufflog, fuhr sie hoch.

»Aschure!« Sie breitete die Arme aus, um ihre Schwiegertochter an sich zu ziehen, aber diese wich ihr aus.

»Was ist geschehen?« verlangte die Jägerin zu wissen.

Die Nor erhob sich kreidebleich. Zwei Tage und Nächte hatte sie das Bett nicht verlassen. Vor Angst hatte sie sich nicht in der

Lage gesehen, aufzustehen. Ständig verfolgten sie die Bilder von Imibe, wie das Ungeheuer sie zerrissen hatte, und von dem Wesen selbst, als es über ihr gestanden hatte, die eine Klauenhand zum tödlichen Schlag erhoben und in der anderen den hilflosen Caelum.

»Oben auf dem Turm«, brachte Kassna schließlich hervor, und Aschure bedachte sie mit einem mörderischen Blick.

»Ihr wart dort?«

Die junge Frau nickte und fing an zu schreien, als die Jägerin sie hart an der Schulter packte. »Was ist da oben vorgefallen?«

»Wir wollten alle frische Luft schnappen, Imibe, ich und die Kinder.«

»Etwa auch Drachenstern?« fuhr Aschure sie an.

Kassna nickte mit angstgeweiteten Augen.

»Und weiter?«

»Da ... da fiel ein großer Schatten aus dem Himmel. Ein Greif ... jedenfalls sah er so aus ... Und auf seinem Rücken saß ... eine Gestalt schlimmer noch als aus einem Alptraum ... Aschure, das Ungeheuer stürzte sich sofort auf Imibe, die Caelum an sich preßte. Sie ... es zerriß sie vor unseren Augen!«

Die Jägerin schloß kurz die Augen. Die Rabenbunderin war ihre Freundin gewesen. Arme Imibe. Wenigstens war sie den Tod einer Kriegerin gestorben, hatte Caelum bis zum letzten Moment zu schützen versucht.

Und natürlich auch armer Caelum! Schon zweimal in seinem kurzen Leben hatte er es mit einer Bestie zu tun bekommen, die aus dem Himmel herabstieg. »Und was geschah dann?«

»Der Unhold zog Imibe den Knaben aus den sterbenden Armen«, fuhr die Nor mit heiserer Stimme fort. Die zürnende Aschure bereitete ihr mehr Angst als die Begegnung mit dem Ungeheuer.

»Aber Euch hat er nicht getötet! Warum nicht, Kassna?« fragte die Jägerin gefährlich leise.

»Wäre es Euch lieber, wenn ich ebenfalls auf dem Dach mein Leben ausgehaucht hätte? Würdet Ihr Euch dann besser fühlen, Aschure?« Die Nor rang mit sich, um nicht die Beherrschung zu verlieren. »Der Unhold wandte sich von der Rabenbunderin ab und kam auf mich zu. Ich dachte, mein letztes Stündlein habe geschlagen. Kauernd lag ich in einer Ecke und versuchte, Drago mit meinem Körper zu schützen.«

Hätte Gorgrael doch statt Caelums Drachenstern geholt, dachte die Jägerin.

»Aber dann hielt er inne.« Kassna schüttelte sich. »Imibes Blut tropfte noch von seinen Klauen ... aber er entfernte sich wieder von mir. ›Eine Zeugin, ja, vortrefflich‹, sagte die Kreatur dann und bestieg wieder seine Himmelsbestie ... Caelum hing immer noch in seiner Hand, als sie davonflogen ... Aschure, ach, Aschure, ich konnte einfach nichts dagegen tun!«

Rivkah warf einen kurzen Blick auf die Nor und legte der Zauberin dann eine Hand auf den Arm. »Aschure, wer war dieses Ungeheuer?«

Die junge Frau sah sie verwirrt an. Was meinte sie damit? Dann blinzelte sie, und ihr fiel ein, daß Rivkah genausowenig Bescheid wußte wie Kassna. »Gorgrael«, antwortete Aschure dann nur.

»Oh Sterne!« schrie Rivkah. »Gorgrael! Aber warum?«

»Was glaubt Ihr denn, Rivkah? Vielleicht weil es ihm immer so allein in seiner Eisfestung zu langweilig geworden ist?« Aschures Stimme donnerte durch die Halle, und die Nor fuhr entsetzt zurück. Noch nie hatte sie die Zauberin so außer sich erlebt.

»Natürlich um Axis oder mich in eine Falle zu locken, deswegen!«

»Und was wollt Ihr nun unternehmen, Aschure?«

Die Jägerin starrte sie an. »Ihm nacheilen. Ich kann nicht anders. Wie sollte ich Caelum schutzlos dem Zerstörer überlassen?«

»Aber Ihr habt doch gerade gesagt, daß er ...«

»Mich in eine Falle locken will? Natürlich wird er das versuchen. Aber besser, wenn er mich gefangennimmt, als Axis ...« Sie schwieg kurz. »Besser ich finde den Tod als er.«

Aschure drehte sich auf dem Absatz um und stürmte aus der Halle.

Oben auf dem Turm herrschte Stille. Der Mond badete den Ort in seinem Licht. Dennoch war Caelums übergroße Angst hier noch zu spüren. Wenn Aschure die Augen schloß, fühlte sie seine Schreie, sah durch seine Augen, wie der Schatten aus dem Himmel stürzte, und zuckte zusammen, als Imibes Blut durch die Luft spritzte.

Die Jägerin verbarg das Gesicht in den Händen und weinte. Was sollte sie nur tun? Die junge Frau hatte bei ihrem Sturmritt nach Sigholt fast alle ihre Kräfte erschöpft. Könnte sie ebenso rasch zur Eisfestung gelangen? Nein, das war ausgeschlossen. Selbst wenn sie noch frisch und voller Energie wäre, würde sie auf diese Weise viele Tage, wenn nicht Wochen brauchen, um in die Tundra zu gelangen.

Und bis dahin wäre Caelum sicher tot. Selbst wenn der Zerstörer ihn nicht ermordete, würde das kleine Kind an seiner Angst zugrundegehen. Und wenn sie es nicht vermochte, ihn noch in dieser Nacht zu retten, würde diese Erfahrung sein ganzes Leben lang wie eine schmerzende Narbe zurückbleiben.

Die Jägerin sank auf die Knie, brach dann auf dem Steinboden zusammen, und ihre Stirn ruhte auf den kühlen Platten.

Caelums Leben war verwirkt. Wenn nicht schon heute nacht, so doch sicher sehr bald.

Sie weinte, bis ihre Augen leer waren. Dann richtete sie sich wieder auf, bis sie sitzen und sich gegen die Brüstung lehnen konnte, und wußte nicht ein noch aus. Immer noch schluchzend wischte sie sich die Tränenspuren von den Wangen.

»Wartet, laßt mich das für Euch erledigen.«

Aschure fuhr erschrocken zusammen, obwohl sie gleich erkannt hatte, wem diese angenehme Stimme gehörte.

Der oberste Sternengott ließ sich neben ihr nieder, drückte sie an sich, hielt sie wie ein Kind und trocknete mit seinen weichen, warmen Händen sanft ihr Gesicht.

»Adamon, ich …«

»Ich weiß Bescheid, meine Liebe.«

»Warum muß ausgerechnet Caelum derjenige sein, der so leidet? Wieso nicht ich? Oder Axis?«

»Habt Ihr und der Krieger nicht schon genug gelitten? Warum wünscht Ihr nun neues Leid über Euer Haupt?«

»Aber mein Sohn ...«

»Ganz ruhig«, flüsterte er in ihr Haar und drückte sie fest an sich. »Caelum lebt noch, denn er besitzt einen so starken Körper und Geist wie seine Eltern.«

»Doch ...«

»Ich weiß, Aschure. Aber jetzt hört mir zu.« Adamon rückte so weit von ihr ab, damit sie ihm in die Augen blicken konnte. »Ihr hattet recht, als Ihr Rivkah sagtet, Gorgrael habe das nur getan, um Axis in eine Falle zu locken. Aber von Euch weiß er nichts, Euch kennt er nicht. Der Zerstörer ahnt nichts von der Stärke Eurer Liebe oder Eurer Entschlossenheit. Damit bleibt Euch eine winzige Möglichkeit, ihn zu überraschen und so Euren Sohn zu retten.«

Die Jägerin griff sofort nach dem Strohhalm, den er ihr bot. »Wie fange ich das an? Kann ich einfach so in die Eisfestung hineinstürmen? Vermag ich ihn zu vernichten, wie mir das bei Artor gelungen ist?«

Adamon setzte ein leichtes Lächeln auf, hinter dem er seine Unruhe zu verbergen wußte. »So viele Fragen. Aschure, zur Errettung Caelums müßt Ihr all Euren Mut und all Euren Listenreichtum aufbieten. Gorgrael läßt sich nicht mit Artor vergleichen; denn er ist ungeheuer gefährlich, viel bedrohlicher als es der Pfluggott je war. Wenn es dem Zerstörer gelingt, Euch in eine Falle zu locken und Euch zu stellen, bricht die Prophezeiung auseinander und Axis muß sterben.«

»Warum?«

»Weil der Zerstörer dann Euch in seiner Gewalt hätte – die Liebste Axis', wie es in der Weissagung heißt, und das wäre das Ende des Sternenmannes.«

»Die dritte Strophe ...« flüsterte die Jägerin.

Der oberste Gott nickte. »Es steht alles geschrieben. Aschure, Ihr könnt nicht einfach mit Euren Hunden und einem Pfeil auf dem Wolfen in die Eisfestung eintreten und Gorgrael herausfordern. Der Zerstörer würde Euch auslachen, die Alaunt einen nach dem anderen zerreißen und den Bogen über dem Knie zerbrechen. Der Elende mag ja gelegentlich von Selbstzweifeln geplagt werden, aber er besitzt ganz sicher mehr Macht als Ihr. Und ohne Wolfen und Riesenhunde wäre es ihm ein leichtes, mit Euch fertigzuwerden. Natürlich würde Gorgrael Euch nicht sofort töten, denn schließlich hätte er wochenlang Zeit, Euch zu foltern und sich an Eurer Pein zu weiden, ehe der Krieger dort oben einträfe.«

Die Zauberin lehnte sich an die Brüstung. Sie hatte alle Farbe aus dem Gesicht verloren und schwieg.

»Da ich Euch jetzt die Augen über den Zerstörer geöffnet habe, wollt Ihr da immer noch einfach losstürmen und Caelum befreien? Da Ihr doch genau wißt, daß dann Euer Scheitern nicht nur den Tod Eures Erstgeborenen, sondern auch den Eures Gemahls zur Folge hätte?«

»Aber wenn Axis und ich diesen Kampf überleben sollten, wie könnte ich ihm dann je wieder in die Augen sehen? Er müßte mich doch dafür verachten, daß ich im entscheidenden Moment gezögert habe, mein Leben für Caelum zu wagen ...«

»Und damit auch das des Kriegers.«

Aschure schwieg wiederum. »Nein, mir bleibt keine andere Wahl. Ich habe Caelum das Leben geschenkt, und ich will alles unternehmen, es ihm zu erhalten.«

Adamon hatte genau das von ihr erwartet. »Also gut, dann hört mir zu: Ihr müßt Eure gesamten Kräfte – und auch die, welche ich Euch leihe – aufbieten, um Euren Sohn zu retten. Doch all diese Zaubermacht nutzt wenig, wenn sie nicht mit List gepaart wird. Deshalb muß ich Euch eine Frage stellen: Habt Ihr Caelum über acht Monate lang in Euch getragen?«

Die junge Frau nickte.

»Und ist er Fleisch von Eurem Fleisch?«

Wieder nickte Aschure.

Der Gott lächelte und küßte sie sanft auf die Stirn. »Dann, Aschure, hört mir nun genau zu!«

Die Jägerin saß mitten in einem Mondstrahl und ließ sich von ihm umhüllen und durchdringen.

Sie trug keinerlei Kleidung, nur das pechschwarze Haar fiel ihr über den Rücken und über die Brüste. Das Mondlicht perlte glitzernd über ihre elfenbeinweiße Haut und erzeugte in ihrem Haar blaue Funken.

Ihr gegenüber saß Adamon und hielt ihr blaues Göttinnengewand in Händen. Er sandte ihr all seine Macht.

Aschure ließ sie in sich hineinströmen, um damit ihre eigenen Kräfte zu verstärken, sich neuen Mut geben zu lassen und zu innerer Ruhe zu finden.

Die junge Frau richtete ihr Denken allein auf die Schönheit des Mondlichts und die Wärme seiner Berührung. »Herrin Mond«, sprach sie zu sich selbst, »badet mich in Eurem Glanz.«

Der Nachthimmel flammte unvermittelt auf, und der oberste Sternengott mußte geblendet blinzeln. Aber nicht einen Herzschlag lang wandte er den Blick von der Achten.

»Herrin Mond, badet Tencendor in Eurem Schimmer.«

Und die Mondgöttin badete das ganze Land in ihrem Licht, ließ es in alle Winkel fluten, und überall regten sich die Frauen und Männer, als ein Traum in ihren Schlaf kam.

»Träumt«, flüsterte die Zauberin mit weit geöffneten Augen.

Und vor sich sah sie nicht mehr das Dach des Turms von Sigholt, sondern das Land, wie es sich dem Mond darbot. Jedes Feld, jede Ackerfurche und jeden Weg. Die Dächer der Häuser und sogar die Türen. Sie vernahm ebenso, wie weit und breit die Hunde sich hinsetzten und den Mond anheulten, um ihn zu ehren. Und sie entdeckte die Katzen, die durch die Schatten schlichen und die Eulen, die ein Auge schlossen und nachdenklich den Kopf neigten.

Das Licht des Mondes wanderte über Tencendor, und mit ihm bewegte sich Aschures geistiges Auge. Dort lag Karlon, wo sich einige Nachtschwärmer immer noch in den Straßen drängten und verwundert zum Himmel hinauf zeigten.

Die Jägerin lächelte.

Da drüben lag der Gralsee, dort der Kesselsee und weiter dahinter glänzte der Farnbruchsee – und sie alle zwinkerten dem Mond zu.

Aschure zwinkerte zurück.

Oben im Norden ruhte Axis' Armee in ihrem Lager, und das Mondlicht glitt so hell über die Zelte hinweg, daß die Wächter den Blick abwenden mußten und neue Träume sich in die Gedanken der Schläfer woben. Sie alle träumten jetzt denselben Traum.

Axis warf sich im Halbschlaf hin und her, weil er keine rechte Ruhe fand. Der Krieger murmelte etwas vor sich hin, bis er dann doch in tiefen Schlummer fiel und der gemeinsame Traum auch ihn erreichte. Bald lächelte er.

»Träumt weiter«, sagte Aschure leise und ließ den Blick noch einen Augenblick auf ihrem Liebsten ruhen.

Im Norden, Westen, Süden und Osten schlugen die Wellen der Gezeiten an die Ufer, und mit ihnen wogten die Träume vor und zurück; denn der Mond ist nicht nur Herr der Gezeiten, sondern auch der Hüter der Träume.

»Nach Norden«, gebot Aschure jetzt, und das Mondlicht setzte sich wieder in Bewegung, trieb wie eine eigene Flut über das Land. Die Jägerin flog über Awarinheim und die Eisdachalpen.

Vor ihr breitete sich die große Tundra aus. So weit, wie das Auge nur reichte und auf keiner Karte verzeichnet, erstreckten sich Eis, unfruchbarer Boden und lebensfeindliche Ödnis.

Bis auf eine einzige Ausnahme: die große Eisfestung, die in tausend Farben schillernd dem Mond entgegenwuchs. Ein gewaltiges Prisma, das viel zu schön wirkte, um in seinem Innern das vollkommen Böse zu beherbergen. Und doch diente die Eisfestung dem Zerstörer als Heimstatt, er selbst hatte sie geschaffen.

»Verharrt über der Burg«, flüsterte Aschure, und das Mondlicht verweilte dort.

Adamon beobachtete sie und sah, wie sie tief atmete und die Augen schloß. Die Göttin war am Ziel angelangt.

Mut und Kühnheit wünsche ich Euch, Aschure, und viel Glück, mein Lieb.

Die Eisfestung wurde in Mondlicht gebadet, und die Strahlen

drangen durch Flure, Hallen und Gemächer. Die Greifen stöhnten und seufzten im Schlaf. Und auch sie hatten den Traum.

Gorgrael rutschte in seinem Sessel hin und her. Er war noch wach, aber zu matt, um sich zu erheben und sich auf seine Matte vor dem Kamin zu legen. Murmelnd und wispernd hockte er da … bis auch ihn der Traum umfing.

Und es erschien ihm ein weißes Licht von solcher Reinheit, daß er fast aufgestöhnt hätte. Das wunderschöne Strahlen rief ihn leise: »Liebster? Liebster? Liebster?«

»Ja«, antwortete er. »Hier bin ich.«

Tief im Schlaf versunken machten sich Zehntausende von Greifen auf den Weg durch die Gänge und Flure der Eisfestung und suchten ihren Liebsten.

Aschure legte den Kopf in den Nacken und stöhnte aus tiefster Kehle. Adamon beugte sich vor und sandte ihr bis auf seinen letzten Lebensfunken alles, was an Kraft in ihm steckte.

Nur Mut, mein Liebling.

Und den faßte die Jägerin jetzt.

Aus höchster Höhe betrachtete sie die Festung. Dann streckte sie ihre geistigen Fühler aus. Suchte … suchte … und fand den winzigen Herzschlag, dessen Widerhall vom Mondstrahl zu ihr herangetragen wurde.

Dieses Herz kannte Aschure beinahe besser als ihr eigenes. Hatte es nicht über acht Monate in ihrem Leib geschlagen? Hatte sie es nicht nach der schweren Geburt über ein Jahr an ihrer Brust schlagen hören?

Aschure zitterte leicht, als sie es hörte.

Sie stöhnte und sehnte sich nach ihm.

Und sie griff mit ihrem geistigen Finger danach, nutzte es wie einen Anker, an dem sie sich in die Eisfestung zog.

…

Und mit dem Schlagen des Herzens war die Jägerin mit einem Mal vom Turm in Sigholt verschwunden, und Adamon schrie erschrocken auf.

Aschure stieg an dem Mondstrahl hinab und folgte dem Herzklopfen ihres Sohnes, um ihn selbst zu erreichen.

...

Grograel träumte derweil von einer so ausgesucht schönen Frau, daß er unwillkürlich schneller atmete und leise stöhnte. Sie wandelte durch die Gänge seiner Eisfestung, streckte die Arme aus, öffnete verlangend den Mund und kam ihm immer näher.

Aschure bewegte sich durch die Träume aller Schläfer im weiten Land. Viele riefen ihren Namen, andere bewegten nur den Mund, weil sie sie nicht kannten. Aber alle sehnten sich nach ihr und wollten sie berühren.

Doch nur in einem Heim hielt die Jägerin sich tatsächlich auf.

Grograel stöhnte lauter und wand sich in seinem Sessel. Nie zuvor war es ihm vergönnt gewesen, eine nackte Frau zu sehen; und nie war ihm in den Sinn gekommen, daß eine nackte Frau ihn so sehr zu erregen vermöchte. Die Gefühle, die in ihm entstanden, waren es wert, genossen zu werden!

Sein Blut rauschte im Takt der Gezeiten, die in Ebbe und Flut ihre Wellen gegen das Gestade des nördlichen Eiskaps warfen.

Des Zerstörers Krallenhände zogen sich im Rhythmus der Wogen um die Lehnen seines Sessels zusammen.

Und immer näher kam die schöne Unbekannte. Sie bewegte sich sinnlich, einladend, mit einem verführerischen Lächeln auf den Lippen und einem verlockenden Glanz in den Augen. Graziös, aber ohne weiter auf sie zu achten, stieg die Frau über die Greifen, schüttelte immer wieder ihr Haar, lachte tief ... und Gorgrael schrie vor Lust.

Er klammerte sich an seinen Traum, um ihn nicht zu verlieren. Noch nicht jetzt! Nicht, bevor sie ihn erreicht hatte!

Die Frau erreichte nun die Tür zu seinem Gemach, die wie von Zauberhand sich öffnete.

Ja!

Sie schwebte über den Boden, glitt auf ihn zu. Weiter und immer weiter. Dem Zerstörer blieb der Mund offenstehen aus lauter Gier. Seine Zunge rollte heraus und pendelte lüstern über sein Kinn.

»Ich bin nur Euretwegen gekommen«, flüsterte die Schöne.

Sie stand nun hinter seinem Sessel, und im nächsten Moment spürte er ihre Hände auf seinen Schultern. Dort blieben sie aber nicht lange, sondern wanderten langsam, sehr langsam, seinen Körper hinab.

Gorgrael hatte sich nicht länger in der Gewalt, sein ganzer Leib geriet in Extase.

»Nur Euretwegen«, hauchte die Schöne, und ihre Lippen strichen über seine Stirn.

Oh, wie köstlich diese Frau doch war.

»Nur Euretwegen. Folgt mir.«

Oh ... oh ... oh ...

»Kommt.«

Der Zerstörer riß die Augen auf und drehte sich herum, um die Schöne zu packen, auf den Boden zu werfen und ihr dort das zu geben, was sie so dringend zu brauchen schien.

Aber seine Krallen griffen ins Leere.

Gorgrael knurrte aus Wut und Geilheit, sprang aus seinem Sessel und ...

... sah die Frau, noch immer nackend und voller Sinnlichkeit. Sie hielt den Säugling in den Armen und gab ihm die Brust. Mondlicht strömte in die Kammer und badete sie in Weiß, bis sie aussah, als sei sie aus eben diesem Stoff geschaffen.

»Nur Euretwegen«, flüsterte sie dem Kleinen ins Haar.

Immer noch halb in seinem Traum gefangen, konnte der Zerstörer nur daran denken, ihr den störenden Balg aus den Armen zu reißen und sie dann zu ergreifen. Er stöhnte vor Lust, als er die Glätte ihrer Haut und den Schimmer darauf sah, die Kurven ihrer Hüften und Brüste und die Lieblichkeit ihrer Züge.

Ja, ja, er brauchte ihr nur das Kind wegzunehmen, dann wäre sie sein. Nur noch einen Moment, einen Atemzug, dann würde sie ihm gehören!

Die Fremde hob ihren Kopf und lächelte das Kind an. »Mein Liebster«, flüsterte sie.

Und der Zerstörer sprang.

Doch sie entschwand, und mit ihr der Kleine.

Gorgraels Klauen bekamen nichts als ihren Duft zu packen,

der noch in der Luft hing, und statt ihrer Arme empfing ihn der kalte Steinboden, auf den er zuraste, als er fiel.

Heulend vor Zorn und Enttäuschung rappelte der Zerstörer sich wieder auf. Seine silbernen Augen verengten sich zu Schlitzen. Er war jetzt hellwach.

Und sah sich wieder ganz allein in seinem Gemach.

An seine Ohren drang lediglich das Schnaufen seines erregten Atems. Und das …

… Klopfen eines entweichenden Herzens.

»Hexe!« brüllte er in die Nacht hinaus, und überall in seiner Burg, auf den Gängen und in den Räumen, schüttelten die Greifen ihre Träume ab.

»Hexe!« brüllte Gorgrael noch einmal, und noch war ihm nicht bewußt, was es mit dem verschwundenen Kind auf sich hatte. Er konnte nur daran denken, daß eine fremde Schöne ihn verführt hatte, ihm im Traum und dann in der Wirklichkeit erschienen war und ihn dann um die Erfüllung der Verlockung geprellt hatte.

In ganz Tencendor aber erwachten die Männer und Frauen untröstlich, weil der wunderbare Traum ihnen entglitt und sich entfernte. Hände krallten sich in Laken, und Tränen netzten Kissen.

Das Geschrei des Zerstörers endete so unvermittelt, wie es gekommen war; denn jetzt fiel ihm ein, wo er diese Frau schon einmal gesehen hatte.

Oben auf einem Turm, während sie ängstlich einen Säugling an sich preßte, als der Greif aus dem Himmel hervorbrach.

Als sie neben Axis ritt und einen Bogen über der Schulter trug.

Jetzt erinnerte er sich auch der Macht, die von ihr ausging.

Gorgrael knurrte tief und gefährlich.

Der Köder war fort.

Die Frau hatte ihm das Kind weggenommen. Nachdem sie in seine Träume eingedrungen, ihm etwas vorgespielt und ihn dann übertölpelt hatte.

Nachdem sie seine Lust geweckt und ihn dann zurückgestoßen hatte.

Und das alles, um ihren Sohn zurückzuholen. Sie hatte ihm sein Pfand genommen!

Der Zerstörer schüttelte sich vor Wut und ließ seine Macht frei. Kreischend flogen die Greifen hinaus in die Nacht, zogen immer weitere Kreise um die Eisfestung, suchten, spähten und jagten.

Aber sie kamen zu spät.

Der Himmel war bewölkt, der Mond hatte sich verzogen, und schwärzeste Nacht herrschte.

Von der Frau und dem Kind war nichts mehr zu sehen.

»Spürt sie auf!« befahl Gorgrael, und die Himmelsbestien verdoppelten ihre Anstrengungen.

»Ergreift sie!« flüsterte der Zerstörer, und mittlerweile war es ihm gleich, was seine Greifen zwischen ihre Krallen bekamen, Hauptsache, sie richteten irgendwo ein Blutbad an. Zerfetzten Leiber! Rissen Gliedmaße von Rümpfen! Stillten ihren Blutdurst.

Und Gorgrael dachte sich ein Ziel für sie aus.

17 Drachenstern

Das Mondlicht flammte wieder auf, und Adamon mußte die schmerzenden Augen abwenden.

»Aschure?« fragte er, als das Strahlen nachließ. »Aschure?«

Sie kniete hier oben vor ihm, hielt ihr Kind im Arm und wiegte es sanft.

Der Gott erhob sich, trat zögernd zu ihr und betrachtete sie von oben bis unten. Sie schien unverletzt zu sein. Doch leider ließ sich das nicht von ihrem Erstgeborenen sagen. Adamon stockte der Atem, als er all die Blutergüsse und Striemen auf Caelums Körper erblickte.

Schließlich legte er ihr seine Hand auf die Schulter. »Aschure?«

Sie drehte den Kopf und sah ihn mit klaren, aber harten Augen an. »Schaut nur, wie er meinen Sohn zugerichtet hat«, sagte sie leise.

»Wird Caelum ...« Der Gott fürchtete sich, die Frage zu Ende auszusprechen.

»Ob er durchkommt?« Sie senkte den Blick und nickte. »Ja. Keine dieser Verletzungen ist lebensbedrohlich, und mit Pflege, Ruhe und viel Liebe wird er vollkommen gesunden. Zumindest körperlich. Aber wer vermag schon zu sagen, welche Schäden in seiner Seele angerichtet wurden?«

Der Kleine regte sich, und Adamon wie Aschure hielten den Atem an.

»Mutter«, sagte Caelum sehr leise, streckte eine Hand aus und griff nach einer Strähne, die über ihrer Brust schwebte. »Mutter, Ihr seid gekommen.«

Der oberste Gott atmete erleichtert auf: »Er hat auf Euch gebaut, meine Liebe, und Ihr habt ihn nicht enttäuscht. Nichts könnte für ihn wichtiger sein.«

Aschure drückte ihren Sohn so fest an sich, wie sie nur wagte, und Tränen liefen ihr über die Wange. »Danke, Adamon.«

»Ich habe Euch nur zusätzliche Macht verliehen. Die Kraft und der Mut, diese Unternehmung durchzuführen, entsprang allein aus Euch.«

»Ihr habt mir aber auch gesagt, wie ich vorgehen sollte.«

Der Gott lächelte und strich ihr ein paar Strähnen aus dem Gesicht. Dann beugte er sich vor und küßte sie auf die Wange. »Und ist Gorgrael Euren Verlockungen nun erlegen? Erwuchs seine Begierde so stark, daß sie sein angeborenes Mißtrauen übertraf?«

Aschure lachte. »Ob er meinen Reizen erlag? Mehr als Ihr Euch vorstellen könnt, Adamon. Ich fürchte, heute nacht habe ich nicht nur seinen Stolz verletzt.«

Als Rivkah die Große Halle betrat, um zu frühstücken, blieb sie schon nach wenigen Schritten überrascht stehen.

Aschure saß vor dem Feuer, trug ein hellgraues Gewand, und auf ihrem Schoß schlief Caelum.

Rivkah blinzelte mehrmals, weil sie glaubte, sich geirrt zu haben. Gewiß handelte es sich da um ein anderes ihrer Kinder. Als sie näher trat, drehte die junge Frau den Kopf zu ihr und lächelte sie an. So viel Schönheit, Frieden und Zufriedenheit lagen in ihrem Blick, daß Rivkah Gewißheit erhielt. Bei dem Kind auf ihrem Schoß konnte es sich nur um Caelum handeln. Mit klopfendem Herzen blieb sie vor Aschure stehen. »Wie …«

»Habt Ihr letzte Nacht geträumt?« fragte die Zauberin zur Antwort.

Rivkah errötete ein wenig. Ja richtig, sie hatte geträumt, auch wenn sie sich heute kaum noch richtig erinnern konnte. Dafür waren ihr aber die Gefühle im Gedächtnis geblieben, die dieser Traum in ihr ausgelöst hatten. Wie hatte sie sich in ihrem Zustand nur so gehen lassen können?

Aschure lächelte. »Eure Wangen verfärben sich so sehr wie vorhin bei dem Pagen, der mir das Frühstück auftrug. Ich weiß wirklich nicht, was über Euch alle gekommen ist.«

Rivkah gewann ihre Fassung zurück und nahm am Tisch Platz. Da erschien der Page, dessen Wangen immer noch rosig leuchteten, und stellte ihr eine Platte mit Obst und einen Korb mit Brot hin. Dann kehrte er fast schneller, als ihn seine Füße tragen konnten, in den Schatten neben der Tür zurück.

»Das ist doch Caelum, nicht wahr?« fragte Rivkah und beachtete das Essen nicht, weil sie nur Augen für ihren ersten Enkel hatte. Der Kleine hatte überall Kratzer und blaue Flecken, aber er schlief jetzt ganz friedlich. Und er schien auch kein Fieber zu haben.

Die junge Frau streichelte ihm zärtlich die Wange. »Es geht ihm gut, Rivkah. Besser, als ich hoffen durfte. Seine Ängste und üblen Erinnerungen werden im Lauf der Zeit verblassen.«

Der Knabe regte sich leicht und schien trotz der geschlossenen Augen seine Mutter anzusehen. *Ich werde nie vergessen, wie Ihr da im Mondlicht gestanden habt. Wie Ihr lächeltet und die Hände nach mir ausstrecktet.*

»Aber wie ist das möglich?« wollte seine Großmutter wissen.

Aschure schüttelte den Kopf. »Ein Traum, Rivkah, mehr nicht. Der Mond besaß letzte Nacht noch mehr Macht als gewöhnlich und beeinflußte die Träume von sehr vielen Menschen.«

Rivkah verkniff sich ihre harschen Worte, denn sie kannte diesen Tonfall nur zu gut. Dreißig Jahre hatte sie unter den Vogelmenschen gelebt, und es entsprach eben ihrer Art, in Bildern und geheimnisvollen Andeutungen zu sprechen, wenn sie jemandem keine ausführliche Antwort geben wollten.

Wie immer Aschure das auch angestellt haben mochte, sie hatte auf jeden Fall Gorgrael überlistet.

Und so sagte sie nur: »Da bin ich aber froh, meine Schwiegertochter.«

Aschure hob den Blick von ihrem Sohn. »Danke, Rivkah.«

»Und was habt Ihr jetzt vor?«

»Nun werde ich herausfinden, wie es dem Zerstörer gelungen

ist, durch Sigholts Verteidigungsanlagen zu gelangen.« Sie erhob sich und hielt ihren Sohn Rivkah hin. »Setzt Euch ein wenig zu Eurer Großmutter …«

Die Zauberin konnte nicht weitersprechen, weil der Junge in diesem Moment einen furchtbaren Schrei ausstieß. Er klammerte sich verzweifelt an seine Mutter, und ihr blieb nichts anderes übrig, als ihn wieder auf die Arme zu nehmen und zu beruhigen. Doch dabei blickte sie ihre Schwiegermutter an.

»Er möchte wohl nicht, daß Ihr ihn noch einmal allein laßt«, bemerkte Rivkah freundlich.

Aschure nickte und verließ mit ihrem Sohn auf dem Arm die Halle.

»Er ist wieder da!« rief die Brücke mit einer Begeisterung, die durch die ganze Burg widerhallte.

Tja, sagte sich die junge Frau, alles bekommt der Steg wohl auch nicht mit. »Ja, Brücke, Caelum ist wieder zu Hause.«

»Geht es ihm gut?«

Aschure runzelte die Stirn. Die Brücke klang reichlich unsicher. »Den Umständen entsprechend, ja.«

Der Kleine hatte sich mittlerweile wieder beruhigt, hing aber immer noch an seiner Mutter und würde jeden Moment einschlafen.

»Das freut mich aber«, entgegnete der Steg demütig, »denn ich trage die Schuld an seiner Entführung.«

Die junge Frau schwieg und wartete auf weitere Erklärungen. Schließlich war sie mit der Absicht zu der Brücke gekommen, mehr darüber zu erfahren, wie der Zerstörer hier hatte eindringen können, ohne auf sich aufmerksam zu machen und die gesamte Garnison auf die Beine zu bringen.

»Ich hätte dem Eindringling, dem Entführer, meine Frage stellen sollen.«

»Und warum habt Ihr das unterlassen?«

»Ach, oh weh, es ist alles meine Schuld«, jammerte der Steg. »Weh und weh und dreimal weh!«

Aschure zügelte ihre Ungeduld. »Caelum ist jetzt wieder da,

und irgendwann wird er auch die Erinnerung an all die Schrecken überwunden haben. Aber er und auch ich wollen sicherstellen, daß so etwas nie wieder geschehen kann. Also, warum habt Ihr Gorgrael nicht angerufen?«

»Der Zerstörer?« Die Brücke erbebte in ihren Grundfesten. »Gorgrael hatte den Jungen verschleppt?«

»Ja, ganz recht, Brücke.«

»Oh weh und ach, was habe ich nur getan! Ich habe elendiglich versagt, Zauberin. Euch gegenüber und auch dem Knaben, der so vertrauensvoll in Euren Armen ruht.«

»Warum habt Ihr ihm nicht Eure Frage gestellt?«

Jetzt schwieg der Steg, und es dauerte einige Zeit, bis er wieder sprach. »Weil ich ihm vertraut habe«, murmelte er dann.

»Ihr habt dem Zerstörer vertraut?«

»Nein, ja, nein«, jammerte die Brücke, »zwingt mich bitte nicht, Euch die Wahrheit zu sagen, Herrin!«

»Berichtet sie mir auf der Stelle, sonst reiße ich Euch auseinander!«

»Ich ... ich ... ich spürte den Fremden aus dem Himmel herabsteigen, Zauberin, und wollte ihm schon meine Frage stellen, als ... aber ... weil ...«

»Aber was?«

»Aber da teilte Euer Sohn mir mit, daß der Besucher reinen Herzens und ein Freund sei. Da habe ich natürlich nicht widersprochen, sondern seinen Worten vertraut.«

Aschure verzog ungläubig das Gesicht. »Caelum hat Euch gesagt, Gorgrael sei reinen Herzens?«

»Nein, aber nein, Herrin, es war Euer anderer Sohn, Drachenstern.«

Kassna zuckte heftig zusammen, als die Tür ihrer Kemenate aufgerissen wurde. Aschure stürmte herein ... mit Caelum im Arm ... tatsächlich, es war Caelum! Hinter ihr taumelte Rivkah, die vom raschen Lauf noch ganz außer Atem war. Und dazu noch Reinald, der uralte ehemalige Koch der Burg, und Sol Baldwin, der Hauptmann der Wache von Sigholt.

»Wo ist er?« fragte die Zauberin gefährlich leise. Sie hielt ihren Erstgeborenen auf dem Arm, der nun ganz wach war, kurz Kassna anblickte und dann zu Boden sah.

»Ihr habt ihn zurück!« rief die Nor und hörte sich so erleichtert an, daß Aschure ihre Wut zügelte. Sie war sich vorher nicht sicher gewesen, inwieweit Belials junge Gemahlin in die ganze Sache verwickelt war. Doch nun erkannte sie, daß diese unwissentlich zur Erfüllungsgehilfin bei Drachensterns bösem Ränkespiel geworden war.

»Ja«, entgegnete sie, »ich habe ihn zurück. Doch wo steckt mein anderer Sohn?«

Kassna setzte ein Lächeln auf. Also versperrte Aschure doch nicht so sehr ihr Herz gegen Drago. Wahrscheinlich tat sie nur so, wenn Axis zugegen war. Wie schön.

»Ich hole ihn Euch gleich.« Die Nor eilte in das Nebenzimmer, beugte sich über die Wiege und prallte vor Dragos Gesichtsausdruck erschrocken zurück.

»Mein Lieber, was ist mit Euch?«

Sie beugte sich tiefer und erkannte zu ihrem Entsetzen, daß sich sein ganzer kleiner Körper verkrampft hatte. Ob er sich eine Krankheit zugezogen hatte?

Kassna gewann den Eindruck, daß er sie regelrecht anknurrte, als sie ihn aus der Wiege hob. Er streckte Arme und Beine so steif aus, daß sie ihn nicht an die Brust drücken konnte, sondern vor sich her tragen mußte, als sie in den Hauptraum zurückkehrte.

»Ich weiß nicht, was ihm fehlt«, erklärte sie mit besorgtem Blick.

»Dafür ich um so mehr«, entgegnete Aschure. »Kassna, was ich jetzt tun werde, wird für niemanden sehr angenehm sein. Deswegen will ich auch nicht Eure Kemenate mit der Erinnerung daran vergiften. Doch ich brauche Euch als Zeugin, ebenso wie Rivkah, Reinald und Sol. Kommt mit, wir steigen auf den Turm. Mein Vorhaben läßt sich besser im Freien durchführen.«

Caelum traten bei der Erinnerung an den Turm angstvolle Tränen in die Augen.

Wenn Ihr wollt, könnt Ihr mitkommen, mein Sohn. Wenn nicht, lasse ich Euch in der Obhut der Kindermädchen zurück. Was wäre Euch lieber?

Der Kleine zitterte, aber noch mehr als die Erinnerungen an den Turm fürchtete er sich davor, wieder von seiner Mutter getrennt zu sein. *Ich komme mit.*

Ich werde dort aber etwas sehr Unschönes tun ... doch auf der anderen Seite wird es gut für Euch sein, die Tat zu bezeugen.

Ja, Mutter.

Aschure hatte vorher schon einen Diener hinaufgeschickt. Als die Gruppe auf der höchsten Plattform des Turms anlangte, stand dort bereits ein Tisch, bedeckt mit einem schneeweißen Tuch.

Der Diener hatte sich zurückgezogen, aber zwei ikarische Zauberer, die aus dem Süden herangereist waren, standen hier bereit.

Sie nickten Aschure stumm zu. Die junge Frau hatte sie mit ihrer Gedankenstimme auf den Turm bestellt. Sie ahnten bereits, was nun geschehen sollte.

»Aschure?« fragte Kassna nun sehr besorgt. »Was habt Ihr nur vor?«

Die Nor wandte sich hilfesuchend an Rivkah, aber diese konnte sich genauso wenig wie sie vorstellen, was geschehen würde. Kassna wußte plötzlich mit vollkommener Gewißheit, daß es etwas Furchtbares sein würde; denn Aschures Blick war hart geworden, und auch Rivkah stand starr und unbehaglich da. Reinald und Sol, ebenfalls angespannt, stellten sich hinter Rivkah, senkten die Blicke und verschränkten die Hände ineinander.

»Kassna«, begann die Zauberin nun, »legt Drachenstern auf den Tisch und befreit ihn von seinen Kleidern und Windeln.«

»Aber Aschure ...« entfuhr es der Nor.

»Tut es!« befahl die Jägerin mit so eisiger Stimme, daß Kassna zusammenfuhr.

Gehorsam trat sie dann aber an den Tisch und legte Drago darauf. Doch der fing im selben Moment an zu schreien, als sie ihm die Kleider öffnen wollte.

»Aschure!« flehte Kassna.

»Tut es!«

Zitternd zog die Nor die Decken von dem zarten Körper und ließ sie auf den Boden fallen. Danach knöpfte sie ihm sein weiches Kleidchen auf, zog es über seinen Kopf und befreite ihn von seiner Hose. Als sie schließlich auch noch die Leinenwindeln entfernt hatte, lag der Kleine völlig entblößt da, der Morgensonne und den Augen der Zeugen ausgesetzt.

»Nun sammelt die Kleider, Decken und Tücher ein, und stellt Euch zu den anderen.«

Kassna sah sich entsetzt um. Wollte denn niemand dem Kind beistehen? Ihr Blick wanderte vorsichtig zu Aschure. Was hatte die Zauberin mit ihrem zweiten Sohn vor? Mordlust stand in ihren Augen!

»Aschure«, begann die Nor noch einmal in höchster Not. »Wollt Ihr Eurem Kind etwas antun? Er ist doch noch so klein und …«

»Maßt Euch niemals an, mir Vorschriften machen zu wollen!« fauchte die Zauberin und trat einen Schritt auf sie zu. »Euer viel zu großes weiches Herz, dem kein gleichwertiger Verstand mitgegeben wurde, bildete den geeigneten Nährboden für die Ränke von jemandem mit so bösen Absichten wie Drachenstern. Und nun stellt Euch endlich zu den anderen!«

Ohne weiteres Wort gesellte Kassna sich rasch zu Rivkah, und diese ergriff wie zum Trost ihre Hand.

Aschure atmete tief durch, um sich zu beruhigen. Sie hielt Caelum sanft im Arm, dessen Blick nicht von seinem jüngeren Bruder wich.

»Für das, was ich heute vollbringen werde«, erklärte die Zauberin, »benötige ich Zeugen. Damit Ihr alles begreift, müßt Ihr jedes Wort vernehmen, das gesprochen wird.«

Sie sah die beiden Ikarier an, und die nickten leicht, weil sie jetzt genau wußten, was Aschure von ihnen verlangte.

»Ikarische Kinder kommen mit einem Verstand zur Welt, der so scharf ist wie der eines Erwachsenen«, erklärte die Jägerin nun den anwesenden Menschen, die bis auf Rivkah über fast keine Erfahrungen mit der Art der Vogelmenschen verfügten.

»Drachensterns Verstand ist sogar noch ausgebildeter, weil es sich bei ihm um einen Zauberer handelt. Er vermag nicht nur zu denken, sondern sich auch mit seiner Gedankenstimme an andere zu wenden …«

Aschure schwieg, um dann fortzufahren: »Ich möchte nun, daß Ihr alle vernehmt, wie es um die Gedanken von diesem kleinen Burschen bestellt ist; denn nur so können keine Mißverständnisse entstehen.« Damit wandte sie sich an die beiden Zauberer. »Meine Freunde, Axis sagte mir einmal, daß es ein Zauberlied gebe, mit dem die Gedankenstimme auch für menschliche Ohren hörbar gemacht werden könne.«

»Ja, Herrin«, bestätigte der eine von ihnen mit sehr ernster Miene. »Mein Gefährte und ich vermögen zu bewirken, daß alle Gedanken für jeden hörbar werden.«

»Vortrefflich. Dann beginnt damit.«

Leise Musik erfüllte nun die Luft. Binnen einiger Herzschläge verstummte sie wieder. Doch diejenigen von ikarischem Blut konnten die Macht dieser Musik weiterhin spüren.

»Hure!« ließ sich gleich darauf Drachensterns Stimme deutlich und klar vernehmen. »Ständig und bereitwillig bietet Ihr Euren Körper dem Manne dar, der Euch so übel mitgespielt hat.«

Alle zuckten zusammen. Kassna konnte es nicht fassen, daß diese machtvolle Stimme und erst recht solche Worte von dem lieben Kleinen dort auf dem Tisch stammen sollten. Sicher führte die Zauberin ihnen hier nur Blendwerk vor. Welcher Säugling könnte schon zu so viel Bösartigkeit fähig sein?

»Ich würde darin ein Kompliment erkennen«, entgegnete die Zauberin ganz ruhig, »wenn ich Gewißheit besäße, daß hinter diesen harten Worten ehrliche Sorge um mich läge.«

»Ihr habt einen Sohn wie mich ja gar nicht verdient!«

»Auch da können wir beide nicht mehr einer Meinung sein.«

»Ich sollte der Erbe sein, und nicht der da!«

Aschure schwieg. Sollte Drachenstern sich doch selbst in seiner Schlechtigkeit offenbaren.

»Ich bin der mächtigere von uns und habe das Erbe darum auch mehr verdient. Mir stehen der Ruhm und die Ehren des

Nachfolgers des Sternenmanns zu!« Der Kleine schwieg für einen Moment, aber sein Haß und sein Neid verbreiteten sich weiterhin oben auf dem Turm. »Der Same für Caelum wurde in süßes, jungfräuliches Fleisch eingepflanzt. Und ich? Ich mußte in einen Körper eingesät werden, der vom zu häufigen Gebrauch schon ganz abgenutzt war.«

Vollkommen abgestoßen von den widerwärtigen Worten ihres zweiten Sohnes wandte Aschure sich an Kassna: »Begreift Ihr nun, warum Axis und ich nicht zulassen wollten, daß Drachenstern sich in der Nähe Caelums aufhielt?«

Die Nor konnte nur nicken, aber das Entsetzen in ihrer Miene sprach Bände.

»Blöde Kuh«, schleuderte Drachenstern ihr mit überheblicher Miene entgegen, und Kassna brach in Tränen aus.

Aschure wandte sich wieder dem Bösewicht zu. Kein Wunder, daß ihre Schwangerschaft mit dem Zwillingen so beschwerlich gewesen war, dachte sie, wenn Drachenstern bereits damals so viel Haß ausgeströmt hatte. »Wißt Ihr eigentlich, wer wir in Wahrheit sind, mein Sohn?«

»Gewiß«, antwortete er überheblich, »Ihr seid der Mond, und Axis das Lied.«

Diese Worte verblüfften die beiden Ikarier über alle Maßen. Aschure mußte ihnen einen strengen Blick zuwerfen, weil sie in ihrer Verwirrung den Zauberbann kaum noch aufrechterhalten konnten.

Auch Rivkah sah ihre Schwiegertochter mit offenem Mund an.

»Und Ihr seid ein Narr, Drachenstern«, giftete die Zauberin vor allem aus Ärger über sich selbst. Gegen ihren Willen sammelten sich nämlich Tränen in ihren Augen. Aber nach einer Weile konnte sie ihm ihre nächste Frage stellen.

»Habt Ihr Kassna an dem Tag, an dem Caelum entführt wurde, dazu veranlaßt, mit Euch auf den Turm zu steigen?«

»Natürlich.«

Soviel Unverfrorenheit machte die Jägerin für einen Moment sprachlos. »Und habt Ihr dann Gorgrael durch den Dunst geführt und die Brücke belogen?«

»Auch das habe ich getan.«

Von tief unten meldete sich nun auch die Brücke zu Wort: »Ihr seid nicht reinen Herzens! Warum habt Ihr das getan?«

»Ja, warum?« wollte auch Aschure wissen.

»Weil ich der Erbe sein muß.« Er schwieg und schien nachzudenken. Dann meinte der Kleine: »Ihr müßt über sehr viel Macht verfügen, Frau Mutter, wenn es Euch gelungen ist, Caelum zu befreien.«

Aschure schloß einen Augenblick lang die Augen. Nie zuvor hatte er sie so ehrenvoll angeredet.

»Drachenstern, ich kann und darf Euch eine solche Untat nicht durchgehen lassen.«

Aber statt zu erschrecken, lachte der Säugling schallend. »Und was wollt Ihr mir antun, Mutter? Mich über die Brüstung werfen? Mich vor all diesen Zeugen hier erwürgen? Oder mich fortschicken? Ihr solltet wissen, daß ich dann eines Tages zu Euch zurückkehren werde. Nur der Tod könnte mich davon abhalten. Ihr müßtet mich also umbringen, Frau Mutter. Seid Ihr dazu in der Lage?«

Kassna starrte sofort die Zauberin an, weil sie mit bangem Herzen, aber fest damit rechnete, daß diese genau das vorhatte.

»Nein«, flüsterte Aschure jedoch, »das kann ich nicht tun. Obwohl ich der festen Überzeugung bin, daß Ihr an meiner Stelle nicht davor zurückschrecken würdet.«

Der Kleine lachte wieder. »Dann könnt Ihr mir nichts anhaben. Eure eigene Weichherzigkeit steht Euch im Wege.« Drachenstern hatte genau das erwartet. Andernfalls hätte er kaum den Mut aufgebracht, seine Tat so schamlos offen einzugestehen. Seine heimtückischen Vergehen hätten schwerste Bestrafung verdient, aber welche Mutter wäre je in der Lage, bei ihrem eigenen Kind Gleiches mit Gleichem zu vergelten? Ganz gewiß nicht Aschure, die als Kind selbst so viel hatte leiden müssen.

Oh ja, der Knabe hatte alles ganz genau berechnet.

»Bei den Sternen!« flüsterte Rivkah, »wie kann ein kleines Kind schon soviel Bosheit in sich haben?«

Aschure aber setzte eine ausdruckslose Miene auf, um sich

nichts von ihren Gefühlen anmerken zu lassen. »Drachenstern, jetzt hört mir genau zu.«

Er schwieg, aber nicht aus Angst, ganz im Gegenteil. Alle konnten mit ansehen, wie die Herzensqualen seiner Mutter ihn belustigten.

»Ich muß Eure Schandtaten bestrafen. Ihr habt Kassna, die Euch doch immer nur Gutes wollte, auf abstoßende Weise benutzt und ihre Freundlichkeit und Liebe verhöhnt. Und dies alles, um Euren eigenen Bruder entführen zu lassen. Womöglich hattet Ihr auch seine Ermordung eingeplant. Dabei wußtet Ihr sehr genau, wie sehr Caelums Tod Axis und mich schmerzen würde. Nein, hört mir weiter zu, denn ich bin noch nicht fertig.«

»Nichts, was Ihr anstellt, kann mir wirklichen Schaden zufügen«, verspottete er sie. »Dazu gebricht es Euch an Mut. Und an Willensstärke. Euer Pech, daß Ihr meine Mutter seid.«

»Offensichtlich unterschätzt Ihr mich. Drachenstern, ich stelle Euch jetzt einige Fragen, und die werdet Ihr mir wahrheitsgemäß beantworten: Woher bezieht Ihr Eure Zaubermacht?«

»Nun, von den Gestirnen, vom Sternentanz«, antwortete der Säugling, und alle merkten ihm an, wie sehr ihn dieser plötzliche Wandel in Aschures Vorgehen verwirrte.

»Ja, Ihr bekommt sie von den Sternen. Und wer hat Euch die Fähigkeit dazu verliehen?«

»Das waren meine Eltern, Ihr und Axis.« Er schien nicht zu wissen, worauf die Jägerin hinauswollte.

»Ganz recht, von Axis und mir. Drachenstern, dann wollen wir etwas genauer werden: Ihr erhaltet Eure Kräfte von dem ikarischen Blut, das wir Euch vererbt haben. Ich habe die meinen von Wolfstern und Axis die seinen von Sternenströmer bekommen.«

»Ja, klar, weiß ich doch.« Wollte sie ihn etwa mit endlosen Ausführungen über seine Abstammung foltern? Sah so ihre Vorstellung von Bestrafung aus? Was für eine dämliche Ziege.

»Drachenstern«, fuhr Aschure schon fort, »die Zauberkraft erhielten wir von unseren Vätern, Euren Großvätern. Von Euren

Großmüttern jedoch, Rivkah auf der einen Seite, die hier als Zeugin zugegen ist, und von Niah, die leider nicht hier weilen kann, habt Ihr einen genauso hohen Anteil an menschlichem Erbe erhalten.«

Der Knabe schwieg, während seine Gedanken fieberhaft arbeiteten und er verzweifelt herauszufinden versuchte, was seine Mutter eigentlich vorhatte.

»Ihr besitzt also gleich viel Blut der Ikarier wie der Menschen. Bislang hat sich in allen Mischverbindungen zwischen den Völkern stets das Blut der Vogelmenschen als das dominantere erwiesen.«

»NEIN! Das wagt Ihr nicht!«

»Ich würde so etwas auch nie tun, wenn Ihr es unterlassen hättet, mich so schrecklich zu hintergehen und mir das Liebste nehmen zu wollen. Doch aufgrund Eurer Untaten werde ich die Anteile in Eurem Blut umkehren. Wenn ich aufgehört habe zu sprechen, wird sich das Menschenblut in Euch als das vorherrschende erweisen – und das ikarische Blut sich ihm unterwerfen. Drachenstern, hiermit nehme ich Euch das Erbe des ikarischen Blutes und verdamme Euch zu einem Menschendasein!«

»NEIN!« Er schüttelte und wand sich auf dem Tisch und stach mit seinen Fäusten in die Luft.

»Eure Flügel werden sich niemals entwickeln, und Ihr werdet nicht fliegen können.«

»Nein ...«

»Eure Zauberkräfte werden nie mehr erwachen und daher auch nicht mehr eingesetzt werden können. Und nicht ein einziges Mal werdet Ihr noch die liebliche Musik des Sternentanzes vernehmen.«

Vom Sternentanz abgeschnitten? Nie mehr seinen wunderbaren Klang vernehmen? Nie mehr Zauberkräfte von ihm abzapfen? Der Kleine schrie aus Leibeskräften.

»Euer Leben ist hiermit auf die kurze Spanne eines Menschenlebens beschränkt. Eure Schwester und Euer Bruder werden zusehen, wie Ihr vor ihren Augen altert. Wie Ihr schon sterbt, wenn sie noch jung an Jahren sind. Versucht, das Beste aus Eurem Leben zu machen, denn sehr viel Zeit wird Euch dafür nicht zur Verfügung stehen.«

Aschure mußte jetzt ihre Stimme erheben, um sich über sein Geschrei hinweg verständlich zu machen. »Und schließlich, Drachenstern, verdamme ich Euch zu etwas, was Euch als die grausamste Strafe erscheinen mag. Ihr sollt nämlich als menschlicher Säugling heranwachsen. Damit verliert Euer Verstand all seine Schärfe, und die nächsten Jahre werdet Ihr in der geistigen Einfachheit und Schlichtheit eines Menschensäuglings und Kleinkindes verbringen.«

Sie stellte sich vor ihn und starrte ihn an. Nun konnte sie ihre Tränen nicht länger zurückhalten, und ihre Arme hielten Caelum fest an sich gedrückt, der ebenfalls weinte.

»Ich nehme Euch schließlich auch Euren ikarischen Namen, denn für den habt Ihr nie mehr Verwendung.«

»Neiiiiin!«

Die Zauberin mußte sich mit aller Gewalt zusammenreißen, und dennoch brachte sie ihre letzten Worte nur tränenerstickt hervor: »Und damit höre ich auf zu sprechen ... Kind.«

Völliges Schweigen breitete sich auf dem Turm aus.

Schließlich näherte sich Aschure einer der Ikarier. »Zauberin, von ihm geht nicht mehr aus als etwas Unbehagen darüber, so nackt dem Wind ausgesetzt zu sein.«

Die Mutter nickte, denn einen Moment lang hatte sie keine Stimme mehr. Endlich reichte sie Caelum an Rivkah weiter, und diesmal hatte der Knabe nichts dagegen einzuwenden, von seiner Großmutter gehalten zu werden.

Aschure beugte sich dann über den Säugling und nahm ihn in die Arme. »Was seid Ihr doch für ein hübsches Kind«, flüsterte sie heiser. »Willkommen wieder bei uns in der Familie ... Drago.«

Dann drehte sie den Kopf so weit nach hinten, daß sie fast senkrecht in den Himmel blickte. »Und nun auf zur Greifenjagd!«

18 Krallenturm

Rabenhorst wandte den Blick von den Eisdachalpen, die sich unter und vor ihm erstreckten und lächelte seine Gemahlin an, die im rosigen Dämmerlicht vor ihm stand. Die beiden hatten keine sonderlich leidenschaftliche Beziehung zueinander gehabt – schließlich floß kein Sonnenfliegerblut in Hellefeders Adern –, aber sie hatten es verstanden, sich gegenseitig zu ehren und zu achten.

»Bereut Ihr unsere Entscheidung?« fragte der Krallenfürst.

Die Ikarierin lächelte und nahm seinen Arm. Der frische Wind zauste an ihrem Haar und Gefieder. »Ich könnte niemals den Krallenturm verlassen. Genauso wenig wie Euch. Ihr hattet recht, mein Gemahl, als Ihr sagtet, daß in der neuen Welt kein Platz mehr für uns sei. Nur … wenn doch …«

»Ihr bedauert es, Freierfall nicht noch einmal gesehen zu haben, nicht wahr?«

Hellefeder nickte, und ihre Augen glänzten feucht. »Sehr sogar. Ich konnte es kaum fassen, als ich erfahren durfte, daß … daß Axis ihn aus dem Land der Toten zurückgeholt habe. Zwei Jahre ist das nun her, mein Gemahl, und in der ganzen Zeit hat er nicht einmal eine Gelegenheit gefunden, zu uns heimzukehren, um uns wiederzusehen.«

»Er gehört eben zu der neuen Welt, mein Herz«, entgegnete Rabenhorst leise. Hellefeder sah ihn liebevoll an und genoß diesen Moment der Innigkeit und Zuneigung sehr.

»Und zu Abendlied«, fügte die Vogelfrau hinzu.

Schweigend standen die beiden da und ließen die einmalige Aussicht auf sich einwirken.

»Glaubt Ihr, sie werden wirklich kommen?« fragte Hellefeder, ohne den Blick vom Horizont zu nehmen.

Ihr Gemahl dachte ernsthaft darüber nach. »Aschure meinte nur, sie könnten uns angreifen. Wer weiß, wie ernst man ihre Bedenken nehmen muß ...«

Die Ikarierin fröstelte ein wenig, und Rabenhorst legte einen Flügel um sie. »Der Krallenturm kommt mir so leer vor, mein Gemahl. Bar aller Fröhlichkeit und Ausgelassenheit, den typischen Eigenschaften unseres Volkes. Auch das vermisse ich.«

»Unsere Brüder und Schwestern verbreiten ihre Fröhlichkeit und Ausgelassenheit sicher längst unter den Achariten. Nun kommt wieder mit herein. Was haben wir eigentlich hier oben auf dem Flugbalkon verloren, wo wir nur vom kalten Wind geplagt werden?«

»Dafür hat man hier aber die schönste Aussicht auf die Eisdachalpen«, erwiderte sie. »Und ihretwegen kommen wir doch schon seit zweihundertfünfzig Jahren hier heraus.«

Rabenhorst umarmte sie kurz, dann wandten beide ihre Blicke von den hohen Gipfeln ab und kehrten still in den Krallenturm zurück.

Wären sie eine Minute länger draußen geblieben, hätten sie sicher den schwarzen Strich bemerkt, der vom Horizont im Osten heranschwebte.

Gorgraels Wüten und Schmerz hatte die Greifen fast in den Wahnsinn getrieben. Für sie gab es nun kein anderes Ziel mehr, als durch ein Blutbad, das anzurichten sie sich anschickten, seinen ohnmächtigen Zorn und seine Seelenqualen ein wenig zu lindern. Seine Stimme hallte noch in ihren Köpfen nach, und sie wollten ihm unbedingt zu Gefallen sein und zerstören.

Eine Wolke von siebentausendzweihundertundneunzig Himmelsbestien flog gegen den Krallenturm. Sie hatten alle vor einem Monat geworfen, und mittlerweile konnten ihre Jungen sich selbst versorgen. Die Mütter hatten nun wieder Zeit, und sie hatten großen Hunger.

Die Heimstatt der Ikarier verfügte zwar über zahllose Eingänge, doch erwiesen sie sich als ziemlich schmal. Der Gipfel des Berges war darum für über eine halbe Stunde von einer wimmelnden schwarzen Masse bedeckt, während die Greifen versuchten, nach und nach in das Bauwerk hineinzugelangen.

Kaum hatten sie Einlaß gefunden, begann das Massaker.

Viele Vogelmenschen starben in der Großen Versammlungshalle, wo sie zusammengeströmt waren, um des Lebens vor der Zeit der Prophezeiung zu gedenken.

Andere kamen in den Schächten und Gängen des Krallenturms ums Leben. Und noch mehr hauchten in der Kammer des Dampfenden Wassers ihr Leben aus. Viele der Ikarier, die hier wie in einer Falle saßen, erlitten einen langsameren und grausameren Tod als die Männer und Frauen in den Gängen und Gemächern der Burg. Denn hier tauchten die Vogelmenschen unter Wasser, um den Angriffen zu entgehen. Aber irgendwann mußte ein jeder von ihnen an die Oberfläche zurück, um Luft zu schöpfen. Und kaum schoben sie den Kopf über Wasser, wurde dieser augenblicklich von Krallen gepackt. Die Himmelsbestien zogen sie aus dem Becken, und mochten sie auch noch so sehr mit Armen und Beinen strampeln, die Greifen schleuderten sie auf die Ruhebänke, um hernach einen Festschmaus abhalten zu können.

Alle Bewohner des Berges fanden den Tod. Doch wunderbarerweise starb jeder von ihnen mit Frieden im Herzen.

Rabenhorst Sonnenflieger, der Krallenfürst der Ikarier, und seine Gemahlin Hellefeder gingen in ihrem Gemach zugrunde. Sie gehörten zu den letzten, die ihr Leben verloren, denn die Greifen brauchten eine Weile, bis sie bis zu ihnen vorgestoßen waren. Und deswegen brachten die Himmelsbestien sie auch auf besonders schreckliche Weise um. Über eine Stunde lang mußten der Fürst und seine Gemahlin die Schmerzensschreie und das Todesröcheln ihres Volks, das Gekreisch der Greifen und allgemeines Kampfgetümmel mit anhören, bis das erste Ungeheuer in ihre Räumlichkeiten kroch.

Die Bestie blieb sofort stehen, als sie die beiden entdeckte. Starrte sie mit ihren fiebrig roten Augen an und verpestete die

Luft mit ihrem fauligen Atem. So kauerte der Greif im Eingang, wackelte mit dem Kopf und schien zu überlegen, welchen von beiden er zuerst reißen sollte.

Dann schrie das Wesen mit der gräßlichen Stimme der Mordlust, und seine Drachenkrallen kratzten über kostbaren Mosaikboden, als es auf den Fürsten und seine Gemahlin zu stürmte.

Hellefeder schrie und sank zu Boden. Rabenhorst versuchte sinnloserweise, sie mit seinem Körper zuschützen.

Die Vogelfrau spürte nur für einen viel zu kurzen Moment die warme Schwere seines Leibes, und als sie den Mund zu einem weiteren Schrei öffnete, blieb er ihr im Halse stecken; denn sie mußte mitansehen, wie der Greif ihren Gemahl bis unter die Decke hob und dabei Stück für Stück aus seinem Leib herausriß.

Da ihr Mund immer noch offenstand, bekam sie Rabenhorsts Blut zu schmecken, das aus mehreren Wunden aus ihm herausströmte. Hellefeder ließ sich zurückfallen, würgte und bekam vor lauter Entsetzen immer noch keinen Ton hinaus.

Deswegen empfand sie auch keine Überraschung, als ein zweiter Greif, angelockt vom Geruch des Blutes, hereinstürmte, sie packte und ihr mit einem Schnabelhieb den Kopf abtrennte.

Gorgrael hatte erwartet, daß seine Greifen das gewaltige Blutbad genießen würden, das sie im Krallenturm anrichteten. Aber zu dieser Zeit konnte er noch nicht wissen, daß die große Mehrheit der Vogelmenschen ihr langjähriges Heim bereits verlassen hatte. Als die Himmelsbestien dann auf dem Gipfel warten mußten und laut darüber klagten, daß sie nicht schnell genug in das Bauwerk hineinfanden, sprach der Zerstörer beruhigend in ihre Gedanken und verhieß ihnen Zehntausende Ikarier, die sich in den Kammern und Winkeln des Berges versteckt halten mußten.

Und diese Aussicht steigerte die Mordlust der Himmelsbestien ins Unermeßliche.

Aber schon eine Stunde, nachdem der erste Greif eingedrungen war, lagen alle Ikarier zerrissen oder zerhackt da. Das konnten die Angreifer nicht verstehen. Sie jagten noch lange durch die

Gänge und Schächte, heulten vor Hunger und Blutgier und dachten auch an ihre Aufgabe, ihrem Herrn einen Gefallen zu tun.

Vor ihnen tanzten Schatten und Trugbilder, die ikarische Zauberer schon vor Generationen geschaffen hatten, um Feinde in die Irre zu führen und sie vor allem von den ältesten Gemächern im Innern des Berges fernzuhalten; denn dort sollten sich im Notfall Tausende Vogelmenschen verbergen können.

Doch diese erwiesen sich nun als leer, und was sie enthielten, besaß weder Leben noch Flügel. Aber die Zauber wirkten weiter: Die Himmelsbestien ließen sich von den Trugbildern so in die Irre führen, daß sie teilweise übereinander herfielen und sich gegenseitig zerfleischten.

Dennoch ließ die Masse der Bestien sich, angetrieben von ihrem Verdruß, ihrem Hunger und ihrer Wut, nicht allzu lange aufhalten und drang immer tiefer in den Berg vor.

Sie fanden aber nicht den Eingang zur Unterwelt, denn der Fährmann hatte von dem Entsetzlichen gehört, das sich in der Burg abspielte, und den Brunnenschacht mit mächtigen Zaubern umgeben. Danach hatte er sich wieder mit Tränen in den Augen in seinen Kahn gesetzt, um sich ziellos treiben zu lassen.

Gorgrael wußte nichts von den Schutzzaubern im Krallenturm, und deswegen ahnten auch seine Schoßtiere nichts davon. Der Zerstörer wußte auch dies nicht: Je tiefer die Greifen in den Berg gelangten – und jeder von ihnen drang in seiner Gier so weit vor, wie er nur vermochte –, desto stärker würden seine Gedanken durch den massiven Fels und all die Zauber von ihnen abgeschirmt.

Schließlich waren die Himmelsbestien vollkommen von der Stimme ihres Herrn abgeschnitten und erhielten keine neuen Befehle mehr.

Sie wußten nur, daß sie die Zehntausende von Ikariern aufspüren und vernichten mußten. Irgendwo hier unten würden die Vogelmenschen sich versteckt halten. Allein der Gedanke bestimmte ihr Vorgehen, daß sie Gorgrael rächen mußten, und das gelang nur, indem sie so vielen Leben wie möglich ein Ende bereiteten.

Die Wut, mit denen der Zerstörer sie angesteckt hatte, wuchs noch, als sie in den Kern des Berges gelangten. Denn so sehr sie auch suchten, sie fanden keine weiteren Ikarier mehr. So schrien, stolperten, kreischten und schnüffelten die Greifen …

… und setzten ihre Suche fort und fort und fort.

Wenn Gorgrael, den es allmählich beunruhigte, keine Verbindung mehr zu ihnen zu haben, ihnen neue Befehle sandte, erhielt er zur Antwort nur Schatten und Trugbilder, die durch seinen Geist tanzten. Bald hielt es den Zerstörer nicht mehr, und er rannte brüllend und kreischend durch seine Eisfestung.

Die Himmelsbestien aber jagten weiter die Schatten, versuchten, sie zu zerreißen, verdrossen, angesichts der Vergeblichkeit ihrer Mühen, und wurden doch immer tiefer in das Berginnere gelockt.

Tage sollten vergehen, ehe die ersten von ihnen völlig erschöpft den ganzen langen Weg wieder nach oben krochen und nach noch viel längerer Zeit den Weg zurück in die Außenwelt fanden.

19 Aufbruch

Aschure reiste am Nachmittag ab, weil sie wußte, wie dringend Axis sie brauchte. Sie würde wieder auf den Schwingen der Macht reisen müssen, um noch rechtzeitig oben im Norden einzutreffen. Die Zauberin beschloß, Caelum mitzunehmen. Der Knabe hätte sich mit Händen und Füßen dagegen gewehrt, nach allem schon wieder allein gelassen zu werden. Außerdem wollte Aschure ihn nicht noch einmal für länger missen.

»Aber, aber!« rief Rivkah und eilte zu Venator, der gesattelt im Burghof stand. »Ihr könnt doch nicht den kleinen Jungen mitnehmen! Schließlich reitet Ihr in den Krieg! Wo habt Ihr nur Eure Gedanken?«

»Ich denke vor allem daran«, gab Aschure mit fester Stimme zurück, »daß Caelum, als ich ihn das letzte Mal in der ›Sicherheit‹ Sigholts zurückließ, von Gorgrael entführt wurde. Wo kann der Junge also wirklich in Sicherheit sein, Rivkah? Doch wohl nur bei mir oder bei Axis.« Aber dann besann sie sich eines Besseren. Schließlich wollte sie Rivkah nicht voller Sorgen oder im Ärger zurücklassen. »Schaut, Schwiegermutter, ich reite doch nicht mit ihm gegen den Feind. Oben werde ich sicher ein Fleckchen finden, wo ich ihn für die Dauer der Kämpfe unterbringen kann.«

»Was? Im Norden von Ichtar?« murmelte Rivkah, und dann änderte sich von einem Augenblick auf den anderen ihre Miene. »Aschure, wo zieht Ihr hin, sobald die Schlacht geschlagen ist? Wohin führt Euch Euer Weg von der Feste Gorken aus?«

»Das habe ich mir noch nicht so recht überlegt. Vermutlich nach Rabenbund.«

»Aschure, werdet Ihr rechtzeitig zur Geburt meines Sohnes wieder zurück sein?«

»Rivkah, ich ...« stammelte die junge Frau, »ich weiß nicht so recht ... wir wissen doch noch gar nicht, was uns nach dem Feldzug erwartet ...«

Ihre Schwiegermutter senkte den Blick, und Aschure nahm ihre Hand. »Rivkah, ich werde sehen, was sich machen läßt. Bis zur Niederkunft sind es doch noch sechs Wochen, nicht wahr?«

»Bitte, meine Tochter«, sagte die Ältere mit Tränen in den Augen, »ich möchte gern, daß Ihr bei der Geburt zugegen seid.«

»Vertraut Ihr mir, daß ich mein Möglichstes versuchen will?«

Rivkah atmete vernehmlich auf. »Ja. Ja, ich vertraue Euch, Aschure. Ich möchte Euch wirklich dabeihaben ... denn ich fürchte mich davor ...«

»Ich will es wirklich versuchen«, sagte die Jägerin. »Mehr kann ich Euch nicht versprechen.«

Rivkah nickte wieder, versuchte sich zu beherrschen und trat einen Schritt zurück, damit ihre Schwiegertochter aufsteigen konnte. »Dann wünsche ich meinem Sohn, meinem Gemahl und vor allem Euch, Aschure, für die bevorstehende Schlacht das Glück und den Mut der Götter.«

Lächelnd und weinend zugleich fügte sie hinzu: »Und sorgt dafür, meinen Enkelsohn heil wieder zurückzubringen.«

Die junge Frau lächelte und schwang sich dann auf ihren Hengst. Sie hatte sich Caelum in einem Gurt auf den Rücken gebunden und trug den Köcher nun an der Hüfte. Der Wolfen hing wie gewöhnlich über ihrer Schulter, und die Alaunt hatten sich bereits rings um Venator versammelt.

»Also los!«

Eben noch stand sie neben Rivkah, und eine Minute später war von ihr schon nichts mehr zu sehen. Rivkah blieb nichts weiter als ein unscharfes Bild von einem dahinrasenden Roß und Aschures langem Haar, das hinter ihr herflatterte und den Blick auf Caelum verdeckte. Sie hörte das Donnern von Hufen, den Ruf der Brücke und das Gebell der Hunde. Dann herrschte wieder Schweigen auf dem Burghof. Nur Rivkah und die Burgbewohner hielten sich noch hier auf, die ihre Arbeit liegengelassen hatten, um sich von der Zauberin zu verabschieden.

Wieder jagten sie dahin, als seien Venator Flügel gewachsen. Die ganze Nacht hindurch erleuchtete ihnen heller Mondschein den Weg; und bei Tag hatte es den Anschein, als würden sie und das Rudel Alaunt in elfenbeinfarbenes Licht getaucht.

Wenn sie ihre Reise kurz unterbrach, um allen etwas Ruhe zu gönnen, wartete bereits ein prasselndes Lagerfeuer auf sie. Meist saß dort Adamon, manchmal aber auch Pors oder Silton, und reichte ihr ein gebratenes Rebhuhn. Die Hunde rollten sich im Kreis um sie zusammen und schliefen. Sobald Aschure gegessen und ein paar Minuten gedöst hatte, weckte sie ihre Tiere, und diese erwiesen sich dann stets als so frisch wie zu Beginn der Reise. Sie gab ihnen etwas zu fressen, und das reichte ihnen dann für die nächste Etappe auf der Reise nach Gorken.

Caelum, der liebe kleine Kerl, schlief fast den ganzen Ritt hindurch, eingelullt vom Mondlicht und den Bewegungen vom Körper seiner Mutter, der sich der Gangart des Pferdes anpaßte.

Am Lagerfeuer wachte er dann kurz auf, um den jeweiligen Gott am Feuer anzustrahlen und etwas zu essen zu bekommen. Danach fiel der Knabe sofort wieder in Schlaf und träumte die Träume, die seine geistigen und seelischen Schäden der Vergangenheit sanft behoben, um ihn schließlich alle Schrecken vergessen zu lassen.

Gleichzeitig heilten auch seine körperlichen Verletzungen. Als Venator schließlich am Südrand der Eisdachalpen nach Westen jagte, lachte Caelum jedesmal, wenn er erwachte, schon wieder glücklich und vollkommen zufrieden.

Aschure lachte mit ihm und dankte dem Mond dafür, daß Axis, sobald er seinen Sohn wiedersähe, nichts von der Tiefe der Schmerzen erkennen würde, die Caelum hatte durchleiden müssen.

20 Marsch auf die Feste Gorken

»Dort!« Axis zeigte in den Himmel. »Dort kommen sie!«

Da Belial nicht über die besondere Sehkraft eines Zauberers verfügte, mußte er seinem Freund einfach glauben. »Sind sie vollzählig?« fragte der Leutnant nur.

»Ja.« Der Krieger seufzte erleichtert.

Belial hüllte sich etwas fester in seinen Umhang und wartete darauf, daß die Späher vor ihnen landeten. Die Armee stand zweieinhalb Meilen südlich vor den Ruinen der Stadt Gorken. Die gleichnamige Burg wirkte hingegen ziemlich gut erhalten. Am Morgen hatte der Sternenmann acht Ikarier losgeschickt, um im Gebiet des Gorkenpasses das Heer der Skrälinge auszukundschaften, das dort in Stellung gegangen war.

Vor neun Tagen hatte Xanon Axis von der Verschleppung Caelums berichtet, und seitdem hatte er sich mit vielerlei Beschäftigungen von der Sorge um seine Gemahlin und seinen Erstgeborenen abzulenken versucht. Der Krieger hatte seine Armee angetrieben, um Gorken möglichst rasch zu erreichen, dabei aber darauf geachtet, seine Soldaten nicht zu sehr zu überanstrengen und die Verbindung mit dem Troß auf keinen Fall zu verlieren.

Je weiter sie nach Norden vorstießen, desto schlechter wurde das Wetter. Für Mitte des Blumenmondes herrschte hier eine viel zu strenge Kälte. Als Axis sich einmal über den grimmigen Wind beschwerte, der unablässig aus Norden heranwehte, lächelte Magariz nur düster und entgegnete, daß selbst im wärmsten Sommer der Schnee des Gorkenpasses nicht schmelze.

»Und große Teile Rabenbunds sind fast das ganze Jahr hindurch eingeschneit«, fügte Ho'Demi hinzu.

Der Krieger murrte, daß er es müde sei, nur im Winter Feldzüge zu führen und Schlachten zu schlagen, worauf Belial ihm spöttisch entgegenhielt: »Tencendor ist befreit, mein Freund, und selbst hier oben scheint die Sonne fast den ganzen Tag. Der Blumenmond macht seinem Namen in Ichtar wieder alle Ehre, und südlich des Nordra steht sicher schon die Erntezeit kurz bevor. Wenn Ihr einen oder zwei weitere Monate Schnee nicht ertragen könnt, um diese Geisterkreaturen ins Meer zu jagen, dann solltet Ihr wohl besser in den Süden zurückkehren und Euch mit einer warmen Decke über den Beinen ans Kaminfeuer setzen.«

»Wenn es mir je vergönnt sein sollte, mit einer Decke über den Knien am Kaminfeuer zu sitzen, hätte ich Euch zu gern an meiner Seite, Belial. Ihr könntet mir dann doch etwas vorsticken.«

Der Leutnant verzog das Gesicht, setzte die Plänkelei aber nicht fort, denn er mußte an die Berichte denken, die sie bislang erhalten hatten. Das Skrälingsheer hatte offensichtlich Feste und Stadt Gorken verlassen, vermutlich weil sie nicht alle in den Ruinen Platz gefunden und sich gegenseitig behindert hätten. Wahrscheinlich zog Timozel es auch vor, die Schlacht auf den windgepeitschten Höhen des Gorkenpasses zu schlagen.

»Jetzt landen sie«, hörte der Leutnant seinen Freund murmeln und hob den Kopf. Mit raschelndem Gefieder und einem Rauschen in der Luft setzte Dornfeder kurz darauf vor ihnen im Schnee auf. Zwei weitere Vogelmenschen landeten hinter ihm, während die restlichen fünf zu ihren Einheiten weiterflogen, die hinter den Bodentruppen lagen.

Der Geschwaderführer verbeugte sich vor ihnen. Er hatte darauf bestanden, persönlich den Spähtrupp anzuführen, und Axis hatte ihm diesen Wunsch schließlich ohne weiteres erfüllt. In den vergangenen Wochen und Monaten hatte der Ikarier sich zu einem hervorragenden Truppenführer entwickelt. Obwohl seine Gesichtszüge, wie bei allen Ikariern, bis ins hohe Alter hinein jugendlich frisch waren, hatten Erfahrung und Verantwortungsbewußtsein feine Fältchen um seinen Mund und seine Augen hinterlassen.

»Sternenmann.«

»Geschwaderführer, was habt Ihr herausfinden können?«

Der Vogelmann zog die Luft scharf durch die Zähne. »Sie warten, Herr, ungefähr fünf Meilen den Paß hinauf. Die Skrälinge sind in fester Formation aufgestellt und warten geduldig ... in sicherer Entfernung vom Fluß, auf dem das Eis gebrochen ist.«

Der Krieger runzelte nachdenklich die Stirn. Wie könnte er diese Neuigkeiten zu seinem Vorteil nutzen? »Stehen sie unmittelbar vor den Klippen der Eisdachalpen, Geschwaderführer?«

»Eigentlich nicht, Sternenmann. Eher vier- bis fünfhundert Meter davor.«

Axis warf seinem Leutnant einen Blick zu, ehe er sich wieder an Dornfeder wandte: »Habt Ihr denn auch Timozel erspähen können?«

»Nein. Er hielt sich wohl irgendwo inmitten seiner Reihen auf.«

»Und Eiswürmer?«

»Ja. Aber die stehen hinter den Schlachtreihen. Ich verstehe nicht, was der Feldherr mit ihnen anfangen will, wenn sie so weit hinten stehen.«

Der Krieger konnte es sich schon eher denken. Eiswürmer dienten hauptsächlich dazu, Mauern und Befestigungsanlagen zu überwinden – darüber hinaus taugten sie wenig. »Befinden sich auch Greifen in Timozels Heer?« fragte er vorsichtig.

»Nein, kein einziger«, antwortete der Geschwaderführer und nickte den beiden Kundschaftern hinter Axis zu. »Wir haben den Paß in seiner gesamten Länge abgeflogen, nur wenige hundert Meter über den Köpfen der Skrälinge hinweg, und auch in den Schluchten und Übergängen der Alpen nachgeschaut. Aber von den Himmelsbestien war nichts zu sehen. Dabei haben wir ...« Er mußte schlucken; denn die Angst vor den Greifen saß tief in den Ikariern, »... haben wir ständig mit einem Angriff dieser Ungeheuer gerechnet. Doch sonderbarerweise blieben wir davon verschont.«

»Ihr wart Narren, Euer Leben derart aufs Spiel zu setzen, Geschwaderführer«, beschied Axis ihn unwirsch.

»Aber Ihr brauchtet doch ein möglichst genaues Bild der Lage, Sternenmann«, verteidigte sich Dornfeder. »Und wenn irgendwelche Greifen uns angegriffen hätten, wäre damit klar gewesen, daß Timozel diese Bestien mit sich führt.«

»Wo mögen sie bloß stecken«, murmelte der Krieger. Timozel hatte die Greifen offenbar so gut versteckt, daß nicht einmal die Kundschafter sie aufspüren konnten. Axis mußte davon ausgehen, daß sie die Bestien wieder einmal erst dann entdecken würden, wenn sie ihnen bereits auf den Schultern säßen.

»Sternenmann!«

Axis und seine Befehlshaber wandten sich um, um festzustellen, wer da gerufen hatte.

Ein Reiter kam vom anderen Ende des Lagers herangaloppiert. »Herr!« keuchte er, als er sein Pferd vor der Gruppe zügelte. »Die Zauberin!« Der Mann zeigte hinter sich.

Der Krieger stieß Belaguez die Fersen in die Seiten, und der Hengst tat einen Satz. Binnen weniger Herzschläge befanden Roß und Reiter sich schon südlich des Lagers und eilten auf die winzige Gestalt zu, die vom Horizont herannahte.

Beide trafen sie dann in einem Wirbel von Schnee, Wind und Freude aufeinander. Die Pferde kamen nebeneinander zu stehen, und die Hunde sprangen aufgeregt umher.

Axis beugte sich vor und hob seine Liebste aus dem Sattel. Seine Augen strahlten vor Erleichterung und Liebe.

Voll Erstaunen entdeckte er dann das Bündel an ihrem Rücken.

»Er schläft«, flüsterte Aschure, »laßt ihn bitte noch ein Weilchen in Ruhe.«

Der Krieger lächelte und hielt sie fest in seinen Armen. »Wie ist Euch das gelungen?« fragte er schließlich, als er sie endlich wieder loslassen konnte.

Die junge Frau küßte ihn auf die Wange und auf den Mund.

»Erinnert Ihr Euch, daß Ihr vor neun Nächten einen Traum hattet?« lächelte sie und erfreute sich an dem Schauder, der gleich darauf durch seinen Körper ging. »In jener Nacht wandelte ich mit dem Mond, trat in Gorgraels Traum und gelangte schließlich in sein Gemach. Und jetzt hört genau zu.« Den Rest der Geschichte flüsterte sie ihm ins Ohr.

Wenig später lachte Axis laut. »Ihr seid listig wie eine Füchsin! Fast könnte mir mein Stiefbruder leid tun. Aber schließlich foltert Ihr auch mich seit dem Moment, in dem Ihr in mein Leben getreten seid.« Rasch schloß er sie wieder in die Arme. »Aber Ihr habt Caelum gerettet, und Ihr seid mit ihm hier. Xanon hat mir übrigens berichtet, daß Ihr Euch Artor zum Kampf gestellt und Ihn besiegt habt.«

»Ja, und Faraday hat den letzten Schößling eingesetzt. Die Bäume singen, und – aber das dürftet Ihr ja schon selbst bemerkt haben.«

Sie spürte, wie er sich leicht von ihr zurückzog. »Und, geht es der Edlen gut?«

»Den Umständen entsprechend, mein Gemahl. Sie ruht sich zur Zeit im Heiligen Hain aus, wo die Gehörnten und die Mutter sich um sie kümmern; denn sie hat um Euretwillen die größten Mühen auf sich genommen. In der Feuernacht will sie im Hain des Erdbaums zu Euch stoßen.«

Aber darauf konnte der Krieger jetzt nicht eingehen, gingen ihm doch viel brennendere Fragen durch den Kopf. »Die Bäume werden uns also im Kampf gegen die Skrälingshorden verläßlich beistehen?«

Aschure lächelte und schmiegte sich wieder an ihn. »Ich glaube, das werden wir bald genug feststellen. Spätestens dann, wenn wir in die Schlacht reiten.«

Axis sagte jetzt für eine Weile nichts mehr, denn er genoß viel zu sehr Aschures Wärme und Anwesenheit. Wie lange hatte er sich ihret- und seines Erstgeborenen wegen Sorgen gemacht. Erst jetzt, als er sie beide wieder in die Arme schließen konnte, wurde ihm bewußt, wie sehr ihn diese innere Unruhe von allem anderen abgelenkt hatte.

Dann kehrten seine Gedanken wieder zu Caelums Entführung zurück. *Wie konnte es dem Zerstörer gelingen, den Jungen zu verschleppen?*

Jetzt spürte er, wie seine Liebste zitterte, und während sie ihm leise mit ihrer Gedankenstimme alles mitteilte, versteinerte er immer mehr und schüttelte sich schließlich vor Zorn.

»Dafür bringe ich Drachenstern um!« schwor Axis.

Aber Aschure legte ihm fest ihre Hände auf die Arme. »Nein, mein Liebster, ich habe ihn schon gestraft, denn mein Zorn war mindestens ebenso groß wie Eurer ... ich habe ihm seine ikarischen Fähigkeiten genommen.« Nun berichtete sie ihm von ihrem Vorgehen oben auf dem Turm zu Sigholt und wie sie mit Hilfe der Zauberer dafür gesorgt hatte, daß in Drachenstern das menschliche Blut über das ikarische die Oberhand gewann.

»Und nun verhält sich Drago genau wie das niedliche Kleinkind, das Kassna immer in ihm sehen wollte. Er ist nun wieder bei Flußstern im Kinderzimmer, denn er kann jetzt kein Unheil mehr anrichten. Armer kleiner Bengel. Ich konnte noch seine Verwirrung spüren, als er versuchte, den plötzlichen Nebel in seinem Geist zu durchdringen.«

Axis beruhigten Aschures Maßnahmen zwar noch längst nicht, aber er mußte zugeben, daß sie richtig gehandelt hatte. Wenn er statt ihrer in Sigholt gewesen wäre ... Der Krieger wußte, daß Drachenstern dann vermutlich nicht mehr unter den Lebenden weilte. »Wir werden ihn beim Heranwachsen aufmerksam beobachten müssen, mein Herz, denn so ganz traue ich ihm nicht!«

»Genauso wenig wie ich. Aber wenigstens sind ihm jetzt seine gewaltigen Zauberkräfte genommen.«

Axis nickte und ließ sein Kinn auf ihrem Haar ruhen, während sein Blick über das Lager seiner Armee schweifte.

»Wir vermochten die Greifen noch nicht aufzuspüren, damit Ihr sie jagen könnt.«

Die Zauberin fuhr zurück und starrte ihn mit großen Augen an. »Axis, als ich Gorgrael verließ und er in seinem Verdruß auf den Boden trommelte, konnte ich genau spüren, wie seine Wut mich verfolgte. Natürlich war es ihm unmöglich, mich zu erreichen, aber Stunden später bemerkte ich, wie sein Ärger sich ein anderes Opfer suchte ... den Krallenturm.«

»Bei den Sternen!« stöhnte der Krieger. »Ich hatte so sehr gehofft, daß Rabenhorst, Hellefeder und all die anderen, die dort geblieben sind, sich in Sicherheit befänden. Halten die Himmelsbestien sich immer noch im Turm auf?«

»Das weiß ich leider nicht«, antwortete Aschure. »Seit mehreren Tagen spüre ich sie nicht mehr. Vielleicht muß ich mich morgen damit zufriedengeben, Skrälinge zu durchbohren.«

Timozel saß in seiner Höhle hoch in den Felswänden des Gorkenpasses, wo er sich vor den Augen der ikarischen Späher verborgen hielt, und kaute an seinem Daumennagel.

Wo stecken sie? fragte er Gorgrael.

Das weiß ich auch nicht! Der Feldherr spürte deutlich, wie sehr das seinen Herrn verärgerte und verdroß. Wie konnten siebentausend Greifen einfach verlorengehen?

Gewiß wird Axis morgen früh angreifen, großmächtiger Fürst. Da käme es mir sehr gelegen, wenn die Bestien rechtzeitig über ihm auftauchten.

Haltet Ihr mich für einen Trottel, Timozel? Der Jüngling fuhr vor dem flammenden Zorn zurück, den der Zerstörer ihm entgegenschleuderte. *Ich wünsche mir genauso sehr wie Ihr, daß die Greifen Axis' Armee in Stücke reißen. Aber ich vermag nichts zu tun, bis ...*

Unvermittelt brach die Verbindung ab.

Meister? Herr? Fürst?

Timozel! Ich habe sie gefunden!

Acht Tage hatten die ebenso verwirrten wie verärgerten Greifen gebraucht, um durch das Labyrinth der Gänge und Schächte zurück in die oberen Ebenen des Krallenturms zu finden. Die ganze Zeit über hatten sie gejagt und die fehlenden Ikarier gesucht. Der Geruch der Vogelmenschen hing immer noch in den Gemächern, und sie nahmen ihre Witterung an allen Ecken und

Enden auf. Deswegen rechneten die Himmelsbestien ständig damit, hinter der nächsten Ecke endlich auf die große Masse ihrer Opfer zu stoßen. Und wenn sie dort schon wieder keine Ikarier antrafen, trösteten sie sich mit dem Gedanken, bei der nächsten Tür mehr Erfolg zu haben. Die Schatten und Trugbilder lockten sie, reizten sie bis aufs Blut, und die Greifen krochen in jedes Loch, in das sie nur irgendwie Einlaß fanden.

Aber die restlichen Vogelmenschen blieben verschwunden. Nagender Hunger vervielfachte die Wut der Ungeheuer noch, und nachdem sie unten nicht weiterkamen, stiegen sie auf der Suche nach Nahrung wieder nach oben. Höher und höher schob sich die widerliche Menge der Ungeheuer nach oben, und ihr Ärger zeigte sich in ihren rotglühenden Augen, in dem Dampf, der aus ihren Nüstern drang und in ihren Schreien, die im ganzen Berg widerhallten.

Als dann der erste Greif aus dem Turm auf einen der Flugbalkone stieg, bekam der Zerstörer endlich wieder Verbindung mit ihnen.

Auf, auf! Nach Westen, nach Westen! Sputet Euch. Wo habt Ihr Euch denn so lange aufgehalten?

Wir haben Schatten gejagt, Herr, erhielt der Zerstörer zur Antwort. *Im Krallenturm lebt niemand mehr … glauben wir jedenfalls.*

Dann breitet die Flügel aus, und fliegt. Setzt Euch endlich in Bewegung. Unvorstellbarer Reichtum an Nahrung erwartet Euch beim Gorkenpaß. Lebende Nahrung in riesigen Mengen, die nur darauf wartet, gefressen zu werden. Aber die Skrälinge werden auch ihren Anteil haben wollen.

Dann fressen wir die ebenfalls.

Hebt Euch Euren Zorn und Euren Donner für die Schlacht auf, meine schönen Lieblinge. Und nun macht Euch endlich auf den Weg!

Die ersten Himmelsbestien warteten, bis ihre Gefährten ebenfalls den Weg nach draußen gefunden hatten, und bald war der Gipfel wieder schwarz von ihnen. Als der Berg unter ihrem Gewicht stöhnte, hoben die Greifen ab, umflogen in einer wütenden schwarzen Wolke den Krallenturm, und als die letzten ihrer Geschwister aus dem Bauwerk kamen, setzten die Greifen sich in Richtung Westen in Bewegung und verdunkelten den Nachthimmel.

Nichts würde sie jetzt noch daran hindern können, sich die leeren Bäuche vollzuschlagen.

21 Täuschungen

Magariz stand etwas unruhig im ersten Dämmerlicht, während Belials Bursche sich damit abmühte, seinem Herrn die Rüstung anzulegen.

»Nehmt Euch zusammen, Fürst«, mahnte der Leutnant, »gleich bin ich so weit.«

»Ich muß gestehen, daß ich mir wünsche, dieser Tag wäre schon vorüber«, gestand Magariz.

»Geht mir genauso, mein Freund, geht mir ganz genauso.«

Überall im Lager rüsteten sich die Soldaten zur Schlacht. Als Belial einen Blick zum Zelt von Axis und Aschure hinüberwarf, bemerkte er auch dort sich emsig bewegende Schatten.

Belials Bursche trat einen Schritt zurück, und der Leutnant richtete sich gerade auf und sah seinen Freund an. »Aufgeregt, Fürst?«

»Woher denn? Nur ein bißchen Todesangst, sonst nichts.«

»Kein Soldat sollte sich schämen, seine Furcht einzugestehen«, entgegnete Belial. »Ich habe in der Nacht kaum ein Auge zugetan. Versucht die Sache doch einfach so zu sehen, Magariz: Entweder sind wir heute abend alle tot, oder wir leben noch. Und wenn wir verlieren und Timozels Scharen das Schlachtfeld behaupten, möchte ich lieber tot sein, als mit ansehen zu müssen, wie alles, was wir in Tencendor aufgebaut haben, wieder zerstört wird.«

»Ihr habt heute wohl wieder Euren philosophischen Tag, was?« bemerkte Axis gutgelaunt. Belial drehte sich zu ihm um und konnte ihn nur anstarren.

Der Krieger war in sein goldenes Langhemd gekleidet, auf

dem die blutrote Sonne prangte. Von seinen Schultern floß ein roter Umhang, und sein Bart funkelte golden in der gerade aufgehenden Sonne. Er hatte ihn sich kurz getrimmt und das Haar zurückgekämmt und zu einem Zopf zusammengebunden. Seine Hände ruhten auf dem Griff eines Schwertes, und Belial erkannte in ihm die Waffe des getöteten Jorge.

»Vielleicht bekomme ich ja heute Timozel vor die Klinge«, sagte der Sternenmann.

»Seid Ihr denn von Sinnen?« fuhr sein Leutnant ihn an. »Wo bleibt Eure Rüstung? Axis, Ihr fallt schon in der ersten Minute, wenn Ihr so in die Schlacht reitet!«

Der Krieger sah ihn ernst an. »Ich will, daß der Feind weiß, mit wem er es zu tun hat. Und er soll stets sehen können, wo ich gerade stehe und kämpfe.« Mit einem Lächeln fügte er hinzu: »Und heute brauche ich keine Rüstung.«

Belial öffnete sofort den Mund zu einer strengen Entgegnung, aber nun trat Aschure aus dem Zelt mit Caelum auf dem Arm. Sie beredete kurz etwas mit einem Bewaffneten und stellte sich dann neben ihren Gemahl. »Belial, Axis und ich haben die halbe Nacht damit verbracht, uns Gedanken über den bevorstehenden Kampf zu machen. Infolgedessen haben wir den Schlachtplan ein wenig geändert.«

»Hol mich doch der Teufel!« entfuhr es dem Leutnant. »Gestern abend haben wir die Köpfe rauchen lassen, um unsere Strategie bis in die kleinste Kleinigkeit auszutüfteln, und jetzt kommt Ihr daher und teilt uns in einem Tonfall mit, als würden wir übers Wetter plaudern, daß Ihr schon wieder alles umgestoßen habt? Ohne auch nur einen Gedanken daran zu verschwenden, Euch mit Euren Befehlshabern abzustimmen!«

»Ich fürchte, wir müssen uns wirklich bei Euch entschuldigen«, gab Axis zu. »Ja, wir hätten uns mit Euch zusammensetzen müssen. Aber die Nacht war schon so weit fortgeschritten, als wir endlich Klarheit gewonnen hatten, daß wir es für wenig geboten hielten, Euch zu wecken.«

»Das hättet Ihr nicht gemußt, ich habe ja ohnehin die ganze Nacht wachgelegen«, murrte der Leutnant.

Magariz trat vor. »Dann laßt uns nicht länger im unklaren, Sternenmann. Was habt Ihr Euch ausgedacht, das eine Rüstung unnötig macht?«

Der Krieger hatte noch nie auf sie verzichtet, wenn er kämpfte. Er achtete auch streng darauf, daß seine Soldaten seinem Beispiel folgten. Und selbst Aschure trug stets ein Kettenhemd, wenn sie sich in den Kampf stürzte. Der Fürst erinnerte sich noch gut daran, daß die Zauberin während der Schlacht am Bedwyr Fort ebenso schwer gepanzert gewesen war wie die Männer.

»Ich habe nach Dornfeder und Ho'Demi geschickt«, entgegnete Aschure. »Wir brauchen sie hier.«

»Wenn die beiden eingetroffen sind, erklären wir Euch alles«, sprach Axis, nahm Caelum aus den Armen seiner Gemahlin und tauschte mit ihm kleine Scherze aus.

Belial konnte die drei nur anstarren. Als sie gestern abend alle am Lagerfeuer gesessen, und ihre Gedanken ausgetauscht hatten, war der Kleine kaum von seinem Vater zu trennen gewesen. Er saß die ganze Zeit auf seinem Schoß, und später schlief er in seinen Armen.

Der Leutnant brachte sich in eine bequemere Stellung, um seine schwere Rüstung besser tragen zu können. Man benötigte immer eine Stunde oder länger, um sich an das zusätzliche Gewicht zu gewöhnen. Und wenn sie stundenlang die Haut wundgerieben hatte, war man froh, sie endlich wieder loszuwerden. Aber die Nachteile einer Rüstung im allgemeinen bereiteten ihm jetzt die geringsten Sorgen.

Warum wirkte der Krieger so gelassen, ja, fast heiter? Belial kämpfte nun schon viele Jahre an seiner Seite, und sie hatten gemeinsam mehr Schlachten überlebt, als der Leutnant zählen konnte. Wenn eine solche Entscheidung bevorstand, hatte sein Freund regelmäßig gereizt gewirkt. Auf diese Weise entledigte er sich wohl seiner inneren Anspannung. So gelöst wie heute hatte Belial ihn jedenfalls noch nie erlebt. Was mochten die beiden in der Nacht im Zelt ausgekocht haben?

»Ah, da kommen ja der Geschwaderführer und der Häuptling«, sagte der Krieger. »Meine Freunde, heute wird Aschure mit uns kämpfen, und gleich welchen Sieg wir erringen, wir werden ihn ihr zu verdanken haben. Meine Liebe, erklärt den anderen bitte Euren Plan.«

Die junge Frau lächelte ihn an und wandte sich dann an die Befehlshaber. »Ihr Herren, heute wollen wir zwei Aufgaben erledigen. Zum einen, den Himmel von den Greifen zu reinigen. Und zum zweiten, das Land von Gorgraels Eiskreaturen zu befreien, vor allem von den Skrälingen. Das dürfte aber nicht zu schwer sein.«

»Wie bitte, Zauberin?« Dornfeder zog eine Braue hoch. In diesem frühen Tageslicht bot er einen beeindruckenden Anblick. Die Schwingen hatte er sich schwarz gefärbt, wie es die Ikarier zu tun pflegten, wenn sie in den Krieg zogen. Des weiteren hatte der Vogelmann sein Haupthaar und das Halsgefieder mit Öl zurückgekämmt, und seine dunklen Augen blickten sehr entschlossen drein. »Der Sieg über dieses Heer dort hinten sollte uns nicht schwerfallen? Mehrere hunderttausend Skrälinge sind da in Stellung gegangen, und was die verwünschten Greifen angeht, so wissen wir nicht einmal, wo sie sich versteckt halten!«

»Dornfeder«, begann die Jägerin voller Mitgefühl und legte ihm eine Hand auf den Arm, »die Himmelsbestien sammeln sich gerade zwischen den Felsen am Gorkenpaß. Sie sind gestern nacht hier eingetroffen – auf dem Rückflug vom Krallenturm.«

Der Geschwaderführer gab einen unterdrückten Schrei von sich und mußte sich abwenden. Als er seine Fassung zurückgewonnen hatte, konnte er Aschure wieder in die Augen sehen: »Herrin, dies schwöre ich vor allen Anwesenden – jeder Streiter der Luftarmada wird vor seinem Tod mindestens zweien dieser Mörder den Garaus gemacht haben. Um den Tod von Rabenhorst, Hellefeder und all den anderen zu rächen, die ihnen zum Opfer fielen. Verlaßt Euch darauf, Zauberin und Sternenmann, heute werdet Ihr allen Grund haben, stolz auf die Luftarmada zu sein!«

»Oh, aber ich weiß, daß ich heute mit den Ikariern mehr als zufrieden sein werde«, entgegnete die junge Frau. »Seht her.«

Sie nahm den Köcher vom Rücken und drückte ihn dem Vogelmann in die Hände. »Dornfeder, erinnert Ihr Euch an diese Pfeile?«

Verwirrt hielt der Geschwaderführer den Köcher, lächelte aber leicht verlegen, als ihm alles wieder einfiel. »Ja, Zauberin, das tue ich. Damals glaubte ich, Ihr vermöchtet nicht einmal, den Wolfen zu spannen, den ich Euch eitel und selbstgefällig vorführte. In meiner Vermessenheit versprach ich Euch sogar den Bogen selbst und einen Köcher voller Pfeile, die ich mit meinen eigenen Flügelfedern bestücken wollte, wenn Ihr mit ihm ein Ziel treffen könntet.«

»Und ich verlangte, daß Ihr die Federn so blau wie meine Augen färben solltet«, lachte Aschure. »Nun, wir alle wissen, wie der Wettstreit damals ausging. Und nun haltet Ihr eben diesen Köcher mit den von Euch befiederten Pfeilen in der Hand. Dornfeder, verkündet der Luftarmada, daß sie heute keine eigenen Waffen anzulegen brauche. Statt dessen reicht Ihr jedem Eurer Streiter einen Pfeil aus diesem Köcher.«

»Aber die reichen doch nicht einmal für drei Staffeln ...«

Die Jägerin legte ihm ihre Hände auf die Schultern. »Geschwaderführer, verlaßt Euch auf mich. Ihr werdet ausreichend Pfeile für jeden Eurer Kämpfer vorfinden, und auch noch einen für mich.«

Der Ausdruck der Zuversicht in ihren Augen und die Wärme und Nachdrücklichkeit ihrer Worte überzeugten den Ikarier. »Wie Ihr wünscht, Zauberin.«

»Und wenn wir heute das Schlachtfeld betreten, Dornfeder«, fuhr sie fort, »werden die Vogelmenschen mehr als genug Gelegenheit erhalten, an den Greifen Rache für das zu nehmen, was sie Eurem Volk angetan haben.«

Der Ikarier atmete vernehmlich auf. »Danke, Herrin.«

Axis zeigte mit der freien Hand, die nicht Caelum hielt, auf die glimmenden Äste: »Würde wohl jemand so liebenswürdig sein, dieses Feuer dort wieder in Gang zu bringen? Ich habe noch nicht gegessen, und kalt schmeckt mir das Frühstück nicht.«

»Aber, Herr ...« begann Magariz, und kam nicht weiter, weil der Krieger ihm seinen Sohn überreichte.

»Fürst, heute wird Eure Aufgabe darin bestehen, für Caelum das Kindermädchen zu spielen. Denn meine Gemahlin und ich wünschen, daß mein Erbe in der ersten Reihe reitet. Davon abgesehen, Magariz, werdet Ihr bald mit einem eigenen Sohn gesegnet sein, und da kann es nicht schaden, Euch schon einmal in Umgang mit Säuglingen zu üben.«

»Axis!« rief Belial. »Wollt Ihr uns nun endlich in das einweihen, was Ihr und Aschure Euch überlegt habt?«

Das Lachen auf den Lippen des Kriegers erstarb. »Wir haben Euch lange genug hingehalten und unseren Spaß mit Euch getrieben. Das habt Ihr eigentlich nicht verdient, und dafür entschuldigen wir uns. Setzt Euch nun mit uns ans Feuer und legt Eure Rüstungen wieder ab. Gebt den Befehl an alle Abteilungen weiter. Meine Soldaten sollen sich nun mit einem üppigen Frühstück stärken, denn ich werde erst am Vormittag das Schlachtfeld betreten. Die Kämpfer sollen nur soviel Panzerung anlegen, daß sie in der Sonne funkeln, wie es sich für die Männer des Sternenmanns gebührt.«

Und als dann alle ihren Platz am Feuer eingenommen hatten, erläuterten der Krieger und seine Gemahlin ihnen ihren Schlachtplan.

Eine Stunde vor Mittag ritten sie an den Ruinen der Stadt Gorken und der gleichnamigen Festung vorbei. Die Männer bewegten sich in geschlossener Formation, und die Ikarier flogen ein Stück hinter ihnen am Himmel. Axis schüttelte sich bei der Erinnerung an all die braven Soldaten, die er vor Jahren hier verloren hatte. Doch dann zwinkerte er Caelum zu, der vor Magariz im Sattel saß. Wie der Krieger es verlangt hatte, hatte der Fürst sich des Großteils seiner Rüstung entledigt und trug nur die Brustplatte, die in den Strahlen der hellen Sonne glänzte. Ohne die hinderliche Panzerung fand sich im Sattel auch ausreichend Platz für den Knaben. Caelum wirkte sehr aufgeregt darüber, in seine erste Schlacht ziehen zu dürfen. Seine Wangen hatten sich gerötet, und seine Augen blickten hell und klar. Er war ganz in blaugetupften weißen Pelz gekleidet, der seine Haut ausreichend vor dem kalten Wind schützte.

Axis sah zur anderen Seite. Dort ritt seine Gemahlin mit den Hunden in geordneten Reihen, und ihr folgte Belial. Der Leutnant hatte längst seine gewohnte gute Laune wiedergewonnen. Während des Rittes plauderte er angeregt mit Aschure darüber, welche Öle man am besten einem Feuer zugebe, um das Eisen von Pfeilspitzen zu härten.

Hinter der Burg schwenkte Axis mit seiner Kolonne nach Norden. Das Schnauben und Stampfen der Pferde, das Klirren von Gerät und Waffen und das helle Klingeln der Rabenbunderglöckchen wärmten ihm das Herz. Er wußte, daß seine Armee ein hervorragendes Bild abgab, und er hoffte, daß Timozel bei diesem Anblick etwas unbehaglich wurde.

»Gorkenpaß«, murmelte er leise und trieb Belaguez zu einem schnelleren Trab an.

Timozel saß in seiner Höhle, verfolgte den Anmarsch ... und lachte.

»Was für ein närrischer, verblendeter Krieger«, höhnte er, während er den Anblick mit seinem Herrn teilte. »Seht nur, wie Axis für alle erkennbar seinem jämmerlichen Haufen voranreitet. Sie marschieren geradewegs auf uns zu – und damit in den sicheren Tod. Schaut doch, sie haben nicht einmal die Beinschienen angelegt ... und auch die Helme nicht unter dem Kinn festgebunden!«

Dann sorgt dafür, Feldherr, daß Ihr ihnen diesen sicheren Tod auch bereitet. Ich bin der Spielchen nämlich müde, die der Krieger und seine Hexe mit uns treiben.

Welche Hexe? fragte sich der Jüngling, zerbrach sich aber nicht lange den Kopf darüber. Gorgrael schien sich ja sehr mit dieser Frau mit dem auffallend schwarzen Haar zu beschäftigen – jetzt entdeckte Timozel sie auch, wie sie neben Axis ritt –, aber sollte sein Feind doch mit seiner Schlampe ins Feld ziehen. Dann hätten die Seinen eben heute abend eine Mahlzeit mehr.

Doch dann verging dem Jüngling das Feixen.

Jeder gute Feldherr würde seine Truppen nun aufteilen und anrücken lassen – um sämtliche gegnerischen Verbände beschäftigt zu halten und eine Schwachstelle zu finden. Timozel hatte seine Bataillone breit und dicht gestaffelt fünf Meilen tief am Ende des Passes antreten lassen. Axis aber ließ seine Soldaten in einer jeweils langen Kolonne an den Seiten des Passes entlangmarschieren – und die Mitte blieb frei. Kein vernünftiger General wäre auf eine solche Vorgehensweise verfallen.

Führte der Krieger hier ein Scheinmanöver durch ... oder ließ er seine Männer paradieren?

Die Luftarmada, jene widerwärtigen und teuflischen geflügelten Unaussprechlichen, landete jetzt hinter Axis und seinen Offizieren im Schnee, und Timozel glaubte jetzt erst recht nicht, seinen Augen trauen zu können.

Jeder Ikarier trug nur einen einzigen Pfeil, und nicht einmal einen Bogen dazu.

Die Rechte des Jünglings verkrallte sich im Fell des Greifen, der neben ihm lag. Die Himmelsbestien waren in der vergangenen Nacht endlich eingetroffen, und der Feldherr hatte ihnen befohlen, sich in den Felsen der Alpen zu verstecken und bereitzuhalten. Auf sein Zeichen hin sollten sie sich auf Axis' Armee stürzen.

Neugierig betrachte Timozel erneut den seltsamen Anmarsch ... und erstarrte ein drittes Mal.

War das tatsächlich ein Säugling, der da mit auf dem Sattel eines der Befehlshaber saß? Der Jüngling grinste hämisch. Nach der schweren Selbstverwundung am Azle schien Axis' Verstand in Mitleidenschaft gezogen worden zu sein. Jetzt führte er also schon Kleinkinder gegen ihn ins Feld? Oder hatte der Krieger sich in einer Art Geistesverwirrung dazu entschlossen, seine ganze Familie an seinem Untergang teilhaben zu lassen? Timozel konnte gar nicht mehr aufhören zu lachen.

Der Sternenmann winkte seine Befehlshaber jetzt zur Seite, und nach einer Weile standen nur noch er, diese seltsame Frau und die Luftarmada da. Die beiden unterhielten sich eine Weile, dann wendete Axis sein Roß und ritt zu seinen Soldaten, die sich am Flußufer aufgebaut hatten. Nun stieg die Frau ab, schickte das Rudel Köter, das sie begleitete, dem Krieger hinterher, und schritt dann auf die Skrälinge zu, bis sie etwa zweihundert Schritt vor deren ersten Reihen stehenblieb.

Timozel mußte zugeben, daß die Schwarzhaarige wirklich begehrenswert aussah. Der Greif an seiner Seite grunzte, und der Jüngling betrachtete wieder die Frau. Was mochte sie nur vorhaben?

Langsam ließ sie den Blick über die Klippenwände schweifen.

Aschure sah die Greifen zwar nicht, spürte sie dafür aber um so mehr. Die Bestien lagen wartend in den Felsen. Die junge Frau konnte sich ausrechnen, daß jeder einzelne von ihnen jetzt den Blick auf sie richtete. Die Jägerin lächelte, breitete die Hände aus, um zwischen ihnen ihre Zaubermacht zu sammeln, und rief leise: »Liebste.«

Sofort fielen alle Greifen in Schlaf und träumten ihren Traum.

Aschure wollte nicht mehr, als die Bestien in einen Schlummer zu versetzen, und gebrauchte ihre Macht daher nur behutsam. Und sie spürte sofort, welche Wirkung ihr Zauber erzielte. Alle Greifen schlossen gemeinsam die Augen und ergaben sich wohlig seufzend dem Traum.

Timozel betrachtete beunruhigt den Greifenvogel an seiner Seite. Das Tier hatte sich auf die Seite gerollt und die Augen wie zum Schlaf geschlossen. Es zuckte und stöhnte, als sei es läufig.

Das überraschte ihn so sehr, daß er vergaß, seinen Herrn davon in Kenntnis zu setzen. Gorgrael ging derweil verdrossen in seiner Kammer auf und ab und fragte sich, was jetzt schon wieder geschehen sein mochte.

Aschure lachte und streckte beide Arme aus. Die Kraft der Götter strömte nun aus ihren Augen und von ihren winkenden Fingern. »Liebste? Seid Ihr da?«

Überall zwischen den Felsen regte sich etwas, so als seien die Steine selbst in Bewegung geraten. Die Himmelsbestien wanden und streckten sich. Der Traum ließ sie ebenso wenig los wie ihre erwachende Leidenschaft.

»Liebste? Warum kommt Ihr denn nicht zu mir? So kommt doch!«

Die sanfte Stimme hallte durch den Geist der Wesen und reizte ihre Lust noch mehr.

»Ich warte hier auf Euch, hier unten im Schnee. Kommt doch, gesellt Euch zu mir.«

Schon schob sich der erste Greif über den Klippenrand und stürzte in die Tiefe.

In der Eisfestung schreckte der Zerstörer nun von dem Stöhnen und Jammern auf, das aus allen Gängen und Fluren zu ihm drang. Er riß die Tür seines Gemachs auf und schaute nach draußen. Halbwüchsige Greifen, denen man bereits ansah, daß sie Junge in sich trugen, wanden sich überall am Boden, und ihr Stöhnen schwoll zu einem unheilvollen Chor an. In der Eisfestung hielten sich etwa fünfundsechzigtausend Himmelsbestien auf, die alle gleichzeitig eingeschlafen und ins Traumland gelangt sein mußten.

Liebste? Liebste!

Gorgrael starrte seine Schoßtiere verständnislos an; denn diesmal war er von Aschures Traum ausgeschlossen. Was mochte bloß in sie gefahren sein. Fast hätte man meinen können, daß sie sich den Magen verdorben hatten und an heftigen Leibschmerzen litten.

»Ja, meine Schöne, meine Hübsche«, gurrte Aschure, und die Greifin stapfte durch den Schnee auf sie zu. »Kommt nur zu mir, meine Liebste. Ich werde Euch die Erfüllung verschaffen, nach der Ihr Euch so sehr sehnt.«

Die nächste Greifin segelte vom Klippenrand hinab, dann die dritte, die vierte und immer mehr, bis die Felsen schwarz von ihnen waren. Wer gelandet war, hatte nichts Besseres zu tun, als sich Aschure zu nähern.

»Liebste? Liebste, so kommt doch ... nur her zu mir.«

»Was ist denn das?« murmelte Timozel ebenso entsetzt wie verwirrt, als er mitansehen mußte, was am Fuß des Passes geschah. Noch während der Jüngling hinstarrte, sprang auch der Greif an seiner Seite aus der Höhle und segelte nach unten. Weinend und schnaufend schloß die Bestie sich gleich ihren Schwestern auf deren Zug zu der schwarzhaarigen Frau an.

»Die Zauberin!« entfuhr es dem Jüngling, und er sprang auf.

Bald war kein Schnee vor lauter Greifen mehr zu sehen. Sie wogten wie ein Meer heran, eine siebentausend Wesen starke Woge aus Federn, Fell, Raubtierschwänzen und Adlerschädeln. Aschure strich dem ersten Wesen liebevoll über den Kopf, und die dahinter fingen an zu drängen und zu schreien.

Während die Jägerin nämlich das erste streichelte, nahmen die anderen die Berührung in gleicher Weise wahr. Wie ein Mann bewegten die Bestien ihre Häupter im Rhythmus zu Aschures Hand.

Und in ihrer Ekstase konnten sie an nichts anderes mehr denken und sperrten alles Sonstige aus ihren Gedanken aus.

Die freie Hand hielt die Frau aber hinter dem Rücken, und dort gab sie den Ikariern das Zeichen, sich ihr zu nähern.

Timozel konnte sich endlich genug fassen, um das, was er da miterlebte, Gorgrael mitzuteilen.

Verdammte Hexe! schrie der Zerstörer in seinen Gedanken. *Sie wird die Ärmsten genauso hinters Licht führen wie mich! O Ihr Greifen, meine Lieblinge, Ihr dürft nur auf mich hören!*

Aber die Himmelsbestien dachten im wahrsten Sinn des Wortes gar nicht daran; denn sie waren bei der Liebsten, und jede von ihnen hatte das Gefühl, die Frau stünde vor ihr, um ihr den Kopf und den Bauch zu streicheln. Die Greifen stöhnten im Gleichklang und legten sich schließlich auf den Rücken, damit die Liebste ihnen richtig den Bauch kraulen konnte.

Oh! Ah. Ja. Genau dort. Ja, noch einmal.

Hört mir zu! tobte Gorgrael kreischend durch sein Gemach,

ballte die Fäuste und breitete ärgerlich die Flügel aus. *Ich allein bin Euer Herr!*

Aschures Lächeln wurde tiefer, als sie Dornfeder neben sich sah. Er starrte fassungslos auf den Anblick, der sich ihm bot, und sagte sich, daß man das mit eigenen Augen gesehen haben mußte, um es zu glauben.

Die Jägerin berührte nur die erste Greifin, aber es war, als berühre sie auch alle anderen. Wenn die erste stöhnte, stöhnte die ganze Schar, und wenn die erste sich auf den Rücken legte, drehten sich auch alle anderen auf den Rücken. Die bleichen, weichen Unterseiten aller siebentausend Bestien boten sich nun dem Sonnenlicht dar, die Leiber der Wesen zuckten, und ein jedes verdrehte lustvoll die Augen.

Erst als Aschure ihn streng ansah, zuckte der Vogelmann zusammen und erinnerte sich, daß er nicht zum Schauen gekommen war. Dornfeder hielt der Zauberin den Köcher hin, und wie sie es prophezeit hatte, befand sich darin noch ein Pfeil. Aschure nahm ihn mit der freien Hand, während sie mit der anderen weiter die Bestie am Bauch kraulte.

Dann gab sie dem Geschwaderführer ein Zeichen.

Dornfeder nickte und winkte die Luftkämpfer noch näher heran. Jeder von ihnen stand mit einem blaugefiederten Pfeil in der Hand bereit.

»Liebste«, flüsterte die Jägerin, »der Moment der vollkommenen Erfüllung ist da!«

Und die Greifin stöhnte noch wilder.

Nein! schrie Gorgrael in seiner Eisfestung, als Aschure den Pfeil fester packte. *Neiiiin!*

Die Zauberin lächelte, als sie den Widerhall seiner Stimme in ihren Gedanken vernahm. Dann stieß sie den Pfeil in den verwundbaren Bauch der Bestie.

Das Wesen kreischte, wollte gar nicht mehr damit aufhören und verlangte nach immer mehr. Den Gefallen tat Aschure ihm gern, riß den Pfeil aus dem Leib, stieß noch einmal zu und ein drittes Mal.

Selbst als die Greifin sich in eine graue Masse verwandelte, hatte sie immer noch nicht genug und schrie nach mehr, mehr, mehr.

In der Eisfestung aber kreischten die jeweils neun Jungen der Greifen ebenso lusterfüllt … und starben auf die gleiche Weise. Sie lösten sich einfach auf, bis nichts mehr von ihnen übriggeblieben war.

Zwischen den zuckenden und sich windenden Leibern der Himmelsbestien schritten die Vogelmenschen einher und versenkten ihre Pfeile in ihnen. Und jedesmal, wenn eine Greifin ihr Leben aushauchte, taten dies auch ihre neun Jungen in der Eisfestung. Zusammen mit ihrer Mutter schrien sie in höchster Ekstase, ehe sie vollständig vergingen.

Der Zerstörer brüllte so laut er konnte in Timozels Gedanken: *Macht diesem Wahnsinn ein Ende! Jetzt! Sofort! Auf der Stelle! Los, Mann!*

Timozel wand sich ebenfalls, aber nicht vor Lust wie die Bestien, sondern vor Entsetzen über das Gezeter seines Herrn. Er riß sich aber schließlich zusammen und befahl den Skrälingen, vorwärts zu stürmen.

Doch als die Kreaturen gegen die Vogelmenschen anrückten, explodierte der Schnee vor ihnen, und mächtige Eisbrocken schossen senkrecht in den Himmel. Kreischend prallten die Skrälinge zurück. Sie würden nie vergessen, wie viele ihrer Kameraden in den Fluten des plötzlich aufgebrochenen Eises des Azle untergegangen waren, und keinen von ihnen gelüstete es, ein ähnliches Schicksal zu erleiden. Selbst die Skräbolde, die über ihren Scharen flogen, vergaßen, die Geister weiter anzutreiben. Zu sehr waren sie erfüllt von ihrem Entsetzen über den Tod der Greifen und den Eisspeeren, die nun drohend am Himmel hingen.

Axis saß derweil tief in Gedanken versunken auf seinem Streitroß. Er erzeugte nur ein Trugbild, und nicht einmal ein besonders aufwendiges. Aber Eis und Wasser reichten allemal aus, die Skrälinge in Angst und Schrecken zu versetzen. Und das Bild von den Himmelsbestien, die sich lustvoll stöhnend freiwillig auf den Rücken legten, um sich dann mehrfach erstechen zu lassen, überzeugte sie davon, daß hier übermächtiger Zauber am Werk sei.

Hinter dem Krieger sah die Armee staunend zu. Niemals hatten die Soldaten erlebt, wie ein Gegner sich so ohne Gegenwehr abschlachten ließ.

Aschure stand unbewegt mit dem Pfeil in der Hand da. Die Himmelsbestie vor ihr war tot, das Fleisch fiel von ihren Knochen und kehrte zu seinem Ursprung zurück zu den Gräbern, aus denen es stammte. Die Dunkle Musik, die sie geschafften hatte, hatte sie wieder verlassen. In kürzester Zeit hatte die Bestie sich vollständig aufgelöst.

Die Jägerin hob den Kopf. Die Luftkämpfer hatten sich bis zu den hintersten Reihen der Greifen vorgearbeitet. Nur wenige ihrer Gegner wanden sich noch lustvoll und in Erwartung der verheißenen höchsten Erfüllung. So wie ihre Schwestern boten sie nur zu bereitwillig den zustoßenden Pfeilen ihre weichen Bäuche dar.

Gorgrael fiel auf die Knie und umklammerte mit beiden Händen die Türpfosten.

Vor ihm lag ein Gang voller Blut und sonst nichts. Sein gesamter Greifenschwarm, seine Familie … alle dahin und vernichtet. Nicht ein Fetzen ihres Fleisches war noch da, aus dem er eine neue Gruppe hätte schaffen können. Blut allein besaß für ihn keinen Nutzen. Gorgrael brauchte die graue Materie, den Grundbestandteil für Fleisch. Aber davon war ihm nichts geblieben. Vermutlich war alles zurückgekehrt zu den uralten Greifengräbern. Und so weit reichte seine Macht nicht, sie von dort zurückzuholen.

Aber so weit dachte Gorgrael in diesem Moment gar nicht. Er preßte das Gesicht auf den Boden, legte die Arme über den Kopf und wimmerte hemmungslos. Weinte um den Verlust seiner Freunde, seiner Kinder, die ihn für immer verlassen hatten.

Und so wandte sich der Zerstörer ganz seiner Trauer zu. Schon, um nicht auch noch den Untergang seiner Skrälinge mitansehen zu müssen.

Endlich richtete Dornfeder sich wieder gerade auf und sah sich um. Sein rechter Arm war bis zum Ellenbogen mit Greifenblut beschmiert, und er blickte zufrieden um sich. Aschure winkte, und der Geschwaderführer rief seine Luftkämpfer zusammen. Wenig später befand sich die Armada wieder in den Lüften und kehrte zu den hinteren Linien der Armee des Sternenmanns zurück. Sie hatten ihre Arbeit getan, und jetzt bestand ihre Aufgabe nur noch darin, sich aus dem Kampf herauszuhalten.

Axis ließ den Blick über seine Reihen wandern. Waren alle bereit?

Ja, stellte er erleichtert fest und suchte seine Gemahlin.

Aschure war ganz allein auf dem Paß. Das einzige, was noch an die Greifen erinnerte, war der zertrampelte, blutgetränkte Boden rings um die Zauberin. Sie sank auf ein Knie und bedeckte das Gesicht mit den Händen.

Vor ihr faßten die Skrälinge nun, da das Massaker unter den Himmelsbestien beendet war, neuen Mut und marschierten wieder los.

»Mirbolt«, flüsterte die Zauberin.

Und der Mirboltbaum hatte die Wurzeln tief in die Höhlen der Erde vorgeschoben, um dort alle enthaltenen Geheimnisse zu ergründen. Ihr Wipfel aber ragte so hoch hinauf, daß der Sternentanz zwischen ihren Blättern erklingen konnte.

Der Nordra rauschte und donnerte, und der Rhythmus seines Wellenschlags ähnelte wie von ferne der Musik, die Mirbolt und ihre Schwestern zusammen mit der Mutter und dem Erdbaum erzeugten, der sich stark und strahlend schön im nördlichen Hain erhob.

Die Magierin Mirbolt war mit ihrem neuen Dasein als Baum zufrieden.

Mirbolt?

Sie hielt inne, erinnerte sie sich doch an diese Stimme.

Mirbolt, ich bedarf Eures Beistands.

Ja, sie erinnerte sich daran, daß Aschure sie eines Tages um Hilfe bitten würde.

Was soll ich tun? sang Mirbolt.

Die Zauberin seufzte erleichtert auf. *Mirbolt, blickt durch meine Augen.*

Vor ihr stürmten die Kreaturen nun mit Macht vorwärts, und ihren vorherigen Schrecken schienen sie vollkommen vergessen zu haben. Sie sahen nur noch die Frau, die allein vor ihnen kniete. Ihre Macht war offenbar gebrochen, und der Pfeil lag nutzlos neben ihr. Geduldig schien sie nur noch auf den Tod zu warten.

Die Geister lachten, wisperten und rülpsten.

Immer schneller rannten sie.

Axis wurde zunehmend unruhiger. Die Skrälinge hatten bereits ein gutes Stück des Wegs zu seiner Gemahlin bewältigt … die aber kniete weiterhin da und wirkte furchtbar hilflos und verletzlich.

Aschure, nur ein Wort von Euch, und ich befehle den Angriff!

Nein, Liebster. Mirbolt lauscht und sieht. Habt noch etwas Geduld.

Und der Baum der Magierin erblickte die Feinde. So wie der Erdbaum die Skrälinge vor zweieinhalb Jahren erblickt hatte. Und voll Zorn schrie sie, daß der Himmel erbebte.

Mirbolt! Zügelt Eure Wut! Laßt sie nicht nutzlos verströmen. Sprecht mit Euren Schwestern. Setzt Euch mit ihnen in Verbindung, und zeigt ihnen, was Ihr jetzt seht. Flüstert mit dem Erdbaum, und bittet ihn um Hilfe. Tut dies mir zuliebe, Mirbolt, und um unserer gemeinsamen Liebe zu Faraday wegen. Und nicht zuletzt um des magischen Landes willen, in dem wir beide leben.

Die Kreaturen hüpften und sprangen heran, streckten die spitzen und scharfen Krallen aus, fletschten die Zähne und versprühten Geifer und Speichel aus den offenen Mäulern.

Seht Ihr es, Mirbolt? Erkennt Ihr, was uns bedroht?

Und die Magierin sah genau hin und erkannte die Skrälinge und gab ihr Wissen an die anderen weiter. Ärger wogte durch die

Wälder des westlichen Tencendor und breitete sich vom Erdbaum im Norden bis zum Wald der Schweigenden Frau im Süden aus.

Der Erdbaum kannte diese Gefahr bereits und erkannte auch die einmalige Gelegenheit, das Land von dieser schrecklichen Bedrohung zu befreien. Nie wieder sollten seine Töchter oder die Awaren befürchten müssen, von diesem Feind vernichtet zu werden.

Aschure, flüsterte der Erdbaum, und die junge Frau schloß angesichts seiner großen Macht die Augen. *Aschure, Ihr habt um meinetwillen und zur Rettung meiner Kinder den Pfluggott erschlagen. Dafür sind wir Euch zu Dank verpflichtet. Zum Lohn will ich für Euch singen.*

Der Erdbaum änderte die Melodie und den Rhythmus seines Lieds. Nicht länger sang er das Lied seiner Entstehung, sondern ... etwas ganz Neues.

Und nun schwiegen alle Bäume des neuen Waldes von Tencendor, um besser lauschen und lernen zu können. Dann summten sie eine Weile mit und fügten dem Lied schließlich ihre eigene Stimme hinzu.

Aschure öffnete die Augen wieder und lächelte erleichtert. Sie hörte das Keuchen der nahenden Kreaturen, spürte deren ekle Hitze auf ihrer Haut und fühlte, wie Axis es vor Sorge kaum noch aushielt.

Liebster, haltet Euch zurück, denn hier kommen sie!

Der Krieger wandte unter Aufbietung aller Willenskraft den Blick von seiner Gemahlin ab und blickte den Paß hinunter nach Süden. Und die Kämpfer folgten seinem Blick. Pferde scheuten, und die Alaunt zogen sich mit eingezogenem Schwanz zurück.

Rache. Wie eine mächtige Flut raste rächende Gewalt über das Land. Es war das Lied des Waldes, erfüllt von uraltem Zorn. Einer gewaltigen Todeswelle gleich rauschte sie heran.

Die Skrälinge verharrten nun ein paar Schritte vor Aschure, und ihr Lachen und ihr Rülpsen verwandelte sich in ängstliches Wimmern.

Als die Zauberin die Woge hinter sich spürte, ließ sie sich mit dem Gesicht voran in den Schnee fallen und machte sich so flach wie möglich. Die ausgestreckten Hände umschlossen den Pfeil, dessen Spitze auf die Geisterhorden zeigte.

Das Lied donnerte über das Land, fegte über die Köpfe von Mensch und Tier hinweg, ließ Getreide hin und her schwanken und brachte Häuser zum Beben. Die Bewohner warfen sich in Todesangst zu Boden, aber das Lied tat ihnen nichts, beachtete sie nicht einmal; denn es hatte nur ein Ziel, nur eine Bestimmung.

Die Frau lag ausgestreckt im Schnee, hielt mit den Händen den Pfeil, und Körper wie Geschoß waren wie ein Zeichen auf die Skrälinge gerichtet.

Die an den Felswänden der Alpen und damit in der Falle saßen.

Einige Skrälinge versuchten davonzulaufen. Aber sie standen so ungeheuer dicht beieinander, daß sie sich gegenseitig behinderten. Etliche gerieten in Panik und stürzten in die Fluten des Andakilsa, um sofort von den Wassern verschlungen zu werden. Andere wurden am harten Fels zu Tode gedrückt, als ihre Kameraden sich in ihrer Not über sie schoben und drängten.

Und weiter rauschte das Lied auf sie zu. Es raste über die Ruinen der Stadt Gorken, und die mächtige Burg erzitterte von seinem Dröhnen.

Das Lied toste über die Ebenen, die zum Paß führten, und es jagte zwischen den beiden Kolonnen von Axis' Armee hindurch, die sich an die Wände der Berge drückten, die Mitte aber freiließen. Nicht einem Mann wurde ein Haar gekrümmt.

Und nun erblickte das Lied die Frau im Schnee, die ihm so deutlich den Weg wies. Das Lied raste über Aschure hinweg, und auch wenn ihr kein Leid geschah, erzitterte sie doch unter seiner Macht.

Dann traf das Lied, gestärkt durch die Macht des wiedergeborenen Waldes, auf die wimmelnden Massen der Geisterkreaturen.

Und die Skrälinge wurden niedergemäht. Glieder flogen von Rümpfen, Köpfe von Schultern. Unterkiefer rissen von Schädeln, und Zähne regneten zu Boden.

Die Skräbolde wurden in den Himmel geschleudert und fielen in Fetzen herab.

Selbst die Eiswürmer, die zusammengerollt auf ihren Einsatz warteten, wurden eine Beute des Liedes und zerplatzten.

Innerhalb von kürzester Zeit hatte das Lied die gesamte Skrälingenschar ergriffen und zerrissen.

Und nachdem der Feind vollständig und ganz und gar vernichtet war, verging das Lied des Waldes.

Tief im Süden und Osten summten die Bäume sich leise etwas zu, raschelten mit ihrem Laub und zeigten so auf ihre Art ein hochzufriedenes Lächeln.

Habt Dank, Mirbolt, und auch Ihr, Erdbaum. Seid von Herzen bedankt, Wald.

Vergeßt uns nicht, Aschure.

Axis gab seinem Hengst die Sporen und starrte auf das, was sich seinen Augen bot. Und hinter ihm staunten seine Soldaten nicht weniger.

Wo vorher ein gewaltiges feindliches Heer gestanden hatte, blies nun nur noch kalter Wind. Trieb Schnee fast fürsorglich über Berge von Skrälingszähnen, dem einzigen Überbleibsel von Gorgraels einstmals unüberwindlich geglaubter Streitmacht. Und kurze Zeit später waren selbst kleine Brisen zur Ruhe gekommen, und der Paß hüllte sich in Stille und Schweigen.

Aschure hatte Axis erzählt, daß der Erdbaum im Verein mit seinen Töchtern solche Macht auszulösen vermochte. Und daß es sich dabei um eine vielfach verstärkte Wiederholung der Macht handle, mit der der Erdbaum in der Nacht des ersten Jultidenfestes die Skrälinge vernichtet habe.

Axis hatte ihr geglaubt. Er konnte nur noch nicht so recht fassen, daß dieses riesige Heer, das ihn so lange geplagt und bedrängt hatte, nun wie mit einem Federstrich ausgelöscht und von der Erde getilgt worden war.

Er sprang neben seiner Gemahlin aus dem Sattel und hob sie hoch. »Ihr seht mich in tiefster Verehrung vor Euch«, flüsterte er.

Timozel lag zwischen den Felsen vor seiner Höhle und zitterte, weil er es einfach nicht fassen konnte. Alle fort! Alles verloren! Seine Vision … nichts davon hatte sich bewahrheitet!

Er stritt für einen mächtigen Herrn, und im Namen dieses Herrn führte er das mächtigste Heer, das sich viele Meilen weit in alle Himmelsrichtungen erstreckte.

… aber dieses Riesenheer hatte sich von einem Augenblick zum anderen in ein Nichts aufgelöst.

Die ruhmreichsten Siege standen ihm bevor …

… aber leider überwogen die Niederlagen.

Im Namen seines Herrn sollte er das Reich Achar von dem Geschmeiß befreien, das es bedrängte …

… Lügen, Lügen, nichts als Lügen.

Sein Name sollte bis ans Ende aller Zeiten in den Sagen der Völker fortleben …

Timozel lachte bitter, zuerst leise, doch dann immer lauter und hemmungsloser. Dieses Lachen zerriß ihn schier, und es war grauenhaft anzuhören.

Bei diesen Lauten fuhren Axis und Aschure zusammen und wandten sich zu den Felswänden um.

»Dort oben«, zeigte sie.

»Timozel, endlich«, knurrte er und packte das Schwert an seiner Seite fester.

»Zu spät, mein Liebster. Seht Ihr nicht, wie hoch er in den Klippen steckt. Und nun verschwindet er zwischen den Felsen.«

»Offenbar muß er zurück in das Nest seines Herrn.« Der Krieger wollte die Luftarmada hinaufschicken, besann sich dann aber eines Besseren. »Nein.«

»Warum nicht?« Die Jägerin sah ihn verwundert an.

»Timozel wird zu Gorgrael laufen, und dort sehen wir ihn dann bestimmt wieder. Ich möchte derjenige sein, der ihm diese fünf Handbreit Stahl in den Leib stößt. Dornfeder und seine Luftkämpfer haben heute schon genug Belohnung erhalten.«

Der Feldherr kämpfte sich keuchend durch die Berge. Die Luft in diesen Höhen war frostig und das Atmen fiel ihm schwer. Er wollte zur Eisbärküste, und jeden vierten oder fünften Schritt warf er einen bangen Blick über die Schulter zurück. Timozel rechnete fest damit, von diesen gefiederten Ungeheuern verfolgt zu werden.

»Freund Timozel!«

Der junge Mann blieb stehen. »Wer nennt mich so?«

Von einem Felsvorsprung vor ihm stieg Freund, der Liebe Mann Gorgraels. Sein Umhang wehte, als er von Stein zu Stein sprang, und dennoch konnte Timozel das Gesicht unter der Kapuze auch jetzt nicht erkennen.

»Erinnert Ihr Euch?« lachte der Dunkle. »Zugegeben, wir haben uns lange nicht gesehen.«

»Alles ist verloren«, flüsterte der Feldherr.

»Ach was, mein Freund, überhaupt nicht. Alles ist noch so, wie es sein sollte. Ein oder zwei Rückschläge können Euch doch nicht entmutigen! Ich verspreche Euch, daß alles gut ausgehen wird.«

»Wie könnt Ihr das sagen ...«

»Timozel«, unterbrach Freund ihn und faßte ihn am Arm, worauf der Jüngling sich von Wärme und Frieden durchströmt fühlte. »Alles wird gut.«

»Wirklich?«

»Glaubt es mir. Aber nun hört zu: Wir sammeln neue Truppen und lassen sie vor der Eisfestung in Stellung gehen. Axis muß wohl oder übel dorthin, nicht wahr?«

»Stimmt.«

»Und Ihr werdet immer noch die Gelegenheit erhalten, Faraday zu retten, junger Mann.«

Der Feldherr erstarrte. »Trotz all dieser Katastrophen vermag die Edle immer noch gerettet zu werden?«

»Aber gewiß doch!« rief der Dunkle. »Gerettet und zum Licht geführt. Hört nun, Freund, ein Stück den Paß hinunter liegt mein sehr seetüchtiges Boot. Damit können wir den Iskruel Ozean befahren und zu Gorgrael rudern. Was haltet Ihr davon?«

»Ein Trinkspruch, meine Freunde: Auf Aschure!« Axis hob seinen Becher und grinste seine Gemahlin über das Lagerfeuer hinweg an.

»Das ist schon das fünfte Mal, daß wir unsere Becher auf die Zauberin leeren«, merkte Magariz an, schloß sich aber nicht aus. Alle lachten darüber und hoben ihre Becher.

»Also gut«, meinte der Krieger dann. »Wer ist jetzt an der Reihe? Wollt Ihr vielleicht auf Euch selbst das Glas erheben, Fürst? Auf Euren gewaltigen Mut, Euch während der Schlacht hinter einem Kleinkind zu verstecken? Ihr solltet Euch eigentlich schämen, Magariz.«

»Und wer hat mir den Bengel aufgedrängt?« empörte sich der Fürst. »Wart Ihr das nicht, Sternenmann? Nur der achtzehnmonatige Knabe hielt mich davor zurück, mit gezücktem Schwert den Sturmangriff anzuführen und die Skrälinge alle alleine niederzumähen!«

Belial lachte und beugte sich zu Magariz vor. Ein wenig zu weit vielleicht, denn fast wäre er in seinem angetrunkenen Zustand vornüber gekippt. »Laßt Euch nicht ärgern, Freund. Axis wurmt es immer noch, daß er heute nicht dazu gekommen ist, sein Schwert zu schwingen.« Er zwinkerte dem Krieger zu. »Seine Gemahlin mußte ihm ja wieder einmal die Arbeit abnehmen.«

»Belial!« entgegnete Aschure ernst und mit klarer Stimme: »Ich habe heute den Sieg errungen, aber nur mit der Hilfe von mehreren zehntausend Bäumen, die Faraday in liebevoller Pflege angepflanzt hat. Ihr scheint vergessen zu haben, daß Gorgrael immer noch da draußen lauert. Axis ist der einzige, der gegen ihn antreten kann. Am Ende wird es zum Zweikampf zwischen den beiden Brüdern kommen. Und erst danach wird alles entschieden sein. So lautet die Prophezeiung.«

»Und so wird es auch sein«, sagte der Krieger mit Grabesstimme und goß die restlichen Tropfen aus seinem Becher ins Feuer.

22 Am Gorkenpass

»Axis?«

»Er weiß Bescheid«, antwortete der Krieger leise, und Aschure schloß wieder die Augen.

Axis seufzte, wickelte sich aus seinen Decken und zog sich die Hose an. »Er hat seinen Tod gespürt, so wie damals den von Morgenstern ...«

»So, wie wir es gefühlt haben, als Ihr ›gestorben‹ wart?«

»Ja.«

Die junge Frau betrachtete ihren Gemahl, während er sich anzog. Er hatte am Morgen mit seiner Gedankenstimme Sternenströmer gerufen, um ihm vom Tod seines Bruders, seiner Schwägerin und all derer zu berichten, die im Krallenturm zurückgeblieben und gestorben waren. Und um ihm auch die frohe Botschaft von der Vernichtung sowohl der Greifen als auch des Skrälingsheeres zu verkünden. Aschure beneidete Axis um seine Fähigkeit, seinen Vater über eine solch riesige Entfernung zu erreichen. Das sprach für eine ausgeprägte Zaubermacht der beiden – und für das tiefe Band zwischen ihnen. Die Jägerin besaß auch große Macht, aber von ganz anderer Art, und sie hatte Mühe, sich mit ihrem Gemahl in Verbindung zu setzen, wenn sie zu weit voneinander entfernt waren.

»Sternenströmer übermittelt seine große Hochachtung für Euren Beitrag zum gestrigen Sieg«, bemerkte der Krieger.

Das brachte sie zum Lachen, und sie stand ebenfalls auf und kleidete sich an. Caelum schlief noch tief und fest in der Geborgenheit seiner Familie.

»Werden wir uns mit Eurem Vater im Krallenturm treffen?«

»Ja, er reist dorthin. Ebenso wie Freierfall und Abendlied. Alle Ikarier müssen den Berg aufsuchen.«

»Wie lange brauchen sie für den Flug in den Norden?«

»Sicherlich ein paar Wochen. Sie nehmen die längere Route und besuchen unterwegs die Alten Grabhügel, die Städte in den Minarettbergen, dann Sigholt, die Haine in Awarinheim ... und erst dann den Krallenturm.«

Aschure runzelte fragend die Brauen: »Warum machen sie denn solche Umwege?«

»Weil kein Grund zur Eile besteht, Liebste. Außerdem will ich die Luftarmada erst einmal dorthin schicken, um für meinen Vater und die anderen alles herzurichten.«

Die junge Frau senkte den Blick.

»Davon abgesehen, möchten Sternenströmer und Freierfall die Reise dazu nutzen, sich bei allen ikarischen Gemeinschaften in Tencendor vorzustellen. Sie wollen ihrem Volk von dem Ende ihres Fürsten im Krallenturm in Kenntnis setzen, schließlich ist Freierfall Kronprinz und baldiger Krallenfürst der Vogelmenschen. Bis er den Thron besteigen kann, müssen noch verschiedene Rituale durchgeführt und beachtet werden.«

»Und was machen wir so lange?«

»Darüber entscheiden wir heute morgen. Kommt, Liebste, beeilt Euch mit dem kämmen, denn wir wollen uns mit den anderen zusammensetzen. Falls ihr Katzenjammer das zuläßt!«

Den meisten sah man die durchzechte Nacht ein wenig an, vor allem an ihren stark geröteten Augen. Aber kaum einer klagte über Kopfschmerzen. Axis berief nach der Morgenmahlzeit eine Besprechung aller Befehlshaber ein, auf der das weitere Vorgehen besprochen werden sollte.

»Meine Freunde«, begann er, »erst einmal will ich Euch für die Freundschaft und Unterstützung danken, die Ihr mir in den letzten Jahren erwiesen habt. Ohne Euch wäre ich längst nicht so weit gekommen. Dann wäre ich verloren gewesen, hätte allen Mut fahren lassen und Gorgrael die Gelegenheit gegeben, ungehindert das Land zu verheeren. Aber nach vielen schwarzen Stunden brauchen wir nun endlich nicht mehr zu verzweifeln und dürfen hoffen. Ich glaube, wir können uns gar ein Lächeln leisten!«

»Da wäre aber noch die Angelegenheit, Gorgrael zu erledigen«, wandte Belial ein.

»Ja, wir müssen noch mit dem Zerstörer abrechnen. Aber dabei stehen sich dann nur er und ich gegenüber. Niemand sonst. Nicht einmal Aschure kann mir dabei helfen.« Er nahm ihre Hand.

»Wann wird es so weit sein?« wollte Magariz wissen. »Und wo wird es stattfinden?«

Der Krieger lehnte sich zurück. »Wann? Irgendwann nach der Feuernacht, also etwa in fünf Wochen. Und wo? Nun, irgendwo in der Eisödnis im Norden. Ihr könnt Euch wenigstens am bevorstehenden Sommer erfreuen, ich aber muß mich für lange Zeit auf Schnee und Eis einstellen.«

»Und was wird aus uns?«

»Aus Euch, Belial?« Axis dachte kurz nach. »Die Armee nutzt uns wenig gegen Gorgrael. Deswegen möchte ich, daß Ihr in den Süden zurückkehrt. Ihr auch, Magariz.«

»Nein!« riefen beide wie aus einem Munde.

»Doch«, beharrte der Sternenmann. Er nahm die Hände seiner Freunde. »Belial und Magariz, Euch beiden schulde ich am meisten. Ihr habt nach der Katastrophe von Gorken zu mir gehalten, und Ihr habt mir in Sigholt einen festen Stützpunkt geschaffen. Ihr habt meine Armee geführt, und Ihr habt mir den Kopf zurechtgerückt, wenn es notwendig war, da ich aufgeben wollte. Heute aber dient Ihr mir am besten damit, in den Süden zurückzukehren.«

Er ließ die Hände los. »Fürst, Euch erwartet der Wiederaufbau einer Provinz, in der viel zerstört und vernichtet wurde. Begebt Euch aber zuerst zu Rivkah, und erwartet mit ihr die Geburt Eures Kindes. Danach erst kümmert Ihr Euch um Ichtar.«

Magariz nickte mit gesenktem Blick.

»Freund?«

Der Fürst hob den Kopf. »Ja, Axis?«

»Wo wollt Ihr Euch in Ichtar niederlassen? Hsingard liegt in Trümmern da, und auch anderenorts haben die Geister furchtbar gehaust.«

Magariz sah ihn ernst an. Mit diesen Worten hatte der Krieger ihm noch einmal ins Gedächtnis zurückgerufen, daß Sigholt ihm nicht zur Verfügung gestellt werden konnte. Aber das überraschte den Fürsten nicht. Axis hatte die alte Burg als seinen eigenen Sitz beansprucht, als er vor Zeiten das neue Tecendor ausrief. Sobald der Frieden wiederhergestellt worden war, wollte der Krieger sich dort mit Aschure und seiner ständig wachsenden Familie niederlassen.

»Ich weiß nicht«, antwortete Magariz und lächelte. »Wißt Ihr, der Landstrich, der von den Flüssen Azle und Ichtar umgeben ist, besitzt reichen und fruchtbaren Boden. Als ich noch in der Feste Gorken Dienst tat, habe ich da öfter den Sommer verbracht. Ich glaube, ich werde dort eine neue Stadt gründen.«

»Rivkah, Ihr und Euer Sohn seid uns auf Sigholt hoch willkommen. Ihr könnt bleiben, bis alles so weit ist.«

»Vielen Dank, Axis.«

»Belial, Isgriff hält zur Zeit in Karlon Hof«, der Mund des Kriegers zuckte. »Ich mag mir gar nicht vorstellen, wie er dort schaltet und waltet. Ohne Zweifel wüten Piraten in den Gängen und Fluren, während die Beamten und die Schreiber aus dem Palast verbannt sind und auf der Straße herumlungern. Ich fürchte, Verwaltungsarbeit und Isgriff vertragen sich nicht allzu gut miteinander ... Auf der anderen Seite hat der Baron mich in der Vergangenheit immer wieder angenehm zu überraschen verstanden ... Belial, wollt Ihr Eure Gemahlin in Sigholt abholen und mit ihr nach Karlon reisen? Ich glaube, das westliche Tencendor braucht jetzt dringend seinen Prinzen.«

Aber Belial entgegnete ihm: »Ich gehe nach Sigholt, aber keinen Schritt weiter.«

Der Krieger sah ihn ernst an.

»Ich werde erst nach Karlon reisen, wenn ich erfahren habe, wie Euer Zweikampf mit dem Zerstörer ausgegangen ist. Das ist mein fester Wille. Ich bin nicht so weit mit euch gezogen, um nun, in den sonnigen Süden verbannt zu werden. Während ich mich mit den verdammten Beamten und Schreibern herumärgern soll, kämpft Ihr im frostigen Norden mit Gorgrael um Euer Leben und damit auch um unsere Zukunft? Nichts da! Sobald ich höre, daß Ihr ihn besiegt habt, und wenn Ihr dann nach Sigholt heimgekehrt seid, mache ich mich auf den Weg nach Karlon, aber keinen Augenblick vorher.«

»Ihr scheint mir nicht allzu viel zuzutrauen, wenn es um den Kampf gegen den Zerstörer geht.«

»Ich sorge mich vielmehr um Euer Leben, Axis. Solange ich nicht zweifelsfrei weiß, daß Ihr überlebt habt, bin ich zu nichts zu gebrauchen.«

Der Krieger ergriff die Hände des getreuen Freundes. »Dann wartet in Sigholt auf mich. Und wenn ich dann zurückkehre, teilen wir uns einen Krug von Reinalds Gewürzwein und feiern den Sieg.«

»Abgemacht, Axis. Isgriff mag ruhig noch ein paar Wochen länger die Verwaltung von Karlon auf den Kopf stellen.«

»Und was wird aus der Armee?« fragte Aschure.

»Tja, da habe ich nun Soldaten und mit ihnen viele Schlachten geschlagen«, antwortete der Krieger. »Aber nun, da keine Feinde mehr übriggeblieben sind, was fange ich da mit ihnen an?«

Ho'Demi, der bislang geschwiegen hatte, meldete sich nun plötzlich mit drängender Stimme zu Wort: »Sternenmann …«

Axis brachte ihn mit einer erhobenen Hand zum Schweigen. »Noch einen Moment Geduld, Häuptling.« Er wandte sich wieder an die Befehlshaber: »Viele sind als Freiwillige zur Armee gestoßen. Männer aus Skarabost, Arkness und Karlon. Sie dürfen nun in ihre jeweilige Heimat zurückkehren. Belial, veranlaßt bitte, daß die Soldaten entlassen werden und in den Süden können. Sagt ihnen … sagt ihnen, daß sie ihren Sold und ihre sonstigen Vergünstigungen bei Eurem Einzug in Karlon erhalten. Wir bereden das alles in Sigholt, sobald ich aus dem hohen Norden zurück bin.«

Der Leutnant nickte.

»Dann hätten wir da noch die im festen Sold stehenden Männer, einige tausend an der Zahl, die ehemaligen Truppen von Achar und die Männer aus Bornhelds Heer.« Axis grinste, als ihm wieder einfiel, wie viele dieser Krieger aus der geschlagenen Streitmacht des Königs zu ihm übergelaufen waren. »Und von den einstigen Axtschwingern dürften auch noch rund tausend in unseren Reihen stehen ... Magariz, Ihr bekommt die Hälfte der regulären Truppen, um Ichtar wiederaufzubauen. Belial, Ihr begebt Euch mit der Hälfte des Restes nach Aldeni, um dort die Schäden zu beseitigen.«

Beide nickten.

»Und die Einheiten, die dann noch übrig sind«, er sah Ho'Demi und Aschure an, »marschieren mit dem Häuptling nach Rabenbund und befreien das Land von denjenigen, wer auch immer das sei, die sich zur Zeit dort niedergelassen haben.« Der Krieger dachte noch einmal nach. »Unter meinem Befehl.«

Macht es Euch etwas aus, Liebste, zu den Rabenbundern zu ziehen?

Hört sich nach einem großen Abenteuer an. Ich bin entzückt.

»Ich bin auch dabei!« rief Arne aus der letzten Reihe.

Axis lächelte: »Nichts anderes habe ich von Euch erwartet, alter Freund. Ich habe schon vergessen, wie mein Rücken aussieht, so lange habt Ihr ihn gedeckt.« Er sah Ho'Demi an: »Habt Ihr etwas dagegen einzuwenden, Häuptling, daß Aschure und ich mit Euch nach Norden gehen?«

»Im Gegenteil, es wäre mir eine Ehre, Sternenmann.«

»Die Ehre ist ganz meinerseits, Ho'Demi«, entgegnete der Krieger. »Denn ohne die Hilfe von Euch und den Euren hätten wir schon vor Jahren den Krieg gegen Gorgrael verloren. Davon abgesehen, wünsche ich mir schon lange, mir Eure Heimat anzusehen ... und zu hören, wie Eisberge gegen die Eisbärküste krachen.«

»Ihr werdet ein überraschend angenehmes Land vorfinden, Herr – falls die Skrälinge nicht alles aufgefressen haben.« Der Häuptling runzelte die Stirn. »Ich sorge mich sehr um diejenigen, die ich dort zurücklassen mußte. Als die Geisterkreaturen in Rabenbund einfielen, vermochte ich nur zwanzigtausend von den Meinen hinauszuführen. Der zwanzigste Teil meines Volkes … Was die anderen angeht …« Der Häuptling schüttelte sich.

Der Krieger verstand die Nöte Ho'Demis, aber im Moment konnte er für die Rabenbunder wenig tun und wandte sich an den Ikarier: »Dornfeder?«

»Ja, Sternenmann?«

»Schickt bitte einige Staffeln in den Süden, um dort die Nachricht von der Vernichtung der gegnerischen Scharen zu verbreiten. Die Mehrheit Eurer Luftarmada fliegt hingegen …«

»Zum Krallenturm«, ergänzte der Vogelmann.

»Richtig, zu Eurer alten Heimstatt. Eine harte Aufgabe erwartet Euch dort, Geschwaderführer. Jemand muß sich der sterblichen Überreste der Einwohner annehmen und auch den Berg rituell reinigen. Besitzt Ihr noch den edelsteinbesetzten fürstlichen Halsreif?«

Dornfeder nickte.

»Gut. Sternenströmer und Freierfall treffen in den nächsten Wochen bei Euch ein. Aschure und ich kommen nach dem Unternehmen in Rabenbund ebenfalls zu Euch. Wir dürften Mitte des Rosenmondes dort eintreffen. Dann können wir den Krallenturm neu weihen und Freierfall in sein Amt einführen.«

Axis sah seine Offiziere der Reihe nach an. »Und von dort begeben wir uns zur Feuernacht nach Awarinheim. Danach soll das Schicksal den Ausgang des Ringens zwischen mir und dem Zerstörer entscheiden.«

23 Das Kollier

Man verabschiedete sich herzlich und lautstark. Magariz und Belial schienen nicht den geringsten Zweifel zu hegen, daß sie sich in Kürze wiedersehen würden. Axis war so gerührt über die Zuversicht der beiden, daß er nicht sprechen und die Männer nur umarmen konnte. Aschure stand so lange wartend ein Stück abseits und begab sich dann ebenfalls zu den beiden, um sich herzlich von ihnen zu verabschieden.

Der Krieger und seine Gemahlin bestiegen nun ihre Rösser – Caelum saß wieder in seinem Gurt auf dem Rücken seiner Mutter –, und dann gab der Sternenmann seinen Verbänden den Befehl, zu den Rabenbundern aufzuschließen, die etwas weiter entfernt auf sie warteten. Nur dreitausend Soldaten folgten ihm heute, und das erinnerte ihn an die alten Tage als Axtherr, als er an der Spitze der Axtschwinger geritten war. Axis hoffte, daß das Schicksal ihn nie wieder zwingen würde, eine Armee von dreißigtausend Mann anzuführen. Er wünschte, daß Tencendor niemals wieder einer solchen Streitmacht bedürfen würde.

Ho'Demi nickte seinen Kämpfern zu, und wie ein Mann wendeten achttausend Männer ihre struppigen gelben Pferde Richtung Norden. Etwa Zehntausend ihrer Frauen und Kinder lagerten noch am Gralsee. Sie würden bald ihre Zelte abbrechen und sich dann auf den beschwerlichen Weg zurück in die Heimat machen. Axis hatte angeordnet, daß alle verfügbaren Schiffe auf dem Nordra sie aufnehmen sollten. So würden die Familien wenigstens am Anfang der Reise etwas rascher und bequemer vorankommen.

Der Krieger und die Zauberin warteten, bis die acharitischen Einheiten zu den Rabenbundern aufgeschlossen hatten, und salutierten dann ein letztes Mal vor Belial und Magariz. Aschure winkte auch zum Abschied, dann wendeten sie ihre Pferde nach Norden, und die Alaunt liefen los, um die Soldaten vor ihnen einzuholen.

Der Leutnant und der Fürst blieben stehen und schauten dem Zug hinterher, bis nichts mehr von ihm zu sehen war. Dann begaben sie sich zu ihren Verbänden und befahlen den Aufbruch nach Süden.

Und schließlich war der Paß wieder so verlassen und leer wie zuvor, abgesehen von ein paar Schneeflocken, die vom Wind herangetrieben wurden, und den Zähnen der Skrälinge. Hoch am Himmel kreisten die Einheiten der Luftarmada, bis sie sich gesammelt hatten und in geschlossener Formation die Alpen überflogen, um zum Krallenturm weiterzufliegen.

Es schien, als ob eine Enttäuschung über einen solch überraschend reibungslosen Ausgang des Feldzuges sich bei allen Beteiligten breit mache. Hätte das Ende nicht grandioser sein müssen?

Eine ganze Weile lang ritten sie durch das Gebirge des Gorkenpasses, und die ganze Zeit über begegneten sie keinem Lebenwesen – höchstens ein paar Raben, die im Andakilsa nach Fischen tauchten.

Von Timozel fehlte jede Spur.

»Er wird vermutlich auf schnellstem Wege zu Gorgrael gelaufen sein«, bemerkte Aschure eines Tages, als sie feststellte, wie ihr Gemahl gedankenverloren über den Griff von Jorges Schwert strich. »Wahrscheinlich quer über die Berge zur Eisbärküste.«

»Hoffentlich fressen ihn die Eisbären nicht, bevor ich ihn in die Finger bekomme«, murrte der Krieger, aber er nahm die Hand von der Waffe. Aschure erkannte, daß Axis eigentlich nicht damit gerechnet hatte, hier irgendwo auf einen umherirrenden Timozel zu stoßen.

Ho'Demi zeigte sich keinesfalls besorgt darüber, am Ausläufer des Passes und im Süden seiner Heimat kein Leben anzutreffen. »Niemand würde freiwillig hierherkommen«, erklärte er eines Abends am Lagerfeuer, »denn in dieser Gegend wimmelte es von Skrälingen. Als die Geister zuerst in dieses Land eindrangen, wandten sie sich vom westlichen Rand der Eisdachalpen nach Westen und Süden. Alle Rabenbunder, die nicht mit mir gekommen sind, werden sich wahrscheinlich in den hohen Norden zurückgezogen haben. In der Hoffnung, daß die Kreaturen viel zu sehr damit beschäftigt seien, sich nach Süden durchzufressen, um einen Abstecher in eine solch abgelegene Region zu unternehmen.«

Aber mit jedem neuen Tag spürten die anderen, daß der Häuptling zunehmend von Unrast erfaßt wurde. Noch immer begegnete man weder Menschen noch Tieren, und das erschien bald jedem sonderbar.

Sie brauchten eine Woche, um das Gebirge hinter sich zu lassen und den Süden Rabenbunds zu durchziehen. Kalte Winde fegten über das Land, und der Schnee hielt sie auf, bedeckte das Land, durch das sie zogen.

»Seevögel bauen ihre Nester gern in den Klippen der Eisdachalpen«, erklärte Sa'Kuja Aschure, als sie eines Tages neben ihr ritt. »Aber in diesem Jahr scheinen sie sich anders besonnen zu haben. Vermutlich haben die Skrälinge in den vergangenen vier Jahren zu oft die Felsen erklettert, um an ihre Eier zu gelangen. Na ja, wenn die Götter es wollen, werden die Vögel wohl eines Tages zurückkehren.«

Selbst als sie endlich die Berge hinter sich gelassen hatten, änderte sich die trostlose Landschaft nur wenig. Riesige Ebenen breiteten sich nach Westen und Norden aus. Weite Gebiete waren immer noch tief verschneit, aber an einigen Stellen war es den Gräsern bereits gelungen, sich durch die weiße Decke hindurchzudrängen.

»Die Halme können innerhalb von zehn Tagen ihre volle Höhe erreichen«, sagte Ho'Demi irgendwann während des Ritts. »Die Zeit des Wachstums währt hier nicht lange und weder Pflanzen noch Tiere vergeuden Zeit und nutzen die Wärme der Sonne zum Wachsen.«

Das Land wirkte so öde und trist, wie es in Sagen beschrieben wurde, und Axis bereitete sich innerlich schon auf einen sich endlos hinziehenden, langweiligen Ritt nach Norden vor. Doch gerade, als er den Häuptling fragen wollte, wo sie zur Mittagsrast anhalten sollten, entdeckte er zwei Meilen voraus eine grüne Linie. Sie war kaum höher als das braune Gras, durch das sie sich schon seit Stunden bewegten, und der Krieger sagte sich, daß dort wohl andere Gräser gediehen, vielleicht Schilf in einem Sumpfgebiet.

Ho'Demi war nicht entgangen, daß der Sternenmann unentwegt nach vorn spähte, und er zwinkerte seiner Gemahlin zu. »Das Loch«, verkündete er geheimnisvoll. »Wir legen dort eine Rast ein, und reiten dann bis zum nächsten Loch, um dort unser Nachtlager zu errichten.«

»Das Loch?« fragte der Krieger und schickte dann seine Gedanken in Ho'Demis Geist. *Was denn für ein Loch?* Aber der Häuptling hatte sein Bewußtsein hinter Schatten abgeschirmt – wirklich Schatten, nicht eher *Dampf*? –, und so mußte der Sternenmann sich in Geduld fassen, ehe ihm das Geheimnis hinter dem leisen Lächeln des Mannes enthüllt wurde.

Eine Stunde später erhielt Axis die Antwort. Aus der Nähe entpuppte sich die grüne Linie als die Wipfel von Bäumen, die aus einer Art Senke zu wachsen schienen und deren oberste Blätter sich auf einer Ebene mit dem sie umgebenden Grasland befanden. Die Luft über der Grube flimmerte leicht.

»Was ist denn das?« rief der Krieger, und der Häuptling lachte laut und winkte Axis und dessen Gemahlin an seine Seite. »Achtet darauf, Eure Rösser sofort zu zügeln, Sternenmann, wenn ich Euch das Zeichen dazu gebe. Sonst muß ich den ganzen Nachmittag damit zubringen, Euch zu retten.«

Der Häuptling führte den Zug nun, und schon nach wenigen Schritten hob er eine Hand. Axis und Aschure zogen die Zügel augenblicklich an. Die Jägerin gab den Alaunt den Gedankenbefehl, ebenfalls stehenzubleiben. Dann schaute sie sich um.

Sie befanden sich am Rand einer riesigen Senke, die tatsächlich wie ein Loch im Boden aussah. Aschure starrte atemlos nach unten. Die Senke mußte an die tausend Meter tief und zweitausend breit sein. Ausgetretene Pfade wanden sich die steilen Wände hinab, bis sie zwischen den Bäumen verschwanden, die am Boden, aber auch an den Seiten hochwuchsen.

»Nur ein kleines, unbedeutendes Loch«, bemerkte der Häuptling vollkommen ungerührt, aber er zwinkerte mit seinen Augen, als er Axis' und Aschures beeindrucke Mienen sah. »Ihr und Eure Männer seid die ersten aus dem Süden, die seit vielen tausend Jahren Rabenbunds Geheimnis zu Gesicht bekommen.«

Der Krieger konnte wie seine Gemahlin nur nach unten starren. Das Loch – wenn man ein solches geologisches Wunder überhaupt so bezeichnen durfte – enthielt mehrere heiße Quellen und eine üppige Pflanzenwelt. Die stärksten Winde und Stürme, die über die Ebenen fegten, milderten sich auf dem Weg zum Grund der Senke zur Brise ab.

»Was ist das?« fragte Axis.

»Ein Loch, Sternenmann.«

Der Krieger konnte endlich den Blick von diesem Wunder wenden. »Wie kommt es zu solchen Löchern?«

»Das wissen wir auch nicht so genau, Herr, aber unsere Sagen erzählen einiges darüber. Dort heißt es, daß die Eisdachalpen vor vielen zehntausend Jahren viel weiter in den Westen hineinragten als heute. Aber eines Tages befanden sich die Götter in ausgelassener Stimmung«, bei diesen Worten sahen Axis und Aschure sich kurz an, »und lösten ein gewaltiges Erdbeben aus, infolge dessen die Ausläufer des Gebirges versanken.«

»Wie soll ich das verstehen?«

»Nun, Zauberin, sie sind einfach im Boden versunken und haben die Löcher zurückgelassen, die Ihr hier vor Euch seht. Natürlich meinen viele«, und bei diesen Worten blies Ho'Demi kurz die Wangen auf, so als glaube er nicht ein Wort von diesen alten Ammenmärchen, »das sei nur eine verrückte Geschichte. Aber andere wiederum, Gelehrte, verweisen darauf, daß die heißen Quellen in diesen Löchern denen in den Tiefen des Krallenturms sehr ähnlich seien. Natürlich kann ich das nicht beurteilen, weil ich noch nie dort gewesen bin.«

Wieder sahen Axis und Aschure sich an, entgegneten aber nichts.

»Wie viele solcher Löcher sind den Rabenbundern denn bekannt?« wollte der Krieger schließlich wissen.

»An die dreihundert. Sie sind im wesentlichen von der Mitte Rabenbunds bis zu den Ufern des Andeismeeres zu finden. Im Norden gibt es sie hingegen kaum.«

»Da unten muß es sehr schön sein«, bemerkte Aschure.

Der Häuptling nickte. »Einzeln und allgemein nennen wir diese Senken Loch, aber in ihrer Gesamtheit bezeichnen wir sie als Kollier; denn aus der Luft sehen sie aus wie die Edelsteine einer Halskette an einem schneeweißen Hals.«

»Können wir hinabreiten?« wollte die Jägerin wissen.

»Gewiß, Zauberin, aber jetzt lieber nicht. Unsere Truppe brauchte mindestens eine Stunde, um auf den Grund zu gelangen, und dann noch länger für den Aufstieg. Aber heute abend werden wir in einem Loch lagern, und dann könnt Ihr Euch die wahren Wunder des Kolliers aus der Nähe ansehen.«

Axis blickte sich um. Entlang des Lochs hatten die Soldaten ihre Pferde angehalten. Einige waren sogar abgestiegen und so nah wie möglich an den Rand getreten.

»Ich fürchtete schon, die Männer könnten heute ihr Mittagessen vergessen«, bemerkte der General. »Auf der anderen Seite steht ihnen der Mund vor Staunen so weit auf, daß die Rabenbunder an ihnen vorbeireiten und Brot und Käse hineinstopfen könnten.«

Der Häuptling lachte, und Axis befahl allen, abzusteigen und ihre Mahlzeiten einzunehmen.

Am Abend erhielten alle Nichtrabenbunder dann die Gelegenheit, ihre Neugier zu befriedigen. Ho'Demi führte sie zu einem Loch, das doppelt so groß war wie das erste, und sie nutzten das letzte Tageslicht, um den steilen Pfaden nach unten zu folgen.

Große warme Quellen befanden sich auf dem Grund, die einer reichen Vielfalt von Vögeln und anderen kleinen Tieren ein sorgloses Leben ermöglichten.

»Den Skrälingen stand wohl nicht der Sinn danach, hier herunterzukommen«, meinte Axis.

»Dafür bestand ja auch gar kein Grund«, entgegnete der Häuptling. »Wenn mein Volk sich in diesen Löchern versteckt hätte, wären die Geister sicher in Massen hinuntergestürmt. Aber die Vögel und Tiere, die sich hier niedergelassen haben, werden alle nicht sehr groß und leben größtenteils hoch in den Bäumen. Kurzum, für die Skrälinge lohnt sich die Jagd hier nicht.«

»Die Rabenbunder nutzen aber die Löcher nicht sehr ausgiebig, was?«

Ho'Demi lächelte ihn vielsagend an. »Wir sind ein eigenartiges Volk, Sternenmann. Auch wenn es sich merkwürdig anhört, wir ziehen das ewige Eis im hohen Norden jedem anderen Klima vor. Acht oder neun Monate im Jahr leben wir am Eisgestade, und nur im tiefsten Winter ziehen wir an den Rand der Löcher.«

»Und deswegen hofft Ihr, Euer Volk dort hoch im Norden anzutreffen?«

»Ja, Sternenmann. Dort hoffe ich, sie zu finden.«

24

URBETHS SCHERZ

Aber selbst bei den mächtigen Eisschollen waren keine Rabenbunder zu finden. Ho'Demi führte den Zug von den Löchern immer weiter nach Norden, und fünfzehn Tage nach dem Abschied von Belial und Magariz standen die Soldaten am äußersten Nordrand des Landes.

Schnee bedeckte fest und hartgefroren den Boden, und der grimmige Wind führte winzige Eistropfen mit sich, die schmerzhaft in Wangen und ungeschützte Haut stachen. Jeder bis auf Aschure hatte sich in seine dicksten Sachen gehüllt. Die Eisteilchen funkelten zwischen den Monden, die über ihren Göttinnenanzug wanderten, aber ihr selbst schien die Kälte nicht das geringste auszumachen. Die Jägerin begab sich zu ihrem Gemahl, und er legte einen Arm um sie. Caelum steckte in einer Satteltasche Venators und schlief. Alles, was man von ihm sehen konnte, war eine seiner dunklen Locken.

»Beeindruckend, nicht wahr?« flüsterte Aschure, und der Krieger mußte ihr zustimmen.

Eine dünne graugrüne Wasserlinie von vielleicht fünfzig Metern Breite zog sich wie ein Band zwischen dem Ufer und dem Rand des Packeises dahin. Die großen und gezackten Eisflächen schoben sich übereinander, mahlten knirschend gegeneinander und stiegen mitunter bis zu hundert Metern senkrecht in die Höhe – um dann einfach im Meer zu verschwinden. Das Eis glänzte an einigen Stellen gelblich, an anderen grünlich und viel häufiger noch gräulich. Axis konnte sich nicht vorstellen, daß jemand freiwillig auch nur eine halbe Stunde auf diesen sich bewegenden Eismassen verbringen wollte, geschweige denn einen ganzen Tag oder gar einen Monat.

Aber wenn er in die Gesichter der Rabenbunder schaute, die sich am Ufer aufgestellt hatten, entdeckte er in ihren Augen dort die größte Sehnsucht. Der grausam beißende Wind oder die Gefahren zwischen den sich ständig bewegenen und mahlenden Eisschollen schienen ihnen überhaupt nicht zu Bewußtsein zu kommen. Diese Männer des Nordens erblickten dort nur die Heimat, die ihnen so lange verwehrt worden war. Einen Ort der Herausforderung und der Kameradschaft, des Mutes und der Zusammenarbeit.

Der Krieger zog Aschure enger an sich heran. Ho'Demi konnte vorbringen, was er wollte, es würde ihm nicht gelingen, sie dazu zu überreden, sich auf das trügerische Packeis zu begeben.

»Dazu besteht auch kein Anlaß«, bemerkte der Häuptling leise an seiner Seite. Ein Rabenbunder brachte ihm gerade eine längliche, an einem Ende spitz zulaufende Muschel. Außen war sie elfenbeinweiß, innen aber orangefarben mit einem blauen Muster. Als Ho'Demi sie an die Lippen setzte, entlockte er ihr ein tiefes, durchdringendes Heulen. Aschure hielt sich die Ohren zu, und Axis sagte sich, daß dieses Geräusch noch in den tiefsten Tiefen des Eises zu vernehmen sein mußte.

»Und was nun?« fragte er, als der Häuptling das Muschelhorn wieder absetzte.

»Nun warten wir.«

Während sie also am Ufer warteten, erzählte Ho'Demi ihnen vom Packeis. »Es erstreckt sich entlang den westlichen Gestaden des Iskruel Ozeans und weist an einigen Stellen eine Breite von fünf Meilen, an anderen bis zu fünfundzwanzig Meilen auf. Auf dem Packeis jagen wir die Robben, und von seinem Rand aus auch den Wal. Auch haben wir gelernt, sein Seufzen und Beben zu deuten, um nicht in seinen Schlund zu stürzen und von seinen eisigen Reißzähnen zermalmt zu werden. Aber selbst wir ...« Er schwieg einen Augenblick, in dem er das Eis zu betrachten schien, »... verlieren hin und wieder ein unachtsames Kind.«

Sie nahmen sogar ihren Nachwuchs mit nach draußen? Aschure schüttelte sich.

»Ich habe damals den Stämmen hier im Norden die Nachricht gesand, sich vor den Skrälingen im Packeis zu verstecken«, erklärte der Häuptling jetzt. »Sie sollten sich in ihre Kajaks setzen und so rasch wie möglich hinüberpaddeln. Denn den Geistern ist es unmöglich, ihnen über das offene Wasser zwischen dem Ufer und dem Eis zu folgen. Ich glaubte, dort sei mein Volk am besten aufgehoben, kennt es doch das Eis und liebt es. Aber allem Anschein nach ...«

Er sprach nicht weiter, und Sa'Kuja, die neben ihm am Feuer saß, nahm seine Hand, als er fortfuhr: »Woher hätte ich wissen sollen, daß wir so lange fortbleiben würden? Über drei Jahre lang mußten die Rabenbunder hier auf dem Eis um ihr Überleben kämpfen. Allesamt beherzte und wetterfeste Männer und Frauen, aber ich bezweifle, daß selbst sie es dort so lange aushalten könnten, ohne sich an Land davon erholen zu dürfen ...«

Also warteten sie weiter. Drei Tage vergingen, in denen Ho'Demi zunehmend gereizter wurde. Axis und Aschure fingen schon an, sich Sorgen darum zu machen, hier zu lange festzusitzen. Bald müßten sie zum Krallenturm ziehen, und danach erwartete den Krieger ja auch noch die Feuernacht im Hain des Erdbaums. Wie viele Tage durften sie noch am Rand dieses Ozeans verweilen?

Am Morgen des vierten Tages riß ein Schrei den Häuptling von seinem Lager. Strömte sein Volk endlich über das Eis heran? Aber er bekam nur einen großen Eisbären zu sehen, der über die Schollen sprang und sich ihnen rutschend und hüpfend näherte. In einem Moment drohte ihn ein jäh sich öffnender Abgrund zu verschlingen, im nächsten entging er nur um Haaresbreite dem Schicksal, von scharfen Eisspitzen aufgespießt zu werden.

Ho'Demi starrte hin, und dann fiel er mit allen Rabenbundern, die bei ihm waren, auf die Knie.

»Urbeth«, flüsterten die Männer.

Axis und Aschure stellten sich zu Ho'Demi, rieben sich den Schlaf aus den Augen und betrachteten das Tier.

Die Bärin besaß die Schulterhöhe eines erwachsenen Mannes und war ungefähr halb so lang wie ein Streitroß. Schwarze Krallen von zweifacher Fingerlänge wuchsen aus ihren Tatzen, und ihre Zähne, die jedesmal aufblitzten, wenn sie ausatmete, wirkten beinahe so gefährlich wie die eines Skrälings. Ein besonders dichtes Fell, im Alter gelblich geworden, bedeckte ihren mächtigen Leib, und als der Krieger genauer hinschaute, entdeckte er, daß die Bärin ein Ohr verloren hatte.

»Aschure«, wandte er sich an seine Gemahlin, weil er sie an den Eisbären erinnern wollte, den er an dem so lange zurückliegenden Tag gesehen hatte, an dem sie oben auf dem Felssims des Krallenturms saßen. Aber seine Worte gingen in einer enormen Wasserfontäne unter. Die Bärin war ins Wasser gesprungen und schwamm nun ans Ufer. Nur ihr Kopf und eine kleine Insel ihres Rückens ragten aus dem Wasser.

»Urbeth«, sagte Ho'Demi wieder und voller Verehrung.

Wer ist Urbeth? fragte Axis seine Gemahlin mit der Gedankenstimme, weil er die Fremdartigkeit und Feierlichkeit dieses Moments nicht stören wollte. Aber die Jägerin konnte nur mit den Achseln zucken, und so beobachteten die beiden weiter das, was sich vor ihren Augen abspielte.

Die Bärin hatte das Ufer fast erreicht und grunzte, als ihre Tatzen die Kieselsteine auf dem Grund erreichten. Wasser floß in Strömen von ihrem Rücken, als sie langsam auf die Umstehenden zutrottete. Dort angekommen, schüttelte die Bärin sich erst einmal ausgiebig, so daß Ho'Demi und die Zuschauer im Umkreis von zehn Metern wie nach einen Regenguß aussahen.

Der Krieger kam erst jetzt dazu, sich zu fragen, warum die Rabenbunder nicht mehr Abstand zu einem der gefürchteten Eisbären hielten. Bei den Sternen! dachte er, das Tier überragt selbst den größten Mann in der ganzen Truppe.

»Ich grüße Euch von Herzen, Ho'Demi«, sprach die Bärin dann mit freundlicher Stimme.

»Urbeth«, sagte der Häuptling zum dritten Mal, legte beide Hände auf die Brust, und verbeugte sich. Alle Rabenbunder taten es ihm gleich und berührten mit der Stirn den Boden. Axis, der sich noch immer wunderte, daß dieses Tier sprechen konnte, fragte sich jetzt, ob von Aschure und ihm eine entsprechende Ehrenbezeugung erwartet wurde.

Von uns? fragte die Jägerin belustigt und lächelte ihn an. *Ihr habt wohl vergessen, wer wir sind, Sternenmann.* Aschure beließ es dabei, nur den Kopf zu beugen.

»Mond«, sprach daraufhin Urbeth und pflückte einen hartnäckigen Tropfen von ihren Krallen. »Ich kenne Euch, denn ich tolle zwischen den Gezeiten umher, und Euer Licht bescheint den Eisbau, in dem ich meine Jungen verberge.«

Dann fiel ihr Blick auf den Krieger: »Der Sternenmann«, stellte Aschure ihren Gemahl vor, »und das Lied.«

»Kein Wunder, daß ich Euch nicht kenne«, entgegnete das Tier, »denn das Mahlen der Eisschollen läßt keine Töne durch bis auf die aus dem Muschelhorn Ho'Demis ... und das Schreien der Robben, wenn ich meine Zähne in ihre Rücken versenke.«

Axis lächelte matt und bedauerte in Gedanken die Seehunde.

»Ich suche und rufe nach meinem Volk, Urbeth«, kam der Häuptling nun auf sein eigentliches Anliegen zu sprechen. »Wißt Ihr vielleicht, wohin es mein Volk verschlagen hat?«

Urbeth gähnte und setzte sich auf ihr Hinterteil. »Euer Volk, mal nachdenken ...« Sie zuckte mit den Krallen an den Hintertatzen, betrachtete dann die Vordertatzen und schien sich zu fragen, ob ein Hieb von ihnen wohl ausreichte, einem Mann den Kopf von den Schultern zu reißen, oder ob dazu deren zwei erforderlich wären. »Sollte ich Euer Volk zufällig gefressen haben, ohne mich noch daran erinnern zu können?«

Ho'Demi starrte die Bärin nur an und schwieg.

Das Tier seufzte und ließ die Vordertatze spielerisch herabplumpsen. Ein Hieb, der mehrere Kiesel in tollen Sprüngen über den Strand jagte. »Es geht also um Euer Volk, Häuptling. Nun, mir scheint, Ihr habt es sehr lange allein gelassen.« Sie schwieg und legte den Kopf schief, während ihre schwarzen Augen ihn streng ansahen. »Sehr, sehr lange sogar. Vieles kann sich ereignen in, wie lange ist es jetzt her, vier Jahren. Aber ...« Urbeth starrte in den Himmel, als käme ihr gerade die Erleuchtung. »Laßt mich scharf nachdenken … Ja, richtig. Die Rabenbunder sind hier angekommen, wenigstens die meisten von ihnen. Zwanzig oder dreißig aus Eurem Volk starben noch hier am Ufer mit einem Skräling auf dem Rücken.«

Aschure zitterte bei diesen Worten, und Urbeth wandte sich ihr zu. »Nicht sehr schmackhaft«, sagte die Bärin. »Nicht salzig genug.«

»Oh«, machte die Jägerin nach einem Moment, »Ihr meint die Skrälinge.«

Man merkte dem Häuptling seine wachsende Unruhe an. »Urbeth!« drängte er.

Die Bärin seufzte noch einmal ausgiebig, und ihr Atem fuhr wie eine sanfte Woge über die Versammelten. »Also Euer Volk, Ho'Demi, bitte sehr. Sie krabbelten auf das Packeis und befanden sich in Sicherheit. Zumindest für eine gewisse Zeit. Aber, ach und weh, dann kamen die Winterstürme, die grimmiger waren, als je zuvor. Viele erfroren auf dem Eis, andere wurden vom Meer verschlungen.«

Urbeth warf einen Blick über die Schulter. »Sie sind alle noch dort draußen, Häuptling. Irgendwo. Festgefroren auf dem Eis. Wenn sie auftauen, werde ich vielleicht den einen oder anderen probieren.«

Axis legte seinem Freund eine Hand auf die Schulter, um ihn zurückzuhalten. Wer oder was auch immer dieser Eisbär sein mochte, Ho'Demi stand wirklich kurz davor, die Beherrschung zu verlieren.

Der Häuptling beruhigte sich wieder. »Ihr beliebt zu scherzen, Urbeth.«

»Ich scherze? Treibe mit dem Entsetzen Scherz?« Wenn die Bärin über Augenbrauen verfügt hätte, hätte sie die jetzt bestimmt empört hochgezogen. »Ho'Demi, ich pflege lediglich einen gewissen Humor. So etwas solltet Ihr Euch bei Gelegenheit auch einmal zulegen.«

»Liebe Urbeth«, sprach nun Aschure, »geht es Euren Jungen auch gut?«

»Ja, sehr sogar, Mond. Vielen Dank, daß Ihr so höflich seid zu fragen.«

»Ich habe selbst ein Junges. Schaut nur, dort drüben, da schläft es, eingehüllt in seine Decken, dort am Feuer.«

»Oh ja, ich sehe es. Wirklich ein hübsches Junges.«

Die Jägerin seufzte leise. »Junge können manchmal so anstrengend sein, nicht wahr, Urbeth? Dann muß ich ihn zum Beispiel wiegen und noch länger wiegen, bis er endlich beschließt einzuschlafen.«

»Ja, ja, Mond, das kenne ich auch nur zu gut«, stimmte die Bärin zu, und Axis fragte sich, ob er wache oder träume.

»Es ist recht oft wirklich schwierig, ein Junges zum Schlafen zu bringen. Aber Euch steht dabei doch mehr Hilfe als mir zur Verfügung.«

»Was meint Ihr damit, Mond?«

»Meine Gezeiten«, antwortete Aschure. »Sie schaukeln Eure Jungen in ihrem Eisbau in den Schlaf. Deswegen glaube ich, daß Eure Jungen Euch nicht so viel Mühe machen wie mir das meine.«

Die Bärin rutschte ein wenig verlegen auf dem Eis hin und her und betrachtete angelegentlich ihre Tatzen. »Nun, das muß ich wohl eingestehen, Mond. Danke auch für diese Hilfe.«

»Dann darf ich wohl eine Gunst von Euch erbitten, Urbeth. Ich schaukle Eure Jungen auch weiterhin in den Schlaf, und im Gegenzug teilt Ihr Ho'Demi endlich mit, was aus seinem Volk geworden ist.«

»Das hätte ich ihm auch so verraten, Mond«, erwiderte die Bärin etwas gereizt und stellte sich wieder auf alle vier Beine. »Deswegen hättet Ihr keine besondere Gunst von mir erbitten müssen.«

Aschure lächelte: »Ich befürchtete aber, daß der Häuptling sich jeden Moment auf Euch gestürzt hätte, und da wollte ich ein Blutbad verhindern.«

Urbeth kicherte, und bei einem so mächtigen Tier klang es wie Donnergrollen. »Fürwahr, Mond, das ist Euch gelungen; denn wenn Ho'Demi sich wirklich auf mich gestürzt hätte,

hätte ich ihn mitsamt seinem ganzen Gefolge zerrissen. Wohlan denn, Häuptling, fühlt Ihr Euch wohl nun für Urbeths Humor gerüstet?«

Der Rabenbunder nickte heftig.

Die Bärin sah ihn listig an: »Aber seid Ihr auch bereit für einen Spaziergang?« Damit drehte sie sich um und trottete in nordwestlicher Richtung am Ufer des Iskruel Ozeans entlang.

Den Rabenbundern blieb nichts anderes übrig, als ihr zu folgen. Rasch wurden die Zelte abgebaut und die Pferde gesattelt, und dann marschierte der gesamte Zug, achttausend Rabenbunder und dreitausend Achariten, der Bärin hinterdrein. Urbeth trottete gemütlich, aber stetig, grunzte gelegentlich und blieb nur selten stehen, um sich am Nacken zu kratzen, weil sie dort ein Juckreiz plagte.

Niemand sprach ein Wort. Die Rabenbunder waren entweder zu angespannt oder zu sehr von Ehrfurcht erfüllt, und die Achariten konnten noch immer nicht fassen, wie ihnen hier geschah, und wußten nicht, was sie dazu sagen sollten.

Aschure sorgte dafür, daß die Alaunt dicht hinter Venator blieben. Sie zweifelte nämlich nicht daran, daß ihre Hunde, wenn sie Urbeth zu nahe kämen, von dieser eine ordentliche Tracht Prügel beziehen würden.

Die Bärin führte die Streitmacht den ganzen Tag lang nach Nordwesten, bis der Totholzwald wie ein dunkler Schatten am Horizont auftauchte. Hier blieb sie stehen, gähnte, legte sich hin und rollte sich zum Schlafen zusammen. Den ganzen Weg über hatte Urbeth kein Wort verloren.

Die Männer saßen an diesem Abend meist schweigend an ihren Lagerfeuern, und viele warfen immer wieder Blicke auf den großen und schnarchenden elfenbeinfarbenen Pelzberg.

»Wer ist sie?« fragte Axis schließlich den Häuptling.

»Urbeth«, antwortete dieser wortkarg.

»Und was stellt sie dar?«

Sa'Kuja antwortete für ihren Gemahl: »Urbeth ist weitaus mehr als eine gewöhnliche Eisbärin, aber was genau, wissen wir auch nicht. Seit die Rabenbunder hier leben, geht Urbeth auf dem

Packeis auf die Jagd. Hin und wieder gesellt sie sich auf einen Schwatz zu uns. Wir fürchten sie und verehren sie deshalb. Denn uns treibt die Sorge um, daß Urbeth statt der Robben uns jagt, wenn wir sie nicht mehr verehren.«

»Das glaube ich eigentlich nicht, Sa'Kuja«, entgegnete Aschure. »Meiner Ansicht nach spricht Urbeth mit Euch, weil sie Euch mag. Wenn mich nicht alles täuscht«, sie warf einen vorsichtigen Blick auf den schlafenden Bären, »fühlt Urbeth sich manchmal einfach nur einsam und sucht dann Gesellschaft und ein Gespräch. Also macht sie sich auf den Weg zu den Rabenbundern und plaudert mit ihnen. Vielleicht würde es ihr viel besser gefallen, wenn Ihr sie wie eine von Euch behandeln würdet, und nicht wie eine Göttin.«

Die Bärin rülpste vernehmlich im Schlaf, und Axis lachte laut, als er die erschrockenen Gesichter des Häuptlings und seiner Gemahlin sah. »Ich glaube, meine Freundin, Ihr solltet in dieser Frage auf Aschure hören. Und ich möchte sogar wetten, daß dieser Eisbär Euch während der vielen Monate auf dem Eis die langen Abende mit vielen Geschichten verkürzen kann.«

Ho'Demi setzte seinen Teebecher ab. »Wenn Urbeth uns wirklich zu meinem Volk führt, Sternenmann, werde ich sie zur Namensgebung meines nächsten Enkelkindes einladen. Sie soll seine Patin sein.«

Aschure legte ihm eine Hand aufs Knie. »Ich glaube, daß würde dieser alten Dame sehr, sehr gut gefallen.«

Urbeth erwachte mit dem Sonnenaufgang. Sie erhob sich, streckte sich, weckte mit ihrem Grunzen das ganze Lager und trottete dann auf den Wald zu.

»Sagt Euren Männern, Ho'Demi«, rief sie über die Schulter, »daß es zu Fuß weitergeht. Warum die Pferde belasten?«

Der Häuptling murmelte etwas wenig Freundliches, während er sich den Umhang überwarf. Schwarze Ringe zeigten sich unter seinen Augen, weil er in der vergangenen Nacht zu wenig Schlaf gefunden hatte. Überall erhoben sich nun auch die Rabenbunder und machten sich daran, Urbeth zu folgen. Die Glöckchen, die sie sich in Haar geflochten hatten, bimmelten leise in die Morgenluft.

Aschure wickelte Caelum in eine Decke, trug ihn auf dem Arm, gab ihm ein Stück Brot, damit er beschäftigt war und schloß sich dann mit Axis dem Zug an.

Sie brauchten eine Stunde, um den Totholzwald zu erreichen. Kaum waren sie dort angelangt, erhob sich auch schon aufgeregtes Gemurmel aus den Reihen der Rabenbunder.

»Was stimmt denn nicht?« wollte die Jägerin wissen.

»Die Bäume leben«, antwortete Sa'Kuja.

Aschure fragte sich, warum lebende Bäume die Leute so sehr in Aufregung versetzten. Der Wald, der sich, so weit das Auge reichte, nach Süden erstreckte, setzte sich aus ganz gewöhnlichen Nadelhölzern zusammen. Allerdings machte die Zauberin zwischen den Bäumen auch einige schwarze Stämme aus – diese Gewächse mußten tot sein. Die Kiefern und Tannen wirkten außerdem etwas kleiner als gewöhnlich, aber auch das konnte wenig überraschen, weil Bäume in diesem rauhen Klima selten sehr groß wurden. Einzig überraschen konnte daher nur der Umstand, daß sich hier überhaupt ein so großer Wald entwickelt hatte.

»Oh«, machte Aschure, als ihr das tatsächlich immer merkwürdiger erschien. Die Häuptlingsgemahlin sah sie an und sagte: »Richtig beobachtet, Zauberin. Wir nennen dieses Gebiet hier Totholzwald. So lange die Rabenbunder zurückdenken können, haben hier immer nur tote Bäume gestanden. Ein ganzer Wald, eingefroren am Rand der polaren Eiskappe. Und so dicht und weit haben wir ihn auch noch nie gesehen.«

»Oh«, sagte die Jägerin noch einmal, aber diesmal als Zeichen dafür, begriffen zu haben.

Urbeth hockte sich zwanzig Schritte vor dem Waldrand auf den Boden und wartete mit gelangweilter Miene, bis die ganze Schar heran war. Dann räusperte sie sich, was wie ein Bellen klang, und begann.

»Euer Volk, Ho'Demi, hat fast achtzehn Monate lang auf dem Packeis verbracht. Aber das Leben dort kam sie hart an. Viele starben; denn unter den Rabenbundern wuchs die Gewißheit, das Ende der Welt sei nahe. Sie wollten nichts mehr essen noch trinken und sehnten geradezu den Tod herbei. Andere beteten täglich darum, daß Ihr zurückkehren und sie wieder in die Heimat führen möget. Aber allmählich setzte sich die Überzeugung durch, daß Ihr und die Schar, die mit Euch fortzog, längst von den Skrälingen gefressen worden seid. Eines Tages verschwanden die Kreaturen, die so lange an der Küste auf sie gewartet hatten, und zogen nach Süden. Die Rabenbunder berieten lange, was nun zu tun sei. Nach vielen Wochen des Hin und Her riefen sie schließlich mich und baten darum, von mir gefressen zu werden. Um so ihrem Elend ein Ende zu machen.«

Die Bärin verdrehte die Augen. »Ihr Geschrei belästigte mich. Weckte meine Jungen. Verscheuchte die Robben, so daß ich Hunger litt. Obwohl ich anfangs die größte Geduld aufbrachte, weil das Schicksal der Rabenbunder mich dauerte, wuchs doch mein Zorn stetig an. Irgendwann sagte ich mir dann, daß es so nicht weitergehe …«

Urbeth schüttelte bei der Erinnerung den Kopf. »Also erfüllte ich ihnen ihren Wunsch und fraß sie. Ich verschlang so viele der Euren, daß mir fast der Bauch platzte und ich sie wieder ausspucken mußte. Nach einer Weile tat ich mich wieder an ihnen gütlich, bis mir nichts anderes übrigblieb, als auch diese auszuspeien. So ging es immer weiter, ich fraß und spuckte, bis auch der letzte Schreihals verstummt war. Aber wo ich hinspuckte, wuchsen diese Bäume hier.«

Sie nickte in Richtung des Waldes. »Ich mag sie nicht. Ihr Grün stört die Harmonie von Schnee, Eis und grauem Wasser. Deswegen möchte ich, daß Ihr sie mitnehmt.«

Ergriffenes Schweigen folgte ihren Worten. Die Blicke aller richteten sich auf den Wald, dann auf den Eisbären und schließlich wieder auf die Bäume.

»Urbeth«, begann der Häuptling endlich, »viele aus meinem Volk haben lange in den südlichen Landen gelebt und befinden sich mittlerweile auf dem Rückmarsch in die alte Heimat. Mit ihnen zieht auch meine Tochter In'Mari. Sie ist mit Izanagi verheiratet, den Ihr hier unter uns seht. Meine Tochter ist guter

Hoffnung, und wenn Ihr Kind geboren ist, hätte ich gern, daß Ihr Euch als seine Patentante zur Verfügung stellt.«

»Patentante? Was ist das denn?«

»Jedes Kind, das bei den Rabenbundern das Licht der Welt erblickt, erhält eine Patentante und einen Patenonkel, die ihm verpflichtet sind. Diese wirken als eine Art geistige Führer für das Kind. Sie bewahren es zum Beispiel vor Dämonen oder lehren es alles über das Eis.«

Urbeth strahlte. »Oh ja, Ho'Demi, das würde mir sehr gefallen. Ihr seid überaus großzügig.«

Der Häuptling wartete geduldig.

»Na schön, also gut«, murrte die Bärin schließlich. »Nehmt Euer Volk, und zieht ab. Aber nur unter einer Bedingung.«

»Und wie lautet die?«

»Daß Ihr sie nie wieder für so lange Zeit traurig und allein auf dem Packeis sitzen laßt. Ich brauche nämlich wenigstens nachts meine Ruhe.«

»Versprochen, große Urbeth.«

»Gut, gut, dann will ich mal sehen.«

Die Bärin seufzte tief, erhob sich und watschelte zum ersten Baum. Sie betrachtete ihn einen Moment lang und versetzte ihm dann mit einer Tatze einen gewaltigen Hieb.

Der Baum schwankte heftig, bis ein großes Krachen und Knarzen die Luft erfüllte: Der Stamm kippte, und im Fallen verfingen sich seine Äste in denen seines Nachbarn und rissen ihn mit. Dieser wiederum berührte im Sturz seinen Nachbarn, und so setzte sich das Fallen bald mit rasender Geschwindigkeit durch den ganzen Wald fort.

Lautes Krachen und der durchdringende Geruch von Harz durchdrang die Morgenluft, und überall regnete es Tannennadeln. Alle, auch Urbeth, mußten sich abwenden, husten und über die Augen wischen.

»Ein Ärgernis«, hörten die, welche ihr am nächsten standen, »von Anfang an ein einziges Ärgernis.«

Nach einer Weile erhoben sich Menschen aus dem Gewirr der Äste. Erst hier und da einer, dann Paare und schließlich ganze

Gruppen. Ein jeder blickte sich verwirrt um, wirkte abgemagert und hatte eingefallene Züge, aber ansonsten waren sie allesamt höchst lebendig.

Ihr Blick fiel erst auf den Eisbären, dann auf die Leute hinter ihm, und es stiegen ihnen die Tränen in die Augen. Sie breiteten die Arme aus und riefen nach ihren Verwandten.

»Wenn ich Euch einen Vorschlag machen dürfte, Ho'Demi«, bemerkte Urbeth, »Eure Kämpfer sollten jetzt besser angeln und Robben jagen gehen, statt hier herumzustehen und Maulaffen feilzuhalten. Die Wiedererwachten sehen nämlich aus, als hätten sie großen Hunger.«

Damit wandte sie sich ab und trottete mit aller Würde, die ihr eigen war, zum Meer.

»Urbeth!« rief der Häuptling ihr hinterher. »Ich danke Euch!«

»Einverstanden!« antwortete die Bärin über die Schulter, blieb aber kurz darauf stehen und drehte sich noch einmal um. »Eigentlich war das alles sehr lustig, Ho'Demi. Die Skrälinge wußten nämlich ganz genau, wo sich Eure Brüder und Schwestern befanden. In Gruppen und Haufen standen sie wispernd vor dem Wald. Wochenlang. Aber sie trauten sich nicht hinein. Man hätte beinahe denken können, daß die Geister sich vor Bäumen fürchten.«

Damit setzte Urbeth sich wieder in Bewegung, erreichte das Wasser, sprang hinein und schwamm mit kräftigen Stößen zum Packeis hinaus.

25 Grausame neue Welt

Axis und Aschure blieben noch einen Tag und teilten dann Ho'-Demi mit, daß sie nun zum Krallenturm weiterwollten.

»Hier können wir nichts mehr tun«, erklärte der Krieger. »So gern ich noch bleiben und die Wunder der Löcher erkunden oder lernen würde, wie man von Packeis aus Seehunde jagt, aber ich muß nach Osten.«

»Das verstehe ich, Sternenmann. Gorgrael gibt es immer noch. Aber Ihr werdet ihn schon bezwingen.«

Axis lachte rauh, schwieg aber dazu.

»Das mußte ich sagen und ich bin auch fest davon überzeugt«, erklärte der Häuptling, »denn wenn Ihr scheitern solltet, gibt es für uns alle keine Hoffnung mehr. Dann hätte Urbeth mein Volk ganz umsonst gerettet.«

»Einverstanden, um Urbeths willen werde ich siegen. Sie würde sicher sehr böse, wenn sie erfahren müßte, daß sie sich vergeblich solche Mühe gemacht hat.«

»Eines Tages werdet Ihr hierher zurückkehren, Sternenmann, und dann zeige ich Euch, wie man Robben fängt.«

»Vielleicht bringe ich dann meinen Sohn mit«, grinste der Krieger, denn seine gute Laune kehrte jetzt zurück. »Dann stolpern wir gemeinsam über das Packeis.«

Aschure lächelte ebenfalls, beugte sich vor und küßte Häuptling Ho'Demi auf die Wange. »Und mein Weg wird mich ebenfalls wieder hierher führen. Zu gern möchte ich mich mit Urbeth unterhalten. Sie kennt bestimmt große Geheimnisse, in die sie mich einweihen soll.«

Sa'Kuja trat zu ihnen und überreichte Axis ein großes Paket Tekawaitee. Nun, da die Rabenbunder sich wieder an der Eisbärküste befanden, konnten sie ihre Teevorräte leicht wieder auffrischen. »Ich fürchte, Sternenmann, daß Ihr noch viel höher in den Norden ziehen müßt. Nehmt diesen Tee und unsere Segenswünsche mit. Wenn Ihr ihn trinkt, dann denkt dabei manchmal an die Rabenbunder, deren Gedanken stets bei Euch sein werden.«

»Seid bedankt, Sa'Kuja.« Der Krieger versenkte das Päckchen in einer der Satteltaschen. »Ho'Demi, ich lasse Euch meine dreitausend Soldaten hier. Setzt sie ein, wo immer Ihr das als nötig erachtet, und schickt sie dann nach Hause.«

»Ich werde sie bestimmt nicht zu lange hier festhalten«, entgegnete der Häuptling und verneigte sich zum Dank für diese Gabe. »Die Skrälinge haben meine Heimat verlassen, und wir leben ohnehin in Zelten. Viel Aufbauarbeit fällt deswegen kaum an. Die Soldaten können uns ein paar Wochen dabei helfen, unsere Fisch- und Robbenvorräte aufzustocken, aber dann setzte ich sie in Richtung Karlon in Marsch. Sie wollen bestimmt ihre Familien und ihr Heim wiedersehen.«

Axis nickte. »Nun, Aschure, seid Ihr bereit für die Reise zum Krallenturm?«

Sie lächelte ihn an. Beide freuten sich auf die einwöchige Reise zum Berg der Ikarier; denn in den letzten Monaten hatten sie nur wenig Zeit füreinander gefunden. »Ich bin ...« begann sie und wurde von einer aufgeregten Stimme unterbrochen.

»Herr, Ihr wollt mich doch nicht zurücklassen!« Arne war mit trotziger Miene hinzugetreten.

»Getreuer Freund«, antwortete Axis, »dort, wo ich nun hingehe, habe ich keine Verwendung mehr für eine Armee. Nach dem Besuch beim Krallenturm muß ich ohnehin ganz allein weiter, denn die Aufgabe, die mich dann erwartet, kann nur von mir gelöst werden.«

Aber so leicht wollte Arne sich nicht abwimmeln lassen. Drei Jahre lang folgte er nun schon seiner Aufgabe, den Krieger zu schützen; Veremund hatte ihn vor langen Zeiten damit betraut. Auf allen Schlachtfeldern, Marktplätzen und Schneefeldern hatte er seinem General den Rücken gedeckt. Ständig hatte der Getreue darauf geachtet, ob sich nicht irgendwo eine Hand mit einem Dolch erhob oder ein Attentäter verbarg. Jeder Fremde war ihm als möglicher Schurke erschienen, jedes Lächeln falsch und jeder Bissen vergiftet. Die einzige Gelegenheit, da die beiden voneinander getrennt gewesen waren, hatte sich während Axis' Aufenthalt im Krallenturm und anschließend in der Unterwelt ergeben. Und in jenen Monaten hatte Arne sich leer und nutzlos gefühlt. So widerstrebte es ihm nun, nochmals eine solche Zeit durchmachen zu müssen – und gerade dann, wenn sein Herr der allergrößten Gefahr entgegenging. »Ich komme mit Euch«, erklärte der Mann nun in aller Bestimmtheit.

»Arne, versteht doch, ich muß allein streiten.«

Aber Aschure hatte sofort erkannte, welche Vorteile sich boten, wenn der Getreue sie begleitete. »Axis«, begann sie mit sanfter und überzeugender Stimme, »was sollte es denn schon schaden, wenn Arne mit uns zum Krallenturm reitet. Auch zum Erdbaumhain könnte er doch mitkommen. Und danach ... Nun, er mag Euch zwar im Zweikampf mit Gorgrael nicht beistehen dürfen, aber er böte Euch auf dem Weg zu ihm eine angenehme Reisegesellschaft.«

Der Getreue warf ihr einen dankbaren Blick zu.

Axis starrte sie ebenfalls an, aber bei weitem nicht so freundlich. »Bei den Sternen, Liebste, bald verlangt Ihr noch von mir, Euch ebenfalls mitzunehmen.«

Eigentlich hätte die Zauberin nichts lieber getan, aber sie wußte zu gut, daß ihre Anwesenheit vor Gorgrael sich leicht zur tödlichen Gefahr für Axis auswirken konnte. So zuckte sie nur die Achseln und entgegnete wie selbstverständlich: »Aber dann müßte ich ja auch Caelum mitnehmen, und einem weiteren Wagnis will ich ihn nun wirklich nicht aussetzen. Auf der anderen Seite darf ich den Knaben auch nicht schon wieder so lange alleinlassen. Erst wenn der Zerstörer erschlagen in seinem Blut vor Euch liegt, werde ich wieder zu Euch stoßen. Davon abgesehen, habe ich Rivkah auch versprochen, bei ihrer Niederkunft an ihrer Seite zu sein.«

»Während ich also mit Gorgrael kämpfe, spielt Ihr lieber die Hebamme, um einem weiteren Bruder von mir auf die Welt zu helfen.«

Sie zuckte bei seinem Tonfall zusammen, giftete aber nicht zurück: »Liebster, ich muß dorthin und kann nicht mit Euch kommen. Das wißt Ihr auch sehr gut.«

Der Krieger seufzte. Ja, das wußte er nur zu gut.

Arne sagte sich nun, daß sein Wunsch wohl beschlossene Sache sei. »Vielen Dank, Herr«, sagte er, und ein seltenes Lächeln erhellte seine gemeinhin finsteren und doch eher unbewegten Züge.

»Dann holt endlich Euer Roß, verdammt noch mal«, knurrte Axis. Aschure bestieg schweigend Venator.

Ho'Demi, Sa'Kuja und einige Dutzend Würdenträger und Freunde hatten sich zum Abschied eingefunden und sahen den Reisenden nun hinterher.

»Eines Tages kommt er wieder«, meinte sinnierend die Häuptlingsgemahlin.

»Ja, das glaube ich auch«, sagte Ho'Demi, küßte sie und verkündete: »Nun muß ich wohl ein Versprechen einlösen. Haltet hier für mich die Stellung, meine Liebe, und setzt Tekawai auf, wenn Ihr mich zurückkehren seht.«

Damit marschierte er zum Kiesstrand. Vier Katamarane lagen hier. Die anderen befanden sich alle unterwegs auf dem Meer, wo die Rabenbunder Seehunde jagten. Der Häuptling suchte sich ein Boot aus, schob es ins Wasser und paddelte in Richtung Packeis.

Aber die übereinandergetürmten Schollen waren nicht sein eigentliches Ziel. Er ließ sich an ihnen entlang nach Süden treiben. Rechts begleitete ihn die leere Landschaft der Küste, links ragte das gelbliche Eis auf. Ho'Demi brauchte für sein Vorhaben nämlich Einsamkeit. Wenn sein Werk vollbracht wäre, würde das Eisland des Nordens nicht mehr dasselbe sein. Er hoffte nur, daß Urbeth nichts dagegen einzuwenden hatte.

Nach mehreren Stunden steuerte er sein Gefährt in eine Eisschlucht, legte dort an und vertäute es. Er stieg die steile Eiswand hinauf, bis er die höchste Stelle erreicht hatte. Hier sah Ho'Demi sich um und flüsterte: »Daheim.«

Das Packeis breitete sich hier mehrere Meilen weit in jede Richtung aus. Wispern, Mahlen und Krachen drang an sein Ohr, während sich die Schollen ständig verschoben, untertauchten oder sich auftürmten. An einigen Stellen hüpften Vögel über die unebene Fläche und suchten nach Fischen, die in der sich unablässig verändernden Landschaft gefangensaßen. Etwas weiter tollten ein paar Eisbären, Urbeths Vettern und Basen, jagten Vögel oder prahlten voreinander mit der größten Robbe, die sie je erlegt hatten.

Auf dieser Eisfläche verbrachten die Rabenbunder mehrere Monate damit, selbst Seehunde zu jagen und gelegentlich einen Eisbären wegen seines Fells zu erlegen. In der günstigen Jahreszeit folgten sie auch dem Wal, doch dies war mit großen Gefahren verbunden, und meist fing jeder Stamm pro Jahr höchstens einen. Man nutzte sein Fleisch zur Nahrung und sein Fett als Brennstoff. Die gebogenen Rippenknochen des Wals dienten als Rahmen für die Boote, seine Haut als Hülle; aber aus letzterer wurde auch Kleidung hergestellt.

Eine wunderschöne und magische Welt breitete sich aus, die aber auch ihre grausamen Seiten hatte.

Der Häuptling lief zwanzig oder dreißig Schritte weit, dann kniete er sich hin und löste die Schachtel von seinem Gürtel, die er dort schon viele Monate mitführte.

Ein aufgeregtes Tuscheln begann.

Meine Freunde, ich habe Euch nun endlich in Eure neue Welt gebracht.

Ist sie auch so grausam, wie Ihr es uns verheißen habt? Ist sie ein gerechter Lohn für die Hilfe, die wir Euch gewährten?

Ho'Demi lächelte und öffnete die Bänder, mit denen er den Deckel auf der Kiste verschnürt hatte. *Noch viel grausamer, als Ihr Euch vorstellen könnt. Spürt Ihr nicht schon den beißenden Wind?*

Ja ... ja, wir spüren ihn. Ja, ja.

Dann genießt ihn, meine Freunde, und verleiht diesem Ort mehr Seele, als er jemals besessen hat.

Der Häuptling lehnte sich zurück und öffnete den Deckel. Etwas entströmte dem Behälter ... Ein Lauf? Ein Druck, der entwich? Er wußte es nicht. Als er hineinsah, war die Schachtel jedenfalls leer.

Und, meine Freunde, gefällt es Euch hier?

Wir lieben dieses Land, Ho'Demi, seid zutiefst bedankt dafür.

Dann hört mir gut zu: So wie dieses Packeis sich ständig verschiebt und bewegt, so bewegt Ihr Euch mit ihm und auf ihm und den darum fließenden Schollen. Aber ich habe Euch schon gesagt, daß auch andere Wesen hierher kommen. Mein Volk wie auch die Vögel, die Fische, die Wale, die Seehunde und alle Tiere, die sie jagen. Aber niemand wird Euch stören, genauso wenig wie Ihr sie stören werdet.

Er wartete einen Moment, um seine Worte wirken zu lassen. *Und vor allem dringt nicht in ihre Gedanken ein.*

Und wieder hob ein Tuscheln an.

Niemals werden wir das tun. Nein, niemals.

Sollten jedoch die Skrälinge noch einmal hier auftauchen und sich sogar auf dieses Eis hier hinauswagen, dann dürfte Ihr gern in ihre Gedanken fahren und ihnen den Verstand rauben. Denn solche Kreaturen wollen wir hier nicht haben.

Der Häuptling lächelte. Nur wenigen, wenn überhaupt jemandem, würden diese Seelen je auffallen. Denn nur diejenigen, welche die Gabe der Gedankensprache besaßen, konnten sie wahrnehmen. Er erhob sich, stieg zu seinem Katamaran hinunter, rutschte einmal aus, als das Eis sich unter ihm bewegte, paddelte zurück und freute sich schon auf den Tee, den Sa'Kuja ihm reichen würde.

26 STERNENFINGER

Arne verhielt sich wie üblich sehr zurückhaltend und schien vollkommen damit zufrieden zu sein, daß Axis ihn mitnahm. Er ritt beständig vierzig Schritte hinter dem Sternenmann und der Zauberin her, um ihnen zu ermöglichen, sich nur unter vier Augen zu unterhalten. Axis und Aschure waren ihm dafür dankbar, und jeden Tag vergaßen sie nach einiger Zeit gänzlich, daß er ihnen folgte. Und abends überraschte der Getreue sie immer wieder, wenn sie sich umdrehten und entdeckten, daß er in einigem Abstand sein eigenes Lager aufschlug.

Caelum verschlief die Tage und wachte erst abends auf. Dann spielte er mit Axis und lauschte gebannt dem Zauberwissen, das sein Vater ihm beibrachte. Wenn es dann am nächsten Morgen weiterging und er in seinem Gurt am Rücken seiner Mutter hing, betrachtete Caelum die Welt mit großen staunenden Augen. Aber irgendwann, meist sehr bald, sank er in Schlummer. Die Gespräche, die seine Eltern beim Ritt führten, drangen in seine Träume ein, und so lernte er auch im Schlaf.

Auch die Gezeiten redeten zu ihm, und im Traum hörte er das rhythmische Anschlagen der Wellen und den Wind, und roch das Salz und das Eis. Über fünfhundert Meilen zog sich die Eisbärküste dahin, eine Landschaft, die ihresgleichen suchte und dem Betrachter ebenso majestätisch wie zauberhaft erschien. Nach Süden hin stiegen die Eisdachalpen mächtig und schwarz auf, während im Norden die graublaue See an den Kiesstrand stürmte. Aus der Ferne vernahm man das Grollen der Eisschollen, und darüber kreisten die Vögel und stießen ihre unheimlichen, klagenden Schreie aus.

Manchmal wirkten die Eisbärküste so gewaltig und das Geschrei der Vögel so gespenstisch auf die Reiter, daß sie ihren Rössern die Sporen gaben und in wildem, atemlosen Galopp dahinjagten. Die Alaunt rannten dann mit Belaguez und Venator um die Wette und fügten dem Kreischen der Vögel ihr Gebell hinzu.

Arne hingegen ließ sein Pferd nur im Trab gehen, wußte er doch, daß er die beiden irgendwann schon wieder einholen würde. Selbst ihn, diesen verschlossenen Mann, bewegte dieses wilde Land, und vor Rührung ließ er hin und wieder den Tränen freien Lauf.

Fünf Tage nach ihrem Aufbruch vom Totholzwald zügelte Axis am Spätnachmittag seinen Hengst.

»Seht nur«, sagte er und zeigte nach vorn. Aschure entdeckte den Krallenturm, der aus den Wolken ragte. Lange saßen sie regungslos in den Sätteln, betrachteten den Berg und bestaunten seine Erhabenheit und Pracht.

»Was glaubt Ihr, was aus ihm werden wird?« fragte die Zauberin schließlich.

»Wie meint Ihr das?«

»Nun, tausend Jahre war der Krallenturm das Heim der Ikarier, doch heute werden die meisten von ihnen sich im Süden ansiedeln. Sternenströmer hat mir einmal erzählt, daß man diesen Berg vor den Axtkriegen als Sommersitz nutzte, als Stätte für allerlei Lustbarkeiten der Vogelmenschen.«

Die Jägerin wirkte nachdenklich, als sie fortfuhr: »Eine Schande, wenn der Krallenturm wieder nur diese Rolle spielen würde. Dafür hat dieser Ort zuviel gesehen und eine zu große Bedeutung gewonnen.«

»Ja, da muß ich Euch recht geben. Sternenströmer und Freierfall dürften längst dort eingetroffen sein. Wir können ja gemeinsam beraten, was in Zukunft mit dem Berg geschehen soll. Ah, da kommt ja auch unser Getreuer. Arne, seht Ihr den Berg dort? Zu ihm wollen wir.«

Arne hielt sein Pferd an und betrachtete den Krallenturm. Er erhob sich in einer Entfernung vor ihnen, die mindestens einen Tagesritt bedeutete, doch selbst von hier aus wirkte er außerordentlich beeindruckend.

»Weiter«, drängte der Krieger, »wir biegen nun in die Eisdachalpen ab. Sagt der Eisbärküste lebwohl.«

»Wenn alles überstanden ist«, meinte Aschure verträumt, »sollten wir hierher zurückkehren und mit unseren Rössern den Strand in seiner vollen Länge hinunterjagen.«

Axis strich ihr über die Wange. »Nur Ihr und ich, Liebste, in einer Vollmondnacht. Aber nun«, seine Stimme klang wieder ernst, »steht uns der Aufstieg bevor.«

Er führte die beiden durch einige kleinere Schluchten, die in südlicher Richtung verliefen, dann nach Osten, und der Weg stieg stetig an. Vom Norden hörten sie das Knirschen des Krallenturmgletschers, der sich langsam zum Meer vorschob. Aber das ging bald im angestrengt rasselnden Atem der Rösser unter.

Als sie in dieser Nacht lagerten, fragte Aschure ihren Gemahl, ob die Pferde noch lange bergauf steigen müßten. Hier in den Alpen gebe es nur wenig Futter für sie. Die Zauberin befürchtete, daß der Aufstieg zu sehr an ihren Kräften zehren würde.

»Nein. Von Sternenströmer und Morgenstern weiß ich, wo überall sich die Ein- und Zugänge zum Krallenturm finden lassen. Morgen geht es noch ein oder zwei Stunden bergauf, und dann sollten wir auf einen der Tunnel gestoßen sein, durch den man zum Fuß des Berges gelangt. Wir lassen dann die Pferde in einem der unteren Ställe und steigen zu Fuß weiter hinauf.«

Gegen Mittag des nächsten Tages befanden sie sich in der Burg der Ikarier. Die Pferde hatten sich noch sehr abmühen müssen, bis der Tunnel endlich erreicht war; aber der Boden war nun weich und stieg nur maßvoll an. Die Rösser konnten hier wieder leichter atmen und trabten bald ohne Anstrengung weiter. Der Gang führte, beleuchtet durch die Zaubersprüche der Vogelmenschen, in die unteren Regionen des Berges, und hier gab es endlich Ställe und Futter für die Pferde. Sobald sie ihre Reittiere versorgt hatten, begaben sich Axis, Aschure und Arne über

Treppen und durch Schächte hinauf zu den höchsten Kammern. Der Krieger ließ seinen Getreuen in einem der Speisesäle zurück, wo sich einige Ikarier stärkten. Dann stieg er mit seiner Gemahlin allein weiter nach oben. Was immer die Greifen hier auch an Zerstörung bewirkt haben mochten, so war doch alles wieder instandgesetzt worden. Der Berg war aber weitgehend verlassen, und die Schritte der wenigen Vogelmenschen, die sich hier aufhielten, hallten laut und hohl durch die ganze Anlage.

Aschure fröstelte, als sie sich vorstellte, wie es hier ausgesehen haben mußte, als Tausende von Himmelsbestien durch die Gänge krochen, sprangen und angriffen. Den zurückgebliebenen Ikariern mußte ein grauenhaftes Ende bereitet worden sein.

»Ich wünschte, ich hätte etwas dagegen unternehmen können«, flüsterte sie voll Trauer, und der Krieger nahm ihre Hand.

»Ihr habt sie eindringlich gewarnt. Euch nicht zu folgen, war allein ihre Entscheidung.«

»Wo steckt Euer Vater?«

»In der Versammlungshalle. Er wartet schon auf uns.«

Sie betraten den großen Saal über einem der oberen Gänge und blieben schweigend an den Sitzreihen stehen, um hinunter auf den kreisrunden Boden zu blicken.

Sternenströmer hielt sich tatsächlich schon hier auf. Mit ausgebreiteten Schwingen und dem Gesicht nach unten lag er auf dem goldenen Marmor.

Aschure gab ihrem Gemahl einen leichten Schubs. »Geht zu ihm«, drängte sie flüsternd, und er bewegte sich leise die Stufen hinunter zu seinem Vater.

Als der Krieger einen Teil des Wegs zurückgelegt hatte, hob der Zauberer den Kopf und stand dann auf. »Axis«, sagte er nur und breitete die Arme aus.

Sein Sohn eilte die restlichen Stufen hinab und umarmte Sternenströmer heftig. Als Aschure die Männer erreichte, sah sie, daß sie beide weinten.

»Ich fürchtete schon, ich hätte Euch verloren«, flüsterte der Zauberer.

»Das hätte auch fast der Fall sein können. Aschure hat mich zurückgeholt.«

Sternenströmer wandte sich nun ihr zu und umarmte sie ebenfalls. »Meine Tochter, Ihr seht gut aus. Seltsame Geschichten über Euch sind mir zu Ohren gekommen.« Er trat einen Schritt zurück, ohne sie loszulassen, und betrachtete ihr nachtblaues Gewand. »Ich fürchte, Ihr werdet mehrere Stunden Eurer Zeit opfern müssen, um meine Neugier auch nur halbwegs zu stillen.«

Axis betrachtete die beiden aufmerksam. Zuerst mit ein wenig Argwohn, weil sein Vater und er einst um die schöne junge Frau gewetteifert hatten. Doch dann beruhigte er sich rasch wieder. Welche Leidenschaft Sternenströmer einst auch für Aschure gehegt haben mochte, sie schien vergangen zu sein. Die beiden gingen wie gute Bekannte miteinander um, und die Bande ihrer langsam entstandenen Freundschaft waren stärker, als der Krieger das je erwartet hatte.

Der Zauberer hob Caelum von Aschures Rücken und drückte nun auch ihn an sich. »Ich habe vernehmen müssen, daß Gorgrael ihn entführte ...« Noch jetzt war ihm der Schrecken anzumerken.

Axis lächelte. »Auch seine Rettung haben wir Aschure zu verdanken.« In diesem Moment wurde ihm zum ersten Mal klar, wieviel er seiner Gemahlin verdankte! »Bei den Sternen, ohne Euch stünde keiner von uns jetzt hier.«

Die Jägerin sah ihn verwundert an. »Das müßt Ihr mir genauer erklären.«

Er nahm ihr Gesicht zwischen seine Hände. »Ihr seid unsere Errettung, Aschure, und Ihr wurdet von einer dunkleren Macht gezeugt, von Wolfstern. Denn fast am Ende der zweiten Strophe der Prophezeiung heißt es: ›Und dunklere Macht wird sich erweisen als Vater der Errettung.‹ Somit hat sich auch dieser Vers erfüllt.«

Alle schwiegen ergriffen, bis der Sternenmann schließlich sagte: »Jetzt muß nur noch die Vorhersage über die Wächter eintreten, dann vermag ich endlich das Regenbogenzepter mein eigen zu nennen. Hat sie jemand in der letzten Zeit irgendwo gesehen, Vater? Bei all dem, was in den letzten Monaten über uns gekommen ist, hatte ich sie vollkommen vergessen.«

»Nein«, antwortete Sternenströmer gedehnt. »Wer immer die Wächter auch sein mögen und was immer sie gerade tun, sie scheinen nicht zu wollen, daß der Rest der Welt davon erfährt.«

»Tja, wenn die fünf nicht gefunden werden wollen, braucht man es wohl gar nicht erst zu versuchen. Dann muß ich mich eben darauf verlassen, daß sie von sich aus ihren Teil zur Erfüllung der Prophezeiung beitragen.«

»Sie haben ihr ganzes Leben der Weissagung geweiht«, erinnerte ihn Aschure. »Und die anderen Voraussagen sind auch zum größten Teil ohne unser Nachhelfen eingetreten. Vertraut also den Wächtern. Und macht Euch um sie keine Sorgen.«

»Ja, Ihr habt ja recht, Liebste.« Er wandte sich an seinen Vater: »Habt Ihr ... die ...« Die Stimme versagte ihm.

»Einen Tag vor meiner Ankunft war alles geregelt. Dornfeder und die Luftarmada sind schon zwei Wochen vorher eingetroffen. Als ich den Krallenturm betrat, hatten sie bereits alle Toten aufgebahrt und die Räume und Gänge wieder in Ordnung gebracht. Bei den Sternen!«

Sternenströmer mußte sich abwenden und zitterte am ganzen Leib. Die Jägerin trat zu ihm und legte ihm eine Hand auf die Schulter: »Geht es wieder, Schwiegervater?«

Der Ikarier holte tief Luft, versuchte zu lächeln und drückte Caelum enger an sich. »Verzeiht bitte, aber nie zuvor sah ich so gräßlich entstellte Leichen. Nicht einmal damals nach dem Blutbad im Hain des Erdbaums.« Seine Stimme schwankte, und er mußte noch einmal durchatmen. »Wir haben oben auf dem Gipfel einen großen Scheiterhaufen errichtet und sie dort verbrannt. Ihre Seelen sind zu den Sternen aufgestiegen.«

Wieder schwieg Sternenströmer, und Axis und Aschure gönnten ihm Zeit, sich wieder zu sammeln. »Rabenhorst und ich standen uns nie sehr nahe«, fuhr der Zauberer dann fort. »Das lag vor allem am zu großen Altersunterschied, aber auch an der Verschiedenartigkeit unserer Persönlichkeiten.« Dennoch füllten sich seine Augen jetzt mit Trauer. »Der Krallenfürst hatte mir immer wieder vorgeworfen, ich sei zu unbesonnen. Bei den Sternen, er hatte recht, Axis. Mein eigener Sohn hat dieses Massaker befohlen. Bloß weil ich meine Lust nicht bezähmen konnte, mußte soviel Tod und Vernichtung über mein Volk kommen.«

»Eure Leidenschaft, Vater? Dann solltet Ihr Euch aber auch die Schuld daran geben, daß die Ikarier heute wieder über die südlichen Himmel fliegen!« entgegnete der Krieger. »Und daran, daß die heiligen Stätten den Vogelmenschen wieder offenstehen. Eure Lust trägt die Verantwortung dafür, daß Euer Volk seine Freiheit zurückgewonnen hat.«

Aber Sternenströmer hielt immer noch den Kopf gesenkt. »Große Erfolge rufen auch große Schmerzen hervor, die zwei Seiten derselben Medaille«, flüsterte er.

»Wäre es Euch denn lieber, Vater, wenn die Ikarier immer noch hier in der großen Versammlungshalle säßen und sich an unerfüllbaren Träumen berauschten? Bei den Göttern, ich habe nicht soviel erreicht und durchgemacht, nur um jetzt zuzusehen, wie Euch das schlechte Gewissen plagt.«

Sternenströmer sah seinen Sohn verwundert an und fing im nächsten Moment an laut zu lachen. »Ihr bereitet mir immer Freude, Axis, und Ihr habt auch den Vogelmenschen mehr Freude als Schmerz beschert. Vergebt mir mein törichtes Gerede.«

Aschure nahm ihm Caelum ab. »Rabenhorst, Hellefeder und all die anderen, die hier sterben mußten, sind gerächt, Schwiegervater.«

»Ja, Dornfeder berichtete mir davon. Seid im Namen meines Volkes zutiefst bedankt für das, was Ihr am Gorkenpaß bewirkt habt.« Er lachte wieder. »Ich wünschte, ich hätte das Ende der Greifen sehen können.«

Die junge Frau lächelte: »Gewiß wird mein Gemahl Euch gern die Erinnerung an diesen Tag wiederbeleben. Am besten dann, wenn Ihr beiden nichts Besseres zu tun habt, als am Kaminfeuer zu sitzen und Euch an rührseligen Geschichten von früher zu erbauen.«

»Sternenmann? Zauberin?«

Sie drehten sich um und sahen Freierfall, der zu ihnen heraufgestiegen kam. Abendlied folgte gleich dahinter. Die vier begrüßten sich herzlich, lachten viel und vergossen auch ein paar Tränen. Aschure umarmte die beiden jungen Vogelmenschen noch einmal, als sie erfuhr, daß sie geheiratet hatten. »Vor der Ersten Priesterin haben wir unser Gelübte abgelegt«, berichtete Abendlied, »und sie weinte noch mehr als Ihr jetzt.«

Darüber mußte Aschure lachen, und sie wischte sich die Augen trocken, um Freierfall dann noch einmal zu küssen. »Genießt das Sonnenfliegerglück Eurer Ehe ...« Ein neuer Gedanke kam ihr, und sie lächelte und sagte mit einem Augenzwinkern: »Und zeugt eine hübsche Tochter, in die Caelum sich dann verlieben kann.«

Die beiden jungen Leute erröteten, kamen aber nicht dazu, darauf etwas zu entgegnen, denn eben blickte Axis zu den oberen Galerien und entdeckte dort den Geschwaderführer: »Dornfeder.«

Der Offizier stand oben an der Treppe und hatte wieder sein gewohntes prächtiges Dunkelrot auf seine Federn aufgetragen. Doch der Gruppe unten fiel weniger sein herausgeputztes Gefieder ins Auge.

Dornfeder hielt nämlich den edelsteinbesetzten Halsring der Krallenfürsten in den Händen.

Freierfall wurde bei diesem Anblick sichtlich beklommen, und als der Geschwaderführer nun langsam und feierlich die Treppe herunterkam, trat der Jüngling unruhig von einem Fuß auf den anderen. Axis warf ihm einen nachdenklichen Blick zu. Freierfall mußte doch damit gerechnet haben. Als Dornfeder sie erreichte, sah der Krieger seine Gemahlin an, und beide traten einen Schritt zurück. Sternenströmer und Abendlied folgten ihrem Beispiel.

Der Vogeljüngling stand nun allein und unsicher inmitten des goldenen Marmorrunds. Dornfeder sah ihm fest in die Augen, fiel dann vor ihm auf die Knie, senkte das Haupt und hielt ihm mit ausgestreckten Händen das schwere Geschmeide hin.

»Ihr seid der Sohn des Rabenhorst«, sprach der Geschwaderführer feierlich, »und damit sein Erbe, wie schon der Sternenmann bestätigte. Deswegen gebührt dieses Symbol Euch.«

»Ich kann es nicht annehmen«, entgegnete Freierfall stammelnd.

Axis runzelte die Stirn, aber sein Vater fand als erster seine Sprache wieder: »Ihr werdet vor aller Welt in der Versammlungshalle auf dem Tempelberg zum Krallenfürsten ausgerufen, junger Freund. Wenn Axis ... sobald der Sternenmann aus dem Norden zurückgekehrt ist, wird er Euch höchstpersönlich in Euer Amt einsetzen. Natürlich dürft Ihr den Schmuck trotzdem jetzt schon tragen – und Euch als Thronanwärter fühlen.« Sternenströmer sah ihn erwartungsvoll an. »Nun nehmt schon.«

Aber Freierfall zögerte immer noch, während der kniende Dornfeder weiterhin die Hände ausgestreckt hielt.

»Ich kann nicht«, wiederholte der Vogeljüngling, nahm dann unvermutet den Reif und reichte ihn Aschure.

»Was soll das?« fragte sie verwirrt. »Ihr könnt doch nicht ...«

»Wolfstern wurde von seinem Bruder ermordet, der dann seinerseits als dessen Erbe den Thron bestieg. Als Tochter Wolfsterns seid Ihr aber seine rechtmäßige Erbin, Aschure, und deshalb sollt Ihr das Amt des Krallenfürsten bekleiden.«

Die Jägerin setzte ihren Sohn auf den Boden, trat einen Schritt vor und nahm den Schmuck entgegen. »Verdammter Kerl!« schimpfte sie, »müßt Ihr Euch immerzu vor Euren Pflichten drücken? Ich wurde nicht für den Thron des Krallenfürsten geboren. Außerdem erwarten mich zahllose andere Aufgaben, die mir keine Zeit lassen, Regentin der Ikarier zu sein. Außerdem wurde ich erst nach Wolfsterns Ermordung geboren!«

Aschure hielt kurz inne, um wieder zu Atem zu kommen. »Und was wollt Ihr jetzt tun? Vielleicht Axis das Amt antragen? Oder Sternenströmer? Gar Abendlied? Sie alle stehen dem Thron durch Herkunft und Geburt viel näher als ich. Also, nehmt das Zeichen der Fürstenwürde wieder zurück!«

Diesmal griff Freierfall sofort nach dem Reif und lächelte betreten. »Ich mußte sie Euch anbieten, Aschure. Eurem Vater geschah ein großes Unrecht, auch wenn er selbst viel Unrecht tat. Aber Ihr seid nun einmal seine Tochter, und deswegen mußte ich Euch den Thron zumindest anbieten.«

»Da hat der Jüngling gar nicht einmal unrecht«, bemerkte Sternenströmer. »Das uralte Gesetz der Ikarier stellt eindeutig fest, daß ...«

»Schluß jetzt mit Traditionen und alten Bräuchen!« fuhr der Krieger dazwischen, ohne es aber wirklich böse zu meinen. Er legte eine Hand auf Aschures Arm und erklärte: »Lieber Vetter, als ich einst an jenem strahlenden Tag am Lebenssee Titel und Lehen des neuen Tencendor verteilte, übertrug ich Euch wenig mehr, als das, was Euch ohnehin zustand, nämlich das Recht auf den ikarischen Thron. Heute aber wollen Aschure und ich Euch mehr geben. Freierfall, bestätigter Thronfolger und Krallenfürst der Ikarier, Euch und allen Euren Erben soll die Herrschaft über die Eisdachalpen und die Grenzberge zufallen, dazu alle östlichen Ländereien Tencendors vom Süd- und Ostufer des Nordra bis zu den südlichen Ausläufern des Bardenmeers und hinab zur Weitwallbucht – abgesehen natürlich von den Gebieten, die Isgriff von Nor und Greville von Tarantaise unterstehen. Ihr dürft in diesen Gebieten den Zehnten einziehen und besitzt die Zoll- und Marktrechte nebst den sonstigen Regalien. Wiederum mit Ausnahme derer, die ich bereits Isgriff und Greville und der freien Stadt Arken zugestanden habe. Mit diesem Lehen wird Euch eine sehr große Verantwortung übertragen, Freierfall, denn Euch unterstehen dann nicht nur die Ikarier, sondern auch Achariten und Awaren, falls sie jemals Awarinheim verlassen sollten. Dafür seid Ihr niemandem außer mir, Aschure oder unseren Erben gegenüber rechenschaftspflichtig.«

Der Jüngling starrte die Jägerin an: »Aber Ihr seid doch die Herrin des Ostens ...«

Aschure lachte. »Eigentlich nur die Hüterin, und das ist nur ein Titel, wenn ich lieber mit meinem Gemahl am Eisbärenstrand zum Vergnügen reiten gehe. Davon abgesehen erwarten mich, wie schon gesagt, andere Pflichten. Vor allem gegenüber«, sie sah Axis an, »dem Haus der Sterne.«

Freierfall nickte zustimmend, Stolz leuchtete aus seinen Augen, und beugte dann ein Knie. Er legte den Ring vor sich auf den Marmor und streckte die Hände aus, damit der Krieger sie ergreifen konnte.

Dann sprach der Thronfolger: »Sternenmann, vor allen Anwesenden nehme ich die Ehre an, die genannten Ländereien mitsamt ihrer Bevölkerung, allen Steuern und allen Vergünstigungen zum Lehen zu erhalten. Ich leiste Euch den Treueid und schwöre bei meiner Ehre, daß sowohl ich als auch meine Nachkommen Euch an allen unseren Tagen treu und getreulich dienen wollen.«

Dann wiederholte der Jüngling zur Überraschung von Sternenströmer und Dornfeder den Eid auch vor der Zauberin.

Als Aschure ihn hochzog und küßte, bückte sich Axis, hob den Halsring auf und legte ihn Freierfall rasch um, ehe er sich wieder anders besinnen konnte.

»Mit diesen Zeichen der Würde binde ich Euch an Euer Amt, Krallenfürst«, erklärte er feierlich.

Er half Freierfall auf und fragte dann in die Runde: »Möchte nun vielleicht jemand Aschure, Caelum und mir etwas zu essen und zu trinken anbieten. Wir sind weit und hart geritten, um zu Euch zu kommen, und was mich angeht, so fühle ich mich doch etwas erschöpft.«

Sternenströmer nahm ihn am Arm. »Dann folgt mir, Sternenmann. Nun, da Ihr eingetroffen seid, können wir auch den Krallenturm wieder einweihen.«

»Wann soll das geschehen?«

»Morgen abend.«

Sie versammelten sich bei Anbruch der Nacht auf der höchsten Spitze des Berges. Aschure zitterte, aber nicht nur aufgrund des kalten Windes, sondern auch wegen der atemberaubenden Aussicht, die man von diesem Gipfel hatte. Selbst im Licht der Sterne konnte man ganz klar die Alpen erkennen, die sich nach drei Seiten ausdehnten. Im Norden aber spürte die Mondgöttin die See, deren Wasser gegen die Eisbärküste anbrandete. Während ihres früheren Aufenthaltes im Krallenturm hatte sie nie

Gelegenheit erhalten, so weit nach oben zu gelangen. Nur dem Krallenfürst und den älteren Zauberern hatte diese Auszeichnung zugestanden. Sternenströmer berichtete ihr nun auf dem Weg hinauf, daß es sich bei der Spitze um den heiligsten Ort der ganzen Bergstadt handelte.

»Von dort aus könnt Ihr die ganze Welt und unsere Stadt berühren«, hatte er ihr verheißen, und oben angekommen begriff sie auch, was er damit meinte.

Die Spitze machte ihrem Namen nicht unbedingt Ehre, denn einige Dutzend Ikarier fanden hier Platz. In der Mitte öffnete sich der Schacht zum Krallenturm. Als Aschure dort hinaustrat, hielt sie sich an der Brüstung fest und wagte einen Blick hinunter in den Schacht. Tatsächlich konnte man von hier bis in die tiefsten Tiefen des Berges schauen. Alle Gänge und Schächte mündeten in diesen Aufgang. Viele der Greifen waren durch diese Öffnung in die Stadt eingedrungen, und die Zeremonie an diesem Abend hatte vor allem das Ziel, den Krallenturm von der Besudelung und den Strömen von Blut reinzuwaschen, die über ihn gekommen waren.

Sternenströmer leitete das Ritual. Er scheuchte Aschure mit einer ungeduldigen Handbewegung vom Geländer fort, und eilig reihte sie sich unter die umstehenden Zuschauer ein. Die Jägerin trug wie alle anderen, die an der Feierstunde teilnahmen, ein weißes Leinengewand, das in reichen Falten bis zum Boden herabfiel. Aschures Blick fand Axis, der ein Stück weiter im Kreis stand. Sie hatte ihn bei offiziellen Anlässen stets nur in Rüstung oder in höfischen Gewändern gesehen. In der schlichten Leinenrobe wirkte er noch viel mächtiger und fürstlicher als gewöhnlich, sagte sie sich.

Zu jedermanns Füßen lag eine noch unangezündete Fackel.

»Der Krallenturm wurde beschmutzt und entweiht«, begann der Hohepriester nun, und seine Stimme klang weich, voll und musikalisch. »Teuflische Ungeheuer haben hier die widerwärtigsten Verbrechen begangen. Deswegen sind wir heute nacht an diesem Ort zusammengekommen, um diesen Berg, diese Stadt, die vom ikarischen Volk so sehr geliebt wird, wieder einzuweihen und ihrer wahren Bestimmung zurückzugeben. Und dem Wunsch des Krallenfürsten Rabenhorst Sonnenflieger folgend, der hier sein Leben lassen mußte, wollen wir den Turm dem Angedenken an die Zauberin Morgenstern Sonnenflieger weihen, unserer Mutter, die diesen Berg und seine Bewohner so sehr geliebt hat.«

Sein Blick wanderte über die Weißgewandeten: »Lasset uns nun ihrer gedenken!«

Dann schwieg Sternenströmer einige Zeit, damit die Anwesenden sich ihren eigenen Erinnerungen an Morgenstern hingeben konnten.

»Sie wurde fern von diesem Ort erschlagen«, fuhr er dann fort. »Die Wiederentdeckungen im Süden freuten sie sehr, aber am meisten faszinierten Morgenstern die uralten Schriften, die wir im Narrenturm fanden. Viele dieser Bücher und Rollen hielten die Ikarier für längst verloren. Meine Mutter hoffte, noch genug Zeit und Muße zu haben, diese Texte zu ordnen und zu studieren. Doch das hatte das Schicksal nicht für sie vorgesehen.«

Sternenströmer schritt langsam den Kreis ab. Aus dem Schacht drang hellgoldenes Licht in die Nacht und beleuchtete sein Gesicht. »Wir haben Morgenstern bereits ins Nachleben verabschiedet, gleich jenen, welche hier ermordet wurden, und sie in allen Ehren bestattet. Heute nacht wollen wir den Krallenturm selbst reinigen von allem Übel und ihm seinen ursprünglichen Geist wieder eingeben. In der alten Zeit diente diese Bergstadt den Ikariern im Sommer als Vergnügungsstätte. Danach wurde sie zur Zuflucht und zur Heimstatt unseres Volkes … und schließlich zum Ziel eines mörderischen Anschlags …«

Er berührte im Schreiten die Gesichter der Versammelten und sah jedem tief in die Augen, so als wolle er in die Seele jedes einzelnen hineinschauen. Als Sternenströmer Aschure erreichte und seine Finger leicht über ihr Antlitz fuhren, glaubte sie, seine Augen brennten sich ihren Weg in ihr Innerstes. Zitternd hielt sie ihnen stand. Wenn man täglich mit Sternenströmer zu tun hatte, dachte sie, vergaß man leicht, welch überaus mächtiger Zauberer er war.

»Doch nun ist die Stunde gekommen«, fuhr der Hohepriester fort, »an dem der Krallenturm wiedergeboren werden soll. Wir sollten uns die Zeit nehmen, darüber nachzudenken, welche Dienste dieser Berg uns in Zukunft leisten soll ... und wie wir ihm dienen können. Freierfall Sonnenflieger, auserwählter neuer Krallenfürst, sprecht Ihr als erster!«

Der Jüngling, an dessen Hals der Ring leuchtete, trat in die Mitte des Kreises. Bei den Sternen, wie schön er ist, dachte Aschure. Mit dem goldenen Haar, den violetten Augen und den schneeweißen Schwingen könnte man ihn für einen der Götter halten.

»Der Krallenturm wartet darauf, daß ihm eine neue Richtung gewiesen ... und ein neuer Namen verliehen wird. Sternenströmer hat in seiner Rede bereits anklingen lassen, daß der Berg von nun an eine Stätte der Besinnung und der Lehre sein soll. Ein Ort, an dem die Ikarier zusammenkommen können, um die Mysterien zu ergründen und gemeinsam über sie zu reden. Ich kann mich nur vor diesem Vorschlag verneigen. Der Krallenturm wäre die geeignete Gedenkstätte für Morgenstern und für ihre große Liebe, sich Unerforschtem und Rätseln zu widmen. Verwandeln wir den Berg in einen Hort der Bücher und der Muße, in ein Heim der Musik und des Zaubers, in dem großartige Entdeckungen und gemeinsames Schweigen gleichermaßen Platz finden. Und so soll der Berg auch einen neuen Namen haben. Denn der Krallenfürst wird von nun an, aus seinem Palast in den Minarettbergen herrschen. Als neuen Namen schlage ich daher vor ...«

»Sternenfinger«, warf Axis ein.

Freierfall stand mit offenem Mund da. Das war nicht der Name, den Sternenströmer und er gewählt hatten.

»Sternenfinger«, sagte nun auch Aschure, und ihr Blick traf sich mit dem ihres Gemahls.

Sternenströmer warf einen strengen Blick auf die beiden, dann einen bedauernden auf den neuen Krallenfürsten und sagte schließlich: »Sternenfinger.«

»Sternenfinger«, erklärte daher nun auch Freierfall, und alle

Versammelten wiederholten den neuen Namen, bis ihre Herzen und Sinne ihn sich eingeprägt hatten.

Der Jüngling kehrte nun in den Kreis zurück, und Sternenströmer sang in der uralten und heiligen Sprache der Vogelmenschen. Er wob Zauber und Schutzbanne mit seinen Worten, die Sternenfinger vor weiteren Entweihungen bewahren und alle, die hier in Zukunft leben und arbeiten würden, Eintracht und Frieden bescheren sollten. Seine Stimme klang klar und lieblich in die Nacht, erscholl aber nicht so gewaltig und so voller Macht wie damals bei der Wiedererleuchtung des Sternentempels. Dennoch bewegten sie die Zuhörer und drangen tief in ihre Seelen.

Als Sternenströmer geendet hatte, hob er die Fackel vom Boden und sie entzündete sich auf eine Weise, der das menschliche Auge nicht folgen konnte. Sternenströmer hob sie über seinen Kopf und rief dem Firmament entgegen: »Mögen die Sternengötter die Feuerreinigung bezeugen!« Damit schleuderte er die Fackel in den Schacht.

Die anderen bückten sich nun, und auch ihre Fackeln entzündeten sich wie von selbst. Einer nach dem anderen wiederholten sie Sternenströmers Ruf und taten es ihm mit den Fackeln nach.

Schließlich waren nur noch Axis und Aschure übrig, und der Hohepriester winkte ihnen ungeduldig zu, mit der Zeremonie fortzufahren.

Aber der Krieger sah die Jägerin an, ehe er Sternenströmer antwortete: »Ihr habt die Sternengötter angerufen, Vater, die Reinigung zu bezeugen.« Der Zauberer sah ihn verblüfft an, weil Axis ihn bei dieser heiligen Handlung Vater genannt hatte. »Und das werden sie auch. Warum ruft Ihr sie nicht herbei?«

Was habt Ihr vor, Sohn?

Ruft sie einfach, Vater.

Sternenströmer sah den Krieger verärgert ob der Unterbrechung an. Doch wollte er das Ritual der Reinwaschung aufrechterhalten. Also rief er noch einmal, wenn auch unwillig, zu den Sternen hinauf:

»Ich rufe Adamon, den Gott des Himmels, die Reinigung Sternenfingers zu bezeugen.«

»Und solchem Wunsch komme ich gern nach«, antwortete ihm eine tiefe Stimme. Adamon trat aus dem Dunkel in das Licht der Sterne. Auch er trug ein weites und fließendes weißes Gewand. Ein Lichtkranz lag auf seinem dunklen Haar, und aus seinen Augen leuchtete die funkelnde Pracht der Sterne.

Der oberste Gott blieb am Schacht stehen und sah Sternenströmer an.

Dieser konnte ihn nur anstarren, während seine Brust sich aufgeregt hob und senkte. Doch dann wandte er sich wieder dem Nachthimmel zu.

»Ich rufe auch Xanon, die Göttin des Firmaments, zu bezeugen die Reinwaschung des Sternenfingers.«

Und Xanon trat nun, ähnlich angetan wie ihr Gemahl und gleich ihm von Macht erfüllt, aus dem Dunkel und lächelte den Zauberer freundlich an.

Sternenströmers Stimme wurde zunehmend heiser, als er nun die Götter der Sonne, des Feuers und der Luft herbeirief. Und er wurde wie zuvor erhört, als jeweils einen Herzschlag später Narkis, Silton und Pors sich zeigten.

Schließlich rief er auch die Göttinnen des Wassers und der Erde, zu bezeugen, und Flulia und Zest erschienen aus der Nacht.

Die sieben Götter bildeten nun einen fast vollkommenen Kreis rund um den Schacht, an zwei Stellen jedoch unterbrochen von einer Lücke.

Sternenströmer sah die Götter etwas niedergeschlagen an: »Die Namen der Göttin des Mondes und des Gottes des Liedes sind uns leider nie offenbart worden«, gestand er leise. »Deswegen weiß ich leider nicht, wie ich sie herbeirufen soll.«

Adamon sah ihn freundlich an. »Aber Ihr kennt sie, Sternenströmer. Ruft sie als Zeugen, und sie werden zu uns treten.«

»Ich weiß aber doch nicht ...« stammelte dieser, starrte auf die beiden Lücken ... und sein Blick fiel auf Aschure und Axis, die immer noch allein an ihrem Platz standen.

Beide sahen ihn an, und aus ihren Augen strömte Mitgefühl für ihn.

»Ich ...« setzte der Zauberer noch einmal an, kam aber nicht weiter; denn noch nie hatte er sich so verwirrt gefühlt.

»Sprecht nur, Sternenströmer«, forderte die Jägerin ihn auf, »habt Ihr doch nichts zu befürchten.«

»So rufe ich denn Aschure, die Göttin des Mondes, zu bezeugen die Reinigung Sternenfingers.«

Die junge Frau lächelte. »Da erscheine ich gern.« Sie trat vor und stellte sich an einen der beiden freien Plätze. Und als sie dort angekommen war, entstand auch auf ihrem Haar ein Lichtkranz, und aus ihren Augen leuchtete ebenso die Glorie der Sterne.

Sternenströmer konnte nur mit Mühe den Blick von ihr losreißen und sich an den Krieger wenden. Mein Sohn, dachte er ergriffen, mein eigener Sohn. »Und ich rufe auch Axis, den Gott des Liedes, auf daß er komme zu bezeugen die Reinwaschung Sternenfingers.«

»Ich folge Eurem Ruf mit Freuden, Vater«, antwortete Axis und sah ihn mit solch grenzenloser Liebe an, daß Sternenströmer von seinen Gefühlen fast überwältigt wurde.

Der Gott des Liedes trat vor und nahm seinen Platz unter den Neun ein. Kaum war das geschehen, leuchtete auch auf seinem Haupt ein Lichtkranz. Die Götter nahmen einander an den Händen und hoben sie hoch. Das Feuer schoß nun aus dem Schacht heraus. Sie senkten die Hände wieder, und das Feuer raste in die Gänge und Gemächer.

Alle, die sich zu dieser Zeit im Krallenturm aufhielten, berichteten später, ein helles Licht habe alle Gänge, Kammern und Hallen erfaßt und durchdrungen.

Und so wurde aus dem Krallenturm Sternenfinger, und dieser ward ein wahrlich von den Göttern gesegneter Ort.

Als der Tränenschleier vor Sternenströmers Augen wieder fast verschwunden war, stellte er verwundert fest, daß die Sternengötter immer noch am Schacht standen und sich an den Händen hielten. Auch die Lichtkränze auf ihren Häuptern erstrahlten weiterhin.

Aber als der Zauberer einige Male blinzelte, waren sie verschwunden. Nur Axis und Aschure standen neben ihm.

»Ich hatte ja keine Ahnung«, flüsterte er rauh. »Aber eigentlich hätte ich es mir denken können.«

Sie saßen auf dem Felsvorsprung des Berges, unter ihnen die Klippen und vor ihnen der Gletscher und die Eisbärküste. Auf einer fernen Scholle tollte ein Eisbär herum. Ein Ohr fehlte ihm.

»Könnt Ihr Euch noch daran erinnern«, sagte die Zauberin, »was ich beim letzten Mal gefragt habe, als wir hier saßen?«

Der Wind spielte mit ihrem losen Haar, und Axis wischte ihr ein paar Strähnen aus dem Gesicht. »Ja, das kann ich. Ihr fragtet, ob es mir etwas ausmache, so lange zu leben.«

»Ja, antwortetet Ihr, das bekümmere Euch schon; denn in fünfhundert Jahren würdet Ihr vielleicht wieder hier sitzen und Euch nicht an den Namen der schönen jungen Frau erinnern könntet, die neben Euch saß, deren Gebeine aber in einem halben Jahrtausend zu Staub zerfallen wären.«

Danach schwiegen sie wieder gemeinsam, und der Krieger betrachtete die wunderbare Aussicht.

»Und jetzt ...« fragte er und verschränkte seine Finger mit den ihren.

»Nun stehen wir vor einer viel längeren und fremdartigeren Zukunft, aber wenigstens werden wir sie gemeinsam erleben.«

Axis lächelte und fing mit seiner freien Hand etwas aus der Luft. Eine Mondwildblume, die er ihr ins Haar steckte. »Ich verspreche, daß ich zu Euch zurückkehren werde.«

Ihre Finger schlossen sich fast schmerzhaft um die seinen. »Ja, kehrt zurück. Das müßt Ihr.«

Er küßte sie und wechselte das Thema: »Wann werdet Ihr aufbrechen?«

»Heute nachmittag, Liebster. Ich nehme Caelum und die Alaunt mit, und dann reiten wir über die Alpenpässe bis zur Eisdach-Ödnis. Von dort geht es dann geradewegs nach Sigholt.«

»Reitet mit dem Mond, mein Herz.«

Sie nickte und lächelte. »Und wann brecht Ihr auf?«

Er lachte. »Arne und ich? Der Getreue begegnet mir noch immer nicht mit mehr Achtung, obwohl ihm doch bestimmt längst die Gerüchte zu Ohren gekommen sein müßten, die sich inzwischen in Windeseile durch den ganzen Berg verbreitet haben. Arne erklärte mir nur in seiner gewohnt kargen Art, daß er mir so lange dienen wolle, wie ich ihn brauche. Und wenn er das so sagt, dann wird es wohl auch so kommen. Nur noch wenige Tage trennen uns von der Feuernacht. Ich glaube, ich werde Freund Arne ein wenig erschrecken, indem ich ihn mit in die Tiefe nehme, damit wir uns von Fährmann Orr fahren lassen.«

Sie lehnte sich eng an ihn. »Vielleicht findet Arne ja Gefallen daran, mit dem Charoniten über die Mysterien der Sterne zu debattieren. Wann soll es denn losgehen?«

»Sobald wir diesen Felsvorsprung hier verlassen haben. Es gibt keinen Grund, noch länger zu säumen.«

Tränen traten ihr in die Augen. »Kehrt heim zu mir, Liebster.«

Seine Hand umschloß die ihre. »Werdet Ihr Rivkah rechtzeitig erreichen?«

»Ich glaube schon. Aber Eure Mutter wird sicher etwas ärgerlich darüber sein, daß ich soviel Zeit vertrödelt habe ... Axis?«

»Ja?«

»Was möchtet Ihr, daß ich nach der Geburt tue oder lasse?«

Schrecken durchfuhr den Krieger; denn er wußte genau, was Aschure damit meinte. Rivkah hatte die Jägerin gebeten, ihr bei der Geburt als Hebamme Unterstützung zu leisten. Eine Frau, die sich mit solcher Arbeit auskannte, vermochte leicht, das Kind so zu töten, daß es wie eine Totgeburt aussah. Selbst die Mutter würde es niemals bemerken.

»Ach, Liebste, Rivkah vertraut Euch vollkommen. Wollt Ihr sie meinetwegen täuschen? Nein, niemals!« Er wandte den Blick ab. »Antwortet mir bitte nicht darauf, Aschure.«

Erst nachdem Axis tief durchgeatmet hatte, konnte er sich wieder zu ihr umdrehen. »Meine Mutter vertraut Euch wirklich, Aschure. Ich möchte nicht, daß Ihr dieses Vertrauen in meinem Namen mißbraucht.«

Wieder saßen sie schweigend zusammen, bis die Jägerin mit

den Fingerspitzen sein Gesicht berührte. »Kommt heim zu mir, Sternenmann.«

Er zog sie ganz nah zu sich heran und barg sein Gesicht an ihrer Schulter.

»Kehrt zu mir zurück!«

Und die Möwen, die tief unter ihnen flogen, nahmen den Ruf auf und verbreiteten ihn über die ganze Eisbärküste.

Kehrt zu mir zurück! Kehrt zu mir zurück! Kehrt zu mir zurück!

27 Die Probe

»Wir müssen darüber nachdenken«, erklärte Barsarbe mit sanfter Stimme, aber scharfem Blick, »wie wir vorgehen wollen.«

Die Awaren hatten sich zur Feuernacht im Erdbaumhain versammelt. Dieses Fest zählte zu den weniger wichtigen, und für gewöhnlich begingen die Waldläufer es nur innerhalb ihres Klans – und zwar dort, wo sie sich zur betreffenden Zeit gerade in Awarinheim aufhielten. Aber in diesem Jahr sollte eine besondere Feuernacht gefeiert werden zur Erschaffung des Zepters des Regenbogens. Und aus diesem Grund waren alle Awaren an diesem heiligen Ort zusammengekommen.

»Dies ist unsere letzte Gelegenheit, alleine über unsere Zukunft zu entscheiden«, fuhr die Magierin fort und umrundete gemessenen Schritts den großen Steinkreis, der den heiligen Baum umschloß. »Morgen feiern wir die Feuernacht. Und dann wird der Sternenmann vor uns treten und uns um unseren Beistand bitten. Deswegen müssen wir heute schon einen Beschluß fassen, ob wir ihm diese Unterstützung gewähren wollen oder nicht.«

Erregtes Gemurmel entstand unter den Waldläufern, und die meisten Magier, die in der ersten Reihe Platz genommen hatten, starrten Barsarbe ungläubig an. Aber nicht einer von ihnen, sondern Grindel, der Häuptling des Geistbaum-Klans, ergriff als erster das Wort.

Zum Zeichen seiner Achtung vor der dienstältesten Magierin erhob er sich, sagte dann jedoch freimütig: »Ehrwürdige Barsarbe, ich glaubte, es stünde außer Frage, daß wir dem Sternenmann beistehen. Wir warten doch nur noch auf die Ankunft der

Baumfreundin, um uns ihm anzuschließen. Wenn sie ...« Er sprach nicht weiter; denn seit jener Nacht, in der Awarinheim und Bardenmeer vereint worden waren, hatte kein Aware mehr Faraday zu Gesicht bekommen. Sie wußten zwar, daß die Edle sich im Heiligen Hain bei der Mutter aufhielt, aber wann würde sie ihn verlassen? Wann würde die Baumfreundin ihr Volk in seine neue Heimat führen?

Grindel wurde sich in diesem Augenblick bewußt, daß Barsarbe und alle anderen Awaren ihn anstarrten. Warum fuhr er nicht fort? Der Häuptling räusperte sich: »Wenn Faraday zu uns kommt, wird der Sternenmann bei ihr sein, und dann folgen wir ihnen. So wie schon die Ikarier, müssen auch wir uns hinter den Sternenmann stellen, denn anders kann Gorgrael nicht bezwungen werden. So jedenfalls steht es in der Prophezeiung des Zerstörers.«

»Ich danke Euch, Grindel«, sagte Barsarbe und legte ihm kurz eine Hand auf die Schulter, woraufhin er sich wieder setzte.

Die Awaren aber wirkten immer noch verwirrt.

»Mein Volk«, erklärte die Zauberin nun und nahm ihren Rundgang wieder auf, »ich bin die oberste Magierin der Awaren, und meiner Verantwortung obliegt es, dafür zu sorgen, daß die Waldläufer den rechten Pfad beschreiten und für die richtige Richtung entscheiden. Niemand unter uns bezweifelt, daß wir morgen abend vor einer Wegkreuzung stehen werden. Aber welchen von den Pfaden sollen wir wählen? Welcher führt uns in Frieden und Sicherheit?«

»Natürlich der des Sternenmannes!« rief jemand, und etliche nickten.

»Mein Volk, ich habe lange und gründlich über unsere Zukunft nachgedacht. Während ich mit Faraday unterwegs war, erfuhr ich einige Dinge, die mich doch etwas verstörten. Seitdem sehe ich einen anderen Weg in unsere Zukunft. Und nun ist die Stunde gekommen, in der ich meine Bedenken und Gedanken mit Euch teilen will.«

Schweigend und mit gesenktem Haupt schritt sie ein Stück weiter. Als sie wieder sprach, klang ihre Stimme kraftvoller und härter als zuvor: »Awaren, ist Euch bekannt, daß der Sternenmann Faraday, die Baumfreundin, betrogen hat? Er gab vor, sie zu lieben, aber bei der Schlacht um die Feste Gorken ließ er sie dort zurück, um selbst zu entfliehen. Und nun … mir fehlen fast die Worte, mußte ich erfahren, daß Axis Faraday mit einer anderen hintergangen hat. Mit Aschure. Ihr könnt Euch sicher an sie erinnern.«

Wieder stand Grindel auf, doch diesmal sprach er etwas weniger forsch: »Aber das geschah an Beltide, Barsarbe. An diesem Fest sind alle Schwüre und Versprechen für eine Nacht aufgehoben.«

»Ich spreche hier nicht nur von einem Fehltritt an Beltide!« fauchte die Magierin und wirbelte herum, um ihm ins Gesicht zu sehen. »Nein, es verhielt sich noch viel, viel schlimmer! Der Sternenmann hat Aschure geheiratet und Faraday verstoßen!« Grindel sank beschämt auf seinen Platz zurück, und Barsarbe geriet mehr und mehr außer sich. »Faraday hätte er heiraten müssen, von ihr den Erben bekommen!«

Ihr Blick fuhr rasch über die Reihen der Awaren. Keiner sprach, niemand regte sich. »Wir wissen doch noch zu gut, um was für eine Frau es sich bei Aschure handelt. Ihre hervorstechendste Eigenschaft ist die Gewalttätigkeit. Haben wir ihr nicht aus eben diesem Grund die Aufnahme bei unserem Volk verweigert? Und wir haben damals recht entschieden, denn diese Frau hinterläßt auch weiterhin Spuren der Gewalt.«

Grindel wollte sich tatsächlich noch einmal erheben, aber Barsarbe hielt ihn mit einem zürnenden Blick davon ab. »Seit damals hat Aschure sich vollends der Gewalt hingegeben. Sie reist nur noch mit Pfeil und Bogen durchs Land – in Begleitung eines mörderischen Rudels Hunde. Man nennt sie auch allerorten nur noch die Jägerin! Ihr habt nicht gesehen, mein Volk, was sich meinen Augen bot: Aschure hat ihr Heimatdorf bis auf die Grundmauern zerstört und alle Bewohner in den Flammen umkommen lassen. Und sie lächelte dazu!«

Schra, die neben ihrem Vater saß, verengte die Augen zu Schlitzen, hielt sich aber noch zurück.

»Ihr sagtet eben, Barsarbe, daß wir vor einem Kreuzweg stehen«, meldete sich Brode vom Leisetreter-Klan zu Wort. Er gehörte zu den Ältesten, und sein Wort besaß unter den Awaren großes Gewicht.

»Ja, Brode, das sagte ich, und das glaube ich. Bislang haben wir stets ungefragt hingenommen, was die Prophezeiung uns vorschrieb. Die Weissagung befiehlt uns, uns mit dem Volk des Pfluges und dem des Flügels zusammenzutun, um Gorgrael zu schlagen.«

Wieder legte sie eine Kunstpause ein. »Aber was, meine Brüder und Schwestern, wenn die Wegscheide sich nicht aus den beiden Wegen zusammensetzte, die wir bisher vermutet haben? Ich frage Euch, führt der Sternenmann eigentlich unseren Krieg? Zieht er für uns in die Schlacht? Dann bedenkt bitte dies: Wir haben Awarinheim, und uns steht nun auch im Süden das Bardenmeer offen. Der Erdbaum singt, und mit ihm singen die Wälder. Was kann uns also geschehen? Gorgrael vermag uns nichts anzuhaben!«

Die Magierin blieb stehen, breitete die Arme weit aus und rief mit drängender Stimme: »Steht uns hier nicht alles zur Verfügung, was wir brauchen? Warum dann noch mit Axis kämpfen? Sein Krieg brächte nur weiteres Leid über uns, und bei der Mutter, wir haben wahrlich mehr als genug durchgemacht. Jetzt, da wir endlich in Frieden und Glück leben«, sie ließ langsam die Hände sinken, »sage ich, daß uns durchaus die Wahl bleibt, dem Sternenmann die Hilfe zu versagen.«

Abgesehen vom immerwährenden Lied des Erdbaums, an das die Awaren sich mittlerweile so sehr gewöhnt hatten, daß sie es kaum noch wahrnahmen, herrschte nun auf der Lichtung vollkommenes Schweigen. Hier und da nickten einige Waldläufer, weil Barsarbes Worte ihre Wirkung nicht verfehlt hatten.

Nur Schra hatte jetzt genug gehört. Wie die Mutter ihr vorhergesagt hatte, würde für sie der Augenblick kommen, ihre Stimme zu erheben. Das kleine Mädchen stand auf und wurde zunächst überhaupt nicht bemerkt. Aber aus ihren Augen leuchteten Klarheit und Erkenntnis, weit über ihr Alter hinaus.

»Ihr sprecht vergiftete Worte, Barsarbe«, erklärte Schra. »Euer Geist verkümmert schon so lange unter Eurer störrischen Eifersucht, daß er nicht mehr zwischen strahlend heller Lichtung und schwarzdunklem Tann zu unterscheiden vermag.«

»Schra!« Brode stand auf und stellte sich neben Barsarbe. »Ich sage, wir sollten diese Einwände sorgfältig bedenken. Schließlich stammen sie aus dem Mund unserer obersten Magierin, wohingegen Ihr nur ein fünfjähriges Mädchen seid.«

Die Kleine verließ ihren Platz und stellte sich nach vorn, damit alle sie sehen konnten. »Jawohl, ich bin ein Mädchen von gerade einmal fünf Jahren!« rief sie. »Aber ich wurde bereits vor die Gehörnten geführt und befinde mich seitdem in der Ausbildung zur Magierin. Und das wenige, das ich bereits von der Welt jenseits Awarinheims gesehen habe, übertrifft bei weitem das aller anderen aus meinem Volk, selbst das Wissen Barsarbes. Und deswegen sage ich, ich bin entsetzt darüber«, Schra stampfte zur Unterstreichung ihrer Worte auf, »wie vorsätzlich falsch diese Magierin den Verlauf der Ereignisse und die Menschen, die uns umgeben, dargestellt hat. Wenn da erst eine Fünfjährige kommen muß, um Euch die Wahrheit zu zeigen, dann sollte Euch das zu denken geben«, schloß sie etwas kindlich.

Doch den Waldläufern kam Schra jetzt nicht mehr wie ein kleines Mädchen vor. Sie strahlte sehr viel Selbstsicherheit und Zorn aus, als sie jetzt auf die alte Magierin zu schritt. Davor wich sogar Brode einen Schritt zurück.

Was hatte den Wandel in dem Mädchen bewirkt? Die Wiedererweckung, als sie dem Tod schon so nahe gewesen war?

Barsarbe starrte das Mädchen aus ihren dunklen Augen kalt an.

Schra ließ sich davon nicht einschüchtern. »Der Erdbaum sei mein Zeuge«, rief sie mit heller klarer Stimme, »daß ich mich über die anhaltende Weigerung der Awaren gräme, etwas zu unternehmen, daß ich mich dafür zutiefst schäme. Seid Ihr denn nicht stolz auf Axis und Aschure, weil sie unter großen Opfern soviel für unsere Sache erreicht haben? Läßt es Euch völlig kalt, daß die Ikarier soviel Blut vergossen haben, um die Freiheit für sich und für uns zu erkämpfen?«

»Wir sind eben ein friedliebendes Volk!« erwiderte Barsarbe.

»Nein, Narren sind wir!« schrie Schra außer sich vor Zorn, der sich nicht allein gegen die Magierin, sondern gegen alle Waldläufer richtete. »Wir klammern uns wie besessen an den Glauben, ein friedliebendes, die Gewalt verabscheuendes Volk zu sein. Dabei greifen wir sofort zu Gewalt, wenn uns das sinnvoll erscheint. Barsarbe verdammt Aschure, weil angeblich etwas Gewaltsames an ihr sei. Aber habt Ihr nicht alle die Gewalt gespürt, als kürzlich die Bäume mit Macht über das Land fegten? Hörtet Ihr nicht den Tod, von dem der neue Wald sang? Und angeführt wurden sie dabei vom Erdbaum, der sich jetzt so friedvoll hinter mir erhebt!«

»Die Bäume vernichteten nur unsere Feinde, die Skrälinge!« erwiderte Barsarbe ebenso wütend.

»Aber Aschure tut genau das gleiche!« entgegnete Schra, so laut sie konnte. »Wie könnt Ihr es wagen, Euch hierhin zu stellen und vorgeben, Aschures Taten in Smyrdon hätten Euch angewidert? Vielmehr hat die Jägerin dort Euer Leben gerettet, genauso wie das meine und das von Faraday. Awaren, hört meine Worte: Aschure hat um unseretwegen Artor den Pflüger erschlagen und die Baumfreundin vor Ihm beschützt. Wenn wir heute auch weit jenseits der Grenzen Awarinheims auf Wälder stoßen, dann haben wir das Faraday zu verdanken, aber auch der Hilfe der Jägerin. Habt Ihr etwa schon das Blutbad zu Jultide vergessen? Und damit auch diejenige, die damals soviel unternahm, um uns zu retten?«

»In unseren Wäldern sind wir sicher«, stellte die Magierin fest. Sie stand kurz vor einem Wutausbruch und hätte Schra am liebsten geschlagen. Doch sie wußte, daß sie dann alle gegen sich hätte.

»Unsere Wälder, Barsarbe?« Tränen traten dem Mädchen in die Augen. »Diese Wälder gehören uns nicht. Vielmehr dulden sie unsere Anwesenheit. Wenn Awarinheim und Bardenmeer anderen Wesen gestatten, die Füße auf ihre Pfade zu setzen, wer sind dann wir, daß wir es ihnen verbieten wollten?«

»Wir sollen den Ebenenbewohnern erlauben, unseren Wald

mit uns zu teilen?« Die Magierin packte Schra am Arm und schüttelte sie. »Jetzt habe ich aber endgültig genug von Eurem törichten Geplapper!«

Grindel sprang auf. »Barsarbe, laßt sofort meine Tochter los! Ich habe ihre Ansprache gehört, und ich muß gestehen, daß sie mich beschämt hat. Und Euch vielleicht auch! Gorgraels Mutter war eine der unseren, und deswegen sind wir gemeinsam mit dem Volk des Pfluges und dem Volk des Flügels verantwortlich dafür, ihn zu vernichten.« Während er sprach, war er vorgetreten, legte nun die Hände auf Schras Schultern und versuchte, sie von der Magierin fortzuziehen.

Aber Barsarbe war noch lange nicht mit dem Mädchen fertig. Sie krallte ihre Finger in den Oberarm der Kleinen, und Schra schrie vor Schmerzen.

»Um der Liebe der Mutter willen …« begann ihr Vater, aber Barsarbes Gesicht verzerrte sich vor Haß, und sie schrie ihn nieder.

»Dieses Mädchen hat man zu lange frei und unbeaufsichtigt herumlaufen lassen, Grindel! Ich werde eine Weile mit Eurem Klan wandern müssen, um sicherzustellen, daß Schra die Zucht und Erziehung erhält, derer sie so dringend bedarf!«

Grindel ließ seine Tochter los und stürzte sich statt dessen auf die Magiern. Gleichermaßen entsetzt über den Angriff des Häuptlings wie darüber, auf welche Weise Barsarbe das kleine Mädchen behandelte, trat Brode zwischen die beiden. Zwar gelang es ihm, den Mann fortzustoßen, aber die Magierin hielt Schra immer noch fest. Barsarbe lächelte befriedigt, als sie sah, wie der Älteste sie von Grindel befreite.

»Die Awaren befinden sich in einem erbärmlichen Zustand!« rief die Magierin jetzt, und die Waldläufer saßen schweigend und entsetzt da. »Wir sind bereits von dem Gift angesteckt, das Aschure mit ihrer Gewalt in unseren Wald getragen hat. Da mag es wenig überraschen, daß Grindel und Schra, die am meisten mit dieser verderbten Frau zu tun hatten, sich hier nun zu Verfechtern ihrer Sache machen.«

»Ich sage Euch, worum es in Wahrheit geht!« rief Schra und

kämpfte tapfer gegen ihren Tränen an. »Es geht Euch nur um Aschure. Ihr haßt sie so sehr, daß Ihr sogar bereit seid, unser Volk in tiefste Verzweiflung zu führen, nur um Euch an ihr zu rächen!«

»Ich habe nichts anderes im Sinn, als mein Volk zu retten!« schrie Barsarbe. »Mein Volk, erkennt Ihr denn nicht, wie recht ich habe? Begreift Ihr denn nicht, daß unsere besten Aussichten darin liegen, all dem Übel jenseits des Waldes den Rücken zuzukehren? Hier befinden wir uns in Sicherheit; denn der Zerstörer vermag uns hier nicht zu erreichen. Warum sollten wir daran etwas ändern sollen? Uns steht nämlich durchaus das Recht zu, nein zu sagen, wenn der Sternenmann mit seiner Bitte vor uns tritt!«

Viele Awaren ließen sich von ihr überzeugen. Die Welt jenseits des Waldes barg zu viele Gefahren. Warum sich einem solchen Wagnis aussetzen? Doch andere Waldläufer zögerten, der obersten Magierin zu folgen.

»Es war eine unserer Frauen, die Gorgrael zur Welt brachte!« donnerte Grindel jetzt in die Versammlung. »Fühlt denn keiner von Euch die Verantwortung, die seitdem auf uns lastet? Sollten wir nicht mithelfen, das Übel zu beseitigen, das durch uns entstanden ist?«

Barsarbe ging nicht auf ihn ein. Sie warf vielmehr unruhige Blicke auf die Menge vor sich. Für wen würden die Awaren sich entscheiden?

»Wenn wir Axis unsere Hilfe verweigern«, sprach Schra, und ihre Worte erreichten auch die Ohren derjenigen in den letzten Reihen, »kann er den Zerstörer nicht bezwingen. Und wenn der Sternenmann unterliegt, bricht rings um uns herum die ganze Welt zusammen. Selbst Awarinheim wird unter Gorgraels erbarmungslosen Schlägen zugrunde gehen.«

»Lüge, alles Lüge!« schrie die Magierin. »In den Wäldern finden wir stets Sicherheit und Geborgenheit!«

»Vielleicht in dieser Generation und womöglich auch noch in der nächsten!« rief das Mädchen. »Aber nach seinem Sieg wird Gorgraels Macht ins Unermeßliche wachsen. Sollen wir unsere

Nachkommen zum langsamen Tod verurteilen, bloß weil es uns heute an Einsicht oder Mut mangelt, gegen den Zerstörer aufzustehen?«

»Sollen die Bäume entscheiden!« verlangte Barsarbe unvermittelt und gefährlich leise. »Die Bäume sollen uns die Wahrheit künden.«

Dann ist der Sieg mein! frohlockte die Magierin. Damit habe ich gewonnen, denn die Bäume werden sich niemals für Axis oder gar Aschure entscheiden. Sie ließ das Mädchen los.

»Ihr wollt Euch der Wahrheitsprobe unterziehen?« rief ein anderer Magier.

»O ja«, antwortete Barsarbe. »Ich will eine Probe. Seid Ihr damit einverstanden?«

Alle Awarenkinder, bei denen man die Anlagen zum Magiertum entdeckte, mußten sich schon im Kleinkindalter einer furchtbaren Probe unterwerfen, die vor allem deswegen als schrecklich galt, weil viele Knaben oder Mädchen sie nicht überlebten. Trotzdem setzten die Waldläufer diese Tradition immer noch fort, weil sich nur durch die Probe feststellen ließ, welches Kind wirklich dazu auserwählt war, einmal zu einem mächtigen Magier heranzuwachsen.

Aber Barsarbe schlug hier etwas weitaus Schlimmeres vor. Die Wahrheitsprobe war bei den Awaren nur selten durchgeführt worden, und seit drei- oder vierhundert Jahren überhaupt nicht mehr.

»Wir stehen an einer Wegscheide«, erklärte die alte Magierin. »Möge die Probe uns klarmachen, welchen Pfad wir fürderhin zu beschreiten haben.«

»Nein!« schrie Grindel und zog seine Tochter rasch an sich. Diesmal stellte Brode sich ihm nicht in den Weg.

»Nein!« rief er dann noch einmal, als er vor Schra kniete und sie mit beiden Armen umschlang. »Dazu besteht wirklich kein Anlaß, Barsarbe.«

»Doch, denn uns bleibt keine andere Möglichkeit«, entgegnete sie. »Ich sehe die Wahrheit und den Weg, den wir beschreiten müssen, deutlich vor mir. Aber ich erkenne auch, daß einige wenige unter uns darüber murren. Und die Entscheidung über unsere Zukunft erscheint mir so überaus wichtig, daß wir sie nur einstimmig fällen dürfen. Die Wahrheitsprobe muß daher auch die letzten Zweifler überzeugen.«

»Und uns Awaren ein weiteres Leben kosten«, murmelte Grindel und umfing Schra fester. Er hatte bereits damals beim Angriff der Skrälinge zu Jultide ihre Mutter verloren, da wollte er das Leben seiner Tochter nicht auch noch aufs Spiel setzen.

»Fürchtet Ihr etwa, daß es Eure Kleine treffen wird?« entgegnete die Magierin giftig.

»Ich bin bereit«, erklärte Schra.

»Dann stimme ich der Probe zu«, sprach einer der älteren Magier. Und der neben ihm nickte. »Ich auch.«

»Ich ebenfalls.«

»Ich bin einverstanden.«

Und so stimmten bald alle Awaren, anfangs zögernd, dann immer offener der Wahrheitsprobe zu.

Als auch der letzte sein Einverständnis gegeben hatte, lächelte Barsarbe das Mädchen kalt an: »Dann laßt uns beginnen.«

Man begleitete die beiden vor den Erdbaum. Hier entledigten sich Barsarbe und das Mädchen ihrer Kleider, und die Magier banden sie nackt an den Stamm. Dann wurden sie, eingehüllt in die Macht des Erdbaums und unter den wachsamen Augen der Zauberer der Probe überantwortet.

Der Wald lag ruhig und friedlich da und ähnelte so gar nicht dem unheimlichen Ort, in dem beide im Alter von zwei Jahren ihre Probe bestehen mußten. Damals waren die Bäume ihnen bedrohlich näher gerückt, hatten sie an einer Flucht gehindert, einer Flucht vor der schrecklichen Bedrohung, die sie durch den Wald jagte.

Unbewegt und schwer von Schwüle war die Luft. Schlaff hingen die Blätter herab, und jeder Schritt wirkte wie ein Verstoß gegen die Trägheit des Waldes.

Schra und Barsarbe bewegten sich im Abstand von vierzig

Schritten voneinander. Hin und wieder warf die eine der anderen einen Blick zu, um dann rasch wieder woanders hinzuschauen. Beide wünschten sich, sie hätten ihre Kleider anbehalten; doch nicht aus einem Gefühl der Scham heraus, sondern weil sie dann etwas gehabt hätten, um sich ihre feuchten Hände abwischen können.

Keine von ihnen sagte etwas.

Beide wußten auch nicht, wie lange und wohin sie unterwegs waren. Doch als sie plötzlich den Nebel sahen, der zwischen den Bäumen herantrieb, schauten sie sich ein letztes Mal an; war ihnen doch bewußt, daß sie sich niemals wiedersehen würden.

Von nun an gab es keinen Weg mehr zurück.

Der Nebel verdichtete sich und drängte gegen sie, daß sie nichts mehr erkennen konnten. Blind stießen sie gegen Bäume, obwohl sie sich in acht nahmen. Borke und Steine rissen ihnen die Haut auf und zerrten an ihrem Haar. Binnen kurzem hatten beide ein Dutzend kleinerer Wunden erlitten, die mehr brannten als wirklich schmerzten und die ihnen weniger Angst machten, als vielmehr Sorge.

Der Nebel war jetzt so dick, daß er alle Geräusche erstickte.

Sie hielt längst nicht mehr die Hände vor sich ausgestreckt, weil sie lieber die Arme um sich schlang. Beißende Kälte drang ihr bis in die Knochen, und sie wußte nicht, wie lange sie noch laufen konnte. Das Haar hing ihr schwer und tropfnaß auf den Schultern, und ihre Füßen spürte sie schon nicht mehr.

Wo wartete die Probe? Wann würde sie ihr unterzogen?

Sie wußte, daß sie recht hatte, mochte die andere auch noch so sehr versucht haben, den Awaren den Sinn zu verwirren. Ihr war auch klar, daß die falsche Entscheidung die Waldläufer zu einem langsamen und qualvollen Tod verdammen würde.

Plötzlich war da ein Knacken neben ihr. War das die andere?

Aber nein, eine weiße Gestalt löste sich aus dem Nebel, und sie schluchzte vor Dankbarkeit: »Ramu!«

Sie umschlang den Hals des weißen Hirsches, der an ihrem

Kopf und an ihren Schultern schnüffelte, und versuchte, ihre Tränen zurückzuhalten.

»So seid Ihr gekommen, Ramu, mich sicher zu geleiten?«

Aber der Hirsch gab ihr keine Antwort. Er trat einen Schritt zurück, aber nicht so, als wolle er ihre Hand abschütteln, vielmehr sie zum Gehen auffordern.

Ramu führte sie auf diese Weise weiter, und so wanderten sie gemeinsam, bis sie sich vor Erschöpfung kaum noch aufrecht halten konnte. Wie lange würde der Hirsch brauchen, sie aus dem Nebel hinauszuführen? Und was war mit der Probe? Oder merkte sie einfach gar nicht, daß sie der Probe bereits unterworfen wurde? Aber warum sich Sorgen machen? Ramu brachte sie in Sicherheit, und damit war die Zukunft der Awaren gerettet.

Dann blieb der Hirsch so unvermittelt stehen, daß sie beinahe hingefallen wäre. Als sie einen Blick um sich warf, blieb ihr fast der Atem stocken, und sie machte schnell einen Schritt rückwärts. Ein gähnender Abgrund tat sich vor ihr auf.

Zwei Brücken spannten sich darüber, deren jeweiliges Ende im Nebel verschwand.

Sie blinzelte und sah Ramu verwirrt an. Welche soll ich beschreiten?

Er stieß sie wieder mit der Schnauze an, und in seinen Augen zeigte sich nichts als Liebe für sie.

Die Wahl müßt Ihr ganz alleine treffen, antwortete eine Stimme in ihrem Kopf, und sie besah sich die Brücken.

Keine von beiden wirkte jetzt im Nebel verloren.

Die Brücke zu ihrer Linken erinnerte an die duftenden und schattigen Brücken Awarinheims. Noch während sie hinsah, flog ein Vogel über sie hinweg, dessen fröhliches Tschilpen aus dem Wald zurückgeworfen wurde. Der Vogel schien sie zu rufen. An ihrem Ende breitete sich eine Lichtung aus, und dort sah sie Tänzer bei einem Feuer. Sie betrachtete sie, bis einer von ihnen den Kopf wandte und sie entdeckte. Er blieb stehen und und streckte eine Hand aus. Seine Finger schienen ihr zuzuwinken. Sie erkannte Axis in ihm.

Dann nahm sie die Brücke rechterhand in Augenschein.

Diese ähnelte einem langen Eistunnel. Merkwürdige Wesen bewegten sich hinter den halb durchsichtigen Wänden. Am Ende des Tunnels befand sich eine Tür, und als sie sie betrachtete, öffnete sie sich. Baumfreundin trat heraus, lächelte ihr zu und streckte eine Hand nach ihr aus. Doch da ragte ein Schatten hinter Faraday auf, und eine klauenbewehrte Hand legte sich auf ihre Schulter. Die Edle seufzte und trat wieder zurück. Da schloß sich die Tür.

Sie traf ihre Wahl, umschlang den Hals des Hirsches, um sich bei ihm zu bedanken.

Dann betrat sie die Brücke, die zu Axis führte.

Sie stolperte durch den Nebel, ihre Hand lag fest auf dem Hals des weißen Hirsches. Und auch jetzt blieb er plötzlich stehen, und sie fiel auf die Knie. Vor ihr ging es steil hinab, und über diese Untiefe spannten sich zwei Brücken.

Die Wahl müßt Ihr ganz alleine treffen, beschied sie die Stimme in ihrem Kopf.

Die linke Brücke führte zu einer der duftenden und schattigen Lichtungen Awarinheims. Zwei Zelte waren dort aufgebaut, und davor prasselte ein Lagerfeuer. Einige Personen saßen daran. Noch während sie hinsah, drehte sich eine um und entdeckte sie. Der Gehörnte mit dem Silberpelz. Er streckte die Arme nach ihr aus und rief sie.

Sie wandte sich der anderen Brücke zu.

Dieser Steg führte mitten hinein in einen so heftigen Schneesturm, daß sie in seinem Wirbeln keine Einzelheiten erkennen konnte. Dann fuhr ein mächtiger Windstoß zwischen die Flokken, und sie blickte in die Tiefen eines merkwürdigen Gemaches, wo verdrehte Möbel in unmöglichen Winkeln an den Eiswänden hingen. Ein Mann in einem dunklen Umhang stand am Kamin, und sie spürte sein Lachen eher, als daß sie es hörte. Er stand mitten in einer Blutlache.

Sie traf ihre Wahl.

»Ich dank Euch«, flüsterte sie dem Hirsch zu, lächelte traurig und bewegte sich auf den Mann im Blut zu.

»Tretet zurück!« rief die Frau, und die Magier, welche die beiden reglosen, an den Erdbaum gebundenen Awarinnen umstanden, gehorchten. Nur wenige unter ihnen hatten die Frau jemals zu Gesicht bekommen, und doch wußten alle, wer sie war.

Faraday, die Baumfreundin.

Sie trat näher an das Heiligtum heran. Sie war sehr schmal; vielleicht war das auf ihre anstrengende Arbeit für das Bardenmeer zurückzuführen, und doch bot sie immer noch einen lieblichen Anblick. Ihr prachtvolles kastanienbraunes Haar hing ihr bis auf den Rücken hinab, und ihre grünen Augen blickten feierlich und wissend. Die Edle trug ein Gewand, dessen Stoff die Magier an das Smaragdgrün erinnerte, das entstand, wenn Sonnenlicht durch das Laub des Erdbaums flirrte und tanzte.

Faraday sah aus, so berichtete später einer der Magier den Awaren, wie der Wald selbst.

Die Edle trat vor Barsarbe und kniete neben ihr nieder. Sie hob den Kopf der Magierin und strich ihr die Haare aus dem Gesicht.

»Ihr habt eine schlechte Wahl getroffen, meine Liebe«, sprach sie unbewegt, drehte sich zu den anderen Magiern um und ließ das Haupt Barsarbes los. Es viel nach vorne.

»Sie ist tot«, verkündete die Baumfreundin und schritt dann um den mächtigen Stamm herum zu Schra.

Das Mädchen bewegte sich, als Faraday sich neben sie kniete, und die Seile, die sie gebunden hatten, fielen wie von selbst von ihr ab. Die Edle lächelte und schloß die Kleine in ihre Arme. »Die traurigste Wahl von allen«, flüsterte sie.

Beschämt standen die Awaren vor der Baumfreundin.

»Wir gewähren Axis jede Unterstützung«, versprach ein Magier, »die er von uns erwartet.«

»Und noch mehr dazu«, erklärte Grindel, woraufhin Faraday ihm ein Lächeln schenkte.

»Ihr seid zu Schras Verteidigung aufgetreten, Häuptling«, sprach die Edle, »und dafür danken wir Euch beide, der Wald und auch ich.«

Damit wandte sie sich wieder an die Waldläufer, die sich hier versammelt hatten. »Schra wird Euch aus den Nebeln in eine neue Zukunft führen. Beachtet ihre Worte, und versagt ihr nicht Eure Verehrung.«

»Werdet Ihr uns denn nicht führen, Baumfreundin?« fragte Merse, eine der Magierinnen, die Faraday am Farnbruchsee begegnet und von dort mit ihr bis nach Smyrdon gezogen waren.

»Ich werde Euch den Weg zeigen, Merse, aber ich will Euch nicht führen.«

»Aber hat uns denn nicht die Prophezeiung verheißen, daß Ihr ...« begann ein anderer Aware, aber die Edle brachte ihn mit einem Lächeln zum Schweigen.

»Sagen und Weissagungen haben es mitunter an sich, nicht sehr klar und eindeutig zu sein. Damit sind unterschiedlichen Auslegungen Tür und Tor geöffnet. Und wir alle sind nicht davor gefeit, vom Gang der Ereignisse aus der Bahn geworfen und in eine neue Richtung geschickt zu werden. Ich bin dafür verantwortlich, den Awaren den Weg zu weisen, und das werde ich auch tun.«

28 Die Mächte der Feuernacht

Er schritt geräuschlos durch den Wald und erinnerte sich an den Weg, als läge sein letzter Besuch nur ein paar Wochen und nicht Jahre zurück. Arne folgte ihm lautlos wie ein Schatten und wirkte jetzt, da er mehrere Stunden mit dem Fährmann in dessen zauberischem Kahn verbracht hatte, noch verschlossener als zuvor. Hier fühlte er sich angespannt und unsicher: Arne gefiel die Dunkelheit nicht, die hinter den Stämmen lauerte, und ihm behagte genauso wenig die unsichtbare Macht, die sich irgendwo vor ihnen befand. Axis hatte ihm befohlen, den Dolch wegzustecken, aber einmal weggesteckt, bedeutete auch außer Reichweite, und das ließ den Getreuen erst recht unruhig werden. Beide Männer hatten ihre eigentlichen Waffen in einer trockenen Höhle am Ufer des Nordra zurückgelassen.

Der Krieger trug sein goldenes Langhemd, und die blutrote Sonne prangte auf seiner Brust. Zusammen mit einer ebenso prächtigen Hose und dem roten Umhang bot er einen solch herrlichen Anblick, daß er damit jeden Hof ins Staunen versetze, ja sogar den spöttischsten Botschafter zum Schweigen brachte. Aber wie würden die Waldläufer einen solchen Aufzug finden? Und wie würde sich Faraday verhalten, wenn sie ihn wiedersah?

Und was würde dann in ihm vorgehen?

Er trat hinter dem Steinkreis in den Erdbaumhain, bedeutete Arne, am Waldrand auf ihn zu warten, wandte sich um und schritt hinein in ein unendliches Schweigen.

Der Erdbaum sang über den Köpfen, aber seltsamerweise vermochte sein Lied nicht das Schweigen zu übertönen, das wie ein

Nebel über den Awaren lag, die sich zwischen die runden Öffnungen im Steinkreis drängten. Ob Mann, Frau oder Kind, alle starrten ihn an. Axis mußte sich zwingen, aufrecht den Außenkreis abzuschreiten.

Mochte der Krieger sich auch in dieser Umgebung etwas unsicher fühlen, so war ihm äußerlich nichts davon anzumerken. In den Augen der Awaren, die ihn genau beobachteten, sah er selbstbewußt und zuversichtlich aus, wie er mit federnden Schritten daherkam und seine Macht genauso selbstverständlich trug wie den roten Umhang, der ihm von den Schultern wehte.

Die Waldläufer saßen im weiten Halbkreis, der den Großteil der Lichtung einnahm, vor ihm. Axis war erst einmal hier gewesen, zum Beltidenfest, und jene Nacht hätte sich mit ihrer Musik, ihrer Fröhlichkeit und ihrer Ausgelassenheit kaum mehr von der jetzigen unterscheiden können. Heute beherrschten Schweigen, Ruhe und die Tausende Augenpaare das Halbrund, deren Blicke ihm auf Schritt und Tritt folgten …

Als der Krieger die Mitte der freien Fläche vor dem Amphitheater erreichte, verlangsamte er seine Schritte, weil er nicht wußte, was nun von ihm erwartet wurde – oder ob er überhaupt etwas tun mußte. Während Axis noch zögerte, bemerkte er aus dem Augenwinkel eine Bewegung und wandte sich ihr zu.

Ein Mädchen betrat den Steinkreis. Es trug ein Gewand vom gleichen Blutrot wie die Sonne auf der Brust des Sternenmanns. Der Saum war mit springenden weißen Hirschen bestickt. Als die Kleine bemerkte, daß er das Muster betrachtete, lächelte sie ihn an: »Axis.«

Der Krieger starrte sie an, weil er sie nicht gleich wiedererkannte. Ein hübsches kleines Mädchen, dachte er, von der eine machtvolle Aura ausging, die bei einem Kind mehr als ungewöhnlich war. Aber dann weckte etwas in ihren Augen und an der Art, wie sie den Mund beim Lächeln verzog, seine Erinnerungen.

»Schra!« Aus einer Eingebung heraus und ohne darüber nachzudenken, fiel er vor ihr auf die Knie. Eigentlich, so sagte Axis sich später, hatte er das nur getan, um mit ihr auf gleicher Augenhöhe sprechen zu können. Aber daß diese Geste auch Ehrfurcht und Achtung zum Ausdruck brachte, begriff er erst, als ein Aware seufzte und ein leises Raunen durch die Reihen ging.

»Schra, wie schön, Euch wiederzusehen.«

Sie begriff, worauf er sie ansprach, nämlich auf ihre Flucht vor vielen Jahren. »Auch ich freue mich, Euch wieder vor mir zu sehen, Axis, denn ich hatte noch keine Gelegenheit, Euch dafür zu danken, mir und auch Ramu das Leben gerettet zu haben.«

Die Kleine nahm seine Hand und küßte sie zart.

Der Krieger lächelte, als ihm wieder einfiel, wie glücklich er sich gefühlt hatte, als er ihrem halbtoten Körper wieder das Leben zurückgegeben hatte. »An Euch, Schra, bewirkte ich meinen ersten Zauber. Euer Leiden stellte den Schlüssel dar, der das Tor in mir aufschloß.«

Sie lachte: »Ihr versteht Euch ebenso auf Schmeichelei wie auf Zauberei; denn Ihr verdreht die Wahrheit auf so angenehme Weise, daß man Euch dafür kaum böse sein kann.«

»Und Ihr wißt Euch viel zu gewählt auszudrücken für ein Kind, das eigentlich noch am Schürzenband seiner Mutter hängen sollte.«

Ihr Lächeln erlosch. »Meine Mutter lebt nicht mehr.«

»Oh, verzeiht mir, ich vergaß. Aschure berichtete mir vor Zeiten vom Schicksal Eurer Mutter.«

Schra berührte leise seine Hand und bedeutete ihm aufzustehen. »Wenn meine Zunge für eine Fünfjährige zu glatt klingen sollte, Sternenmann, so liegt das bestimmt an den geheimnisvollen Zaubern, die Ihr damals in meine Wiedererweckung gewoben habt.«

Zögernd stand der Krieger vor ihr und wünschte, er hätte Zeit genug, sich ausführlich mit dem kleinen Mädchen zu unterhalten. Aber Schra wandte sich bereits von ihm ab und den Awaren zu. Sie erweckte ganz den Eindruck, als wolle sie eine Ansprache halten, und ihm kam es jetzt überhaupt nicht merkwürdig vor, daß sie die Führerschaft über die Waldläufer errungen hatte. Ramu hatte sie als seine natürliche Nachfolgerin ausersehen. Kurz kam Axis die Frage in den Sinn, was wohl aus Barsarbe geworden sein mochte.

Aber Schra schien ganz in sich versunken. Sie stand nur wartend da und starrte auf eine Stelle hinter den versammelten Awaren, wo sich bereits die Dunkelheit sammelte. Neugierig schaute Axis ebenfalls dorthin.

Eine Frau trat aus dem Waldrand auf die Lichtung, und bei ihrem Anblick durchfuhr es den Krieger von Kopf bis Fuß.

Faraday.

Bei den Sternen! dachte er, als er sie sah. Wie habe ich ein so wundervolles Geschöpf nur hintergehen können? Warum mußte ich sie so schlecht behandeln?

Er wurde jetzt noch unruhiger als zuvor.

Die Edle schritt gelassen durch die Reihen der Waldläufer und richtete den Blick dabei unentwegt auf den Mann in Gold und Blutrot. Bislang hatte sie geglaubt, ihn vergessen und sich in ihr Schicksal fügen zu können. Aber kaum hatte er den Steinkreis vor dem Halbrund betreten, waren alle Zweifel und Ängste, die sie je in ihrem Busen verborgen hatte, wieder da. Dennoch merkte niemand Faraday den inneren Aufruhr an. Sie schritt mit feierlicher Miene, ruhigem Blick und gemessenen Schritts an den Awaren vorbei.

Als sie dann vor dem Sternenmann stand, bemerkte auch sie das kleine Mädchen.

»Schra«, lächelte die Edle und legte ihr eine Hand auf die Schulter. Dann hob sie sehr langsam den Blick, um dem Krieger ins Gesicht zu sehen.

»Axis.«

»Faraday.«

Er fragte sich, ob das Schicksal ihnen vorherbestimmt hatte, sich stets nur nach längerer Zeit wiederzusehen und dann auch nur in Gegenwart von sehr vielen Leuten, die ihm nicht unbedingt freundlich gesonnen waren. Dieser Moment hier erinnerte ihn unangenehm an den Nachmittag, an dem er ihr in der Halle der Feste Gorken wiederbegegnet war. An Bornhelds Seite. Als dessen Gemahlin. Heute erregte sie nicht so sehr seine Leidenschaft wie damals; dennoch hätte er sie jetzt gern in die Arme geschlossen, sie an sich gedrückt und ihr zärtliche Dinge ins Ohr geflüstert.

Mehr noch, daß er sie liebe. Ja, heute konnte er vor sich selbst eingestehen, wieviel sie ihm bedeutete. Axis empfand für sie nicht das gleiche wie für Aschure – niemals würde er eine andere Frau so lieben können wie sie –, aber seine Gefühle für Faraday erschienen ihm wie ein kühler, stiller See im heißen und verworrenen Dschungel seines Lebens. Er würde nicht den Rest seines Daseins an diesem Gewässer fristen wollen, denn das würde ihm nie genügen, aber hin und wieder ein erfrischendes Bad in ihm zu nehmen, an seinem Ufer zu sitzen und sich zu erholen, das würde ihm schon gefallen.

Aber jetzt Schluß damit. Er konnte und durfte sie nicht in die Arme nehmen, nicht vor allen Awaren. So nickte der Krieger ihr nur zu und hoffte, sie verstehe, wieviel mehr hinter dieser Geste steckte.

Faraday nahm die Hand von Schras Schulter und reichte sie ihm. Ihre Haut fühlte sich wunderbar kühl an, und er wagte nicht, ihre Hand zu fest zu schütteln, um ihre zarten Finger nicht zu zerdrücken. Die Edle kam ihm heute überhaupt viel zerbrechlicher vor, als er sie in Erinnerung hatte. Was hatte ihr nur soviel Lebenskraft geraubt, daß ihr Gesicht so schmal geworden war und ihre Haut so durchsichtig erschien? Dennoch mußte er zugeben, daß diese neue Zartheit sie nur noch begehrenswerter für ihn erscheinen ließ.

Ihre Finger bebten in den seinen, und er fragte sich, ob sie wirklich so ruhig und gelassen war, wie sie dem Anschein nach wirkte.

»Meine Freunde«, richtete nun die Edle ihre Worte an die Awaren, ohne aber den Blick von Axis zu wenden, »ich stelle Euch Axis, Rivkahs Sohn, aus dem Hause Sonnenflieger vor, den Sternenmann der Prophezeiung. Er ist derjenige, auf den die Völker des Pfluges, des Horns und des Flügels so lange gewartet haben. Und er ist auch derjenige, der die Wunden heilen wird, an denen wir alle leiden, seitdem unsere Völker auseinandergerissen wurden.«

Nun wandte sie sich von dem Krieger ab und den Waldläufern mit ihrer vollen Aufmerksamkeit zu: »Werdet Ihr ihm Eure

Unterstützung geben, derer er bedarf, um Gorgrael zu vernichten?«

Ein Mann aus den vorderen Reihen erhob sich und trat zu ihnen. Ein muskulöser dunkler Aware mit ergrauendem braunen Haar, der ein Langhemd trug, dessen Saum mit Ästen bestickt war.

Faraday ergriff eine seiner Hände und nickte ihm zu. Der Mann umfaßte seinerseits die Linke Axis', und so bildeten sie ein Dreieck. Schra stand ein wenig abseits hinter Axis und der Edlen.

Der Aware sah den Krieger gerade und offen an: »Ja, die Awaren gewähren dem Sternenmann jede Hilfe, die er von uns verlangt.«

Eine Last fiel von Axis' Schultern.

»Werden die Awaren dem Sternenmann auch mit ihrem Leben beistehen?« fragte Faraday jetzt. Erschrocken starrte der Krieger sie an.

»Ja«, antwortete der Waldläufer, »wir werden zur Unterstützung des Sternenmanns auch unser Leben geben.«

Nein! wollte Axis rufen, aber er schwieg, und Faraday fuhr fort: »Werden die Awaren das dem Sternenmann überlassen, was sie für ihn geschaffen haben?«

»Ja, das werden wir.«

Faraday schwieg, und dann verzogen sich ihre Mundwinkel zu einem Lächeln: »Werden die Awaren alles bereitstellen, was für das Regenbogenzepter nötig sein wird?«

»Ja, wir wollen dem Sternenmann alles geben und nichts zurückhalten.«

Die Edle beugte sich vor und hauchte dem Mann einen Kuß auf die Wange. »Grindel, Häuptling des Geistbaum-Klans, ich möchte Euch Axis, dem Sternenmann, vorstellen.«

Damit wandte sie sich an Axis, wiederholte die Formel und fügte hinzu: »Grindel ist Schras Vater.«

Der Krieger lächelte ihn an, und Faraday sprach: »Und jetzt sollt Ihr die anderen Häuptlinge kennenlernen.«

Die Awaren in den ersten Reihen erhoben sich und schritten

langsam auf Axis zu. Die Edle nannte den Namen des Betreffenden und den des Klans, dem er vorstand. Jeder ergriff die Rechte des Sternenmanns, und dieser erkannte, daß mit diesem Handschlag das Versprechen, das Grindel eben abgelegt hatte, wiederholt und bekräftigt wurde.

Dieses Treffen unterschied sich so sehr von seiner letzten Zusammenkunft mit den Ältesten, Magiern und Häuptlingen, daß Axis sich wie in einem Traum vorkam. Auch befürchtete er, ihre Freundlichkeit könne jeden Moment wie ein dünner Schleier zerreißen, um dahinter ihre alte Feindseligkeit wieder zum Vorschein treten zu lassen.

Aber diese Sorge erwies sich als unbegründet. Und jetzt begriff der Krieger, daß ein unerhörter Wandel in den Awaren vorgegangen war. Sie nahmen nicht nur ihn, den Sternenmann, sondern auch alles an, was mit ihm in Zusammenhang stand.

Als er von allen Häuptlingen den Handschlag empfangen hatte, nahmen Faraday und Schra ihn an der Hand und führten ihn zur Mitte des Steinkreises.

Axis sah sie verwundert an, aber sie bedeuteten ihm zu schweigen und schauten zu den Bogengängen.

Er folgte ihrem Blick. Wie schon in der Beltidennacht brannten überall auf den Steinsäulen Fackeln. Dahinter erkannte er kaum mehr als den hoch aufragenden Erdbaum. Alles andere innerhalb des Kreises lag im Schatten. Was sollte nun folgen?

Etwas bewegte sich auf der anderen Seite des Kreises.

Faraday erstarrte, aber der Krieger sah nicht nach ihr. Gestalten bewegten sich langsam um den dicken Stamm, aber mehr konnte Axis trotz seiner zauberischen Sehkraft nicht erkennen. Er spürte, wie die Edle an seiner Seite zitterte, und jetzt drehte er sich zu ihr um.

Tränen quollen langsam und still aus ihren Augen, aber sie schüttelte leicht den Kopf, als sie bemerkte, daß er sie ansah.

Da wandte er seine Aufmerksamkeit wieder dem Geschehen am Erdbaum zu, und das Schweigen der Awaren hinter ihm lastete wie ein großes Gewicht auf ihm.

Eines der Wesen löste sich aus der Gruppe am Stamm und trat

ins Licht. Faraday schrie entsetzt, und der Krieger holte vernehmlich Luft. Es war Ogden. Der Wächter wirkte von einer Krankheit so entstellt und zerstört, daß Axis unwillkürlich einen Schritt auf ihn zu machte.

»Nein!« rief Ogden heiser und hielt abwehrend eine zitternde Hand hoch. »Bleibt stehen, Axis, Ihr dürft uns nicht zu nahe kommen.«

»Bei den Sternen!« murmelte der Krieger, und das bezog sich vor allem auf das Äußere des Wächters. Die Haare waren ihm bis auf ein paar kleine Büschel über den Ohren ausgefallen. Die Haut hatte sich ungesund gerötet, offene Geschwüre zeigten sich darauf, das Gesicht war so geschwollen, daß er die Augen kaum öffnen konnte, und der Mund stand ihm die ganze Zeit offen, weil er sonst keine Luft bekam. Selbst aus dieser Entfernung konnte Axis hören, wie Ogdens Atem in den Lungenflügeln rasselte.

Veremund und Yr gesellten sich nun zu Ogden, und diese beiden sahen, wenn das überhaupt möglich war, noch schlimmer aus als ihr Gefährte.

Faraday entfuhr ein Laut des Jammers, und sie wandte sich ab. Die Katzenfrau war fast nicht wiederzuerkennen. Wo waren ihre blauen Augen, das ungestüme Wesen und das verführerische Lächeln geblieben?

Verschwunden und vergangen in dem Abgrund des Siechtums, das auch Ogden und Veremund befallen hatte.

Als dann auch Zecherach in ähnlich erbärmlichem Zustand vor sie trat, war es mit der Ruhe der Awaren vorbei. Ein Chor von leisem Stöhnen erhob sich aus den Reihen. Die Wächterin konnte nicht einmal mehr auf eigenen Beinen stehen – sie kroch über den Boden. Mit den Händen krallte sie sich in der Erde fest und zog die nutzlosen Beine hinter sich her.

»Ich muß ihnen einfach helfen!« rief Axis zutiefst bestürzt, aber als er los wollte, hielt Schra ihn an der Hand zurück.

»Ihr dürft sie nicht berühren!« ermahnte sie ihn streng. »Überlaßt sie sich selbst«, fügte sie dann versöhnlicher hinzu, »denn sie wissen sehr genau, was sie zu tun haben.«

Der Krieger blieb an seinem Platz und starrte auf die Elendsgestalten. Dann wandte er sich flüsternd an Faraday: »Wußtet Ihr davon?«

Sie schüttelte langsam den Kopf, konnte aber den Blick nicht von der Gruppe lösen. »Nein, ich ... mir war bekannt, daß sie hierher kommen wollten ... Die Wächter erschienen ungesehen vor einigen Stunden und haben sich sofort ins Innere des Heiligtums verzogen ... Aber ich hatte keine Ahnung, daß sie ... daß sie ...«

Axis schluckte und sah wieder zu den Wächtern. Ihre Augen glitzerten in der Dunkelheit sonderbar. Golden die von Ogden und Veremund, saphirblau die von Yr und rubinrot die von Zecherach. Sie funkelten, als hätten sie sich in reinste Edelsteine verwandelt.

»›Bis Macht ihre Herzen verdirbt‹«, flüsterte der Sternenmann, weil sich ihm jetzt eine weitere Zeile der Prophezeiung offenbart hatte.

Endlich trat auch Jack hervor. Er bewegte sich aufrechter als die anderen, aber schließlich stand ihm auch sein Hirtenstab zur Verfügung, auf den er sich stützen konnte. Axis sagte sich, daß der Schweinehirt andernfalls wie Zecherach nur noch zu kriechen vermocht hätte. Jack zwang sich voran, blieb dort, wo seine Kameraden sich befanden, kurz stehen, um wieder zu Atem zu kommen, und näherte sich dann Axis.

»Heil Euch, Sternenmann«, krächzte er, und der Krieger nickte nur, unfähig, zu antworten.

»Wir haben einen langen Weg zurückgelegt«, fuhr der Schweinehirt fort und mußte plötzlich lachen.

Ein gräßliches, keckerndes und fieberndes Geräusch, unter dem der Krieger zusammenfuhr. »Was ist Euch widerfahren?«

»Was uns widerfahren ist?« Jacks Lachen verging so rasch, wie es gekommen war. »Was sollte uns schon widerfahren, Axis, wir folgen doch nur der Prophezeiung. Ihr bedürft des Regenbogenzepters, nicht wahr?«

»Ja, so steht es geschrieben.«

»Richtig, die Prophezeiung sagt Euch, daß Ihr diese Waffe

gegen den Zerstörer einsetzen müßt. Nun, heute ist Feuernacht, und dieses Fest wird durch die Erschaffung Eures Zepters gekrönt.«

»Man hat mir berichtet, daß Ihr dazu die Macht der alten Sternengötter gebrauchen wollt, die in der ersten Feuernacht abstürzten und verbrannten«, entgegnete der Krieger. »Hat Euch diese Macht so furchtbar entstellt?«

»Ja«, antwortete Jack nur und senkte den Kopf. Offensichtlich rang er mit sich, wieviel er Axis verraten durfte. »Sternenmann, vielleicht habe ich kein Recht, Euch das zu sagen, aber ich werde es dennoch tun. Denn ich möchte nicht, daß dieses Wissen mit uns stirbt.«

Faraday wischte sich die Tränen aus den Augen, denn sie wollte nicht, daß die Wächter sie so in ihrer Erinnerung behielten. Die Edle mußte auch daran denken, daß sie ihr damals an den Alten Grabhügeln gesagt hatten, daß niemand größere Opfer bringen müsse als die Wächter. Und damit hatten sie recht behalten, wie sich nun herausstellte. Aber Faraday fragte sich auch, ob die fünf wirklich so allwissend waren, wie sie sich stets dargestellt hatten – oder ob die Prophezeiung ein noch viel größeres Opfer verlangte.

»Sternenmann!« Jack umklammerte mit beiden Händen den Stab und kam noch einen Schritt näher. »Hütet Euch vor dem, was auf dem Grund der heiligen Seen liegt. Die alten Götter verfügten über eine Macht, die wir nicht einmal annähernd verstehen können. Und selbst ein so großmächtiger Zauberer wie Ihr sollte lieber die Finger davon lassen. Behandelt die Seen stets mit der größten Achtung, Axis, aber denkt nicht einmal im Traum daran, ihre Tiefen zu erkunden.«

Wenn eine Erkundung solche Ergebnisse zur Folge hatte, war dem Krieger schon jetzt der Wunsch danach vergangen. Er nickte.

»Gut. Und jetzt, Sternenmann, dürft Ihr uns nicht bei dem stören, was wir tun werden. Wir stehen kurz davor, Euch unser größtes und letztes Geschenk zu geben. Und das überreichen wir Euch gern und weil wir Euch lieben. Wenn wir … damit fertig sind, bleibt es den Awaren überlassen, das Zepter für Euch fertigzustellen.«

Nun wandte der Schweinehirt sich an Faraday: »Liebliche Herrin, wir wünschen Euch das Beste für all Eure Vorhaben. Ihr …« Seine Stimme brach, und er mußte alle Kräfte aufbieten, um fortfahren zu können. »Ihr habt Hervorragendes geleistet, und wir sind überaus stolz auf Euch. Denn Euch erwartete die mühseligste aller Aufgaben, die Ihr ganz allein durchzuführen hattet. Erinnert Euch stets all dessen, was die Mutter Euch beigebracht hat, liebe Faraday, und möget Ihr eines Tages die Liebe und den Frieden finden, die Ihr verdient habt.«

Die Edle konnte nicht länger an sich halten und brach in lautes Schluchzen aus. Axis legte einen Arm um sie, und sie lehnte sich an ihn. Aber dann streckte Faraday den Wächtern eine zitternde Hand entgegen. »Mir tut all das so leid, was ich Euch in Karlon vorgeworfen habe«, sagte sie. »Vergebt mir bitte, denn damals hatte ich noch nichts verstanden.«

Nun wurden auch Jacks Augen feucht, und ein Schimmer legte sich über seine smaragdgrün funkelnden Augen. »Wir haben Euch immer geliebt«, entgegnete er und wandte sich ab, »und wir werden Euch immer lieben.«

Faraday wäre unweigerlich zusammengebrochen, wenn der Krieger sie nicht mit beiden Armen gehalten hätte. Schra stellte sich auf die Zehenspitzen und flüsterte ihrer Freundin etwas ins Ohr. Die Edle nickte, richtete sich wieder auf und atmete tief durch.

»Es geht schon wieder«, murmelte sie, und Axis ließ sie widerstrebend los.

Jack schleppte sich bereits zu den anderen Wächtern zurück, und die fünf ließen sich so nieder, daß sie einen Kreis bildeten. Der Schweinehirt nahm seinen Stab, hob ihn mit beiden Händen und rammte ihn mit letzter Kraft in den Boden, so daß er aufrecht aus ihrem Kreis ragte.

Dann faßten die Wächter sich an den Händen, senkten die Köpfe und …

»Nein!« schrie Faraday, und Axis hielt sie fest, weil er befürchtete, sie würde zu den alten Weggefährten stürmen. »Nein, nicht ... nein!«

Aber die Wächter hörten sie schon nicht mehr. Gemeinsam stimmten sie ein leises trauriges Lied an, und in ihren Gesang mischte sich die Musik des Windes und der Wellen.

Plötzlich ging der Stab in Flammen auf und brannte so lichterloh, daß der Krieger die Augen schließen und den Kopf abwenden mußte. Kurz darauf traf ihn eine furchtbare Hitzewelle, und er brachte Faraday und sich ein paar Schritte weiter in Sicherheit. Dann rief er Schra zu sich und befahl ihr, sich hinter sich zu stellen.

Als Axis genug Mut beisammen hatte, um wieder hinzusehen, hatten die fünf ebenfalls Feuer gefangen und brannten wie Flammensäulen um den Stab herum. Der Krieger mußte sich wieder abwenden. Doch diesmal nicht wegen der Hitze, sondern weil er das Sterben seiner Freunde nicht mit ansehen konnte.

Erst als er spürte, daß die Hitze nachließ, wagte er es, erneut hinzuschauen. Stab und Wächter waren verschwunden, und an ihrer Stelle hatten sich glimmende Kohlen zu einer rotleuchtenden Pyramide aufgeschichtet. Hie und da schoß noch eine Flamme hervor – mal golden, mal rubinrot, mal saphirblau und mal smaragdgrün.

Die Kohlen summten, aber nicht vor Musik, sondern vor Macht, und Axis konnte den Blick nicht von ihnen wenden. Langsam lockerte er seinen Griff um die Edle, und sie blieb neben ihm stehen. Ihr Tränenfluß war versiegt, doch noch immer war ihr Gesicht vom Kummer um den Verlust der Freunde gezeichnet.

Zischend und prasselnd zerfielen die Kohlen, verging die Hitze und erloschen die Flammen. Ebenso erlosch die Macht, die von ihnen ausstrahlte.

Schließlich wagte der Krieger, sich dorthin zu begeben. Die Pyramide war zu einem Haufen schwarzer Asche geworden. Zwar gab es an einigen Stellen noch ein leises Glühen, aber in der Nachtluft verging es bald.

Ohne so recht zu wissen, warum, scharrte Axis mit der Stiefelspitze in der Asche.

Er stieß auf etwas Festes in der Mitte des Haufens und drehte es um.

Genau im Zentrum der Pyramide glühte der Knauf von Jacks Stab fort. Früher war er von stumpfem Schwarz gewesen, aber nun leuchtete er im reinsten Silber. Es war ein Muster aus ineinander verschlungenen Linien hineingraviert und fünf Perlen eingesetzt: zwei goldene, eine saphirblaue, eine rubinrote und eine smaragdgrüne.

Er bückte sich und nahm den Knauf an sich. Er fühlte sich seltsamerweise kühl an und besaß die Größe einer Männerfaust, wog aber viel schwerer.

Es war der Kopf des Regenbogenzepters.

Axis drehte ihn in der Hand, und die Perlen sandten bunte Lichtblitze durch den Hain – und diese Strahlen summten vor fremder Macht. In seinen Gedanken konnte der Sternenmann die Wächter fröhlich lachen hören, so als habe gerade jemand einen Scherz gemacht.

Der Krieger faltete beide Hände um den Kopf des Zepters, und die Lichtblitze erstarben. Er schaute hoch. Alle Augen waren auf ihn gerichtet. Was erwarteten sie jetzt von ihm?

»Nun verhelfen wir Euch zu einem Stab«, erklärte Schra ganz geschäftsmäßig, »auf den Ihr das hübsche Spielzeug, das Ihr da in Händen haltet, stecken könnt.«

Sie schritt an Axis und auch an Faraday vorbei und bewegte sich auf den Steinkreis des Erdbaums zu. Hinter dem Bogeneingang blieb sie stehen. »Vater, wollt Ihr bitte kommen, ich werde Eure Hilfe benötigen. Und Ihr auch, Axis.« Dann schien der Kleinen etwas einzufallen: »Faraday, folgt uns ebenfalls, und singt mit dem Erdbaum.«

Grindel gesellte sich zu dem Krieger und der Edlen, und zu dritt traten sie in den Steinkreis. Schra stand schon an dem heiligen Baum, und sie begaben sich zu ihr.

»Faraday, singt jetzt bitte«, forderte die junge Magierin sie mit klarer Stimme auf.

Was denn? fragte sich die Edle verwirrt. Erst einmal hatte sie zu dem Erdbaum gesungen, und damals hatte sie sich von Sternenströmer leiten lassen. Faraday öffnete den Mund, ohne sich so recht schlüssig zu sein … und entdeckte, daß die anderen drei sie erwartungsvoll ansahen. Da stimmte sie das erste an, das ihr in den Sinn kam, das Wiegenlied, welches Frau Renkin jedem frisch eingesetzten Schößling gesungen hatte. Zuerst konnte Faraday die Weise nur summen, aber dann fügte sie die Worte ein, die ihr gerade einfielen.

Die Edle sang dem Erdbaum vom Opfer der fünf Wächter und wie daraus der Kopf des Zepters entstanden war. In der nächsten Strophe kündete sie von der Notwendigkeit des Erschaffens eines Stabes für das Zepter. Und bat schließlich um die Kraft und Macht der uralten Götter – die in den Knauf eingehen solle, damit sein Träger sich der Macht der Erde und der Bäume bedienen könne. Artor war schließlich schon vom gleichen Bündnis besiegt und vernichtet worden. Und so würde auch Gorgraels dunkle Macht überwunden werden können.

Unmerklich für sie und die Zuhörer wandelte sich die Melodie. Was als Wiegenlied begonnen hatte, endete in einem triumphierenden Siegeslied. Der Erdbaum summte im Gleichklang mit, und Faraday hörte schließlich auch die Wälder Awarinheims und die des Bardenmeers, die darin einfielen.

Der machtvolle Gesang versetzte die Erde unter ihnen in Schwingungen, und Faraday sah den Erdbaum an und streckte die Arme nach ihm aus. Sie verstand nun, daß selbst aus einem Opfer gelegentlich Leben entstand. Und wo immer die Wächter sich jetzt aufhalten mochten, bewegten sie sich in Freuden und …

»Ungebunden!« rief sie das Wort aus, das groß und deutlich in ihren Gedanken erschien.

Faraday hörte auf zu singen, blinzelte und sah Axis an. Er schaute sie erwartungsvoll an und hielt immer noch den Zepterknauf umschlossen.

»Ungebunden!« rief die Edle noch einmal und lachte aus vollem Herzen.

Schra lächelte mit ihr und zupfte ihren Vater am Ärmel. »Würdet Ihr mich bitte hochheben?«

Gindel setzte sich seine Tochter auf die Schulter, und Schra berührte die Borke. Der Krieger beobachtete jetzt, was das Mädchen dort vorhatte. Früher hätte er geschworen, daß der Stamm mindestens sechzig Meter hoch aufragte, ehe die ersten Äste aus ihm wuchsen. Doch nun entdeckte er, daß sich schon in vier Metern Höhe ein kleiner Ast befand.

Der Häuptling hob das Mädchen, so hoch er nur konnte, und Schra streckte die Arme ganz weit aus. Zunächst glaubte Axis, daß die Kleine niemals dort heranreichen könnte. Aber als die Finger mehrmals unter dem Ast ins Leere gegriffen hatten, senkte dieser sich so weit, daß Schra ihn zu fassen bekam. Sie lachte glücklich auf.

Der Zweig löste sich wie von selbst vom Stamm.

Grindel stellte das Mädchen wieder auf den Boden. Schra reichte den Zweig an den Sternenmann weiter. Doch irgendwo auf dem Weg zu ihm hatte er sich verwandelt. Was eben noch ein biegsamer kleiner Ast gewesen war, war nun ein schlanker, glänzender Holzstab.

»Nehmt dies mit den besten Segenswünschen des Erdbaums und des Volks der Awaren, Sternenmann«, erklärte die junge Magierin nun. »Dies ist unsere Gabe an Euch, und sie befähigt Euch, das Zepter mit der Macht der Mutter zu gebrauchen. Denn in diesem Stab steckt alle Kraft der Bäume.«

Der Krieger nahm den Stab dankend entgegen. Die Macht der alten Götter vereint mit der der Bäume, das stellte fürwahr eine treffliche Waffe dar. Er schob den Stab in das untere Ende des Zepterkopfes, und es konnte ihn nur wenig überraschen, daß er dort wunderbar hineinpaßte. Als er ihn versuchsweise in die andere Richtung drehte, saß der Stab so fest im Kopf, daß er sich nicht mehr daraus lösen ließ.

Stab und Spitze waren eins geworden.

»Das Zepter des Regenbogens«, sagte Faraday leise, und ohne nachzudenken, schwang der Krieger die Insignie in weitem Bogen über sein Haupt. Gewaltige Lichtblitze schossen in die

Nacht, und es krachte und toste durch den Hain. Von irgendwoher ertönte in den Köpfen der Umstehenden wieder das Lachen der Wächter.

Rasch nahm Axis das Zepter wieder herunter, lächelte ein wenig verlegen und umfing den Kopf des Wahrzeichens mit den Händen. »Was fange ich nur damit an?« fragte er. »Ich kann doch nicht ewig warten und es mit meinen Händen bedecken, bis der Zerstörer irgendwann des Weges kommt.«

Faraday lachte. »Nehmt dies«, sagte sie, bückte sich und riß einen Streifen aus ihrem changierenden Gewand. Armes Kleid, kostbares Geschenk der Mutter, dachte sie, ständig muß ich ein Stück aus Euch herausreißen.

Nun wickelte sie den Streifen um den Kopf des Zepters und trat einen Schritt zurück. »Nehmt das nicht ab, bis Ihr dem Zerstörer gegenübersteht.«

Axis nickte und wollte etwas sagen, als Grindel ihn am Ellenbogen faßte.

»Sternenmann, die Awaren haben noch etwas für Euch.«

Überrascht ließ der Krieger sich von dem Häuptling durch den Steinkreis auf die Lichtung zurückführen. Viele Klanführer hatten sich bereits versammelt, und Brode schritt ihm aus ihren Reihen entgegen.

»Sternenmann«, erklärte er, »ich erinnere mich noch gut daran, daß wir Euch bei einer früheren Gelegenheit, als Ihr hier im Hain vor uns getreten seid, unsere Unterstützung verweigerten. Damals haben wir uns geirrt, und vermutlich hätten wir Euch schon früher unterstützen sollen. Doch wollen wir das jetzt alles nachholen.«

Axis lächelte dankbar über diese Worte, aber er hatte keine Ahnung, was die Waldläufer noch für ihn zu tun vermochten. Immerhin besaß er nun das Regenbogenzepter, und mehr bedurfte es doch nicht, um Gorgrael gegenüberzutreten.

»Wir können nicht kämpfen«, fuhr Brode fort, »doch wir wollen etwas anderes für Euch tun.«

Er legte eine kleine Pause ein, und fuhr dann fort: »Wir wollen den Zerstörer für Euch finden.«

Dem Krieger stockte der Atem. »Ihr vermögt, Gorgrael aufzuspüren?«

»Axis«, lächelte der Älteste, »Ihr habt doch nicht ernstlich angenommen, von Awarinheim aus geradewegs auf den Zerstörer zu stoßen, der bereits auf Euch wartet? Nein, der Böse haust hoch oben im Norden in seiner Eisfestung.«

»Aber wie finde ich sie? Kennt Ihr sie vielleicht?«

»Nein. Aber Gorgraels Mutter war Awarin. Woraus immer er sich auch sonst noch zusammensetzen mag, in seinen Adern fließt awarisches Blut. Wir können ihn daher fühlen – und aufspüren. Fünf von uns«, er zeigte auf die Gruppe Männer hinter ihm, »werden deshalb mit Euch in den Norden reisen und Euch zu der Eisfestung führen.«

»Nein, nein, das wäre viel zu gefährlich für Euch.«

»Wir fürchten uns nicht vor dem Tod, Sternenmann, und wir sind in der Lage, Gorgrael zu finden. Sein Blut wird immer nach uns rufen, und selbst seine stärksten Zauber sind nicht in der Lage, uns mit Schatten oder Trugbildern zu narren.«

Aber Axis war nicht bereit, die Awaren einer solchen Gefahr auszusetzen. »Als Gorgraels Bruder bin ich ebenfalls von seinem Blut. Da könnte ich ihn doch genauso gut selbst aufspüren.«

»Spürt Ihr ihn denn wirklich, Sternenmann? Fühlt Ihr den Zerstörer so stark, daß Ihr der Fährte folgen könntet? Nein, glaubt mir, mein Freund, das awarische Blut erweist sich hier stärker als das ikarische. Und aus diesem Grund werden wir Euch auch begleiten.«

»Ich habe schon jemanden, der mit mir kommt.« Er nickte in Richtung des Waldrandes, wo der getreue Arne wartete.

»Ja, wir sehen ihn, und wir kennen ihn. Sternenmann, laßt uns Euch begleiten, und sei es nur aus dem Grund, den Stolz unseres Volkes wieder zu stärken.«

»Aber Ihr könntet dabei leicht den Tod finden«, wandte der Krieger ein.

Brode schaute ihn nachdenklich an, sagte jedoch nichts.

Axis ließ noch einen Augenblick verstreichen. Mochten die Waldläufer doch glauben, daß er noch mit sich ringe. In Wahrheit konnte er nichts mehr einwenden. Das wußten die Awaren, und so vermochte er ihnen auch nichts vorzumachen.

»Also gut«, erklärte der Krieger schließlich bereitwillig. »Begleitet mich, und seid mir auf dieser Reise willkommen.«

Faraday trat nun neben ihn und legte ihm sanft eine Hand auf den Arm. »Ach übrigens, ich werde auch mit Euch kommen«, verkündete sie wie selbstverständlich.

»Nein, niemals, vollkommen ausgeschlossen!«

29 Die Eisfestung

»Ihr habt mir versprochen, daß Artor die Hexe daran hindern werde, die letzten Bäume anzupflanzen. Aber jetzt steht der Wald und hat sich mit dem alten vereint! Außerdem habe ich mein ganzes Heer verloren! Fort, nicht mehr da, einfach aufgelöst!«

»Aber, aber«, entgegnete der Dunkle, doch Gorgrael wollte sich nicht beschwichtigen lassen.

»Habt Ihr nicht das wilde Toben ihres Liedes gehört, als es mein Heer vernichtet hat?« kreischte der Zerstörer.

Lieber Mann zuckte zusammen, sagte aber nichts dazu. Timozel saß am Kamin mit schweren Lidern. Und starrte vor sich hin.

Gorgrael ging in die Hocke, stützte sich auf die langen Arme und ließ die Krallen ausfahren. Er knurrte und wackelte mit dem Kopf hin und her.

»Damit bleibt Euch doch noch …« versuchte der Dunkle es noch einmal.

»Und jetzt hat er auch noch das Regenbogenzepter«, flüsterte der Zerstörer finster, und nun klang seine Stimme noch bedrohlicher, als wenn er getobt und gezetert hätte. Eine gefährliche Ruhe war über Gorgrael gekommen, und seine Augen verengten sich zu Schlitzen, während er Lieber Mann beobachtete. Von wegen, Lieber Mann, der Zerstörer traute seinem Lehrmeister nicht mehr über den Weg. Überhaupt nicht mehr!

Dem Dunklen entging das Mienenspiel seines Lehrlings nicht, und er betete darum, daß er noch über Macht und Einfluß auf ihn verfügte. Aschure war zur Zeit äußerst verletzlich, da sie mit ihrem Erstgeborenen durch die Eisdachalpen reiste. Er mußte den Zerstörer unbedingt von ihr ablenken, falls ihm das überhaupt noch möglich war.

»Die Prophezeiung geht doch nur ihren Weg«, versuchte er, Gorgrael begreiflich zu machen. »Damit hättet Ihr doch rechnen müssen.«

Der Zerstörer legte den Kopf auf die Seite, und seine Augen waren immer noch zusammengekniffen. »Was soll das heißen, sie geht nur ihren Weg?«

»Mein lieber junger Freund«, antwortete der Dunkle so väterlich, wie er nur konnte, »bei der Weissagung handelt es sich nicht um eine simple Ansammlung von Worten. Sie muß sich nach einer vorgeschriebenen Ordnung Stück für Stück erfüllen. Natürlich bedaure ich Eure Schicksalsschläge sehr, aber um der Wahrheit die Ehre zu geben, so ganz überraschend kommt diese Entwicklung für mich nicht. Immerhin stellt die Prophezeiung einige Bedingungen, die erst erledigt, beziehungsweise beseitigt werden wollen, ehe Ihr Axis im Endkampf besiegen könnt. Und genau das, nicht mehr und nicht weniger, ist geschehen.«

Gorgrael schaukelte immer noch den Kopf von links nach rechts und von rechts nach links.

»›Uralte Seelen, längst schlummernd im Grab, im Land der Sterblichen werden sie singen‹« fuhr Lieber Mann fort. »Damit sind die Bäume gemeint. Offenbar verlangte die Prophezeiung, daß sie erst wieder angepflanzt werden müssen. Und was das Regenbogenzepter angeht, so wollte sich die Weissagung erst dann weitererfüllen, wenn der Sternenmann endlich dieses Wahrzeichen bekommen hätte. Versteht doch, wenn Euer Bruder das Zepter nicht erhalten hätte, hättet Ihr auch nichts unternehmen können.«

Der Zerstörer richtete sich langsam wieder auf, aber seine bedrohliche, bitterböse Miene blieb. »Wollt Ihr damit sagen, daß alle meine Bemühungen absolut überflüssig gewesen seien? Daß ich genauso gut die ganze Zeit hier vor dem Kamin hätte sitzenbleiben können? Um mir die Füße zu wärmen, bis mein sauberer Herr Bruder den Weg zur Eisfestung gefunden hätte?«

»O nein, ganz und gar nicht«, widersprach der Dunkle sofort. »Die Prophezeiung hat sich vielmehr auf Eure Stärke und Euer Genie verlassen müssen, um überhaupt hier ankommen zu können. Ohne Euch hätte die Weissagung rein gar nichts bewirken können!«

Der Zerstörer dachte angestrengt nach.

»Sie will doch, daß Ihr den Sieg davontragt«, setzte Lieber Mann nach, »denn sie mag Euch. Deswegen soll Axis ja auch auf Eurer Türschwelle sein Leben aushauchen.«

Gorgrael verlor seine Gefährlichkeit und wurde neugierig. »Das müßt Ihr mir näher erklären.«

Der Dunkle lächelte unter seiner Kapuze. »Die Prophezeiung muß ihren Weg gehen, Gorgrael. Das bedeutet, daß Axis am Ende durch Eis und Schnee zu Euch gelangt und den ganzen Weg schon – sein eigener Tod ihn begleitet. Faraday.«

»Was?«

»Ich sage es Euch doch von je: Die Weissagung will, daß Ihr gewinnt!«

Als Dunkler Mann wieder fort war, saßen Gorgrael und Timozel zusammen vor dem Kamin. Sie hatten sich an mehreren Kelchen Wein gestärkt und sprachen bereits mit etwas schwerer Zunge.

»Ich traue ihm nicht so recht«, bemerkte der Zerstörer.

»Ja, er ist schon sehr dunkel«, meinte Timozel und leerte seinen Kelch.

Gorgrael mochte Wortspiele, die er begriff und lachte laut.

Aber seine Heiterkeit währte nicht lange. »Aber ob vertrauenswürdig oder nicht, die Prophezeiung spielt mir Faraday in die Hände. Das steht fest. Und ich bin auch überzeugt, daß sie Axis' Liebste ist. Geht gar nicht anders.«

Der Jüngling dachte darüber nach. »Wer sollte es denn auch sonst sein? Etwa die Frau mit dem pechschwarzen Haar?«

Gorgrael sah ihn böse an, denn jetzt war ihm seine gute Laune endgültig abhanden gekommen. »Faraday ist die Liebste meines Bruders!«

»Die Dunkelhaarige besitzt aber gewaltige Zaubermacht.«

Der Zerstörer knurrte, weil ihm dies die Nacht ins Gedächtnis zurückrief, in der die Hexe in seinem Gemach erschienen war und ihn gefoppt hatte.

»Außerdem recht schön. Sie könnte vielleicht eine gute Geliebte sein.«

Gorgraels Krallen schabten über die Lehnen seines Sessels. »Aber sie spielt in der Prophezeiung keine Rolle. Nirgends wird sie dort erwähnt.«

Timozel nickte langsam, während er in Gedanken den ihm bekannten Text durchging. »Nein, ich finde keine Stelle, an der ...«

»Seht Ihr!« rief der Zerstörer. »Die Schwarzhaarige ist es ganz bestimmt nicht. Faraday hingegen findet ständige Erwähnung. Sie hat die ›uralten Seelen‹ eingepflanzt, sie ist die Frau, die den ›Mörder ihres Gatten selig empfing‹. Also liegt es doch auf der Hand, daß es sich bei ihr auch um Axis' Liebste handelt!«

»Richtig. Ich habe die beiden ja selbst gesehen, als sie sich nach Bornhelds Ermordung in den Armen lagen.«

»Genau ... das bringt mich auf eine Idee.«

»Ja, Herr?«

»Timozel, würde Faraday Euch trauen?«

»Ja, ich glaube schon«, antwortete der Jüngling langsam. »Wenn ich sie von meiner Lauterkeit überzeugen könnte, ja, dann sicher.«

»Vortrefflich!« freute sich Gorgrael.

30 Durch die Tundra

Axis versuchte es mit Vernunft und mit Drohungen, mit bitten und flehen, allein Faraday ließ sich nicht beeindrucken und ihn ruhig weitertoben.

»Ich komme mit«, erklärte sie einfach, als ihm nichts mehr einfiel.

Der Krieger wandte sich an die fünf awarischen Würdenträger, aber diese schwiegen höflich. Es lag ganz allein in der Entscheidung der Baumfreundin, ob sie mit dem Sternenmann oder woanders hin zog. Ihnen oblag es nicht, sie von dem einen oder anderen abzubringen.

Schra war von dem Vorhaben ihrer Freundin entsetzt, aber sie unternahm ebenfalls keinen Versuch, Faraday umzustimmen.

Am Ende mußte Axis vor der Bestimmtheit der Edlen zurückweichen; doch seine Sorge um sie blieb.

Sie reisten mit leichtem Gepäck. Alle trugen weite Umhänge, und doch boten sie einen merkwürdigen Anblick. Der Krieger schritt in seinem goldenen Hemd und mit dem flammend roten Umhang auf den Schultern fürbaß. Faradays Mantel war waldgrün, und darunter schillerte das wechselfarbige Gewand der Mutter. Dazu passend trug sie weiche Lederstiefel. Arne trug als einziger vernünftige Kleidung: feste Stiefel und dicke Fellsachen. Ganz anders dagegen die Waldläufer in ihren buntbestickten Hosen und Langhemden. Als sie die Tundra erreichten, zeigte es sich, daß die Stiefel der Awaren kaum für Schnee und Eis geeignet waren.

Verblüffenderweise kam Arne mit den awarischen Männern recht gut zurecht. Vielleicht gefiel ihnen ja die düstere und wortkarge Art des Getreuen. Möglicherweise schlossen sie ihn aber auch deshalb in ihr Herz, weil er sich lobend über ihre handwerklichen Fähigkeiten und ihre Kunst äußerte, Spuren und Fährten zu lesen. Wie auch immer, Arne wurde immer häufiger beim Marsch oder abends am Lagerfeuer im Gespräch mit einem oder mehreren Waldläufern gesehen.

Vom Erdbaumhain aus zogen sie zunächst durch den Wald nach Nordosten. Drei der Männer trugen auf ihrem Rücken Vorräte, obwohl Brode meinte, in Awarinheim ließe sich genug Wild erlegen, und in der Tundra fänden sich immer ausreichend Schneehasen oder Vögel für ihre Mahlzeiten.

Abends im Lager half Arne den Waldläufern, zwei Feuer zu errichten, eines für sie und ihn, und das andere für den Krieger und die Edle.

In der ersten Nacht hatten Faraday und Axis sich am Feuer kaum etwas zu sagen gewußt und schwiegen die ganze Zeit. Sie aßen zusammen von den Speisen, die Brode ihnen reichte, und redeten dabei nur das Notwendigste. Danach saßen sie da und sahen den Scheiten beim Brennen zu. Dabei hätte der Krieger Faraday so vieles zu sagen gehabt, allein er wußte nicht, wo überhaupt beginnen. Er dachte auch daran, sie mit einigen lustigen Geschichten über Caelum zu unterhalten, entschied dann aber, daß das vielleicht doch nicht das Passende wäre. Wie wäre es dann mit einigen seiner Abenteuer während der Feldzüge im Westen? Aber bei diesen spielte zu oft Aschure eine Rolle. Axis wußte zwar, daß die Jägerin und die Edle sich ziemlich angefreundet hatten, aber trotzdem behagte es ihm wenig, vor ihr über seine Gemahlin zu sprechen.

Ich habe zu viele Gräben zwischen uns aufgerissen, dachte er bedauernd, während er mit der Stiefelspitze die glimmenden Scheite zusammenschob. Früher konnten wir über alles reden und auch zusammen lachen ... aber damals glaubte sie mir auch noch meine Lügen.

Verdammt, Mann! tadelte Axis sich, nun sprecht sie doch schon an! Tapfer öffnete er schon den Mund, als Faraday sich vornehm schweigend erhob und in die Büsche zurückzog.

Der Krieger sah rasch in eine andere Richtung. Zweifelsohne hatte sie jetzt etwas zu erledigen, bei dem sie ungestört und ganz gewiß nicht von neugierigen Blicken gestört werden wollte. Aber als die Edle nach einer halben Stunde noch nicht zurückgekehrt war, machte er sich doch langsam Sorgen. Schließlich fragte der Krieger Arne und die anderen, ob sie gesehen hätten, wohin sie entschwunden sei.

Arne zuckte die Achseln und zeigte auf die Büsche, hinter die Faraday sich zurückgezogen hatte. »Dorthin, Sternenmann.«

Axis wurde unruhig, seine Augen waren dunkel vor Sorge.

»Die Edle steht mit den Bäumen in Verbindung, Sternenmann«, meinte Brode. »Da wird sie sich hier leicht zurechtfinden.«

Das beruhigte den Krieger aber keineswegs. Er lief eine Weile am Feuer auf und ab, bis er sich plötzlich mit wehendem Umhang selbst auf die Suche nach ihr machte.

Eine halbe Stunde irrte er durch den Wald, rief ihren Namen und verzweifelte mit jeder Minute mehr. War sie vielleicht gestürzt und hatte sich verletzt? War es Gorgrael durch irgendeine dunkle Macht gelungen, in Awarinheim einzudringen und Faraday zu entführen? Aber gerade als er zurückkehren und die anderen auffordern wollte, sich an der Suche zu beteiligen, stand die Edle unvermittelt hinter ihm. »Ruhig, Axis, Ihr weckt ja noch halb Tencendor auf.«

»Wo habt Ihr gesteckt?« rief er und ergriff ihre Hände.

Als sie aber bei seiner Berührung erstarrte, ließ der Krieger sie rasch wieder los. »Ich war in Sicherheit, Axis, und mir ist nichts geschehen. Bitte, macht Euch deswegen keine Sorgen.«

Und mehr wollte sie dazu nicht sagen. Faraday kehrte ins Lager zurück, wickelte sich in ihren Umhang ein und war alsbald eingeschlafen.

Der Krieger saß lange im Feuer und betrachtete die schlummernde Schöne. Dann legte auch er sich hin, aber er fand lange keinen Schlaf. Manchmal streckte er die Hand nach dem Zepter an seiner Seite aus, aber viel öfter starrte er über das Feuer auf die Edle – und dann erinnerte er sich wieder an so vieles und fühlte sich schuldig.

Früh am nächsten Morgen erhob sich Faraday und verschwand wieder für etwa eine Stunde.

Diesmal gelang es Axis, seine Ängste und Sorgen im Zaum zu halten. Aber man sah ihm seine Erleichterung deutlich an, als sie endlich zurückkehrte. Faraday nahm einen leichten Imbiß zu sich, lächelte dann die Männer an und sprach: »Ich bin bereit.«

Und so setzten sie ihre Reise fort.

Faraday wiederholte ihre kleinen Ausflüge an jedem Abend und an jedem Morgen. Wenn sie dann wieder auftauchte, umspielte ein leises Lächeln ihre Lippen, und manchmal lächelte sie sogar auf eine besondere Weise, wenn sie Axis erblickte. Aber das, was dann in ihren grünen Augen leuchtete, konnte er beim besten Willen nicht ergründen.

»Wir alle müssen doch schließlich essen«, antworte sie einmal geheimnisvoll, als der Krieger sie so lange bedrängte, bis sie sich zu ihrem regelmäßigen Verschwinden äußerte.

Die Reise durch Awarinheim verlief sehr angenehm, aber als sie den nördlichen Waldrand erreichten, erwartete sie kaltes und unfreundliches Wetter. Die Gruppe blieb fast eine halbe Stunde am Waldrand stehen und sah zu, wie Schneeflocken über das flache Ödland trieben. Links von ihnen stiegen die Eisdachalpen wellenförmig an – und Axis warf ihnen einen langen Blick zu – aber nach Norden und Osten erwartete sie nichts als die Weite der Schneewüste.

»Weiß jemand, wie weit sich diese Ödnis erstreckt?« fragte der Krieger die Awaren.

Loman vom Bloßgruben-Klan antwortete ihm: »Nein, Sternenmann. Niemand hat jemals dieses Land in seiner ganzen Länge durchmessen. Wer würde sich schon so weit von den Bäumen fortbegeben?«

Axis ärgerte sich darüber, nicht schon früher die Rabenbunder gefragt zu haben, ob sie jemals durch dieses Land gezogen seien.

»Hier findet sich nichts als flache Ebene und Schnee, Sternenmann«, fügte Brode hinzu. »Endlos, bis weit in den Norden. Wenn man sich nach Westen oder Osten wendet, stößt man irgendwann auf wogende graue Meere, die sich ebenfalls bis in die Unendlichkeit erstrecken.«

»Und wie wollt Ihr in dieser Einöde Grograel aufspüren?« Axis glaubte, einen kaum merklichen Zug an seiner Seele zu spüren, so als würde sich eine winzige Kralle darin einhaken. Aber dieses Gefühl ließ sich nicht genauer deuten. Wenn überhaupt, wußte der Krieger nur, daß er sich nach Norden wenden mußte.

»Wir werden es noch früh genug erfahren«, antwortete Brode mit fester Stimme. Doch als Axis ihn weiterhin fragend ansah, entdeckte er Sorgenfalten um die Augen des Ältesten und Häuptlings.

Als Brode bemerkte, daß er von dem Krieger beobachtet wurde, versuchte er, seine Bedenken als etwas Nebensächliches abzutun: »Das liegt nur an den Bäumen, Sternenmann. Die meisten von uns haben nie, oder nur selten, den Wald verlassen. Lediglich die Magier reisten zum Farnbruchsee, und allein ihrer Zaubermacht hatten sie es zu verdanken, so lange ohne den schützenden Schatten über sich auszukommen.«

»Auf«, drängte Faraday, »wir haben schon genug Zeit verloren.« Sie setzte sich in Bewegung und lief allein in die Eiswüste hinaus. Der Krieger schob sein Zepter in den Ärmel und schritt hinterdrein. Die anderen folgten ihr nach kurzem Zögern.

Gorgrael erspähte die Gruppe schon in dem Augenblick mit seinem geistigen Auge, als sie den Wald verließ und die Tundra betrat.

»Da haben wir sie ja!« freute er sich und teilte seine Sicht dann mit dem Jüngling. »Schaut nur, dort marschieren sie heran!«

Damit drehte der Zerstörer sich zu Timozel um, der am Türpfosten lehnte. »Nun brecht auf, und enttäuscht mich nicht ein weiteres Mal!«

Der Jüngling verneigte sich und eilte von dannen.

Sie marschierten Stunde um Stunde durch eine trostlose Landschaft. Eisiger Wind blies ihnen ins Gesicht, behinderte sie aber nicht so sehr, wie sie befürchtet hatten. Auch der Schnee plagte sie, aber er bildete auf dem Boden eine feste Schicht, auf der die Reisenden verhältnismäßig gut vorankamen.

Die Wetterverhältnisse riefen dem Krieger den Gorkenpaß ins Gedächtnis zurück.

»Vermutlich treffen wir irgendwo dort draußen Timozel an«, erklärte er Faraday.

Die Edle blinzelte nur. Sie hatte schon sehr lange nicht mehr an den Jüngling gedacht. Armer Timozel. Wie mochte es ihm wohl ergangen sein, seit er in jener Nacht so überhastet aus Karlon geflohen war?

»Wie kommt Ihr darauf, Axis? Habt Ihr etwa Nachricht von ihm erhalten?«

»Der Jüngling führte als Gorgraels Feldherr dessen Skrälingheer an. Nachdem die Bäume die Geisterkreaturen im Gorkenpaß vernichtet hatten, vermochte er, nach Osten zu entkommen. Ich könnte mir gut vorstellen, daß Timozel jetzt hier irgendwo auf der Lauer liegt.«

Faraday blieb ruckartig stehen und starrte den Krieger an. »Der Jüngling führte das Heer des Zerstörers gegen Euch in die Schlacht?«

»Ihr wußtet nichts davon? Ach, Faraday.« Er streckte eine Hand nach ihr aus, aber sie wich vor ihm zurück.

»Timozel führte des Zerstörers Heer!« wiederholte sie so ungläubig wie entsetzt.

Da begriff Axis, daß die Edle von den Ereignissen in Tencendor ja nur wenig mitbekommen haben konnte, während sie so ganz allein den riesigen Wald anpflanzte. »Faraday, der Jüngling hat sich sehr verändert. Er ist ... er wurde zu dem Verräter, von dem die Prophezeiung kündet.«

»Oh nein!«

Die Edle und der Jüngling hatten sich in den Monaten vor ihrer Vermählung mit Bornheld freundschaftlich sehr nahegestanden. Obwohl sich dieses Verhältnis nach der Vermählung merklich abgekühlt hatte, mochte sie Timozel immer noch sehr gern. Faraday hatte ihm schon recht früh angemerkt, daß ihn recht düstere Gedanken plagten, aber daß Verrat dahinter steckte, nein, damit hätte sie niemals gerechnet.

»Oh nein, das ist doch unmöglich!«

Die anderen waren an ihnen vorbeigezogen, blieben jetzt aber stehen und schauten fragend zurück. Axis winkte ihnen zu weiterzulaufen.

»Faraday, ich bitte Euch, hört mich an: Timozel steht im Bunde mit dem Zerstörer. Falls er Euch hier draußen begegnen sollte, dann redet auf keinen Fall mit ihm. Bei der Liebe der Sterne, Faraday, traut ihm nicht!«

Sie atmete tief durch und sagte nur: »Timozel.«

»Faraday, bitte …«

»Ja, ja, ich habe Euch gehört, Axis, und werde vorsichtig sein.«

Damit ließ sie ihn stehen und folgte den anderen.

Axis aber blieb noch einige Minuten im Schneetreiben zurück und sah der Edlen hinterher, wie sie unbeholfen weiterging. Ihre Finger waren vor Anspannung und Kälte ganz weiß, da wo sie den Umhang festhielten.

In dieser Nacht fand der Krieger endlich die rechten Worte, sich an die Edle zu wenden.

Er wartete, bis Faraday von ihrem rätselhaften Ausflug zurückgekehrt war und sich in ihren Umhang eingewickelt hatte. Als sie einschlafen wollte, richtete er das Wort an sie.

»Faraday?«

Die Edle öffnete ein Auge und sah ihn blinzelnd an.

»Faraday, Ihr habt mir einmal bedeutet, daß es zu spät für mich sei, Euch noch irgend etwas zu sagen. Denn mit nichts könne ich die Wunden schließen, die ich Euch zugefügt habe.«

Sie richtete sich langsam auf, hielt den Mantel aber fest um sich geschlossen. Unter der Kapuze hatte ihr Gesicht alle Farbe verloren.

»Faraday, ich hoffe, dem ist nicht so.«

»Axis …«

»Nein, laßt mich einfach nur ein wenig zu Euch reden. Werdet Ihr mir zuhören? Versprecht Ihr mir, nicht eines Nachts davonzugehen und mich allein hier zurückzulassen?«

Die Edle nickte.

Er sah ihr ins Gesicht. »Ihr habt mir auch gesagt, daß das, was einmal zwischen uns gewesen ist, endgültig und unwiederbringlich vorbei sei.« Axis lachte bitter. »Daß ich nun frei sei. Wohlan, unsere Schwüre waren ja wirklich gebrochen, aber das schlechte Gewissen hielt mich so sehr in Ketten gefangen, daß ihr Klirren mich so manche Nacht keine Ruhe hat finden lassen.«

»Ihr wollt doch wohl nicht sagen, daß Ihr es bedauert, Aschure geheiratet zu haben?«

»Nein, nein, ganz bestimmt nicht. Wenn ich etwas bedauern muß, dann daß Aschure nicht als erste Frau in mein Leben getreten ist; denn dann hätte ich Euch nicht so furchtbar verletzen müssen ... Nein, nein, das war falsch ausgedrückt. Faraday, ich habe es nie bereut, mich in Euch verliebt zu haben. Ich bereue nur die Art, wie ich Euch behandelt habe. Einer so bemerkenswerten Frau wie Euch darf man so etwas nicht antun.«

Der Krieger schwieg und starrte auf seine Hände. Als er den Blick wieder hob, sprachen Schmerz und Selbstverachtung aus seinen Augen. »Ich habe früher Bornheld oft dafür verwünscht, Euch ein so schlechter Ehemann zu sein. Aber wer hat Euch eigentlich schlimmer behandelt, Faraday, Bornheld oder ich?«

»Axis!« Die Edle kam ums Feuer herum und schlang die Arme um ihn. Die Tränen liefen ihm schon die ganze Zeit aus den Augen, und sie wiegte und beruhigte ihn jetzt.

»Es tut mir so leid, Faraday. Bei den Göttern, was für ein törichtes Wort, aber ich bereue wirklich zutiefst all das, was ich Euch angetan habe!«

»Ihr habt Euch wie ein Schuft aufgeführt, Axis, aber ich kann Euch nicht die alleinige Schuld geben. Ja, gewiß, Ihr hättet mir früher von Aschure erzählen können, aber gleich wann und gleich wie Ihr das getan hättet, es hätte immer furchtbar geschmerzt. Und wann hättet Ihr mir das gestehen sollen? Etwa in dem Moment, in dem Bornheld erschlagen zu Euren Füßen lag?«

Sie lächelte bitter. »Stellt Euch nur vor, Axis, Ihr hättet Euch mit dem Schwert in der Hand zu mir umgedreht und gesagt: ›Wo wir gerade dabei sind, Faraday, es war wirklich sehr nett mit Euch, und ich freue mich auch, Euch nach so langer Zeit wiederzusehen, aber da gibt es jetzt eine andere …‹«

Der Krieger lächelte kläglich.

»Und schließlich war ich es, die noch in der Nacht darauf in Euer Gemach kam und Euch verführte. Euch Armen. Aber, Axis, ich hatte so lange von Euch geträumt und mich so sehr nach Euch gesehnt, daß ich einfach nicht länger warten konnte.«

Sie ließ die Arme sinken und drängte sich an ihn. Aschure würde das nichts ausmachen. Nicht dieses eine Mal. »Auch da fandet Ihr keine Gelegenheit, mir die Augen zu öffnen. Höchstens auf sehr unfeine Weise. Und so hatte ich eben acht Tage mit Euch. Acht wunderbare Tage, die ich niemals missen möchte …«

Faraday schwieg, und als sie weitersprach, klang sie erheblich nüchterner. »Doch, einige Schuld muß man Euch anlasten, Krieger, aber ich fürchte, der Großteil liegt bei der Prophezeiung und dem elenden Propheten, der sie auch noch niederschreiben mußte. Keinem von uns ist es gelungen, uns aus ihrem Griff zu befreien. Die Weissagung ergriff mich, die arme, unwissende Faraday, zerriß mein Leben in Stücke und streute sie in den Wind. Genau so, wie es Euch erging, Axis. Und Aschure. Und etlichen anderen.«

»Wärt Ihr lieber immer noch Faraday, die Tochter des Grafen Isend?«

»Wärt Ihr denn lieber immer noch der Axtherr des Seneschalls?«

Beide zögerten einen Moment und brachen dann in leises Gelächter aus. »Nein«, sprach der Krieger dann, »aber ich glaube, jeder erlebt Zeiten, in denen er sich nach der Einfachheit und dem Frieden der Jugend zurücksehnt. Ich habe eigentlich in meinem Leben mehr gewonnen als verloren … Und Ihr?«

Sie ließ sich eine ganze Weile Zeit mit ihrer Antwort: »Wir beide haben viel lernen müssen und einiges erreicht. Und Ihr habt mir mehr Freude beschert, als Ihr vermuten könnt.«

Ihr Tonfall befremdete ihn, und er nahm ihr Gesicht in seine Hände. »Was wollt Ihr mir damit sagen?«

»Axis …« Sie starrte ihn eigentümlich flehend an, »… wenn mir … irgend etwas zustoßen sollte, dann … dann versprecht mir, Euch zuerst zum Heiligen Hain zu begeben, bevor Ihr zu Aschure zurückkehrt.«

»Faraday!« Er konnte nicht fassen, wieviel blanker Schmerz in ihrem Blick stand. »Nichts wird Euch zustoßen …«

»Fangt nicht schon wieder an, mich zu belügen!« unterbrach sie ihn brüsk. »Wir beide begeben uns jetzt in Gefahren, wie wir sie nie zuvor erlebt haben. Deswegen laßt Euch nicht einfallen, mich noch einmal zu belügen!«

»Faraday, ich werde Euch beschützen …«

»Versprecht es mir!«

»Ich schwöre es Euch. Wenn Euch etwas zustoßen sollte, kehre ich nicht gleich zu Aschure zurück, sondern begebe mich zuerst in den Heiligen Hain.«

Die Edle seufzte und lehnte sich voller Erleichterung an ihn. »Vielen Dank, Axis.«

Ein neuer Gedanke kam ihm, und er richtete sich halb auf. »Besucht Ihr jeden Morgen und Abend den Heiligen Hain?«

»Ja, Axis, aber fragt mich bitte nicht nach meinen Gründen.«

Er nickte, und nun war es an ihm, sie zu halten und zu wiegen. »Was werdet Ihr anfangen, Faraday, sobald die Prophezeiung sich erfüllt hat? Sobald sie Euch freigibt und Eure Tage Euch wieder ganz allein gehören?«

Ihre Stimme klang unbeteiligt, als sie antwortete: »Ich glaube, die Prophezeiung wird mich niemals freigeben. Bis in alle Ewigkeit nicht.«

»Aber, Faraday …« Er strich ihr über das Gesicht und wischte dabei eine Träne von ihrer Wange.

Die Edle zitterte eine Weile, dann richtete sie sich auf. Einen langen Moment sah sie Axis an, ehe sie ihn küßte. Es war ein Kuß, den sie ausdehnte, so lange sie nur konnte. Ein Kuß, der die Vergangenheit und die Zukunft besiegelte.

Dann zog die Edle sich von ihm zurück. »Nein, Axis, wir können Freunde werden, aber nicht mehr. Nicht mehr. Ihr würdet ja doch nur mich und Euch selbst belügen, wenn Ihr versuchtet, mir mehr zu sein. Axis, ich wünsche Euch alles Gute.«

Er spürte, daß sie ihn jetzt verlassen würde. »Und ich Euch auch«, entgegnete er leise. »Niemals habe ich mir für Euch etwas anderes gewünscht.«

Die Edle nickte, denn sie wußte, daß er die Wahrheit gesagt hatte. Dann erhob sie sich und kehrte um das Feuer herum zu ihrer Schlafstelle zurück.

In dieser Nacht fand keiner von beiden viel Zeit zum schlafen.

Er beobachtete sie den ganzen Tag und auch die folgende Nacht hindurch. Er sah, daß Axis Faraday unter den Sternen in den Armen hielt, daß sie sich nahe kamen und sich küßten. Gorgrael frohlockte zum ersten Mal seit vielen Monaten.

»Vortrefflich!« flüsterte er. »Mein Bruder liebt sie also doch. Ja, ja und dreimal ja! Die Prophezeiung führt mir seine Herzallerliebste zu!«

Noch weiter fort in dem viel finsteren Hort seines Daseins lächelte auch der Dunkle. »Gutes Mädchen«, lobte er. »Braves, tapferes Mädchen.«

Nach vier Tagen eisiger Ödnis fingen die Awaren an zu sterben.

Nicht so sehr die Kälte brachte sie um – denn Axis schuf mit seinen Zauberkräften Wärmehüllen um sie und versorgte sie nachts mit Feuer –, sondern vielmehr das Heimweh. Oder wie sie es nannten, das Baumweh. Ohne die Liebe und den Schutz des Waldes gingen die Awaren zugrunde.

Die ersten beiden starben in der Nacht des vierten Tages; am Feuer eingewickelt in ihre Umhänge.

»Sie haben sich zu weit von Awarinheim entfernt. Ihre Herzen haben einfach aufgehört zu schlagen«, erklärte Brode dem Krieger, als er am Morgen bleich und verstört von den beiden reglosen Bündeln zurückkehrte.

»Bei den Sternen, Mann«, erwiderte Axis rauh, »dann nehmt

Eure Gefährten, und kehrt um der Sterne willen mit ihnen sofort in den Wald zurück!«

Aber der Häuptling schüttelte traurig den Kopf. »Nein, Sternenmann, denn wie solltet Ihr dann Euer Ziel finden? Nur wir vermögen, Gorgrael aufzuspüren.« Er legte sich eine Hand an die Brust. »Sein awarisches Blut ruft nach uns.«

»Verdammt noch mal! Ich werde diese Eisfestung doch wohl noch allein finden können! Sagt mir nur, in welche Richtung ich gehen muß.«

Doch wieder schüttelte Brode das Haupt. »Eine der Unseren hat ihn zur Welt gebracht, Sternenmann, und einer der Unseren wird ihn auslöschen. Zu lange haben wir gezögert, Euch in diesem Ringen beizustehen. Deswegen werden meine Gefährten und ich Euch jetzt nicht schon wieder den Rücken zukehren.«

»Aber dann sterbt Ihr.«

»Das war uns schon wohl bewußt, als wir mit Euch aufgebrochen sind.«

Am nächsten Morgen stand ein weiterer Aware nicht mehr auf. Loman und Brode wirkten grau im Gesicht, und ihre Hände zitterten, als sie sich den Schnee der Nacht von den Umhängen klopften.

Axis sah sie lange und streng an, aber sie wandten sich wortlos von ihm ab und setzten sich von neuem in Richtung Norden in Bewegung.

31 »Vertraut mir«

So zog die kleine Schar weiter über die Tundra. Brode und Loman führten sie immer weiter nach Norden und schließlich nach Nordosten. Es war mit einem Mal bitterkalt, und trotz Axis' Zauber drang ihnen der eisige Wind durch Haut und Knochen.

Der Krieger hörte manchmal mitten in der Nacht die Awaren schreien. Er wußte nicht, wer von beiden solche Pein empfand, aber sein Herz litt mit ihnen. Doch war ihm auch bewußt, daß er ohne die Hilfe der beiden vermutlich niemals Gorgraels Versteck aufspüren würde. Und ohne sie könnte er sich auch nicht sicher sein, ob der Zerstörer ihm entgegenzöge und ihm irgendwo unterwegs eine Falle stellte. Vielleicht ließe Gorgrael ihn aber auch wochenlang in der Eisödnis umherirren, bis der Mut ihn verließ und er sich nur noch in Verzweiflung erginge. Dann wäre er, auch mit dem Regenbogenzepter, eine leichte Beute für den Zerstörer.

Am Ende des achten Tages, nachdem sie den Wald verlassen hatten, mußten sie feststellen, daß keiner ein Wild erlegt hatte. Und die letzten Vorräte hatten sie morgens verzehrt. Nichts würde heute das Knurren ihrer Mägen beruhigen, und ihr einziger Trost stellte Axis' Zauber dar, der den Schnee in Feuerstellen verwandelte.

Faraday saß sehr still da, und der Feuerschein flackerte über ihre Züge und die ausgestreckten Hände. Axis machte sich Sorgen um sie. Die Edle war bei dem Marsch noch mehr abgemagert, wirkte noch zerbrechlicher als zuvor, dunkle Schatten lagen um ihre Augen, und ihr Haar hatte fast all seinen schönen Glanz eingebüßt.

»Faraday?«

Sie erhob sich. »Ich bin bald wieder zurück, Axis.« Die Edle zögerte noch einen Moment, so als wolle sie noch etwas sagen, aber dann entschwand dieser Augenblick und kurz darauf war sie im wirbelnden Schnee verschwunden.

»Faraday ...«

»Sternenmann!« rief Arne ihn da. »Loman stirbt.«

Der Krieger starrte der Edlen noch einen Moment hinterher, obwohl er sie längst nicht mehr sehen konnte, die Augen blind vor Tränen, gab sich dann einen Ruck und ging hinüber zu dem Lagerfeuer, das Arne mit den beiden Waldläufern teilte.

Loman war im Laufe des Tages immer schwächer geworden. Axis konnte es daher kaum überraschen, daß der Aware nun dalag und nicht mehr aufstehen wollte.

Er hockte sich neben den Mann, und Brode tat es ihm auf der anderen Seite gleich, während Arne Lomans Kopf in seinen Schoß legte.

Der Älteste sah den Krieger traurig an. Brodes Augen waren hohl und blutunterlaufen, und auch seine Wangen waren eingefallen. Papierdünn spannte sich die Haut über sein Gesicht. Auch Brode würde nicht mehr lange unter ihnen sein.

»Sternenmann, er macht sich wieder mit den Pfaden seiner Jugend vertraut und sucht nun nach denen, die in den Heiligen Hain führen.«

»Wird er sie denn so weit von Awarinheim entfernt finden?«

»Ja, Sternenmann, denn Loman ist stark, und seine Füße haben noch jeden Weg entdeckt.«

Er betrachtete Loman lange voll stiller Zärtlichkeit, ehe er wieder Axis ansah.

»Wir stoßen morgen auf Gorgraels Versteck, Sternenmann. Es ist nicht mehr fern. Gewiß spürt Ihr es doch auch schon?«

»Ja«, bestätigte der Krieger. »Den ganzen Tag schon ballt sich Düsternis vor meinen Augen zusammen. Und dunkle Töne stören den Klang des Sternentanzes. Der Zerstörer ist nicht mehr fern.«

Brode nickte und beugte sich dann wieder über Loman.

Faraday schritt durch den Schnee. Sie hielt den Kopf gesenkt, und ihre Hände hielten den Umhang fest zusammen. Bitterer Frost herrschte, aber der Schmerz in ihrem Herzen fühlte sich noch viel kälter an. Jedesmal, wenn sie jetzt den Heiligen Hain verließ, verabschiedete sie sich von ihm, als sei es das letzte Mal. Die Edle genoß jeden Moment ihres Aufenthalts dort; denn sie wußte nicht, wann, und ob überhaupt, sie ihn wiedersehen würde.

Die Nacht war vollends hereingebrochen, und Faraday mußte sich beeilen. Sie ging auf den schwachen Schimmer des Feuerscheins zu, den sie am Horizont sehen konnte. Beim Näherkommen glaubte sie auch zu erkennen, daß Axis, Arne und Brode um jemanden herum am Boden saßen. Loman! Ihre Finger hielten den Umhang fester, und sie beschleunigte ihre Schritte. Der Sterbende würde es begrüßen, wenn sie zur Stelle wäre, um ihm den den rechten Pfad zum Heiligen Hain zu weisen.

Der Wind trug ein sonderbares Flüstern heran, das in der schneedurchwehten Nacht kaum zu verstehen war.

Faraday blieb stehen, und der Wind bauschte ihren Umhang auf. Nein, es war nichts. Sie lief weiter.

Aber da ertönte das Geräusch schon wieder, und jetzt hatte die Edle auch das Gefühl, jemand würde sich rechts neben ihr sacht bewegen.

Sie blieb erneut stehen, und ihre Nerven waren so angespannt, daß sie wie Feuer brannten. Faraday strich sich eine gelöste Haarsträhne zur Seite, strengte sämtliche Sinne an, spähte in das Dunkel und lauschte aufmerksam.

»Faraday ...« Ein kaum wahrnehmbares Flüstern.

Wieder das Flüstern, doch diesmal klang es auch nach einem Kichern.

»Faraday?«

Die Edle sah sich nach allen Seiten um und hoffte, die Ohren hätten ihr einen Streich gespielt.

Vor ihr brannte das Lagerfeuer, und sie sah, daß die Männer noch immer mit Loman beschäftigt waren. Der Sternenmann hob den Kopf und blickte zufällig in ihre Richtung. Doch ehe sie ihn anrufen konnte, zuckte der Aware am Boden, und Axis beugte sich wieder über ihn.

»Faraday ...«

Nein, das war keine Sinnestäuschung. Die Edle schloß die Augen und stöhnte.

»Faraday, ich bin's, Timozel.«

Sie nahm allen Mut zusammen und schaute nach rechts. Der Jüngling kauerte vier oder fünf Schritte von ihr entfernt halb verborgen im Schnee. Seine Augen glänzten, und er streckte eine Hand nach ihr aus.

Aber das war nicht der Timozel, den sie in Erinnerung hatte.

»Helft mir ... bitte!« flüsterte er.

»Timozel ... geht weg!«

»Faraday, bitte, helft mir ... Ihr müßt mir helfen!«

Laßt das, Timozel, tut mir das nicht an, flehte die Edle in Gedanken. Aber das hörte der Jüngling natürlich nicht; und wenn doch, beachtete er ihr Jammern nicht.

»Er hat mich in eine Falle gelockt, Herrin. Ich kann mich nicht aus ihr befreien, und er zwingt mich, ihm zu Diensten zu sein.«

»Nein!« entgegnete sie, aber sie konnte den Blick nicht von ihm wenden. Und auch die Stimme versagte ihr, sonst hätte sie bestimmt die Männer am Feuer zu Hilfe gerufen. Denn die Macht der Prophezeiung lastete wie ein großes Gewicht auf ihr. Jetzt noch etwas am Verlauf der Weissagung zu ändern, lag weit jenseits ihrer Kräfte oder Fähigkeiten.

Das rote Reh erstarrte, erschrocken über eine Bewegung zwischen den Bäumen.

»Wißt Ihr, wann er mich einfing, Faraday?« Timozel kroch ein Stück weit näher. »Damals am Farnbruchsee, nachdem Yr den Zauber über mich gesprochen hatte. Ja, genau dort. Während Ihr im Licht der Mutter badetet, versenkte Gorgrael seine Klauen in meine Seele.«

»Nein!« rief die Edle laut und erschrocken. Nein, Mutter, laßt es bitte nicht so gewesen sein. Bitte nicht.

»Doch, genau zu jener Stunde.« Der Jüngling versuchte, so bemitleidenswert wie möglich zu klingen. »Ich bin genauso ein

Opfer wie Ihr, Faraday. Deswegen müßt Ihr mir helfen, bitte. Ich will ihm unbedingt entkommen … ich sage die Wahrheit!«

Das Reh starrte dorthin und riß die großen Augen noch weiter auf. Es zitterte am ganzen Leib.

»Geht weg!« murmelte Faraday, und der Wind zerrte so sehr an ihrem Umhang, daß er ihn ihr vom Körper riß.

Der Jüngling lag jetzt fast unmittelbar vor ihren Füßen, und mit den Fingern bekam er den Saum ihres Gewandes zu fassen. »Bitte, Faraday, ich versuche, zurück zum Licht zu finden. Helft mir, laßt mich nicht im Stich. Ihr seid die einzige, die ich noch Freundin nennen kann. Helft mir!«

Nein! schrie es in ihrem Kopf, aber sie bekam auch das nicht über die Lippen. Aus den Augenwinkeln sah die Edle den Krieger, der sich von dem Sterbenden erhob und eine Hand vor die Augen hielt. Dann rissen sich ihre Haare endgültig los und versperrten ihr die Sicht.

Nein!

Aber wenn die Prophezeiung einen erst einmal fest im Griff hatte, gab es kein Entkommen mehr.

Das Reh hob einen Vorderhuf, ließ die Ohren spielen, lauschte, blickte voll plötzlich erwachender schrecklicher Erinnerungen, und …

»Vertraut mir«, flüsterte Timozel von unten. *Vertraut mir.*

Nein!

»Axis!« rief Faraday. »Vergebt mir!«

… und das Reh wandte sich ab und …

Der Jüngling umschloß mit einer Hand ihr Fußgelenk.

»Hab ich Euch!« lachte er rauh.

… sprang durch den Wald davon. Das Licht malte goldene Kringel auf seinem Rücken. Es lief frei und ungebunden davon.

Der Sternenmann atmete tief ein und dann schwer wieder aus. Tiefste Traurigkeit umfing ihn. Er hätte nicht gedacht, daß Lomans Ende ihm so nahe gehen könnte.

»Er ist nun frei«, sagte Brode. »Seine Füße fliegen über die heiligen Pfade.«

»Möchtet Ihr, daß ich ...«

»Ja, Sternenmann, das wäre sehr freundlich von Euch.«

Arne und der Häuptling traten ein paar Schritte zurück, und Axis kniete sich neben dem toten Awaren hin. Einen Augenblick später erhob er sich wieder, gesellte sich zu den anderen, und Lomans Leiche leuchtete hell auf, um dann in alles verzehrenden Flammen zu vergehen.

Alle drei verabschiedeten sich in Gedanken von ihm.

Erst später, sehr viel später, schaute der Krieger sich um, als ihm bewußt wurde, daß Faraday noch nicht zurückgekehrt war. Zuerst glaubte er, sie habe sich wieder einmal im Heiligen Hain versäumt – manchmal blieb sie jetzt beinahe drei Stunden dort –, aber als der Morgen hereinbrach, wurde er immer unruhiger.

Aber Arne hielt ihn fest, als er in die Nacht hinauslaufen wollte. »Geht ihm nicht auch noch in die Falle!« warnte der Getreue zwischen zusammengebissenen Zähne, weil es ihn alle Kraft kostete, den Sternenmann zum Dableiben zu bewegen. »Wenn er die Edle gefangen hat, werden wir sie bald finden. Brode hat gesagt, daß wir morgen die Eisfestung erreichen.«

»Ach, Ihr Sterne!« klagte laut der Krieger. »Er hat die Falsche erwischt. Was habe ich ihr nur angetan?«

Axis war sich sicher, den Zerstörer besiegen zu können – er mußte sich einfach sicher sein! –, aber ob sich Faraday noch retten ließe? Der Krieger wußte ja nicht einmal, ob sie überhaupt noch unter den Lebenden weilte.

Diese war inzwischen ganz starr vor Kälte und Angst. Timozel hielt sie mit klauenharten Fingern am Arm, und ihre zarte Haut hatte sich an diesen Stellen verfärbt.

Nun zerrte er sie auch noch durch einen Eistunnel. Allerlei unheimliche Wesen hüpften und sprangen jenseits der durchsichtigen Wände umher. Das Eis verzerrte ihre Züge zu Grimassen und ihre Körper zu Alptraumgestalten, aber die Edle wußte nicht einmal mehr zu sagen, ob es sie wirklich gab.

Am Ende des Tunnels befand sich eine Tür, und Faraday wußte plötzlich genau, wer dahinter wartete.

»Ich habe Euch vertraut, Timozel«, brachte sie schließlich unter Mühen hervor.

»Ihr wart eben immer schon eine Närrin.«

»Bedeutet Euch mein Vertrauen denn gar nichts? Ihr habt einmal feierlich geschworen, mein Ritter zu sein und mich immer zu beschützen ... Wie verträgt sich das denn mit dem, was Ihr mir jetzt zufügt?«

Der Jüngling blieb so plötzlich stehen, daß Faraday das Gleichgewicht verlor und zu Boden sank. Der Umhang war halb von ihr heruntergeglitten, und so litt ihre Haut nicht nur unter Timozels brutalem Griff, sondern auch unter der strengen Kälte.

»Ihr habt doch alle Schwüre gelöst, die uns aneinander banden!« schrie der Jüngling. »Ihr habt mich davongejagt und mich damit erst in Gorgraels Knechtschaft gestoßen. Auf Gedeih und Verderb bin ich seitdem seiner Gnade ausgeliefert. Jetzt beklagt Euch nicht darüber, daß ich Euer Vertrauen nicht zu würdigen wüßte.«

Timozel atmete tief durch und befahl: »Schaut mich an!«

Sie wandte das Gesicht noch weiter von ihm ab.

»Ihr sollt mich ansehen!«

Die Edle hob ihren Kopf nun, aber weniger wegen seiner harschen Worte, sondern vielmehr vor Schmerz, weil er ihr den Arm verdrehte.

»Metze!« fuhr er sie an. »Wenn Ihr die Früchte Eurer Begierden ernten wollt, nun dann soll es also sein!«

Sein Griff wurde noch härter, und gegen ihren Willen entfuhr der Edlen ein Schmerzensschrei.

»Frohlocket, Faraday, und setzet Euer glücklichstes Lächeln auf; denn gleich werdet Ihr Gorgrael gegenübertreten. Er ist von nun an Euer wahrer Herr. Wir werden an seinem Kamin sitzen und Wein aus seinen Kristallgläsern trinken. Auf immer und ewig und noch länger!«

Faraday riß die Augen weit auf, weil der schiere Wahnsinn aus seiner Stimme drang. Aber da ging die Tür am Ende des Gangs knarrend auf, und sie schaute erschrocken dorthin.

Der Jüngling riß die Edle hoch, hob sie auf seine Arme und

trug sie zu der geöffneten Tür. Durch den breiten Spalt ließen sich zuckende Schatten erkennen.

Faraday vergrub ihr Gesicht an seiner Brust und haßte sich dafür. Aber der widerwärtige Jüngling erschien ihr immer noch angenehmer als das, was sie jenseits der Tür erwarten würde. Sie versuchte, die Macht der Mutter in sich zu erreichen, aber diese schien hier im Reich der Dunklen Magie unendlich weit fort zu sein. Die Edle betete darum, daß Timozel kurz vor der Tür doch noch zur Besinnung käme. Daß er sich der Freundschaft und Treue erinnerte, die einst sein Verhalten zu ihr bestimmt hatten. Daß er kehrtmachte und sie hinaus ins Licht in Sicherheit brachte.

Aber sie wußte, daß er das nicht tun würde.

Als sie über die Schwelle gelangten, wurde es auf einmal wärmer. Leise wimmernd drückte sie die Augen fest zu und versuchte, sich in Timozels Armen so klein wie nur möglich zu machen.

»Faraday.«

Ihr Name wurde in widerlicher Weise gezischt und von einer Zunge hin- und hergerollt, die unsägliche Mühe hatte, das Wort hervorzuwälzen.

»Wie sehr ich mich nach Euch gesehnt habe.«

Die Edle spürte, wie der Jüngling seine Körperhaltung änderte und die Arme ausstreckte, so als wolle er …

»NEIN!« schrie sie, als Timozel sie dem Zerstörer überreichte.

Faraday wehrte sich mit all ihren schwachen Kräften. Sie trat, biß und kratzte und würgte, als sie die echsenartige Haut Gorgraels spürte, an ihren Fingern und auf ihrem Mund. Aber das machte nicht den geringsten Eindruck auf ihn. Er lachte nur und schnaufte triumphierend.

»Geht!« rief er Timozel zu. »Verzieht Euch!«

Sie saßen vor dem Kamin und hielten kostbare Kristallgläser, gefüllt mit edlem Wein, in den Händen.

Der Zerstörer döste vor sich hin und betrachtete sie, die im Sessel ihm gegenüber saß, aus halb geschlossenen Lidern. Faraday war es gelungen, den zerrissenen Umhang mehr oder weniger um sich zu wickeln. Aber gegen das Zittern der Hand, die das Glas hielt, kam sie nicht an. Der Großteil des Inhalts lief ihr über den Arm und sammelte sich in ihrem Schoß.

Gorgrael war mit sich und der Welt zufrieden. Da konnte er durchaus etwas großzügig sein. Wie schade, daß er die Schöne würde töten müssen. Eine richtige Schande. Zum wiederholten Mal überlegte der Zerstörer, ob es nicht doch eine Möglichkeit gebe, sie bei sich zu behalten. Vielleicht gelang es ihm ja, Axis zu vernichten, ohne zu diesem Behuf die Edle umzubringen. Er fühlte zärtliche Gefühle in sich aufsteigen, und so etwas wie ein Beschützertrieb erwachte in ihm. Faraday hatte sich noch nicht sehr willig gezeigt, aber das würde die Zeit schon mit sich bringen.

Timozel saß zwischen den beiden vor dem Feuer. Er spürte beruhigend die Visionen zurückkehren und sagte sich, daß sein Herr und Meister den Sieg bereits errungen habe.

Alle Schlachten waren geschlagen. Der Feldherr saß mit seinem Herrn vor dem prasselnden Kaminfeuer. Faraday stand bei dem großmächtigen Fürsten. Der Jüngling hatte endlich zum Licht gefunden, und sein Schicksal hatte sich erfüllt.

Sie genossen zusammen den edlen Tropfen und hielten kunstvolle Kristallgläser in den Händen.

Sie hatten den endgültigen und vollständigen Sieg errungen.

32 Fünf Handbreit geschärften Stahls

Als der Morgen graute, ging es auch mit Brode langsam zu Ende, aber er beharrte darauf, die beiden Männer zur Festung des Zerstörers zu führen.

»Ich kann ihn deutlich spüren, Sternenmann«, keuchte der Häuptling. »Er ist ganz nah.«

»Diese Angelegenheit geht nur Gograel und mich an«, entgegnete Axis sanft. »Brode, Ihr habt genug geleistet. Wartet hier auf meine Rückkehr.« Er sah Arne an, der neben dem Awaren stand und ihn stützte. »Das gilt auch für Euch, getreuer Freund. Bleibt lieber hier. Ihr könnt mir doch nicht gegen den Zerstörer beistehen.«

Die beiden starrten ihn an, und unumstößliche Entschlossenheit stand in ihrem Blick geschrieben.

»Bitte«, versuchte der Krieger es noch einmal, obwohl er wußte, wie vergeblich seine Worte waren. »Bleibt zurück. Der Himmel ist klar, und ich entzünde Euch ein warmes Feuer.«

Die drei waren im frühesten Morgengrauen aufgewacht und hatten festgestellt, daß der Schneefall wohl irgendwann in der Nacht aufgehört haben mußte. Selbst der Wind ließ nach. Axis wußte nicht so recht, ob Gorgrael noch irgendeine Gewalt über das Wetter besaß. Doch falls es so war, hatte Gorgrael vielleicht beschlossen, daß sie ihren letzten gemeinsamen Tag unter den Lebenden bei Tageslicht verbrachten.

Damit derjenige, der im Kampf unterlag, sterbend erkennen konnte, was er verlor.

Der Krieger wandte den Blick von den beiden Männern ab und

schaute in die Tundra hinaus. Eine endlose weiße Fläche breitete sich vor ihnen aus, die schmerzhaft in den Augen funkelte, als die ersten Sonnenstrahlen auf die gefrorenen Kristalle fielen.

Wo mochte Faraday sich jetzt wohl befinden? Ob Gorgrael sie tatsächlich verschleppt hatte? Oder war sie vernünftig genug gewesen, im Heiligen Hain zu bleiben?

Aber Axis wußte im Grunde seines Herzens, daß der Zerstörer die Edle in seine Gewalt gebracht haben mußte. Er spürte bereits die finstere Macht seines Bruders, die sich wie ein schwerlastender Schatten auf der Eisödnis auszubreiten schien.

Und er fühlte ebenso Gorgraels Freude. Auch dies hatte sich über Nacht verändert. Gestern hatte man die Bösartigkeit des Zerstörers ebenfalls spüren können, aber da wirkte sein Feind noch eher vorsichtig. Jetzt aber triumphierte er wild. Das Böse drückte sich nicht mehr nur in Ecken herum, es tanzte geradezu über die Ödnis.

Axis schüttelte sich. Er bückte sich, um das Regenbogenzepter aufzunehmen. Noch wußte er nicht so recht, wie er es nutzen konnte, aber er besaß bereits eine gewisse Vorstellung … und die verdankte er Aschure. Der Krieger betrachtete die Insignie eine Weile, blickte auf ihren Kopf, den Faraday mit einem Streifen aus ihrem Gewand umwickelt hatte, und schob sich das Zepter dann in den Waffengürtel.

Abwesend ließ Axis seine Finger über die Scheide seines Schwertes wandern. Heute würde die Klinge, so hoffte er, woanders heineingestoßen werden.

Der Krieger hob den Kopf und lächelte seine beiden Gefährten an. Ein unwiderstehliches Lächeln voller Hoffnung und Mut, und die beiden konnten nicht anders, als es ihm gleichzutun.

»Kommt nun, meine Freunde«, forderte Axis sie auf. »Es wird Zeit. Brode, wohin müssen wir uns wenden?«

Der Aware nickte in Richtung Nordosten und stöhnte vor Schmerzen auf, als der Krieger ihn fest am Arm packte.

Axis betrachtete ihn mit großer Sorge. Aber Brode sammelte seine ganzen Kräfte, und nach einigen Metern konnte er allein laufen.

Sie waren drei Stunden unterwegs. Ihre Augen brannten vom Schneeflimmern, und nach einer Weile mußten sie sich die Kapuzen tief ins Gesicht ziehen, um sich davor zu schützen.

Gegen Mittag blieb der Krieger stehen und blickte nach Osten.

»Was gibt es, Herr?« fragte Arne.

»Das Meer«, antwortete der Sternenmann und drehte sich zu den beiden um. »Hört Ihr die Brandung?«

Arne und Brode schüttelten den Kopf

»Die Brandung des Iskruel Ozeans«, erklärte Axis, »die gegen die Eisbärküste schlägt.« Er wurde kurz von aufkommenden Erinnerungen überwältigt und setzte sich dann mit einem Achselzucken wieder in Bewegung.

Irgendwann am Nachmittag sahen sie die Festung, die sich in der Ferne erhob.

»Bei den Sternen!« ächzte der Krieger. »Wie ist sie schön!«

Ein solches Kunstwerk hatte er nicht erwartet. Natürlich wußte er, daß sein Bruder irgendwo im Norden ein Heim haben mußte. Aber er hatte es sich stets als etwas Düsteres und Abstoßendes vorgestellt – nicht jedoch als funkelndes Juwel, das sich wie jemandes weiße Hand in den Himmel streckte, der sich jauchzend aus dem Grab erhebt. Ein gigantisches und gleichzeitig überaus anmutiges Bauwerk. Die Sonnenstrahlen brachen sich darin in tausend verschiedenen Farben.

»Die Eisfestung«, brachte Brode mühsam hervor, und Axis blickte ihn an.

Aber kurz darauf richtete sich sein Blick schon wieder wie von selbst auf das glitzernde Gebilde im Nordosten. Axis mußte sich eingestehen, daß es ihm selbst wohl an der nötigen Traum- und Vorstellungskraft mangelte, ein solches Kunstwerk zu erschaffen. Und so fragte er sich, wie jemand, der nur aus Finsternis und Grausamkeit bestand, etwas so Schönes erbauen konnte.

»Schönheit liegt im Auge des Betrachters«, bemerkte Arne hintergründig.

»Da habt Ihr wohl recht«, murmelte der Krieger. »Brode, fühlt Ihr Euch in der Lage weiterzugehen?«

»Bevor ich sterbe, will ich den Zerstörer tot sehen, Sternenmann«, antwortete der Aware. »Ich werde Euch bestimmt keine Last sein.«

Axis nickte, und ohne weiteres Wort setzten die drei ihren Marsch fort.

Zwei weitere Stunden mußten vergehen, ehe sie die Eisfestung erreichten. Die letzten ein oder zwei Meilen wanderten sie durch den weiten Schatten, den das Bauwerk auf die Schneelandschaft warf. Es ist der Schatten, der die wahre Natur des Prismas aufdeckt, sagte sich der Krieger. Es mochte hell und schön wie die Sonne selbst sein und leuchten, doch sein Schatten war schwärzer noch als Rabenflügel. Außen prächtig anzuschauen, barg es in seinem Innern ein Herz voller Dunkelheit.

Als sie vor den Eismauern standen, unternahm der Krieger einen letzten Versuch, die beiden Gefährten zum Zurückbleiben zu bewegen. Aber auch jetzt ließen sie sich nicht umstimmen.

»Drinnen lauern doch Hinterhalt und Verrat«, bemerkte Arne düster.

Brode schüttelte nur den Kopf, denn zum Sprechen fehlte ihm inzwischen jede Kraft.

Axis nickte zustimmend. Im Innern der Festung erwartete sie der Tod, dessen war er sich sicher. Aber jeder Mann verdiente es, sich seinen Tod selbst auszusuchen. Die beiden Gefährten hatten schon vor langem unmißverständlich geäußert, welche Wahl sie getroffen hatten.

»Dann los«, forderte der Sternenmann sie auf und Erregung packte ihn bei der Vorstellung, schließlich doch noch seinem Halbbruder gegenüberzutreten.

Die Prophezeiung sollte sich erfüllen.

Sie betraten die Festung durch eine kleine Tür an der Südseite. Sie hatte offengestanden und wurde auch nicht bewacht. Doch Axis spürte Gorgraels Gegenwart jetzt fast körperlich. Sie lag wie ein übler Gestank über allem – besser konnte er dieses Gefühl nicht beschreiben. Als er Brode anschaute und dessen Gesichtsausdruck sah, wußte er, daß es dem Awaren ähnlich erging.

Arne zog sein Schwert und schob sich an dem Krieger vorbei und hinein. Sein Gesicht war ruhig, seine Haltung gefaßt. Der Getreue hatte nie auch nur einen Moment gezögert, wenn es darum ging, seinen Herrn zu schützen. Soweit es Axis betraf, würde ihm nie in den Sinn kommen, etwas Unbesonnenes zu tun.

Der Krieger folgte ihm, und Brode trat humpelnd, aber entschlossen als letzter ein.

Die drei fanden sich in einem Irrgarten wieder. Eistunnel führten in alle Richtungen, und die Seitengänge bogen in verrückten Winkeln von ihnen ab. Treppen endeten an spiegelglatten Wänden oder ließen sich von Decken herab. Wieder und wieder mußten die Gefährten den Weg zurückgehen, den sie gekommen waren, weil sie sich in leeren Kammern oder bedeutungslosen Sackgassen wiedergefunden hatten.

Zeit verlor bald alle Bedeutung für sie.

Am späten Nachmittag hatten die drei die Eisburg betreten, doch mochten auch noch so viele Stunden vergehen, das Licht in diesem Bauwerk verlor nie seine Helligkeit. Geduldig strahlte es durch die Wände, brach sich an Eisflächen und verlor sich auf Böden und Decken. Wieviel Zeit bereits vergangen sein mochte, konnten die Männer nur am Grad ihrer eigenen Ermüdung ermessen. Und selbst diese spielte keine Rolle mehr.

Brode faßte sich nur noch an die Brust, während sein Gesicht alle Farbe verlor und die Augen immer tiefer in ihre Höhlen sanken. Dennoch mühte und zwang er sich, dem Helden mit dem roten Umhang zu folgen. Und auch dem verschlossenen Mann, der sich noch vor jenem bewegte. Alles in dieser Festung wirkte falsch und aus den Fugen geraten. Aber der Aware spürte den Wahnsinn, der diese Burg geschaffen hatte, und fühlte dessen Haß und Gier.

Die Sinne des Häuptlings erfaßten aber auch das awarische Blut des Burgherrn und erkannten dessen Ähnlichkeit mit seinem eigenen. Brode hatte sich sein Leben lang an den Glaubensgrundsatz seines Volkes gehalten, keine Gewalt auszuüben. Für ihn hatte nie ein Zweifel an der Rechtmäßigkeit dieser Einstellung bestanden. Doch jetzt mußte er sich eingestehen, daß die Waldläufer sich damit nur selbst etwas vorgemacht hatten. Denn auch den Awaren war die Gewalt angeboren. Sie mochte sich vielleicht nicht in Zerstörungswut oder ähnlichem äußern, kam dafür aber in ihrer Lebensart und in ihren Einstellungen zum Ausdruck. Denn was war die Probe, der die Awaren diejenigen unter ihren Kindern unterzogen, bei denen sich große Zaubermacht andeutete, anderes als Gewalt? Aber auch der Zorn und die Unbeherrschtheit waren ein Zeichen dafür, die sofort an die Oberfläche drangen, wenn die Waldläufer sich falsch behandelt fühlten. Ebenso Barsarbes Verhalten Aschure gegenüber, die in vollkommener Ablehnung gipfelte, legte beredtes Zeugnis dafür ab.

Und natürlich Gorgrael.

Er mußte, wie Brode jetzt erkannte, in erster Linie als Kind der Awaren und weniger als das der Ikarier angesehen werden. Gorgraels awarisches Erbe hatte vor allem den ungeheuren Haß in ihm genährt. Ja, es hatte aus ihm überhaupt erst den Zerstörer werden lassen. Sein ikarisches Erbe mochte ihn mit all dem ausgestattet haben, was er dazu brauchte, seine Ziele zu erreichen. Aber in erster Linie war sein awarisches Blut dafür verantwortlich, in ihm überhaupt erst den Drang zum Zerstören zu schaffen.

Der Häuptling stöhnte und suchte an der glatten Eiswand nach einem Halt. Aber seine Hand rutschte daran ab, und wenig später fand der Geschwächte sich auf den Knien wieder. Axis und Arne waren schon so weit voraus, daß er sie kaum noch erkennen konnte.

Eine Hand riß ihn von hinten am Haar, und er spürte eine Dolchspitze in seinem Rücken.

»Sternenmann«, flüsterte der Aware, und wunderbarerweise hörte Axis ihn.

Der Krieger wirbelte so heftig herum, daß sein Umhang wie eine Flamme aufzuckte, und schon hielt er seine blitzende

Klinge in der Rechten. Das Licht des Eises spiegelte sich auf dem Stahl wieder, und dieser suchte begierig und heißhungrig nach seinem Opfer.

Axis entdeckte hinter sich Brode, der ermattet auf den Knien lag. Völlige Verzweiflung machte sich auf seinem Gesicht breit. Denn Timozel hatte ihn an seinem Schopf gepackt und drückte ihm ein Messer in den Rücken.

Wie hatte der Verräter sich verändert. Nichts Unbekümmertes und Sorgloses ging mehr von ihm aus, und auch seine jugendliche Schönheit hatte er vollkommen verloren. Sein Gesicht wirkte beinahe so grau und eingefallen wie das des awarischen Häuptlings. Nicht einer seiner Züge war noch erfreulich anzusehen. Eine dünne Eisschicht ließ sein Haar wie am Kopf angeklebt erscheinen. Und seine Augen, einst von strahlendem Blau, wiesen nun nur noch eine matte bläuliche Färbung auf, die Iris hingegen war nur noch weiß. Der Jüngling fletschte die Zähne wie ein Hund, und Axis glaubte zunächst, der Jüngling habe vor Schmerzen die Lippen so weit zurückgezogen, bis er erkennen mußte, daß der Verräter nur sein spöttisches Lächeln zeigte.

Der Krieger hörte, wie Arne sich hinter ihm bewegte. »Bleibt wo Ihr seid«, befahl er. »Timozel gehört mir allein.« Das Schwert in seiner Hand bebte.

»Gebt mir Euren Umhang«, forderte der Getreue ihn auf. Axis fuhr sich mit der freien Hand an die Kehle, um die Bänder zu lösen, dann zog Arne ihm den Mantel von den Schultern. Das goldene Langhemd strahlte jetzt so hell wie an jenem Tag, an dem er es im Krallenturm, als Aschure es ihm angefertigt und überreicht hatte, auseinanderfaltete.

Als der Umhang von seinen Schultern glitt, gab es für den Krieger nichts anderes mehr auf der Welt als Timozel und ihn. Selbst Brode, der arme Aware, der vor dem Dolch des Verräters seines Lebens nicht mehr sicher war, spielte für ihn jetzt keine Rolle mehr.

Zu lange hatte Axis auf diesen Moment gewartet.

Genauso lange wie Timozel.

»Ich hätte das selbst alles nicht besser einfädeln können«,

höhnte der Verräter. »Da kommt Ihr doch tatsächlich in Eurer goldenen Pracht freiwillig in das Haus meines Herrn spaziert. Er beabsichtigt, Euch selbst ins Nachleben zu befördern, aber ich habe zu lange darauf gewartet, um mir dieses Recht jetzt noch streitig machen zu lassen.«

Axis schritt langsam auf ihn zu und ließ Jorges Schwert leicht auf und ab wippen. »Warum, Timozel?«

Der Jüngling legte den Kopf in den Nacken und stieß ein brüllendes Gelächter aus. Aber als der Krieger diese Unachtsamkeit ausnutzte und einen großen Schritt auf ihn zu machte, schloß der Verräter sofort wieder den Mund und packte Brode fester am Haar.

Der Aware röchelte, als die Dolchspitze einen Zoll tief in sein Fleisch eindrang.

»Aus welchem Grund, Sternenmann? Weil ich schon als Kleinkind dahinterkam, wie es meine Mutter nach Euch gelüstete. Ich spürte ihren heißen Atem, wenn sie Euch bei den Schwertübungen im Burghof zusah.«

»Embeth hat Euren Vater geliebt.«

»Lügner! Sie hat nie jemand anderen als Euch geliebt und meinen Vater mit Euch betrogen! Wann, Axis, wann geschah es zum ersten Mal? Als Ihr mit elf Jahren in unser Haus kamt? Oder erst mit dreizehn? Oder vierzehn?«

»Ich habe Eurem Vater Ganelon nicht ein einziges Mal Hörner aufgesetzt, Timozel. Eure Mutter und ich sind uns tatsächlich nähergekommen, aber erst nach dem Tod des Fürsten. Dafür habe ich Euren Vater stets viel zu sehr verehrt und geliebt.«

Aber nichts davon konnte den Jüngling überzeugen. Sein Leben lang hatte Timozel seinen Haß auf Axis genährt und ihm seine vielen Fähigkeiten und seinen Feldherrenruhm geneidet. Wenn der Krieger niemals gelebt hätte, hätte der Jüngling es zum strahlenden Befehlshaber des Reiches von Achar bringen können. Dann wäre er der Axtherr des Seneschalls geworden.

»Ihr habt mir stets die Anerkennung und Verantwortung verweigert, die mir zustanden. Wenn ich in Euren Diensten geblieben wäre, wäre aus mir nie mehr geworden als ein einfacher

Axtschwinger, und als solcher wäre ich auch irgendwann gestorben.«

Der Sternenmann lachte hart auf und klang damit fast so bitter wie vorhin Timozel. »Und was seid Ihr jetzt? In kurzer Zeit werdet Ihr als verachteter Verräter sterben. Im Dienste einer verderbten und mißgestalteten Kreatur, die niemals hätte geboren werden dürfen.«

Der Jüngling verzog verächtlich den Mund, entgegnete aber nichts. Brode wand sich unter seinem Griff. Timozel blinzelte und schaute nach unten, so als sehe er seinen Gefangenen zum ersten Mal.

Axis nutzte genau diesen Augenblick, in dem sein Gegner abgelenkt war, und sprang auf ihn zu.

Aber Timozel fuhr blitzschnell auf und parierte kampferprobt. Er ließ den Awaren los, zückte aus der Bewegung heraus sein Schwert und stieß es in Richtung Axis ... mitten durch Brode.

Der Älteste zitterte kurz, starb aber mit einem Lächeln auf den Lippen. Axis warf einen Blick in sein Gesicht und sah in seinen Augen schattige Waldpfade. Währenddesen hatte Timozel Zeit genug gehabt, sein Schwert wieder herauszuziehen und den Awaren beiseite zu stoßen.

Er schrie vor Kampfeslust und drückte sich flach an die Eiswand, um Axis' Schwertstoß auszuweichen. Einen Moment später schon stürmte er selbst vor. Hier kam endlich die ersehnte Gelegenheit, zu beweisen, wer von ihnen der Bessere war. Wem von ihnen eigentlich das Amt des Axtherrn zugestanden hätte.

Der Krieger drehte sich um die eigene Achse und entging so Timozels Hieb. »Ich erinnere mich noch gut«, stieß er zwischen zusammengepreßten Zähnen hervor, als ihre Gesichter sich für einen Herzschlag sehr nahe kamen, »wie ich einmal mit Eurer Mutter im Bett lag und ...«

Der Jüngling heulte vor Wut und deckte Axis mit einer Flut von Schlägen und Stößen ein, die jeden anderen gewiß vernichtet hätten.

»... ihr Körper mit dem meinen verschlungen war ... Wie warm sie sich anfühlte ...«

Timozel grunzte und knurrte, während sein Gesicht sich zu einer Fratze verzerrte.

»Wir redeten über Euch ...«

»Lügner!« brüllte der Jüngling und duckte sich mit knapper Not zur Seite weg, bevor Axis' heransausende Klinge ihm den Kopf abschlagen konnte.

»... und ich fragte mich, wie könnte ich es Embeth jemals beibringen ...«

In diesem Moment setzte Timozels Verstand aus. Er ließ alle Vorsicht, Erfahrung und List außer acht und ergab sich ganz dem Haß auf den Mann, der so nahe vor ihm stand ...

Der Jüngling ließ das Schwert fallen und fuhr mit beiden Händen nach der Kehle des Kriegers.

»... wie könnte ich es Eurer Mutter je beibringen«, schnaufte der Sternenmann und trat beiseite, so daß die Hände des Verräters ins Leere griffen, »wenn ihr Sohn sich am falschen Ende von fünf Handbreit geschärften Stahls wiedersähe?«

Und er stieß dem Jüngling Jorges Klinge in den Bauch.

Doch kaum spürte Axis, wie die Schwertspitze durch den Rücken des Jünglings hinausfuhr, da ließ er die Waffe los und trat einen Schritt zurück.

Timozel keuchte vor Überraschung und fiel auf die Knie. Seine Hände umklammerten den Griff des Schwertes, das in seinem Körper steckte.

»Natürlich war diese Frage eine rein gedankliche Spielerei«, erklärte der Krieger mit ausdrucksloser Miene und Stimme, »denn was mich betrifft, befindet Ihr Euch jetzt genau am richtigen Ende des Stahls. Erkennt Ihr die Klinge wieder, Timozel?« Sein Gesicht verzerrte sich. »Kommt sie Euch bekannt vor? Sie gehörte Jorge. Als ich sie aus dem Bauch des Mannes herauszog, schwor ich, ihr eine passendere letzte Bestimmung zu finden.«

Der Jüngling kippte zur Seite, und sein Blut strömte aus seinem Leib. Es dampfte in der Kälte und bildete große rote Lachen um ihn.

Wie konnte es nur so mit mir zu Ende gehen?

Wie konnte alles nur so enden?

Wie konnte es …

Wie …

Axis stand immer noch vor Anstrengung schweratmend da und betrachtete den Sterbenden. Er hatte Timozel schon gekannt, als er noch ein Säugling gewesen war. Hatte ihn geliebt, umsorgt und geschützt, weil dies das Kind von Embeth und Ganelon war. Und auf alle Leistungen des Knaben war er ebenso stolz gewesen wie seine Eltern.

Der Krieger versuchte, Trauer über das Ende des Jünglings zu empfinden, aber es gelang ihm nicht.

Timozel hatte ihn verraten … und ohne Zweifel auch Faraday.

Axis schüttelte sich, wie um aus einer Betäubung zu erwachen, und starrte in den Gang, wo Arne mit seinem Umhang auf ihn wartete.

»Und jetzt müssen wir Faraday suchen.«

33 Musik der Sterne

Er zog das Regenbogenzepter aus seinem Waffengurt und trat auf den Getreuen zu.

Jetzt galt es, Gorgrael aufzustöbern und Faraday zu finden, nichts sonst spielte mehr eine Rolle für ihn.

Axis schob sich an Arne vorbei, der ihm nun wortlos folgte.

Das Labyrinth der Gänge in der Eisfestung konnte den Krieger nicht länger verwirren oder in die Irre führen. Das Zepter fühlte sich in seiner Hand warm an, und er vermeinte, bereits leise Schwingungen in dem Stab zu spüren. Seine Schritte hallten durch die Gänge des Gebäudes wider, und aus seinen Tiefen drang ein Schrei nicht so sehr an sein Ohr wie an sein Herz.

Sein Bruder. Er rief nach ihm.

Axis schritt rascher aus. Sein ganzes Sinnen war nur noch darauf gerichtet, den Zerstörer zu stellen. Fast hätte man meinen können, die Prophezeiung ziehe ihn durch den Eispalast. Als er um eine Ecke bog und einen langen Eisgang vor sich sah, an dessen Ende sich eine schwere Holztür befand, spürte er, wie die Weissagung mit glühendheißen Krallen in seine Eingeweide griff und ihn vorwärtszerrte.

Erst als der Krieger unmittelbar vor der Tür stand, erinnerte er sich des Getreuen, der ihm immer noch folgte. Axis fuhr so unvermittelt und rasch herum, daß Arne sich nicht dagegen wehren konnte, von seinem Herrn an die Wand gepreßt zu werden.

Der Sternenmann fuhr ihm mit einer Hand an die Gurgel und knurrte mit vor Zorn verzerrtem Gesicht: »Ihr wartet hier!«

Arne wußte, daß die Wut sich nicht gegen ihn richtete, sondern auf das, was sich hinter der Tür befand.

Der Getreue nickte.

»Bleibt hier stehen«, befahl Axis ihm noch einmal, jetzt jedoch ruhiger. »Die Prophezeiung verlangt nicht, daß Ihr ebenfalls diese Kammer betretet. Sie schreibt auch keineswegs Euren Tod vor.«

Seine Stimme war wieder höher geworden, und Arne nickte schnell.

»Ich möchte, daß wenigstens einer diesen Kampf überlebt«, erklärte der Krieger und ließ seinen Gefährten dann los.

Nun atmete er tief ein, ohne den Blick von Arne zu wenden, und dieser sah ihm an den Augen an, welche Gefühle in ihm tobten und brannten.

»Ich werde die Tür bewachen«, erklärte der Gefährte, »und Euren Umhang halten.«

Diese einfachen Worte ließen Axis die Tränen in die Augen treten. »Und betet für mich und für die Herrin Faraday. Wollt Ihr auch das tun?«

Arne nickte, und nun wurden auch ihm die Augen naß. »Ja, werter Herr.«

Axis stand mit dem Regenbogenzepter vor der Tür und streckte die freie Hand nach ihrem Knauf aus. Er atmete tief und langsam, um ruhiger zu werden und sich zu sammeln. Der Krieger kannte die dritte Strophe der Prophezeiung und wußte, daß sie zwei Schlüssel enthielt – einen zu seinem Untergang und den anderen zu seinem Sieg. Er konnte den Zerstörer bezwingen, aber nur, wenn er sich geistig ausreichend für den Kampf rüstete.

Das war natürlich auch Gorgrael bekannt, und er würde alles in seiner Macht stehende tun, um Axis abzulenken und sein Gemüt zu verwirren.

Der Sternenmann besann sich auf den Sternentanz und dessen wunderbare Musik. Er ließ sich von ihr durchströmen, dachte an Aschure und Caelum und gewann durch ihre Liebe zu ihm zusätzliche Kraft.

Dann drehte er kraftvoll den Bronzeknauf, öffnete die Tür und betrat das Gemach seines Bruders.

Die Tür schloß sich geräuschlos hinter ihm.

Gorgrael wartete zehn oder zwölf Schritte von ihm entfernt. Er schien vor einem Kamin zu stehen, denn Axis glaubte, hinter ihm das Hochschlagen von Flammen erkennen zu können.

Der Zerstörer wirkte noch genauso abstoßend, wie der Krieger ihn von damals in Erinnerung hatte ... als er sich beim Angriff auf die Alten Grabhügel in den Wolken zeigte. Und immer noch ging von ihm die bösartige und widerwärtig faulige Ausstrahlung aus, wie Axis sie aus den Alpträumen kannte, mit denen dieser der Finsternis verschriebene Bruder ihn den Großteil seines Lebens verfolgt hatte.

Gorgrael hatte sein Gesicht zu einem höhnischen Grinsen verzogen. Die Lippen waren weit über seine gefletschten Hundezähne zurückgezogen, und die lange Zunge hing heraus und pendelte am Kinn. Dazu hatte er die Flügel ausgebreitet und die glänzenden Krallen ausgefahren.

Doch trotz dieser Erscheinung bemerkte Axis, daß sein Bruder erfüllt war von alles verzehrendem Neid. Er konnte ihn förmlich spüren.

Der Krieger wußte nicht, wie er in Gorgraels Augen wirken mußte. Ahnte nicht wie selbstsicher, golden und fürstlich Axis aussah. Der Halbbruder stellte alles dar, was Gorgrael sich immer für sich ersehnt hatte. Und nun stand er vor ihm, mit kühlen blauen Augen, fast lässiger Haltung und ohne die geringste Furcht.

Dies jedoch entging Axis' Vorstellung, denn eben hatte er Faraday entdeckt.

Der Zerstörer hielt die Edle in seinen Klauenhänden. Die eine drückte sich ihr in den Hals, die andere stach in ihren Bauch.

Faraday – das wunderbare Gewand der Mutter hing in Fetzen von ihr herab, und auf ihrer Haut zeigten sich dunkle Flecken und Schrammen.

Sie richtete den Blick auf ihn. Zuerst stumpf und umwölkt

von Schmerz und Angst ... aber dann leuchteten ihre Augen zu Axis' Entsetzen in Hoffnung, Flehen und Liebe auf.

Der Krieger atmete tief und gleichmäßig und blieb äußerlich ruhig, um seine geistige Sammlung nicht zu gefährden, die allein ihn schützen konnte.

»Ich grüße Euch, mein lieber Bruder«, zischte der Zerstörer.

Axis neigte das Haupt und trat nur einen Schritt auf ihn zu, nicht mehr; denn ihm entging nicht, daß Gorgrael sofort die Krallen tiefer in seine Gefangene bohrte. »Und ich grüße Euch, Bruder.«

»Endlich«, seufzte der Zerstörer, und sein Leib schüttelte sich. »Nun stehen wir uns also gegenüber, Ihr und ich. So, wie die Prophezeiung es vorhergesagt hat.«

Aber Axis ging gar nicht darauf ein. Sein Blick wanderte neugierig durch die Kammer, fand jedoch nicht, was er suchte. »Ist er nicht gekommen, um Euch beizustehen?«

»Wer?« fragte Gorgrael und legte verwirrt den Kopf schief. »Wen meint Ihr?«

»Euren Freund«, antwortete der Krieger. »Wolfstern.«

Des Zerstörers Verwirrung wuchs, und er vermutete eine schändliche List seines Gegners. »Wer soll das denn sein?«

»Der Mann, der Euch unterrichtet hat, Bruder.«

»Der Dunkle?«

Wie passend, dachte Axis. Ein solcher Aufzug sah Wolfstern ähnlich. »Der Mann, der auch mich ausgebildet hat.«

»Nein!« fauchte Gorgrael, und Faraday wimmerte, als der Druck seiner Krallen sich erneut verstärkte. »Niemals!«

»Aber ja, Bruder. Ich betrat bereits weitgehend unterwiesen die Bühne der Prophezeiung, aber mein Lehrer war nicht mein, äh, unser Vater, sondern es war Wolfstern.«

Der Zerstörer dachte an all die Male, bei denen Lieber Mann ihn alleingelassen hatte, als er spurlos verschwand, manchmal sogar für Monate. Hatte der Dunkle sich in diesen Zeiten zu Axis begeben, um ihn zu unterrichten? Ihm fielen auch die Gelegenheiten ein, in denen Lieber Mann unvermutet wieder aufgetaucht war und dann genau wußte, was Axis gerade tat oder plante. Das konnte ihm doch nur bekannt sein, weil er dann gerade vom Sternenmann kam! Vermutlich von einem angenehmen Abendessen mit viel launigem Geplauder, nicht wahr?

Aber wer war Wolfstern denn?

»Der mächtigste aller Krallenfürsten«, antwortete der Krieger. »Ich glaube, er hat die ganze Geschichte von Anfang an geplant. Was meint Ihr, wann hat Wolfstern damit begonnen, die Prophezeiung zu seiner eigenen Unterhaltung zu verfassen? Und wann hat er sie ins Leben gerufen? Gorgrael, wir beide sind nicht mehr als die Bauern in seinem Schachspiel. Hinter der ganzen Weissagung steckt nicht mehr als ein närrischer Plan, und sie wurde nur erdichtet, um allseits Verwirrung und Unruhe zu stiften.«

Der Zerstörer kreischte vor Empörung, und Faraday schrie ebenfalls, sie jedoch vor Schmerzen. Doch Axis ließ sich weder vom einen noch vom anderen in seiner geistigen Sammlung stören.

»Wie Marionetten plappern wir nach, was Wolfstern für uns aufgeschrieben hat, und jede unserer Bewegungen hat er geplant. Ohne Zweifel sieht der alte graue Wolf uns in diesem Moment zu, um unsere Darbietung mit seinem Beifall oder seinen Pfiffen zu begleiten.«

Axis trat noch einen Schritt auf ihn zu. Diesmal bemerkte der Zerstörer nichts davon, weil er so mit dem Verrat von Lieber Mann und dessen vielen gelungenen Versuchen beschäftigt war, ungefragt über ihn zu bestimmen.

»Was glaubt Ihr, Bruder, wem von uns beiden er den Sieg wünscht? Euch … oder mir? Natürlich hat er das in seiner Prophezeiung offengelassen, weil er den ganzen Spaß ja für sich allein haben will. Aber einem von uns beiden muß er doch den Daumen drücken, was meint Ihr?«

Noch ein Schritt. Axis hielt das Regenbogenzepter fest in seiner Hand.

»Doch das soll mir gleich sein«, fuhr der Krieger fort, »denn ich bin festen Willens, diesen Zweikampf siegreich zu beenden, und sei es nur, um Wolfstern, Eurem Dunklen, eins auszuwischen.«

Gorgrael hob ruckartig den Kopf und gewahrte, wie nahe sein Feind ihm bereits gekommen war.

Er zischte scharf und gefährlich.

Faraday schrie so laut, daß Axis' innere Sammlung für einen Moment gestört wurde und Leid seine Augen verdunkelte.

Der Zerstörer zischte wieder, doch diesmal aus frecher Siegesgewißheit.

Axis kämpfte mit seinen Gefühlen, mit seinem ganzen Sein, bis er sich wieder gegen das Leid gewappnet hatte.

Er mußte dazu seine sämtlichen Kräfte aufbieten, und beinahe hätten sie versagt.

Mählich und vorsichtig, damit Gorgrael sich nicht durch eine unbedachte Bewegung zum Angriff herausgefordert sah, zog Axis das Stück Stoff vom Zepterkopf.

Licht in allen Farben des Regenbogens durchflutete das Gemach, und der Zerstörer kreischte und weinte.

Doch dann setzte er alles gegen den Sternenmann in Bewegung, was ihm zur Verfügung stand. Dunkle Macht von nie gekannter Bösartigkeit fegte durch das Gemach und verschluckte alles Regenbogenlicht.

Kreischende Töne, die Melodie des Todestanzes, heulte und fauchte durch die Luft, und beide, die Dunkle Macht und die schreckliche Musik vereinigten sich und hüllten den Krieger in einen Mantel von Bosheit und Schlechtigkeit.

Axis spürte beides, fühlte die Macht, die sich gegen ihn stemmte, und ertrug es, wie aller Schrecken und alle Zerstörungswut des Universums auf ihn niederprasselten. Wie sie gierige Finger nach ihm ausstreckten, nach ihm suchten und ihn begehrten. Er schloß die Augen und sammelte sich wieder, so sehr, daß Faraday und sogar Gorgrael aus seinem Bewußtsein entschwanden … und er nur noch den Sternentanz empfand.

Der Krieger ließ sich von dessen Schönheit und Anmut durchströmen und lauschte mit allen Sinnen dem Rhythmus …

Und es pochte.

… er griff danach …

Und klopfte.

… öffnete ihm sein Herz …

Und wurde regelmäßiger.

… bis es im gleichen Rhythmus schlug …

… und als der Gleichklang hergestellt war …

… spürte und hörte er das Herz von Aschure und Caelum, ja, von allen, die ihn liebten, im gleichen Takt schlagen. Das verlieh ihm ungeheuren Mut, und er öffnete die Augen weit.

Hielt das Regenbogenzepter mit beiden Händen vor sich. Ließ die Macht des Sternentanzes in sich eindringen und durch den Stab wieder nach draußen strömen. Bis seine Schwingungen sich dem …

wunderbaren gleichmäßigen

… Rhythmus des Sternentanzes angeglichen hatten …

… und damit dem seines Herzens.

Axis trat einen Schritt vor, und hielt das Zepter über seinen Kopf.

Gorgrael brüllte so sehr vor Wut und animalischer Furcht, daß die Wände der Eisfestung erbebten und Risse bekamen. Mit aller Kraft, über die er verfügte, schleuderte er die Macht des Todestanzes gegen seinen Bruder.

Sie umzingelte den Krieger wieder, krachte mächtig mit der Musik des Sternentanzes zusammen, drang in jede Lücke und breitete sich dort aus, bis die gegen ihren Willen vereinigten beiden Mächte durch das Gemach und die Gänge tosten und endlich wie ein schweres Gewitter über die Tundra rasten.

Und inmitten des irrsinnigen Rhythmus des Todestanzes hämmerte Gorgraels Herz, entfesselt und grauenhaft.

Und einen Herzschlag lang …

Es klang furchterregend.

… schien der dunkle Mantel, der Axis umhüllte, undurchdringlich zu sein; wirkte, als würde er den Sternenmann auf ewig umgeben; so als wolle er den Krieger in schwärzester Verzweiflung ersticken …

… doch da schoß ein rubinroter Strahl durch das Dunkel. Ihm folgte ein goldener, und noch ein zweiter. Schließlich ein saphirblauer und endlich ein smaragdgrüner. Und …

Beim nächsten Schlag

... flutete alle Regenbogenmacht des Zepters durch den Mantel, erfüllte das Gemach und trug mit sich das triumphierende Gelächter der alten Wächter. Und langsam, Stück für Stück, saugten das Regenbogenlicht und das Gelächter alle Macht des Todestanzes in sich auf. Der Mantel um Axis verwandelte sich in Fäden, die durch das Gemach forthuschten, bis auch sie ...

Beim nächsten Herzschlag

... vom Rhythmus des Sternentanzes verschluckt wurden.

Und heraus trat Axis, der durch seine innere Sammlung gestählt und frei aus dem Angriff hervorgegangen war. Er richtete den Blick seiner blauen Augen grimmig auf den Zerstörer und näherte sich ihm.

Gorgrael tat das einzige, was ihm jetzt noch übrigblieb. Er mußte die innere Haltung seines Bruders zerschmettern, und dazu gab es nur ein Mittel ... die einzige Waffe, von der die Prophezeiung verhieß, sie würde die Kraft des Sternenmanns zunichte machen.

Als Axis auf ihn zuschritt und der Mantel und die Macht der Dunklen Musik zu einem Nichts zerstoben, zerriß Gorgrael mit seinen Krallen der Edlen den Leib.

In Axis zerriß in diesem Moment ebenfalls etwas. Etwas, das schrie, sich zurückzog und sich gleichzeitig in alle Richtungen ausdehnte. Doch Axis versuchte sich nicht darum zu kümmern. Er durfte seine Kräfte nicht spalten, nicht so nahe vor einem Sieg!

Der Krieger konnte, wollte und würde Faraday nicht helfen können.

Als die Schmerzen Faraday den Verstand raubten, als der letzte Funke ihrer geistigen Klarheit erlosch, schrie sie mit dem letzten Atemzug, der ihr vergönnt war, so laut sie konnte:

»MUTTER!«

Und Gorgrael übertönte sie noch mit seinem Triumphgeschrei und schlitzte ihr die Kehle auf.

Doch während das Blut aus den unzähligen Wunden von Faradays zerfetztem Körper spritzte und Axis' innere Kraft in tausend Scherben zu zerspringen drohte, glaubte er eine Frau zu erkennen, die die Edle in die Arme hob, sie an ihr Herz drückte und auf den Mund küßte …

… und nur das bewahrte ihn davor, sich selbst aufzugeben. Dennoch brüllte er …

… und weit, weit fort schlug Aschure die Hände vors Gesicht und schrie mit ihrem Liebsten, als Faraday an ihrer Stelle starb … und das Kind, das zwischen Rivkahs Beinen aufs Bett glitt, öffnete seinen Mund, um ebenfalls zu schreien.

Gorgrael konnte sich keinen Reim darauf machen, was hier eigentlich vor sich ging. Sein Bruder schrie, aber die Macht des Regenbogenzepters war ungebrochen. Die bunten Blitze fegten immer noch das Gemach von allen Fetzen der Dunklen Musik rein, jagten die letzten Fäden des Mantels aus ihren Ecken und Winkeln.

Wie weit mußte er Faraday denn noch aufreißen, ehe Axis von seinem Schmerz überwältigt wurde?

Der Zerstörer hob eine Hand, um einen weiteren Körperteil von ihr zu zerfetzen. Ja, vielleicht fehlte nur noch ein Hieb. Drei war doch eine magische Zahl …

… aber Faraday lag nicht mehr auf seinem Schoß, und Gorgrael sah sich blinzelnd um. Eben noch hatte die Edle schlaff in seinen Armen gelegen, und auf einmal war sie nicht mehr da – hatte nichts zurückgelassen, außer dem Geschmack, dem Geruch und dem Gefühl ihres Blutes, das ihn jetzt so sehr an ihre Wärme erinnerte.

Doch nun schritt sein Bruder wieder auf ihn zu, bebend vor Macht. Der Zerstörer schrie um sein Leben. Niemals hatte er sich gewünscht, einmal jemanden mit einem solchen Gesichtsausdruck auf ihn zukommen zu sehen.

Axis' innere Kraft war nicht zerbrochen, er hatte sich nicht ablenken lassen.

Und Gorgrael überkam eine niederschmetternde Erkenntnis.

Er hatte die falsche Frau zerrissen.

Lieber Mann hatte ihn belogen. Nicht Faraday, sondern die

Frau mit dem pechschwarzen Haar war der Schlüssel, Axis' wahre Geliebte …

Der Zerstörer hatte alles falsch gemacht.

Er hatte verloren, und er wußte es.

Gorgrael fiel auf die Knie und hob flehentlich die Hände. Seine riesigen silbernen Augen weiteten sich vor Entsetzen, und er sabberte, rülpste und flehte.

»Axis, ich bin doch Euer Bruder! Ebenso wie Ihr ein Sohn Sternenströmers! Ich habe nie die Liebe und Wärme empfangen, die Ihr genießen durftet. Mein Leben lang saß ich gefangen in der Prophezeiung und in den Schlichen des Propheten. Genauso wie Ihr. Denn auch in diesem Sinne sind wir Brüder, Brüder in der Prophezeiung. Verschont mich, Euren Bruder, Euren Bruder, Euren …«

Der Krieger hob das Zepter mit beiden Händen hoch über seinen Kopf – seine Edelsteine funkelten in höchster Erregung – und stieß den Stab wie ein Schwert bis zum Knauf in die Brust des Zerstörers. Und als sein Bruder auf den Rücken fiel, stemmte Axis sich mit seinem ganzen Gewicht gegen das Zepter. Flügel und Glieder Gorgraels zuckten und zappelten wild, und der Krieger ließ die gesamte Macht und Schönheit des Sternentanzes in Leib und Seele seines Bruders fließen.

Das Holz des Erdbaums durchbohrte des Zerstörers Herz und brachte es zum Bersten. Etwas Schwarzes und Widerwärtiges spritzte durch Gorgraels Innereien und verströmte sich dann durch die ganze Eisfestung.

Der Zerstörer erbebte noch einmal und lag dann vollkommen still da.

Axis aber spürte soviel Lebenskraft durch sich strömen, daß ihm die Knie weich wurden. Und er wäre gewiß gestürzt, wenn er sich nicht immer noch mit beiden Händen gegen das Zepter gestemmt hätte.

Aber Schmerz und Verlust folgten, und er beugte sich über das Wahrzeichen und über seinen Bruder und schluchzte.

»Faraday!«

Arne rappelte sich langsam wieder auf. Er blutete aus Ohren und Nase und zitterte noch am ganzen Körper. So viel Schrecknisse waren durch die Ritzen der Tür aus der Kammer auf ihn eingestürmt. Als er wieder stand und sich langsam faßte, konnte er es nicht glauben, daß er noch lebte.

Und dann merkte er, wie die Wände links und rechts neben ihm zersplitterten.

Vor seinen schreckgeweiteten Augen breitete sich ein Riß über die ganze Länge des Tunnels aus und wurde so breit, daß Arne den Finger hineinstecken konnte.

Dem folgte ein zweiter Riß und ein dritter, bis ein riesiges Spinnennetz die Wand bedeckte, so als würde sie Risse und Sprünge gebären – und diese bewegten sich aufeinander zu, als besäßen sie tatsächlich ein Eigenleben.

»Axis!« rief der Getreue, und es klang wie eine Verwünschung. Sie befanden sich mitten im Herzen eines riesigen, zerfallenden und zersplitternden Berges aus Eis.

»Axis!«

Er warf sich gegen die Tür – hätte sich dabei beinahe die Schulter zerschmettert – und starrte in das Gemach.

Am gegenüberliegenden Ende befand sich ein Kamin, und davor beugte sich der Krieger über etwas Widerliches und Scheußliches ... und stützte sich ... auf einen Stock?

Arne rannte durch den Raum und packte seinen Herrn an den Schultern. »Axis, wir müssen hier raus!«

Der Sternenmann hob langsam den Kopf. »Arne?«

»Los!« rief der Getreue und zerrte an ihm. Versuchte, ihn hoch zu bringen. War sein Herr etwa verwundet? Überall war Blut, bedeckte sogar das Langhemd Axis'.

»Jetzt kommt doch!«

Der Krieger blinzelte und schüttelte den Kopf. Seine Hände umklammerten immer noch das Zepter, und zwischen seinen Fingern drang sein Licht hervor. Unter der Spitze steckte der Stab immer noch in Gorgraels Leib, der jetzt auseinanderfiel. Axis spürte Brechreiz in sich aufsteigen, als das Fleisch von den Knochen rutschte und die Rippen sich nach innen bogen.

»Nun kommt«, drängte Arne wesentlich ruhiger, »es ist vorbei.«

Der Krieger seufzte. »Ja, es ist vorbei.« Er stellte ein Knie hoch, und jede körperliche Bewegung bedeutete größte Anstrengung und Kraft für ihn. Als er wieder auf beiden Beinen stand, bückte er sich noch einmal und zog das Zepter aus dem Loch, das vorher die Brust des Zerstörers gewesen war. Damit zerfiel der Leichnam vollends. Und in seinem Zerfallen begann der Boden gefährlich zu beben.

Arne warf seinem Herrn den Umhang über die Schultern und zerrte ihn zur Tür.

»Faraday ist tot«, sagte Axis leise.

»Dann überlebt um ihretwillen!« rief der Getreue. »Wenn Ihr hier ebenfalls zugrundegeht, triumphiert der Zerstörer am Ende doch noch! So kommt doch, Axis, ich bitte Euch!«

Endlich setzte sich der Sternenmann in Bewegung. Er tat einen Schritt, dann noch einen und stolperte endlich in Richtung Tür. Arne folgte ihm.

Als er an dem Stück grünen Stoff aus dem Gewand der Edlen vorbeikam, hob er es vom Boden auf und wickelte es wieder um den Kopf des Zepters.

Das Regenbogenlicht erstarb, aber er spürte immer noch, wie der Stab in seiner Hand bebte.

»Faraday«, sagte Axis ein letztes Mal, dann verließ er die Kammer.

Sie rannten zwischen einstürzenden Wänden und Eisspeeren hindurch, die von zerfallenden Decken herabregneten. Das gesamte Labyrinth bockte wie ein Tier und verdrehte sich. Immer wieder stürzten Arne und Axis, und gegenseitig halfen sie sich wieder auf. Der eine riß den anderen zurück, wenn Gefahr drohte. An Hand, Haaren oder Kleidung zogen sie sich aus Abgründen und Löchern, und später wußte der Krieger nicht mehr zu sagen, wie sie lebend aus der Eisfestung hinausgekommen waren. Aber sie entkamen diesem Irrsinn und stolperten endlich ins Sonnenlicht hinaus.

Sonnenlicht?

Hatte der Zweikampf die ganze Nacht hindurch angehalten?

Dreißig Schritte von der Eisfestung entfernt blieben sie stehen, hechelten wie Hunde, versuchten wieder zu Atem zu kommen und drehten sich um.

Das gesamte Bauwerk brach in sich zusammen. Stürzte, wie Axis erkannte, auf Gorgraels Gemach und letzte Ruhestätte zu. Ein unerwarteter und befremdlicher Gedanke kam ihm. Diese wunderbare Eisburg stellte das nach außen hin sichtbare Sinnbild der Schönheit dar, nach der der Zerstörer zeitlebens für sich selbst gestrebt hatte.

Und während dieser Gedanke sich in seinem Bewußtsein ausbreitete, mußte der Krieger auch daran denken, in welch vollkommener Einsamkeit und umgeben von vielerlei Ängsten Gorgrael sein Dasein gefristet hatte. Fast hätte Axis so etwas wie Mitleid mit seinem Halbbruder aufkommen lassen … aber in diesem Moment stürzte die gesamte Eisfestung in die Tiefe, und mit ihr vergingen sämtliche mitleidige Gefühle für Gorgrael, als hätten sie niemals bestanden.

Ja, es war vorüber.

Axis fiel im Schnee auf ein Knie und blieb dort, den Kopf auf die Hand gestützt. Arne stand hilflos daneben und spürte, welch ungeheurer Schmerz seinen Herrn überkommen hatte.

Lange Zeit verharrten sie schweigend, und der eisige Nordwind fuhr ihnen durchs Haar und zauste an ihren Kleidern.

Zwei Männer, wie festgefroren in einer Eislandschaft.

Der Krieger hob den Kopf. Dann stand er langsam auf, seine Glieder waren ganz steif, und alles tat ihm weh. Er reichte Arne das Regenbogenzepter.

»Nehmt Ihr das.«

»Aber, Sternenmann …« stammelte der Getreue und brachte den Stab so vorsichtig an sich, als bestünde er aus glühendem Eisen. »Was wünscht Ihr denn, daß ich damit anfange?«

»Nehmt es einfach«, entgegnete Axis rauh. »Bringt das Zepter nach Sigholt, und übergebt es Aschure. Soll sie entscheiden, was damit geschehen soll.«

Grimmige Entschlossenheit trat in Arnes Züge. »Herr, mein Platz ist unverrückbar an ...«

»Euer Platz ist dort, wohin ich Euch schicke!« brüllte der Krieger ihn an. Arne fuhr zurück, als er den Schmerz und das Leid in Axis' Augen sah.

»Hinter meinem Rücken lauern keine Verräter mehr«, fuhr der Krieger nun ruhiger fort und bedauerte seine harten Worte bereits. »Es ist vorbei, Getreuer. Wohin ich mich jetzt wende, muß ich alleine gehen. Bitte, nehmt das Zepter und zieht los.«

Arne nickte, setzte sich aber noch nicht in Bewegung. Sollte er ganz allein durch die Eisödnis irren? Er besaß kein Pferd, nicht einmal Vorräte ... kein Essen ... keinen Brennstoff, um abends ein Feuer zu machen ...

»Ich nehme ihn mit«, ertönte von der Seite eine grollende Stimme.

Beide Männer fuhren herum.

Nur wenige Schritte entfernt saß ein Eisbär, dem ein Ohr fehlte.

»Urbeth!« entfuhr es Axis, und er konnte nicht glauben, sie wirklich vor sich zu sehen.

Die Bärin starrte auf das riesige Eisgebilde, das zusammengebrochen war und langsam in der Sonne verging. »Die Festung hat beim Einsturz ein solches Spektakel veranstaltet, Sternenmann, daß meine Jungen davon aufgewacht sind. Da mußte ich doch nach der Ursache sehen.«

»Ich entschuldige mich für diese grobe Störung der Mittagsruhe Eurer Kleinen. Könnt Ihr Arne mitnehmen und ihm den Weg zeigen?«

Sie legte den Kopf schief. »Ich mag den Mann. Er besitzt einen ganz besonderen Humor. Kommt, Arne, ich führe Euch zum Krallenturm, und von dort werdet Ihr Euch schon allein zurechtfinden.«

Der Getreue drehte sich zu seinem Herrn um und öffnete den Mund, aber es fehlte ihm an Worten.

Axis legte ihm eine Hand auf die Schulter. »Ich danke Euch, Arne. Sorgt Euch nicht um mich, denn wir werden uns gewiß wiedersehen.«

Der Mann nickte und wandte sich ab. Er starrte die riesige Eisbärin an, die nun auf allen vieren stand und in Richtung ihres Rückens nickte.

»Nein«, entschied sie dann, »Ihr könnt laufen.« Damit kehrte sie ihm ihr Hinterteil zu und setzte sich rüstig gen Westen in Bewegung.

Ohne noch einen Blick zurückzuwerfen, folgte Arne ihr. Das Zepter hatte er sicher in seinem Umhang untergebracht.

34

Täuschung und Enthüllung

Axis sah den beiden noch lange hinterher. Die mächtige elfenbeinfarbene Bärin und der viel kleinere Arne entschwanden immer mehr seinen Blicken, doch das tiefe Grollen von Urbeths Stimme drang noch ziemlich lange an sein Ohr.

Als der Krieger dann nur noch von Stille und leichtem Pulverschnee umgeben war, den der Wind aufwirbelte, atmete er tief durch. Höchste Zeit, sich zum Heiligen Hain zu begeben. Um das Versprechen einzulösen, das er der Edlen gegeben hatte.

Ach, bei den Göttern ... Faraday.

Der Sternenmann brach fast zusammen, als ihn der Schmerz über ihren Tod erneut mit voller Wucht traf.

Faraday!

Wieder sah er Gorgrael vor sich, der ihr mit haßverzerrter Miene zuerst ihren Bauch und dann ihre Kehle aufriß. Aber schlimmer noch erschienen Axis der Schmerz und die Furcht in den Augen der jungen Frau, der er nicht helfen konnte.

Um den Zerstörer zu bezwingen, hatte er die Edle leiden lassen müssen ... und sie hatte gewußt, daß dieses Opfer von ihr verlangt wurde – daß sie zu sterben hatte. Der Krieger erkannte in diesem Augenblick, daß Faraday das schon lange zuvor gewußt haben mußte.

»Hat sie nur aus diesem Grund darauf bestanden, mit mir in den Norden zu ziehen, um ihr Leben für das meine zu geben?« flüsterte er.

Hatte die Edle ihn wirklich so sehr geliebt?

Er senkte das Haupt, und wieder füllten Tränen seine Augen.

Als Axis sich dann aufrichtete und nur noch ein Gefühl der Leere in sich spürte, ging die Sonne bereits unter. Der Krieger wurde sich bewußt, daß er fast den ganzen Tag damit verbracht hatte, um Faraday zu trauern. Doch erschien es ihm, als sei selbst dies noch viel zu wenig. Selbst wenn er sie sein ganzes restliches Leben beweinen würde, reichte es nicht aus, ihrer Liebe oder ihrem Mut gerecht zu werden.

Der Sternenmann wandte sich nach Osten und sang das Lied der Bewegung. Die Weise würde ihn in den Heiligen Hain befördern. Doch schon nach den ersten Tönen hielt er inne … starrte auf die Tundra hinaus … und sein Herz zog sich erst zusammen und schlug danach um so schneller.

Eine schwarze Gestalt schritt wie die Rache selbst über die Eisödnis. Sie näherte sich. Ihr Umhang blähte sich im Wind und wirkte wie die Schwingen eines riesigen Raubvogels. Auch die Kapuze flatterte heftig und wurde ihm fast vom Kopf gerissen, aber dennoch vermochte der Krieger nichts von den Zügen des Fremden zu erkennen.

Aber er spürte, wie der Mann heiter lächelte.

Der Dunkle …? wie Gorgreal verwirrt gefragt hatte.

Axis ahnte bereits, wer er war.

Als der Fremde näherkam, hörte der Krieger ihn pfeifen, irgendeine lustige Weise. Und dazu schnippte er mit den behandschuhten Fingern. Er schien überaus vergnügt.

Das gepfiffene Liedchen wehte über die Tundra heran, und in Axis' Herz verwandelte sich die Trauer augenblicklich in glühende Wut.

Der Dunkle blieb schließlich drei Schritte vor ihm stehen. Sein Pfeifen wurde leiser, aber einer seiner Stiefel tappte immer noch den Takt dazu.

»Nun«, begann er gutgelaunt, »Ende gut, alles gut, heißt es so schön. Und alles ist doch wohl gut ausgegangen, nicht wahr, mein Freund?«

Der Krieger sprang ihn mit bloßen Händen an. Er besaß keine Waffen, und er wußte, daß Lieber Mann über die Dunkle Musik und die Dunkle Macht gebot, aber das konnte ihn in seinem

Zorn nicht aufhalten. Axis wollte nur noch seine Hände um die Kehle dieses Zauberers schließen.

Tatsächlich zwang er den Dunklen mit seinem Angriff zu Boden, aber seine Finger verfehlten ihr Ziel, und der uralte Krallenfürst entwand sich ihm geschickt. Im nächsten Moment lag der Krieger selbst auf dem Rücken und mußte einen Stiefel auf seinem Hals ertragen, während über ihm alles in wehendem Schwarz erschien.

»Ihr seid Axis, Rivkahs Sohn, aus dem Haus Sonnenflieger«, stellte Lieber Mann ruhig und gelassen fest. »Ehemals der Axtherr des Seneschalls und heute der Sternenmann Tencendors. Außerdem noch der Gott des Liedes. Aber glaubt ja nicht, das alles reiche Euch bereits aus, mich zu bezwingen. Dafür habt Ihr noch zuviel zu lernen und einen sehr weiten Weg zurückzulegen. Dann erst seid Ihr vielleicht in der Lage, über mein Wissen zu verfügen und über die gleiche Macht und dieselben Listen zu gebieten wie ich.«

Axis atmete rasselnd und legte beide Hände an das Fußgelenk des Dunklen. Aber er unterließ es, den Mann auf diese Weise zu Fall zu bringen.

»Sehr lobenswert von Euch, Krieger«, lobte der Verhüllte. »Ihr lernt rasch ... aber das beherrschtet Ihr ja immer schon, selbst als Kleinkind.«

»Wer seid Ihr?«

»Ich?« rief der Fremde, als hätte man ihm keine dümmere Frage stellen können, und seine Heiterkeit nahm wieder zu. »Nun, ich bin der Dunkle, auch Lieber Mann genannt. Mit Verlaub, der Lehrmeister Gorgraels. Ich habe meine Sache doch gut gemacht, oder etwa nicht?«

»Wer also seid Ihr?«

»Ihr müßt wissen, daß ich ihn damals gefunden habe«, entgegnete der Mann statt dessen. »Damals war er noch ein Säugling. Ich hielt ihn im Arm und wiegte ihn. Bis auf die dämlichen Skrälinge war ich der einzige, der ihm jemals so etwas wie Liebe und Geborgenheit gegeben hat. Natürlich war das nur gespielt, und ich habe ihn nach Strich und Faden belogen und betrogen.«

»Wer seid Ihr!«

»Ihr wollt also immer noch wissen, wer ich bin? Oder in welcher Maske ich mich Euch näherte, als Ihr noch ein kleines Kind wart? Oder in welcher Verkleidung ich mich Euch später zeigte, als Ihr zum Mann herangereift wart? Hm, wo beginnen? Da muß ich erst einmal nachdenken.« Ein Windstoß hob die Kapuze an, und Axis konnte endlich einen Blick darunter werfen.

Ein hübscher junger Mann mit fröhlichen Augen und kupferfarbenen Locken lächelte ihn an.

Der Krieger runzelte die Stirn. »Wer ...?«

»Oh!« Der Jüngling schüttelte zerknirscht den Kopf. »Verzeihung bitte, so habe ich mich ja Rivkah genähert, als sie noch sehr jung war ... Als Troubadour sang ich ihr wunderschöne Lieder über die geheimnisvollen Unaussprechlichen. Sie hinterließen eine tiefe Wirkung auf die Dame, und als Sternenströmer dann auf dem Turm von Sigholt landete, empfand Rivkah überhaupt keine Scheu vor ihm. Im Gegenteil, sie gab sich ihm gleich hin ... Seht Ihr, ich hatte Eure Mutter nämlich auf diese Begegnung vorbereitet. Alles im voraus geplant und nichts ausgelassen.«

»WER?«

Die Kapuze verschob sich erneut, und diesmal blickten Axis die Augen eines hart arbeitenden Mannes in den mittleren Jahren traurig an. Wirres dunkles Haar umrahmte sein Gesicht, und auf Wangen und Kinn zeigten sich kurze Bartstoppeln. Er kratzte sich daran, und der Krieger sah, daß seine Hände von harter schwerer Arbeit schwielig und rissig waren.

»Spielt nicht mit mir!« schrie der Sternenmann. »Dieser ist mir ebenso fremd.«

»Oh, wir sind uns also nie begegnet? Hm, zu dumm ...« Unvermittelt grinste der Dunkle. »Ach, Ihr müßt mir noch einmal verzeihen, Axis. So bin ich ja Aschure in ihrer Jugend erschienen.«

Er verbeugte sich gespielt ungelenk. »Alayne, der Schmied, zu Euren Diensten, Herr. Alle paar Wochen habe ich mich zu der kleinen Aschure begeben, um sie ein wenig von ihrem Leid abzulenken.«

Die Züge des Kriegers verzerrten sich vor Wut, und seine Hände schlossen sich immer fester um den Stiefel an seiner Kehle. Doch bevor er sich bewegen oder etwas sagen konnte, löste der Dunkle die Bänder seines Umhangs und ließ zu, daß der Wind ihn davontrug.

Sanfte blaue Augen, schütteres braunes Haar und ein Körper, den Alter und Gicht gebeugt hatten, erwarteten Axis jetzt.

Der Alte lachte laut, als er den Ausdruck auf dem Gesicht des Kriegers sah. »Die perfekte Tarnung, Axtherr. Und das beste Amt, um im Hintergrund die Fäden zu ziehen.«

»Moryson?«

»Der nämliche, mein Freund. Natürlich hätte ich mich auch zum Bruderführer machen können, aber das wäre womöglich irgendwann aufgefallen. Viel zu gefährlich – und zu leicht hätte ich mir eine Blöße geben können. Aber als dessen Erster Ratgeber ... ich muß mich wirklich selbst loben, das war mein Meisterstück. Armer Jayme. Er glaubte bis zu seinem unseligen Ende, daß er von selbst auf all die guten Ideen und schlauen Pläne gekommen sei ... dabei habe ich ihm ständig alles eingeflüstert, beim Gespräch ganz nebenbei einfließen lassen oder gelegentlich auch offen vorgeschlagen. Eben all das, was man von einem guten Ersten Berater erwarten darf.«

Er grinste voller Stolz und Eigendünkel. »Was glaubt Ihr denn, Axis, warum Jayme just zu der Zeit beschloß, die Feste Gorken aufzusuchen, als Searlas seine ungetreue Gemahlin dorthin verbannt hatte, um ihren Bankert, verzeiht, Euch zur Welt zu bringen?« Moryson beugte sich vor und stützte die Hände auf das Knie, dessen Fuß nun auf Axis' Brust stand. »Und wer hat Jayme wohl eingegeben, den unehelichen Knirps nicht in einem Eimer Wasser zu ersäufen, wie der Herzog es verlangt hatte? Sondern Euch heimlich in den Turm des Seneschalls zu schaffen? Und wer brachte Jayme auf den Einfall, daß man Euch zum vollkommenen Axtherren heranziehen könne?«

»Und Ihr habt mich als kleines Kind dann auch unterrichtet?« fragte der Krieger gefährlich ruhig.

»In Euren ersten Jahren habe ich Euch auf den Knien geschaukelt und Euch Lieder vorgesungen. Ihr habt mir gerne zugehört. Schon als Säugling erwiest Ihr Euch als lernbegierig. Genau so wie heute Euer Caelum.«

Axis spannte unter Morysons Stiefel alle Muskeln an, aber der Zauberer lachte nur. »Und wer sorgte dafür, daß man Euch zwar an die Front von Gorken schickte, Ihr dazu aber den Umweg über den Wald der Schweigenden Frau und Smyrdon einschlagen mußtet?«

»Um den Wächtern und Aschure zu begegnen?«

»Ach ja«, lächelte Moryson, »Ihr seid immer noch genauso pfiffig.«

Aber dann trat er einen Schritt zurück, um den Sternenmann freizugeben, und während dieser sich aufrichtete, nahm der Zauberer eine viel ältere Gestalt an.

Axis hielt mitten in der Bewegung inne, weil er mit dieser Verwandlung nun doch nicht gerechnet hatte.

Vor ihm stand ein ausnehmend schöner Ikarier in einem glänzenden silbernen Gewand, das bei jeder seiner Bewegungen bläulich aufblitzte. Er hatte seine silbernen Schwingen ausgebreitet, und in seinen Augen paarten sich tiefste Weisheit und unsägliche Traurigkeit. Axis stockte bei diesem Anblick der Atem.

»So bin ich den Wächtern erschienen«, erklärte der Vogelmann.

Der Krieger starrte ihn verständnislos an.

»Als Prophet«, half ihm der Ikarier auf die Sprünge.

»Aber wieso?« flüsterte Axis. »Warum die Prophezeiung? Wozu all der Aufwand? So sprecht doch, ehe ich noch den Verstand verliere!«

Die Gestalt des Propheten verschwamm, und nun kam das wahre Aussehen des Mannes zum Vorschein – das Wolfsterns. »Wollt Ihr Euch zu mir setzen, Sternenmann, damit wir uns in Ruhe unterhalten können? Der Heilige Hain läuft Euch schon nicht davon, und Ihr steht bestimmt nicht als wortbrüchig da, wenn Ihr Euch erst in einer Stunde auf den Weg macht, Euer Versprechen an Faraday zu erfüllen.«

»Wißt Ihr eigentlich alles?«

»Na ja, das meiste«, antwortete Wolfstern. »Doch seid versichert, daß die Prophezeiung auch für mich die eine oder andere Überraschung bereithielt. Und nun tut mir die Liebe, und setzt Euch zu mir.«

Zögernd ließ der Krieger sich ihm gegenüber nieder und zwang sich zur Ruhe. »Also?«

»Was, also?«

»Erzählt mir alles über die Prophezeiung. Warum habt Ihr sie ins Leben gerufen? Nur als närrischen Scherz zu Eurer persönlichen Unterhaltung?«

Der uralte Zauberer seufzte und fuhr sich durch die kupferroten Locken. »Ein närrischer Scherz?« Er lachte kurz auf, breitete die goldenen Flügel aus und faltete sie gleich wieder zusammen. »Nun, die Prophezeiung hat sehr wohl eine Bedeutung, eine sehr tiefe Bedeutung sogar.«

Wolfstern machte es sich etwas bequemer. »Übrigens habe ich die Weissagung vom Zerstörer nicht wirklich erschaffen, sondern sie nur niedergeschrieben.« Er grinste. »Stellt Euch nur vor, Axis: Als Ihr damals in der Burg der Schweigenden Frau die Prophezeiung erstmals gelesen habt, waren die letzten Finger, die diese Seiten berührt hatten, die meinen.«

Aber der Krieger winkte nur ungeduldig ab, und der Zauberer seufzte. »Gewisse Dinge zu erklären, würde mich Jahre kosten. Und davon abgesehen, müßtet Ihr erst noch an Weisheit zunehmen, ehe Ihr sie überhaupt erfassen könntet. Also will ich mich damit gar nicht erst aufhalten. Deshalb nur soviel: Ich starb – die genaueren Umstände dürften Euch ja bekannt sein – und wurde in den Alten Grabhügeln neben den anderen Zaubererkrallenfürsten zur letzten Ruhe gebettet. Mit mir zusammen waren wir neun.« Er sah Axis ernst an. »So gelangte ich durch das Sternentor und fand mich in einer anderen Daseinsform wieder.«

Damit schwieg er zunächst einmal, und für eine Weile sprach keiner von ihnen ein Wort.

»Ich lebte also fort«, nahm Wolfstern dann seinen Bericht wieder auf, und der Krieger zuckte zusammen, weil nun Sterne in den Augen des uralten Zauberers kreisten. »Mehr kann ich

Euch dazu leider nicht sagen. Aber während ich dort weilte, wurden mir gewisse Kenntnisse zuteil ... die mich dazu bestimmten, wieder in diese Welt zurückzukehren.«

»Wartet!« unterbrach Axis ihn. Die Feindschaft, die er für Aschures Vater empfand, war hintangestellt in seinem Verlangen nach Verstehen und Wissen. »Vor einigen Jahren hat Veremund mir Eure Geschichte als Krallenfürst erzählt.«

Wolfsterns Miene blieb ausdruckslos – nur eine Ader klopfte an seinem Hals.

»Der alte Mönch deckte mir auf, wie sehr Ihr von Jugend an von der Möglichkeit träumtet, daß neben dieser noch weitere Welten das Universum formten. Ihr betriebt entsprechende Forschungen und gelangtet zu dem Schluß, daß jede Sonne mit einer Welt ähnlich der unseren versehen sei, die sie genauso wie die Erde umkreise. Also schautet Ihr in den Himmel und gelangtet zu folgender Erkenntnis: Wenn eine Vielzahl Sonnen dort leuchteten, müßte auch eine Vielzahl von Erden vorhanden sein. In Eurem Volk hielt man Euch deswegen für verrückt, aber mich hat diese Geschichte nachdenklich gemacht. So verratet mir, Wolfstern, was Ihr jenseits des Sternentores gefunden habt.«

Dieser lächelte leise. »Ihr wollt also wissen, ob ich tatsächlich auf andere Welten gestoßen bin ... ja, das kann ich gut verstehen. Aber ich fürchte, daß ich darüber jetzt noch nicht sprechen kann. Später einmal, vielleicht.« Er senkte seine Stimme: »Sagen wir so ... was ich dort antraf, stellte einen der Gründe für meine Rückkehr dar.«

Der Zauberer schüttelte sich, und sein Lächeln erstarb. »Doch genug davon. Ich kehrte hierher zurück, weil ich unter anderem erfahren hatte, daß die Welt, die ich so sehr liebte und der ich letztlich diente – oh ja, junger Freund, das dürft Ihr mir ruhig glauben, trotz all meiner Taten lag mir Tencendor immer sehr am Herzen –, furchtbare Gefahren drohten. Eine Zeit der Unruhen würde beginnen, der Kriege. Ein Zeitalter, in dem die alte Ordnung auseinandergebrochen werden sollte. Nichts vermochte diese Umwälzungen aufzuhalten. Aber es bestand eine Möglichkeit, die Schäden wieder zu beheben.«

»Die Prophezeiung?«

»Ja, ganz recht. Die Weissagung gab es schon vor mir. Ich habe sie nicht geschaffen. Die Prophezeiung fand mich und setzte mich für ihre Zwecke ein, so wie ich dann später viele Personen in ihrem Sinne gebunden und beeinflußt habe. Sie bewegte mich zurück durch das Sternentor, und seitdem bin ich in meiner Rolle als Prophet stets ihr Diener geblieben. So warb ich die Wächter an, schrieb die Weissagung nieder und verfolgte, wie die Gemeinschaft der Völker auseinanderbrach ... aber das hatte die Prophezeiung ja vorausgesagt. Als eine meiner letzten Taten zeugte ich Aschure und wirke seitdem daran, daß die Weissagung sich erfüllt.«

»Ihr habt alle wie Marionetten tanzen lassen«, warf der Krieger ihm vor.

»Ja, das habe ich getan und noch viel mehr«, ereiferte sich der Zauberer. »Vor nichts schreckte ich zurück, wenn es nur der Prophezeiung diente. Kleinliche Gewissensbisse oder Fragen nach Recht und Unrecht galten nichts, wenn sie der Weissagung im Weg standen.«

»Wolfstern!« Axis zog an seinem goldenen Langhemd und hielt es ihm hin.

»Was denn?« knurrte der Zauberer unwillig.

»Seht Ihr diese Blutflecke hier?«

Der Ikarier schaute kurz hin und winkte dann ab. »Das da? Ach, das ist nichts.«

Und damit verschwand Faradays Blut von Axis' Hemd.

Doch das empörte den Krieger mehr als alles andere. Er geriet außer sich.

»Läßt sich Schuld einfach mit einer Handbewegung beseitigen?« schrie er und packte Wolfsterns Arm.

Der Zauberer erstarrte, schüttelte Axis' Hand aber nicht ab.

»Das war das Blut Faradays, Wolfstern! Das Blut der Edlen, die anstelle von Aschure sterben mußte!«

»Ja«, sagte der Ikarier nur.

»Habt Ihr alles so gedreht, daß sie in Gorgraels Gefangenschaft geriet?«

Vollkommene Stille senkte sich über die Tundra. Aus weiter, sehr weiter Ferne spürte Axis, wie die grauen Wellen gegen die Eisbärküste anrollten. Er fühlte sie nur, denn nicht einmal deren Geräusch störte die Stille. Seine Welt bestand nur noch aus den endlosen, öden Schneeflächen und Wolfstern …

Der Zauberer sah ihn lange an und antwortete schließlich mit ruhiger Stimme und Miene: »Ja, das habe ich getan.« Axis' Finger klammerten sich um den Arm des Vogelmanns und bohrten sich tief in sein Fleisch. Aber man konnte dem Zauberer nicht anmerken, ob ihm das etwas ausmachte oder nicht.

»Ja, sagt Ihr«, murmelte der Krieger. »Ihr gebt es einfach so zu, sie in den Tod getrieben zu haben?«

»Ihr erbärmlicher Narr!« fuhr Wolfstern ihn jetzt an und riß seinen Arm los. »Hätte es Euch denn besser gefallen, wenn die gesamte Prophezeiung an dieser Stelle zusammengebrochen wäre? Hättet Ihr es lieber gesehen, wenn Gorgrael statt Faradays Aschure in seinen Krallen gehalten hätte?«

Axis starrte ihn verständnislos an.

»Jetzt hört mir einmal gut zu«, fuhr der Ikarier fort, und es war ihm anzumerken, daß seine Geduld bald erschöpft war. »Gorgrael hatte durchaus die Möglichkeit, den Zweikampf für sich zu entscheiden. Ja, er hätte wirklich gesiegt, wenn er nicht Faraday, sondern Aschure in seine Gewalt gebracht hätte. So mächtig meine Tochter mittlerweile auch sein mag, gegen den Zerstörer hätte sie niemals bestehen können. Gorgrael hätte sie mit seinen Kräften überwältigt … und sie schließlich zerrissen. Glaubt Ihr wirklich, daß Ihr dann noch Eure innere Sammlung hättet aufrechterhalten können? Euren Zugriff auf die Macht der Sterne? Bildet Ihr Euch wirklich ein, Ihr hättet die Kraft des Sternentanzes durch das Zepter fließen lassen und gegen den Zerstörer richten können, wenn er vor Euren Augen Aschure erst den Bauch und dann auch noch die Kehle zerfetzt hätte?«

»Also habt Ihr statt ihrer Faraday sterben lassen.«

»Ja, wenn Ihr es unbedingt so sehen wollt.«

»Ihr habt ihr Leben geopfert!«

»Mir gelang es, Gorgrael zu täuschen und ihm weiszumachen,

die Edle sei in Wahrheit Eure Liebste. Damit habe ich Euch das Leben gerettet. Und Aschure. Und ganz Tencendor. Denn allein darauf kam es an.«

»Und dafür mußte Faraday sterben.«

»Ihr seid nicht nur ein jämmerlicher, sondern auch ein selbstgerechter Narr, Axis!« Wolfstern klang jetzt wirklich verärgert. »Warum macht Ihr mich nicht auch für Jorges Tod verantwortlich? Oder für den Suchauges? Oder für die vielen Tausende, die Ihr bei der Schlacht um die Stadt Gorken verloren habt? Wieso schiebt Ihr mir nicht die Schuld dafür in die Schuhe, daß Timozel seine Unschuld verlor? Sagt es mir. Aber das könnt Ihr nicht, weil Ihr nämlich selbst ein viel zu schlechtes Gewissen habt, einfach dagestanden und zugesehen zu haben, wie Faraday ihr Leben verlor!«

»Mir blieb doch keine andere Wahl!« hielt ihm der Krieger matt entgegen. »Wenn ich versucht hätte, sie zu retten, wären wir damit beide zum Tod verurteilt gewesen. Ich mußte sie sterben lassen.«

Nachdem diese Worte ausgesprochen waren, erstarrte der Sternenmann. Hatte er dies eben tatsächlich gesagt?

»Richtig«, bestätigte der Ikarier, und jetzt schwang in seiner Stimme etwas Mitgefühl mit. »Faraday mußte sterben. Mit ihrem Tod rettete sie Euch, Aschure und ganz Tencendor – und das wußte sie. Das war das größte Geschenk, das ich ihr für dieses Opfer geben konnte.«

Wolfstern nahm Axis' Hand, und als er sie wieder losließ, sagte er sehr leise und tief bewegt: »Faraday wußte um den Wert ihres Todes, ebenso wie ihr bekannt war, daß sich auf dieser Welt kein Platz mehr für sie fand.«

»Bei den Sternen, was soll ich jetzt tun?«

Sogar Wolfstern war getroffen von dem schieren Schmerz in Axis' Stimme. »Vergeßt Eure Schuldgefühle so rasch wie möglich, und erfüllt Faradays letzten Wunsch: Besucht den Hain. Von dort aus kehrt Ihr zu Aschure heim und baut mit ihr Tencendor auf. Dabei werdet Ihr an Wissen und Weisheit gewinnen und Euren Platz unter den neun Göttern einnehmen … und eines Tages kehre ich vielleicht zurück und lasse Euch an meinem Wissen über die Welten teilhaben, die mich jenseits des Sternentores erwarteten. Gut möglich, daß Euch das gefallen würde. Und noch viel später erzähle ich Euch vielleicht sogar von den Gefahren, die auf der anderen Seite des Sternentors auf mich warteten.«

Er schwieg jetzt und drückte sanft Axis' Hand.

»Nun brecht auf, und holt Fardays Geschenk.«

Wolfstern erhob sich in einer einzigen fließenden Bewegung und schritt über die Tundra davon.

Das war das letzte, was der Sternenmann von ihm sah: Eine einsame Gestalt, die langsam in der Ferne verschwand.

Noch während Axis ihm hinterherstarrte, legte sich der schwarze Umhang wieder um die Schultern des uralten Zauberers und flatterte im Wind.

Und an sein Ohr drangen einzelne Töne eines albernen kleinen Liedchens, das in die kalte Luft gepfiffen wurde.

35

Faradays Geschenk

Axis summte in Gedanken das Lied der Bewegung und wünschte sich in den Heiligen Hain. Diese Stätte barg soviel Magie in sich, daß der Krieger nicht einen Moment daran zweifelte, mittels seiner Zauberkräfte genauso leicht dorthin zu gelangen wie zum Beispiel nach Sigholt.

Und so geschah es auch.

Rings um ihn herum flammte die Tundra in glühendem smaragdgrünem Licht auf, das sich plötzlich veränderte und in die Bäume verwandelte, welche den Pfad zum Hain bestanden. Der Krieger zwang sich zur Ruhe, nahm allen Mut zusammen und betrat entschlossen den Weg. Was würde er an dessen Ende vorfinden? Die Gehörnten hatten ihn nie sehr geschätzt, und vertrauen wollten sie ihm wohl auch nicht. Würde sich ihre Einstellung inzwischen noch mehr zu seinen Ungunsten verändert haben? Schließlich hatte Axis tatenlos zugesehen, wie Gorgrael ihre geliebte Faraday in Stücke gerissen hatte.

Vielleicht hatten die Gehörnten das ja immer schon gewußt und ihn deshalb nicht gemocht.

Der Weg verbreiterte sich, und die Bäume zogen sich ein Stück zurück. Über ihm drehten sich die Sterne in ihrem immerwährenden Tanz. Er spürte die Macht des Sternentanzes vor sich, denn vor ihm befand sich der Hain und weitete sich zu einem großen, stummen Kreis.

Axis blieb unsicher an dessen Saum stehen. Die Lichtung kam

ihm jetzt verändert vor, aber er konnte nicht erkennen, was genau sich hier gewandelt hatte. So verharrte er dort vollkommen still und versuchte es zu begreifen.

Dieselbe Macht wohnte hier noch. Der Krieger spürte, wie sie um die Stämme kreiste und ihn beobachtete.

Dann kam ihm die Erleuchtung. Die Veränderung betraf die Bäume. Zweimal hatte er diesen Ort bereits besucht, einmal im Traum und das andere Mal auf Bitten Faradays, um Ramus Verwandlung zu bezeugen. Und bei beiden Gelegenheiten hatten die Augen, die ihn zwischen den Bäumen anstarrten, wie ein Gewicht auf ihm gelastet.

Aber nun waren fast alle Augen verschwunden. Sicher, hier und da gab es immer noch welche, aber nur noch sehr wenige. Es kam ihm so vor, als warteten sie auf irgend etwas.

Dem Krieger wurde nun, da er die Veränderung erkannt hatte, etwas wohler zumute, und er trat auf die Lichtung. Warum hatte Faraday so sehr darauf bestanden, daß er nach dem Zweikampf hierher käme? Und was hatte Wolfstern mit ihrem »Geschenk« gemeint?

Vorsichtig schritt Axis weiter. Die Stille beunruhigte ihn sehr. Warum zeigten die Gehörnten sich ihm nicht? Früher hatten sie ihn wenigstens begrüßt.

Eine Bewegung im Gras fiel ihm ins Auge, und er blieb erschrocken stehen.

Nein, das war nur der Wind, beruhigte er sich und setzte sich wieder in Bewegung.

Nur wehte hier überhaupt kein Wind.

Axis blieb erneut stehen, diesmal mit klopfendem Herzen. Etwas Bedeutendes schien sich anzukündigen. Die Macht des Hains ballte sich zusammen, und dem Krieger stellten sich die Nackenhaare auf.

Die Stille wirkte geradezu unheimlich.

Noch ein Schritt … zögerlich der nächste … und wieder bewegten sich die Grashalme.

Der Sternenmann blieb endgültig stehen. Das Herz schlug ihm jetzt bis zum Hals. Das Gefühl, daß sich hier jeden Augenblick etwas Ungeheures tun würde, nahm noch zu, und Axis hätte sich am liebsten umgedreht und wäre davongelaufen.

Er schaute nach links und nach rechts. Nichts regte sich ... bis auf die Stelle im Gras, etwa fünfzehn Schritt vor ihm.

Wovor fürchte ich mich eigentlich? Habe ich nicht Gorgrael geschlagen? Bin ich nicht als Sieger hervorgegangen? Warum schlottern mir fast die Knie? Wieso ängstige ich mich wie ein Kind, das sich in einer stürmischen Nacht im dunklen Wald verlaufen hat?

Ja, aus welchem Grund?

Weil er sich hier wirklich verloren wie ein Kind im dunklen Wald vorkam.

Der Krieger bewegte sich zwei, drei Schritte vorwärts. Als sich nichts tat, ging er noch ein Stück weiter. Dabei kam er der Stelle im Gras immer näher. Und erkannte nun, daß sich genau an dieser Stelle gleich etwas Unerhörtes ereigenen würde.

Axis atmete tief durch, sammelte allen Mut, spürte das eisige Gewicht des Schicksals auf seinen Schultern und bewältigte das letzte Stück zu der Stelle im Gras.

Und dort lag ein kleines, nacktes Kind.

Der Krieger blieb wie erstarrt stehen und erbleichte. Einige Herzschläge lang vermochte er nicht zu atmen.

Ein winziger Knabe.

Nein! Nein, bloß das nicht!

Er zitterte so stark, daß er nicht mehr auf den Beinen stehen konnte und auf die Knie fiel.

Neben dem Säugling.

Das Kind schlummerte, bewegte im Schlaf die kleinen Fäuste, und seine Finger griffen nach etwas Unsichtbarem, so als träume es, bei seiner Mutter zu sein. Sanfter blonder Flaum bedeckte sein Köpfchen, und sein Körper war rund und gesund.

Der Säugling war noch sehr klein, und Axis schätzte, daß er höchstens sieben oder acht Wochen alt sein konnte, wenn überhaupt.

Er beugte sich über das Bübchen. Dabei zitterte seine Hand so stark, daß er sie erst zur Faust ballen mußte. Sobald Axis sich wieder in der Gewalt hatte, streckte er die Hand erneut aus und berührte den Kopf des Knaben.

Dieser erwachte mit einem leisen Schrei, und dem Krieger blieb fast das Herz stehen. Der Kleine drehte nun langsam und verträumt den Kopf, um nach der Hand zu suchen, die ihn geweckt hatte. Dann fiel sein Blick auf den Sternenmann, und er schaute ihn aus Faradays grünen Augen an.

»Bei den Göttern!« murmelte Axis ergriffen und nahm den Säugling auf seine Arme.

Wie konnte ich ihr nach all dem anderen auch noch das antun?

Das Kind schmiegte sich wohlig an seine Brust, so als habe es ihn erkannt, und griff mit seinen kleinen Fingern in den goldenen Stoff des Langhemds.

Jetzt hörte der Krieger auch, wie das Blut des Kleinen nach ihm rief, nach ihm sang … und wie sein eigenes darauf antwortete. Damit war der letzte Zweifel beseitigt. Bei diesem Säugling handelte es sich um seinen Sohn.

Warum hat sie mir kein Sterbenswörtchen davon verraten? Warum nicht? Warum nicht?

Langsam quollen ihm Tränen aus den Augen. Aber er verhielt sich still, um den Knaben nicht zu erschrecken. Kein Wunder, daß Faraday während der Reise morgens und abends in den Heiligen Hain geeilt war. Sie wollte ihren Sohn füttern und mit ihm spielen.

Doch nun war die Edle tot, und ihr wunderschönes Kind würde seine Mutter nie richtig kennenlernen.

Axis senkte das Haupt, und seine Tränen fielen auf den Säugling. Lange kniete er so da, wiegte das Kind sanft und trauerte wieder um Faraday.

»Er heißt Isfrael.«

Der Krieger blinzelte und wischte sich die Tränen fort, sah aber nicht gleich auf.

»Sie gab ihm diesen Namen, weil er sie an einen schönen Traum erinnerte.«

»An einen Traum?« fragte Axis und hob endlich den Kopf. In

einiger Entfernung stand finster dreinblickend der Gehörnte mit dem Silberpelz.

Feindseligkeit strahlte von allen Seiten heran.

»Isfrael«, murmelte der Sternenmann. »Ein schöner Name. Aber was hat er mit einem Traum zu tun?«

Die Feindseligkeit steigerte sich noch. »Die Baumfreundin träumte von einem Zuhause und vom Glück, obwohl sie doch wußte, daß ihr beides versagt bleiben würde. Und in diesem Träumen erschien ihr manchmal der Name Isfrael.«

Axis mußte, überwältigt von Schmerz und Schuldgefühl, die Augen schließen.

»Faraday trug mir auf, Euch mitzuteilen, daß Ihr den Knaben mit nach Hause nehmen sollt, damit Aschure ihn aufziehen könne. Sie meinte, Aschure würde ihm bestimmt eine gute Mutter sein.«

Der Krieger drehte den Kopf zur Seite, weil er den anklagenden Blick des Silberpelzes nicht länger ertragen konnte. Aschure hatte einmal befürchtet, er könne ihr Caelum wegnehmen und Faraday geben. Welch Wendungen das Schicksal sich doch ausdachte. Nun würde Aschure Faradays Kind großziehen.

»Die Edle meinte auch, daß Ihr Isfrael eines Tages den Awaren überlassen würdet.«

»Wie bitte?« Axis richtete den Blick wieder auf den Gehörnten und schloß schützend die Arme um seinen jüngsten Sohn.

»Isfrael ist kein Geschenk, Sternenmann. Ihr bekommt ihn nur geliehen, denn in Wahrheit gehört er den Waldläufern. Faraday lebte leider nicht lange genug«, wieder bedachte der Silberpelz ihn mit seinem anklagenden Blick, »um die Awaren aus ihrer Zuflucht heimzuführen. Diese Aufgabe wird einst ihr Sohn übernehmen, und zum Magierkönig der Awaren ausgerufen werden. Ihr müßt ihm alles beibringen, was er dafür wissen muß. Und wenn es so weit ist, nehmen die Waldläufer ihn bei sich auf und vervollständigen seine Ausbildung.«

Nein! wollte der Krieger schon widersprechen, aber der Gehörnte ließ ihn nicht zu Wort kommen.

»Sie sind auch für Euch gestorben, Sternenmann.«

Aber die Awaren haben längst nicht so viele Opfer zu beklagen wie die anderen Völker, lag es Axis schon auf der Zunge; doch wieder kam der Silberpelz ihm zuvor.

»Genau so wie Faraday.«

Der Krieger schloß den Mund und senkte seinen Kopf in stiller Zustimmung.

Axis?

Er schaute sich um, und als er wieder nach vorn blickte, war der Silberpelz fort. Dafür zeigte sich bei den Bäumen ein weißer Hirsch. Vorsichtig und leicht witternd stand er da, so als sei es für ihn ungewohnt, unter offenem Himmel zu sein. Seine großen, runden Augen blickten wachsam um sich. Doch schließlich überwand der Hirsch seine Furcht und schritt ebenso vornehm wie zierlich auf den Krieger und das Kind zu.

Axis?

Ramu.

Ja, so wurde ich einst gerufen.

Kommt Ihr auch, um mich zu beschimpfen und zu tadeln?

Das würde ich nie tun, Sternenmann. Ich trete vielmehr vor Euch, um meine Schuld bei Euch abzutragen.

Was denn für eine Schuld?

Axis, vor vielen Jahren habt Ihr an der Grenze zu Awarinheim mein Leben und das von Schra gerettet. Deswegen schulde ich Euch zwei Leben.

Ja.

Eines davon habe ich Euch bereits zurückgegeben, als ich Euch verriet, daß Faraday noch lebte.

Der Krieger senkte den Kopf und erinnerte sich. *Ja.*

Nun will ich Euch das zweite Leben zurückgeben, das ich Euch schulde.

Axis hob erwartungsvoll den Kopf.

Und wieder darf ich Euch verkünden, daß Faraday lebt.

Der Krieger riß die Augen weit auf und wagte kaum zu atmen.

Aber sie hat jetzt ein Gesicht angenommen, mit der Ihr wenig anfangen könnt, Sternenmann. Vielleicht seht Ihr sie ab und an. Doch ihr werdet nie mehr mit ihr sprechen können. Sie nie mehr berühren dürfen. Und ihr nie wieder weh tun können. Faraday ist nun endlich ungebunden, Axis, frei, und damit nun auch frei von Euch.

Der Hirsch zitterte ein wenig, aber als der Krieger eine Hand nach ihm ausstreckte, entzog er sich ihr und war bald darauf zwischen den Bäumen verschwunden.

»Nein!« rief Axis so laut, daß der Knabe anfing zu wimmern. »Bleibt hier! Kommt zurück!«

EPILOG

NEUN JAHRE SPÄTER ...

»Vater?«

»Ja?« Axis schaute in Isfraels grüne Augen und lächelte. Seine Hand umschloß die seines Sohnes.

»Ihr mögt diese Wälder hier nicht besonders, nicht wahr?«

Der Krieger lachte, obwohl ihm wirklich nicht danach zumute war. Dann blickte er zurück auf den Pfad, den sie eben gekommen waren. Zu beiden Seiten ragten die Bäume hoch in den Himmel, aber hier war es trotzdem friedlich und nicht bedrückend. Vögel und Schmetterlinge tanzten in den Sonnenstrahlen, die ihren Weg durch das grüne Laubdach fanden.

Am Morgen hatten Aschure und er ihre Kinderschar zum nördlichen Rand des Bardenmeers mitgenommen, um am Ufer des Nordra den Tag zu genießen und zu speisen. Danach waren Axis und Isfrael allein in den Wald gegangen.

Zweimal im Jahr unternahmen sie diesen Ausflug zusammen, seit jener Zeit, als der Sternenmann mit seinem jüngsten Sohn auf den Armen nach Sigholt zurückgekehrt war. Axis brachte es nie über sich, seine Gemahlin danach zu fragen, aber im stillen vermutete er, daß sie gelegentlich mit Isfrael, Caelum, ihrer Tochter oder allen dreien durch den Wald wanderte. Zwischen ihr und Faraday hatte ein inniges Verhältnis bestanden, und Axis fragte sich manchmal, ob die Edle sich seiner Gemahlin heute noch in ihrer menschlichen Form zeigte.

Als er sie doch einmal danach gefragt hatte, hatte sie ihn so eigenartig angeschaut, daß er dieses Thema nie wieder zur Sprache brachte.

Und Isfrael fragte er so etwas nicht.

»Also, was nun?« wartete der Kleine auf Antwort und zog ungeduldig an der Hand seines Vaters.

»Doch, ich mag diese Wälder, mein Sohn. Wie könnte sich auch jemand ihrer Schönheit verschließen? Aber mich beschleicht hier immer ein unbehagliches Gefühl, so wie …«

Aber wie sollte er das einem Neunjährigen erklären? »Die Wälder und ich bevorzugen verschiedene Arten der Magie«, erklärte er und erkannte in diesem Moment, daß das des Rätsels Lösung war. »Wir achten einander zwar, aber richtig wohl fühlt sich in der Gegenwart des anderen keiner von uns.«

Doch der Kleine ließ nicht locker. »Aschure liebt den Wald aber, und er sie.«

»Sie leuchtet eben über Wald, Ebene und See gleichermaßen.«

»Ja, Vater, da habt Ihr sicher recht.«

Axis fühlte sich auch heute noch erleichtert darüber, daß seine Gemahlin Isfrael sofort in die Familie aufgenommen hatte. Die vergangenen neun Jahre hatten ihnen solches Glück beschert, wie sie es früher nie erträumt oder zu erhoffen gewagt hatten. Die Wunden in ihren Herzen von all den Schicksalsschlägen und Tragödien, die sie auf ihrem langen Weg erlitten hatten, waren verheilt. Und rings um sie wuchsen ihre Kinder heran. Sie liefen und tobten und lachten durch die Gänge Sigholts und am Ufer des Lebenssees.

Seine Familie. Seine Kinder. Mittlerweile fünf an der Zahl, aber tief in seinem Herzen erkannte der Krieger nur drei von ihnen als seine wahren Kinder an. Die Zwillinge erweckten in ihm immer noch Befremden.

Drago war zu einem verdrießlichen, zurückgezogenen und stillen Knaben herangewachsen. Er erwies sich zwar als gehorsam, aber sein Vater argwöhnte, daß unter dieser stillen äußeren Schale immer noch Ablehnung lauerte. Drago besaß von seinem ikarischen Erbe nichts mehr, selbst die ikarischen Gesichtszüge waren mit der Zeit verschwunden. Ihm waren weder Flügelknospen gewachsen, noch bewies er irgendwelche Zauberereigenschaften. Der Junge hatte teuer für seinen Verrat bezahlt. Dennoch konnte Axis ihm immer noch nicht so recht trauen. Aschure und selbst Caelum erging es ähnlich. Oft schickten sie Drago für mehrere Monate zu Belial und Kassna und deren beiden Kindern.

Flußstern erwies sich als recht zurückhaltendes Mädchen. Sie zog die Gesellschaft ihres Bruders vor, obwohl ein Außenstehender den beiden niemals angesehen hätte, daß sie Zwillinge waren. In Flußstern zeigte sich das ikarische Erbe in voller Größe. Sie entwickelte ebenso Flügel wie Zauberfähigkeiten. Mit ihrem goldenen Haar und den violetten Augen war sie das jüngere Ebenbild von Abendlied. Sie spielte und lachte auch gern mit ihren Eltern und war ihnen offenbar zugetan.

Aber sie wirkte auch oft geistesabwesend, und manchmal saß sie stundenlang da und weigerte sich, mit ihren Geschwistern zu spielen. Dabei begegnete sie diesen nicht mit Ablehnung oder Feindseligkeit. Doch manchmal beobachte Axis seine Tochter dabei, wie sie ihn nachdenklich ansah, und dann lief ihm ein kalter Schauer über den Rücken. Wenn Drago wieder zu Belial nach Karlon reiste, bat Flußstern darum, zu ihrem Großvater auf die Insel des Nebels und der Erinnerung zu dürfen. Das Mädchen und Sternenströmer verstanden sich prächtig, und er übernahm einen großen Teil ihrer Ausbildung.

So verbrachte die Familie regelmäßig viele Monate ohne die Zwillinge. Und selbst wenn die Zwillinge in ihrer Mitte weilten, wurden sie doch nie so recht Bestandteil des Lebens in Sigholt.

Ganz anders Caelum, der wunderbare, einmalige Erstgeborene. Er wurde nun bald zwölf und versprach bereits, sich zu einem wahrhaften Erben seines Vaters zu entwickeln. Der Knabe hatte niemals Flügel entwickelt – er weigerte sich einfach, sie wachsen zu lassen, und erklärte, schließlich kämen seine Eltern auch ohne sie aus, und er wolle sich nicht von ihnen unterscheiden –, doch darüber hinaus wurde er in jeder anderen Hinsicht ein richtiger Ikarier. Nur gewisse stark ausgeprägte Eigenschaften wie Mitgefühl und Demut unterschieden ihn von den Vogelmenschen. Aus ihm würde einmal ein Zauberer, wie ihn die Welt noch nicht gesehen hatte, sagte sich sein Vater stolz.

Axis' Gesicht blickte noch seliger drein, als er an sein jüngstes Kind dachte, sein fünftes und Aschures viertes. Die Zauberin hatte vor drei Jahren einem Mädchen das Leben geschenkt – noch eine Tochter. Sie hatte ihr den Namen Zenit gegeben, und die Kleine sah ihrer Mutter wie aus dem Gesicht geschnitten aus. Der Krieger ahnte aber nicht einmal, warum sich Aschures Augen regelmäßig mit Tränen füllten, wenn sie ihrem jüngsten Kind ins Gesicht schaute; denn Zenit blickte dann mit den Augen einer wiedergeborenen Seele zurück.

Auch aus der zweiten Tochter würde einmal eine Zauberin werden. Aber Axis sagte sich, daß sie später kaum ihre ikarischen Fähigkeiten würde einsetzen müssen, um das Herz eines jungen Mannes zu verzaubern.

»Kommen Freierfall und Abendlied zu Caelums Geburtstag zu uns?«

Isfrael klang noch immer ungeduldig, und der Krieger riß sich aus seinen Träumereien. Der arme Junge hatte bestimmt schon das Gefühl, allein durch den Wald zu laufen. Nur noch eine Woche bis Jultide. Die Häuser Sonnenflieger und Sterne nutzten die Gelegenheit von Caelums Ehrentag gern, um die heiligen Riten mit einem großen Familientreffen zu verbinden.

»Ja«, antwortete er seinem Sohn lächelnd. »Und Sternenströmer kommt auch.«

Der Zauberer hatte sich vor langer Zeit auf der Insel des Nebels und der Erinnerung häuslich eingerichtet. Axis wollte sich lieber nicht vorstellen, welche Verheerungen sein Vater unter den Priesterinnen des Sternenordens anrichtete. Normalerweise hätte Sternenströmer auf der Insel die Jultidenfeierlichkeiten durchgeführt, aber in diesem Jahr hatte er sich dafür entschieden, sich zum Fest lieber nach Sigholt zu Axis und Aschure zu gesellen. Erleichtert wurde ihm diese Entscheidung durch den Umstand, daß sich auf der Insel, die den Ikariern schon immer heilig gewesen war, mehr als genug erfahrene Zauberer aufhielten, die ihn vertreten konnten.

Der Krieger verbrachte mittlerweile den Großteil des Jahres in der alten Festung Sigholt. Nach seinem Sieg über Gorgrael hatten

Aschure und er ihren Hauptwohnsitz in Karlon genommen, um von dort aus alle Landesteile zu bereisen. Die beiden wollten sich einen Eindruck davon verschaffen, ob das neue Tencendor blühte und gedieh und sicherstellen, daß die neue Welt tatsächlich gesund und kräftig aus dem Haß und der Trennung der vergangenen tausend Jahre aufstieg. Die meisten Tencendorianer hatten die Bürgerkriege gut überstanden. So waren die Menschen längst wieder dabei, ihre Äcker zu bestellen und Handel zu treiben. Die Ikarier hatten ihre ihnen so lange versperrten Städte inmitten der wogenden Wälder der Minarettberge wieder in Besitz genommen. Freierfall, der neue Krallenfürst der Vogelmenschen, herrschte dort schon seit Jahren mit Abendlied an seiner Seite.

Freierfall, Ho'Demi, Isgriff, Magariz und Belial, die Prinzen des neuen Reiches, regierten ihre Provinzen weise und gerecht, und Axis mußte nach der Anfangszeit nicht mehr durch das ganze Land reisen, um überall seine Oberherrschaft zu befestigen. Zweimal jährlich kamen er und die Prinzen zu offiziellen Beratungen zusammen, aber viel häufiger trafen sie sich zu Festen und familiären Anlässen.

Dem Krieger blieb so Gelegenheit, mehr und mehr Zeit hinter dem blauen Nebel zu verbringen, der Sigholt immer noch umgab. Er übte sich in seinen immer noch wachsenden Kräften, erforschte die Magie, die in ihm schlummerte, und unterhielt sich gern mit den Sternengöttern, wenn sie vor ihm erschienen. Darüber hinaus liebten sich seine Gemahlin und er von Tag zu Tag mehr, und es bereitete ihm die größte Freude, mit seinen Kindern zusammen zu sein.

Gelegentlich kamen Magariz, Rivkah und ihr Sohn nach Sigholt. Der Fürst hatte in der fruchtbaren Ebene zwischen den Flüssen Ichtar und Azle seine neue Stadt errichtet, die stetig wuchs. Sie hatte den Namen Severin erhalten und galt mittlerweile als bedeutendste Stadt Ichtars. Hsingard lag immer noch in Trümmern. Jervois hatte man zwar wieder aufgebaut, aber es kam der neuen Hauptstadt nicht gleich. Rivkah und Magariz hatten dort auf einem Hügel, von dem aus man die ganze Stadt überblicken konnte, ihren Palast errichtet.

Das Unbehagen, das der Sternenmann über Rivkahs neue Schwangerschaft – einen neuen Bruder für ihn – empfunden hatte, war weitgehend verflogen. Zared hatte von seiner Mutter den Witz und den Mut geerbt, und von seinem Vater das gute Aussehen und die Aufrichtigkeit. Axis stellte zu seiner Verblüffung fest, daß ihm sein viel jüngerer Halbbruder immer besser gefiel. Er hoffte inständig, ein angenehmes Verhältnis könne zwischen ihnen entstehen – und nicht eine neue unversöhnliche Feindschaft wie mit seinen inzwischen verstorbenen Brüdern.

Aschures Vater hatte sich bislang noch nicht wieder gezeigt. Niemand wußte, wohin Wolfstern sich nach der Erfüllung der Prophezeiung gewandt hatte – nicht einmal seine Tochter ahnte etwas. Aber wenn Axis es recht bedachte, war es ihm durchaus recht, nie wieder etwas von dem uralten mächtigen Zauberer zu hören. Vielleicht war der Ikarier ja wieder durch das Sternentor in die Daseinsebene zurückgekehrt, die er eigentlich ja nie hätte verlassen sollen. Vielleicht, vielleicht aber auch nicht. Gut möglich, daß Wolfstern schon wieder irgendwo saß und neue Ränke schmiedete.

Doch Wolfstern beschäftigte die Gedanken des Kriegers nur selten. Sollte er tatsächlich eines Tages wieder auftauchen, würde Axis schon mit ihm fertigwerden.

Der Sternenmann hatte das Regenbogenzepter seit dem so ereignisreichen Tag in Gorgraels Gemach nie mehr angerührt. Der Stoffetzen aus Faradays Gewand bedeckte den edelsteinblitzenden Knauf immer noch, und die Insignie selbst lagerte in einer geheimen Kammer auf Burg Sigholt. Irgendwann, nahm Axis sich vor, würde er den Stab genauer untersuchen – und nach dem tatsächlichen Verbleib der Wächter forschen. Er spürte, daß ihr Geist immer noch im Zepter steckte, aber auch, daß die rechte Zeit für eine genauere Beschäftigung damit noch nicht gekommen war.

Nur ein Schatten lastete auf Axis' glücklichem und sonnigen Dasein: Das Wissen darum, seinen jüngsten Sohn eines Tages den Awaren überlassen zu müssen.

Die Waldläufer waren größtenteils in Awarinheim geblieben.

Nur wenige Klans wanderten auf ihren Zügen auch durch Bardenmeer. Die Awaren hatten ihm erklärt, sie wollten warten, bis Isfrael zum Jüngling herangereift war. Dann solle Faradays Sohn bei ihnen seinen Platz als Magierkönig einnehmen. Und erst dann wollten sie auch in größerer Anzahl ihren Wald verlassen.

Axis unterhielt sich nun mit seinem jüngsten Sohn über Sternenströmers bevorstehenden Besuch. Doch je tiefer sie in den Wald hineingelangten, desto unruhiger wurde der Krieger. Mit jedem Mal, bei dem Isfrael und er durch Bardenmeer wanderten, wuchs sein Unbehagen. Nur noch wenige Jahre verblieben der Familie, bis sie sich von dem Jungen würde trennen müssen. Damit er die Art und Magie der awarischen Bäume kennenlerne. Der Krieger wußte nicht, ob er nach dem Verlust der Edlen auch noch den ihres gemeinsamen Sohnes ertragen könnte.

Er warf jetzt einen langen Blick auf den Knaben. Ein Kind, das immer schon mit der Magie auf vertrautem Fuß gestanden hatte. Nichts Übernatürliches schien ihm fremd zu sein, und im Lauf der Jahre gewann Isfrael immer größere Ähnlichkeit mit seiner Mutter. Dieser Eindruck drängte sich Axis vor allem dann auf, wenn sie zweimal im Jahr vor Niahs Hain standen.

Sie hatten ihr Ziel fast erreicht, und beide wechselten kaum noch ein Wort miteinander. Selbst die Geräusche des Waldes waren nur noch gedämpft zu hören. Die Vögel saßen still auf ihren Ästen und sahen ihnen zu, statt fröhlich zwitschernd durch das Laub zu flattern.

Und dort, ein kleines Stück voraus, wartete sie schon. Wie stets bisher.

Schra.

Sie mußte nun ungefähr fünfzehn sein, sagte sich der Krieger, als sie sich ihr näherten. Sie besaß das schwarze Haar und die dunklen Augen ihres Volkes und dazu auch den feingliedrigen Knochenbau der Waldläuferinnen. Aber für jemand aus diesem Volk wirkte sie ungewöhnlich groß und hellhäutig. Unter den Awaren genoß Schra als Erste Magierin allergrößte Hochachtung, jedoch ebenso bei Axis und Isfrael. Sie verfügte auch über große Zaubermacht, aber ohne die Bedrohung, die der Krieger und Aschure von den früheren führenden Magiern zu spüren bekommen hatten. Schra bediente sich ihrer Fähigkeiten ausschließlich mit friedlichen Absichten. Wo immer sie war, umgab sie eine Aura der größten Heiterkeit und Gelassenheit. Und so kam sich Axis manchmal in ihrer Gegenwart vor wie ein unbeholfener Stallbursche.

»Willkommen, Sternenmann«, begrüßte Schra ihn, nahm seine Hände und küßte ihn auf die Wange.

»Isfrael«, lächelte sie dann den Knaben an. »Jedesmal, wenn wir uns begegnen, seid Ihr schon wieder um eine Handbreit gewachsen.« Das Mädchen bückte sich und streifte kurz mit ihren Lippen seine Wange.

Der Knabe errötete vor Vergnügen. Er freute sich immer schon lange im voraus darauf, die Awarin wiederzusehen, und liebte sie fast so sehr wie seine Mutter. Isfrael wußte auch von seiner Bestimmung, daß er eines Tages zu den Waldläufern ziehen sollte. Und er spürte, wie sehr seinen Vater diese Vorstellung beunruhigte. Aber wenn alle Awaren so wunderbar waren wie Schra, wollte der Junge gern bei ihnen leben.

Schra ließ jetzt die Hände sinken und sah den Krieger ernst an. »Ihr müßt am Rand des Hains warten.«

»Das ist mir bekannt«, entgegnete Axis rauh. Stets mußte er am Rand zurückbleiben, so wie jemand, der unerwünscht war. Warum mußte das Mädchen ihn nur immer wieder daran erinnern?

Sie nickte, nahm Isfrael an die Hand und führte ihn fort.

Ihre Wanderung endete stets vor Niahs Hain, und Axis wußte nicht so recht, was sie immer wieder hierher führte. Genauso wenig wie den Grund dafür, daß das Wesen, zu dem Faraday geworden war, sich von Niahs letzter Ruhestätte so angezogen fühlte. Der Hain lag noch genauso da wie seit dem Tag, an dem Faraday die Stätte mit Bäumen bepflanzt hatte. Die neun Bäume umringten das Grab, und ihre Äste hatten sich ineinander verwoben; dennoch fanden immer noch einige Sonnenstrahlen ihren Weg durch das Laubdach auf die Erde. Mondwildblumen, die von Aschure stammten, wuchsen in einem dichten Kreis in der Mitte der Stätte und hatten sich auch hier und da auf der Lichtung davor ausgebreitet.

Schra führte den Knaben in den Kranz der violetten Blumen und bedeutete ihm, sich hier hinzusetzen. Dann bückte sie sich und redete leise mit ihm, bis sie sich wieder aufrichtete und ans andere Ende des Hains eilte. Dort warf die Magierin erst einen Blick auf Isfrael, ob er auch still sitze, und endlich auf Axis.

Wenn beides zufriedenstellend ausfiel, verschwand Schra im Schatten.

So warteten sie: Der Krieger vor dem Ring der neun Bäume und Isfrael inmitten der Blüten. Manchmal vergingen nur wenige Minuten, andere Male aber bis zu drei Stunden. Doch mochte es auch noch so lange dauern, der Knabe bewies stets große Geduld, verlor kein Wort und wurde nie zappelig. Selbst als ganz kleines Kind, als er kaum auf eigenen Beinen stehen konnte und Axis ihn tragen mußte, war er nicht einmal ungeduldig geworden.

Heute erschien sie beinahe sofort.

Wie stets kündete der weiße Hirsch ihr Kommen an.

Der Krieger fuhr zusammen, als hinter ihm ein Zweig knackte. Vorsichtig und wachsam näherte sich ihm der Hirsch bis auf zwei Schritte.

Zitternd stand er da, erlaubte Axis aber, ihn kurz an der Schulter zu berühren.

Ich grüße Euch, Ramu.

Und ich Euch, Sternenmann. Geht es Euch gut?

Ja, sehr gut. Und Euch?

Der Hirsch gab ihm keine Antwort, und dem Krieger lag auch nicht viel daran, das Gespräch fortzusetzen. Beide starrten jetzt auf die Lichtung.

Isfrael saß ebenso angespannt wie aufgeregt da; denn er wußte, daß seine Mutter nicht mehr weit war. Sein Blick wanderte an den Bäumen entlang, und er fragte sich, hinter welchem sie diesmal auftauchen würde.

Zu seiner großen Überraschung erschien sie diesmal aus Ramus Schatten.

Axis sprang beinahe in die Luft, und sein Herz raste. Niemals war sie ihm so nahe gekommen. Bei den Sternen, er müßte nur einen Schritt vorwärts machen und könnte sie schon berühren.

Aber Axis blieb auf seinem Platz, obwohl er sehr an sich halten mußte. Wenn er nur den Versuch unternahm, sie zu berühren, so stand zu befürchten, würde sie sich nie wieder zeigen.

Sie warf ihm einen kurzen Blick zu. In ihren dunklen Augen stand Erschrecken, ihr Kopf und Nacken wirkten angespannt. Die Muskeln an ihrem Körper bebten. Dann sprang sie plötzlich auf die Lichtung und lief leichtfüßig zu ihrem Sohn.

Isfrael schrie vor Freude und streckte seine Arme nach ihr aus, blieb aber sitzen.

Das Reh trabte zu ihm, senkte den Kopf und stieß den Knaben mit der Nase an Gesicht und Hals.

Isfrael strich ihr über Nacken und Schultern, vergrub die Finger in ihr dichtes rotes Fell und ließ seinen Tränen freien Lauf. Er schwieg die ganze Zeit über, wie stets bei diesen Begegnungen. Dennoch glaubte Axis zu wissen, daß die beiden sich auch ohne Worte sehr gut verständigen konnten.

Dann ließ sich Faraday an der Seite ihres Sohnes nieder. Über eine Stunde blieben sie so. Der Knabe hielt ihren Hals mit beiden Armen umschlungen, und sie rieb ihre Wange an der seinen.

Sonnenlichtstrahlen umtanzten sie, und bunte Schmetterlinge flatterten zu ihren Häuptern. Doch die Vögel des Waldes gaben weiterhin achtungsvoll Ruhe, und auch das Baumlied, das sonst im Wald immer erklang, war für die Zeit ihrer Begegnung verstummt. Schützend und still nahm der Wald Mutter und Kind in seine Obhut.

Dem Krieger traten bei diesem Anblick die Tränen in die Augen. Wenn er die beiden so sah, bewegte ihn das stets sehr. Und wie auch schon bei den früheren Anlässen, sehnte er sich danach, sich zu Isfrael und der neuen Faraday zu gesellen.

Aber sie wollte ihn dort nicht haben, sondern nur mit ihrem Sohn zusammensein. Die große Liebe, die Faraday einmal für den Krieger empfunden hatte, war entweder vergangen oder so tief in ihr vergraben, daß sie wohl keine Rolle mehr spielte.

Die Edle bewegte sich nun ungebunden und frei von Schmerz oder Betrug … und auch frei von ihrer Liebe zu Axis.

Als das Reh sich schließlich wieder erhob, erwartete der Krieger, daß es, wie stets, sofort in den Wald entschwinden würde.

Aber heute sollte es anderes sein.

Mit Beinen, die so sehr zitterten, daß sie jeden Moment zusammenzubrechen drohte, näherte Faraday sich der Stelle, an der Axis neben dem weißen Hirschen stand.

Ramu erstarrte, und der Krieger fühlte, wie der ganze Wald den Atem anhielt.

Etwa einen Schritt vor ihm blieb das Reh stehen, und Axis wurde sich bewußt, wie stark er ebenfalls zitterte. Vorsichtig und unendlich langsam streckte er eine Hand aus.

Faradays Kopf zuckte zu Seite, und ihre Augen weiteten sich vor Schrecken.

Der Krieger erstarrte und verwandelte seine Geste der Annäherung in eine des Bittens. Sein Herz schlug so laut, daß er befürchtete, allein schon dieses Geräusch müsse sie endgültig verscheuchen.

Aber da wandte sich ihr Kopf wieder ihm zu, Angst in den weit geöffneten Augen. Ihre Nase näherte sich ihm quälend langsam, so als müsse sie noch mit sich ringen … mählich erreichte sie seine Finger, bis ihr warmer Atem die Haare auf seinem Handrücken aufrichtete.

Oh Ihr Sterne, dachte Axis und vermochte kaum zu atmen. So nahe ist sie mir! Nur noch ein Herzschlag, und ich kann sie berühren.

Aber ganz kurz bevor ihre Nasenspitze seine Finger erreichte, bewegte sich der weiße Hirsch leicht.

Und diese Regung brach den Zauber des Augenblicks.

Mit einem erschrockenen Keuchen machte Faraday einen Satz zur Seite, und Ramu schob sich zwischen sie und den Krieger.

»Faraday!« rief Axis.

Sie verharrte noch einen Moment regungslos, und ein Ausdruck stand in ihren Augen, der aus den Tiefen ihres Herzens kommen mußte.

Dann wandte sie sich ab und war verschwunden. Strich frei und ungebunden durch die Wälder, Seite an Seite mit dem weißen Hirsch – aller Fesseln ledig.

Personen- und Sachregister

– Abendlied: Tochter Rivkahs und Sternenströmers, Axis' Schwester sowie Gemahlin von Freierfall Sonnenflieger.

– Achar: Königreich, das sich über den Großteil des Kontinents erstreckt und das im Norden von den Eisdachalpen, im Osten vom Schattenland (Awarinheim) und vom Witwenmachermeer, im Süden vom Meer von Tyrre und dem Kaiserreich Koroleas und im Westen vom Andeismeer begrenzt wird. Es ist heute eine Provinz von Tencendor.

– Achariten: Ein Volk von Tencendor.

– Adamon: Der ikarische Sternengott. Adamon ist der älteste der neun Götter; er ist der Gott des Himmels.

– Alaunt: Sagenumwobene riesige Jagdhunde, die einst Wolfstern Sonnenflieger gehörten und nun Aschure als Rudel folgen. Sie gehören zu den Niederen der magischen Wesen.

– Alayne: Ein Schmied aus Skarabost, der einst der jungen Aschure Geschichten erzählte.

– Aldeni: Kleineres Herzogtum im Westen Achars, in dem vorwiegend Getreide angebaut wird. Es wird zwischenzeitlich von Herzog Roland für Prinz Belial verwaltet.

– Alnar: Ein Zauberer der Awaren.

– Alte Grabhügel: Die Begräbnisstätten der alten zauberischen ikarischen Krallenfürsten. Sie befinden sich im südlichen Arkness.

– Andakilsa: Nördlicher Grenzfluß, der das Herzogtum Ichtar von der Provinz Rabenbund trennt. Meistens ganzjährig eisfrei, ergießt er sich ins Andeismeer.

– Andeismeer: Unberechenbare See, die an die Westküste Achars spült.

– Annwin: Älteste Tochter des zeitweilig abgesetzten und verbannten Grafen Isend von Skarabost sowie Faradays Schwester, verheiratet mit Baron Osmary.

– Arhat: Krieger der Rabenbunder.

– Arken: Hauptstadt von Arkness.

– Arkness: Große Provinz im Osten Achars, in der hauptsächlich Schweinezucht betrieben wird.

– Arne: Früherer Axtschwinger. Heute Kohortenführer in der vereinigten Armee. Tritt oft als Axis' persönlicher Leibwächter auf.

– Artor der Pflüger: Der einzig wahre Gott, wie es die Bruderschaft Seneschalls lehrte. Nach dem Buch von Feld und Furche, der heiligen Textsammlung des Seneschalls, machte Artor einst der Menschheit das Geschenk des Pfluges, dem Werkzeug, das es den Menschen erst ermöglichte, das Leben von Jägern und Sammlern aufzugeben und sich dauerhaft niederzulassen, um den Boden zu bebauen und so die Grundlagen der Zivilisation zu schaffen.

– ASCHURE: Tochter von Wolfstern Sonnenflieger und Niah von Nor. Sie ist mit Axis verheiratet.

– AVENIDA: Prächtige Prozessionsallee zur Tempelanlage der Insel des Nebels und der Erinnerung.

– AVONSTAL: Provinz im Westen Achars, in der hauptsächlich Gemüse, Obst und Blumen angebaut werden. Es wird zum Zeitpunkt der Geschichte von Graf Jorge für Prinz Belial verwaltet.

– AWAREN: Eines der alten Völker von Tencendor, die in den Wäldern Awarinheims leben. Die Awaren werden auch Volk des Horns, Waldläufer oder Ebenenläufer genannt.

– AWARINHEIM: Die Heimat der Awaren, die von den Achariten Schattenland genannt wird.

– AXIS: Sohn der Herzogin Rivkah von Achar und des ikarischen Zauberers Sternenströmer Sonnenflieger. In früheren Jahren Axtherr, General der Axtschwinger, hat er nun seine Rolle in der Prophezeiung des Zerstörers angenommen und ist der Sternenmann geworden. Nach der Wiederherstellung des neuen Tencendors gründete er sein eigenes Haus, das Haus der Sterne.

– AXTHERR: Anführer der Axtschwinger. Untersteht direkt dem Bruderführer des Seneschalls und wird von diesem aufgrund seiner Treue zum Seneschall, seiner Hingabe an Artor den Pflüger und den Weg des Pfluges wie auch seiner strategischen und organisatorischen Fähigkeiten ernannt. Axis war der letzte Axtherr.

– AXTKRIEGE: Die jahrzehntelang dauernden sehr grausamen und blutigen Kriege einige tausend Jahre vor der Zeit der Prophezeiung, in deren Verlauf die Achariten unter der Führerschaft des Seneschalls und dessen Axtschwingern Awaren und Ikarier aus Tencendor vertrieben und sie hinter die Grenzberge zurückdrängten.

– Axtschwinger: Einst der militärische Arm des Seneschalls. Seine Soldaten haben zwar kein Gelübde abgelegt, kämpfen aber dennoch zur Verbreitung des rechten Glaubens im Auftrag des Seneschalls. Die Axtschwinger waren der Auslöser dafür, dass die Achariten die Awaren und Ikarier in den Axtkriegen schlagen konnten und weitere tausend Jahre einen ausgezeichneten militärischen Ruf hatten. Früher von Axis als Axtherr angeführt, wurde ihre Truppe aufgelöst und viele ihrer Krieger schlossen sich Axis' Armee zur Vereinigung Tencendors und zum Kampf gegen Gorgrael an.

– Azle: Ein größerer Fluß, der die Provinzen Ichtar und Aldeni voneinander trennt und ins Andeismeer mündet.

– Baldwin, Sol: Befehlshaber der Garnison von Sigholt.

– Bardenmeer: Diesen Namen gab Faraday dem neuen Wald, den sie in der Nähe von Awarinheim anlegt.

– Barsarbe: Oberste Zaubererpriesterin der Awaren.

– Baumfreundin: Nach der awarischen Sage diejenige, die die Awaren in ihre alten Gebiete südlich der Grenzberge führen wird. Baumfreundin wird außerdem Awarinheim an die Seite des Sternenmanns stellen. Die Prophezeiung hat Faraday auserwählt zur Baumfreundin.

– Baumlied: Der Gesang der Bäume, der manchmal die Zukunft, manchmal aber auch den Tod zeigt. Der Gesang der Bäume kann aber auch Liebe und Schutz gewähren.

– Bedwyr Fort: Altes Fort am Unterlauf des Nordra, das den Zugang zum Gralsee von Nordmuth aus bewacht. Es war der Schauplatz der Entscheidungsschlacht zwischen Axis und Bornheld.

– BELAGUEZ: Streitroß von Axis.

– BELIAL: Leutnant und Stellvertreter des Axtherrn. Langjähriger Freund Axis'. Er ist jetzt Prinz von Westtencendor und verheiratet mit Kassna, Tochter von Prinz Isgriff.

– BELTIDE: Siehe Feste.

– BETHALLE: Gebetshaus in jedem Ort des Landes, in dem sich die Bewohner an jedem siebten Tag der Woche zur Anhörung der Worte Artors des Pflügers versammeln. Auch Hochzeiten, Beerdigungen und Taufen werden hier abgehalten. Es ist für gewöhnlich das am solidesten gebaute Haus eines Ortes.

– BLEICHSTERN: Ikarische Zauberin.

– BORNHELD: Herzog von Ichtar und König von Achar. Sohn der Herzogin Rivkah und ihres Gemahls, Herzog Searlas. Halbbruder von Axis und Gatte von Faraday von Skarabost. Nachdem er seinen Onkel Priam ermordet hatte, bestieg er den Thron. Er lebt nicht mehr.

– BOROLEAS: Älterer Bruder des Seneschalls, wurde verbannt.

– BRACKEN: Fluß, der in den Farnbergen entspringt und die Grenze zwischen Skarabost und Arkness bildet, bis er in das Witwenmachermeer mündet.

– BRADOKE: Hoher Offizier in Bornhelds Streitkräften.

– BRODE: Ein Aware, Häuptling des Klans der Sanftgeher.

– BRUDERFÜHRER: Oberster Führer der Bruderschaft des Seneschalls. Der Bruderführer wird von den obersten Brüdern auf Lebenszeit gewählt. Nach dem König der mächtigste Mann, kontrolliert er nicht nur die Bruderschaft mit all ihren Besitzungen, sondern auch die Elitetruppe der Axtschwinger. Als letzter Bruderführer hatte Jayme dieses Amt inne.

– BRUDERSCHAFT: Siehe Seneschall.

– BUCH VON FELD UND FURCHE: Die heilige Textsammlung des Seneschalls, in der geschrieben steht, daß Artor selbst sie verfaßt und der Menschheit übergeben habe.

– BURDEL: Einst Graf von Arkness und Verbündeter Bornhelds, dem Herzog von Ichtar und König von Aachar. Von Axis hingerichtet wegen seiner Verbrechen gegen das Volk von Skarabost.

– BURG DER SCHWEIGENDEN FRAU: Diese Burg liegt inmitten des Waldes der Schweigenden Frau. Sie ist eine der magischen Burgen Tencendors.

– BURGEN: Drei große magische Burgen von Achar: Narrenturm, Sigholt und Burg der Schweigenden Frau.

– CAELUM: Ältester Sohn von Axis und Aschure, geboren zu Jultide. Caelum ist ein altes Wort für »Sterne am Himmel«.

– CHARONITEN: Ein wenig bekanntes Volk von Tencendor, das jetzt in der Unterwelt lebt.

– DEWES, SYMONDUS: Ein Schafhändler von Arken.

– DOBO: Krieger der Rabenbunder. Lebt nicht mehr.

– DORNFEDER: Ein ikarischer Staffel- und Geschwaderführer.

– DRACHENSTERN SONNENFLIEGER: Zweiter Sohn von Axis und Aschure (auch Drago genannt), Zwillingsbruder von Flußstern.

– DREIBRÜDER SEEN: Drei kleine Seen im südlichen Aldeni.

– Dru-Beorh: Ein Händler.

– Dunkler Mann: Gorgraels Lehrer. Auch bekannt als Lieber Mann.

– Ebene von Tare: Die weite Ebene, die sich zwischen Tare und dem Gralsee erstreckt.

– Edowes: Soldat aus Arnes Einheit in Axis' Truppe.

– Egerley: Ein junger Mann aus Smyrdon.

– Eilwolke Sonnenflieger: Vater von Rabenhorst und Sternenströmer. Ehemaliger Herrscher der Ikarier.

– Eisbärküste: Mehrere hundert Meilen lange Küste, die sich vom Totholzwald im Nordwesten Rabenbunds bis zur Tundra oberhalb von Awarinheim erstreckt. Ein ebenso abgelegener wie eigenwillig schöner Landstrich.

– Eisdachalpen: Hochgebirge, das sich über fast den ganzen Norden Achars hinzieht. Dort leben die Ikarier.

– Eisdach-Ödnis: Trostloser Landstrich im Norden Ichtars zwischen den Eisdachalpen und den Urqharthügeln.

– Eiswürmer: Mächtige Waffe Gorgraels, geschaffen, um Stadt und Feste Gorken zu bezwingen. Der Zerstörer setzt sie aus Eis und Schnee zusammen und versieht sie mit seinen Zaubersprüchen. Die Kreaturen sehen aus wie Riesenwürmer und tragen in ihren Leibern viele Skrälinge. Sie können sich aufstellen und sogar eine Festungsmauer überragen, um ihre Fracht über die Zinnen zu spucken.

– Elien: Eine Awarin.

– Embeth: Herrin der Provinz Tare, Witwe des Ganelon, Mutter von Timozel sowie gute Freundin und einstige Geliebte von Axis.

– Erdbaum: Uralter Baum und Heiligtum der Awaren und Ikarier.

– Erdbaumhain: Der Hain, der den Erdbaum beherbergt im nördlichen Awarinheim, wo es an die Eisdachalpen angrenzt. Es ist der wichtigste aller Haine in Awarinheim; dort werden von Awaren und Ikariern Versammlungen abgehalten und religiöse Feste gefeiert.

– Erste, die: Oberste Priesterin des Sternenordens, dem Orden der neun Priesterinnen auf dem Tempelberg. Die Erste, wie alle anderen Priesterinnen des Ordens auch, gab ihren Namen mit ihrem Gelübde auf. Niah von Nor hatte einst dieses Amt inne.

– Fährmann: Der Charonite, der die Fähre der Unterwelt steuert. Sein Name ist Orr. Orr ist einer der Niederen.

– Faraday: Tochter des Grafen Isend von Skarabost und seiner Gemahlin Merlion. Einst Gemahlin Bornhelds und Königin von Aachar. Heute erfüllt sie ihre Aufgabe als Baumfreundin.

– Farnberge: Niedriges Gebirge, das Arkness von Skarabost trennt.

– Farnbruchsee: Großer See inmitten der Farnberge. Die Awaren und Ikarier nennen ihn auch: Mutter.

– Federflug: Eine ikarische Staffelführerin.

– Feinauge: Eine ikarische Luftkämpferin.

– Fenwicke, Igren: Gemahlin des Bürgermeisters der Stadt Arken, Kulperich Fenwicke.

– Fenwicke, Kulperich: Bürgermeister der Stadt Arken in Arkness.

– Feste: der Awaren und Ikarier:
  – Jultide: Wintersonnenwende, in der letzten Woche des Schneemondes.
  – Beltide: Frühlingserwachen, am ersten Tag des Blumenmondes.
  – Feuernacht: Sommersonnenwende, in der letzten Woche des Rosenmondes.

– Feuernacht: Siehe Feste.

– Fingus: Ein ehemaliger Axtherr. Lebt nicht mehr.

– Finnis: Ein vertriebener Pflughüter.

– Fleat: Eine Awarin.

– Fleurian: Baronin von Tarantaise, Gemahlin von Greville. Sie ist seine zweite Frau und viel jünger als er.

– Flulia: Eine ikarische Sternengöttin. Sie ist die Göttin des Wassers.

– Fluria: Kleiner Fluß, der durch Aldeni fließt und in den Strom Nordra mündet.

– Flussstern Sonnenflieger: Drittes Kind von Axis und Aschure, Zwillingsschwester von Drachenstern.

– Franz: Älterer Bruder von Gorken.

– Freierfall Sonnenflieger: Sohn von Hellefeder und dem ikarischen Krallenfürsten Rabenhorst Sonnenflieger und sein Thronfolger. Er ist der Gemahl von Abendlied Sonnenflieger.

– Fünf Familien, die Ersten: Die führenden Familien des neugeschaffenen Tencendors: abwechselnd vertreten von Prinz Belial, Prinz Magariz, Prinz Isgriff, Häuptling Ho'Demi, und Freierfall Sonnenflieger.

– Fulbright: Ein acharitischer Ingenieur in Axis' Streitkräften.

– Fulke: Baron der Provinz Romstal, die zum Herrschaftsbereich von Prinz Belial gehört.

– Funado: Krieger der Rabenbunder.

– »Furche weit, Furche tief«: Weitverbreiteter acharitischer Gruß oder Segen, der auch zur Abwehr des Bösen dient. Außer Gebrauch gekommen mit der Auflösung des Seneschalls und dem Weg des Pfluges.

– Ganelon: Fürst von Tare, einst Gemahl von Embeth, Herrin von Tare. Lebt nicht mehr.

– Garland: Bauer aus Smyrdon.

– Garten: Der Garten der Mutter.

– Gautier: Einst Leutnant Bornhelds, lebt nicht mehr.

– Geheimer Rat: Ratgeber des Königs von Achar, meist die Herrscher der Hauptprovinzen Achars. Dieser Rat wurde ersetzt durch die Vertreter der Ersten Fünf Familien Tencendors.

– Gehörnte: Die Gottgleichsten und Heiligsten der Awaren, die im Heiligen Hain leben.

– Geistbaum-Klan: Einer der awarischen Klans, der von Häuptling Grindel geführt wird.

– Geister, Geistmenschen: Andere Bezeichnungen für die Skrälinge in der Prophezeiung des Zerstörers.

– Genesungslied: Eines der am stärksten wirkenden Zauberlieder der Ikarier, das Leben im Sterben zurückholen kann – doch Tote kann es nicht wieder lebendig machen. Nur die allermächtigsten Zauberer beherrschen dieses Lied.

– Geschwader: Einheit der ikarischen Luftarmada, die zwölf Staffeln umfaßt.

– Geschwaderführer: Befehlshaber eines ikarischen Geschwaders.

– Gilbert: Bruder des Seneschalls und früher Berater und Gehilfe des Bruderführers.

– Goldfeder: Rivkahs Name aus der Zeit, als sie nach dem vorgeblichen Tod ihres Sohns Axis bei den Ikariern lebte. Sie legte jedoch auf Wunsch des charonitischen Fährmanns den angenommenen Namen Goldfeder wieder ab und kehrte zurück zu ihrem früheren Namen.

– Gorgrael: Der Zerstörer, Halbbruder von Axis, teilt denselben Vater, Sternenströmer. Er will die südlichen Provinzen erobern. Im Gegensatz zur Magie der Sternentanzes bedient er sich der Zauberkraft des Todestanzes, der Dunklen Musik.

– Gorken: Bedeutende Festung am Gorkenpaß in Nordichtar. Heute verlassen. Angeschmiegt an die Festung liegt die gleichnamige Stadt. Sie wurde beim Skrälingsangriff zerstört.

– Gorkenpass: Gebirgszug zwischen Eisdachgebirge und dem Fluß Andakilsa und einzige Verbindung von Ichtar nach Rabenbund.

– GRALSEE: Großes Gewässer am unteren Lauf des Nordra. An seinem Ufer liegen die Hauptstadt Karlon und der Turm des Seneschalls, auch Narrenturm genannt.

– GREIFEN: Sagenhaftes Flugungeheuer aus Tencendor, intelligent, boshaft und mutig. Sie waren besonders gefährlich für die Ikarier und diese brauchten viele hundert Jahre, um die Greifen auszurotten. Jetzt werden sie von Gorgrael und Dunkler Mann wieder neu erschaffen. Die Dunkle Magie bewirkt, daß sie trächtig geboren werden und vier Monate später neun Junge werfen. All diese Jungen werden wieder trächtig geboren, usw.

– GRENZBERGE: Gebirge, das sich im Osten Achars von den Eisdachalpen bis zum Witwenmachermeer erstreckt. Die Awaren wurden vom Seneschall und den Axtschwingern hinter die Grenzberge verbannt.

– GREVILLE, BARON: Herr von Tarantaise.

– GRINDEL: Aware, Häuptling des Geistbaum-Klans.

– GRUFT DES MONDES: Vermutlich am Tempelberg gelegen. Die Gruft wurde so selten benutzt, daß sogar zu der Zeit, als die Ikarier noch dort lebten, die meisten Zauberer annehmen mußten, daß sie außer Gebrauch gekommen war.

– GUNDEALGAFURT: Breite, seichte Furt durch den Nordra südlich der Urqharthügel.

– HAGEN: Pflughüter von Smyrdon. Gemahl von Niah und Stiefvater von Aschure. Hagen starb während eines Kampfes mit Aschure.

– HANORI: Ältester bei den Rabenbundern.

– HEILIGE SEEN: Siehe auch magische Seen.

– HEILIGER HAIN: Heiligster Ort der Awaren, der selten von den Sterblichen aufgesucht wird. Eigentlich sind die awarischen Zaubererpriester die einzigen, die den Weg dorthin finden. Um den Heiligen Hain steht ein mystischer Wald, der Zauberwald.

– HELLEFEDER: Gemahlin von Rabenhorst, Krallenfürst der Ikarier.

– HELM: Awarischer Jugendlicher.

– HESKETH: Hauptmann der Palastwache von Karlon und Geliebter der Yr.

– HO'DEMI: Häuptling der Rabenbunder.

– HÖHEREN, DIE: Die neun Sternengötter.

– HOGNI: Awarische Jugendliche.

– HORDLEY: Dorfältester von Smyrdon.

– HSINGARD: Große Stadt in Mittelichtar, früher Residenz der Herzöge von Ichtar. Heute vollständig zerstört durch Skrälinge.

– ICHTAR: (1) Herzöge: Einst die grausamen Herrscher von Ichtar, deren Linie mit Bornheld ausstarb. (2) Provinz: Größtes und reichstes Provinz Achars. Die Provinz bezieht ihren Reichtum aus riesigen Viehherden und Bergbau (Erze und Edelsteinminen). Sie wurde Prinz Magariz von Axis zugesprochen. (3) Flüßchen: das durch Ichtar fließt und in den Azle mündet.

– IKARIER: Ein geflügeltes Volk, das in den Eisdachalpen lebt. Sie werden auch Volk des Flügels oder Vogelmenschen genannt.

– ILFRACOMBE: Herrenhaus des Herzogs von Skarabost, hier wuchs Faraday auf.

– Imibe: Rabenbunderin, Caelums Kindermädchen.

– Inari: Ein Krieger der Rabenbunder.

– In'Mari: Eine Rabenbunderin, Tochter von Ho'Demi und Sa'kuya und mit Izanagi verheiratet.

– Insel des Nebels und der Erinnerung: Eine der heiligen Stätten der Ikarier, einst als Piratennest bekannt.

– Isbadd: Hauptstadt der Provinz Nor.

– Isend: Einst Graf von Skarabost, ein gutaussehender, doch ein wenig stutzerhafter Herr. Vater von Faraday.

– Isfrael: Faradays Sohn.

– Isgriff, Prinz: Baron von Nor, Bruder Niahs und Onkel Aschures.

– Iskruel Ozean: Ozean im Norden Achars.

– Izanagi: Krieger der Rabenbunder, verheiratet mit Ho'Demis Tochter In'Mari.

– Jack der Schweinehirt: Ältester der Wächter.

– Jayme: Früher Bruderführer des Seneschalls.

– Jervois: Stadt am Tailem-Knie des Flußes Nordra. Tor nach Ichtar.

– Jorge: Graf von Avonstal und einer der erfahrendsten Krieger Achars.

– Judith: Einstige Königin von Achar und Gemahlin Priams. Lebt jetzt zurückgezogen in Tare.

– Jultide: Siehe Feste.

– Karel: Vorgänger von König Priam, Vater von Priam und Rivkah. Lebt nicht mehr.

– Karlon: Hauptstadt von Tencendor und einst Regierungssitz der Könige von Aachar, gelegen am Gralsee.

– Kassna: Tochter von Prinz Isgriff von Nor, Cousine von Aschure und Gattin von Belial.

– Kastaleon: Eine der großen Zufluchten in Achar, gelegen in Mittelachar am Nordra.

– Kenricke: Befehlshaber der letzten im Dienst des Seneschalls stehenden Kohorte von Axtschwingern, der von Axis zur Bewachung des Turms des Seneschalls zurückgelassen wurde. Er kämpft jetzt unter Axis' Kommando.

– Kesselsee: Gewässer in der Mitte des Waldes der Schweigenden Frau. Siehe auch: Magische Seen.

– Klan: Die Awaren leben in Klans zusammen, vergleichbar mit Familienverbänden.

– Kohorte: Siehe militärische Fachausdrücke.

– Kollier: Eine geologische Eigentümlichkeit in Rabenbund.

– Koroleas: Großes Kaiserreich südlich von Tencendor, das zu diesem traditionell freundschaftliche Kontakte pflegt.

– KRALLENFÜRSTEN: Herrscher der Ikarier und früher ganz Tencendors. Hauptsächlich aus dem Haus der Sonnenflieger; der Titel wird vererbt.

– KRALLENTURM: Höchster Berg der Eisdachalpen und Heimstatt der Ikarier, auch Kummerkrak genannt.

– LÄNDER DER UNAUSSPRECHLICHEN: Hauptsächlich Awarinheim (Awaren) und die Eisdachalpen (Ikarier).

– LEBENSSEE: Einer der heiligen und zauberischen Seen Tencendors in den westlichen Urqharthügeln. An seinem Ufer liegt Sigholt.

– LIEBER MANN: Siehe Dunkler Mann.

– LOMAN: Ein Aware aus dem Bloßgruben-Klan.

– LUFTARMADA: Streitmacht der Ikarier, bestehend aus zwölf Geschwadern zu je zwölf Staffeln.

– MAGARIZ, PRINZ: Einstmals Festungskommandant von Gorken, ist er inzwischen einer von Axis' ranghöchsten Befehlshabern und Herrscher der nördlichen Gebiete Tencendors. Gemahl von Rivkah, Axis' Mutter.

– MAGISCHE SEEN: Auch heilige Seen. Das alte Tencendor hatte viele magische Seen. Der Gralsee, Farnsee (Mutter), Kesselsee und der Lebenssee sind die letzten noch bekannten dieser Seen. Der Legende nach entstanden die Seen in der Feuernacht, als die alten Götter aus dem Himmel auf Tencendor stürzten.

– MALFARI: Knollenfrucht, aus der die Awaren Brot herstellen.

– MASCHKEN, BARON: Herrscher von Rhätien.

– Merlion, Herzogin: Gemahlin des Grafen Isend von Skarabost und Mutter von Faraday. Merlion starb in Gorgraels Sturm bei den Alten Grabhügeln.

– Merse: Zaubererpriesterin der Awaren.

– Militärische Fachausdrücke: Von regulären Bodentruppen und den früheren Axtschwingern benutzt:
  – Peloton: kleinste Einheit, sechsunddreißig Bogenschützen.
  – Abteilung: Einheit von einhundert Fußsoldaten, Spießträgern oder Reitern.
  – Kohorte: fünf Abteilungen oder fünfhundert Mann.
  – Siehe auch »Staffel« und »Geschwader« für die ikarische Streitmacht und Luftarmada.

– Minarettberge: Name für die Farnberge. Der Name geht zurück auf die alten ikarischen Städte.

– Mirbolt: Zaubererpriesterin der Awaren. Lebt nicht mehr.

– Monate:

– Januar	=	Wolfmond
– Februar	=	Rabenmond
– März	=	Hungermond
– April	=	Taumond
– Mai	=	Blumenmond
– Juni	=	Rosenmond
– Juli	=	Erntemond
– August	=	Heumond
– September	=	Totlaubmond
– Oktober	=	Knochenmond oder Beinmond
– November	=	Frostmond
– Dezember	=	Schneemond

– Mondkuppel: Ein Kultstätte, die dem Mond geweiht ist und sich auf dem Tempelberg der Insel des Nebels und der Erinnerung erhebt. Nur die Erste Priesterin darf sie betreten. Hier empfing Niah Aschure.

– Mondsaal: Audienz- und Bankettraum im königlichen Palast zu Karlon.

– Mondwildblumen: Außergewöhnlich seltene, zartviolette Blumen die nur bei Vollmond blühen. Niah nahm das Mädchen Aschure einst mit auf die Suche danach.

– Morgenstern Sonnenflieger: Sternenströmers Mutter, Witwe des ehemaligen Krallenfürsten Eilwolke und selbst eine mächtige Zauberin. Sie wurde von Wolfstern Sonnenflieger ermordet.

– Moor, das: Großes und unwirtliches Sumpfgebiet im Osten von Arkness; hier sollen eigenartige Wesen leben.

– Moryson: Bruder des Seneschalls, oberster Berater und Freund des Bruderführers.

– Mutter: (1) awarischer Name für den Farnbruchsee. (2) Bezeichnung für die Natur, die als eine unsterbliche Frau personifiziert wird.

– Nachleben: Alle drei Völker, die Achariten, die Ikarier und die Awaren glauben an ein Leben nach dem Tod, an das sogenannte Nachleben. Was sie jedoch darunter verstehen, hängt von ihren jeweiligen religiös-kulturellen Überlieferungen ab.

– Narkis: Ein ikarischer Sternengott. Narkis ist der Gott der Sonne.

– Narrenturm: Eine der magischen Burgen Tencendors. Jetzt gehört der Turm Aschure.

– Neun, die: Siehe Sternengötter (die Neun werden manchmal auch die Neun Priesterinnen des Sternenordens genannt)

– NEVELON: Leutnant des Herzogs Roland von Aldeni. Er starb bei Jervois.

– NIAH: Entstammt einer alten Familie der Barone von Nor. Ältere Schwester von Prinz Isgriff. Mutter von Aschure. Sie wurde von Wolfstern Sonnenflieger verführt und ermordert von Pflughüter Hagen. Niah war die Erste der Priesterinnen des Sternenordens.

– NIEDEREN, DIE: So werden die höheren Wesen genannt, die über gottähnliche Magie verfügen.

– NOR: Südlichste Provinz Achars; ihre Bewohner haben eine dunklere Haut als die übrigen Achariten und unterscheiden sich von ihnen außerdem durch ein exotisches Äußeres. Herrscher von Nor ist zur Zeit der Geschichte Baron Isgriff.

– NORDMUTH: Hafen an der Mündung des Nordra.

– NORDRA: Größter Strom und Hauptlebensader Achars. Entspringt in den Eisdachalpen, fließt durch Awarinheim (Schattenland), durchquert schließlich Nord- und Mittelachar. Der Fluß wird zu Bewässerung, Transport und Fischfang genutzt.

– OBERSTER HEERFÜHRER ODER OBERSTER KRIEGSHERR: Titel, der Bornheld, Herzog von Ichtar, von König Priam verliehen wurde und der ihn zum Oberbefehlshaber aller regulären Streitkräfte Achars machte.

– OGDEN: Einer der Wächter. Ein »Mitbruder« Veremunds.

– OPALGEISTER: Seelen von Opalsteinen, merkwürdige, tuschelnde Gesellen, auf die man in den Bergwerksstollen der Trübberge stößt und die nach einer neuen Heimat suchen.

– ORDEN DER STERNE: Priesterinnenorden, die Neun Hüterinnen des Tempels der Sterne. Wenn eine solche Priesterin ihr Ordensgelübte ablegt, gibt sie ihren früheren Namen auf.

– ORR: der Fährmann der Charoniten.

– OSMARY, BARON: Gemahl Annwins, der älteren Schwester Faradays.

– PAUL, WAINWALD: Ein junger Mann, der Sohn von Müller Paul aus Smyrdon.

– PEASE: Eine awarische Frau, die im Erdbaumhain während des Angriffs beim Jultidenfest starb. Mutter von Schra.

– PFLUG: Jede Ortschaft in Achar verfügt über einen Pflug, der nicht nur der Feldarbeit dient, sondern auch den Mittelpunkt der religiösen Verehrung der Ortsansässigen darstellt. Artor der Pflüger soll den Menschen den Pflug geschenkt haben, damit diese aus der Barbarei in die Zivilisation aufsteigen konnten. Der Gebrauch des Pfluges unterscheidet die Achariten von den Unaussprechlichen; denn weder Awaren noch Ikarier betreiben Ackerbau.

– PFLUGHÜTER: Der Seneschall weist jedem Ort in Achar aus den Reihen seiner Bruderschaft einen Priester zu, den sogenannten Pflughüter. Ihrem Namen entsprechend, hüten sie den Pflug des entsprechenden Ortes, unterweisen aber auch die Bewohner in den Schriften Artors des Pflügers, dem Weg des Pfluges, und sorgen für ihr Seelenheil. In Tencendor leben noch viele Pflughüter und viele von ihnen hängen noch dem Weg des Pfluges an.

– PIRATENNEST: Jahrhundertelang der Name für die Insel des Nebels und der Erinnerung und immer noch Unterschlupf für Piraten.

– Piratenstadt: Die Stadt im nördlichen Hafen von Piratennest – oder der Insel des Nebels und der Erinnerung.

– Pors: Ein ikarischer Sternengott. Pors ist der Gott der Luft.

– Priam: König von Achar und Onkel von Bornheld, Bruder Rivkahs. Ermordet von Bornheld, Jayme, Moryson und Gilbert.

– Prophezeiung des Zerstörers: Uralte Weissagung, die von der Erhebung des Gorgrael im Norden und dem Auftauchen des Sternenmanns kündet, der ihn als einziger aufhalten kann. Die Weissagung beginnt wirksam zu werden mit der Geburt des Zerstörers und des Sternenmanns und ist erfüllt mit dem Tod eines der beiden.

– Rabenbund: Nördlichste Provinz von Tencendor.

– Rabenbunder: Die Einwohner Rabenbunds, einst von den Achariten verachtet als Barbaren, jetzt jedoch sehr geschätzt für ihr kämpferisches Geschick und ihre Ergebenheit Axis gegenüber.

– Rabenhorst Sonnenflieger: Gegenwärtig der Krallenfürst der Ikarier.

– Ramu: Zaubererpriester der Awaren. Jetzt der heilige Weiße Hirsch.

– Ratssaal: Der große Saal im königlichen Palast in Karlon, in dem früher des Königs Geheimer Rat zusammentrat. Jetzt wird er von Axis für ähnliche Zwecke benutzt.

– Reinald: Chefkoch der Burg Sigholt im Ruhestand. Als Rivkah sich dort aufhielt, war er Hilfskoch.

– Relm: Eine Awarin vom Tannenpfad-Klan.

– Rhätien: Kleine Provinz Achars an den westlichen Ausläufern der Farnberge. Zur Zeit der Geschichte herrscht hier Baron Maschken.

– Renkin, Bäuerin: Eine ungewöhnliche Landfrau aus Nordarkness.

– Ring der Zauberin: Ein uralter Ring, einst im Besitz der Ersten Zauberin, jetzt von Aschure getragen. Sein eigentlicher Name ist Sternenkreis, und er ist eng verbunden mit den Sternengöttern.

– Ritter: Acharitischer Edler, der sich einer vornehmen Dame verpflichtet, ihr als Ritter zu dienen und sie zu beschützen. Dieser Dienst ist rein platonisch und endet mit dem Tod des Ritters oder auf ausdrücklichen Wunsch seiner Dame.

– Rivkah: Prinzessin von Achar, Schwester König Priams und Mutter von Bornheld und Axis. Jetzt mit Prinz Magarz verheiratet.

– Robbenhoffnung: Name eines Schiffes, das Prinz Isgriff von Nor gehört.

– Roland: Herzog von Aldeni; lebt nun auf Sigholt.

– Romana: Tocher des Herzogs von Aldeni.

– Romstal: Provinz südwestlich von Karlon, berühmt für ihren Weinanbau. Zur Zeit der Geschichte herrscht hier Baron Fulke.

– Rotkamm: Männlicher Ikarier.

– Sa'Kuja: Eine Rabenbunderin, Gemahlin von Häuptling Ho'-Demi.

– Scharfauge: Geschwaderführer der Luftarmada der Ikarier.

– Schattenland: Der acharitische Name für Awarinheim.

– Schöpfungslied oder Erweckungslied: Ein Lied, das ikarischen und awarischen Legenden zufolge tatsächlich selbst Leben erschaffen kann. Sternenströmer behauptet, daß er Axis das Liedbereits im Leib seiner Mutter habe singen hören.

– Schra: Ein kleines awarisches Kind, Tochter von Pease und Grindel. Sie wurde zusammen mit Faraday der Mutter zugeführt und zeigt alle Anzeichen dafür, eine große Zaubererpriesterin zu werden. Als sie von den Dorfbewohnern von Smyrdon gefangengenommen und fast zu Tode geprügelt wurde, retteten sie Axis, der damalige Axtherr, der das Lied der Genesung über ihr sang und Aschure, die ihre Flucht mit Ramu aus dem Gefängnis ermöglichte.

– Schwebauge: Ikarischer Geschwaderführer.

– Schwebstern Sonnenflieger: Zauberin und Gemahlin des Krallenfürsten, die Mutter von Morgenstern und Großmutter von Sternenströmer. Sie starb dreihundert Jahre vor Beginn der Prophezeiung.

– Searlas: Früherer Herzog von Ichtar und Gemahl Rivkahs sowie Vater Bornhelds. Lebt nicht mehr.

– Seegrasebene: Riesige Ebene, die nahezu die gesamte Fläche der Provinz Skarabost ausmacht.

– Seneschall: Früher allmächtige religiöse Institution Achars; eigentlich: Die Heilige Bruderschaft des Seneschalls. Die Brüder organisierten und leiteten das religiöse Leben der Achariten. Der Seneschall hatte in Achar eine außerordentliche Machtposition inne und spielte nicht nur im alltäglichen Leben der Menschen, sondern auch in allen politischen Belangen eine bedeutende Rolle. Er lehrte vor allem Gehorsam gegenüber dem einen Gott, Artor dem Pflüger, und den heiligen Worten, dem Buch von Feld und Furche.

– SEVERIN: Die neue Stadt, die Magariz anstelle der alten Hauptstadt von Ichtar errichten ließ.

– SICARIUS: Rudelführer der Alaunt. Einer der Niederen.

– SIGHOLT: Eine der bedeutenden magischen Burgen Tencendors, an den Ufern des Lebenssees gelegen in den südlichen Urqharthügeln Ichtars. Axis' Heimat.

– SILTON: Ein ikarischer Sternengott. Silton ist der Gott des Feuers.

– SKALI: Awarisches Mädchen, Tochter von Fleat und Grindel. Sie starb beim Angriff der Skrälinge während des Jultidenfestes im Erdbaumhain.

– SKARABOST: Große Provinz im Osten Achars; Hauptgetreidelieferant Achars. Jetzt verwaltet von der Hüterin des Ostens, Aschure.

– SKRÄBOLDE: Anführer der Skrälinge.

– SKRÄFURCHT: Oberster der noch verbliebenen Skräbolde.

– SKRÄLINGE: Auch Geister, Geistmenschen o. ä. genannt; Kreaturen in den nördlichen Ödlanden, die sich von Furcht und Fleisch ernähren. Früher waren sie substanzlose Wesen, heute haben sie mit der zunehmenden Zaubermacht Gorgraels sichtbar festere Formen angenommen.

– SMYRDON: Großes Dorf im Norden von Skarabost, dem Verbotenen Tal vorgelagert.

– SONNENFLIEGER, HAUS DER: Herrscherhaus der Ikarier seit vielen tausend Jahren.

– SPREIZSCHWINGE: Geschwaderführer der ikarischen Luftarmada.

– STAFFEL: Kleinste Einheit der ikarischen Luftarmada, die von einem Staffelführer befehligt wird. Sie setzt sich aus zwölf weiblichen und männlichen Ikarieren zusammen; zwölf Staffeln bilden ein Geschwader.

– STERNE, HAUS DER: Neugegründetes Herrscherhaus des Axis.

– STERNENGÖTTINNEN UND STERNENGÖTTER: Neun an der Zahl, doch sind den Ikariern erst sieben offenbart worden. Siehe auch Adamon, Flulia, Narkis, Pors, Silton, Xanon und Zest.

– STERNENKREIS: Siehe Ring der Zauberin.

– STERNENMANN: Derjenige, der der Prophezeiung des Zerstörers gemäß als einziger Gorgrael zu besiegen vermag – Axis Sonnenflieger.

– STERNENSCHEIN: Irakische Zauberin.

– STERNENSTRÖMER: Ein ikarischer Zauberer, Vater von Gorgrael, Axis und Abendlied.

– STERNENTANZ: Die mystische Quelle, aus der die ikarischen Zauberer ihre Kräfte beziehen. Es ist die Musik der Sterne bei ihrem ewigen Tanz am Himmel.

– STERNENTOR: Eine der heiligen Stätten der Ikarier, unterhalb der Alten Grabhügel gelegen und schwer zugänglich.

– STRAUM: Große Insel vor der Küste Ichtars, vornehmlich von Robbenfängern bewohnt.

– SUCHAUGE: Ikarischer Geschwaderführer.

– TAILEM-KNIE: Die große Biegung des Stroms Nordra, wo er aus dem Westen kommend nach Süden abbiegt und schließlich bei Nordmuth ins Meer von Tyrre einmündet.

– TANABATA: Einer der Ältesten der Rabenbunder.

– TARANTAISE: Eine ziemlich arme Provinz im Süden Achars, die vom Handel lebt. Sie wird von Baron Greville verwaltet.

– TARE: Kleine Handelsstadt im Norden von Tarantaise. Heimstatt von Embeth, Herrin von Tare.

– TEKAWAI: Der bevorzugte Tee der Rabenbunder, der aus dem getrockneten Seetang der Eisbärküste hergestellt wird. Er wird stets mit großer Feierlichkeit aufgegossen und serviert und aus kleinen Keramiktassen getrunken, die das Wappen mit der blutroten Sonne tragen.

– TEMPELBERG: Hochplateau des Bergmassivs im Südosten der Insel des Nebels und der Erinnerung, auf dem sich die Tempelanlage erhebt.

– TEMPEL DER STERNE: Eine der heiligen Stätten der Ikarier. Er befindet sich auf der Insel des Nebels und der Erinnerung.

– TENCENDOR: (1) Der alte Name des geeinten Achar vor den Axtkriegen. (2) Unter Axis' Führung das wiedervereinte Land der Achariten, Awaren und Ikarier.

– TIMOZEL: Sohn von Embeth und Ganelon von Tare und Axtschwinger. Früher Ritter Faradays. Seine Seele wurde ihm von Gorgrael genommen.

– Todestanz: Die Dunkle Musik der Sterne, das Gegenstück zum Sternentanz. Sie entsteht, wenn die Gestirne bei ihrem Tanz aus dem Takt geraten, ineinander krachen oder zu Roten Riesen anschwellen und schließlich implodieren. Nur sehr wenige Zauberer können sich der Energie des Todestanzes, der Dunklen Musik, bedienen. Zu ihnen gehören vor allem der Dunkle Mann, Gorgrael und gelegentlich auch Aschure.

– Torwächterin: Die Wächterin am Tor des Todes, dem Zugang zur Unterwelt. Sie führt Buch über die eintretenden Seelen. Außerdem ist sie die Mutter von Zecherach und eine der Niederen.

– Trübberge: Öder Bergzug entlang der Trüben Bucht. Einst wurde extensiv Opalabbau betrieben. Heute ist es eine verlassene Gegend.

– Trübe Bucht: Große Bucht an der Westküste Tencendors. Ihr Wasser ist schmutzig, verunreinigt durch die Gerbereien entlang des Flusses Azle.

– Turm des Seneschalls: Einst Hauptsitz der Bruderschaft des Seneschalls. Wird jetzt wieder genutzt als eine der alten Burgen von Tencendor. Es ist der Narrentum.

– Tyrre, Meer von: Der Ozean an der Südwestküste Achars.

– Unaussprechliche: Die beiden Völker der Awaren und Ikarier. Der Seneschall lehrt, daß die Unaussprechlichen grausame Wesen seien, die sich der Magie und Zauberei bedienten, um die Menschen (Achariten) zu versklaven. Während der Axtkriege, eintausend Jahre vor der Prophezeiung des Zerstörers, drängten die Achariten die Awaren und Ikarier hinter die Grenzberge ins Schattenland (Awarinheim) und die Eisdachalpen zurück. Heute ist der Name nicht mehr in Gebrauch.

– Ur: Eine sehr alte Frau, die im Zauberwald lebt. Seit undenklichen Zeiten bewacht sie die umgewandelten Seelen der awarischen Zaubererpriesterinnen.

– Urbeth: Eine Eisbärin der nördlichen Wildnis.

– Urqharthügel: Halbkreisförmige niedrige Bergkette in Mittelachar.

– Venator: Aschures Schlachtroß.

– Verbotenes Tal: Einzig bekannter Zugang von Tencendor nach Schattenland (Awarinheim); die Stelle, an der der Nordra Schattenland verläßt und nach Achar fließt.

– Veremund: Einer der Wächter, ein »Mitbruder« Ogdens. Wächterinnen und Wächter: Mystische Geschöpfe der Prophezeiung des Zerstörers.

– Wald: Der Seneschall lehrt, daß alle Wälder von Übel seien, weil in ihnen finstere Dämonen hausen, die die Menschen unterwerfen wollen. Deshalb fürchteten sich die Achariten, manche noch heute, vor dem Wald und dem Dunkel, das in ihm lauert. Es wurden nahezu alle alten Wälder abgeholzt, die einst weite Flächen Achars bedeckten. Die einzigen Bäume, die in Achar angepflanzt werden, sind Obstbäume und Bäume in Schonungen, die für die Holzverarbeitung benötigt werden.

– Wald der Schweigenden Frau: Dunkler und undurchdringlicher Wald im südlichen Arkness und Sitz der Burg der Schweigenden Frau.

– Weg des Flügels: Allgemeiner Ausdruck, der zur Beschreibung der Kultur der Ikarier benutzt wird.

– Weg des Horns: Allgemeiner Ausdruck, der zur Beschreibung der Kultur der Awaren benutzt wird.

– Weg des Pfluges: Religiöse Pflicht, Sitten und Gebräuche, wie sie vom Seneschall gemäß den Glaubenssätzen des Buches von Feld und Furche gelehrt werden. Im Zentrum der Lehre steht die Urbarmachung des Landes durch den Pflug. Und wie Furchen so frisch und geradlinig gepflügt, so sind Herz und Verstand gleichermaßen von allem Unglauben und Bösen befreit und das Wahre, Gute kann gesät werden. Natur und unbezwungenes Land sind wie das Böse selbst; Wälder und Berge sind daher von Übel, sie stellen die unbezähmte Natur dar und entziehen sich der menschlichen Kontrolle.

Gemäß dem Weg des Pfluges müssen Berge und Wälder entweder zerstört oder den Menschen untertan gemacht werden, und wenn das nicht möglich ist, müssen sie gemieden werden, denn sie sind der Lebensraum böser Wesen und des Bösen selbst. Nur Land, das durch den Pflug in Menschenhand gebracht wurde, bestelltes und bebautes Land, ist gut. Der Weg des Pfluges lehrt alles über die Ordnung, der ein jeder Mensch und ein jedes Ding auf der Welt unterworfen ist. Viele Achariten hängen immer noch diesem Glauben an.

– Weisser Hirsch: Nach seiner Umwandlung wurde Ramu zu dem prachtvollen Weißen Hirsch und gab damit seine Gestalt als Gehörnter auf. Der Weiße Hirsch ist das heiligste Lebewesen des Zauberwaldes.

– Weitsicht Stechdorn: Dienstältester Geschwaderführer der ikarischen Luftarmada.

– Weitwallbucht: Große Meeresbucht zwischen Achar und Koroleas. Ihre geschützte Lage und ihr ruhiges Gewässer sind ausgezeichnet zum Fischfang geeignet.

– Westberge: Zentrales acharitisches Bergmassiv, das sich westlich vom Nordra bis zum Andeismeer erstreckt.

– Wildhundebene: Ebene, die sich vom nördlichen Ichtar bis zum Fluß Nordra erstreckt und von den Grenzbergen und Urqharthügeln begrenzt wird. Ihren Namen erhielt diese Ebene von den Wildhundrudeln, die sie durchstreifen.

– Witwenmachermeer: Riesiger Ozean im Osten von Achar. Von den vielen unerforschten Inseln und Ländern jenseits dieses Meeres kommen die Seeräuber, die Koroleas heimsuchen.

– Wolfen: Bogen, der einst Wolfstern Sonnenflieger gehörte und heute Aschure.

– Wolfstern Sonnenflieger: Neunter und mächtigster aller Krallenfürsten, der in den Alten Grabhügeln beigesetzt wurde. Er wurde schon bald nach Regierungsantritt ermordet. Vater von Aschure, der Zauberin.

– Wolkenbruch Sonnenflieger: Jüngerer Bruder und Mörder von Wolfstern Sonnenflieger.

– Xanon: Eine ikarische Sternengöttin. Xanon ist die Göttin des Himmels und die Gemahlin von Adamon.

– Yr: Eine Wächterin.

– Zauberei: Der Seneschall lehrt, daß alle Magie, alle Zauberei und alle sonstigen Schwarzkünste von Übel seien. Die Unaussprechlichen bedienten sich sämtlicher Zauberkünste, um die Achariten zu versklaven. Deswegen ängstigten sich alle artorfürchtigen Achariten vor der Zauberei und verabscheuten sie, obwohl ihre Angst langsam abnimmt.

– Zauberer: Die Zauberer der Ikarier, von denen die meisten mächtige magische Fähigkeiten besitzen. Alle ikarischen Zauberer führen das Wort »Stern« in ihrem Namen.

– Zaubererpriester: Die religiösen Führer der Awaren. Sie verstehen sich auf Magie, wenn auch nur in bescheidenem Maße.

– Zauberin, Die: Die erste aller ikarischen Zauberinnen und Zauberer und gleichzeitig die erste, die den Weg zur Beherrschung der Energie des Sternentanzes entdeckte. Sie wird von den Ikariern verehrt. Mit diesem Titel wird Aschure manchmal bedacht.

– Zecherach: Eine Wächterin.

– Zenit: Jüngste Tochter von Axis und Aschure.

– Zepter des Regenbogens: Waffe und Insignie, die in der Prophezeiung des Zerstörers erwähnt wird.

– Zerstörer: Ein anderer Name für Gorgrael.

– Zest: Eine ikarische Sternengöttin. Sie ist die Göttin der Erde.

– Zuflucht: Viele Brüder des Seneschalls zogen dem aktiven Bruderdienst ein kontemplatives Leben vor, das sie dem Studium der Mysterien Artors des Pflügers widmeten. Für sie hatte der Seneschall an mehreren Orten Achars Zufluchten eingerichtet. Einige gibt es noch heute.

INHALT

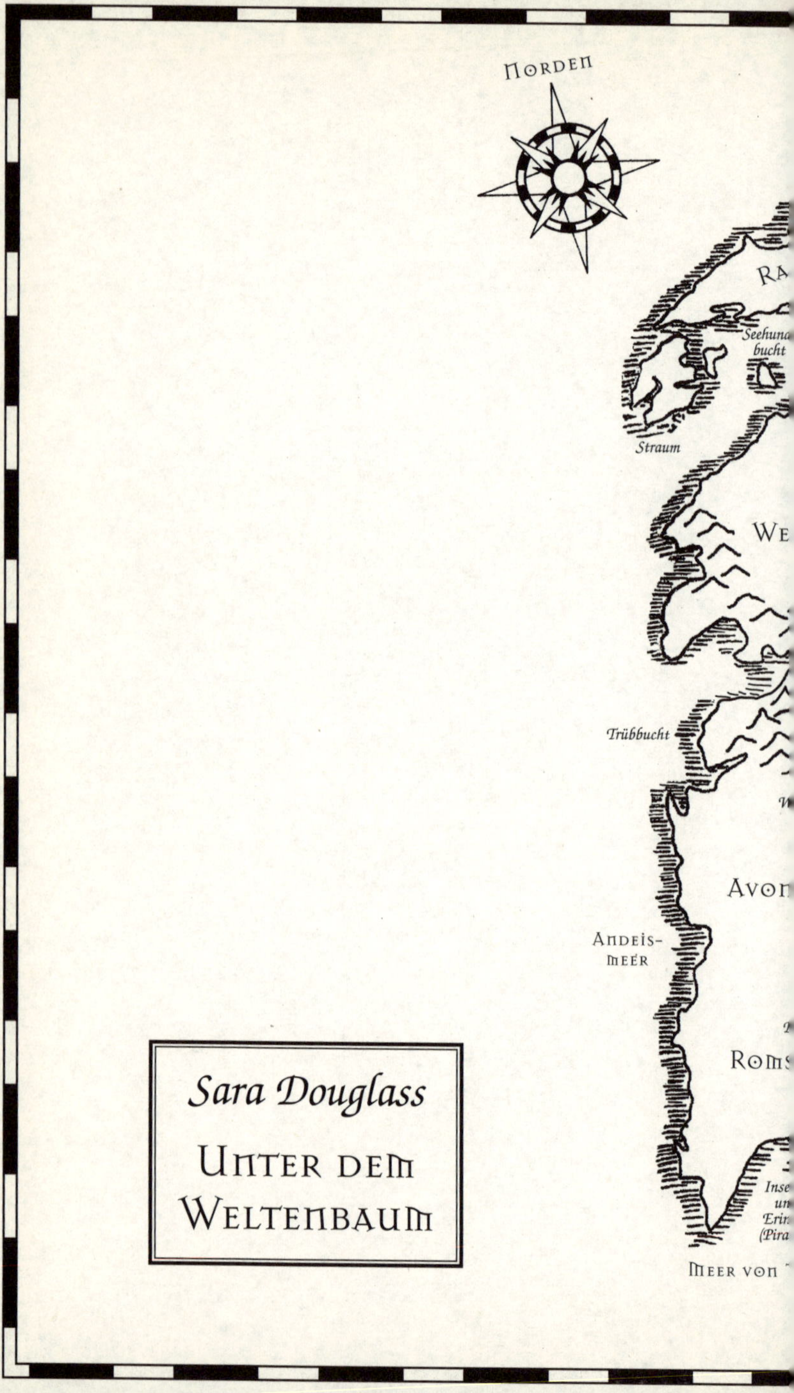
Norden
Straum
Trübbucht
Andeis-
meer
Sara Douglass
Unter dem
Weltenbaum

Tencendor
(Achar)
Iskruel-Ozean
Nördliche Ödlande/
Tundra
Eisbärküste
Land der Skrälinge
Gorkenpaß
Gletscher
Gletscher
Krallenturm/
Kummerkrak
Eisdachalpen
Land der Skrälinge
Andakilsa
Stadt
und Ruine der
Feste Gorken
Eisdach-Ödnis
Nordra
Schattenland
(Awarinheim)
Ichtar
Grenzberge
Wildhundebene
Ichtar
Urqharthügel
Lebenssee
Sigholt
Runinen
von Hsingard
Felsschlund
Bardenmeer
Severin
Azle
Jervois
Tailem-Knie
Nordra
Smyrdon
Verbotenes
Tal
Witwenmachermeer
Seegrasebene
Fluria
Skarabost
Nordra
Kastaleon
Farnberge
Bracken
Rhätien
Farnbruchsee/
Mutter
Arken
Arkness
Moor
Wald und Burg
der Schweigenden
Frau
Alte Grabhügel
Kesselsee
Karlon
Ebene von Tare
Narrenturm
(Turm des
Seneschall)
Tare
Nordmuth
Tarantaise
Karreninseln
Weitwallbucht
Isbadd
Nor
Koroleas-
Sund
Koroleas
S. Douglass © 1995

PIPER

Sara Douglass

Der Herr des Traumreichs

Ein Weltenbaum-Roman. Aus dem australischen Englisch von Irene Holicki. 400 Seiten. Gebunden

Ihr Götter! Der Mann kann von Glück sagen, daß er noch lebt, denkt der junge Heiler und legt die Hände auf die vernarbte Schulter des Sklaven. Was er unter dem verhärteten Gewebe spürt, wird sein ganzes Leben verändern. Den sechzehnjährigen Garth, der die Gabe des Heilens besitzt, hat ein rasselnder Metallkäfig in das unterirdische Bergwerk gebracht, wo Sträflinge, zu lebenslanger Zwangsarbeit verurteilt, das kostbare, pechähnliche Glomm abbauen, dem das Land seinen Reichtum verdankt. Und nun entdeckt Garth, daß der Sklave unter der alten Verletzung das magische Königsmal trägt – daß er Maximilian ist, der längst für tot erklärte Thronfolger von Escator. Von Stund an wird Garth von einem einzigen Gedanken beherrscht: Er muß den Gefangenen befreien und ihm zu seinem rechtmäßigen Erbe verhelfen. Immer tiefer gerät er in ein Netz magischer Geheimnisse und tödlicher Intrigen …

01/1434/01/L

Sara Douglass

Die Glaszauberin

Die Macht der Pyramide 1. Aus dem australischen Englisch von Andreas Decker. 352 Seiten. Serie Piper

Über das Land Ashdod breitet sich der Schatten einer gigantischen Pyramide, das Werk machtgieriger Magier und eine Brücke in die Unendlichkeit. Doch noch ist das Bauwerk nicht vollendet. Unter den Sklaven ist die junge Glaskünstlerin Tirzah, die über eine rätselhafte Begabung verfügt: Sie kann das Wispern des Glases im Innern der Pyramide hören. Und es verrät ihr ein grausames Geheimnis. Sobald der Bau vollendet ist, wird ein mächtiger Dämon aus der Unendlichkeit erwachen und Ashdod mit Tod und Zerstörung überrollen …

»Sara Douglass ist die unangefochtene Meisterin der Mythen und schillernden Fantasien.«
Publishers Weekly

05/1870/01/L

Cherith Baldry

Der venezianische Ring

Ein Mystery-Thriller. Aus dem Englischen von Irene Bonhorst. 480 Seiten. Serie Piper

In einer untergehenden Stadt voller religiöser Fanatiker und dunkler Intrigen: Graf Dracone ist auf der Suche nach einer uralten Reliquie – einem Ring, der angeblich ein Haar des »Christos« enthalten soll. Umgeben von den Genia, genetisch manipulierten Menschen, ersinnt Dracone einen aberwitzigen Plan: Aus dem Haar will er einen Klon Christos' erzeugen und absolute Macht erlangen. Doch im Meer vor den Toren der Stadt leben die letzten freien Genia, und auf ihnen ruht alle Hoffnung …

»Für Freunde erstklassig geschriebener, atmosphärischer Fantasy ist dieser Roman ein Fest!«
Infinity Plus

05/1842/01/R

SERIE PIPER